Theo Clare

Theo Clare est Mo Hayder. Auteure de dix livres – dont sept ayant pour héros l'inspecteur Jack Caffery –, tous publiés aux Presses de la Cité, elle a souvent été comparée à Thomas Harris pour sa peinture sans concession de la violence. En France, *Tokyo* a été récompensé par le Prix SNCF du Polar et par le Grand Prix des lectrices *ELLE*. Avec *Le Livre du désert* (Presses de la Cité, 2022), l'auteure signe son dernier roman qui paraîtra en deux volets. Theo Clare/Mo Hayder est décédée en juillet 2021.

LE LIVRE DU DÉSERT

ÉGALEMENT CHEZ POCKET

Dans la série
Inspecteur Jack Caffery

Birdman
L'Homme du soir
Rituel
Skin
Proies
Fétiches
Viscères

Tokyo
Pig Island
Les Lames

sous le pseudonyme de Theo Clare

Le Livre du désert

THEO CLARE
(MO HAYDER)

LE LIVRE DU DÉSERT

Traduit de l'anglais
par Anne-Sylvie Homassel

Les Presses de [la] Cité

Titre original :
The Book of Sand
Publié au Royaume-Uni par Century,
une marque de Penguin Random House UK, en 2022.

ISBN : 978-2-266-31653-8
Dépôt légal : mai 2023

Ce livre, tout comme le cycle qu'il inaugure,
est dédié à ceux dont la vie a été affectée
par une maladie neurodégénérative.

« Je sais que je suis immortel… »

Walt WHITMAN,
Chanson de moi-même, 20

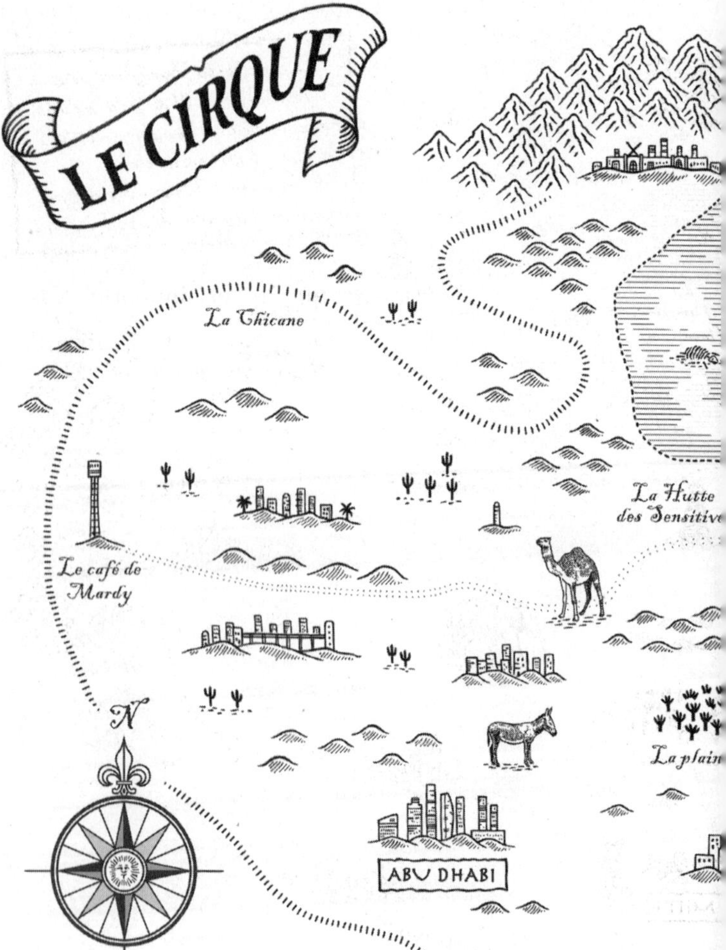
LE CIRQUE
La Chicane
La Hutte
des Sensitive
Le café de
Mardy
N
La plain
ABU DHABI

La quête du Sarkpont peut commencer… Il se trouve dans une piscina, à l'angle nord-ouest d'un rectangle… Trouvez-le. Vous avez douze chances pour cela. Douze regyres.
La Hutte à la tête de mort
La Virgule (lac de sel)
Le Marcheur des sables
DUBAI
arbres de Josué
MITHI

PREMIÈRE PARTIE

LA FAMILLE

1

Le voici, aux confins d'un désert immémorial, simple élément d'une file d'êtres humains qui traverse les dunes en silence. La chaleur, ardente, fait vibrer l'air, bien que la journée soit presque finie et que le soleil rejoigne l'horizon. Parfois, Spider ne se rappelle que ce lieu. Sa peau est encroûtée de sueur, sa langue enflée, ses pieds lui font mal mais il poursuit sa lente marche : la nuit approche, il n'a pas le choix.

La famille compte treize membres au total. Un assemblage disparate, qui va de la fillette de 5 ans au géant grisonnant de soixante ans son aîné. Certains sont valides et d'autres moins. Spider le sait : au sein du groupe, il est celui qui offre le spectacle le plus étrange. Quoiqu'il mesure près de 2 mètres et soit aussi élancé, aussi vigoureux qu'un jeune chêne, son accoutrement fait de lui un être à part. Il porte de gros godillots de toile, des lunettes d'aviateur et une robe de femme en lambeaux, que la brise légère fait voler paresseusement sur ses jambes hâlées. Il conduit l'unique chamelle de la famille, lourdement chargée. La bête est aussi découragée que ses compagnons humains. Morose, épuisée, elle traîne la patte et ses bosses sont tristement affaissées.

Amasha marche près de Spider. La silhouette ronde et ramassée, elle se déplace comme le vaisseau amiral d'une flotte royale dont les voiles frémiraient autour de son visage. Il n'y a dans son expression aucune hâte, aucune trace de cette crainte qui tenaille le reste de la famille.

Spider lance un regard par-dessus son épaule pour voir si les autres suivent. La petite fille blonde qui, ces deux dernières heures, a cheminé bravement à côté de la chamelle sanglote à présent de peur.

— Hé, marmonne-t-il en se penchant vers Amasha. Tu as vu ?

Amasha ne se retourne pas, gardant les yeux rivés sur l'horizon.

— Bien sûr. Elle est inquiète, mais nous ne pouvons pas nous arrêter.

— Elle pleure.

— Je sais, je sais. Mais si nous voulons préserver la famille nous ne pouvons pas nous arrêter. Il faut qu'elle suive. Nous devons rentrer, elle le sait. Ne fais pas attention à elle, elle va se calmer.

Spider enroule d'un tour de plus autour de son poing la longe de la chamelle et se penche en avant, concentrant toutes ses forces sur la marche. La fatigue lui pique les yeux mais il poursuit son chemin, pas à pas, conscient des zones de son cou que le soleil a brûlées ces derniers jours, du frottement de ses pieds sur les semelles dont le cuir est devenu trop mince. Il ne lève pas le regard sur ce qui l'entoure, les immenses et monotones étendues de sable à quarante clics à la ronde, les villes lointaines et les constructions de métal, de vastes tours coniques parfois hautes et larges d'une centaine de mètres. Maintenant que le soleil se couche, elles projettent sur le sol des ombres aussi colossales que des montagnes éboulées.

La petite fille pleure de plus en plus fort. Spider fait halte et la chamelle, obéissante, l'imite. Il se faufile sous le cou de la bête et se baisse pour prendre l'enfant dans ses bras, mais, avant même qu'il puisse l'installer sur ses épaules, Noor, qui mène la troupe, se retourne.

C'est un grand jeune homme de 27 ou 28 ans, vêtu d'un kurta traditionnel couleur d'or pâli. Les cheveux raides et bien peignés, il a le nez aquilin et se tient très droit ; il émane de lui une gravité sacerdotale. Les yeux plissés, il dévisage Spider puis secoue la tête, discrètement mais sans équivoque : on ne désobéit pas à Amasha.

Spider s'accroupit près de la petite fille, qui pleure à présent à chaudes larmes.

— Écoute, il faut que tu continues encore un peu ; il fait presque nuit. Tu pourras te reposer bientôt mais pour le moment il faut marcher. D'accord ?

— Je veux pas marcher. J'ai peur.

— Je sais. Je sais que tu ne veux pas marcher, je sais que tu t'es donné beaucoup de mal toute la journée et que tu es claquée, morte de fatigue, mais il faut que tu continues. Dis-toi que c'est un concours : toi, Cairo et Mahmoud. Qui arrivera le premier à la maison ?

La fillette se frotte les yeux et sa lèvre inférieure se retrousse, boudeuse, tandis qu'elle lance un regard aux deux garçons qui ferment la marche.

— Si je gagne, j'aurai des crêpes en plus ?

— Ça peut s'envisager.

Elle pousse un long soupir, frappe le sable de scs sandales ouvertes.

— D'accord. Peut-être.

Alors ils se remettent en marche, Spider baissant les yeux face au soleil couchant et tirant sur la longe de la chamelle.

Ça recommence lorsque McKenzie entame son avant-dernière année de lycée.

Elle se réveille à 3 heures du matin. Inutile de regarder la pendule : à travers les Velux, la position des étoiles la renseigne. Couchée sur le dos, elle scrute la voûte céleste en battant des paupières, essayant de comprendre ce qui l'a réveillée. Elle a la chair de poule comme si elle sortait tout juste d'un cauchemar.

Elle inspire profondément, jusqu'au bas de sa cage thoracique. Sa mère le répète sans cesse : rien ne vous calme comme la respiration yogique. La chambre paraît normale, tout est à sa place : les affiches du désert sont toujours punaisées au mur, les Velux grands ouverts, même s'il gèle dehors. Elle faufile une main sous les draps, à la recherche de Doudou Lapin.

Elle l'a eu toute petite et c'est peut-être son meilleur ami après India, à qui elle confie tous ses secrets. Il est là, tiède contre son ventre. Elle le touche mais ne sent pas son velours duveteux. Ni ses longues oreilles. Rien qu'une peau brûlante et écailleuse.

Elle pousse un petit cri et Doudou Lapin remue, se tortille, compact et musculeux. Quelque chose lui racle l'abdomen et McKenzie arrache les couvertures, bondit hors du lit et atterrit en position accroupie sur le plancher, le cœur battant, les bras tendus devant elle. La couverture bouge, ondule. À quatre pattes, McKenzie recule. Parvenue au pied du mur, elle se redresse en tremblant et se rue vers l'interrupteur pour allumer.

La couverture se soulève ; une tête en jaillit. On dirait un lézard, mais un lézard comme McKenzie n'en a jamais vu. Il a une couleur fauve et une collerette à cornes, comme un dinosaure. Il cligne des yeux avant de s'enfouir à nouveau sous les draps, luttant avec eux jusqu'à ressortir de l'autre côté. Puis il se laisse tomber sur le plancher dans un bruit sourd et disparaît sous le sommier.

McKenzie ouvre en grand la porte de sa chambre et la claque derrière elle. Le cœur affolé, elle reste un instant sur le palier, puis descend l'escalier quatre à quatre.

— Maman ? gémit-elle une fois parvenue au deuxième étage, la gorge si serrée que les sons ont du mal à sortir. Maman ?

Elle descend encore d'un niveau, vers le premier, dont le long couloir est bordé, au ras du sol, de lumignons en forme de cœur. Ses frères occupent les deux chambres sur la gauche, dont les portes sont closes. À une distance qui lui paraît inaccessible se trouve celle des parents, également fermée, ce qui n'est pas dans leurs habitudes.

Avec toutes les précautions du monde elle remonte le couloir sur la pointe des pieds, dépasse les chambres de ses frères. La salle de bains, à droite, est ouverte comme un trou béant, ne laissant voir qu'un triangle du miroir sur lequel empiète un peignoir, accroché au porte-serviettes.

McKenzie s'approche de la porte de la suite parentale jusqu'à la frôler. Elle lève la main pour frapper, ce qu'on fait quand on est bien élevé, puis se ravise.

— Maman ? chuchote-t-elle dans l'embrasure. Maman ? Papa ? Vous êtes réveillés ? Maman ? S'il te plaît !

Elle frissonne, pieds nus dans son pyjama trop fin. Est-ce qu'elle n'entendrait pas un bruit dans l'escalier, là ?

— Maman ! S'il te plaît !

De l'autre côté de la porte, elle imagine la chambre, vaste et réconfortante avec ses portraits de famille sur les murs : ses parents le jour de leur mariage, son grand-père, né à Shanghai et mort à Los Angeles l'an dernier – un sacré périple ! McKenzie a visité Shanghai, elle a tout vu : les restaurants chinois, les hôtels à célébrités, les rues interminables. Dans un coin de la pièce, il y a un canapé où sa mère prend souvent son petit déjeuner en lisant le *Washington Post*. Les rideaux sont bleus, imprimés de tulipes blanches, et quand ils sortent tout chauds du sèche-linge les pyjamas de son père sentent la tarte aux pommes ; son menton pique toujours le soir.

Autant de sensations de sécurité. McKenzie entrebâille la porte, son grincement lui donne des frissons. La pièce lui est si familière, dans le clair de lune bleuté que laissent entrer les fenêtres. Et le souffle tranquille, inspiration, expiration, des parents qui dorment.

— Papa ?

Une voix brusque résonne au fond de la pièce. Celle de son père.

— Kenz ? Qu'est-ce qu'il se passe ?

Dans l'immense lit, sa mère s'assoit.

— Kenz ? Ma chérie ? murmure-t-elle en se frottant les yeux, encore somnolente.

— Maman ?

— Qu'est-ce qui ne va pas, chérie ?

— Je… Je ne sais pas. C'est…

— Mon cœur, reprend son père d'une voix endormie. Qu'est-ce que tu veux ?

— Maman, papa, il y a… Je crois qu'il y a quelque chose dans ma chambre. Il faut que vous montiez voir.

Le coucher du soleil. Spider déteste ça. Il ne supporte ni la manière dont le jour se distend comme un fruit pourrissant ni les effluves familiers qui en émanent, lorsque le sol paraît ouvrir ses colossales mâchoires. Ce qu'il abhorre par-dessus tout, c'est le fait qu'aucun membre de la famille ne veuille en parler, comme si évoquer la venue de la nuit, la nommer, pouvait lui donner plus de pouvoir qu'elle n'en a déjà.

D'un geste, Noor leur fait presser le pas.

— Allez, on y va ! hurle-t-il. Il ne nous reste plus beaucoup de temps.

Spider se courbe. Redoublant d'efforts, il traîne sur les sables la chamelle épuisée, la guidant entre les cactus qui pullulent dans la zone ; derrière lui les autres y mettent aussi du leur. Le pas plus ferme, le souffle plus lourd, le subtil crissement du sable sous les pieds. Tous veulent être rentrés avant la nuit.

À 500 mètres, la tour qui abrite la famille se dresse à la surface brumeuse du désert. Structure gigantesque, son emprise au sol est plus considérable que celle de la tour Eiffel, et elle dissimule aux regards une vaste portion du ciel, déjà obscurci à l'est. Les parois de métal sont infestées de rouille : le sable et les vents salés du désert y ont laissé leur marque. Pour les embellir, on a bien tenté de les peindre aux couleurs des fleurs de cactus, violet et rose pâle, mais le revêtement s'est écaillé dans l'atmosphère trop sèche et pend désormais par lambeaux, comme les croûtes se détachent de leurs plaies.

Spider a le teint bistre, mais sa peau peut encore brûler sous le soleil sans pitié. Blond comme les blés, il a les yeux bleus de son père et souffre dans ce désert, les paupières continuellement plissées : la lumière du jour semble avoir trouvé là son tendon d'Achille et n'hésite pas à en profiter. On lui a souvent dit qu'il avait un visage de boxeur, qu'il paraissait toujours attendre le poing qui va s'abattre.

Les marcheurs n'échangent pas un mot. Une fois à la tour, Spider attache Chamelle à un poteau, près du mur d'enceinte, puis aide Noor à ôter les chaînes qui ferment le portail. Métaux rouillés qui s'entrechoquent : le son se réverbère sur les parois et fait se retourner la famille, qui inspecte anxieusement les étendues désertiques.

Spider écarte les battants, afin que chacun puisse entrer au plus vite. À bout de forces, les membres de la famille dodelinent du chef, lui accordant à peine un regard. Lorsque la plupart sont à l'abri, les deux garçons qui fermaient la marche, Mahmoud et Cairo – toujours dans l'affrontement, ces deux-là, toujours prêts à créer des difficultés – décident de griller la politesse à tout le monde.

Tita Lily ne les quitte pas des yeux. Lorsqu'ils s'avancent, elle pousse un petit cri, se désolant de leur mise, de l'absence de protection solaire ; ils n'ont pas de chapeau, s'inquiète-t-elle, ils s'exposent beaucoup trop. C'est une anxieuse, et elle ne laisse pas une seconde de répit aux garçons.

Voulant prouver qu'il est plus rapide que Mahmoud – tâche impossible puisque Mahmoud, quoique plus jeune, est plus grand et plus robuste –, Cairo dépasse Tita Lily qui progresse entre les cactus, la tête haute comme à son habitude. N'apercevant l'enfant qu'au dernier moment, elle ne peut l'éviter et le choc, violent, la projette contre un cactus. Le garçon s'arrête net, les mains tendues, le visage exprimant terreur et culpabilité.

— *Tang ina !* s'écrie-t-elle à terre. Mais ils sont fous, ces petits cons !

Amasha ressort de la tour. Comme Tita Lily ne se relève pas, la troupe s'inquiète et rebrousse chemin. La malheureuse est étendue sur le sable, à plat ventre, tenant son chapeau blanc à la Grace Kelly plaqué sur sa chevelure sombre. Elle a perdu dans sa chute ses lunettes de soleil et un mince filet de sang se déploie le long de sa robe immaculée.

— Un cactus, constate Forlani en s'approchant d'elle à l'aide de ses béquilles.

Il s'accroupit tant bien que mal et lui conseille de ne pas bouger.

— Il t'a poussée ?

— Oui. Il faudra m'aider à remonter, murmure-t-elle.

Elk et Hugo, qui les ont rejoints, soulèvent Tita Lily sans aucune difficulté – elle est toute petite, maigre comme un clou – et la transportent dans la tour, escortés par Forlani, clopin-clopant. Il y a une traînée de sang sur le sable, constate Spider. Rouge sombre. Il préfère ne pas penser à l'odeur qui doit s'en dégager.

Il détache Chamelle et la fait entrer dans l'enceinte de la tour avant d'ajuster avec fracas les barres gigantesques à l'arrière du portail. Spider est l'un des membres les plus athlétiques de la famille, si bien que cette corvée lui échoit toujours. Dans le groupe, chacun s'est vu attribuer une tâche. Et chacun s'égaille à présent dans les profondeurs obscures de la tour pour s'y atteler.

Les plus âgés s'assurent que tout est bien fermé pendant que Splendour, la fillette blonde, retrouve les deux garçons, lesquels se sont déjà remis de leur accès de culpabilité. La petite équipe est chargée d'inspecter les réserves d'eau et d'allumer le générateur relié aux panneaux solaires. Madeira, dont les parents étaient fermiers, étudie son potager, un cigare calé derrière l'oreille. Elle soulève les bâches en plastique pour vérifier que le système d'irrigation n'a pas été endommagé et relève les températures indiquées par les thermomètres. Il lui faut aussi rendre visite aux animaux. Elle plonge la main dans les abreuvoirs, lance aux poules quelques poignées de grain, vide dans l'enclos des porcs quatre seaux d'épluchures.

Au centre de ce capharnaüm, la chamelle au pelage galeux patiente tandis que Spider la décharge de leur équipement de bivouac. Il transporte ensuite les sacs vers les casiers métalliques répartis autour des parois de la tour et les y range, avant de fermer le tout à l'aide de solides lanières. Il est en nage, a la bouche âcre à force d'avoir mangé du lapin séché – ce dont tous se nourrissent depuis deux jours.

Le lieu où vit la famille – la « Hutte » – pend 30 mètres au-dessus de leur tête comme un énorme péricarpe qui aurait poussé seul, telle une calebasse, une tumeur aérienne. On y accède par une longue et grêle échelle en fer qui grimpe le long de son flanc jusqu'à l'immense cadenas, indistinct dans la pénombre grandissante, sécurisant le sas d'entrée. Les deux hommes qui portaient Tita Lily l'ont déjà gravie : Hugo soutient Tita Lily tandis qu'Elk ouvre le cadenas. Quelques échelons plus bas Forlani les suit, tentant de se protéger des larmes de sang qui coulent de la robe blanche.

Spider ayant fermé les derniers casiers, il voit fleurir sur la paroi une lueur rouge. C'est le soleil couchant qui renvoie sur la tour un unique rayon, signe que la nuit est proche.

— On garde le rythme ! s'écrie-t-il.

Sa voix résonne contre le métal.

— Plus que huit minutes.

Il y a urgence et la famille en est de plus en plus consciente. Les corvées sont effectuées dans la plus grande hâte. Splendour s'est remise à pleurer de fatigue et de peur. Cette fois, Spider ne peut rien pour elle. Amasha la guide, de même que ceux qui ne sont pas encore remontés vers le centre de l'enceinte. Il va falloir grimper les 30 mètres d'échelle et les adultes font passer les enfants d'abord. Spider conduit Chamelle à sa cage et voit du coin de l'œil les petits escalader les échelons, perles multicolores sur un collier de fer dans la lueur rougeoyante du soir. Noor et Amasha assurent les arrières. Les mollets fins et musculeux de Noor transparaissent sous le tissu doré ; les mains chargées de bagues d'Amasha et le bindi collé à son front scintillent. Elle relève sur ses cuisses son sari rose vif et le noue sur sa taille. Aucune vanité dans ce geste : il faut grimper vite. Les muscles de ses bras gras et trapus saillent sous l'effort ; la soie se mouchette de transpiration.

La lèvre fendue de Chamelle frémit. Épuisée, la pauvre bête est couverte de croûtes sombres ; ses yeux sont chassieux. Spider secoue la corde et tire doucement sur la longe.

— Viens, ma fille, viens, dit-il avec un clappement de fond de gorge.

Elle est grincheuse, Chamelle : il faut toujours la courtiser. Il la persuade de venir à lui sans tirer sur la longe. Il ne se résoudra pas à la laisser seule si elle n'a pas réintégré sa cage, qui est aussi son refuge. Spider l'a fabriquée avec une soudeuse à arc également bricolée par ses soins. La cage est surélevée de 30 centimètres, ce qui est supposé en accroître la sécurité. Il faut aider Chamelle à monter la rampe.

Une fois dedans, Spider ôte la longe et masse le postérieur de l'animal. Ses bosses flasques lui pendent de part et d'autre de l'échine, ce qui pourrait sembler comique si ce n'était le signe d'une immense fatigue. Deux jours sans manger ni boire lui ont suffi pour parvenir à ce triste résultat. Chamelle fait vraiment son âge.

— Hé, murmure Spider en lui touchant la lèvre supérieure. Tu auras un gardien ce soir. Regarde !

Mettant à profit ses quelques heures de liberté, il a confectionné un écran qui recouvre la cage. Lui, comme toujours, passera la nuit à l'abri, dans les hauteurs de la Hutte. Et, même si les animaux de la famille survivent toujours aux nuits grises, ils sont témoins de spectacles sans doute effroyables, une pensée qui torture Spider. C'est pour atténuer les tourments de Chamelle qu'il a conçu cette bâche déroulante. Elle se fixe du premier coup et résiste aux tests que lui fait subir son inventeur.

Chamelle a soif. Tandis qu'elle retrouve ses repères, pivotant sur elle-même pour s'habituer à la forme nouvelle de l'habitacle, Spider attrape le seau en plastique et part en courant vers les citernes disposées le long de l'enceinte de la tour. Il ouvre le robinet et plonge le bout du tuyau au fond du récipient. L'expérience lui a enseigné qu'il faut exactement cent quatre-vingts secondes pour le remplir. En attendant, il évalue la situation. Ses mollets nus incrustés de sable, ses lèvres craquelées, douloureuses. Tita Lily blessée là-haut, un souci de plus sur une liste déjà trop longue. Et cette expédition de deux journées qui n'a rien donné de plus que les précédentes. *C'est la merde*, se dit-il. *Putain, c'est vraiment la merde.*

— Spider !

Il lève la tête. Trente mètres plus haut, l'énorme cadenas de la Hutte pend, encore ouvert. Amasha est perchée juste au-dessous, sur l'échelle, les jambes nues.

— Remonte vite ! hurle-t-elle en se retenant d'une main au bord du sas tandis que de l'autre elle lui fait signe, postillonnant une brume rose dans les derniers rayons du soleil. Arrête avec Chamelle ! Remonte !

— Il faut qu'elle boive !

Il ferme le robinet et empoigne les deux anses du seau.

— Arrête, je te dis ! Elle peut rester des semaines sans boire !

Il pourrait lâcher le récipient et l'écouter : non, pas question d'abandonner Chamelle à la soif. Il s'élance sur le sable.

— Spider ! Plus qu'une minute !

Sans perdre patience, il monte la rampe avec son fardeau et rassemble ses dernières forces pour le hisser jusqu'aux crochets fixés à un barreau de la cage, à la hauteur de Chamelle. Elle y plonge la tête et Spider s'attarde cinq secondes de plus pour lui gratter le front, puis claque la porte et se précipite vers l'échelle, qui gémit sous son poids. Amasha l'attend au bord du sas, les bras tendus. Jamais elle ne laisserait un membre de la famille dehors après le coucher du soleil : plutôt mourir !

Spider entre dans la Hutte au moment exact où le dernier rayon s'éteint sur le flanc de la tour. Amasha le tire à l'intérieur et referme le cadenas tandis qu'il halète, couché sur le dos.

— Ne me refais jamais ça, Spider. Je ne veux même pas penser à ce qui pourrait t'arriver si tu restais en bas. Le souvenir de Nergüi me hante toujours.

— Personne ici n'a envie de penser à ça, la réconforte-t-il entre deux souffles. Personne, Amasha.

Sous les toits, la chambre est telle que McKenzie l'a laissée : les couvertures en boule au pied du lit, l'oreiller par terre.

Selena Strathie, sa mère, est prise de frissons.

— Mon cœur, tu pourrais fermer tes fenêtres de temps en temps ? On dépense des fortunes en chauffage.

McKenzie ne répond pas. Cette manie qu'elle a de laisser toujours ouvert, de ne jamais fermer non plus ni les stores ni les rideaux remonte à sa plus tendre enfance. C'est une source constante de disputes avec sa mère.

— Où est-elle passée, ta créature ? demande son père. Sous le lit ?

McKenzie hoche la tête et il s'accroupit, soulève la couverture, inspecte le dessous du sommier.

— Pas un chat.

— Je l'ai vue, papa.

Il relève la tête et lui lance un curieux regard.

— Je ne dis pas que tu ne l'as pas vue, mon cœur, répond-il en arpentant la chambre, regardant sous le bureau, ouvrant le placard pour le soumettre à une fouille en règle puis chaussant ses lunettes avec lenteur avant de se remettre à genoux pour palper les plinthes.

— Pas un chat.

La salle d'eau, maintenant. Il allume en entrant. McKenzie et sa mère se pressent derrière lui, scrutant la cabine de douche et les toilettes qui scintillent dans la lumière électrique.

— C'est une grosse bête, murmure McKenzie. On la verrait.

Son père ouvre le meuble de toilette et passe la main sous l'évier, se penche pour mieux l'inspecter.

— Toujours rien.

— Il n'y a pas un trou par lequel elle aurait pu passer ?

— Je ne vois rien de tel.

L'inspection se prolonge un moment, puis son père s'assied en tailleur sur le carrelage et se frotte les yeux.

— Écoute, mon cœur, je ne sais pas quoi dire. Vraiment. Tu veux dormir avec nous ?

— Ça devait être un cauchemar, alors, répond McKenzie en se mordant les lèvres. Non ?

Elle a dû rêver. Et puis le rêve s'est introduit dans la réalité. Elle en est certaine. Ça arrive. Et on ne fait pas toujours la différence.

— Non, je vais rester dans ma chambre.

— Tu veux qu'on te tienne compagnie un moment ?

Sa mère sort du placard deux couvertures et des oreillers, et se cale avec son père contre le lit. McKenzie se recouche en chien de fusil, le regard perdu dans le vide. C'est vraiment un lézard qu'elle a vu tout à l'heure ?

Elle ferme les yeux et songe à India, son amie qui vit de l'autre côté du lotissement. Ni elle ni McKenzie n'ont de petit copain : aucun garçon ne les a jamais trouvées fréquentables de ce point de vue. India est somnambule et de temps en temps elle se retrouve dans des endroits bizarres, genre le garage, ou même au fond de son jardin, à fixer le torrent qui coule en contrebas du talus, derrière les maisons. La mère d'India l'a mal vécu.

Est-ce ce qui est arrivé aussi à McKenzie ? Elle aurait marché dans un demi-sommeil vers la chambre des parents ? Et le lézard ne serait que le produit d'un rêve ?

— Elle dort ? chuchote sa mère.

McKenzie pourrait rouvrir les yeux et répondre : « Pas encore, mais vous pouvez partir », pourtant elle ne bronche pas. Ses parents se sont toujours plus inquiétés pour elle que pour les garçons. Une différence de traitement dont elle aimerait connaître la raison.

Suit un long silence. Elle sent le regard de ses parents peser sur elle et continue à respirer lentement, régulièrement.

— C’est bon, dit son père, qui bâille avant de se relever.

Sa mère en fait autant un instant plus tard, puis semble prendre tout son temps pour ranger les couvertures dans le placard : elle est abonnée au club des maniaques.

C’est seulement sur le seuil que sa voix se fait entendre en un murmure imprégné de tristesse :

— Scott, j’ai l’impression que ça recommence. Pas toi ?

2

Spider ignore toujours pour quelle raison énigmatique la famille s'est trouvée réunie au cœur du désert : ses membres sont si différents les uns des autres ! Du bas au sommet de l'échelle sociale, de l'Amérique latine au Sri Lanka et plus loin encore ; ils viennent de partout. C'est une expérience. Le pire, c'est que lui sait qu'il ne devrait pas être des leurs.

Spider est un tueur, un tueur froid et méthodique, et il n'arrive pas à comprendre pourquoi et comment il est possible que personne ne s'en soit aperçu.

Ce soir, il arpente cependant le plus grand module de la Hutte, où Amasha réprimande le petit Cairo d'un index sévère pour avoir voulu faire l'intéressant, une fois de plus. Elk est dans la cuisine, une veste en fourrure sur le dos en dépit de la chaleur. Il a plus de 60 ans, une allure de Viking, et son long catogan gris est noué d'un boyau de kangourou. C'est le cuisinier et le bouclier : la famille entière pourrait se réfugier derrière son imposante carcasse.

— Où est Tita Lily ?

— Dans l'habitacle du fond, avec Forlani. Hérissée d'épines de cactus. Apporte-lui ça, qu'elle le boive, dit Elk en tendant à Spider un verre plein d'un alcool fluide et doré.

Forlani, l'adolescent au corps d'enfant, est l'homme-médecine de la famille. Spider le retrouve au chevet de Tita Lily couchée sur un banc. Penché sur elle, le garçon est armé d'une pince à épiler qu'il a trouvée dans une ville alentour. Le chapeau de Tita Lily traîne par terre, ses lunettes de soleil sont de travers et son rouge à lèvres, habituellement impeccable, lui macule le bas du visage.

— Spider, je t'en supplie, non. Je ne ressemble à rien.

— Et moi, tu ne m'as jamais vu ne ressembler à rien, peut-être ?

Tita Lily est née aux Philippines dans le corps d'un homme. Elle a les cheveux longs et s'est fait implanter des seins ronds comme des oranges, qu'elle apprécie pour la manière dont ils meublent ses robes.

Celle du jour est d'ailleurs le sujet d'une dispute avec Forlani : elle refuse qu'il en soulève le bas.

— Je ne me suis pas rasée, bon Dieu. Je ne me suis pas rasée !

— Mais il faut que j'enlève ces épines. Lily, c'est sérieux. Il faut que je les enlève.

— OK, OK, halète Lily. Mais promets-moi un truc. Quand tu auras fini, tu me raseras ? Hein ? Promis ?

— Promis.

Spider s'assied près de Lily et lui tient la main tandis que Forlani s'installe le plus confortablement possible pour procéder à l'extraction des épines et à la désinfection des blessures, qu'il faudra ensuite bander. Quand l'adolescent avait 5 ans, son oncle lui a cassé les jambes dans un verger de mûriers, en

Roumanie. Cinq fractures en tout, qui n'ont jamais complètement guéri et intriguent Splendour, la petite fille, qui demande parfois à Spider pourquoi ce n'est pas plutôt Forlani qui porte ce surnom, Spider.

« C'est lui qui ressemble à une araignée. Pas toi », chuchote-t-elle tout bas.

Mais Forlani a un don de guérisseur, il sait quelles plantes utiliser et son instinct lui indique toujours où se trouve l'infirmerie dans les hôtels abandonnés que la famille explore. Après six mois dans ce désert, il a recueilli des cargaisons de pilules, de flacons, de plantes médicinales et de bandages. C'est en soignant les autres qu'il arrive à survivre, et Spider se dit que c'est le compagnon qui lui importe le plus. Peut-être autant que Nergüi autrefois.

En dépit des contorsions de Tita Lily, Forlani parvient à presser les chairs où se sont logées les épines et à en extraire cinq, puis six, qu'il dépose sur une soucoupe. Mais la dernière lui résiste.

— Ça va, Tita ?

— Non, râle-t-elle en tournant la tête en tous sens. Ça ne va pas du tout.

Forlani accroît la pression du bout de sa vieille pince à épiler. La plaie saille, grasse et rouge, mais le dernier piquant reste inflexible.

— Il est trop enfoncé, Lily.

— Qu'est-ce qu'on fait, alors ?

Il secoue la tête, se redresse en se frottant la nuque. Ne pas pouvoir aider les gens le bouleverse.

— Ton corps l'expulsera en temps et en heure. Ça ne devrait pas tarder.

Tita Lily se tamponne les yeux à l'aide d'un mouchoir en dentelle d'une blancheur miraculeuse.

— Bon, reprend Forlani à voix basse. Maintenant, je peux te raser… D'accord ?

Spider est fatigué. Il dîne avec les autres ; les enfants ont apporté son repas à Tita Lily dans l'habitacle où elle dort. Il est temps pour lui de se retirer dans son propre module. Cela fait presque trente-six heures qu'il est debout. La nuit qui vient marque la fin du cycle de quarante-huit heures : c'est la « nuit grise », comme ils l'appellent, qui succède toujours à une « nuit blanche ».

Spider s'étend quelques minutes la porte ouverte, bercé par la voix des membres de la famille qui partagent une plate-forme de repos suspendue au-dessus du sol. Splendour a encore attrapé un coup de soleil – elle a le teint si pâle –, mais personne, ni Forlani ni Amasha, ne peut la convaincre de s'enduire de crème solaire.

Noor parle à présent du sable.

— Il va falloir que vous vous durcissiez la plante des pieds si vous ne voulez pas passer votre temps à vous plaindre, dit-il.

Mais Madeira l'interrompt d'une remarque hilare.

— Vieux, ça fait six mois que tu nous sers la même rengaine. Ça part d'un bon sentiment mais tu pourrais peut-être changer de disque, non ?

Bercé par ces dialogues, Spider s'endort, mais une inquiétude frémissante le réveille en pleine nuit. À en juger par les constellations qu'il voit par la fenêtre, l'aube n'arrivera pas avant deux heures. Il fait froid, et Spider reste couché quelques minutes, à sonder ses rêves. Il lui semble avoir entendu du bruit dehors. Il s'agenouille pour regarder à travers la grossière ouverture pratiquée dans le métal et pourvue d'une vitre au verre grêlé. Pas une lueur à l'horizon. Bien que, selon les estimations de la famille, il y ait une cinquantaine d'autres groupes dans le désert, la nuit la plupart respectent l'extinction des feux.

L'étoile Polaire brille dans la voûte céleste, mais il ignore comment interpréter sa position. Celle qui sait lire les constellations et navigue à l'instinct est partie en mission d'Éclaireuse ; elle n'est pas là pour l'instant, et Spider n'a pas eu le temps de travailler sur l'horloge qu'il essaie de reconstituer.

Inspectant lentement du regard les terres nues, il espère entrevoir une ombre, un indice. Parmi les villes que la famille a déjà explorées, certaines sont parsemées de lumières minuscules, d'autres sont obscures et mortes. Il survole les plaines hérissées d'arbres de Josué squelettiques, les dunes au sud. Plus à l'ouest, une forme sur l'horizon précipite les battements de son cœur. Il remet vite la main sur ses jumelles. Lorsqu'il les a trouvées à Abu Dhabi, sous une voiture de course abandonnée, elles étaient dans un piètre état, mais avec un bon chiffon et des soins répétés elles sont devenues utilisables. Il les règle en tremblant.

Un nuage de sable s'élève à une vingtaine de clics.

Des Djinnis. Ou plutôt des Pretas, comme les appelle Amasha – les fantômes affamés. Oui, les bouddhistes croient aussi aux fantômes affamés.

Ils grouillent mais semblent errer. C'est la première fois qu'il voit ça. D'habitude, ils sont rapides comme l'éclair et ne laissent dans leur sillage qu'un tourbillon de sable. Cette nuit, on dirait qu'ils avancent sans but. Comme s'ils jaugeaient les possibilités, scrutant le désert à la recherche d'une destination.

Spider enfile à la hâte ses brodequins, s'emmitoufle dans sa couverture, descend discrètement de sa couchette et s'engage dans le couloir en frôlant les murs : la voie est de plus en plus étroite, de plus en plus tortueuse. Au plus profond de la Hutte, tout paraît organique : les parois sont incurvées, torves, les plafonds plongent et leur hauteur parfois se réduit au mètre. Mais tout cela est étayé par une solide structure qui fait de cette construction précaire surplombant le désert un refuge inestimable. Les parois en bois sont bosselées comme des quartiers d'orange ; il en émane des effluves rassurants de cacahuète grillée.

Spider longe sur la pointe des pieds la plate-forme de repos de la famille : un immense matelas circulaire où dorment les uns contre les autres, en rond, comme des porcelets, ceux qui ne se retirent pas dans leur habitacle personnel. Leur respiration, leurs reniflements assoupis le poursuivent jusqu'à l'étage supérieur, où est située la salle commune qu'ils occupent dans la journée, une pièce dont Spider, Noor et Tita Lily ont été les architectes et les bâtisseurs.

Elle est gigantesque, cette salle : 20 mètres sur 20, et si haute de plafond qu'elle surplombe l'enceinte. Il s'y trouve d'immenses tables, des coussins, quelques matelas d'appoint. Tout le long du mur, à l'est, s'ouvre une série de petits balcons en arc de cercle. Au-dessus, les volets baissés à la nuit, se dresse une tour de guet polygonale semblable à une lanterne. On ne peut y accéder que par un escalier en colimaçon. Les parois sont transparentes, faites d'un astucieux polymère à la fois résistant et souple. Quand on s'y adosse, le matériau s'incurve légèrement sans jamais céder.

En montant dans la tour, Spider distingue tout juste son reflet dans les vitres obscures. Les Djinnis sont toujours là, filant encore au loin, au-delà des dunes. Trop loin pour qu'on puisse les entendre ou chercher à comprendre leurs intentions. Spider s'accroupit au pied de la paroi et y enfonce les genoux pour surplomber le vide vertigineux. Avant qu'il puisse faire la mise au point sur les Djinnis, ceux-ci s'élancent.

Un mouvement si rapide qu'il sursaute et manque lâcher ses jumelles. Les Djinnis fusent au-dessus du désert, les rapprochant des dunes, suivis comme à leur habitude par ce tourbillon de sable qui les voile afin que nul ne puisse jamais les voir. Le cœur battant, Spider se redresse immédiatement et sa main se plaque d'instinct sur l'étui de son coutelas, sanglé à sa cuisse.

Les Djinnis contournent les dunes et semblent se diriger vers le nord, où s'étend un immense lac salé que la famille a surnommé « la Virgule ». Ils peuvent parcourir 1 kilomètre en quelques secondes. Spider se déplace à pas lents dans la tourelle en suivant des yeux leur progression : ils bifurquent vers l'est, le long de la plaine aux arbres de Josué, puis filent droit vers le nord – vers la Hutte.

Il n'aura pas le temps. Pas même une seconde. Avant qu'il puisse prévenir les autres, les Djinnis ne sont plus qu'à un clic de la tour, soulevant les sables dans un puissant tourbillon. Tandis qu'ils foncent plein nord, galopant sur la vaste étendue qui sépare la Hutte de la ville la plus proche, Spider dégringole de l'échelle et se rue sur un balcon, dont il ouvre les volets.

La nuit est fraîche, le ciel noir ; l'air sent la sève – l'odeur des lattes de bois brut du plancher sous les pieds nus de Spider. Le coutelas entre les dents, il suit du regard les Djinnis, qui viennent de disparaître derrière la Virgule.

Lorsqu'ils atteignent les rives du lac, leur comportement change : ils ralentissent puis s'arrêtent dans une immense gerbe de sable. Ils sont encore trop loin pour qu'on puisse les distinguer avec précision. Dans la famille, personne n'a jamais vu de Djinni et Spider ne saisit à cet instant qu'un trop bref aperçu de leur silhouette : blanche, et d'une effroyable maigreur. Ils sont beaucoup plus grands que les humains.

Il bat immédiatement en retraite vers la salle commune et se hâte de refermer les volets. À peine a-t-il tiré les battants que le nuage de sable se rue vers la tour et cogne contre la rambarde dans une plainte funèbre, aiguë. En nage, parcouru de spasmes, Spider lutte avec la barre des volets. Il parvient enfin à l'ajuster quand un choc violent, sonore, se réverbère dans la Hutte, dont les fondations tremblent si fort que la vaisselle s'entrechoque dans la cuisine.

Il se fige, les mains plaquées sur les volets. Un Djinni a percuté le bouclier de la Hutte. Stimulé par une montée d'adrénaline, Spider inspire profondément. Un deuxième choc retentit, une deuxième secousse les ébranle. Cramponné au volet, il serre les dents sur son coutelas. C'est la première fois qu'un Djinni s'attaque à leur refuge, et même la première fois que l'un d'eux s'en approche à ce point. Le cou tendu, il voit l'une des créatures changer de direction et repartir vers la Virgule.

— Spider ?

Il pivote vers la droite. Grand, les yeux sombres, écarquillés, Noor vient de faire son apparition. Il est torse nu, vêtu de son seul pantalon. Spider n'arrive toujours pas à se fier à ce type.

— Qu'est-ce que c'était que ce boucan ?

— Un Djinni, répond Spider après avoir ôté le coutelas de sa bouche. Il s'est jeté sur la Hutte.

— Hein ? Mais ils ne peuvent pas grimper dessus.

— Je sais. Il s'est jeté contre la paroi. Ils ont dû flairer quelque chose.

— T'es sorti ?

— Un quart de seconde, même pas. Enfin, merde, quoi ! Ce n'est pas la première fois qu'on les voit. Ils n'avaient jamais fait un truc pareil. Ils ne nous sentent pas.

— C'est le sang de Tita Lily, peut-être, non ?

— Ce n'est pas la première fois non plus que notre sang coule au pied de la tour… Le jour où Hugo s'est coupé, dehors, et puis quand…

Il aimerait prononcer le nom de Nergüi mais n'y parvient pas.

— Non, ce n'est pas la première fois que quelqu'un saigne.

Elk penche la tête au-dessus de la plate-forme de repos. Ses longs cheveux gris pendent sur ses épaules nues et musclées.

— Qu'est-ce qu'il se passe ?

Spider pose l'index sur ses lèvres et secoue la tête.

— Les gosses sont réveillés ? chuchote-t-il. Il faut qu'ils se recouchent, là.

— Bien sûr. Amasha est avec eux. Elle saura les convaincre.

Hugo, l'Anglais au visage rond surmonté d'une tignasse blonde, surgit de son module en se grattant le ventre, visiblement ahuri. Il ressemble à un husky avec ses yeux bleus et son nez bourgeonnant, veiné de rouge. Puis Madeira apparaît à son tour, en pyjama blanc, toujours son cigare sur l'oreille : tous les adultes excepté Forlani, Amasha et Tita Lily sont à présent regroupés dans la salle, échangeant des murmures effrayés près de la fenêtre, par laquelle ils cherchent à distinguer ce que cache la nuit.

— La tour a tremblé de haut en bas, chuchote Madeira, perchée sur la pointe des pieds, en appui contre la vitre. Ils sont encore là ?

Impossible d'apercevoir de la salle les alentours de la Hutte. Spider remonte dans la tour de guet et s'enfonce du mieux qu'il peut dans le polymère : il n'a guère plus de succès. De toute façon, le silence est revenu ; au loin, à l'horizon, vers la ville aux gratte-ciel qu'ils n'ont pas encore explorée s'élève un nuage de sable semblable à ceux que soulèvent les Djinnis quand ils ont attrapé une proie. Parfois, lors des nuits grises, une victime suffit à les rassasier.

Quelqu'un tapote sur les montants du colimaçon. En baissant la tête, Spider aperçoit Noor et descend de la lanterne pour s'engager à la suite du jeune homme dans les étroits couloirs de la Hutte. On n'y voit presque rien dans le vestibule, qui ne peut pas les contenir tous, si bien que Spider doit rester accroupi près de l'immense porte, une couverture sur la tête et l'oreille plaquée au battant, pour écouter ce qu'il se passe au pied de la tour pendant que les autres attendent au niveau supérieur. Hormis Noor, qui s'est éclipsé et revient bientôt avec un arc et un grand sac dont il ouvre la fermeture Éclair. Le visage grave, il distribue aux membres de la famille des coutelas et des lances avant de rejoindre Spider quelques marches plus bas.

— Tu entends quelque chose ?

Spider fait signe que non.

— Ce qui ne veut pas dire qu'ils ne sont pas là, ajoute-t-il dans un souffle. J'ouvre ?

Noor le dévisage, les narines palpitantes, frémissantes.

— Non.

Curieux, songe Spider. Si Noor était certain que les Djinnis ne sont pas entrés dans l'enceinte de la Hutte, il n'aurait pas peur d'ouvrir. Mais peut-être pense-t-il trouver un Djinni accroupi sur la grande échelle, de l'autre côté du sas ? Curieux également cette déférence que tous manifestent à Noor dans la famille, comme si sa seule beauté lui conférait quelque autorité.

— Pourtant, on ne risque rien à l'ouvrir. Ce n'est pas la première fois.

— Non, répète Noor en s'asseyant face à Spider sur l'étroit passage qui sépare la porte des murs du sas.

Spider l'enveloppe d'un long regard. Nergüi, ce combattant aguerri, lui manque.

Personne n'apprécie Hugo, trop gâté, trop privilégié, trop anglais, trop familier des terrains de cricket et des soirées dans la jet-set. Et, s'il est si antipathique, c'est qu'il est présomptueux et ne cesse de parler de ses prestigieux diplômes. La beauté et l'aisance de Noor font au contraire oublier ses origines, ce qui ne l'empêchait pas de détester Nergüi, pour des raisons que Spider a du mal à comprendre. Parce que Nergüi était plus grand, ou plus musclé, ou plus… ? De son côté, Spider jalouse Noor, ce golden boy élevé dans la soie, ce fils d'ambassadeur pakistanais qui, au cœur du désert, garde toute son assurance alors que Spider n'a rien d'autre à y traîner que son terrible et sordide secret.

Le sac de Noor contient également des hampes de flèche en bois et des pointes métalliques, ainsi que deux imposantes épées berbères trouvées dans une casbah abandonnée près de Ouargla. Il en tend une à Spider, qui l'attrape avant d'en inspecter la lame, s'arrache un cheveu et l'étire sur le tranchant de l'arme coincée entre ses genoux. Il faut une certaine pression pour le couper.

— Émoussée ? demande Noor.

— En effet.

Noor extrait du sac une pierre à aiguiser, un gros caillou contenant de la spessartine : Spider l'a découvert près du rivage de la Virgule, où ses reflets rouges dans la lumière de l'aube lui ont rappelé qu'un jour un adjudant de la Légion étrangère lui en avait montré un spécimen. « On l'appelle aussi "grenat mandarin", et cela fait une excellente pierre à aiguiser », avait-il précisé. Spider a ramassé le caillou et l'a taillé pour Noor, le maître armurier de la famille.

Pendant que Noor affûte une lame, Spider monte quelques flèches avec du fil de Nylon en lançant de temps à autre un regard à son compagnon, jusqu'à ce que celui-ci hausse les sourcils, interloqué.

— Ouvre l'angle. Il te faut 20 degrés de plus, explique Spider.

— Comme ça ?

— Encore un peu plus. Et passe la lame de la garde à la pointe.

Mais Noor ne comprend visiblement pas la consigne.

— Attends.

Spider pose les flèches et s'empare de l'épée, dont il passe doucement la lame sur la pierre, jusqu'à la pointe, avant de la retourner pour faire subir le même traitement à l'autre côté du fil. De temps en temps, il s'interrompt et tend l'oreille vers le sas. Pas un bruit au-dehors. Lorsqu'il en a fini, il soumet son œuvre au test du cheveu. Cette fois, la lame est acérée comme celle d'un rasoir.

— La mienne, maintenant, dit Noor en lui tendant l'autre épée. Tu les as vus ?

Spider se fige, secoue la tête.

— Pas plus que les autres fois. Ils sont trop rapides.

Il prend l'épée de Noor et l'aiguise un bon moment, sans cesser de tendre l'oreille. Il ne tremble plus, mais chaque fois qu'il se représente ce qui pourrait se trouver de l'autre côté du sas, un torrent d'acide lui parcourt les veines. Chamelle est restée en bas. Si l'expérience semble indiquer que les Djinnis ne s'intéressent pas au bétail, rien cependant n'est acquis dans le désert.

L'épée aiguisée, Spider la rend à Noor, qui la pose sur ses genoux. À l'étage, les autres se sont tus. La fatigue les accable tous. De part et d'autre du sas, les deux hommes aux aguets se dévisagent, prêts à réagir à la moindre alerte.

Ils demeurent assis dans le silence tandis qu'au-dessus d'eux le reste de la famille succombe peu à peu au sommeil. Bientôt, Noor s'assoupit à son tour. Les paupières lourdes, il se tient les épaules droites, dans la posture du guerrier, les jambes écartées, serrant à deux mains la garde de l'épée.

Spider cligne ; ses yeux lui piquent. Les deux dernières journées l'ont épuisé. Si les Djinnis sont encore au bas de la tour, s'ils essaient de prendre d'assaut leurs défenses, ils feront tant de bruit qu'il se réveillera, se rassure-t-il. Il aura le temps de s'extraire du sommeil, de se préparer. L'aube ne devrait plus tarder maintenant – la nuit va prendre fin.

Dernière pensée avant de sombrer : la famille est sortie plus d'une fois sur les balcons au cours des nuits grises sans que les Djinnis ne les flairent jamais. Et le sang a déjà coulé ici.

Quelque chose a dû changer. Mais quoi ? Il s'endort avant d'avoir pu répondre à cette question.

3

La chambre de McKenzie est au tout dernier étage de la maison : elle ne peut pas dormir si elle n'a pas vue sur le ciel. Sans cela, elle est inquiète, désorientée, comme un rat de laboratoire dans un labyrinthe. Le lendemain, au réveil, elle lève les yeux vers les Velux, regarde la lumière du jour effleurer les branches basses des chênes de Virginie, leurs feuilles brunes et pendantes. Les arbres sont si grands ici qu'elle ouvre parfois l'œil la nuit, pensant avoir entendu un tronc craquer ; dans les secondes qui suivent, c'est sûr, le plafond sera éventré par la chute de ses frondaisons. Mais elle ne changerait pas de chambre pour un empire. Elle se demande s'il va pleuvoir aujourd'hui – ou neiger, peut-être. En général, elle peut prévoir le temps rien qu'en humant l'air.

Il va pleuvoir, songe-t-elle. *Oui, c'est sûr, il va pleuvoir, même si le ciel est bleu. Et pas qu'une averse. Un déluge. Une vraie mousson.*

Elle s'assied, excitée par cette perspective, voit la porte du placard entrouverte et se souvient de ce qui s'est passé cette nuit.

À cette pensée, elle se recouche, remonte la couverture sous son menton et contemple le plancher. Le lézard. Qu'est-ce que c'était que ce truc dans son lit ? L'a-t-elle vraiment rêvé ? Il semblait si réel. Et sa mère, de quoi parlait-elle ? « Ça recommence. » Qu'est-ce qui « recommence », au juste ?

Elle sort du lit et arpente la chambre, vérifie tous les recoins que son père a déjà inspectés. Aucune bête de cette taille n'aurait pu s'y cacher, ni même s'y faufiler. Sous les couvertures, Doudou Lapin gît sur le matelas, la tête ballante, ses yeux mal cousus fixés sur le plafond. Elle l'attrape et le flaire. Il ne sent pas le lézard – non, pas du tout, et il lui vient une étrange certitude : elle pourrait reconnaître avec précision l'odeur de ces animaux. Quand elle va au zoo, elle ne manque jamais l'herpétarium, où sont rassemblés les reptiles. Ça, ou les chiens de prairie et les fennecs.

C'est cette envie permanente qu'elle a des déserts, lieux à la fois séduisants et terribles. Dans sa Virginie saturée de forêts, où les routes sont larges et lasses, obscurcies par les acajous et les séquoias, McKenzie y pense tout le temps. Pourquoi ? Elle n'en a aucune idée. Il y a sur les murs de sa chambre de grandes cartes qui représentent leur progression, des courbes de pluviométrie et d'austères photographies des parcs nationaux prises par Ansel Adams. Arbres de Josué morts. Le Sahara gagne 500 mètres par an dans toutes les directions. De leurs longs doigts de sable, les déserts de Chine s'emparent des plaines vertes qui les entourent, en dépit de la muraille végétale plantée par le gouvernement.

La photo en gros plan d'une microrafale en formation au-dessus de Phoenix, Arizona, occupe la place d'honneur de cette collection. Ce nuage démesuré en forme de champignon la hante depuis ses 6 ou 7 ans – une obsession teintée de crainte. C'est le fond d'écran de son téléphone et elle peut, aujourd'hui encore, le contempler un grand moment et sentir cette excitation mêlée d'un pressentiment confus lui donner la chair de poule.

« Il y a quelque chose là-dedans… Quelque chose qui… »

Face à ces images, son père se gratte le menton et lève les yeux au ciel. Mais comment a-t-il pu écoper d'une famille si dispersée, si désorganisée ?

« Si différente, le corrige invariablement sa mère. Une famille différente, c'est le qualificatif que tu cherchais. »

Il faut dire qu'elle se montre elle aussi sensible à la fascination de sa fille pour les déserts et le sable, même si elle ne se l'expliquera jamais. McKenzie aimerait la pousser dans ses retranchements à ce sujet, si elle en avait le courage, quoiqu'elle croie savoir comment réagirait sa mère : en haussant les épaules, elle répondrait sur le ton de la plaisanterie qu'il n'y a franchement pas de quoi se faire de souci, McKenzie est une élève modèle ; vu ses notes, elle n'éprouve aucune inquiétude. Elle a même collé sur le pare-chocs de sa voiture un autocollant MON ENFANT A EU LES FÉLICITATIONS !

McKenzie prend sa douche, s'habille, prépare ses affaires de classe et descend dans la salle à manger, où la table est mise pour le petit déjeuner : ça, c'est sa mère et son sens aigu de l'organisation. Les frères de McKenzie, Luke et Tatum, regardent en silence Fox News : le Président sort tout juste d'Air Force One. Le reportage s'interrompt au moment où la mèche qui dissimule sa calvitie menace de se soulever. Il y a une carotte dans l'assiette de McKenzie.

Elle s'immobilise sur le seuil, les yeux rivés sur cette offrande, respirant avec application. C'est une vieille plaisanterie de ses frères. McKenzie, poil de carotte. Elle ne ressemble pas au reste de la famille. Maman, si délicate avec sa frêle ossature chinoise, ses membres sveltes, sa chevelure d'un noir lustré, impeccable. Luke et Tatum en ont hérité, avec la carrure de papa : les deux garçons sont des sportifs d'élite. Et puis voilà McKenzie avec ses longs cheveux en cascade, couleur de feu.

Luke et Tatum font semblant de ne pas avoir vu leur sœur, mais leurs mâchoires tressautent – ils sont au bord du fou rire. Quels idiots : ils sont tous les deux à la fac maintenant, à George Mason, en communication. Ils y sont rentrés uniquement grâce à leurs performances sportives : lacrosse, football américain et aviron. Question humour, en revanche, ils n'ont pas tellement évolué.

McKenzie s'empare sans rien dire de la carotte et la jette à la poubelle.

— Ben alors ? demande Tatum. Qu'est-ce qui va pas ? C'est bon pour la santé, les carottes. C'était pour contribuer à ton apport en vitamines.

— Et Tatum ne se l'est pas fourrée dans le cul avant de te la mettre dans ton assiette, renchérit Luke. Je te le jure.

McKenzie s'installe, verse quelques flocons d'avoine dans un bol et se sert un grand verre d'eau. Encore une de ses étranges manies : elle ne boit ni café ni boissons sucrées. Rien que de l'eau. L'eau la fascine littéralement. McKenzie y a réfléchi en boucle ; elle sait qu'elle porte le gène récessif d'un marin, amant de son arrière-arrière-grand-mère à Shanghai et père de son arrière-grand-mère. Sur les photos, cette dernière a les yeux curieusement ronds et les cheveux sombres. Du côté de son père, elle a hérité de deux gènes récessifs dont l'association a engendré ses cheveux roux. Les seuls traits qu'elle ait hérités de sa mère sont ses canines supérieures légèrement saillantes – l'orthodontiste les a fait rentrer dans le rang il y a deux ans –, ses yeux brun foncé et ses pommettes bien dessinées. « Tes pommettes de guerrière », dit toujours India.

McKenzie verse du lait de soja sur ses flocons d'avoine, ajoute une cuillerée de miel et commence à manger. Elle sait ce qui va suivre : la conversation qu'ils ont déjà eue cent fois sur le fait qu'elle ne trouvera jamais de petit ami et que le gène de la rousseur devrait être éradiqué.

— Faut quand même dire que les mélanges avec les roux, c'est passé de mode, reprend, quelle surprise, Tatum. Ça perpétue un gène qui n'a aucune utilité.

— C'est ça, rétorque McKenzie. Alors que le gène de la connerie, lui, il va sauver l'humanité. Le jour où j'ai potassé ton UV anthropologie à ta place, j'ai lu un article là-dessus, il me semble.

Leur mère apparaît dans l'embrasure de la porte, prête à partir travailler – elle est professeure de yoga. Queue-de-cheval impeccable, baskets d'un bleu turquoise éclatant. Leur père est juste derrière elle, en costume cravate ; il s'essuie les cheveux avec une serviette et paraît tendu.

— Qu'est-ce qu'il se passe, ici ? demande leur mère, qui flaire immédiatement les tensions. Je sens quand ça chauffe. Je suis loin d'être bête, vous savez.

Silence général. McKenzie observe le fond de son bol. Le sang lui monte aux joues. Elle n'a pas envie de faire une scène.

— Alors ?

— Il ne se passe rien, dit Tatum.

Les parents lancent à leur progéniture des regards soupçonneux mais s'installent pour le petit déjeuner et se servent du café. Lorsque leur mère soulève le couvercle de la poubelle pour y jeter une peau de banane, elle comprend le problème.

— Une carotte, constate-t-elle en observant les garçons. Je croyais qu'à votre entrée au collège on s'était mis d'accord pour laisser tomber ce genre d'humour au ras des pâquerettes. Je me trompe ?

— Maman, s'il te plaît ! l'implore Tatum, qui sait s'y prendre avec elle, en s'agenouillant au pied de sa chaise. C'est notre façon à nous de lui montrer notre amour. Et puis elle nous a empêchés de dormir toute la nuit.

Leur mère incline la tête, dubitative.

— Vraiment ? Toute la nuit ?

— Elle a la meilleure chambre de la maison et on entend tout ce qu'elle fabrique là-haut.

— Les garçons, pas d'insinuations déplaisantes.

— Et en plus vous allez l'inscrire à CalTech, non ? À l'autre bout du pays ? Alors que Luke et moi on est condamnés à la Virginie ?

— Tatum ! intervient brusquement leur père. Le sujet est clos. Ça suffit, maintenant.

— Non mais vous savez combien ça va vous coûter, CalTech ? Dans les 250 000 dollars, genre ? Pour l'équité, on…

— Non, le coupe McKenzie, soudain très en colère. Tu racontes n'importe quoi.

— Ah bon ?

— Oui, parce que j'aurai une bourse.

— Oooh, mais oui, bien sûr ! ironise Luke avec une délectation hilare en se balançant sur sa chaise. Une bourse, pour la fac la plus démentiellement geek de tout le pays. Dans tes rêves !

McKenzie déglutit bruyamment.

— Je ne plaisante pas. J'y travaille.

— Ça suffit !

Tout le monde sursaute. Le visage de leur père a viré au cramoisi, ce qui indique : a) que ses gènes sont bel et bien écossais, et b) qu'il vient de donner un avertissement en bonne et due forme sur le caractère explosif des minutes à venir.

— Maintenant, profère-t-il, l'index dressé et le menton frémissant, le sujet est clos. Je ne le répéterai pas une troisième fois. Finissez votre petit déjeuner. Si ça continue je vais être en retard au boulot et ce sera votre faute à tous les trois.

Les garçons baissent la tête sur leurs flocons d'avoine pour se consacrer à la mastication. Un changement radical de comportement qui fait naître un petit sourire sur les lèvres de leur sœur. Lorsque Tatum lève enfin les yeux, elle murmure ces quelques mots :

— À partir d'aujourd'hui, pour tes dissertations, tu peux toujours courir.

Tatum lance un coup d'œil à leur père, qui ne les surveille plus.

— C'est ce qu'on verra, articule-t-il en retour avec un regard torve.

Les enfants sont les premiers à émerger du sommeil. Ils se chamaillent en poussant des cris de ravissement ; bientôt le reste de la troupe les imite et se met en ordre de marche. Spider se réveille en sursaut, la bouche sèche, les membres engourdis et endoloris à cause de la position dans laquelle il s'est endormi, à deux pas du sas et non dans son lit. Il se demande d'abord ce qu'il fait là, puis les événements de la nuit passée lui reviennent et il se contraint à un retour à la pleine conscience, tout en massant ses épaules ankylosées.

Le sas est encore fermé. Noor est sorti : il a emporté le sac, mais pas l'épée de Spider, qui gît à terre, près de son propriétaire, lequel emprunte le colimaçon et retrouve sa torche à énergie solaire fabriquée avec l'aide de Hugo. Le matin met fin à la menace des Djinnis, ce qui ne soulage en rien l'inquiétude de Spider lorsqu'il ouvre non sans difficulté le cadenas du sas.

Un coup d'œil à l'extérieur : il ne fait pas encore assez jour pour s'assurer que rien n'a changé alentour, mais le fumet âcre des bêtes qui dorment lui monte aux narines. Dans l'entrebâillement, il se penche pour braquer sa torche sur le vaste espace. Les ronflements ténus se réverbèrent entre les parois de la tour : les animaux sont plongés dans le sommeil et l'enceinte n'a pas été forcée.

Il dirige le faisceau lumineux sur la façade, ses panneaux métalliques soigneusement vissés. Aucune déformation, rien qui puisse lui indiquer à quel endroit la créature les a percutés.

— Salut ! s'exclame-t-il en levant les yeux.

Hugo et Madeira, alertés par le bruit du sas, viennent de surgir au-dessus de lui.

— Qu'est-ce qu'il s'est passé ? demande Madeira, son éternel cigare entre les dents. Les animaux, ça va ? Ma ferme, ça va ?

— Pas de problème, je pense.

— Et ma tuyauterie ?

C'est Hugo, l'Anglais, qui a parlé. Un solitaire, ce Hugo, un taciturne, sauf quand il est question de littérature grecque ou latine. Il s'est institué plombier de la famille, une fonction qui l'obsède. L'alimentation en eau est assurée par un réservoir qui, enterré sous des mètres cubes de sable, exige une surveillance constante.

— Rien n'a bougé. Pas d'intrusion. Vous voulez voir ?

Hugo se laisse glisser près du sas avant de se pencher au-dessus du vide, histoire de se rassurer. La tour est intacte. Puis il rend la torche à Spider, écarte de son front une épaisse mèche blonde. Hugo est gros, perpétuellement en nage, et a le teint d'un blanc rose de pâte d'amande.

— Les gosses ne sont pas au courant. On continue de faire comme si, d'accord ?

Hugo et Madeira ne se parlent jamais. Ils ne supportent d'être dans la même pièce que dans des circonstances de ce genre. Si les liens tissés dans cette famille sont les plus forts que leurs membres aient jamais connus, il n'en reste pas moins quelques fissures entre lesquelles suinte le ressentiment. Madeira déteste tout ce que Hugo représente – en premier lieu ses privilèges. Elle, elle est née dans la pauvreté. Enfant, elle faisait de la contrebande de fèves de cacao, du Ghana à la Côte d'Ivoire ; elle a souvent des accès de nostalgie quand elle repense à la pluie au Ghana, à l'ombre, à l'odeur poisseuse des fèves qui sèchent au soleil. À tous il manque quelque chose.

Une fois ces deux-là repartis, Spider referme le sas puis se dirige vers les stalles de douche. Leurs parois ont été confectionnées dans un bois plus lisse, similaire au noyer : naturellement riche en huile, il est imperméable et, autre détail utile, creusé par endroits de cavités qui permettent d'y loger les savons et shampooings rudimentaires que la famille fabrique avec du lait de brebis. Hugo est déjà passé par là : il a fait chauffer de l'eau qu'il a répartie dans des seaux à l'entrée de la salle de douche. Ce sont les rations quotidiennes pour la toilette. Ici, il faut économiser l'eau.

Après s'être douché, Spider s'habille. Un négligé rapiécé, une veste en cuir débordant d'outils et d'armes diverses qu'il enfile lentement, contrôlant à deux reprises l'état de ces accessoires et que personne n'y a touché. Il y a longtemps que les autres ne s'étonnent plus de cet accoutrement. Spider a le chic pour transformer ses vêtements de femme en tenues de combat, si bien que la famille ne remet plus en cause son apparence. À vrai dire, ces jupes et fanfreluches lui donnent la sensation d'être libre : ah, le vent du désert sur ses jambes nues ! Il est prêt à se battre bec, ongles et peau. Et puis dans ces jupes il y a des plis et replis où cacher d'autres outils, et même une poche secrète, héritage de ces fillettes qui volaient les portefeuilles des touristes à Paris, une planque de plus pour les armes qu'il ne veut pas montrer. C'est un mauvais garçon, un sauvage, ce Spider. Sous ses jupons sommeillent des poignards, et bien pire.

En quelques mois, ils ont exploré presque toute la partie du désert accessible depuis la Hutte, à l'exception d'une zone ronde comme un camembert et qui abrite deux villes. L'une d'entre elles, de loin, paraît moderne, avec d'immenses gratte-ciel. D'après ce que Hugo a raconté de ses voyages au Moyen-Orient quand il travaillait dans le secteur bancaire, il y a quelque chose de Dubai dans cette ligne d'horizon. L'autre ville semble décrépite, dépourvue de hautes constructions, cernée de toutes parts de monceaux d'ordures.

Spider monte l'escalier en colimaçon et ses godillots aux semelles rigides résonnent sur les marches. Sur l'un des paliers, Madeira fait des pompes.

— Salut, toi.

— Salut.

Elle porte un pantalon cargo et un gilet blanc. La peau de ses bras est luisante et son crâne est rasé sur un tiers de sa surface, le reste étant occupé par une énorme torsade de cheveux, richement tressée, qui rampe vers ses omoplates. Cette fois, son cigare est coincé sur l'une de ses oreilles, ornée, comme l'autre, d'une créole en or. Le sang de Spider se glace lorsqu'il imagine l'anneau s'accrochant par mégarde, le lobe de l'oreille arraché.

La famille se regroupe peu à peu pour le petit déjeuner. Dans la lumière de l'aube, les fenêtres de la salle commune font encore miroir, reflétant les bougies chauffe-plats, les lampes et les visages endormis. Au centre de la table trône le « fruit regyre » – la sculpture symbolisant la progression du groupe dans le désert aride, ou plutôt « le Cirque », comme l'a surnommé Mardy. À côté, un saladier plein de porridge brûlant saupoudré d'amandes et de cubes d'ananas confit, d'épaisses cruches pleines de lait de brebis, des pots de miel et de chutney, et un plat où s'empilent généreusement des tranches de viande de kangourou et des dosas.

Elk est dans la cuisine, le domaine que personne ne lui conteste, et sur lequel il règne seul. Cheveux gris coiffés en catogan, il porte un tablier. Ses manches, remontées jusqu'aux coudes, laissent voir ses tatouages, et son regard ardent est celui d'un survivant. Il chorégraphie le repas, tend à tel ou tel membre de la famille une assiette à poser sur la table, donne des ordres aux enfants. Les feux de la cuisinière, alimentés par les déjections animales que Hugo amasse dans de vastes citernes à l'ouest de la Hutte, sont allumés ; les calebasses d'Elk bouillonnent, pleines de la ration journalière d'eau. Il y ajoute des feuilles de maté que Madeira a fait sécher sur le rebord de la longue baie vitrée. Cette plante, leur caféine de substitution, pousse ici en abondance ; c'est un réconfort permanent pour la famille.

— Mahmoud ? appelle Elk en regardant par-dessus ses lunettes le plus grand des enfants. Tu as oublié de poivrer ces œufs. Et le jus de datte ? Tu crois qu'il va venir tout seul à table ?

Hugo sort de la cuisine, portant à bout de bras un large saladier en grès, de la taille d'un pneu de camion et rempli de patates douces farcies. À la vue de Spider, il fait halte.

— Tu as regardé ? demande-t-il en haussant les sourcils.

— Pas encore. Et pas un mot avant que j'en aie eu le temps. Pas avant que…

Il désigne du menton l'escalier. C'est par là qu'on emmène les gosses avant qu'il procède à son inspection des alentours.

— … à ce moment-là, on pourra causer.

Spider se dirige vers la cuisine pour s'y voir confier une mission par Elk. Mais avant qu'il ait pu l'atteindre, la petite Splendour étreint ses jambes nues et lève la tête. Elle a bien dormi et lui décoche un grand sourire ébréché – il lui manque deux incisives. Elle a les yeux gris, de la couleur des baies du gui, troubles comme de la buée sur un miroir.

— Y a pas eu les bruits, Spider, cette nuit. Ni les choses qui font peur.

— Je sais. C'est bien.

— Et pis j'ai rêvé. Dans mon rêve, y avait les scouts, Knut et Yma.

— Super. Moi aussi j'ai rêvé d'eux.

— C'était un beau rêve ?

— On va aller chercher le pain, dit-il après un instant d'hésitation en ébouriffant la chevelure de Splendour. Oh, regarde Elk ! Il va piquer une crise. Va lui donner un coup de main.

C'est toujours aussi chaotique, ici, le petit déjeuner. Les enfants ont faim et se ruent sur les plats sucrés. Elk voudrait qu'ils mangent lentement, qu'ils apprécient les aliments et les traitent avec révérence. Un sérieux qui fait rire les autres membres de la famille.

« Mais ce n'est que de la nourriture ! » le taquinent-ils.

« Mais ce n'est que de l'air », réplique-t-il.

Amasha et Forlani viennent d'apparaître en compagnie de Tita Lily. Elle s'est habillée et, sans doute parce qu'elle est couverte de bandages, sa silhouette paraît plus rebondie qu'à l'ordinaire. Elle porte cependant son éternel rouge à lèvres écarlate et sa capeline à la Audrey Hepburn bien nouée sous le menton. Souriante, elle s'attable non sans mal. Forlani et Amasha ne la lâchent pas d'une semelle, lui apportant ce dont elle a besoin. La famille ne peut pas se permettre de perdre un seul de ses membres. Ce serait dramatique, surtout après Nergüi.

Spider mange l'esprit ailleurs, sans prendre le temps de savourer la nourriture. Il veut se remettre au travail. Le Sarkpont est situé dans une *piscina*, à l'angle nord-ouest d'un rectangle ; c'est aussi ce qui hante leurs pensées nuit et jour. Lorsqu'une autre famille le trouve, la fin du regyre survient et il leur faut fermer un nouveau segment du fruit regyre. Sur 12 segments, il n'en reste plus que 2. En apportant la nourriture à table, les enfants – Splendour et les deux garçons, Cairo et Mahmoud – se montrent de plus en plus excités. Ils crient, se chicanent et Amasha intervient à plusieurs reprises en leur disant de garder cette belle énergie pour plus tard.

— Vous pensez vraiment que Tita Lily a envie d'entendre ces sottises ?

Aujourd'hui, Amasha porte un sari en soie bleue brodé d'argent. Ses sourcils sont rehaussés de gemmes blanches.

— Si seulement il y avait des moussons dans le désert ! dit-elle en souriant tandis que son regard sombre, souligné de khôl, se pose sur le balcon. Si on pouvait avoir un peu de pluie, qu'est-ce qu'on danserait ! Hein, Madeira ?

— Pas de doute, répond cette dernière en allumant son cigare.

Amasha hoche la tête. Elle et Madeira ont de nombreux points communs. Petites, elles ont connu des climats similaires. Amasha se lance souvent dans de longs monologues sur les usines de thé et la brume qui flottait sur la ferme familiale, là-bas, au Sri Lanka. Mais sa famille était riche ; elle a étudié à l'étranger avant de venir ici.

— Il faut que tu t'habitues au désert, dit Noor, très élégant dans son kurta rose argenté. Tous les jours, les miens couraient dans le désert du Thar. Et ça a marché. On a survécu.

— On sait, on sait, le coupe Spider. Tu nous en parles tout le temps.

Dans le Cirque – le désert –, Amasha et Elk sont les Futatsus, ce qui, en japonais, signifie « deux personnes » mais qui, dans le cas présent, veut plutôt dire « *les* deux personnes ». Dans d'autres circonstances, on les appellerait « chefs » ou « anciens ». Et, même si Amasha a tout juste la quarantaine et Elk vingt ans de plus, leurs décisions ne sont jamais contestées. Leur échoit également la lourde tâche de contacter les Éclaireurs et d'échanger de l'information avec eux.

La lumière du jour filtre, laiteuse, dans les étages supérieurs de la Hutte ; lorsque le petit déjeuner prend fin, Amasha écarte les bras d'un geste ample et gracieux et ses voisins baissent la tête, lui étreignant les mains. Seul Elk, qui porte encore son tablier, n'entre pas dans la ronde. Lui vient se placer derrière le membre de la famille le plus proche, en l'occurrence Spider, et lui tient les épaules, se joignant à la prière commune que murmure Amasha.

— Ha'shem. Entends notre voix, je t'en prie. Et protège-nous.

Les prières du matin sont toujours brèves et sans détour.

— Bénis nos Éclaireurs dans leur quête ; aide-les à écouter ; aide-nous à trouver le Sarkpont. Prions pour Nergüi, prions pour qu'il soit sain et sauf.

— Prions pour Nergüi, répète Elk. Et qu'il nous soit donné de trouver le Sarkpont aujourd'hui. Amen.

— Amen, reprend la famille.

Madeira et Elk débarrassent la table, puis une file se forme devant Tita Lily, à laquelle revient la tâche quotidienne d'inspecter la tenue de chacun. Tita Lily adore les étoffes. Elle collectionne les sequins prisés aussi par Amasha ; elle peut créer une jupe ou une chemise à partir de rien ; tous les soirs, elle se rase et se brosse les dents avec un mélange de sel et de citron.

— Splendour, tu en as bavé hier, dit-elle. Tu n'as pas oublié de mettre ta crème solaire cette fois ?

— Nan, répond la fillette.

— Tu me le jures ? Sinon, tu vas te brûler le visage, compris ?

Tita Lily grimace. Elle s'est penchée trop brusquement et se plaque la main sur les côtes. Forlani se précipite, prêt à l'aider. Elle le repousse d'une main impatiente.

— Tu as vraiment l'intention de porter ces boucles d'oreilles, Madeira ?

— Tu m'as déjà vue sans ?

— Tu vas finir par t'arracher les lobes, tu sais.

— Les cicatrices m'iraient bien, non ? Ça me donnerait un air sauvage.

Tita Lily soupire. Elle n'accorde pas un regard à Spider, qu'elle n'a plus le cœur de réprimander. S'il a envie de porter des robes dans le désert et d'affronter ce qui y traîne à jambes nues, s'il aime les ampoules, les morsures et le sable qui vous rentre là où il n'a rien à faire, c'est son problème.

— Ne viens pas pleurer dans mes jupes le jour où tu te feras mal, murmure-t-elle en découvrant ses incisives de lapin.

Tita Lily n'est pas une beauté, et, parfois, quand elle a trop bu ou trop fumé, cela la rend triste : « Je ne voulais qu'une chose : devenir une belle femme. Mais même en fille je suis hideuse. »

Elle se relève, non sans douleur, et sort en boitillant de la salle à manger. Les enfants lui emboîtent le pas et les autres membres de la famille entrent alors en action. Spider monte dans le lanterneau. Les étoiles qui surplombaient les dunes lointaines ont pâli et laissé place aux lueurs roses du petit matin. Spider a vu le soleil se lever plus de cent cinquante fois ici, dans le Cirque. Il sait par quelles couleurs passe le ciel, du gris-rose d'une fleur morte à l'orange, au jaune, puis au blanc, avant d'atteindre le bleu du jour nouveau.

Il se faufile sous le lanterneau, à cheval sur les traverses, ce qui lui permet de se tourner dans tous les sens. Il ne verra certes pas la zone au pied de la tour, les murs énormes lui bloquant la vue. Mais, au-delà de 10 mètres, le désert lui apparaîtra, dégagé ; il reconnaîtra les empreintes des Djinnis et les restes de leurs proies.

Hugo tend la longue-vue à Spider, qui la déploie et la fait pivoter, inspectant le désert dans toutes les directions. Le soleil se lève peu à peu, presque tentateur dans son lent surgissement. Et, lorsqu'il s'étale à l'horizon, c'est un manteau d'Arlequin qui se déploie, comme toujours quand à l'est l'aube devient jour. C'est le moment le plus stupéfiant – dans le Cirque personne ne s'en lasse –, un éventail luminescent, la queue immense d'un paon. Les cristaux du ciel brillent comme les écailles d'un poisson colossal et nacré.

Et, dans cette modification de la lumière qui dure environ une minute, tous les objets présents à la surface du désert sont dotés d'une ombre qui fait dix fois leur taille. En pivotant sur les traverses, Spider étudie le paysage par tranches de 30 degrés. Au loin, il aperçoit la ville située derrière la Virgule, où ils ne sont jamais allés parce que la zone est trop dangereuse, puis la ville qui est peut-être Dubai, puis, plus au sud, celle qui n'est plus que décombres.

— Tu vois quelque chose ?

Spider sent les cinq paires d'yeux qui le fixent de la salle en contrebas. Il pivote à nouveau sur la poutre, scrutant une fois encore l'horizon par acquit de conscience, puis referme la longue-vue et redescend.

— Les Djinnis venaient du sud, dit-il. Ils ont contourné la plaine des arbres de Josué et se sont dirigés vers la Virgule, ajoute-t-il en désignant la zone qui sépare la Hutte de la frontière nord du Cirque, un immense lac de sel sur lequel on ne peut naviguer. L'un d'eux a changé de cap et il est revenu par ici.

— Parce que tu les as attirés, maugrée Madeira.

— Je suis resté à peine cinq secondes sur le balcon. On l'a tous fait par une nuit grise. Ça n'a jamais eu le moindre effet sur eux.

— Ils ont senti ton odeur. Maintenant ils nous ont repérés.

— Tu penses vraiment que ce n'était pas déjà le cas ?

— Allons, allons, intervient Amasha, les mains levées en signe d'apaisement. Nous ne sommes pas ici pour nous disputer. Bon, Spider, et le désert ? Dans quelle direction pouvons-nous partir ?

— Les proies sont assez loin, vers la ville que vous prenez pour Dubai. Mais il y a des empreintes partout.

Suit un long silence. Tous les matins, après une nuit grise, la famille s'efforce de poursuivre ses recherches dans une direction qui permette de cacher la vérité aux enfants.

Elk plaque ses énormes mains sur la table.

— Alors nous irons vers le sud.

— Le seul endroit que nous n'ayons pas encore exploré de ce côté-là, dit Noor, c'est la ville en ruine. Et ses tas d'ordures.

— Les apparences peuvent être trompeuses, Noor, dit Spider. Et en ce moment tout change pour nous. Ce qui s'est passé la nuit dernière, c'est un avertissement.

— Un avertissement par rapport à quoi ? demande Madeira à travers la fumée de son cigare.

— C'est la première fois que les Djinnis se comportent de cette manière. Ils sont plus agressifs, plus réactifs que d'habitude. C'est peut-être le signe que nous devons quitter la Hutte et nous trouver une autre base.

Les regards deviennent accusateurs. Spider écarte les bras, essayant d'adopter un ton plus convaincant.

— Ce n'est pas la peine de faire cette tête. Je sais ce que cet endroit nous a coûté comme efforts. Mais on peut presque tout transporter en deux jours. Regardez dehors. À part Dubai – si c'est bien Dubai –, nous avons exploré tous les lieux que nous pouvions atteindre à pied et en vingt-quatre heures. Nous n'avons plus le choix. Cette nouvelle base nous ouvrirait des possibilités inédites, à l'est par exemple.

— Non, dit Madeira. Je ne peux pas tout déménager. C'est trop dur.

— Mais si, c'est possible. Transporter le troupeau, la terre, la tuyauterie de Hugo, une partie des plaques. Si nous trouvons un endroit qui nous convient, nous pourrons le faire.

Madeira le dévisage, de l'autre côté de la table, les narines frémissantes. Puis elle secoue la tête, sort sur le balcon, s'empare d'un épieu que Spider a taillé pour elle en javelot. En respirant bruyamment, de façon appuyée, elle se penche et projette la barre aussi loin qu'elle le peut dans le matin scintillant. Depuis qu'ils sont là, tous les jours elle lance ce javelot au moins une fois, et plus si elle est animée par la colère.

Au centre de la table trône le fruit regyre : une vision familière, dont ils jouissent quasiment depuis leur arrivée à la Hutte. Knut et Spider l'ont confectionné avec des copeaux de bois de santal qu'ils ont ramassés sur les dalles d'une mosquée, à Abu Dhabi. Le fruit regyre ressemble à une orange pelée. Ses 12 quartiers sont articulés de manière à pouvoir les abaisser ou les refermer. Au début, la famille se disait qu'avant de trouver le Sarkpont elle verrait 5, tout au plus 6 quartiers fermés. Elle en est à 10. Plus que 2.

Hugo toussote puis se dirige sans un mot vers le balcon. Personne ne le suit du regard. Il va lancer son javelot, les autres le savent : c'est sa routine matinale. Il ne peut pas résister au défi adressé par Madeira.

Le javelot part ; Hugo est plus puissant qu'il n'en a l'air. Les après-midi à jouer au bowling sur le terrain communal tandis que sonnent les cloches de l'église, les sandwichs au concombre, les Pim's et les fraises au goûter lui ont musclé le bras droit. Le javelot s'élève dans les cieux. Il retombe toujours plus loin que celui de Madeira, en dépit des pompes qu'elle s'impose tous les jours. Personne n'aime Hugo, et cette incapacité qu'il a à céder à Madeira ne serait-ce qu'un instant en est l'une des raisons.

4

Leur père emmène les garçons à la fac tandis que leur mère se dirige vers sa voiture, un tapis de yoga orange vif sanglé sur le dos comme la coquille d'un escargot. Bien que le ciel soit bleu, McKenzie sort deux impers du placard. Elle est fascinée par la météorologie, par la manière dont les nuages se meuvent et celle, infinitésimale, dont la courbe du soleil se décale jour après jour par rapport à l'horizon. Avec ce seul repère, elle pourrait dire quelle est la date à deux jours près. S'il se produisait un accident de la route sous son nez, McKenzie continuerait à regarder le ciel. « Vous voyez ces nuages ? dirait-elle. C'est le signe que ça se dégage. Demain, il fera chaud, très chaud. On va pouvoir découvrir la piscine. »

Ce matin, tout en courant vers l'arrêt de bus, son sac à dos plein à craquer de livres et de cahiers, elle garde les yeux rivés sur les nuages. Marchant sur le bout de sa longue écharpe orange, elle trébuche, se redresse, tente sans grande conviction de rejeter ladite écharpe par-dessus son épaule. Peine perdue, l'écharpe retombe ; McKenzie se prend à nouveau les pieds dedans.

India l'attend dans le froid, les mains gantées, hilare.

— Viens voir ! Viens par ici que je puisse jouer les mamans, plaisante-t-elle avant de s'employer à gratter une tache de dentifrice sur le chemisier de son amie, à lui reboutonner son col, à lui nouer son écharpe et à remettre de l'ordre dans sa chevelure. Non ! Un imper ? Il y a une raison ?

Pendant l'opération, McKenzie n'a pas cessé d'observer le ciel.

— Il va pleuvoir. Ça sent l'averse.

— Et merde ! Merci de m'avoir prévenue… Mon téléphone disait en fin d'après-midi seulement.

— Peut-être, mais en fait je pense que ce sera plus tôt. Et torrentiel. T'inquiète, je t'en ai pris un aussi.

— Et sinon ? D'autres problèmes ?

McKenzie baisse enfin les yeux vers son amie.

— Hein ?

— D'autres soucis ?

— Ouais, ouais. On peut dire ça.

On peut confier tous les secrets à India, c'est une vraie tombe. Une tombe à l'esprit cartésien. Elle a une photo de la militante Emma González sur son téléphone, elle est abonnée à Amnesty International et s'intéresse à tout ce qui est politique mais n'a pas de temps à perdre avec les phénomènes étranges, catégorie dont relèvent de toute évidence les événements de la nuit.

— Je t'en parlerai plus tard. Quand on aura une minute.

Le bus arrive, embué par la respiration de ses jeunes passagers. À part quelques élèves de première assis au fond, qui prennent le bus uniquement pour passer un moment ensemble, India et McKenzie sont les plus âgées. Elles ont toutes les deux leur permis, mais India doit payer son essence et les Strathie hésitent à acheter une voiture à McKenzie de peur que, distraite par une formation nuageuse, elle ne finisse encastrée sous un camion.

La porte s'ouvre avec un chuintement. Les filles montent et la conductrice, Mme Spiliotopolous, leur décoche un grand sourire. Elle vit à l'autre bout de Clifton et sa route est fréquemment inondée ; elle s'est plus d'une fois retrouvée coincée dans sa maison. Un jour, alors qu'elle avait toutes les peines du monde à sortir de ce bourbier, tous les gamins ont dû l'attendre aux arrêts de bus de la ville et elle a failli perdre son travail.

— Il va y avoir des averses torrentielles, lui chuchote discrètement McKenzie pour que les passagers ne l'entendent pas. Ça ne va pas rigoler.

— J'ai vu l'alerte, mais pour cet après-midi seulement.

— Je sais, mais ça n'attendra pas. Et au bout de votre allée le fossé débordera en fin de matinée.

— Tu es sûre ?

— Oui, il y a quelque chose de lourd dans l'air. Ce sera vraiment plus tôt. Peut-être à l'heure du déjeuner.

Mme Spiliotopolous hausse les épaules puis actionne le levier de fermeture de la porte.

— Je vais voir ce que je peux faire.

McKenzie et India se dirigent vers le milieu du bus, leur place habituelle. Personne ne les regarde ; les yeux fixés sur les vitres, les autres passagers s'ennuient en silence. Dehors, tout est saturé d'arbres à étouffer alors que McKenzie voudrait pouvoir contempler le paysage jusqu'à l'horizon. C'est lorsque le bus s'engage sur la voie rapide, près de Manassas, qu'elle recouvre un peu de sérénité : là, enfin, on voit au loin les Appalaches.

Sur son téléphone, India fait défiler les applis et se connecte à Instagram. Elle a 800 abonnés. McKenzie 180 seulement, et encore, en acceptant presque n'importe qui. Chaque fois qu'elle poste quelque chose d'intéressant, elle en perd deux ou trois. Si ça continue, elle n'aura plus personne, ce qui fera jubiler ses frères, eux qui ont des kyrielles de followers. Au bout d'un moment, puisque India ne décolle pas des commentaires de son dernier post, McKenzie ouvre elle aussi son Insta. *Ah, un message.*

Qui lui fait froncer les sourcils. L'expéditeur s'appelle TextbookJoe, et sa photo de profil est celle de Joe Marino, un mec de l'équipe de lacrosse à la fac dont toutes les filles sont amoureuses. À cet instant, il est d'ailleurs assis au fond du bus avec une bande d'élèves de première – celles qui pouffent, portent de faux ongles et des leggings léopard, et fréquentent le club de théâtre du lycée.

Hé, t'as un sourire charmant. Il fallait que je te le dise.

McKenzie le relit.

Hé, t'as un sourire charmant.

Elle n'ose pas regarder par-dessus son épaule. Tremblante, elle se contente de donner un coup de coude à India.

— Te retourne pas, murmure-t-elle en lui collant le téléphone sous le nez.

India lit le message, écarte le portable d'un geste et se redresse comme un diable dans sa boîte, écarlate. Elle réagit immédiatement par SMS.

Hein ? Kwa ? C'est ouf.

Je fais quoi ?

Attends je réfléchis...

Alors ?

Rien. Pour l'instant tu fais rien. Nada.

Suit un long silence. Puis McKenzie répond :

OK.

Quand il fait jour, la moindre minute compte, raison pour laquelle la famille s'affaire promptement en vue de l'expédition du moment. Elk prépare dans la cuisine des paquets de viande séchée et de dattes poisseuses, tandis que Hugo rassemble les récipients qu'il emporte lors de ces marches. Spider ajuste sa ceinture d'outils : il n'a oublié ni sa boussole ni ses coutelas. Et les pièces de l'horloge qu'il essaie depuis un bon moment d'assembler sont soigneusement cachées dans leur bout de tissu. Il enroule ensuite la corde qu'il ne manque jamais de glisser dans son sac à dos.

Amasha s'est chargée d'une bonne partie de ce qui revient ordinairement à Tita Lily. Elle a ramassé tous les keffiehs – une nuit sur les balcons suffit à les faire sécher – et se tient près du sas de la Hutte pour les distribuer aux membres de la famille qui, les uns après les autres, s'engagent sur l'échelle après avoir été soumis à un bref inventaire : sont-ils vêtus de manière appropriée, protégés contre les rayons du soleil ? Pas de lanière de sandale mal fermée, de semelle trouée ?

Tita Lily descend à son tour avec l'assistance d'une bonne âme puis Spider l'installe sur Chamelle. Parfaitement immobile, elle trône sur la bête les épaules raides, le foulard de son chapeau bien serré autour du cou. Elle a sous les yeux les javelots de Hugo et Madeira. Dehors, le soleil est aveuglant, ce qui n'empêche pas la famille de se préparer avec détermination, et de tout vérifier une seconde fois.

Spider prend un peu d'avance pour examiner les flancs de la tour : il y a sur l'un des panneaux une brillance ténue, comme si un escargot géant avait rampé cette nuit sur le métal usé. Mais rien qui ressemble à l'impact d'un Djinni.

Puis il lève les yeux. Et voit. Ça lui coupe la respiration et lui donne la chair de poule.

— Hé, l'interpelle Madeira en approchant. Quoi de neuf ?

Il secoue la tête. La trace du choc, à peine perceptible, se trouve à près de 18 mètres de haut. *C'est incroyable*, songe-t-il. *Un bond a suffi au Djinni pour parvenir au quart de la tour. Ce qui implique une taille qui dépasse les... ?*

Madeira plante son cigare entre ses lèvres et place une main en visière sur son front.

— Oh putain !

— Je sais. Ils doivent faire 6 ou 7 mètres.

— Tu rigoles ?

— T'en parles pas aux gosses, hein ? Motus.

Spider rajuste son sac à dos et resserre d'un cran la lanière de poitrine sans quitter des yeux le panneau.

— Nergüi les a peut-être vus arriver. Qui sait ?

— Oui, peut-être.

— Bon, poursuit-il en plissant les paupières. Il n'y a pas de dégâts. La plaque n'est pas fendue. Rien de terrible en fin de compte. Mais il faut espérer que ça ne se reproduira pas.

— « Il faut espérer » ? reprend Madeira en le dévisageant, le sourcil levé de façon comique. C'est tout Spider, ça. « Il faut espérer », hein ?

Elle lance un dernier et long regard au panneau avant de s'en détourner avec un frisson. Puis, tirant sur sa tête et ses épaules la capuche de sa tunique cannelle, elle repart vers la tour, dont Noor et Elk referment immédiatement les portes.

— À double tour, hein ? leur crie-t-elle. J'ai bossé des mois sur ce potager. Aucune envie de le voir dévasté.

Un avertissement destiné à Spider, qui en a bien conscience. Madeira dit toujours ce qu'elle pense, mais elle est moins féroce qu'il n'y paraît. Dans quelques minutes, sa colère sera retombée.

En l'absence d'Yma, leur navigatrice, c'est Hugo qui manie son sextant et s'efforce, riche de ses connaissances chèrement acquises, de mettre l'expédition sur la bonne voie tandis qu'ils abordent la plaine des arbres de Josué. Les enfants ne sont guère enthousiastes : ils préféreraient visiter la ville qui brille au loin. L'éclat et la lumière leur redonneraient courage. Noor, cependant, est inflexible.

— Aujourd'hui, c'est plein sud, leur annonce-t-il. Et nous avons déjà du retard.

Les adultes gardent la tête haute pour le bien des plus jeunes. Pourtant, à une centaine de pas de la Hutte, Mahmoud s'immobilise, refusant de continuer.

— Que se passe-t-il ?

Elk revient vers lui en remontant les manches de sa chemise en étamine puis, les mains sur les cuisses, il se penche.

— Qu'avons-nous donc là ?

— Qu'est-ce que c'est ? demande Mahmoud, raide, la main tendue vers un sillon creusé dans le sable.

Il n'a que 9 ans, ce gosse.

Les autres les rejoignent. De toute évidence, c'est l'endroit où les Djinnis se sont rassemblés cette nuit. Les vents du désert n'ont pas suffisamment soufflé pour recouvrir leur trace. *Bon, au moins, il n'y a pas de sang*, songe Spider. De nombreux lendemains de nuits grises ont révélé à la famille des crevasses béantes, théâtres de violences plus visibles : cercles concentriques constellés de sang, intestins témoignant des échauffourées où d'autres familles avaient péri. Un jour, ils ont vu un scalp d'enfant au complet, chevelure blonde et sang séché sur l'envers de la peau.

— Ce n'est rien, dit Elk. La trace d'un lézard.

Amasha s'accroupit près du sillon. Elle est leur devineresse, leur interprète, leur amatrice de légendes.

— Mais oui, Mahmoud, confirme-t-elle en caressant la trace de sa main aux longs doigts. Ne t'inquiète pas. C'est bien l'empreinte qu'un lézard a laissée en dansant.

— « En dansant » ? répète Mahmoud, peu convaincu. Les lézards ne dansent pas.

— Je crois que tu te trompes.

Et, comme par magie, un lézard, énorme créature jaune et ocre à la collerette hérissée, surgit à 1 mètre de la famille. À la vue des humains il se fige, en appui sur ses pattes avant, puis les observe. C'est un lézard à cornes : dans ce coin du désert, ils grouillent littéralement. Les hommes ne leur font pas peur et celui-ci ne sursaute pas. Après avoir considéré la troupe avec attention, il se rabat sans hâte sur le sable et s'éloigne d'un pas tranquille.

— Merci encore pour votre sollicitude, plaisante Elk dans son sillage. Nous sortons infiniment grandis de cette trop éphémère cohabitation. Votre générosité est sans bornes !

Amasha prend la main de Mahmoud.

— Tu vois, petit bonhomme ? C'est l'animal guérisseur du désert – il ne te veut aucun mal. Viens avec moi. Parle-moi de cet avion que tu confectionnes. Tu es si astucieux !

Et elle finit, enjôleuse, par convaincre l'enfant de la suivre, même si, encore inquiet, il ne peut s'empêcher de se retourner sur le sillon tandis qu'ils reprennent leur progression. Ces mioches peuvent être de véritables cauchemars, toujours prêts à se sauter à la gorge. Né à Tripoli, Cairo est jaloux de Mahmoud, qui non seulement est égyptien mais a aussi les jambes plus longues et le torse plus large. Lorsqu'ils se sont choisi leur nom, au début de leur séjour ici, Cairo s'appelait alors Tarek : il a pris le nom de la ville natale de Mahmoud en guise de défi. Mahmoud, lui, n'a pas réagi. Cairo est si petit et si rusé que Spider se demande parfois si sous sa chemise il ne cache pas une queue rousse et touffue. Mais c'est encore un enfant, et son anxiété est bien réelle.

Sur leur droite, l'immense cité scintillante gagne en importance et en stature, alors que l'autre ville, leur but du jour, plus loin à l'horizon, refuse de croître. La brise joue paresseusement avec le jupon de Spider, qui ondule contre ses mollets nus. À midi, lorsque la famille s'arrête pour déjeuner entre des bosquets de cactus morts, Elk dispose les provisions sur le sable, Hugo calcule leur position à l'aide du sextant, et Spider aide Tita Lily à descendre de Chamelle puis installe le pare-soleil.

La troupe s'assied en rond dans son ombre, dos au centre, pour mâchonner ses dattes et sa viande de kangourou en regardant le désert, perdue dans la contemplation et l'épuisement. Forlani inspecte les pansements de Tita Lily, pendant que Chamelle s'agenouille et pose, mélancolique, le menton sur le sable.

Après manger, ils s'accordent quelques minutes de sieste. Splendour en profite pour faire faire à sa poupée en patchwork le tour d'un cactus, pendant que Madeira sort de son sac la truelle qui ne la quitte jamais et, accroupie, creuse distraitement le sable pour en déterminer l'état. Forlani s'exerce à marcher avec les nouvelles béquilles que Spider et lui ont taillées dans des morceaux de bois prélevés par Hugo sur le maigre stock de la tour. C'est la première fois qu'il s'en sert.

— Alors ? Tu en penses quoi ?

Forlani se livre à une brève démonstration, exécutant des galops sur 10 mètres pour le plus grand plaisir des enfants. Il virevolte avec ostentation sur ses appuis rembourrés tandis que la pochette sanglée à sa taille, pleine de plantes et d'onguents, flotte gaiement au vent comme une oriflamme.

Ce numéro fait pouffer les petits : Forlani a dix fois moins de force dans les jambes que Spider.

— Et les poignées, ça va ? s'enquiert ce dernier en s'emparant d'une béquille pour l'inspecter avant de tendre la main vers Forlani, qui lui soumet sa paume. Entre le pouce et l'index, la peau est rouge et enflammée.

— Ça fait mal ?

— Pas du tout.

— Ça a saigné !

— Ça saigne toujours.

Gêné, Forlani baisse la voix et se rapproche de Spider.

— Et aujourd'hui c'est la première fois que ça saigne aussi peu, grâce à ces nouvelles cannes. Tu les appelles comment en français ? *Béquilles** ?

Spider effleure du bout des doigts la poignée de ladite béquille. Le bois est fendu sur plusieurs millimètres.

— Il faudrait que je la ponce un peu plus. Ce serait plus confortable pour toi.

— Ça l'est déjà beaucoup, frère, répond Forlani avec un grand sourire. Tu n'imagines pas à quel point. Tout est tellement plus confortable ici que dans ma vie d'avant.

* Les mots suivis d'un astérisque sont en français dans le texte. *(N.d.T.)*

Le labo de sciences est plongé dans son habituelle morosité. Tous les animaux des micro-environnements expérimentaux répartis dans la salle sont moribonds : de ces tritons et poissons en piteux état, les élèves étaient pourtant censés prendre soin. *C'est un vrai crève-cœur*, se dit McKenzie, *ces quantités d'animaux morts qu'il faut récupérer tous les jours à l'épuisette et jeter à la poubelle.*

Il s'agit d'un cours de science optionnel destiné aux meilleurs élèves : Joe Marino et sa bande n'y mettent jamais les pieds. McKenzie ne croise d'ailleurs pratiquement jamais Joe au lycée, excepté parfois près des casiers. Ce qui ne l'empêche pas d'être nerveuse et de regarder son téléphone toutes les deux secondes, ne sachant toujours pas comment interpréter le message de TextbookJoe. Le simple fait qu'il l'ait remarquée la fait rougir au moins cinq fois par heure. Mais, quand ça la prend, elle essaie de s'imaginer parlant à Marino : elle sait très bien qu'elle en sera incapable, que ça tournera au fiasco.

McKenzie se voit souvent comme une minuscule spectatrice de théâtre, au dernier rang de la salle : sur la scène, les acteurs sont si petits, si raides et si loin qu'ils semblent en perdre toute humanité. Et pourtant ils ont cette vague assurance de représenter « la vraie vie » qui lui rappelle inlassablement à quel point elle est à côté de la plaque.

Par la fenêtre, les nuages sont de plus en plus sombres et de plus en plus lourds. McKenzie baisse les yeux sur son téléphone : il est presque 11 h 30. L'appli météo a avancé son alerte à 13 heures, mais elle reste convaincue que la tempête éclatera plus tôt.

À l'est du District de Columbia s'étend l'océan, que McKenzie imagine survolé par un avion ou traversé par un navire. Ou par une fille qui courrait dans une immense bulle gonflable comme un hamster dans sa roue. Elle arriverait… en Afrique. Oui, en Afrique. Pourquoi l'Afrique ? Pour quelle raison ? Au Sahara on trouve d'antiques trésors égyptiens, et aussi des avions de la Seconde Guerre mondiale disparus depuis plus d'un demi-siècle et dont les équipages ont été réduits à l'état de squelettes nettoyés par les vautours. McKenzie ferme les yeux pour mieux courir dans les dunes. La sécheresse minérale de l'air, sa démangeaison siliceuse sur la peau. Le sable dans les sandales. Les vestiges rouillés des appareils dans le désert.

— McKenzie Strathie ?

Elle rouvre les yeux sur le regard réprobateur de la prof.

— Je te remercie, reprend celle-ci avec son accent traînant du Sud. Maintenant que vous m'écoutez tous, une information importante : je sais qu'il est encore un peu tôt pour penser aux études supérieures, mais Nova Sciencexpo est un événement fondamental. C'est le genre d'endroit où vous pourrez avoir l'occasion de marquer les esprits : il est fréquenté par les professeurs d'universités de tout le pays. Est-ce que l'un d'entre vous a prévu d'y présenter quelque chose ?

India s'empare du bras de McKenzie et le lève.

— Oui, Kenzie. Et c'est impressionnant.

— Super, McKenzie. Tu veux bien nous dire de quoi il s'agit ?

Depuis qu'elle a vu le dépliant, il y a deux semaines, McKenzie n'arrête pas d'y penser. Dans la liste des invités de la manifestation, une délégation lui a sauté aux yeux : « Enseignants de l'Institut californien des sciences de l'atmosphère ». Elle a lu quelque part que le Pr Armitage, de CalTech, utilisait rarement les démonstrations théoriques, leur préférant de loin les représentations visuelles des phénomènes météorologiques. Elle a donc décidé de donner vie aux incroyables formations sablonneuses que les vents seuls savent sculpter.

— Euh, pas vraiment, marmonne-t-elle, gênée.

— Mais si, elle va vous en parler, reprend India. En fait, elle va se procurer des terrariums, les remplir de sable et montrer comment apparaissent les divers types de dunes.

La prof croise les bras et s'adosse au bureau, souriante. Ses dents sont toutes petites et très blanches.

— Je suis curieuse de voir le résultat et ça me semble être une excellente idée. Les facs qui enseignent les sciences du climat et la géologie seront très intéressées. Mais ce n'est pas un peu cher ? Des terrariums, du sable… Tes parents t'aident ?

— Euh…

McKenzie ouvre la bouche puis se ravise, sentant sur elle le regard d'au moins 10 élèves, qui lui donnent tous de l'argent pour qu'elle fasse leurs devoirs. Alors, c'est sûr, on se moque tout le temps de sa chevelure et de ses vêtements, du fait qu'elle ne puisse pas faire trois pas sans penser à autre chose. Mais quand on la paie il lui semble détenir un infime pouvoir, dans un monde qui lui refuse tous les autres. Elle a presque 1 000 dollars sur son compte.

— Ouais, je crois que mes parents vont me donner un coup de main.

— Génial, parce que ça a vraiment l'air prometteur.

Dehors, la pluie s'est mise à tomber. Très brutalement, comme venue de nulle part. Et avec un tel fracas que certains élèves en sursautent, se protégeant la tête avant de rire de ce réflexe inutile. Ils ont les nerfs bien sensibles…

— Ça t'arrive de te tromper ? murmure India en désignant le ciel.

Il pleut des heures durant et la cour est submergée : un vrai lac. À la fin des cours, les collégiens se ruent en hurlant vers les arrêts de bus, sous une véritable mousson. McKenzie donne à India l'imper qu'elle a apporté pour elle et enferme son portable dans une poche hermétique de son sac à dos. Maintenant, il faut sortir.

Les arrêts de bus et le parking sont mitraillés par ce déluge de points d'exclamation géants qui font jaillir des éclats de boue assassins. Si les autres élèves paniquent, McKenzie, elle, observe le spectacle le nez en l'air. La pluie n'est pas glaciale mais tiède ; elle lui caresse le visage comme du caoutchouc. La jeune fille ferme les yeux et hume l'averse : chargée de sel et de chaleur, presque poissonneuse, elle vient de l'Atlantique Sud.

Le bus est déjà là : au volant, Mme Spiliotopolous compte ses passagers. Quand McKenzie et India montent à bord, elles déversent des flaques sur le plancher et leurs vêtements sentent le renfermé ou le pain rassis. Mme Spiliotopolous arrête McKenzie.

— Tu m'avais prévenue qu'il allait pleuvoir. Quelle intuition !

— Ouais, répond timidement McKenzie, qui vient de voir Joe Marino installé à l'arrière, les bras étendus sur les dossiers et trônant entre quatre filles, deux de chaque côté. C'est un peu mon truc, vous savez.

— Du coup, j'ai pu sortir ma voiture. Et mon chien, et ma brosse à dents, et ma chemise de nuit. Je dormirai chez ma sœur, ce soir, en attendant que le fossé se vide. Merci !

Le sourire aux lèvres, McKenzie va s'asseoir près d'India. Elle tourne le dos à Joe mais entend confusément le bavardage creux des filles qui l'accompagnent.

— Oh, là là, j'aimerais tellement être comme Kim Kardashian ! Elle est trop stylée, cette fille.

— Naaaan, plutôt comme Kylie. Moi je voudrais être comme Kylie.

McKenzie allume son téléphone. Rien. Pas un message. Pas non plus de like ni de maintenant-machin-vous-suit. Elle se gratte le poignet puis se cale au fond du siège, les yeux fixés sur la fenêtre.

Tandis que le bus démarre en cahotant, elle retire son écharpe orange et l'étend sur ses genoux pour la faire sécher puis essaie de se sourire, pour voir quelle sensation ça fait. Elle a de jolies dents, c'est un des rares attributs physiques dont elle soit certaine. Mais pour le reste ? Aucun garçon ne l'a jamais regardée. Ce message, c'est impossible. Joe la fait marcher. Oui, ça ne peut être que ça.

— Boooon, chuchote India en se rapprochant de McKenzie à la frôler. Et si on discutait un peu ?

— De quoi ?

— Du mec assis cinq rangées derrière nous. Naaaan ! Te retourne pas, il va comprendre qu'on parle de lui. Attends son prochain message et on avisera : je suis ta détective sister. Mon frère me dit de ne pas se fier à ce type.

McKenzie garde le silence un moment. Les branches des arbres griffent les vitres du bus, les cheneaux vomissent d'immenses jets d'écume brune, et chaque goutte qui tombe sur le toit du véhicule résonne comme un impact de balle.

— Kenz, ce matin, avant de recevoir le message, t'étais déjà à côté de tes pompes. Tu m'as dit que tu m'en parlerais.

— Il n'y a rien à dire.

— Mmmh, c'est ça...

McKenzie se met à arracher les peluches de son écharpe. Pourquoi ne parvient-elle pas à savoir quelles couleurs lui vont vraiment ? « Orange, c'est audacieux, a dit sa mère quand elle a vu l'écharpe. Avec tes cheveux, c'est assez… enfin plutôt… Remarque, non, ça ne jure pas. Non, pas du tout. En fait, c'est un choix très courageux. Oui, courageux. »

— Je ne sais pas trop, finit par concéder McKenzie. Ma mère a plus ou moins sorti un truc que je n'aurais pas dû entendre. J'avais fait un cauchemar et à un moment elle a dit à mon père quelque chose comme : « Tu crois que ça recommence ? »

— Quoi, « ça recommence » ?

— Je ne sais pas, elle n'a rien dit de plus. Mais ça fait un peu gros secret de famille dont personne ne voudrait parler et qui tournerait autour de moi.

— Ah, les boules !

Le téléphone de McKenzie émet un tintement. C'est encore Joe. Elle donne un coup de coude à India et lui montre l'écran.

C'est quoi ces messes basses toutes les 2 ?

— Tu réponds pas et j'en parle à mon frère. Laisse-moi faire.

McKenzie soupire et fourre son téléphone dans la poche de son imper. Devant le centre commercial, le type payé par une compagnie d'assurances pour saluer les automobilistes à longueur de journée, déguisé en statue de la Liberté, est tellement trempé que son maquillage gris-vert dégouline. Mais il reste fidèle à son poste.

Pleine d'une inexplicable tristesse, McKenzie lui rend son salut. La pluie l'excite mais lui fait peur. Que faudrait-il pour balayer tout cela, tout entraîner jusqu'au réservoir d'Occoquan ?

Quelque chose vient de se décaler dans son monde. Elle le ressent aussi nettement que si l'une de ses vertèbres avait changé de place.

5

« Tout est tellement plus confortable ici que dans ma vie d'avant… »

Spider repense à cette remarque de Forlani tout en effaçant d'un coup de pied les traces laissées dans le sable par les béquilles du garçon. Les membres de la famille rassemblent leurs affaires pour se remettre en marche sous le soleil de plomb. Si aucun d'entre eux n'a jamais dit pourquoi il croit avoir été choisi pour cette tâche, une chose est sûre : cet endroit est la chance que personne n'espérait plus.

Ils se sont rencontrés voilà un peu moins de six mois, un matin à près de 60 kilomètres à l'ouest de la Hutte. Ils étaient tous exténués mais emplis de curiosité.

Spider avait sous les yeux un désert féroce. Accroupi, un genou au sol, cette vision lui est apparue en un éclair. Parisien de naissance, il savait toutefois comment vivre dans ce genre de lieu. Autour de lui, le sable à perte de vue ; le soleil se levait à l'est, illuminant des villes épuisées, différentes mais toutes également noircies, comme si elles avaient été abandonnées. L'air était saturé d'une odeur de rouille et de caoutchouc séché.

Il a entendu des voix derrière lui et s'est retourné.

Il y avait là 13 personnes, et toutes le dévisageaient.

Il s'est levé, a essuyé ses paumes sur sa jupe. Les 13 autres et lui se tenaient sur une plate-forme, à près de 1 000 mètres du sol. Il n'y avait qu'eux, et une trappe fermée par un cadenas, au milieu de la plate-forme.

— On se connaît ? a demandé Spider.

Forlani portait un jean trop ample et un maillot de foot. Pas de béquilles. Il s'était assis, ses jambes refusant de le porter.

— Je crois que je t'ai déjà vu quelque part.

— Moi aussi.

— Où ?

— Je ne sais pas.

Spider a dévisagé Yma. Debout, perplexe, regardant ses compagnons avec stupéfaction comme si tout cela était une blague. Avec son abondante chevelure rassemblée en une tresse qui lui tombait dans le dos, elle était vêtue simplement d'une salopette marron telle qu'aurait pu en porter une fille de ferme américaine ; et elle était pieds nus. Ses bras étaient hâlés et gracieux. Elk, avec ses larges épaules de Boer, ses longs cheveux gris attachés en catogan, paraissait lui aussi familier à Spider. Amasha également : si petite, si féminine avec sa peau et sa chevelure lustrée.

Splendour errait au centre de la plate-forme, les doigts dans la bouche, ses grands yeux gris couleur de houx clignant nerveusement d'un adulte à l'autre pendant que Cairo et Mahmoud contemplaient leurs pieds, vaguement embarrassés. Et puis il y avait Nergüi, le guerrier mongol, immense, le visage sévère, et Noor, légèrement à l'écart du groupe, absorbé par le spectacle du désert. Noor était splendide, d'une beauté d'acteur bollywoodien, élancé, éclatant dans le vent qui plaquait contre son torse mince sa tunique argentée.

— Salut, l'a hélé Spider.

— Salut, a répondu Noor en se retournant. On dirait chez moi, cet endroit. On dirait le désert de Thar.

Puis Noor a jaugé les autres. Et ses yeux se sont attardés sur Yma, l'ont détaillée des pieds à la tête. Spider s'en est rendu compte. Il a perçu l'attirance, a vu le regard d'Yma croiser celui de Noor.

— Salut, a répété Spider à son voisin. Je m'appelle Spider.

L'autre lui a serré la main. Doigts roses, mous, légèrement moites.

— Moi, c'est Hugo. Je suis anglais.

— Je suis de Paris.

— Oui, a répondu Hugo en scrutant l'étrange accoutrement de Spider. Je vois.

— Tu sais ce que nous faisons ici ?

Hugo a secoué la tête.

— C'est sûrement en rapport avec ça, a-t-il répondu en désignant le désert d'un geste du menton. Mais quoi exactement, je n'en sais rien.

Tous se sont retournés pour contempler l'étendue de sable. Elle leur a semblé infinie, impalpable.

Spider s'est avancé jusqu'au bord de la plate-forme – il n'avait pas le vertige et ne l'avait jamais eu. Ce qui vous sauve la mise, dans les hauteurs, c'est ce qui est près de vous, pas ce qui se trouve sous vos pieds.

Il a regardé par-dessus bord pour voir à quoi ressemblait vraiment la structure sur laquelle ils se tenaient. C'était un amas de rouille invraisemblable qui semblait ne pas avoir de fin. Tout autour de la plate-forme, à moins de 1 mètre en contrebas, des poutres saillaient d'une bonne dizaine de mètres au-dessus du gouffre. Il s'est penché un peu plus pour mieux les inspecter. C'est alors qu'une main s'est posée doucement sur son bras.

Il s'est retourné, et a croisé le regard d'Amasha, couleur de mélasse.

— Je t'en prie. Sois prudent.

— Oh, je suis prudent. Je suis à l'aise avec l'altitude, crois-moi. J'y suis habitué.

— Vraiment ?

— Vraiment.

Il a poursuivi son tour de la plate-forme, les yeux rivés sur le désert, enregistrant le moindre détail : les dunes, les villes, les nuages au loin.

C'est sur le troisième côté de la structure carrée qu'il l'a vue : une grosse femme, vêtue de ce qui semblait être une robe rose pâle d'une propreté douteuse, assise sur une poutre, dos à lui.

— Hé, vous autres, a-t-il murmuré en faisant signe à ses compagnons d'approcher.

La femme était penchée au-dessus de l'incroyable gouffre. À en juger par les apparences, elle lançait dans le vide des avions en papier.

— Hé ? Vous êtes des nôtres ?

— Hé, madame ?

Comme elle ne disait rien, ils ont continué à la héler. Elle ne s'est pas donné la peine de répondre.

— Tenez.

L'un des garçons, Mahmoud, a ramassé des gravats et les a distribués à ses compagnons, qui se sont tous plantés près du bord, prêts à lancer leurs projectiles.

— Hé, madame ! a crié Spider. Si vous ne répondez pas, on vous bombarde.

Elle ne s'est pas retournée. A continué à faire décoller ses avions en papier, visiblement sans se soucier de savoir où ils pouvaient atterrir.

Mahmoud a jeté la première pierre. Un minuscule caillou qui a rebondi sur le dos de la femme sans lui arracher la moindre réaction. Spider et Noor s'y sont mis à leur tour, bientôt rejoints par les femmes, moins hardies.

Les cailloux ont continué à voler vers la dame en rose, sans aucun résultat. Spider a compris que la suite dépendait de lui.

Il s'est laissé glisser vers la poutre, ignorant les appels à la prudence d'Amasha et des autres. Ses pieds se sont posés sur le métal, droits dans leurs godillots, et il a entamé sa progression au-dessus de l'abîme.

Son truc : rester concentré sur ce qui était près de lui, ne pas regarder au-dessous. Ça avait toujours marché.

Il s'est approché de la femme et a pointé l'index sur son omoplate.

Elle s'est retournée et Spider a reculé sur la poutre, épaisse d'à peine 1 centimètre.

Une vieille dame dépenaillée, vêtue de ce qui ressemblait à un uniforme de serveuse, bien qu'elle ait nettement dépassé l'âge de la retraite. Elle portait un calot plus gris que blanc, un tablier rapiécé, des bagues à chaque doigt. Un badge épinglé sur sa blouse indiquait son nom, Mardy. Sa jupe était courte – très courte.

Spider a surtout remarqué ses yeux. Ses yeux qui semblaient tout comprendre : tout de Spider, tout de la situation.

— Qu'est-ce qu'il y a ? a-t-il dit en reculant vers la plate-forme. Pourquoi vous me regardez comme ça ?

Elle a soupiré sans rien dire, longuement observé les 13 personnes qui se trouvaient là, puis elle a rajusté son uniforme et s'est levée.

Spider s'est hissé sur la plate-forme, stupéfait par l'agilité de cette femme pourtant ni gracieuse ni légère. Elle n'a pas regardé une seconde vers le bas. Ses ongles étaient rongés et le calot fixé sur son crâne par quatre ou cinq épingles ne dissimulait pas les racines blanchies de sa chevelure. Ses chevilles étaient épaisses, ses collants plissés. Elle portait de vieilles pantoufles et sa démarche était arthritique.

— Qui êtes-vous ? a demandé Spider.

Elle a souri, découvrant une denture chevaline.

— Cette question ! Je m'appelle Mardy. Vous n'avez pas vu ? a-t-elle répondu, le doigt sur son badge. Vous ne savez pas lire ?

— Si, je sais lire, a-t-il répliqué. Pourquoi avons-nous atterri ici ?

— Si vous voulez bien attendre une minute… Vous pouvez m'aider à monter ? J'ai de l'arthrite, vous comprenez.

Il lui a tendu une main et, avec Elk, l'a hissée sur la plate-forme. Elle s'est redressée, a rajusté son curieux uniforme. Sa jupe beaucoup trop révélatrice laissait voir ses jambes bouffies, de vrais poteaux.

— Quand vous aurez terminé de me dévisager, a-t-elle fini par dire sans même lever les yeux sur eux, fermez donc la bouche, sinon vous allez gober des mouches.

Splendour a plaqué une main sur ses lèvres avant de lancer un regard à Mahmoud, qui a retenu un éclat de rire, à la fois surpris et amusé.

— Vous croyez vraiment que votre comportement est adapté à la situation ? l'a réprimandé Mardy. Gardez donc vos simagrées et votre hilarité pour des circonstances plus appropriées.

Le garçon a immédiatement refermé la bouche.

— Qui êtes-vous ?

— Je viens de le dire. Mardy.

— Que sommes-nous censés tirer de cette information ? est intervenu Noor.

— Regardez autour de vous, a-t-elle répondu avec un sourire, laissant voir l'éclat jaune de ses dents.

Et tous ont observé, comme elle le leur demandait, le désert sans limites.

— Sauf qu'il a ses limites, a poursuivi Mardy. Et vous allez devoir les trouver. C'est un examen en quelque sorte. Pour voir comment vous saurez vous adapter. Vous avez tous été sélectionnés.

Spider a froncé les sourcils. S'il y avait bien quelqu'un qui n'aurait pas dû être choisi, c'était lui. Il avait tué une personne par le plus lent et le plus terrible des moyens.

— Quand nous avez-vous choisis ?

— Ne m'interrompez pas, je vous prie. Vous avez été sélectionnés, il n'y a rien à ajouter. Et, si précieux, si ravissants que vous soyez (Mardy a lancé un regard enflammé à Splendour), pourquoi ne pas vous baptiser les Sensitive, en hommage au mimosa pudique ? Pudique, mais d'une réelle beauté, ce qui vous convient assez, je trouve. Pour en revenir à l'essentiel : l'un de vous est-il habitué à ce type d'environnement ?

Noor a été le seul à répondre.

— On dirait ma région natale. Je m'adapterai sans mal.

— Et vous arriverez à vous protéger ? a répliqué Mardy.

— Peut-être, a-t-il rétorqué sans la regarder.

— Parce que c'est plus difficile que ça ne paraît, a-t-elle poursuivi en les observant d'un air critique. Il va falloir travailler ensemble. Vous êtes une famille, maintenant. Vous utiliserez toutes vos capacités. Et vous vous considérerez les uns les autres comme des frères, des sœurs, des parents.

— Des parents ? Mais nous…

— Oui, a tranché sévèrement la femme en soutenant le regard de Spider. Vous êtes une famille, vous comprenez ?

Elle a pointé sur eux l'index et l'a brandi devant chaque visage, accordant un peu plus de temps aux hommes qu'aux femmes, et Spider a eu l'impression qu'elle s'attardait particulièrement sur lui.

— Vous voyez ce que je veux dire, n'est-ce pas ?

Elle s'est soudain retournée vers lui.

— N'est-ce pas ? Vous savez traiter vos frères humains comme tels ?

Spider a dégluti, les yeux baissés, puis fait semblant de se frotter le nez pour regarder les autres à la dérobée, sans insistance toutefois. Il avait déjà compris qu'Elk avait choisi la voluptueuse Amasha. Quant à lui, n'avait-il pas remarqué Yma ? Il a saisi ce que voulait dire Mardy : pas d'yeux concupiscents. Ces femmes sont vos sœurs.

— Vos sœurs et vos frères humains. Vous êtes les gardiens les uns des autres. Comme un frère l'est de sa sœur. Compris, le rat d'égout parisien ?

Spider s'apprêtait à protester ; Mardy l'a fait taire d'un haussement d'épaules puis s'est dirigée vers la trappe et a sorti une clé de sa poche. Elle a défait le cadenas, soulevé le battant et s'est glissée dans l'ouverture. La famille a mis un temps à comprendre qu'il fallait la suivre.

Tous sont descendus d'un pas rapide, heureux d'échapper à la vertigineuse plate-forme, au ciel immense et bleu. Forlani avançait à quatre pattes avant que Spider ne le prenne dans ses bras, pour la première fois. Forlani est plus léger qu'un enfant.

En bas de l'escalier se trouvait un comptoir à la forme étrange, soutenu par des tubes en métal étincelant. Des néons pendaient du plafond ; les fenêtres étaient obturées par des photographies représentant le désert. Un monstre d'argent, énorme et grinçant, semblait exhaler de l'air frais.

— Oh, un café ! s'est extasié Mahmoud avant de tourner de joie, les bras écartés. Super ! C'est la première fois que je vais au café !

Mardy s'était faufilée derrière le bar, affairée déjà à de multiples tâches. Sur une hotte de métal trônait un livre gigantesque. Son vieux dos de cuir portait un titre frappé à l'or. Au bout du comptoir, sous des lampes chauffantes, se trouvaient des plateaux de restauration collective ; ils ne contenaient pas de nourriture, mais des vêtements et des outils.

Noor, le plus assuré, s'est installé au bar, sur un tabouret. Derrière le comptoir, Mardy essuyait les pompes humides. Lentement, les 13 autres se sont approchés et sont restés là un bon moment, pendant que Mardy poursuivait ses préparatifs : réchauffer le café, remplir un seau de glaçons prélevés dans le congélateur, disposer les serviettes sur le bar. Quatorze. Une par personne.

Spider ne l'a pas quittée des yeux. Il s'est demandé s'il était le seul à remarquer les mouvements étranges qui saillaient sous l'uniforme de Mardy. Des bosses se formaient sous ses manches, soulevant le tissu. *On dirait un oisillon dont les ailes poussent*, pensa-t-il. De petites bosses, comme si les plumes allaient surgir d'un moment à l'autre.

— Alors, je vous sers un soda, oui ou non ?

— Ah oui, a répondu l'autre garçon, Cairo. Deux pour moi, s'il vous plaît.

Mardy a posé les verres sur le comptoir et les enfants les ont vidés sans hésiter, tandis que les adultes humaient la citronnade glacée avant de la boire à petites gorgées.

— Instructions de base : le livre que vous voyez là s'appelle le *Metse'haf*. Vous ne le lirez pas avant d'en avoir pratiquement fini. Ce qu'il faut que vous fassiez, ce que vous devez trouver, c'est le Sarkpont. Pour cela, vous aurez 12 chances. Douze regyres.

— C'est quoi, ce Sarkpont ? a demandé Madeira. Elle était assise au bout du comptoir et n'avait pas touché à son verre, rempli à ras bord. Elle avait réussi à dénicher un cigare dont les volutes l'auréolaient.

— Et c'est quoi, ces regyres ? Tous ces termes… Il va falloir s'en souvenir ?

— Oh, vous vous en souviendrez, ça, je peux vous le garantir, ma petite fermière.

— Il n'y a pas de honte à travailler dans une ferme.

— Il n'y a pas de honte à travailler dans un café.

— Au moins, j'ai les bras musclés.

— Oh, les miens le sont aussi, a répondu Mardy avec un sourire. Je m'en sers en temps utile, ce qui n'est pas le cas en ce moment. Et si j'étais vous je boirais ma citronnade. Un jour ou l'autre, elle vous manquera, je vous le promets.

Madeira a fini par avaler son breuvage d'un trait, avant de faire claquer le verre sur le comptoir en un geste de défi. Mardy a poursuivi comme si de rien n'était ses diverses tâches : nettoyer le bar, vérifier la température du café… La machine à glaçons du congélateur cliquetait et vibrait.

Spider a terminé sa boisson sans se presser, avant de la reposer. Pas mauvaise, la citronnade de Mardy. Amère comme il se doit, mais pourvue d'une certaine douceur. Il n'avait peut-être jamais rien bu d'aussi bon.

— Je crois qu'il faut que vous nous expliquiez ce qu'est un Sarkpont.

Il a senti peser sur lui le regard d'Yma. Et celui des autres.

— Non ? a-t-il poursuivi. Si vous voulez nous évaluer, il faut quand même nous donner deux ou trois explications.

Mardy s'est assise sur une chaise de l'autre côté du comptoir, le souffle lourd. Puis elle a soulevé non sans effort son énorme jambe gauche pour la poser sur un tabouret. Elle a ôté sa pantoufle et s'est mise à se masser le pied, malaxant ses orteils pour diminuer la pression.

— Vous vous souviendrez sans mal de ce terme, jeune homme, car le Sarkpont ne tardera pas à devenir votre obsession. C'est un terme hongrois, il me semble, qui signifie « pivot ». Le Sarkpont se trouve dans une *piscina*, à l'angle nord-ouest d'un rectangle, et je vous promets qu'à la fin de cette aventure c'est une phrase que vous pourrez vous réciter à l'envers jusque dans vos rêves.

— Quel genre de rectangle ? a demandé Elk.

— Et qu'est-ce que c'est qu'une *piscina* ?

— Vous le découvrirez par vous-mêmes. Ça fait partie de l'expérience.

— Mais pourquoi nous ? a repris Elk en dévisageant ses compagnons les uns après les autres. Nous ne nous connaissons même pas. Du moins, pas que je sache.

Mardy s'est inclinée devant lui comme si elle le trouvait terriblement impoli mais préférait ne pas tomber dans le même travers.

— Vous finirez par vous connaître les uns les autres mieux que vous-mêmes. Mais vous ne pouvez pas perdre plus de deux personnes dans la famille : ça vous ferait revenir à la case départ, et toutes vos chances de trouver le Sarkpont disparaîtraient, un échec dont il est préférable que vous ignoriez les conséquences. C'est clair ?

Ils ont tous hoché la tête. *Pas plus de deux.*

— Et quand vous aurez mis la main sur le Sarkpont vous aurez des litres de citronnade. Des litres !

— Et de la glace ? Moi, je préfère la glace, a dit Splendour.

— Ça devrait pouvoir se faire. Vanille, chocolat, un autre parfum ?

— Chocolat.

— Très bien. Maintenant, direction les plateaux. Prenez ce qui se trouve dessus.

— Non, non, non ! a protesté Noor. Vous n'avez donné aucune explication.

— Il n'y a aucune explication à donner. Sauf…

Mardy a désigné Elk et Amasha.

— Vous deux, vous restez un moment.

— Pourquoi ?

— Vous êtes les Futatsus, les chefs. Les autres, vous vous activez, a sifflé Mardy en regardant sa montre comme si tout ce beau monde lui faisait perdre son temps. Vous ramassez vos affaires et vous décampez.

Noor a fixé la femme droit dans les yeux, avant de secouer la tête et de pousser un long soupir. Il a écarté les mains en signe de résignation.

— D'accord. Si tel est votre souhait. Finissons-en.

Il s'est emparé d'un sac à dos. Et, comme il avait toujours fait montre d'une sorte d'autorité naturelle, bientôt tous l'ont imité et se sont pressés devant les plateaux. Chacun disposait d'une gourde et de mangue séchée emballée dans du papier huilé constellé de grosses taches. Et d'une corde et de crème solaire.

— Je sais qui vous êtes ! s'est alors exclamé l'Anglais, Hugo.

Son sac à dos était plein à craquer, et ses yeux bleus de husky exprimaient une gravité soudaine.

— Je vous connais.

Il s'est penché sur les plateaux pour attraper la main de Mardy.

— Petit impertinent ! l'a-t-elle fustigé en échappant à son étreinte. J'aurais préféré que vous vous y preniez autrement. *Noli me tangere*, je vous en prie.

— Mais je sais qui vous êtes.

— Ça m'étonnerait.

— Moi aussi, je crois savoir qui vous êtes, s'est interposé Forlani d'une voix lasse. En tout cas, je crois savoir ce que vous représentez.

— Il suffit, messieurs. Vous commencez vraiment tous à me fatiguer. Allez, filez maintenant. La porte est là. Vous avez une semaine pour vous trouver un toit. Après quoi l'aventure démarre pour de bon.

Elle les a accompagnés vers la sortie, faisant taire de la paume les questions naissantes, puis les poussant sur le seuil avec l'impatience d'une tenancière de bar en fin de soirée.

— Allez-y, et bonne chance.

Spider a eu droit à un regard.

— Vous me rapporterez une rose des sables ?

Ils se sont retrouvés sur une échelle en fer qui ressemblait à un escalier de secours et descendait. Sur des dizaines de mètres.

Spider était presque arrivé en bas quand une idée lui est venue. Il a rebroussé chemin pendant que les autres continuaient. Il faisait chaud. Parvenu à la moitié de l'échelle, il a dû porter la gourde à ses lèvres.

Il est retourné dans le café. Mardy essuyait le dessus du comptoir et rangeait les verres dans le lave-vaisselle. Il s'était passé quelque chose. Elk était penché au-dessus de l'évier, dans lequel il avait vomi. Amasha, attablée, séchait ses larmes.

— Ça ne va pas ?

— Que voulez-vous, Spider ? a demandé Mardy en se tournant vers lui. Si vous avez besoin d'une dispense, c'est à moi qu'il faut la réclamer.

— Qu'est-ce qu'il se passe, ici ? Si je suis remonté, c'est juste pour le livre.

— Ah, s'est esclaffée Mardy. Tout le monde le veut, ce livre. Mais vous ne l'aurez pas. Vous apprendrez. Ça fait partie du plaisir.

— Et comprendre de quoi vous avez parlé tous les trois, ça fait partie du plaisir aussi ?

— On n'a parlé de rien, a protesté Elk, ce qui était un mensonge manifeste.

Spider a songé à l'homme qu'il avait tué à Paris. Pas un quelconque ennemi de la Légion étrangère, mais un personnage haut placé. Un proche du président du Sénat de l'époque. Vision éphémère des dernières heures de cet homme. Un aquarium. Un tube.

Spider a fini par remplir sa gourde avant de se diriger vers la porte. Aucun plaisir avec Mardy, qui qu'elle soit.

Elk et Amasha n'ont pas ouvert la bouche du reste de la journée. La famille s'est trouvé un abri dans une ville traversée par de gigantesques autoroutes surélevées. Puis un feu a été allumé et bientôt les enfants se sont endormis. À cette époque, Nergüi était encore des leurs. Son nom signifiait « sans nom » en langue mongole ; c'était un combattant, un guerrier. Il savait traiter avec le sable et pendant un moment lui et Spider ont été les meilleurs amis du monde.

— Vous allez nous dire ce qui s'est passé avec Mardy ? a demandé Spider aux Futatsus.

Elk a lancé un regard à Amasha. Elle a fermé les yeux et plaqué le bout de ses doigts sur ses paupières.

— Il y a deux sources d'inquiétude, a fini par répondre Elk de sa voix profonde de basse. Quand nous aurons trouvé un abri, il faudra que nous nous y calfeutrions une nuit sur deux. Une nuit sur deux a lieu ce qu'on appelle une « nuit grise » et il faut la passer à l'intérieur, sans faute, dès le coucher du soleil.

Amasha a laissé retomber sa main.

— C'est absolument nécessaire. Et sans appel. Il n'est pas indiqué d'en parler aux enfants.

— Mais Elk, pourquoi as-tu vomi ? a demandé Spider. Et Amasha, pourquoi pleurais-tu ?

Les Futatsus ont échangé un regard. Amasha a retroussé sa lèvre supérieure, comme si le souvenir était trop amer.

— Nous avons vu ce qui se passe quand on n'arrive pas à trouver le Sarkpont au bout de 12 essais.

— Et… ?

Un long silence a suivi.

— Mieux vaut que vous ne le sachiez pas. Il vous suffira de prendre les choses très au sérieux.

6

Le bus s'arrête dans le lotissement de McKenzie. La rue est large, les maisons bien espacées sur leurs terrains d'un hectare. Cet après-midi, le quartier offre un spectacle lugubre : les arbres se déplument et les feuilles s'entassent au bout des allées. Il est à peine 15 heures mais sous certains porches des citrouilles électriques brillent déjà pour Halloween. Au 1107, il y a tout un cimetière illuminé ; deux des stèles ont été renversées par la pluie.

India et McKenzie descendent du véhicule, se saluent en hâte puis, la capuche rabattue sur la tête, se séparent et courent chacune vers chez elles. L'averse martèle l'imper de McKenzie avec une violence inouïe. À l'arrière de la maison la porte de la véranda est ouverte ; elle s'y rue, passant devant les toiles d'araignées scintillantes et les squelettes suspendus au plafond. Sa mère ne travaille pas l'après-midi – les cours de yoga ont lieu seulement le matin pour des raisons de rythmes circadiens ; elle est là, elle filme des exercices pour sa chaîne YouTube.

— Ne claque pas la porte, Kenz ! crie-t-elle du sous-sol. Je ne tiens pas à ce que mes peintures tombent des murs, je te l'ai déjà dit. Et combien de fois devrai-je te demander d'enlever tes chaussures avant d'entrer ? Je vais te tuer !

Une fois dans la cuisine, McKenzie fait chauffer de l'eau dans une casserole. Elle s'est procuré sur eBay une bouillotte en caoutchouc à l'ancienne, comme celles qu'on voit dans les séries anglaises regardées par saisons entières sur Netflix. Elle l'emportera dans sa chambre, où elle se fourrera sous sa couverture, la fenêtre ouverte, pour écouter la pluie s'abattre sur les plaines, les forêts, les centres commerciaux. Elle réfléchira à ce qu'elle peut répondre à Joe, et à la meilleure manière d'attirer, avec son projet, l'attention des professeurs de CalTech qui viendront à Nova Sciencexpo.

Un raclement continu la fait se retourner, comme si quelqu'un lançait du sable sur une vitre. Bouche bée, elle a le temps de voir l'eau passer par-dessus bord et éclabousser la bouillotte ; quelque chose paraît être tombé dans la casserole. Quelque chose qui remue dans tous les sens et fait gicler des gouttes qui atterrissent en crépitant sur la table de cuisson vitrocéramique. Quelque chose de lourd a atterri dans le récipient et cherche à en sortir.

— Maman ! appelle McKenzie sans oser quitter la casserole des yeux. Maman !

Elle s'empare de la manique et de la louche en porcelaine peinte préférée de sa mère et s'approche de la cuisinière, les jambes tremblantes. La casserole se démène à présent en tous sens, à deux doigts de tomber de la table de cuisson.

— MAMAN !

Le visage détourné de peur d'être attaquée, elle avance d'un pas et, vacillante, se penche juste assez pour voir à quoi elle a affaire. Au fond de l'eau en ébullition se débat la créature de son cauchemar : le lézard.

Si elle suivait sa première impulsion, elle se mettrait à hurler ; mais la seconde, plus puissante, lui ordonne de sauver l'intrus. Elle empoigne donc la casserole, se précipite vers l'évier, y renverse l'animal et l'arrose d'eau froide. Le lézard ne bouge plus.

— Non, non, non ! le supplie-t-elle. Ne meurs pas, je t'en prie. Reste avec nous !

Elle loge la casserole sous le distributeur de glaçons et la remplit avant d'en vider le contenu dans l'évier. Le lézard se met à remuer. D'abord sans énergie, puis avec vivacité. Il soulève la drôle de collerette qui lui sert de cou, cligne de ses paupières grises et dures comme de l'écorce puis, avant que McKenzie ait pu réagir, se hausse d'un mouvement raide sur ses pattes arrière, s'extirpe comme par magie du bac et traverse au trot le plan de travail.

— Maman, vite, viens !

Des bruits de pas dans l'escalier. Le lézard longe le plan de travail d'un pas pesant, renverse le mixer à smoothies et fait valser le bocal de muesli de son père. Parvenu au bout, il saute et atterrit sur le plancher dans un choc charnu. McKenzie se plaque les mains sur les joues : *Il est mort !* Mais la bestiole se remet dans l'instant et, les griffes claquant sur le bois, fait volte-face et décampe juste devant elle. Malgré son effroi, il a trouvé à se faufiler entre les battants restés entrouverts du placard de l'évier.

Dans un éclair brun, il y disparaît au moment même où la mère de McKenzie surgit de l'escalier du sous-sol, les yeux écarquillés, perplexe.

— Ma chérie ?

— Il est dans le placard, articule McKenzie sur un ton neutre, comme si la bête risquait de la comprendre. Il est rentré là-dedans.

— Quoi donc ?

— Le lézard.

Le visage de sa mère se décompose.

— Ah oui ? Et ces bonds partout, c'est lui aussi ? Vraiment ?

— C'est celui que j'ai vu hier soir. Il est énorme.

Dubitative, sa mère se dirige pourtant vers l'évier et ouvre les portes du placard d'un geste vif, puis s'accroupit pour inspecter son contenu. Elle porte encore son legging de yoga et ses impeccables baskets turquoise. Ses cheveux sont retenus par un serre-tête. Elle reste silencieuse un bon moment, tête baissée, le regard triste.

— Ma chérie, il n'y est plus.

McKenzie baisse les bras, se penche à son tour. Le placard est vide, comme l'a dit sa mère, hormis quelques ustensiles de ménage, des gants en caoutchouc, une boîte de conserve pleine de tablettes pour le lave-vaisselle.

— Je ne…

Les mains sur les cuisses, elle s'incline un peu plus. Le trop-plein de l'évier s'enfonce dans un trou découpé dans l'aggloméré.

— Il est sûrement passé par là, dit-elle.

Le silence s'installe. Mère et fille observent la cavité, s'attendant à voir apparaître une tête, une queue. Ne serait-ce qu'à entendre un bruissement. Rien de tel ne se produit. Sa mère se redresse.

— Bon, eh bien, il a dû partir. On peut tirer un trait sur cette bestiole, maintenant ?

— Mais on ne va pas la laisser ici ?

— Si, absolument, rétorque sa mère. N'y pense plus, à présent, je t'en prie. J'étais en plein enregistrement et je vais devoir recommencer depuis le début.

Elle pivote sur ses talons et se précipite dans l'escalier du sous-sol. Atterrée, McKenzie la regarde s'éloigner, puis se dirige vers la hotte de la cuisinière et l'inspecte du regard. Le lézard est trop gros pour pouvoir s'y être logé. Dans la buanderie, elle fourre un manche à balai dans la corbeille à linge, soulève le couvercle de la vieille machine à laver et se met à quatre pattes à la recherche d'une fissure, d'un trou derrière l'électroménager.

Après avoir inspecté tous les recoins, elle remonte dans sa chambre et s'étend sur le lit, d'où elle regarde fixement la pluie dégouliner sur les vitres. Que dirait India ? Que ferait-elle ? McKenzie sort son portable, prend une photo sur Snapchat et l'envoie avec cette légende :

APPELLE-MOI

India lui téléphone immédiatement via FaceTime.

— Ouaip ?

— Promets-moi de pas faire de bonds.

— C'est Joe ?

— Nan, c'est le cauchemar que j'ai fait hier soir.

— D'accoooord, répond India, prudente. Dis-moi tout.

— Bon. Je me réveille dans mon lit, à côté d'un lézard.

— Il ressemblait à Joe Marino ?

— S'il te plaît, India, écoute-moi. Je ne plaisante pas. Il était vraiment gros, genre bien 60 centimètres, et il s'est barré ; quand mes parents sont venus, il n'était plus là.

— Je vois. Un rêve freudien ordinaire. À mon avis, tu devrais te masturber plus souvent. Pourtant, je n'arrête pas de te le dire : les vibros, c'est pas pour les poules.

— Merde, India, s'il te plaît, tu vas m'écouter, oui ? Et là, juste après être descendue du bus, je rentre, je me fais bouillir de l'eau, d'accord ? Et le lézard tombe de la hotte directement dans la casserole.

— Putain ! Il est mort ?

— Non, il survit, et il se rebarre. Ma mère arrive, mais trop tard, et elle ne voit rien, et maintenant elle se comporte genre « cette pauvre McKenzie a vraiment fini par péter un câble ».

Silence.

— Bon, mais il a bien fallu qu'il puisse entrer dans la hotte…, finit par murmurer India, hésitante.

— Mmmmmh.

— Kenz ?

McKenzie se frotte les yeux d'un geste las. Elle vient de se rendre compte à quel point ses vêtements sont mouillés et froids.

— Tu sais quoi, India ? Je crois que j'ai tout inventé. On se reparle demain.

Elle raccroche en dépit des protestations de son amie, se recouche sur le lit en se rongeant les ongles.

Dix minutes plus tard, elle répond au message de Joe Marino.

On parlait du cours de sciences. Pourquoi ?

La réponse est immédiate.

Oh, j'ai cru que tu m'avais bloqué.

Non.

Envoie-moi une photo de ton sourire.

Elle fronce les sourcils, éteint son téléphone et l'enfouit sous l'oreiller. Elle se recouche, à plat ventre, le cœur battant la chamade. Elle ne doit pas envoyer de photo. Pas tant qu'elle ne sera pas certaine de pouvoir se fier à Joe…

Spider ne cesse de penser à l'homme de Paris, à la raison pour laquelle ce crime leur a échappé au moment de la sélection. Parfois il se rappelle les odeurs, les gouttières pleines, au-dehors, le fumet de la peur, la lampe à gaz dans la mansarde. Et ce chef-d'œuvre : l'aquarium étanche. L'homme dans l'aquarium.

Mais, tout compte fait, il pense davantage au Sarkpont. C'est devenu une seconde nature dans la famille, de même que tous ces mots curieux concernant certaines instructions, certains objets issus d'un mélange de langues slaves et romanes saupoudrées de chinois. Hugo et Tita Lily sont les meilleurs linguistes du groupe, mais le terme *piscina* les déconcerte.

Que viendrait faire une piscine au beau milieu d'une ville du désert ? se demandent-ils. Le mot a-t-il un autre sens qu'ils ne comprennent pas ? Ils se disputent constamment sur la signification que peut avoir l'énigmatique phrase de Mardy, prononcée quand ils n'étaient pas encore complètement concentrés. Quelle sorte de rectangle cela peut-il être ? Une place au cœur d'une ville ? Une surface ceinte de murs ? Une pièce ? Un jardin ? Ils en sont persuadés : c'est seulement avec l'aide des Éclaireurs et de leur « altivoyance » – ce don unique qu'ils ont de visualiser les villes sous un angle inédit – que la famille trouvera le Sarkpont et recouvrera la liberté.

De temps en temps, Spider lance des regards à Tita Lily. Il faut qu'il se rassure sur son état de santé. Ils ont déjà perdu l'un d'entre eux – pur accident, ou vengeance de Noor ? Spider ne fait nullement confiance à ce dernier. Nergüi, le guerrier mongol, a succombé aux Djinnis. Oh ! les coups martelés sur les parois de la tour, les hurlements et les cris lorsque Nergüi a compris que la porte avait été verrouillée. Par Noor.

Ils entrent à présent dans cette ville ressemblant à une immense décharge. Elle s'appelle Mithi. C'est Amasha qui en déchiffre le nom, écrit en arabe et en sanskrit ancien. L'écriture brahmi est presque effacée, à peine lisible. Elle cache bien son jeu, Amasha ; sous ses courbes de mère nourricière attentionnée se dissimule une intelligence de renard.

— Mithi.

Elle caresse du bout des doigts les lettres gravées dans la pierre, y pose ensuite la paume, comme pour en sentir les vibrations.

— C'est une ville du Pakistan. Mes parents en parlaient. Elle est à la fois musulmane et hindoue.

— Tu y es allée ? demande Elk.

Elle secoue la tête, ce qui semble le surprendre. Théâtral, il vacille pour témoigner de son incrédulité. Amasha le gratifie d'un léger haussement d'épaules.

— Eh, reprend Elk en levant ses sourcils broussailleux. Si la plus grande voyageuse de la famille ne connaît pas cet endroit, qui d'entre nous peut bien en avoir connaissance ?

Il dévisage Noor, puis interroge du regard les autres, tout aussi démunis.

— À part Amasha, qui en a entendu parler ? Qui a lu quelque chose sur Mithi ?

Pas de réponse. Elk pousse un long soupir de résignation. Il lui arrive de ne plus marcher droit, et pour la première fois Spider prend conscience de la fatigue du colosse. Sous la masse il y a du muscle, bien sûr, mais la graisse l'entrave, et ses cheveux blanchissent. Spider lui donnerait bien un coup de main mais Elk est trop fier pour l'accepter. Le vieil homme ravale sa douleur et son épuisement ; il poursuit sa route, éperonné par l'ardent et parcimonieux sang afrikaans qui coule dans ses veines.

— D'accord, reprend-il. D'accord. Alors on part de zéro.

Il leur reste trois heures avant le coucher du soleil et, avec ses enseignes barbouillées et ses tas d'ordures bariolés jonchant les rues comme des monceaux de fleurs séchées, Mithi ne paraît pas très étendue.

Elle a été visitée par des cigognes, qui y ont laissé des nids grands comme des roues de tracteur. Leurs fientes constellent les trottoirs.

La famille ne tarde pas à atteindre le centre-ville, où, sur un monticule rouge, trône un temple couvert de carreaux verts et or. C'est là que Spider fait descendre Tita Lily de Chamelle et l'installe dans un coin à l'ombre pour qu'elle puisse se reposer. Splendour rejoint les autres, qui se désaltèrent. Bientôt, ils constitueront de petits groupes pour explorer la ville, mais avant tout Spider veut savoir ce qui se trouve derrière le bâtiment. Il entre dans le temple, monte l'escalier qui sent la mousse et l'eau sale et parvient au dernier étage, se poste à une fenêtre et braque ses jumelles sur l'horizon.

Mithi est la cité la plus verte qu'il ait visitée dans le Cirque. Chaque maison aux murs brun rougeâtre est pourvue de haies et d'arbres bien vivants. Personne dans le Cirque ne sait ce qu'il est advenu des habitants des villes qui s'y trouvent. La famille s'est habituée au caractère aléatoire de leur dévastation : certaines cités sont enfouies sous des mètres cubes de sable ; d'autres semblent avoir été abandonnées la veille, les robinets donnant encore de l'eau et les ampoules de la lumière. Un jour, à Abu Dhabi, Spider a découvert par hasard, dans un réfrigérateur, un stock de tranches d'ananas frais et de sodas à la cerise. Aucune loi de la physique ne s'applique vraiment au Cirque.

Spider scrute le désert au-delà de Mithi, examine les contours des sables. Il cherche n'importe quoi, une bosse ou une masse, la moindre anomalie qui puisse attirer son attention. La nuit qui vient est blanche : s'ils ne trouvent pas le Sarkpont dans la ville, il marchera jusqu'à l'aube dans le désert, aussi loin qu'il le peut. Une quête fréquente, qu'il n'accomplit pas toujours seul – Hugo l'a accompagné plusieurs fois et se porte en général volontaire, de même que Noor. Ils suivent Spider dans la pénombre, pour constater la plupart du temps que le monticule intrigant aperçu à l'horizon n'était qu'un arbre ou une dune à la forme insolite. Un jour, ils ont trouvé une carcasse d'éléphant.

Il n'y a rien à l'ouest. Lentement, Spider se tourne vers le nord et la Hutte lui saute aux yeux : petite, moins imposante cependant vue sous cet angle. Ceux qui ne la connaissent pas la prendraient pour un simple accident dans l'océan régulier des dunes. Au-delà s'étend la Virgule, l'immense lac salé.

Il dirige ses jumelles plus loin vers l'est et le sud-est, plus loin que les gratte-ciel miroitants et massifs de la ville qu'ils appellent Dubai, balaie l'horizon jusqu'au plein sud, mais il a beau chercher, il n'y a pas la moindre échancrure solitaire dans les sables, rien qu'ils n'aient déjà exploré.

— Spider.

Il se retourne : c'est Amasha. Son sari bleu et argent est constellé de taches de sueur et de la boue de Mithi. La plupart des diamants sont tombés de son front, mais elle n'a rien perdu de sa beauté hautaine. Rien d'étonnant à ce qu'elle ait été désignée Futatsu.

— S'il n'y a rien à explorer, ne pars pas. Reste avec nous cette nuit, repose-toi.

— Il le faut bien, pourtant. Nous avons de moins en moins d'endroits à visiter.

Elle pousse un long soupir, tout en sympathie.

— *Pœtiyo*, mon doux ami, n'es-tu donc pas un être humain, comme nous tous ? Mon garçon, inutile de te flageller à chaque nuit blanche. Si tu te tues, nous connaîtrons un sort dont l'horreur défie l'imagination. Nous aussi nous mourrons.

Elle pose la main sur le torse de Spider et ferme les yeux. C'est ainsi qu'elle déchiffre les sentiments des membres de sa famille.

— Et de toute façon…, ajoute-t-elle en rouvrant les yeux et en lui effleurant le visage, tu es vidé. Accorde-toi un peu de répit ce soir.

7

India est la meilleure « meilleure amie » du monde, comme le confirme la suite des événements. Certes, il lui faut un moment pour accepter l'idée qu'un lézard puisse se balader dans la maison des Strathie et que McKenzie soit la seule à l'avoir vu, mais elle se montre très vite à la hauteur. Le week-end suivant, elle déniche un vieux piège à moufettes dans le garage de ses parents, le nettoie et l'apporte à McKenzie pour qu'elle l'installe dans sa chambre. Puis elle emmène son amie en voiture au centre commercial pour acheter des aquariums et 80 litres de sable décoratif de toutes les couleurs de l'arc-en-ciel.

— Je l'appelle M. Blonde, confie McKenzie à India alors qu'elles montent les sacs de sable dans la chambre. À cause de sa couleur : fauve, pas du tout comme ces petits machins vert et brun qu'on voit par ici en général. Je pense que c'est un lézard cornu. Puisqu'il n'y en a pas à l'état sauvage en Virginie, ce doit être un animal domestique qui s'est sauvé.

— *Monsieur* Blonde ? répète India en posant les sacs. Comment tu sais que c'est un mâle ?

— Je n'en sais rien, en fait. Il est presque impossible de déterminer le sexe d'un reptile en dehors des périodes d'accouplement.

— Euh, ça, sauf erreur de ma part, c'est un événement auquel nous ne pourrons sans doute pas assister...

India pousse les sacs du pied.

— D'ailleurs, pour rester dans l'ambiance… Tu as des nouvelles de Joe ?

— Aucune. Comme je ne lui ai rien envoyé, il n'a plus écrit.

— Bien joué. Tu ne lui envoies rien, surtout s'il te demande des trucs sales. Tu m'entends ? Ce mec cache quelque chose. Mon frère se renseigne.

McKenzie soupire. Ce n'est pas elle qui se fait des idées : même sa meilleure amie pense que Joe Marino ne peut pas s'intéresser à elle pour ses beaux yeux.

— Dis donc, meuf, t'as des chaussettes dépareillées. T'as vu ?

McKenzie tire sur les jambes de son jean. India ne s'est pas trompée : une blanche, une bleue. Elle laisse retomber le pantalon sur ses chevilles. En ce moment, la vie lui paraît lourde et monolithique.

La semaine s'écoule lentement. Pendant quatre jours, pas de Joe dans le bus scolaire. India rapporte à voix basse un ragot de mauvais augure : il aurait été renvoyé. Mais le vendredi, il est de retour sur la banquette arrière, avec son escorte de pipelettes. Il décoche un clin d'œil appuyé à McKenzie et se passe la langue sur les lèvres. Elle s'assied le plus vite possible, maussade.

— Il va avoir des ennuis, Kenz, ne cesse de lui répéter India. Et je vais te le prouver. Tu me fais confiance, hein ?

McKenzie ne sait pas quoi lui répondre, et elle est tout aussi dépourvue quand son estomac frétille ou se noue parce qu'elle a aperçu Joe. Complètement à la ramasse. La nuit, lorsqu'elle ne trouve pas le sommeil, elle passe son temps sur son téléphone, à relire ses messages. Puis, après avoir inventé cent réponses, les avoir toutes supprimées, avoir recommencé et à nouveau tout effacé, elle se couche sur le dos et écoute les murs.

Son père lui a raconté qu'enfant il avait perdu un hamster, qu'il a retrouvé dans un trou, derrière une plinthe. Mais la maison est silencieuse et McKenzie craint que M. Blonde n'ait été si gravement ébouillanté par son séjour dans la casserole qu'il soit allé crever dans un coin : ils ne le dénicheront que grâce à l'odeur d'un cadavre couvert de moisissures et d'asticots. Quelle triste fin ! Le piège à moufettes apporté par India prend la poussière auprès d'un monceau de linge sale qu'il faudrait aérer.

McKenzie a travaillé sur son projet. Elle a construit des séparations dans ses deux aquariums avec des parois amovibles, du matériel de pro. Elle a rempli de sable les quatre sections ainsi créées, une teinte par section : pistache, fraise, melon et citron, des couleurs de crème glacée qu'elle a obtenues en mélangeant ses échantillons multicolores. Il faut maintenant trouver le moyen d'introduire de l'air dans ses sections pour créer des dunes éoliennes, mais jusqu'ici elle a échoué. Peut-être pourrait-elle utiliser l'eau à la place de l'air ? Ce n'est pas si absurde puisque les fonds sablonneux des océans présentent souvent des reliefs similaires à ceux des dunes terrestres. En fixant un tuyau sur le flanc de l'aquarium, elle pourrait reproduire quatre types de dune – en demi-lune, linéaire, en parabole, en pyramide, semblables à celles formées par le vent.

— Si ce foutu lézard existe vraiment, je veux dire pas seulement dans son cerveau de tarée, depuis le temps il a dû crever de faim, lance Luke un soir au dîner.

Tatum et lui ont clairement fait comprendre à leurs parents qu'ils trouvaient ridicule leur complaisance à l'égard de McKenzie.

— C'est clair. Au cinquième jour de sa présence *in situ*, la cage à moufettes d'India est toujours d'un vide intersidéral.

— Ça suffit, Tatum, dit leur père en se servant des légumes. Laisse ta sœur tranquille.

— En dernière année de primaire, il y avait ce type qui avait un gecko, commence Luke avant d'enfourner 15 frites de patate douce.

Il vient de prendre sa douche ; l'eau dégouline de ses cheveux sur le tee-shirt gris de sa fac.

— Le gecko a mordu le doigt du mec, qui a eu le réflexe de s'en débarrasser comme ça (Luke secoue la main), et, quand le lézard a lâché prise, il a fait un vol plané dans la cuisine, il s'est cogné contre le mur et a glissé jusqu'en bas. Le mec était genre paniqué, genre « oh non, mon bébé reptile, si je t'ai fait mal c'était pas volontaire ». Le gecko s'est relevé, et il a filé dans un trou.

Luke se lève pour aller chercher une San Pellegrino dans le réfrigérateur, se rassoit et ouvre la cannette qu'il empoigne comme une bière.

— Le mec, il a tout essayé : il a éteint toutes les lumières, il a mis un coussin chauffant au milieu de la cuisine, il a couvert les murs de papier bulle pour pouvoir entendre le retour de ce foutu gecko. Il lui a laissé des vers à bouffer, il a posé de l'alu couvert de farine : rien à faire, le lézard restait invisible. Les vers se barraient dans tous les sens, il y avait de la farine dans toute la maison et la mère du gars était folle de rage. Vous voyez le tableau ?

— Je ne pense pas que notre lézard soit le gecko de ton ami, intervient leur père en remontant ses lunettes avant de tourner la tête pour regarder son fils. À moins qu'il ne soit doté de superpouvoirs qui lui permettent de faire du stop ou de prendre un Uber.

— C'était un gecko albinos, ce qui est un pouvoir en soi. Eh oui, ils ont des capacités magiques. Vu qu'il était blanc, on l'appelait Polaire. Et comme il ne revenait pas, dans la classe on s'est mis à l'appeler Bye-Polaire ; on a même écrit son nom sur le tableau, mais son maître s'est mis à chialer. Les parents ont pris rendez-vous avec le principal. Je vous laisse imaginer la suite.

— Belle histoire, conclut leur père. C'est sympa de l'avoir partagée avec nous.

McKenzie repose sa fourchette sans bruit. Elle n'a plus faim. Luke lui a toujours fait ce genre de coup : il l'asticote et ne lui fait jamais confiance. Un jour, elle était en dernière année de primaire et lui en première année de lycée, il l'a mise au défi de répondre au même test de QI que lui. Avec pour arbitre réticent leur père, armé de son téléphone en guise de chronomètre. De l'autre côté de la table, Luke avait passé son temps à ricaner, à lui tirer la langue, à se fourrer le doigt dans le nez et à lui faire d'horribles grimaces dès que leur père avait le dos tourné. McKenzie a décroché un score supérieur de 15 % à celui de Luke, qui n'a plus jamais évoqué cet épisode.

— La plupart des filles, c'est genre « oh putain, je fais des rêves trop trop cochons avec Justin Bieber ! », renchérit Tatum. Mais pas ma frangine. Ma frangine, c'est plutôt « aujourd'hui, sur la plus grande partie du continent antarctique, le vent soufflera à une vitesse de 150 k/h. C'est dingue, non ? Tiens, et puis j'ai perdu mon ami le lézard, que je fréquente assidûment en tant qu'adolescente dysfonctionnelle. » Moi, si vous voulez tout savoir, mon grand amour c'est les fourmis qui zonent dans le frigo.

— Il faudra bien qu'il se nourrisse quand il sortira, murmure McKenzie. S'il ressort, s'il a faim… Qu'est-ce qu'il fera ?

— Ça suffit ! s'exclame leur mère en se levant pour entasser des frites de patate douce dans toutes les assiettes disponibles, comme si ça pouvait alléger l'atmosphère. C'est un repas de famille, pas un pugilat. Alors on recommence, et plus un mot sur le lézard.

— Quel lézard ? demande Tatum, l'innocence personnifiée.

Leur mère laisse tomber le plat dans l'évier et ouvre le robinet. Sa queue-de-cheval, d'ordinaire si joyeuse, pend inerte sur son épaule hâlée.

— Les garçons, vous filez dans vos chambres. Toi, McKenzie, il faut qu'on te parle, papa et moi.

— Ooooh ! s'écrient les garçons en chœur. Elle va passer un sale quart d'heure. Prions pour elle, mon frère !

— Un mot de plus…! tonne leur père tandis qu'ils filent et que Luke balance au passage dans la poubelle sa cannette de San Pellegrino. Un mot de plus et… ! Selena, ferme la porte.

Il passe sa serviette sur ses lèvres, repose son couteau et joue un instant avec le manche, pensif, comme s'il réfléchissait à la manière dont il va s'exprimer.

— Ils sont partis, c'est bon ?

Sa femme hoche la tête, les yeux fixés sur le plafond, à écouter les bruits que font les garçons. Puis elle verse de l'eau dans son verre, le dépose sur la table et s'assoit en face de McKenzie.

— Qu'est-ce qu'il y a ? Qu'est-ce qu'il se passe ?

La mère de McKenzie tend le bras par-dessus la table, pose sa main sur celle de sa fille.

— Ma chérie… Est-ce que ton conseiller d'éducation travaille avec un spécialiste ?

— Un spécialiste de quoi ?

— Un psychiatre. Quelqu'un à qui tu pourrais parler en cas de souci.

McKenzie retire sa main d'un geste brusque.

— Je n'ai aucun souci. De quoi tu parles ?

— Tu en as peut-être un et tu ne t'en rends pas compte…

— Mon seul souci, en ce moment, c'est mon projet pour Sciencexpo. Je tiens vraiment à faire une bonne impression aux profs de CalTech. Il y en a deux qui viennent.

Sa mère inspire bruyamment.

— Ah, le fameux projet. J'ai vu tout ce sable dans ta chambre. Pourquoi ne pas nous en parler, ma chérie ? Dans les grandes lignes, ça va servir à quoi ?

— Pourquoi ?

— Mais parce que ça intéresse tes parents, ma chérie.

— C'est pour montrer les effets du vent dans le désert…

Elle s'interrompt. Ses parents l'écoutent, figés.

— Pourquoi vous avez besoin de détails ?

Sa mère inspire de nouveau, longuement. Puis baisse la tête et se met à tripoter sa queue-de-cheval d'une main distraite. C'est le signe imparable qu'elle a quelque chose sur le cœur et qu'elle ne veut pas le dire.

— Quoi ?

— Oh, je ne sais pas, dit-elle en haussant les épaules. Je me disais seulement… Il faut vraiment que tu fasses ça avec du sable ?

— C'est le matériau qui convient le mieux. Parce que c'est léger, et que ça peut bouger, contrairement à la terre.

Sa mère lance un regard paniqué à son père, assis du même côté que McKenzie. Expression éphémère, qu'elle chasse aussitôt avec un sourire : trop tard, McKenzie l'a vue.

— Vous avez un problème avec le sable ? Je passerai l'aspirateur. Je te promets de ne pas en renverser sur les moquettes.

— Non, ne t'inquiète pas. Ça ira.

— Aucun problème, ma chérie. Tu fais ce que tu veux avec ton projet…

Ils sonnent faux, tous les deux, comme les parents d'une mauvaise série télé.

— Mais alors qu'est-ce qui se passe, hein ? Papa ? Maman ?

Sa mère se meut soudain avec la plus grande précision ; elle n'a pas été danseuse pour rien. Elle s'empare de son verre, le porte à ses lèvres pour masquer son embarras. McKenzie garde les yeux rivés sur sa gorge, sur les mouvements du larynx au passage de l'eau.

Sa mère s'interrompt et repose le verre dans un bruit sec, rouge de colère.

— Pour l'amour du ciel, pourquoi me regardes-tu toujours bouche bée quand je bois de l'eau ?

— Je ne te regardais pas.

— Tu mens. Tu fais toujours ça quand je bois. Ça ne tourne pas rond là-dedans ou quoi ?

— Selena, mon amour, je t'en prie. Restons calmes, intervient son père.

Sa mère soupire et glisse ses mains entre ses cuisses, détournant la tête pour ne pas avoir à croiser les yeux de sa fille. Son père décale sa chaise et prend McKenzie par les épaules.

— Ma petite caille, ce n'est qu'une suggestion, mais il est peut-être temps d'oublier ce lézard, non ? De nous avouer qu'en fin de compte il n'existe pas ?

McKenzie baisse la tête et regarde ses mains.

— Mais il existe. Je l'ai vu.

— Et tu ne voudrais pas en parler à quelqu'un ? Parce que tes frères, eux, pensent qu'il n'existe pas.

— Vous croyez que c'est un rêve ou que je suis à moitié folle, c'est ça ? Et ce n'est pas la première fois, mais c'est déjà arrivé il y a des années et je ne m'en souviens plus, je me trompe ?

— Ne raconte pas n'importe quoi. Ni ta mère ni moi n'avons tenu ce genre de discours. Tout ce que nous voulons, c'est que tu puisses en parler le plus vite possible à un spécialiste. C'est sûrement un effet du stress.

— Mais je ne suis pas stressée ! bafouille McKenzie. Et il y a vraiment un lézard dans cette maison !

Les Sensitive se scindent pour explorer Mithi. Elk choisit Noor ; Hugo, Madeira et Splendour forment un trio pour l'occasion et Amasha s'accapare Mahmoud. Spider partira avec Forlani, ce que Splendour a du mal à accepter. Elle s'agrippe aux genoux de Spider tandis que Madeira attend patiemment au bord du chemin qui ramène à la ville.

— Spider ? gémit la fillette en martelant sa jambe nue de ses petits poings pour attirer son attention. Je veux pas y aller.

— Je sais. Mais on est obligés de chercher.

— On est toujours en train de chercher. Et on trouve jamais.

— Un jour on trouvera.

— Un jour, répète-t-elle, songeuse. Aujourd'hui ? Tu crois qu'on va trouver aujourd'hui ?

Il ouvre la bouche avant de se raviser. Il ne veut pas lui donner de faux espoirs.

— Je ne sais pas.

Il pose une main prudente sur la tête de la petite, mais ne se penche pas pour la regarder.

— Maintenant, file. Hugo et Madeira t'attendent.

Il lui faut encore insister, cajoler, mais l'enfant, boudeuse, finit par filer vers Madeira, dont elle prend la main. Spider la regarde s'éloigner. Que va-t-il lui arriver ? Il peut comprendre que lui et les autres adultes aient ce destin inimaginable. Mais Cairo, Mahmoud et Splendour ? Ce sont des gamins ! Et Forlani ? Et Chamelle ?

Il observe les narines encroûtées de l'animal, ses bosses qui commencent déjà à s'affaisser. La famille en a hérité à son arrivée dans le Cirque. La bête errait non loin de la frontière, au nord, et a été capturée avec une facilité pathétique. Sa précédente famille l'avait peut-être abandonnée après avoir découvert le Sarkpont. Sur son flanc pendait de la selle un faux bébé chameau. C'était la peau momifiée de son chamelon, bourrée de sciure. L'odeur de cette relique était supposée prolonger sa production de lait. Spider l'a immédiatement débarrassée de ce malheureux chamelon mort – c'est la première chose qu'il ait faite en récupérant Chamelle, que les Sensitive ont décidé de ne jamais traire.

— Tu es prêt ? lui demande Forlani, l'arrachant à ses réflexions.

Sa mâchoire difforme fait toujours saillir les nerfs de son cou, tendus comme des câbles sur le point de céder. Lorsqu'il ouvre la bouche, il plisse invariablement les yeux. Il a fallu un certain temps à Spider pour comprendre que, avec ses jambes bancales, Forlani devait constamment lever la tête vers les autres, et donc affronter le soleil aveuglant.

— Tita Lily, ça va aller, poursuit-il. Elle dort. Je lui ai donné un médicament, mais…

Il se frotte les mains en souriant.

— Je veux explorer cette ville.

Spider attache Chamelle à la porte du temple et débouche une poche d'eau pour Tita Lily. Puis Forlani et lui se dirigent vers la crête du monticule rouge, en direction de la ville. Ils ont mis sur pied une méthode d'exploration, à l'aide notamment des boussoles rudimentaires qu'Yma a confectionnées pour les Sensitive.

Forlani sait d'instinct où chercher : en sa compagnie, les mouvements sont rapides, les bâtiments et les rues promptement éliminés.

Les ruelles de Mithi sont en terre battue, plates et larges. Les murs des maisons sont en adobe, sous des toits bas en tôle ondulée ; les enceintes des bâtisses les plus grandes sont hérissées de pointes de métal rouillé, tandis que les plus modestes sont séparées de la rue par des palissades de tôle ondulée peinte en bleu. Comme dans la plupart des villes du Cirque, le sable a envahi les bâtiments abandonnés. Forlani et Spider manient la pelle pour dégager le coin nord-ouest de deux petits jardins, mais ne découvrent rien de plus probant qu'un squelette d'oiseau et quelques morceaux de grillage.

Dans leurs moments de détente, les membres de la famille parlent pendant des heures du Sarkpont, de comment ils l'imaginent. Amasha pense qu'il s'agira d'un bol d'albâtre sculpté posé dans le coin d'un salon de musique au centre duquel trônera, solitaire, une harpe. Elk voit une immense *piscina* dans laquelle flottera une monstrueuse embarcation à la proue pointue. Madeira se représente un taureau blanc dressé dans une mare peu profonde. Et un jour Splendour a déclaré à Spider que le Sarkpont était un abreuvoir destiné à une étable pleine de licornes, et qu'une fois qu'ils l'auraient trouvé Mardy les accueillerait avec des sodas à la glace au chocolat.

Spider a décidé que, contrairement aux autres, il n'avait aucune imagination puisque le mot Sarkpont ne fait naître aucune image dans son esprit, si ce n'est celle d'un torrent de montagne aux flots vifs, pleins de la plus douce, la plus froide des eaux. Dans le désert, l'eau, c'est de l'or. De l'or pur et frais.

Forlani et lui s'arrêtent un moment pour boire avant de se remettre en chemin ; l'eau a le goût moisi des poches à eau qui leur servent de gourdes. Forlani inspecte la moindre crevasse à la recherche de plantes médicinales. Il est constamment en quête de feuilles, d'herbes qu'il puisse utiliser pour ses décoctions. Il a presque tout ce qu'il lui faut, excepté deux graals qui ne poussent peut-être pas dans le Cirque : un saule, l'analgésique le plus puissant de la flore terrestre, et l'hamamélis, ou noisetier des sorcières, qui pourrait également apaiser les souffrances de Tita Lily. Aucun de ces arbres n'apprécie le désert et, bien qu'il y ait de l'eau à Mithi – l'abondance de la verdure semble démontrer la présence d'une nappe phréatique bien remplie –, Forlani ne déniche que quelques cactus auxquels il ôte leurs épines avant de les fourrer dans son sac.

Spider scrute la chaussée. Elle est jonchée de véhicules abandonnés, tous de marque japonaise. Dans la rue suivante se dresse un minaret en briques blanches, et des tuiles de zinc noirci ornent les toits.

— Viens.

Il attache sa pelle à sa ceinture d'outils et ils poursuivent leur route, passant la tête aux portes de toutes les maisons, de tous les magasins. Ils traversent le lit d'une rivière asséchée sur les galets duquel des lavandières ont laissé leur linge à présent raidi par la poussière, et découvrent de l'autre côté un monument hindou représentant un homme à la peau bleue, une brune chevelure rassemblée en chignon sur le sommet du crâne, brandissant un cobra au cou tendu. Avant d'être transporté dans le Cirque, Spider ne connaissait en guise de lieu de culte que les églises chrétiennes, les synagogues et les mosquées. Ces idoles étranges aux yeux noirs, la main toujours levée, ont parfois tant de sagesse dans le regard que les contempler lui donne envie de pleurer.

La ville est pleine de chats faméliques, hirsutes. Assis sur le seuil des bâtisses abandonnées, ils dévisagent les deux hommes avec une fascination timide.

— Des chats, constate Spider sans s'arrêter. C'est une première.

Il leur est déjà arrivé de voir des animaux vivants dans le Cirque. Ils ont croisé des chameaux et des chevaux qui fuyaient au galop dans des nuages de sable ; il y a aussi les moutons qu'ils ont ramenés à la Hutte pour les traire et les tondre. Une fois, ils ont trouvé cinq ânes momifiés dans leur étable par les masses de sable qui s'y étaient accumulées. Ce spectacle a tiré des larmes à Mahmoud. En Égypte, il avait un âne, leur a-t-il raconté, qu'il regrette maintenant de ne pas avoir bien traité.

— Quand j'étais petit, dit Forlani, ma mère avait une chienne. À Buzau. Nous habitions au bord d'une route et, un jour, la chienne s'est fait écraser par une voiture. Je n'avais que 2 ans mais je m'en souviens. Je me souviens de ses gémissements, de la manière dont elle se tordait sur le gravier pour tenter de lécher sa plaie. Les voisins nous ont conseillé de l'abattre, mais ma mère ne les a pas écoutés. Elle voulait savoir comment ça pouvait tourner.

— Et comment ça a tourné ?

— La chienne a survécu. Elle ne pouvait plus bouger ses pattes arrière, mais celles de devant étaient devenues très puissantes.

Pour appuyer sa démonstration, Forlani virevolte sur les béquilles que lui a confectionnées Spider.

— Exactement comme moi. Et cette chienne, au bout d'un moment, elle constate que les gens la nourrissent davantage. Les gens ont pitié d'elle, à la voir se traîner dans la rue. Ils lui donnent des petits trucs à manger et elle devient obèse. Et puis, un jour, la sœur de cette chienne, qui comprend de quelle façon la bête infirme est traitée, apprend à traîner les pattes arrière, comme si elle était blessée. Alors elle va en ville en se déplaçant de cette manière ; il se trouve qu'il y a beaucoup de touristes là-bas, qui lui lancent des bouts de viande, des friandises. Et, de ce jour, elle ne se déplace plus que comme une chienne paralytique.

Spider s'abîme dans un long silence contemplatif avant de commenter.

— Est-ce que tu serais en train de m'avouer que tu as choisi d'être infirme ?

Ce qui provoque chez Forlani une crise de rire irrépressible.

— Pas du tout, finit-il par répondre. Je suis en train de te dire que les chiens sont malins. Plus que les chats.

— Quand j'étais à Paris, à un moment j'ai eu un chat. Il avait réussi à comprendre comment passer d'un toit à l'autre en se servant des fils, électriques notamment. Il n'a jamais eu besoin de traverser la rue. Jamais eu à traîner la patte pour s'en sortir dans la vie.

— Chats contre chiens ? C'est le genre de conversation qui déchaîne toujours les passions.

Spider s'esclaffe. Forlani a le don de le faire sourire, y compris aux pires moments.

— Continuons, dit-il. Il faut la trouver, cette *piscina*.

Au bout de la rue, ils arrivent devant un carrefour en *T* devant lequel se dresse un bâtiment qui semble avoir été sculpté dans les dunes mêmes, comme si une jeune géante avait construit un château de sable. C'est une accumulation sur une quinzaine d'étages de balcons à colonnes, de statues et d'autres ornementations. Au sommet s'élève une tour où flotte le drapeau du Pakistan.

— Oh, putain, marmonne Forlani, quelle horreur ! C'est monstrueux.

Spider s'approche et lève les yeux. Il distingue des ventilations, ou peut-être des conduites d'eau qui montent en zigzag jusqu'à la première rangée de colonnes. Pensif, il les inspecte longuement d'un œil expert.

— Non, dit Forlani. Tu ne vas pas faire ça.

— Mais je suis un grimpeur. C'est ma spécialité. Pourquoi crois-tu qu'on m'ait appelé Spider ?

— Tu ne perds jamais une occasion de me le rappeler. Ni moi de te rappeler les règles. Elk et Amasha ont été catégoriques : on ne se sépare jamais. On reste ensemble. C'est trop dangereux de partir en solo, et tu t'imagines bien, à ma fière allure, que l'escalade, ça ne va pas être possible tout de suite pour moi.

— Mais le Sarkpont pourrait se trouver de l'autre côté de ces murs !

Forlani fait saillir un peu plus sa mâchoire inférieure, plisse les yeux et s'efforce de déchiffrer l'expression de Spider avant d'émettre un claquement de langue désapprobateur.

— OK. Je perds mon temps. Je devrais le savoir depuis plusieurs regyres, maugrée-t-il en secouant la tête. Il me semble avoir vu de la lavande dans un jardin, plus haut dans la rue. Je vais retourner voir. Ça pourrait avoir son importance.

Le besoin qu'a Forlani de venir en aide à la famille le hante vingt-quatre heures sur vingt-quatre. Un jour, ils exploraient une ville dont Spider a oublié le nom, et dans un palace l'adolescent a trouvé un flacon d'antibiotiques à administrer en intraveineuse, en tout cas c'est ce qu'il croit. Comme il n'y a pas de seringues à la Hutte, il ne peut rien en faire pour le moment, mais il a gardé la fiole, qu'il a enterrée dans une boîte, sous le sable de l'enceinte de la tour, dans un endroit secret, frais et protégé de la lumière. Forlani est toujours sur le qui-vive, à l'affût d'une nouvelle trouvaille.

Au milieu de la chaussée, Spider le regarde s'éloigner de son pas mal assuré. Forlani est aussi rusé qu'un serpent, aussi loyal qu'un chien. Le frère idéal.

Spider extrait de sa ceinture à outils des lanières de gaze qu'il noue sur ses genoux nus. Il s'accroupit, les mains plaquées sur le mur. Sa texture, sablonneuse, absorbe le gras et l'humidité. Puis il se bande aussi les paumes, fait tourner sa casquette de manière à ce que la visière lui protège le cou, vérifie que ses ceintures et ses outils ne risquent pas de se détacher et se met à escalader la façade.

C'est quand il grimpe qu'il est le plus à son aise, le plus libre. Paris l'a guéri précocement du vertige : pour s'en distraire, il a un million d'astuces mentales, ne s'affole jamais devant les à-pics. La peur ainsi bâillonnée, il est libre de se concentrer sur sa technique.

Il n'a jamais appris l'escalade. Tout ce qu'il sait, c'est l'expérience qui le lui a enseigné quand il vivait sur les toits et se laissait descendre sur les balcons des jolies filles, près de la gare d'Austerlitz, filant le long des gouttières comme le rat d'égout évoqué par Mardy.

Un jour, il a demandé aux autres s'ils avaient remarqué que des plumes poussaient sous la peau de Mardy. Ils l'ont tous regardé comme s'il perdait la tête. Il est donc le seul à l'avoir vu. Quant au reste… ce qu'il doit cacher aux membres de la famille… l'homme dans l'aquarium… les heures passées à fumer des Gauloises dont il écrasait les mégots sous son talon… l'odeur de rouille… la respiration ou plutôt le râle de l'homme…

Les appuis sont exactement de la bonne taille, la pierre ne s'effrite pas et l'escalade est facile, naturelle ; il lui semble que tous les poils de son corps se sont dressés, comme si un instinct vorace frémissait en lui, un loup dans sa carcasse. En quelques minutes à peine, il atteint la première rangée de colonnes. Bien qu'elles soient rapprochées les unes des autres, un homme de sa corpulence peut se faufiler entre elles. Il se hisse sur la plate-forme et s'assoit, pantelant, pour rajuster ses protections.

À ses pieds s'étendent Mithi, basse, rouge poussière, et ses rues dont les méandres finissent en dédales. Forlani a disparu, peut-être dans l'un des bâtiments.

Spider se relève et rampe sur le palier pour découvrir, de l'autre côté de la rambarde, un espace immense et profond, consistant en une série de pièces ouvertes sur un patio rectangulaire situé à une vingtaine de mètres en contrebas. Au centre du patio se trouve une piscine vide au carrelage vert et blanc fissuré, pâli.

Celle-ci est longée par un mur dans lequel s'ouvre une unique porte, fermée. Par-dessus le mur, Spider distingue le sommet d'une structure métallique qui ne paraît guère à sa place dans une ville telle que Mithi.

Les sourcils froncés, il se dresse sur la pointe des pieds pour mieux la voir. Ses efforts n'y suffisent pas, et les colonnes sont trop lisses pour une tentative d'escalade. Il se couche sur le ventre et scrute le mur qui descend vers le patio : une longue paroi, sans mauvaises herbes jaillissant du ciment, sans appuis visibles ni fissures naturelles, comme sur la façade. Le mur d'en face est tout aussi lisse.

L'édifice est trop haut pour qu'il se laisse tomber : il est agile, mais pas complètement idiot. C'est le moment de dérouler la corde qui pend à l'arrière de sa ceinture à outils. Une vraie merveille, cette corde. Il l'a trouvée à Ouargla, accrochée à une grue rouillée. Elle est aussi translucide qu'un fil d'araignée, pas plus épaisse que l'auriculaire de Splendour et ne fait jamais de nœuds, quelles que soient les contorsions qu'il lui impose. Et solide, avec ça : elle supporte largement plus que son poids. Un jour, sous la Hutte, il a attaché Noor, Elk et Madeira à un bout et les a soulevés sur plusieurs mètres dans l'enceinte de la tour. Ils sont restés suspendus dans les airs jusqu'à ce que Madeira perde son sens de l'humour et exige qu'il mette fin à cette expérience.

Il attache cette étrange corde à l'une des colonnes d'un solide nœud de bouline avant d'en tester la résistance de tout son poids. La corde ne cède pas ; il peut descendre en rappel le long du mur, jusqu'au patio plongé dans une ombre rafraîchissante ; l'air est plein de ce parfum âcre que dégagent les végétaux à l'agonie.

L'endroit est envahi de petites plantes qui lui arrivent au genou. Les feuilles en sont grandes et plates, et d'un vert aussi luisant que si elles poussaient dans un sous-bois.

Il longe un tas de bouteilles en plastique que le soleil a blanchies, puis la piscine vide, avant de parvenir au porche. Quelque chose – une sensation, une odeur ? – fait alors grimper son adrénaline. Sa gorge se serre et un goût amer lui vient aux lèvres. Qu'est-ce qui peut bien l'envahir avec une telle violence ? se demande-t-il en ouvrant la porte, qui grince. Quelques cafards décampent à son approche. Il franchit le seuil.

Un autre patio, aussi frais et humide que le précédent. La même pénombre, les mêmes plantes. Au centre, cependant, se balance un parallélépipède de la taille d'un bus soutenu par d'épais câbles fixés dans les murs.

Il recule immédiatement dans le premier patio, la main posée sur le manche de son coutelas, et reste un instant plaqué contre le mur, le souffle court. C'est une Hutte, il en est certain. Et donc, peut-être, une autre famille. Il en a vu déjà, de ces familles, mais c'était toujours au loin. Il ne s'est jamais approché en deçà des 500 mètres. Ici, tout le monde est sur ses gardes ; les gens cachent ce qu'ils savent.

Spider renverse la tête et observe le toit du temple, si lointain avec ses poutres fendues, sa peinture écaillée et ses colonies de nids d'oiseaux. Quelle distance y a-t-il du patio au mur opposé ? Et combien de temps lui faut-il pour remonter par la corde ? Il va appeler Forlani et… et…

Il se reprend. Si quelqu'un a perçu son approche, il a eu tout le temps de réagir. Et pourquoi se figure-t-il qu'on se montrera agressif à son égard ?

Il ferme les yeux, paupières serrées, ranimant les vieux souvenirs de son entraînement à la Légion. Qu'a-t-il vu dans le patio ? Qu'a-t-il vraiment vu ? Et en quoi cela peut-il l'aider ?

Les mauvaises herbes. L'odeur de pourriture : c'est cela, pense-t-il, qui a éveillé sa méfiance. Tissus végétaux en décomposition ou nourriture ? Et la rouille. Il y a de la rouille autour des fenêtres de cette Hutte, que surmonte un drapeau déchiqueté par le vent, souillé, rapiécé. Si la Hutte héberge encore une famille, ses membres sont affaiblis sans doute et ne prennent plus soin de leur refuge. Ou peut-être sont-ils partis.

Il y avait une tige métallique pour béton armé dans le tas de bouteilles. Spider rebrousse chemin sur la pointe des pieds, en prenant soin de ne pas faire de bruit, s'empare de la barre et revient vers le porche en se mordant les lèvres. Cette Hutte : on peut y accéder par une échelle. Et son toit est orné d'une tourelle – une lanterne d'observation, exactement comme celle qu'ont fabriquée les Sensitive.

Il inspire profondément et pousse le battant à l'aide de la tige. La porte s'entrouvre quoique les gonds grincent à lui percer les tympans. Il baisse légèrement la tête, avance le cou pour examiner la cour un moment et, pour finir, recule.

Inventaire, donc :

— à droite, des enclos pour le bétail (grands ouverts),

— des sillons creusés dans la terre (peut-être une tentative de potager, mais tout ce qui a été planté est mort),

— une porte ouverte, qui se balance sur ses gonds,

— des fenêtres cassées.

La Hutte est abandonnée. C'est une quasi-certitude.

Il pousse complètement le battant. Pas un bruit, si ce n'est le claquement d'ailes interloqué d'un oiseau qui jaillit d'un nid bâti au sommet du parallélépipède. Cette fois, Spider ne bat pas en retraite. Immobile, il étudie le patio dans son ensemble, des colonnes de grès situées quatre étages plus haut à l'échelle brisée.

Cette Hutte lui rappelle les caravanes Airstream qu'il a trouvées au cours d'une mission d'Éclaireur il y a trois regyres : les angles du parallélépipède sont arrondis, les fenêtres renfoncées sont protégées par des filets. Les flancs sont ruisselants de rouille et l'arrière de la Hutte est percé d'un trou énorme, par lequel il aperçoit un siège couvert de plastique jaune citron, parsemé de ce qui a dû être un gai motif de pâquerettes roses. Une paire de bottes pendue à un crochet surplombe le tout, et sur la table trône un nid d'oiseau d'une forme singulière.

Il soupire, s'éponge le front. La première semaine, quand ils cherchaient sans succès un endroit où s'établir, il a vu nombre de Huttes. Elles étaient soit habitées, soit, comme celle-ci, livrées à la nature. Il s'approche précautionneusement du câble arrimé à la partie basse du mur et en teste la résistance. L'installation est solide, sans rouille ni signe de faiblesse, quoique le point d'attache paraisse grossier, comme s'il avait été fixé en hâte, avec des outils improvisés.

C'est le premier refuge que Spider trouve en ville, et il a certainement prospéré en son temps. Les enclos sont de taille variable. Chacun dispose d'un abreuvoir en tôle, de filets à fourrage séparés ; sans doute y avait-il même des panneaux coulissants pour protéger les animaux. Des tuyaux s'enfoncent dans le sol, des treillis ont été fixés aux murs, même si plus rien n'y pousse.

Il escalade l'échelle avec prudence. La porte est ouverte. La pièce à vivre est jonchée de débris, ensablée. Des sacs de couchage sont étendus sur une corde au-dessus d'un évier rouillé. Une cuisinière à gaz le jouxte, certes beaucoup moins impressionnante que celle installée par Elk dans la Hutte des Sensitive, mais fonctionnelle. Il y a aussi un réfrigérateur, ouvert et vide, tout comme les placards. Les filets qui couvrent les fenêtres sont en partie arrachés. Quelqu'un a visité les lieux après le départ de ses premiers occupants et l'a dévasté, emportant tout ce qui pouvait servir.

Il pousse une autre porte, non sans difficulté. Elle donne sur un couloir menant aux chambres. Il y a du sable partout. Les battants ne sont pas faciles à ouvrir mais, lorsqu'il y parvient, il se rend compte que chaque occupant y a laissé des traces. Des dessins au crayon sur les parois : des cactus, des chiens, des étoiles. Un tableau représentant une fontaine et une cascade, comme si quelqu'un avait rêvé d'un monde où l'eau abonde. Une collection de coquillages sur une tête de lit et, sur un oreiller, un cœur brodé avec des brins de coton arrachés à des tee-shirts.

La mère de Spider cousait des cœurs dès qu'elle le pouvait, utilisant tout ce qui lui tombait sous la main. Elle ne lui a jamais lu ni les fables d'Ésope ni le genre de chose que Hugo comprend, mais elle lui a enseigné les choses simples : l'honnêteté, la manière de faire entendre aux gens qu'on les apprécie. Il pense si fort à sa mère qu'il doit retourner l'oreiller. La vie ne lui a laissé aucune chance, à cette femme. Vraiment aucune.

Il continue son exploration. Trouve des douches, des toilettes, propres si l'on excepte l'inévitable souillure du désert, les plantes et les cactus qui s'y sont insinués. À l'autre bout de la Hutte, il déniche également toute une collection de cartes griffonnées à l'aide d'un gros morceau de charbon. Il les consulte, songeant que les Sensitive ont réussi à fabriquer des fusains beaucoup mieux taillés ; il lui vient alors une courte bouffée d'orgueil lorsqu'il pense aux cartes de Knut avec leurs ombres et leurs nuances, leurs légendes soignées, si sophistiquées en comparaison de ces gribouillis grossiers.

Il y a des bocaux vides qui ne ressemblent à rien qu'il ait déjà vu dans le Cirque ; les parois en sont tachées, comme s'ils avaient contenu des pigments. Puis, çà et là dans les salles, des pièces de métal dont il ne comprend pas l'usage. Longues comme son avant-bras, elles sont en forme de goutte, avec un trou au milieu. Il les examine patiemment, tente de les faire plier – elles sont trop rigides – et de les ébrécher – elles sont trop résistantes. De retour dans la cuisine, il en pose une sur la porte du réfrigérateur : elle s'y fixe avec un claquement sonore. *Ah, un aimant*, se dit-il en retournant l'étrange pièce, ce qui ne le renseigne pas davantage sur son usage. Il en dépose deux spécimens au fond de son sac, y ajoute les cartes les plus complètes, une règle en plastique flexible portant une inscription incompréhensible et un paquet de dattes emballées dans de la cellophane brunâtre.

Il s'immobilise soudain. Par terre, sous la table, gît un volume aux pages écornées, un cahier d'école primaire sur la couverture duquel figurent deux mots : *LISEZ-MOI.*

Il se penche, le ramasse, l'ouvre. Sur le verso de la couverture, il déchiffre cette inscription :

Si vous trouvez ce cahier, lisez-le, que nos erreurs puissent vous servir.

Les Dulyeowos

Notre famille n'est pas malheureuse, peut-on lire à la page suivante, *bien que notre nom, apparemment, signifie « craintifs ». Nous ne nous étions jamais rencontrés, mais déjà nous avons l'impression de nous connaître depuis toujours. Ceci est notre premier regyre, et nous avons eu la chance de trouver refuge presque tout de suite dans une ville magnifique...*

Spider s'assoit pour lire et retient son souffle tandis que se déroule l'histoire de la famille. Au-dehors, les ombres s'étendent sur les murs et le temple tout entier en est envahi, mais Spider poursuit sa lecture. Sa nuque est crispée et endolorie tant est profonde sa consternation.

Lorsqu'il a fini le cahier, il reste immobile un long moment et respire avec lenteur, les yeux rivés sur la dernière page. Son cœur s'emballe et le temps fait de même.

8

Les jours qui précèdent le salon, McKenzie dort mal. Elle se réveille fréquemment en sursaut, torturée par la soif, le cœur battant trop fort. Sa vision est altérée ; il lui semble avoir en permanence imprimée sur la rétine une image immense et floue : des dunes à perte de vue.

Son projet peut-il vraiment parvenir à attirer l'attention d'un prof qui enseigne dans l'un des instituts de sciences météorologiques les plus pointus du monde ? N'est-il pas aussi un peu puéril avec ses dunes colorées ? Elle a beau être en première, elle a beau étayer ses expériences d'une solide démonstration dûment inscrite sur le tableau, elle s'est contentée de suivre le modèle, laborieux et rigide, inculqué dès le collège : hypothèse, résumé, conclusion. Les amateurs de sciences dures apprécieront, avec toutes les références aux angles, aux longueurs d'onde et au degré de saturation des transports du sable. Mais, au fond, son projet ne serait-il pas excessivement banal ?

La veille du salon, McKenzie boit un bon litre d'eau et passe la moitié de la nuit à concocter des hashtags pour les posts Instagram qu'elle consacrera à l'événement. Elle se décide pour #revesdudesert,

#formationsdesable et #formeseoliennes. Elle finit par s'endormir à 3 heures du matin. Un bruit la tire du sommeil quatre heures plus tard. Couchée dans les premières lueurs de l'aube, elle tend l'oreille et perçoit comme un trottinement dans la salle de bains.

Vaseuse, le cou raide et le front brûlant, elle se frotte les yeux. Il fait clair dans la chambre, qu'éclaire le soleil bas du matin. La pendule indique 7 heures. Le bruit se fait de nouveau entendre. On ne peut pas s'y tromper : c'est celui que font les griffes d'un lézard rusé et trop discret sur le carrelage de la salle de bains.

C'est alors que, comme par magie, M. Blonde fait son apparition sur le seuil de sa chambre, fièrement dressé sur ses pattes, la tête penchée sur le côté à 10 bons centimètres du sol.

— Oh, merde ! murmure-t-elle, admirative, en faisant de son mieux pour s'asseoir dans son lit. Tu as survécu.

M. Blonde cligne des yeux à deux reprises, sans montrer par ailleurs le moindre signe d'inquiétude. Va-t-elle hurler « Papa ! » ? Non, cela effraierait la petite bête. Elle quitte lentement ses draps, s'attendant à voir filer le lézard, qui n'en fait rien et l'observe, la tête toujours penchée.

— Que tu es beau ! soupire McKenzie.

Dans la lumière ténue du matin, il semble étinceler. Sa collerette verruqueuse, brun et beige, a des couleurs de feuilles mortes.

McKenzie s'empare du bocal à fourmis et pose un pied par terre, puis se dirige d'un pas hésitant vers la salle de bains, où elle s'accroupit et tend l'index. Le lézard ne s'y intéresse nullement ; sa tête pivote sur le côté mais il ne s'enfuit toujours pas.

— Super. Tu veux des fourmis ?

M. Blonde ne bronche pas. Elle en verse quelques-unes dans une boîte d'allumettes – pas trop, elle a lu que les fourmis moissonneuses peuvent s'attaquer, si elles sont en nombre, à un lézard en bonne santé – et les pousse du bout du doigt vers l'animal. Une ou deux tentent de grimper sur le rebord de la boîte pour recouvrer leur liberté, mais le lézard fait usage de sa longue langue pour les attraper. C'est tellement rapide ! Il les ramène à la vitesse de l'éclair dans sa bouche, les avale puis darde de nouveau la langue vers celles qui essaient à leur tour de s'évader.

Fascinée, McKenzie ose enfin se relever pour s'approcher sur la pointe des pieds de son bureau, sans quitter des yeux M. Blonde, qui semble se satisfaire de son occupation : manger les fourmis de la boîte d'allumettes. Elle ramasse le compte-gouttes et le brumisateur qu'elle gardait à portée de main au cas où cette occasion se présenterait, revient vers le lézard et s'accroupit sans brusquerie à côté de lui.

— Bon, dit-elle en avançant de quelques pas, toujours accroupie. Ne t'affole pas, je vais devoir utiliser ce machin. C'est pour t'hydrater, d'accord ?

Elle braque le brumisateur sur M. Blonde et appuie sur le bouton. Loin de s'en formaliser, le lézard semble au contraire apprécier la fine humidité qui le nimbe. Sans cesser de manger, il fait le dos rond comme si cette sensation lui convenait. C'est tout juste s'il ne se tortille pas de plaisir.

— T'aimes bien ?

Elle renouvelle l'opération.

— Ah mais oui, t'aimes ça !

Elle se penche encore plus près de l'animal, qu'elle examine tandis qu'il avale les fourmis les unes après les autres. Ces deux dernières semaines, entre deux sessions de travail sur son projet, elle s'est aussi renseignée sur les lézards à cornes – ou iguanes à cornes, comme on les appelle parfois. M. Blonde a l'air en pleine forme, compte tenu du fait qu'il se cache depuis bientôt quinze jours. Les besoins en eau des lézards sont assez réduits et, paraît-il, comblés en partie par l'acide formique que contiennent les fourmis. Il se peut pourtant que celui-là n'ait rien mangé depuis des jours, ce qui ne l'empêche pas de ressembler aux photos qu'elle a téléchargées sur son téléphone pour comparer. La peau n'est ni fripée ni décolorée ; l'animal ne manifeste aucune nervosité.

McKenzie se relève, s'approche de la porte et l'ouvre ; elle est à deux doigts de hurler dans la cage d'escalier : « Hé, Tatum, mon lézard est revenu ! »

Puis une idée lui traverse l'esprit. Elle se retourne vers ses aquariums et leurs sables multicolores.

Le projet. Trop banal, disait-elle.

M. Blonde n'aurait-il pas fière allure, trottinant dans ces ravines de sable ?

Elle ferme la porte et revient s'accroupir près de l'animal.

— Hé, lui murmure-t-elle. Ça te dirait une petite aventure ?

Chose étonnante, le lézard ne lui oppose aucune résistance lorsqu'elle le prend dans ses mains. Il s'installe sur ses paumes, la poitrine dressée, tournant lentement sa grosse tête verruqueuse en tous sens. Elle le dépose dans l'un des aquariums, sur les dunes miniatures. Pendant un moment, il reste absolument immobile, puis s'avance sur le sable d'un pas léger, avec l'aisance et la délicatesse d'une ballerine. Sa présence donne aux dunes de l'éclat : on dirait qu'il en souligne les variations et les incroyables formes. McKenzie les a fixées avec de la colle : lorsque, après cinq minutes, elle sort M. Blonde de l'habitacle de verre, les sables semblent intacts ; le lézard a seulement quelques grains sous les griffes.

Elle s'empare de son téléphone sur la table de chevet et s'apprête à ouvrir Snapchat pour appeler India quand elle constate que Joe lui a envoyé un Snap. Une photo de lui, l'air triste.

Tu me snobes ? Je voulais juste te souhaiter bonne chance pour le salon, j'y serai, je passerai te dire bonjour si c OK.

Elle fixe l'écran, les yeux à l'affût, les bras envahis de chair de poule.

D'accord, ce serait cool.

Elle attend quelques minutes. Il ne doit pas être réveillé car il ne lit pas sa réponse. Elle envoie un message à India.

MONDIEUMONDIEU tu dors ?

Oui mais plus maintenant, merci bien.

Le lézard est revenu. Je vais l'emmener au salon dans un des aquariums.

Cool. T'assures.

À fond (haha) !

Un long moment sans échanges, puis ce message d'India :

Kenz…

Ouais ?

T'as pas discuté avec ce connard de Joe, hein ?

Mais non.

Juré ?

Juré. Pourquoi ?

J'ai des preuves. C'est un salaud.

McKenzie hésite avant de répondre :

Quoi ?

Fais-moi confiance.

Mais je veux savoir. Stp.

Je voulais t'en parler après le salon, quand t'auras laminé la concurrence, mais il y sera peut-être et il pourrait essayer de te baratiner, alors stp stp TU LUI PARLES PAS. Pigé ?

Putain mais dis-moi quoi !

Il se fout de ta gueule. T'es sur son radar.

Le cœur de McKenzie va exploser. Ses battements lui remplissent les oreilles, le crâne.

Je te crois pas.

Kenz, stp !

Non je te crois pas. T'as une preuve ?

C'est pas beau à voir.

Je m'en fous.

Suit un long, très long silence.

Puis son téléphone tinte. Elle vient de recevoir une capture d'écran qui provient peut-être du smartphone du frère d'India. Elle l'étudie puis repose son portable et s'allonge pour regarder le ciel.

Dans la Hutte poussiéreuse, Spider se frotte les yeux, puis glisse le cahier dans son sac à dos, se lève et se masse longuement les joues pour rassembler ses idées. Au-dessus du temple, le ciel est d'un bleu intense d'avant crépuscule, et la douce stridulation des cigales flotte dans les airs. Les cigales ne survivent que dans les villes où il y a de l'eau ; leur chant réconforte Spider tandis qu'il retrouve l'endroit où il a laissé sa corde, songeant que les

Dulyeowos ont peut-être été rassérénés eux aussi par cette musique.

Avant de remonter, il rajuste son sac à dos, vérifie les bandages de ses mains et empoigne la corde. Au bout de cinq pas, celle-ci se relâche et le fait redescendre. Il retombe au sol sans se blesser et bascule sur le dos, comprenant immédiatement son erreur : la colonne à laquelle il a noué la corde se précipite vers lui à la vitesse de l'avalanche.

— Merde !

Il roule sur le côté, les bras en croix devant le visage, et s'immobilise en position fœtale ; il sent derrière lui le violent impact de la pierre sur le sol. Quelque chose le frôle et une douleur explose dans sa cage thoracique. Puis le silence revient, troublé seulement par le bruit de sa respiration.

Une fois que son cœur s'est un peu calmé, il s'assoit et scrute le mur. L'incident semble terminé. La corde gît à côté de lui, encore attachée à son fragment de colonne. Une ligne de faille dans le grain de la pierre – merde, il a commis une erreur de débutant. Il se tâte le dos d'une main hésitante : ses doigts collent à sa peau. Il les retire : ils sont couverts d'un sang sombre et poisseux.

Mieux vaut ne pas verser de sang dans le Cirque. Cela arrive d'ailleurs rarement et Forlani a toujours le cataplasme ou le bandage idoine. Spider s'essuie sur les feuilles des plantes puis effleure à nouveau la plaie. Moins de sang cette fois-ci. Ça a dû arrêter de couler. Il se lève, les jambes vacillantes, s'approche du mur, y prend appui des deux mains et lève les yeux vers les colonnes. Il n'y a aucune prise, aucune fissure. Aucun moyen de remonter sans équipement.

Parmi les pierres tombées au sol, il finit par trouver un gros caillou autour duquel il noue une extrémité de la corde, qu'il enroule ensuite sous son bras, en lasso. Il éponge son front en nage, fait tourner sa casquette, visière sur les yeux, et se cabre pour mieux viser : le caillou doit passer entre les colonnes. Un beau lancer, qui s'élève dans le crépuscule et redescend vers le vide laissé par la colonne brisée.

Mais la pierre rebondit sur le chapiteau voisin et, en retombant, manque de percuter Spider en plein visage. Il recommence. Cette fois, il a visé plus juste : le caillou atterrit de l'autre côté. Mais lorsque Spider tire sur la corde, le projectile, que rien ne retient, dégringole en cascade.

Spider recommence la manœuvre cinq fois, dix fois. Rien n'y fait. Il se demande si Forlani n'est pas revenu, si depuis la rue il n'est pas en train de rire de ses vains efforts. S'il l'appelait à l'aide, peut-être le garçon pourrait-il attraper la corde, l'attacher à un poteau, à un montant de fenêtre, de l'autre côté ? Spider s'éclaircit la voix, renverse la tête et se ravise. Forlani ne trouvera pas ça drôle du tout et Spider aura droit aux éternels « Je t'avais bien dit de ne pas y aller… ».

Il examine toutes les parois du patio les unes après les autres. Rien qu'il puisse escalader, pas une seule prise où que ce soit. Dans le second patio, il étudie le câble auquel est arrimé le ventre de la Hutte. *Ça ne devrait pas être trop difficile*, songe-t-il en l'empoignant des deux mains avant de se hisser dessus.

Il se balance doucement, les genoux pliés, attentif aux gémissements du métal. Lorsque les brins d'acier, ajustés, ne grincent plus, il vérifie son équipement puis, les mains et genoux agrippés au câble, il se hisse tel un singe jusqu'à la Hutte et escalade son flanc en direction du toit. Le métal est encore chaud ; Spider doit se hâter s'il ne veut pas se brûler les paumes. Il se précipite vers un autre câble, arrimé plus haut sur le mur. Il est sur le point de s'y cramponner lorsque, à la surface de la Hutte, il aperçoit une empreinte curieusement familière.

Une égratignure qui a la même forme, la même taille que celle qu'il a vue sur la paroi de leur propre Hutte. En se balançant sur le câble, sans un mot, il réfléchit aux implications de ce constat et se demande à nouveau à quoi peut ressembler une créature capable de sauter aussi haut. Le cœur lourd, il finit par se hisser jusqu'au bout du filin. Il est encore à 3 mètres du faîte du mur.

Il se souvient du Maroc. Du 4e régiment d'infanterie assiégé dans un blockhaus par les forces marocaines. Ce jour-là, il a dû escalader un mur sans aucune prise. Comment y est-il parvenu ? Par la seule force de sa volonté ? Poussé par la panique ? Par la grâce d'une aptitude atavique ?

— Les deux, dit-il. Les deux.

Il ferme les yeux, se représente les Djinnis devant la Hutte. Se les figure qui sautent à cette incroyable hauteur, qui creusent ce genre de sillon dans le métal. Pour une fois, son imagination fonctionne ; il y puise l'adrénaline nécessaire. Il s'élance sur le mur, trouve des prises qui ne devraient pas y être, fait porter tout son poids sur le bout de ses orteils, sur ses doigts, tandis que lui reviennent à l'esprit les rues de Paris – leur fumet d'égout, d'absinthe et de sexe. Les muscles tremblants, en ébullition, il parvient enfin au sommet du temple et s'y cramponne, haletant, comme si sa vie en dépendait.

Il a vraiment trois sous de jugeote. Il aurait dû écouter les autres. Écouter les autres. C'est exactement ce que sa mère lui a dit, un jour, il y a une éternité : « Mon enfant, écoute ce qu'on te dit et arrête de croire que tu sais tout mieux que tout le monde. »

Le soleil est bas à présent, une ecchymose rougeâtre qui s'étale sur les toits de la ville. Lorsque, s'étant glissé le long des colonnes jusqu'à l'endroit par lequel il est entré dans le temple, il se penche vers la rue, Spider n'y aperçoit personne : nul Forlani l'attendant en contrebas. Il redescend par la façade, explore alentour les bâtisses abandonnées, craignant un moment de l'avoir été lui-même, jusqu'à ce qu'il trouve son compagnon accroupi dans une cuisine crasseuse, palpant un à un des paquets stockés sur des étagères.

Spider se lèche les doigts pour faire disparaître les souillures visibles de son visage. Il rejette d'une main sa chevelure en arrière, vérifie que sa jupe est d'aplomb, qu'elle n'a été tachée ni par le sang ni par la terre.

— Hé, lance-t-il, désinvolte.

Forlani l'a-t-il entendu ? Il n'en a pas l'impression.

— Hé, ça roule ? insiste-t-il.

— Ouais, ça roule, répond le jeune homme sans lever les yeux. C'est que j'ai trouvé de l'hamamélis, je pense.

Il se retourne, décoche un sourire à Spider.

— C'est totalement dément et…

Son sourire s'efface.

— Putain, mec. Qu'est-ce qu'il t'est arrivé ?

Et donc, Joe Marino et ses frangins ont monté un groupe WhatsApp qu'ils ont appelé Geekettes À Poil, et dont le but est de convaincre les filles les plus intellos du lycée de leur envoyer des photos d'elles nues. Ils parient sur celles qui sont susceptibles de craquer : McKenzie en tenue d'Ève vaut 200 dollars. C'est la seule raison pour laquelle Joe va se rendre au salon : il y a sans doute d'autres filles dont la nudité est ainsi mise à prix. Et quel lieu est plus propice à la capture que le festival de la geekitude, la foire au bétail à gros QI qu'est Nova Sciencexpo ?

Normalement, quand les circonstances l'exigent, McKenzie est impitoyablement rationnelle. En général, elle parvient à réprimer ses pensées, à les reléguer dans une zone secrète de son cerveau où elle pourra, à volonté, les garder sous surveillance ou les déballer. Là, il lui faut plus de temps que d'habitude pour dompter les réactions que lui inspire Joe. Lorsque l'heure de se rendre à Sciencexpo arrive, elle tremble encore comme une feuille.

— Que se passe-t-il ? demande son père.

— Les nerfs.

— Je comprends. C'est un gros truc. Mais on est tous avec toi.

Ses frères ne viennent que pour reluquer les élèves de terminale et, peut-être, se payer la tête des profs qui leur donnaient des heures de colle. Les parents, eux, sont là parce que c'est leur rôle de parents. Le père de McKenzie l'aide à transporter les aquariums dans l'escalier ; elle les a recouverts d'un plaid mais s'attend pendant toute la descente à entendre M. Blonde. Pourtant il s'abstient de bouger. Par crainte, peut-être. Son père installe dans le coffre du Duster les habitacles de verre, ainsi qu'un tableau sur trépied avec toutes les notes et la démo de McKenzie, et la petite charrette à bras avec laquelle elle jouait autrefois avec ses frères. Il l'a bien nettoyée.

Tout au long du trajet jusqu'à George Mason University, elle ne cesse de penser à Joe Marino et à ce qu'elle lui dira si elle le croise aujourd'hui. Il lui a envoyé un message il y a une heure : il espère la voir au salon, et pourrait-elle lui envoyer une photo ? Elle n'a pas répondu. Lorsque son stand sera plein à craquer – ce qui est quasi certain puisque les gens adorent les présentations avec des animaux –, elle lèvera peut-être les yeux au ciel et se fendra d'une remarque assassine. Elle peut aussi lui envoyer ce fameux code qui bousille les téléphones, lui proposer de faire ses devoirs et saboter le boulot, prendre rendez-vous avec la conseillère d'éducation et lui expliquer ce qui s'est passé, ou…

— On est arrivés.

Elle lève les yeux : ils sont devant le grand hall du Patriot Center, dont l'entrée est surmontée d'une immense bannière.

NOVA SCIENCEXPO ACCUEILLE LES FUTURES STARS AMÉRICAINES DES SCIENCES MONDIALES

Dans le vestibule, sous un panneau indiquant « CANDIDATS AVANT-DERNIÈRE ANNÉE », un agent de sécurité à la coupe en brosse veille sur une armée de badges.

McKenzie lance un regard inquiet à la petite charrette à bras, à l'aquarium sous son plaid.

— Passez devant, dit-elle au reste de la famille.

Papa ferme la voiture à clé puis se dirige vers le centre, suivi par les autres. McKenzie se redresse de toute sa hauteur et fonce droit sur l'agent de sécurité en traînant derrière elle la charrette à bras.

— Nom, discipline, lycée ?

— McKenzie Strathie. Sciences de la terre et de l'environnement. Harbinson High School.

— McKenzie Strathie, Robin… Euh, attendez. Harbinson ?

— Oui, Harbinson. Je sais, vous ne devez pas nous connaître. On est très peu à présenter des projets.

— Vous êtes sur la liste. Dans cette catégorie, vous êtes la seule de votre lycée. Ils n'aiment pas les sciences, vos camarades de classe ?

— Ils s'en fichent complètement.

— Quelle honte !

L'agent soulève le plaid et considère les aquariums, dubitatif.

McKenzie retient son souffle. M. Blonde lève les yeux vers l'agent puis se redresse lentement, pesant de tout son poids sur ses pattes avant comme s'il répondait à cette intrusion.

— Je dois entrer avec, c'est très important.

L'agent gratifie McKenzie d'un curieux regard.

— Je n'en doute pas, dit-il en cochant son nom sur la liste. Bonne présentation !

Elle reste un moment face à lui, sans vraiment comprendre la marche à suivre. L'homme fronce les sourcils et, d'un bref hochement de tête, lui fait signe d'y aller avant de s'adresser, tout sourire, au visiteur suivant.

McKenzie déglutit et franchit le seuil d'un pas hésitant. Dans le hall, l'ambiance la submerge : il y a tellement de monde, tellement d'autres lycéens ! Tous sourient, offrant à la foule des projets impeccablement présentés. Chacun ici semble avoir quelqu'un à qui parler ; les postures sont assurées, les discours animés, exhalant une confiance, une concentration qu'elle envie. Parents et enseignants se promènent de stand en stand ; des professeurs et des intendants de fac déambulent dans les travées, un téléphone collé à l'oreille. Un des jeunes exposants est coiffé d'un chapeau constellé de lumignons clignotants. Une fille démontre les avantages de son système de domiciliation de carte bancaire.

La bannière « MÉDECINE ET SANTÉ » a attiré sa mère ; elle y a retrouvé d'autres mères, des élèves de son cours qui l'accueillent en poussant des cris de joie. Son père, Luke et Tatum ont dérivé vers les stands « SCIENCES DU SPORT » et se penchent, intrigués, sur un capteur de force. Près des distributeurs de boissons, une bande de jeunes gens discute bruyamment en mandarin. Est-ce un échantillon de ce qui attend McKenzie à CalTech ? Les étudiants parleront-ils toutes les langues de la Terre, débattront-ils des équations du second degré dans un idiome qu'elle ne saisit pas ?

— Salut !

India surgit à côté de son amie, le visage soucieux. Elle porte un élégant pull noir à col roulé, sa tenue d'intello sans doute, car il ne lui va pas du tout.

— Ça va, Kenz ?

— Il est là ?

— Je ne l'ai pas vu.

India l'enlace et lui pose un baiser sur la joue.

— Tu vas les laminer, poulette. Tu vas assurer.

À l'autre bout du hall, sa mère, insensible à la nervosité et aux appréhensions de sa fille, a rejoint son père et les garçons ; elle salue d'une salve de cris et de gloussements les performances olympiques de Luke aux prises avec le capteur de force. L'avenir de McKenzie pourrait bien se trouver là, en Virginie : elle travaillerait dans une banque, qui sait, attendant qu'un mâle du genre Joe Marino la prenne au sérieux ; elle ne manquerait pas un match de ses gosses, ferait de son mieux pour participer aux ventes de gâteaux pour la caisse de l'école et aurait chaque jour un peu plus la sensation d'être un poisson échoué qui cherche désespérément à respirer.

C'est à ce moment précis que le Pr Armitage, le représentant de l'Institut de sciences météorologiques de CalTech, apparaît à quelques pas devant elle. Il est très grand, légèrement voûté, porte un veston en tweed et un pantalon rose. Il regarde le badge nominatif qui pend au bout du cordon passé autour de son cou. Il est encadré par deux jeunes femmes qui ont les yeux levés vers lui, un sourire intense, parlent vite et fort. Toutes deux portent un tailleur pantalon, un chemisier et un petit nœud papillon, sans froufrous, comme des secrétaires. Elles sont très certainement en dernière année à Jefferson, un lycée du coin qui propose des cours de préparation aux facs de sciences. Leurs élèves décrochent toujours leurs premiers choix.

— Merde, marmonne McKenzie, le regard braqué sur Armitage. C'est le type que je suis censée impressionner.

— Eh bien ne t'en prive pas. Tu vas assurer. Pendant ce temps, je vais chauffer la salle, OK ?

India s'éloigne tandis que McKenzie est guidée par les hôtesses vers une pièce triangulaire donnant sur le hall principal, dont elle n'est séparée que par une tenture. C'est là qu'elle va pouvoir préparer sa présentation, à l'abri des regards. Au centre de la pièce trône une table surmontée d'un écran sur lequel figurent le nom de McKenzie, celui de son établissement, le titre de son projet, « Effets du vent sur les formations de sable », et le créneau de son exposé : 11 heures. Dans tout juste cinq minutes.

Elle installe son tableau sous les projecteurs, transporte les aquariums jusqu'à la table, et en profite pour jeter un coup d'œil à M. Blonde. Le lézard est calme, les sens en alerte. La boîte de fourmis qu'elle a posée sur le sable est vide.

— Bouge pas. On n'en a plus pour longtemps.

Il cligne lentement les paupières ; elle a quasiment l'impression qu'il veut la rassurer. *Je comprends. Je serai à la hauteur.* Quand il faudra ôter le plaid, va-t-il paniquer ? Avec tous ces projecteurs, tous ces regards ?

La tenture frémit ; India surgit, excitée, suivie d'une fille blonde qui ne fait guère plus de 12 ans. Elle porte un jean mom, une casquette de base-ball siglée Nova Sciencexpo et un sweat orné du logo de Facebook. Et une énorme caméra à l'épaule.

— Salut. Moi, c'est Maisie, dit-elle, révélant un appareil dentaire étincelant. Jefferson High.

— Salut, répond McKenzie en lui serrant la main. McKenzie, Harbinson.

— Il n'y a presque personne de chez vous.

— Oui. Et plein de monde de chez vous.

Maisie grimace, joviale.

— Parce qu'on est des geeks. C'est moi qui assure le direct.

Elle pose l'index sur le logo Facebook.

— Là, je prospecte pour trouver les étudiants que je montrerai dans la prochaine tranche horaire. Il y a quoi sous ton plaid ? Attends, avant que tu répondes, je te préviens : je ne peux pas prendre plus de huit projets par heure, du coup il faut que ce soit vraiment exceptionnel.

Le direct Facebook est retransmis par des écrans dans l'immense hall, et le nombre de spectateurs ne cesse de croître : depuis l'arrivée de McKenzie, il est passé de 580 à plus de 1 000. Les cœurs, les like et les commentaires défilent en flot continu au lieu de voleter autour de la vidéo.

— D'accord, dit McKenzie en se passant la langue sur les lèvres, fébrile mais faisant de son mieux pour ignorer la soif qui, surgie de nulle part, s'est emparée d'elle. Ma présentation, explique-t-elle en désignant le tableau, concerne les effets du vent sur les dunes de sable. La désertification est un problème de premier plan pour les pays en voie de développement et je voudrais, avec cette étude, déterminer quels sont les meilleurs emplacements pour installer des talus végétaux.

Peu impressionnée, Maisie lui adresse un regard de plomb.

— Bon, OK. Et il y a quoi dans cette boîte ?

McKenzie attrape le bord du plaid. Elle est sur le point de le retirer lorsqu'elle se ravise.

Maisie hausse les sourcils, intriguée. India vole au secours de McKenzie.

— C'est à cause de ce plaid que tu devrais t'intéresser au projet de McKenzie. Malheureusement, nous ne pouvons pas encore te montrer ce qu'il cache.

— Effectivement, opine McKenzie.

— Nous ne voulons pas abattre nos cartes tout de suite.

— Je ne peux pas vous intégrer dans le webinar si vous ne me dites pas ce qu'il y a là-dessous.

— Non, McKenzie doit faire super attention. C'est vivant, en fait.

Sur le visage de Maisie, l'ennui fait place à la surprise.

— Vivant ?

— Exactement. Et c'est un truc auquel tu ne t'attends certainement pas.

Maisie hésite. Puis elle gratifie India et McKenzie d'un long et lent sourire, comme si elle avait dix ans de plus qu'elles.

— Je vous trouve sympa, les filles. Vous pouvez ouvrir la tranche horaire. Six minutes, à partir de 11 heures. Et ça commence, voyons… dans cent dix-huit secondes.

9

La journée n'en finit plus. Forlani examine la blessure de Spider avant de la panser. Puis ils prennent le temps de ramasser des branches de mimosa dans les jardins du bas de la colline. Ils remontent d'un pas lent vers le temple, longeant des arbres transformés en poteaux téléphoniques et des cordes à linge où pendent des vêtements décolorés par le soleil. Le reste de la famille est déjà revenu s'agglutiner en petits groupes autour du logement provisoire. Plus Spider s'en approche, plus il se rembrunit : à voir leurs visages défaits, aucun n'a trouvé le Sarkpont.

Une fois installés dans l'édifice, ils accomplissent les corvées du soir. Madeira et Hugo les expédient le plus vite possible, nul ne voulant finir après l'autre. Ils pourront ensuite se consacrer à leurs lancers de javelot. Elk sort les provisions, Splendour aide Amasha à dérouler les matelas de voyage. Tita Lily dort toujours et ses jambes, naguère si musclées, sont jaunes et cartilagineuses. Forlani prend sa température et la réveille pour lui faire avaler deux nouveaux cachets.

Personne ne dit mot. Encore une exploration qui n'a rien donné. Encore une journée perdue. Devant le temple, Spider se débarrasse de sa ceinture d'outils puis, les pieds plantés dans le sable, se presse les tempes, les mâchoires serrées, comme s'il souffrait d'une migraine atroce et soudaine. *C'est impossible. Impossible. Encore une journée foutue.*

— Hé, murmure Amasha en venant à lui.

Elle pose les mains sur ses épaules. Il ne bouge pas, continue de regarder fixement la ville. *Ah, si elle pouvait être autre chose que ça, une simple ville ! Un tas de maisons, de clôtures, de bâtisses collées les unes aux autres !*

— Ne fais pas ça, s'il te plaît. Les petits te voient.

Il baisse la tête et observe les autres à la dérobée. Amasha a raison. Splendour, Cairo et Mahmoud sont installés sur les marches du temple. Cairo joue avec un petit hélicoptère appartenant à Mahmoud, qui l'a fabriqué avec des bouts de fer rouillé, et qui laisse parfois Cairo jouer avec. Il regarde l'enfant lever l'hélico dans les airs et en faire tourner les pales. De temps en temps, Mahmoud lui donne d'une voix brusque des conseils de navigation, tout en observant les adultes. Mahmoud est plus mûr que Cairo, personne n'en doute dans la famille.

— On se réunit, chuchote Spider. Sans les petits. Cinq minutes. À l'intérieur. D'accord ?

— D'accord, répond Amasha. À l'intérieur.

Une fois qu'elle est partie, Spider émet un claquement de langue guttural pour prévenir Forlani, qui hoche la tête et pénètre dans le bâtiment, le cahier des Dulyeowos coincé sous le bras. Noor est déjà près du temple. Il s'entraîne, comme chaque jour, au tir à l'arc, loin des regards des autres. Les gestes de la chasse ne lui sont pas naturels, et il ne veut pas qu'on s'en rende compte. Son problème, songe Spider, c'est que le bras qui tient l'arc est trop rigide, trop saillant. Lorsque la corde se détend, elle frotte la peau, ce qui gêne le tir. Spider brûle de le lui expliquer.

Cette fois, Noor pointe sa flèche vers Spider, qui se fige, perplexe. Nergüi, le loyal Nerguï, lui manque tellement en ce moment ! Noor lui lance un regard méfiant à travers le viseur, et Spider lève la main.

— C'est pas malin, dit-il. Vraiment pas malin.

— Pourquoi ?

— Si tu perdrais le contrôle de ton arc ?

— Et alors ? Vu que je rate toujours ma cible, qu'est-ce que tu risques ?

Spider ne bronche pas mais respire prudemment par le nez. Pourquoi Noor se comporte-t-il comme ça ? C'est absurde. Qu'est-ce qu'il veut ?

Noor finit pas baisser son arme.

— Je plaisantais, vieux. Tu ne risques rien. Avec moi en tout cas.

Spider soutient son regard. *Avec moi en tout cas.* Il se passe la langue sur les lèvres.

— Réunion dans le temple. C'est important.

Une fois dans les murs, les adultes s'amassent autour de Spider et Forlani, aussi silencieusement que possible. Ce dernier ouvre le cahier et le tend à Noor. Les autres plissent les yeux, se dressent sur la pointe des pieds pour mieux lire.

La chroniqueuse était une femme, moins de 30 ans. Assez discrète pour ne pas s'étendre sur ses propres sentiments, assez concentrée pour détailler de manière claire et précise la mission des Dulyeowos. Ses mots se sont gravés dans l'esprit de Forlani, qui devine à l'expression de ses compagnons quelle partie du récit ils lisent.

Nous sommes à présent au neuvième regyre, écrit-elle aux trois quarts du cahier. *Et nos perspectives sont sombres. La famille n'est pas d'accord sur la suite. J'ai suggéré un déménagement dans un nouveau refuge, pour avoir un véritable accès aux autres villes, mais la motion a recueilli trois voix contre sept...*

Un peu plus loin :

Onzième regyre. Hier soir, les Djinnis se sont approchés beaucoup plus que d'habitude. Comme s'ils flairaient notre peur. Ou comme s'ils savaient que nous n'en avons plus pour longtemps.

Ce matin, les Futatsus ont reconnu que j'avais raison et que nous aurions dû trouver une autre Hutte. Nous n'avons plus de villes à visiter. Parfois, je pense que je n'ai qu'à tendre le bras pour mettre la main sur le Sarkpont – j'en rêve, je rêve aussi de liberté, d'eau froide et de soda. Demain, nous partirons... à l'ouest, au-delà d'Abu Dhabi : nous avions vu une Hutte là-bas, dans laquelle nous pourrions retourner.

Amasha tente de retenir ses larmes. Elle est presque arrivée à la fin du cahier. Forlani sait ce qu'elle a sous les yeux.

Le dernier regyre. Que puis-je dire ? Nous ne sommes pas parvenus à Abu Dhabi à temps, avant qu'une autre famille ait trouvé le Sarkpont. Ce qui va se passer maintenant, personne ici n'ose y penser : nous n'en parlons pas. Nos réserves d'eau ont soudain baissé, sans que nous sachions pourquoi. Nous avons arrêté de nous laver et nous limitons notre consommation d'eau potable. Nous n'en avons plus assez pour faire boire les bêtes ; nous les tuons et salons leur viande.

— Il y avait de la nourriture ? souffle Elk. Tu as trouvé de la bouffe dans cette Hutte ?

— Non, elle a été visitée depuis. Tout a dû être pillé excepté un vieux paquet de dattes. Il n'y avait pas d'eau non plus. Lis jusqu'au bout.

Ce matin, je me suis réveillée avant les autres et j'ai libéré l'agnelle que j'avais baptisée Jasmine. Quand j'ai ouvert son enclos, elle ne s'est pas enfuie. Au contraire, elle semblait attendre que je la caresse, que je lui donne de la luzerne de notre ferme. Je ne l'ai pas regardée dans les yeux. J'ai trouvé un bâton et je l'ai frappée jusqu'à ce qu'elle parte. Elle bêlait en trottant : pas de douleur, mais d'incompréhension. Elle s'est arrêtée une seule fois et s'est retournée vers moi. Je n'oublierai jamais l'expression de ses yeux.

Madeira ôte le cigare qu'elle a entre les dents et tire un mouchoir de sa poche pour s'éponger le visage.

C'est une autre famille qui a trouvé le Sarkpont. Les oiseaux volent vers l'ouest. C'est la fin, nous le savons. Nous hésitons entre rentrer à la Hutte et attendre ici, dans le désert, le sort inconnu qui sera le nôtre. Pour être franche, nous avons si soif, nous sommes tellement déshydratés que nous avons perdu notre volonté de vivre.

De retour à la Hutte de Mithi. Les hommes sont aux fenêtres, arcs et flèches en main. Il y a vingt minutes, dans le désert, aux environs de la ville, les Djinnis se sont emparés de deux d'entre nous et nous ont empêchés de détourner le regard. C'était inimaginable, et je ne dirai pas un mot de ce qu'ils ont fait. Je n'essaierai pas non plus de les décrire – leur taille irréelle, leur forme. On nous a recommandé de faire la paix dans nos cœurs, car les Djinnis viendront nous chercher au coucher du soleil.

Priez pour nous, vous qui lisez ces lignes, qui que vous soyez. S'il vous plaît, priez.

Lorsque tous ont fini leur lecture, le silence s'installe. Personne n'ose croiser le regard des autres. Spider se pince les lèvres entre le pouce et l'index. Il attend une réaction et sent peser sur lui les yeux sombres de Noor, comme si cette révélation l'avait rempli de fureur. Amasha finit par secouer la tête ; elle lève la main, fait comprendre qu'elle en a assez lu. Spider n'a jamais oublié l'expression de son visage quand il est remonté dans le café il y a six mois : la peur, les larmes.

Certains se détachent du groupe pour se diriger vers les recoins du temple, les mains glissées sous les aisselles, le dos courbé. Elk sanglote au vu et au su de tous en se frottant les joues de ses poings.

— Il fallait qu'on lise ça, dit-il à Spider en le prenant dans ses bras. Il le fallait.

McKenzie n'a jamais été aussi nerveuse de sa vie – dans son souvenir du moins. Sa bouche est si sèche que sa langue colle. Ses frères et ses parents sont tous les quatre dans le petit stand. Luke et Tatum ont l'air de s'ennuyer, tandis que sa mère et son père affichent leur sempiternelle expression stoïque mais perplexe : comme s'ils étaient heureux de soutenir leur fille dans l'une de ses rudes épreuves, pour autant qu'elle ne dure pas des siècles.

Au-dessus de leur tête l'écran indique 10:59:40 ; India, qui vient du grand hall, se faufile de l'autre côté de la tenture.

— Tu ne vas pas le croire ! Maisie est là. Et le Pr Armitage !

— Merci mon Dieu, merci mon Dieu, merci mon Dieu ! marmonne McKenzie. Merci mon Dieu. Et Joe ?

— Pas vu.

— Dieu merci.

— Les projets de la session de 11 heures, annoncent les haut-parleurs, vous êtes en direct dans trois, deux, un… Top !

Une hôtesse tire la tenture ; McKenzie aperçoit le hall dans toute sa longueur. Un petit groupe s'est amassé devant son stand, attiré sans doute par la présence de Maisie – et de sa caméra. Et aussi du Pr Armitage.

Elle inspire profondément, comme au yoga, et décolle sa langue de son palais.

— À la lumière… à la lumière de l'échec qu'ont subi les Chinois avec leur fameux « Mur vert », j'ai… j'ai réfléchi à diverses manières d'optimiser la localisation des talus végétaux dans toutes les zones de la planète.

Le Pr Armitage croise les bras et son front se plisse, comme s'il trouvait l'entrée en matière intéressante. Le cœur de McKenzie s'emballe un peu plus.

— Il est essentiel pour cela d'analyser les mécanismes éoliens de base. Si je peux me permettre…

Au bord de l'évanouissement, McKenzie soulève le plaid. À la lumière des spots, les sables pastel des deux aquariums virent au fluorescent. M. Blonde, installé dans l'habitacle le plus proche du public, se dresse sur ses pattes avant pour parer l'attaque. McKenzie retient son souffle, se demandant comment il va réagir.

— La vitesse du vent, sa direction et son intensité, poursuit-elle d'une voix ténue, sans oser quitter le lézard des yeux, dépendent de nombreux facteurs géographiques. Mais regardez les formes extraordinaires qu'il peut donner au sable, dont il est l'unique sculpteur.

Pas un mot dans l'assistance. Tous ont les yeux rivés sur les aquariums. M. Blonde cligne des paupières.

— Puis-je vous présenter M. Blonde ?

Face à l'expression intriguée de son auditoire, elle enchaîne.

— C'est un lézard à cornes. On le trouve à l'état sauvage dans les déserts, en général dans les États du Sud-Ouest et au Mexique, jusque dans l'isthme de

Tehuantepec. Le sable est son élément naturel, comme vous pouvez le constater. Il y est vraiment à l'aise.

De fait, à son grand étonnement, le lézard est imperturbable. Il commence même à arpenter les reliefs, comme par hasard ; une vraie chorégraphie. India inspire bruyamment mais cela ne trouble en rien M. Blonde, qui s'octroie une promenade sur les dunes en demi-lune avant de s'immobiliser au sommet du monticule en parabole. Avec une synchronisation qui tient quasiment du miracle, il ploie et tend ses pattes de devant à trois reprises, avec lenteur et délibération.

— Pompes reptiliennes, sourit McKenzie.

— Kenz ? chuchote India, à côté d'elle. Kenz…

Ce qui n'empêche pas McKenzie de poursuivre.

— C'est sa technique de thermorégulation.

Elle décoche un sourire au Pr Armitage, lequel semble perplexe.

— C'est-à-dire qu'il fait baisser sa température interne en accroissant le flot sanguin à la surface de sa peau et…

— McKenzie !

Cette fois-ci, le ton est tranchant. India secoue la tête.

— McKenzie, ça suffit !

— Mais je n'ai pas fini. J'allais expliquer que la surface de peau exposée devait être directement proportionnelle à…

— McKenzie, tu arrêtes, siffle India. Tout de suite.

C'est alors que McKenzie perçoit les expressions sur les visages : surprise, apitoiement. Et la gêne visible du Pr Armitage. Ou sa compassion, peut-être. La foule qui attendait sa présentation est plus nombreuse maintenant. Les yeux rivés non pas sur les aquariums, mais sur elle. Sa mère s'avance, écarte Maisie et tire la tenture devant le stand, avant de diriger les spectateurs vers les allées.

— Quoi ? bredouille McKenzie d'une voix pâteuse, tandis qu'un mal de tête s'empare du sommet de son crâne. Que se passe-t-il ?

India, muette, fixe le bout de ses pieds. Tatum et Luke se sont rembrunis. Son père est cramoisi.

— On s'en va, dit-il en recouvrant les deux aquariums du plaid. Tout de suite. On rentre à la maison.

10

Après la lecture du cahier, Spider est sorti du temple pour souffler un peu, loin de la famille. Splendour, Mahmoud et Cairo sont assis sur les marches, apeurés, conscients que quelque chose a bouleversé les adultes.

Spider passe devant eux et descend l'escalier pour donner du mimosa à Chamelle, qu'il a attachée à un taquet enfoncé dans le sol. Elle est tellement lugubre, imperturbable, que contempler la manière dont sa lèvre supérieure, si souple, se déplace pour absorber les feuilles le rassérène un peu. Une bande de chats pelés l'épie timidement, à l'ombre du temple. Spider les observe tout en accomplissant sa tâche, faire boire Chamelle, à laquelle il donne un peu de l'eau destinée à la famille, même s'il sait qu'Amasha serait furieuse si elle s'en rendait compte. Puis il crache sur le bout de son index pour nettoyer ses godillots, avant d'épousseter sa jupe. Il aime les chats. Tout à l'heure, il ira fraterniser avec eux.

Les Sensitive dînent dans une ambiance funèbre. La timide troupe féline apparaît à la lisière du groupe, là où la lumière du feu de camp se fond dans les ténèbres. Elk remplit les assiettes, puis Hugo distribue les rations d'eau pour la nuit. Lorsque Madeira s'assied en tailleur, son bol à la main, elle reste silencieuse un moment. Puis, l'ayant posé à terre, elle lève la tête et lance un regard mauvais à Spider.

— L'ombre des bananiers me manque. Le parfum des fèves de cacao en train de sécher me manque. L'odeur de l'eau me manque. En permanence.

— Nous sommes tous nostalgiques de quelque chose. Moi, ce sont les bains et le café français, dit Spider en abaissant sa fourchette pour considérer Madeira avec attention. Qu'est-ce que tu es en train de me dire, là ?

Elle ne répond pas immédiatement.

— Nous ne sommes pas comme eux, finit-elle par chuchoter en se penchant vers Spider. Nous sommes meilleurs.

— Eux qui ?

— Cette famille. Nous n'avons pas besoin de quitter la Hutte. Ce n'est pas le début de la fin.

— Faux, il faut que nous partions. Inutile de nier les faits. Nous avons exploré tout ce qui était à notre portée. Et tu as vu ce qu'ont fait les Djinnis.

— C'est parce que tu les as tentés.

— Non, c'est parce que nous approchons de la fin.

— Tu crois vraiment que je vais déterrer toutes mes plantations et les trimballer je ne sais où ? Alors que j'ai passé des jours et des jours à mesurer l'ensoleillement et le peu d'eau dont nous disposons pour obtenir le meilleur résultat possible ?

Elle tape sur son bol avec sa fourchette pour que tous l'écoutent.

— Vous tous, il faut que vous sachiez que je ne peux pas tout déterrer et déplacer. On ne peut pas déménager la ferme.

— Nous devons changer de Hutte, intervient Spider. Nous ne pourrons plus rien explorer à partir de la nôtre, nous…

— Oh ! s'écrie Amasha en lui intimant le silence d'un geste de la main. Nous en discuterons à notre retour. Pas maintenant.

Elle lance à Spider et Madeira un regard courroucé et désigne les enfants d'un mouvement du menton.

— Et puis Elk et moi avons besoin d'y réfléchir.

— Réfléchir à quoi ? demande Cairo.

— À rien, *pœtiyo*, à rien du tout, répond-elle en secouant la tête. Mange ton pain. Allez, tu ne vas tout de même pas me forcer à te nourrir comme un bébé dans sa chaise haute, hein ?

Le dîner se termine dans un silence quasi complet ; personne n'ose plus échanger un regard. Les appétits comblés, Amasha demande à tous les membres de la famille de se donner la main pour la prière.

— Ha'shem, psalmodie-t-elle.

C'est ainsi qu'ils ont nommé ce qu'ils prient, car c'est ainsi qu'on appelle, en hébreu, le dieu sans nom ; c'est une prière qu'ils ont composée aux premiers jours de leur arrivée dans le Cirque.

— Nous voulons te remercier pour ta générosité, pour ce que nous mangeons, pour avoir veillé sur nous aujourd'hui. Nous sommes reconnaissants de tous les jours que nous vivons.

Spider baisse la tête et prie avec les autres. Sans réfléchir, car c'est une prière que les membres de la famille ont écrite ensemble, pendant leur longue marche dans le désert, avant de découvrir la Hutte. Lorsqu'ils étaient encore plus frais que la menthe, et que la manière dont le groupe avait été constitué les émerveillait. Lorsqu'ils apprenaient encore à se connaître, ébahis en même temps par ce qu'ils savaient déjà les uns des autres : par les visages qui auraient dû être nouveaux mais qu'ils avaient vus dans des rêves anciens, par les phrases que d'autres prononçaient et qu'ils avaient pensées et méditées pendant des années sans jamais les exprimer.

Ils avaient tant discuté. Ils s'étaient choisi des noms, Spider empruntant le sobriquet qu'il avait eu à Paris, l'*araignée**, le grimpeur. Elk avait voulu se baptiser du nom de l'animal qu'il admirait le plus. D'autres, telle Amasha, avaient gardé leur nom de naissance.

— Merci pour l'abondante nourriture.

— Et aux lapins et aux kangourous qui nous donnent leur vie, poursuit Elk d'une voix qui fait trembler les murs tant elle est basse et sonore.

— Merci, répètent les autres. Merci aux bêtes qui donnent leur vie.

— Et à Chamelle, enchaîne Amasha. Pour son dévouement. Merci aussi pour les nuits blanches et pour l'eau sous la Hutte… Amen.

Un bref silence suit. Tous gardent les yeux baissés, songeant aux événements de la journée. Spider pense aux Dulyeowos et se demande s'ils avaient des prières similaires. Et s'ils les ont récitées lorsque les Djinnis les ont emportés.

— Bon, dit Elk, qui se lève et s'étire. Il nous reste un peu à manger. Ça va pourrir. Mahmoud ? Cairo ? Splendour ? Vous avez sûrement envie de nourrir les chats ?

— Oui ! proclame Mahmoud, la main immédiatement levée. Oui.

Splendour se redresse d'un bond et commence à rassembler les quelques restes dans son bol.

— On peut, Elk ? On peut vraiment ?

— Oui, vraiment. Mais loin de nous, qu'ils n'approchent pas.

Il les oriente d'un geste vers le bas de la colline.

— Et vous ne leur donnez pas d'eau : la nourriture est humide et fera l'affaire. Ne les faites pas boire. À trois, vous aurez assez de jugeote ?

Spider n'a pas souvent l'occasion de passer une soirée blanche avec les enfants ; par conséquent, tandis que les adultes préparent les matelas, il suit les petits en contrebas du temple et les aide à décoller les restes des assiettes en calebasse séchée. Les chats se sont regroupés pour les regarder, attendant timidement le résultat de ces manœuvres.

Tandis que les enfants les observent, Spider sort de son sac à dos le carré de tissu contenant les pièces du mécanisme d'horloge qu'il veut assembler, et l'ouvre délicatement sur ses genoux. Il soulève les rouages, les contemple en se demandant pourquoi diable il s'acharne. Certes, à Paris, il connaissait le fonctionnement des montres, des horloges ; ses doigts sont toujours aussi agiles et il sait exactement quelle place doit occuper telle ou telle pièce. Mais le ressort qu'il a confectionné, misérable bout de métal torturé, ne cesse de se déformer : est-ce l'air du désert ? Il est heureux pour lui que les cieux soient si dégagés, et que la famille puisse conserver la conscience du temps en observant les mouvements des étoiles et du soleil.

Les chats se sont assis en rond, non sans cérémonie, et le regardent travailler en clignant des yeux. Puis l'un d'entre eux, maigre et nerveuse créature aux immenses oreilles, sort du rang, tourne sur lui-même comme s'il ne cherchait qu'à se dégourdir les pattes, puis se rassied et se met tranquillement à se lécher les flancs. Il a réussi, presque fortuitement, à se rapprocher de la nourriture de quelques centimètres.

Spider sourit. Si Forlani était là, il l'aurait déjà entraîné dans un débat sur les vertus félines. Le comportement, la fourberie de ces animaux. Spider range son mécanisme, pose un morceau de viande sur le bout de son index et le tend au chat. Qui lève la tête, le regarde, baisse les yeux avant de faire un premier pas, calmement, vers la nourriture. Puis un deuxième. Enfin, d'un mouvement souple et vif de la tête, il happe le morceau, recule la gueule pleine, fait volte-face et se rue vers les ténèbres. Ses congénères observent la réaction des humains. Comprenant qu'ils ne risquent rien, ils se précipitent sur la nourriture les uns après les autres. Bientôt, tous se sont servis et savourent leur part, satisfaits.

— Je peux les toucher ? demande Cairo.

C'est un enfant boudeur qui ne s'est jamais fié à Spider mais, dans ce genre d'occasion, il s'incline devant sa qualité d'adulte.

— Ce n'est pas dangereux ?

— Je ne sais pas, répond Spider en haussant les épaules. Je pense que non.

Cairo et Mahmoud ont juste ce qu'il faut de curiosité pour s'approcher des chats ; lentement, Splendour leur emboîte le pas. L'un des félins s'entiche particulièrement d'eux, une femelle, paquet d'os blanc tigré de roux dont l'un des yeux est recouvert d'une taie laiteuse. Elle accepte de menus morceaux de la main de Splendour, lui lèche délicatement le bout des doigts comme si elle avait été éduquée dans les meilleures écoles. C'est, aux yeux de Spider, un point supplémentaire marqué dans la compétition avec Forlani, l'ami des chiens.

Bientôt, c'est une petite armée de chats qui vient se frotter à leurs mollets. Un chaton s'est couché sur le dos pour que Splendour lui caresse le ventre. Spider lui-même s'y laisse entraîner. Il s'est assis par terre pour qu'un matou tigré à l'échine galeuse puisse s'installer sur ses genoux. Il le caresse sous le menton, se demandant si ses plaies le font souffrir.

— On devrait les ramener à la Hutte, dit Splendour, qui a pris le chaton dans ses bras pour lui donner des baisers.

La bestiole s'est laissé retourner sur le dos et la petite la tient comme un bébé, contre son ventre, un grand sourire sur les lèvres. Le chaton donne de petits coups de tête à son index.

— On les mettrait avec les poulets. Ils sont câlins.

— Tu veux qu'Elk trouve une recette pour les faire cuire ?

— Mais, Spider, pourquoi on doit manger tous les animaux ? On ne peut pas en garder juste parce qu'ils sont jolis ?

Spider demeure silencieux : c'est une question sans réponse. Le chat tigré lui lèche à présent les doigts avec fureur. Les petits picots de sa langue lui râpent la peau.

— Hé, Splendour, finit-il par dire. Tu dois avoir hâte de rentrer à la Hutte, demain. Ça va être bien de rentrer, non ?

La petite fille dessine des lignes dans le sable sans rien répondre. Elle porte un pull que Tita Lily lui a tricoté avec la laine de ses moutons. Aujourd'hui, elle n'a guère fait attention aux effets du soleil, car son petit nez s'orne d'une large marque couleur cerise et ses joues paraissent brûlantes.

— Spider, finit-elle par demander, pourquoi on ne le trouve jamais ?

Il soupire. Elle a le chic pour poser les questions les plus difficiles.

— Parce que… Parce que le moment n'est pas encore venu pour nous, je pense.

— Amasha dit que tu réponds toujours par des énigmes.

— C'est vrai ? Elle peut parler !

Splendour essaie de sourire mais n'y parvient pas tout à fait.

— Qu'est-ce qui arrive aux familles qui ne le trouvent jamais ?

Cette fois, Spider doit prendre son temps. Il ne connaît pas vraiment la réponse. Il sait seulement qu'elle est atroce.

— Je crois… Je crois qu'ils recommencent à zéro. Qu'ils sont recyclés et qu'ils reprennent tout du début.

— Avec une autre famille ?

— Peut-être.

— Mais je veux pas du tout être dans une autre famille ! J'aime bien celle que j'ai eue.

— Moi aussi.

— Aïe !

Cairo s'est brusquement levé et secoue la main. La bestiole qu'il avait dans les bras est à terre.

— Il m'a mordu !

Avant que Spider puisse réagir, son propre chat lui enfonce ses crocs dans la paume.

— *Merde** !

Il se redresse d'un bond, outré, et se débarrasse du matou, qui s'enfuit dans la nuit.

— Bon, les petits, on y va, on remonte. Allez.

Il arrache le chaton à l'étreinte de Splendour, en dépit des protestations de cette dernière, et ramène les enfants au temple en lançant des regards méfiants vers le flanc obscur de la colline, où les animaux se sont dispersés. Il n'aime pas la manière dont les deux chats sont passés à l'attaque, simultanément, comme si la chose avait été programmée.

C'est dans l'enceinte du temple, après le vaste porche, que les matelas ont été disposés en chevrons, comme toujours en expédition, pour que la famille puisse rester groupée. Ce n'est pas la première fois que Spider dort ainsi avec les autres, bien sûr, mais il est parfois circonspect, pas encore véritablement intégré. Madeira et Amasha se sont occupées des sacs de couchage. Forlani se consacre aux blessures de Tita Lily et ces deux-là sont absorbés dans leur conversation. Juste devant le temple, Hugo installe ses récipients pour la nuit.

— J'ai regardé les cartes que tu as trouvées dans la Hutte de ces gens, dit-il à Spider.

— Ah oui ?

— Elles ne valent pas mieux que celles de Knut. En fait, elles sont nettement moins bonnes. Nous sommes bien plus avancés qu'eux.

Depuis son arrivée dans le Cirque, Hugo se surnomme l'homme-pipi, car si dans sa vie antérieure il a été banquier en Angleterre, ici il est rétrogradé au dernier rang. C'est lui qui se charge des fertilisants, les excréments des animaux de la Hutte et de la famille. Si l'un de ses membres a besoin de se soulager loin de la Hutte, il le fait dans l'un des récipients de Hugo. C'est aussi lui qui procure à la Hutte son eau potable, puisée dans une citerne enterrée sous la tour. Spider aurait pu l'aider à la construire – il a fait ce genre de chose en France –, mais ne l'a pas proposé. Et Hugo ne s'est jamais plaint de ces missions, autre source de perplexité pour Spider. Noor, qui ne fait rien d'aussi utile, est plus apprécié.

— OK, répond Spider. En un sens c'est rassurant.

Amasha, quant à elle, joue les mères poules dans le temple, vérifiant que tous se sont brossé les dents, réprimandant Splendour qui, une fois de plus, n'a pas mis assez de crème solaire.

— Toi qui es blanche comme un verre de lait, à quoi t'attendais-tu avec ce soleil de plomb ? Te voilà toute rouge, évidemment !

Forlani délaisse Tita Lily pour examiner la morsure de Cairo. Ce soir, personne ne traquera les semelles trouées, les vêtements déchirés : Tita Lily souffre trop. Elle est affalée sur son matelas, muette.

Spider prend le temps de ramener Chamelle près du porche et l'y attache pour la nuit, en laissant à sa portée quelques branches de mimosa. L'animal s'agenouille, les yeux fermés, le menton à terre. En bon citadin, Spider trouve cette posture si inconfortable qu'il s'est souvent rapproché d'elle pour lui coucher la tête sur le côté, parfois même sur les jambes. Elle résiste la plupart du temps, ou cède avec un lourd soupir : mais ce n'est, après s'être assurée du bonheur de Spider, que pour relever la tête et la reposer quelques minutes plus tard, le menton dans le sable.

Rassuré quant au confort de Chamelle, Spider dispose devant le porche de grandes plaques de fer-blanc pendant que ses compagnons se glissent dans leur sac de couchage. Forlani pose ses béquilles sur le sol de terre battue. Gisant en croix au pied de son matelas, elles évoquent un monument à la gloire des soldats blessés. Il se couche devant elles, en chien de fusil, et Spider s'allonge à son tour. Il n'a ôté ni ses godillots ni le coutelas sanglé à son mollet. Splendour se faufile entre les couchages, rampe près de Hugo, qui sursaute, donne un coup de pied dans le ventre de Madeira et continue à semer le chaos jusqu'à rejoindre Spider. Elle se cramponne, monte dans ses bras, se retrouve nez à nez avec lui, les yeux dans les yeux. L'haleine de la fillette sent le citron ; son regard est si lumineux, si confiant que Spider s'en effraie.

— Spider ?

— Quoi ?

— Tu vas rester avec nous dans le temple ?

— Mais oui.

— Tu ne vas pas sortir ?

— Pas cette nuit.

— Tu es sûr ?

— Non, il n'y a rien à voir par ici.

Il enlace la petite, qui pose la tête contre son torse.

— Et c'est pour ça que j'ai décidé de rester et de te chatouiller les orteils.

Elle pouffe et se trémousse, croise les pieds pour les protéger.

— Tu pourras pas.

— Parfait. Visiblement, il y a des points sur lesquels tu retiens la leçon.

Spider retrouve le keffieh de Splendour et lui en couvre le visage. Bien utiles, ces bouts de tissu : ils fournissent une distraction bienvenue aux odeurs du désert, protègent des vents de sable et peuvent, au lit, servir de bandeau.

Amasha éteint la lampe à huile puis, en compagnie d'Elk, se dirige vers les matelas assignés aux Futatsus, toujours un peu à l'écart du reste de la famille, près de la sortie. Certaines nuits d'expédition, Spider les a vus, étendus à 1 mètre environ l'un de l'autre, pensant sans doute que tout le monde dormait, se dévisager, les yeux grands ouverts. *Ils s'aiment*, se dit-il. Dans la famille, cependant, l'amour ne peut être que familial, et non pas semblable à l'amour d'un homme pour une femme ou réciproquement. *Si seulement...*, songe-t-il. *Si seulement.*

Splendour s'endort tout de suite, la tête contre l'épaule de Spider, et si profondément qu'elle a la bouche ouverte et le visage écrasé contre son petit bras levé. Spider, lui, a du mal à se détendre. Il déplace tout doucement la tête de l'enfant sur le côté, pour pouvoir se coucher sur le dos et regarder le plafond du temple, sa charpente. Les Dulyeowos assiégés par les Djinnis lui reviennent à l'esprit ; un troupeau d'antilopes sur le point de succomber – les malades, les blessés partant peut-être les premiers. Et la femme du cahier, qui ne peut se résoudre à décrire l'attaque.

Bientôt naissent les souffles, les effluves du sommeil, doux concert de timbales. Le ronflement massif, granitique d'Elk, les gargouillis d'Amasha, le tout se mêlant aux gémissements ténus des enfants qui rêvent.

Les minutes passent, les heures peut-être, et, bientôt, bercé par la tiédeur de Splendour, par sa respiration lente et confiante à son côté, Spider ferme les yeux, expulse son esprit, qui sort du temple en une vrille silencieuse et rampe au bas de la colline, s'enfonce, hésitant, dans les ténèbres ; il traque le Sarkpont dans les ruines du Cirque, espérant faire quelque remarquable découverte. Une ruelle encore inexplorée. Une piscine, une harpe. Ou une écurie pour les licornes.

Les licornes, songe-t-il, sont sûrement paisibles. Des licornes au doux regard, prêtes à les conduire loin de ce désert.

11

Le lotissement des Strathie a été construit dans les années 1970, et les planificateurs de Fairfax n'ont pensé ni aux comtés plus densément peuplés qui les entouraient ni aux goulots d'étranglement que cela créerait sur les voies de communication avec Washington. Soucieux de ne pas épuiser les réservoirs locaux, ils ont disséminé les maisons sur des terrains de 1 hectare plantés de chênes en trop grand nombre. Depuis longtemps, les arbres envahissent jusqu'à les étouffer les bâtisses qu'ils étaient censés égayer. Le week-end, la seule occupation des habitants semble être d'en abattre ; l'air vibre en permanence du grondement des tronçonneuses et du parfum poisseux de la sève.

Aujourd'hui, c'est ce vacarme qui submerge la maison des Strathie – coupe, taille, élagage – jusque dans la cuisine où McKenzie, la tête baissée, est à table avec ses parents. Sa mère a préparé de la citronnade et son père a expédié les garçons au cinéma en les priant de rentrer tard. Tout le monde parle à voix basse, comme si un proche venait de mourir.

— Je l'ai vu.

McKenzie est assise devant le chemin de table orné de fleurs en soie. Elle a tiré ses manches sur ses doigts.

— Je l'ai touché. Je l'ai transporté.

— C'est ce que tu penses avoir fait, McKenzie.

— Je suis en train de devenir folle, c'est ça ?

Son père a posé les mains sur la table. Il est tendu.

— Je te repose la question, McKenzie. Réponds franchement. Et ce n'est pas pour te punir, seulement pour pouvoir mieux t'aider. Tu ne te drogues pas ? Tu ne nous caches rien ?

— Je ne me drogue pas. Je ne vous cache rien.

— Dans ces conditions, tu comprends qu'on veuille faire appel à un spécialiste, non ?

Elle se mord les lèvres et regarde par la fenêtre. Les arbres se sont déjà emparés du soleil. Rien n'a changé dehors – le jardin, le vieux portique dont son père ne s'est toujours pas débarrassé, même si elle est beaucoup trop grande pour s'y balancer. Rien n'a changé, mais en fait tout est différent. Comme si McKenzie avait mué.

— McKenzie, insiste son père. Tu comprends ?

— Oui, je comprends.

— Nous avons déjà quelqu'un, en fait. Le profil idéal. Elle te plaira.

Sa mère pose sa main sur la sienne. McKenzie a passé l'après-midi à pleurer, et elle a encore le nez bouché et gonflé.

— Si tu ne veux pas retourner au lycée dès lundi, c'est possible. Tu peux rester ici un jour ou deux.

— Non, je préfère y aller lundi. Sinon ils penseront que j'ai peur.

Elle ravale ses larmes et se tamponne le visage avec la manche de son pull.

— Papa, maman ? Qu'est-ce qui m'arrive ?

Son père se lève et la prend dans ses bras. Elle pose sa tête contre son torse et sent le parfum familier de son eau de Cologne, le contact rêche de son menton, de sa chemise.

— Papa ?

— Ça va bien se passer, ne t'en fais pas. On va trouver le traitement dont tu as besoin.

Plus tard, dans la soirée, elle sort par la fenêtre de sa chambre et s'installe sur le toit, derrière la cheminée. Ses parents ne le savent pas, mais elle monte parfois là quand elle a des soucis. C'est un refuge, un nid où elle peut verser des larmes sans que personne puisse l'entendre.

Elle a pris Doudou Lapin et s'assoit, la peluche sur le nez, pour absorber toute sa force. Il fait froid aujourd'hui, il y a de la neige dans l'air. Elle connaît la vue, elle l'a déjà tellement contemplée : la cheminée du voisin, le taillis à droite de Burke Lake, le creux qui indique le passage des lignes à haute tension, la flèche de l'église coréenne aussi blanche qu'un pain de sucre. Naguère, le paysage lui promettait toujours quelque chose, une échappée, une liberté à venir. Aujourd'hui l'avenir semble se résumer à la folie, aux scanners du cerveau, aux médicaments, aux médecins qui chercheront à comprendre d'où lui viennent ces hallucinations.

Elle inspire profondément et sort son téléphone. Pour l'heure, l'écran est noir. Elle sait très bien ce qui va se passer quand elle le rallumera. Même si ça revient à s'autoflageller, elle appuie sur le bouton. Son compte Insta déborde de demandes d'amitié et un 47 dans son cercle rouge plane sur l'icône Snapchat. Elle a aussi des messages et des demandes sur WhatsApp. Elle a été taguée cent, deux cents fois. Les gens se servent de tous les canaux possibles pour la joindre. Que veulent-ils ?

Elle fait défiler les messages, s'efforce de ne rien lire – la plupart consistent en des tonnes d'émojis hilares et de mèmes qu'elle ne veut pas voir –, et tombe enfin sur les quelques lignes d'India.

Meuf, il se passe quoi ? Tes parents sont sur le coup ? Appelle. Je t'aime, meuf ; ça, ça changera jamais. T'entends ?

Le poing dans la bouche, McKenzie lui répond.

Déso, mon père a voulu qu'on parte de suite. Je sais pas ce qui m'arrive. J'ai la trouille, je te mens pas. Il faut que je consulte un psy. Tu vois le genre.

Elle frissonne, se pelotonne contre la cheminée en attendant qu'India lise sa réponse. Elle revoit le stand et se revoit, blême, les nerfs à vif mais pleine d'une ardeur maladroite, sa chevelure d'un roux éclatant sous les projecteurs. Que s'est-il passé ? M. Blonde était si réel, si tangible ! Elle l'a senti dans ses mains. Elle l'a vu darder sa langue et capturer les fourmis. Elle pourrait le sentir en cet instant, même dans cette nuit iceberg aigre et glaciale.

Mais quand elle est rentrée, quand elle est montée dans sa chambre, les fourmis charpentières grouillaient et il n'y avait pas la moindre trace de lézard. Pas de crottes sur la moquette, pas de griffures, rien derrière les portes du placard du lavabo. Et il n'aurait pas pu entrer dans la cabine de douche. Il semble avoir disparu sans laisser d'indices. N'avoir jamais été là.

Elle se force à remettre le nez sur son téléphone, à lire quelques commentaires. Tous ironiques. L'une des filles du club de théâtre a posté une photo des aquariums après l'avoir retouchée : les dunes linéaires ressemblent à une rangée de pénis. Les hashtags #dunebite et #lezardinvisible connaissent une hausse localisée et c'est open bar sur tous ses vieux posts. Son #revesdudesert rencontre quant à lui un vif succès : il est accompagné de commentaires sur l'influence de la drogue et de la chasteté sur les hallucinations. Un certain @NewtinSeattle a laissé ce message :

Je l'ai vu, moi aussi. Ne crains rien.
Contacte-moi par DM.

Le monde entier se paie sa tête. Elle a réussi à se ménager un quart d'heure de célébrité que personne ne peut lui envier. La pire des notoriétés. Et, cerise sur le gâteau, le Pr Armitage n'en a pas perdu une miette. CalTech, c'est foutu.

L'écran s'allume. C'est India qui l'appelle via FaceTime.

— Ça va ?

McKenzie s'essuie le nez, renifle.

— Ouais. Je suis la risée du monde depuis, allez… dix heures ?

— Mais tu l'as bel et bien vu, non ? M. Blonde, tu l'as vraiment vu ?

McKenzie ouvre la bouche pour répondre, mais n'en est pas capable. Pas capable d'expliquer à India ce qu'elle ressent à l'idée que la seule chose à laquelle elle se soit toujours modérément fiée, son cerveau, est en train de s'échapper sans qu'elle puisse le rattraper.

— J'ai pensé à un truc, dit India après un long silence. Tu devrais essayer de réfléchir à ce que tu as vécu dans le passé qui puisse te donner ces visions.

— Mais je ne sais pas par quoi commencer ! Par exemple, je vois des déserts. J'explique ça comment ?

— Aucune idée. Mais j'imagine qu'avec le boulot de ton père tu as de quoi creuser…

Il faut un certain temps à McKenzie pour évaluer la signification de ce commentaire.

— Comment ça, « avec le boulot de mon père » ?

— Ben, il a dû raconter des tas de choses au fil du temps. Les endroits dans lesquels il a bossé. Tu as peut-être vu des photos, entendu des histoires…

McKenzie se calfeutre dans sa veste. Elle a froid, tellement froid.

— Mais en quoi le boulot de mon père serait spécialement important ? Il travaille pour le département d'État.

— C'est ça, le département d'État. Tout le monde sait ce que ça veut dire.

— Euh… non. Pas moi… Qu'est-ce que ça veut dire ?

— Nan, tu débarques vraiment à ce point ? C'est ce que toutes les personnes qui bossent à la CIA disent à leurs potes : « Je suis au département d'État. » Bon, n'en parlons pas tout de suite, mais réfléchis-y un peu. Tu as peut-être vu un truc que tu n'aurais pas dû voir. C'est peut-être une réaction post-traumatique.

En tout cas, il faut que tu fasses gaffe. Vraiment gaffe. À partir de maintenant, je vais te suivre comme ton ombre.

Pendant quelques jours, après cette conversation, McKenzie est incapable de regarder son père. Au moment des repas, elle garde les yeux fixés sur son assiette ; le coup de fil à India, sur le toit, ne cesse de lui revenir à l'esprit. Heureusement, ses parents et ses frères sont encore trop choqués par les événements pour alimenter la discussion, ou prêter attention à ce genre de détail. De temps à autre, elle lève les yeux, essaie de voir son père sous un jour nouveau, de capter la moindre de ses paroles. Elle observe ses mains, toujours si propres, si saines, ses ongles parfaitement manucurés. Ses cheveux à la coupe quasi militaire, comme tous les pères du lotissement.

Lorsque McKenzie était petite, son père était souvent en déplacement. « Pour affaires », disait toujours sa mère. Et parfois les enfants l'accompagnaient. Elle ne se rappelle aucun de ces voyages, mais elle sait qu'ils ont eu lieu, notamment grâce aux photos de l'économiseur d'écran de l'ordinateur de sa mère. Une semaine à Hawaii ; le Mexique ; le Nevada. Ses frères en short et elle, à 1 an, jambes dodues, assise au bord du lac Tahoe, regardant l'objectif les yeux plissés.

Elle n'en a aucun souvenir.

Elle a l'impression qu'India n'arrête pas d'appeler, de lui envoyer des messages.

Je ne vais pas me suicider, finit-elle par lui dire.
Et je n'ai aucune intention de massacrer tous les
élèves de première. Détends-toi, meuf.

Mais je suis détendue. Je veux juste que tu
saches que je suis là pour toi.

Dans cette histoire, McKenzie a au moins gagné une ombre. Humble et souriante. Qui veut toujours rajuster le col de ses vestes et qui est prête à faire passer la présentation à Nova Sciencexpo pour un canular réfléchi de A à Z.

Parce qu'il n'y a pas un élève dans ce bahut
qui a autant de requêtes de followers que toi,
je peux te dire.

Le téléphone de McKenzie regorge tellement de commentaires qu'elle doit désinstaller et réinstaller certaines de ses applications. @NewtinSeattle lui a envoyé au moins 20 demandes pour suivre son compte Insta, la suppliant de bien vouloir l'accepter ; il en a fait autant et même plus sur Snapchat.

« JE PEUX T'AIDER ! » proclame un de ses messages. McKenzie en doute. Elle a tout supprimé.

Le rendez-vous avec la spécialiste est prévu pour lundi, après les cours. Sa mère ne cesse d'insister pour que McKenzie n'y retourne pas tout de suite. En vain. Le premier obstacle – le bus scolaire – est plus facile à surmonter que ce que McKenzie avait craint. Joe Marino n'est pas là ; les autres, même s'ils savent, ne disent rien et ne ricanent pas. Les smartphones frémissent peut-être derrière les sièges, prêts à la filmer. Et Mme Spiliotopolous s'en doute probablement, car elle n'arrête pas de réprimander ses passagers.

— Allez, vite, on s'assied.

McKenzie respire avec constance, le regard fixé sur la route. Le pauvre garçon déguisé en statue de la Liberté est toujours là, à saluer les automobilistes qui passent. Ce n'est qu'en descendant du bus qu'elle voit un élève de seconde la dévisager avec une expression de crainte qui la trouble.

— Ils ont peur de moi ? chuchote-t-elle à l'oreille d'India.

— Non, ils sont perturbés parce qu'ils sont un peu bêtes et très naïfs. Penses-y. Et garde la tête haute.

Le conseiller d'éducation a tout du missile à tête chercheuse. Il intercepte McKenzie avant le début des cours, lui fait promettre de venir dans son bureau à l'heure du déjeuner. La prof de sciences la traite avec une gentillesse tellement exagérée qu'elle a certainement dû ne rien rater du direct sur Facebook. Plus d'une fois, McKenzie surprend un regard fixé sur elle, un visage qui s'empourpre puis se détourne sous un prétexte fallacieux – un stylo qu'on mordille, un écran qui se rappelle à vous. Elle est un secret éventé dont personne ne veut parler.

À la fin du cours, India la guide vers les casiers.

— On n'a pas le même emploi du temps, je vais devoir te laisser. Ça va aller ?

McKenzie se tourne vers les autres élèves et perçoit des regards inquisiteurs, des têtes qui se détournent aussitôt, des mains qui s'affairent.

— J'imagine.

— Je te retrouve juste après le cours. Et attends, que je te refasse ton lacet. Tu vas te casser la figure.

India s'agenouille et en un éclair McKenzie voit ce que l'avenir pourrait lui réserver : des auxiliaires de vie qui s'occupent d'elle tandis qu'elle baye aux corneilles et les laisse essuyer la bave qui lui coule sur le menton.

— Ça, je peux encore le faire toute seule, marmonne-t-elle.

— Bien sûr.

India s'empare de ses livres de classe et se dirige vers le flot d'élèves qui se répand dans le large couloir. McKenzie finit de nouer ses lacets ; elle sent une dizaine de paires d'yeux vriller l'arrière de son crâne. Elle respire profondément à plusieurs reprises, méthode yoga, sans regarder qui que ce soit, prend ses affaires et se fond à son tour dans la foule, la tête haute.

— Hé, la belle ! articule une voix toute proche.

Elle lève la tête. À 1 ou 2 mètres devant elle, Joe Marino a surgi dans un tee-shirt moulant et un jean taille basse agrémentés d'un petit gilet dont les poches, songe McKenzie, sont sans doute contraires au règlement interne puisqu'on dirait un gilet de chasse. Le sourire de Marino signifie clairement : « Je sais ce que tu penses ; je peux m'en servir pour te donner un coup de main ou t'enfoncer très salement. À toi de voir. »

Elle garde les yeux fixés sur le gilet pour éviter le regard de Marino. Qui se rapproche. Assez pour qu'elle puisse distinguer les poils noirs de son torse au-dessus de l'encolure du tee-shirt.

— Ça va, McKenzie Strathie ?

— Mais oui. Pourquoi cette question ?

— Il y a des rumeurs assez cheloues qui courent sur ton compte.

Du coin de l'œil elle perçoit la dizaine d'élèves qui se sont arrêtés pour assister à l'échange. Parmi eux, des terminales, elle en est sûre. Elle passe vraiment pour l'idiote du village.

— Genre ?

— Genre tu ne vas pas tarder à entendre des voix qui te diront de trucider le proviseur.

— C'est ça. Comme on n'a pas de flingues chez nous, je ne vois pas comment ça pourrait arriver.

— Peut-être bien, reprend-il avec un grand sourire. Mais il n'y a pas de fumée sans... Enfin, heureusement, tu connais quelqu'un qui va pouvoir t'aider.

— Genre qui ? Toi ?

— Bien sûr. Je peux aggraver la situation, ou je peux la rendre mille fois plus facile.

— À quel prix ?

Il avance d'un pas, baisse la tête vers elle. Elle perçoit son odeur, eau de Cologne et quelque chose d'âcre, tabac peut-être, ou fumée de bois mêlée à ses vêtements, elle ne peut pas vraiment dire.

— Une jolie petite photo, chuchote-t-il en levant les yeux pour s'assurer qu'aucun des élèves présents ne peut l'entendre. C'est tout.

— Quel genre de photo ?

— De tous les endroits que tu te rases, répond-il avec un petit rire hoquetant. Ou plutôt de tous les endroits que tu devrais raser. OK ?

Elle fixe les 10 poches de son gilet, les fermetures Éclair et les boutons, et récapitule mentalement toutes les représailles qu'elle avait prévues. Le smartphone hacké, les captures d'écran de ses conversations

WhatsApp transmises au proviseur, les devoirs sabotés. Elle se contente en fin de compte d'un hochement de tête.

— Je vais voir ce que je peux faire, dit-elle à voix basse.

— Super. Je savais qu'on trouverait un accord. T'es une gentille fille, et je suis toujours fan de ton sourire.

Il écarte une mèche du visage de McKenzie.

— Aussi explicite que possible, la photo, hein ?

Il se retourne, s'éloigne, suivi par le brouhaha des spectateurs – discrets sifflements, ricanements ironiques, murmures. McKenzie ne leur accorde pas un regard et se dirige vers sa salle de classe. Le sang lui martèle les tempes, et la soif, absurde, lui déchire la gorge.

À peine a-t-elle marché 30 pas qu'elle fait volte-face et repart dans le même sens que Joe Marino. Le petit groupe d'élèves s'est déjà dispersé ; le hall est presque vide mais lorsqu'elle passe devant l'un des couloirs perpendiculaires elle voit Joe entrer dans les toilettes des hommes. Elle se précipite à sa suite et pousse la porte.

Les toilettes, d'un blanc éblouissant, sentent la Javel et les canalisations. Elles sont dotées d'un grand miroir, comme chez les filles, mais la glace est ébréchée, constellée de saletés. Les quelques élèves qui se tiennent devant les urinoirs, dos à McKenzie, ne se retournent même pas. Joe non plus. Il baisse sa braguette, une main sur le carrelage du mur. McKenzie ôte son écharpe au moment où l'un des garçons lui lance un regard par-dessus l'épaule. Il émet un petit cri, trop tard pour prévenir Joe. Elle lui passe l'écharpe autour du cou, et l'attire à elle. Ses bras battent l'air, impuissants. Il la percute en pleine poitrine, essaie de se redresser, les deux mains sur l'écharpe orange.

Un des garçons se met à hurler. McKenzie est à terre, à califourchon sur Joe, les narines pleines de l'odeur de pisse et de cigarette qu'il dégage, la gorge si serrée qu'elle se demande comment elle va respirer.

— Si tu recommences, espèce de sous-merde, c'est à toi que je ferai sauter la tête. Compris ?

Elle serre l'écharpe sur le cou de Marino.

— T'as entendu ce que je t'ai dit ?

Il hoche la tête, tout en essayant de lui attraper les mains.

— Bon.

Elle lâche l'écharpe et recule, vacillante, vers le mur, puis s'assoit dos au carrelage qui pue l'urine, les mains sur les genoux, le souffle court. Au-dessus d'elle, des visages stupéfaits.

— C'est bon, leur dit-elle. Vous pouvez appeler le vigile, maintenant.

Spider se réveille en sursaut. Dans le noir, il a du mal à retrouver immédiatement ses repères. Il ne perçoit autour de lui que le doux concert de la famille endormie – respirations, reniflements –, et, au-dessus sa tête, le plafond brun-rouge du temple. Il doit dormir depuis un bon moment s'il en croit les crampes de ses mollets. Il est toujours sur le dos, la tête de Splendour logée contre son épaule droite.

Qu'est-ce qui l'a réveillé ? Il décale délicatement vers la gauche la petite fille, se redresse sur un coude, regarde la porte. De l'autre côté du porche voûté, la lune s'est levée, pleine et bleue. Un des chats s'est installé sur les tôles de protection.

Spider s'assied, replace avec soin Splendour sur le matelas, se lève et traverse sur la pointe des pieds le campement des endormis. Le chat le suit d'un regard craintif. Lorsque Spider s'approche, il pousse un miaulement déchirant.

— Va te faire foutre, siffle Spider. Tu nous as mordus !

Le chat se recroqueville et Spider lui fait signe de décamper ; la bestiole se retourne, saute à terre et détale vers le bas de la colline pour disparaître derrière un arbre. Il y a d'autres chats au même endroit ; le clair de lune fait luire le fond de leurs yeux comme des phares minuscules. Ils l'observent tous.

— Vous êtes trop bizarres, vous, marmonne-t-il en leur rendant leur regard.

Les chats ne bronchent pas et continuent de le dévisager. Il finit par rentrer dans le temple, se couche sur le dos, les épaules raides, un vrai piquet. Comme s'il était dans son cercueil, mais il a l'oreille tendue et l'œil fixé sur les plaques de tôle. Les chats vont-ils revenir ? Il pense à la brebis, Jasmine, errant dans le désert. Peut-être n'est-ce plus qu'un fantôme.

Il ne se rendort pas. Couché, il écoute la nuit, lorsque la lumière commence à changer et que l'aube survient, rose et limpide. Le vent se lève et la marmite au-dessus du feu éteint tinte doucement sur ses montants ; des cendres molles s'élèvent vers le plafond. Puisqu'il a largement le temps de retourner à la Hutte, il ne prend pas la peine de réveiller le reste de la famille. Il se lève sans un bruit, ramasse sa ceinture d'outils et se fraie un chemin entre les corps assoupis.

Une brise fraîche souffle au-dehors ; le ciel est déjà d'un bleu velouté. Pas un nuage. Chamelle grogne, ouvre un œil et, comprenant que l'heure du petit déjeuner n'est pas encore venue, le referme et repose le menton sur le sable avec un soupir. Spider se faufile entre les plaques de tôle. Au pied de la colline, sous un arbre, les chats se sont endormis en troupeau, exactement comme les humains dans le temple. Au passage de Spider, ils sont un ou deux à lever la tête pour le voir retrousser sa jupe et pisser dans l'un des récipients de Hugo tout en songeant à la manière dont les félins se sont comportés cette nuit. Rien à voir avec les chats parisiens, ces joyeux chapardeurs de nourriture, ces écumeurs des toits avec leurs numéros d'équilibristes sur les faîtes et les pignons. Les chats de Mithi sont étranges et craintifs. Ils semblent n'avoir rien avalé depuis des semaines.

Spider sort ses jumelles d'une poche de sa veste, les dirige vers l'horizon pour contempler le lever de soleil silencieux, les dunes distantes, le ciel sans nuages. En étudiant les repères qu'il connaît, il se rend compte de la position de Mithi, loin vers l'est. Du temple, « Dubai » n'a plus le même aspect. Sa silhouette est plus ornée, plus complexe ; les gratte-ciel sont plus nombreux. La Hutte des Sensitive se trouvant sans doute face à la proue de la ville, ils n'ont pas compris que « Dubai » s'étirait sur des kilomètres à l'est.

Spider oriente les jumelles vers l'ouest : c'est par là que toutes les familles arrivent. La première impulsion des Sensitive a été de s'éloigner au plus vite du bruit et des cieux imprévisibles de l'ouest. Plus ils s'éloigneraient du café de Mardy, mieux ils se porteraient. À cette époque, ils n'avaient pas encore Chamelle ;

ils se déplaçaient à pied et devaient s'adapter aux plus lents d'entre eux, la plupart du temps Forlani ou Splendour. Bien que les enfants puissent être portés par Spider, Elk ou Kurt, Forlani s'est épuisé à vouloir suivre le rythme, afin de ne pas les retarder. Il se le reproche toujours : c'est par sa faute que la famille n'a pas pu pénétrer plus profondément dans le Cirque.

Ils avaient l'impression en ce temps-là que le Cirque était sans limites. Puis Spider a pris « la Chicane » en pleine figure, à environ 330 degrés nord-ouest d'ici.

Il marchait devant les autres, d'un pas régulier, lorsque son visage a heurté quelque chose. Surpris, il a reculé et a failli tomber. Incroyable, la simplicité de cette collision avec un objet invisible. Mardy avait raison : le désert avait ses limites.

La famille s'est regroupée autour de lui. Tous, ils ont tendu les bras pour percevoir l'obstacle. Le mur était absolument transparent, d'une substance flexible et cependant impénétrable. Ils ont poursuivi leur investigation à tâtons et se sont rendu compte qu'ils cheminaient à quelques mètres de l'obstacle depuis un certain temps. Plus tard, Yma a expliqué qu'elle avait trouvé singulière l'absence de vent du côté du mur – Yma était très sensible aux variations de l'atmosphère –, sans pour autant l'attribuer à une cause précise. En continuant leur examen, ils ont aussi compris que tout ce qui semblait se trouver au-delà du mur n'était qu'artifice ; la frontière était également une vaste illusion d'optique. Ils avaient bel et bien atteint la fin du Cirque.

Ils ont nommé cette frontière invisible « la Chicane ». En certains endroits, elle réduit considérablement la largeur du Cirque ; en son point le plus étroit, le désert fait moins de dix clics de large, selon l'estimation de Knut. Ces isthmes sont faciles à appréhender. La famille a plus de mal avec ce qui se trouve au-delà des quelques fentes de la Chicane. À ces endroits-là, le désert forme des diverticules qui peuvent mesurer des centaines de kilomètres de long. Peut-être contiennent-ils des villes et des civilisations immenses qu'ils ne connaîtront jamais, trompés par les paysages lointains qu'ils ont sous les yeux.

Spider est sur le point de ranger ses jumelles lorsqu'un mouvement attire son attention. Cela se passe au-delà de leur Hutte : la brume qui nimbe l'extrémité de la Chicane nord est comme déchirée en un point éloigné. Il règle à nouveau les jumelles, essaie de décrypter la vision qu'elles lui procurent : de petites taches lumineuses qui se déplacent sur l'horizon. Spider est un expert des mirages désertiques. Ce qu'il a vu, c'est sûrement une autre famille dans les dunes.

Ces gens semblent être à une dizaine de kilomètres de la Hutte des Sensitive, tout près de la Chicane mais aussi de la Virgule. D'instinct, Spider trouve la chose étrange. Il plisse les yeux pour compter les points lumineux. Non, impossible, ils sont trop loin. Il perçoit en revanche leur extrême rapidité. C'est frappant. Lorsqu'une famille se déplace à cette vitesse, c'est en général parce qu'elle sait où est le Sarkpont et qu'elle veut s'y rendre le plus vite possible. Il faut en parler immédiatement à Amasha. Pourtant, quelque chose cloche. Que peuvent bien faire ces gens si près de la Chicane ?

— Ça va ?

Il se retourne.

C’est Noor, en caleçon.

— Qu’est-ce que tu observes ? demande-t-il en se frottant les yeux, mal réveillé.

— Regarde vers la Virgule, répond Spider en lui tendant les jumelles. Après la Hutte. Tu les vois ?

— Qu’est-ce que je suis censé voir ?

— Une autre famille. Ces petits points, tout là-bas.

Noor ajuste l’optique, tripote la molette.

— Où ça ? Non, je ne vois rien.

— Attends, je vais regarder.

Spider récupère les jumelles, les règle à nouveau. Les points bougent à toute allure ; ils se trouvent certainement déjà sur la langue sablonneuse qui sépare le lac salé dc la Chicane.

— Oui, les voilà.

Il rend les jumelles à Noor et reste derrière lui pour les braquer vers le lac.

— Tu vois ?

Noor ne voit toujours rien. Ou peut-être ne veut-il rien voir.

— Tu es sûr et certain ?

— Absolument.

Quand Spider examine pour la troisième fois les dunes, il n’y a plus rien. La famille a dû partir vers le nord, disparaître sous l’horizon. S’est-il fait des idées ? Il a beau scruter le sable, plus personne.

Noor, le front plissé, s’absorbe à son tour dans la contemplation de leur Dubai.

— Et ça, tu as vu ? finit-il par demander à Spider.

— Les gratte-ciel ?

— Oui, ils n’ont pas la même tête vus d’ici. Tu sais, je crois que Hugo a raison. C’est vraiment Dubai. Je reconnais ce gratte-ciel en forme de voile.

Il penche la tête sur le côté, tend la main à Spider pour reprendre les jumelles. Les tendons de son cou se crispent, sculptant ses épaules et ses clavicules. *Bon sang, il est tellement beau avec sa chevelure épaisse et noire, et cet éclat farouche dans le regard qui doit rendre folles les femmes.*

— Oui, c'est bien ça. J'y suis allé une fois avec mes parents. On a dîné avec un cheik qui avait sept Rolls, de toutes les couleurs de l'arc-en-ciel. Une sacrée ville, Dubai. Il y a de l'eau partout. Des piscines, des mares, des fontaines. On aurait dû y penser plus tôt. Le Sarkpont pourrait se trouver dans n'importe laquelle de ses tours.

Il rend les jumelles à Spider et se tourne vers le temple.

— Ce sera notre prochain objectif.

À regret, Spider range les optiques dans sa poche et remonte la colline avec Noor. Il a l'impression d'avoir été brutalement remis à sa place. Madeira et Hugo sont déjà sortis lancer leurs javelots dans la rue, au pied du temple. Madeira a perdu une fois de plus ; sans commenter la chose, elle prépare le feu.

Tita Lily n'a pas bougé de son matelas. Elle dévisage en silence Spider, qui aide Madeira pour le maté et l'écoute parler des plantes qu'elle a découvertes la veille dans les rues de Mithi et qu'elle veut transplanter dans leur ferme à la Hutte.

Amasha les rejoint. Elle se lèche les doigts et sourit.

— Comme nous sommes reconnaissants envers Elk pour ce qu'il nous cuisine ! dit-elle d'un ton badin. Et pourtant…, ajoute-t-elle en penchant la tête, il doit y avoir des choses qui te manquent, Spider ? Qu'est-ce que tu mangeais, en France ? Des croissants ?

— De temps en temps. Mais seulement pour emmerder les étrangers.

— Nous, dans ces cas-là, dit-elle en riant, c'étaient des *idiyapaam* qu'on mangeait.

— Des quoi ?

— Ça ne s'explique pas, dit-elle en haussant les épaules. Un jour, Elk en cuisinera peut-être si nous trouvons de la noix de coco. Mais il faut avoir grandi avec. Le matin, quand la brume monte sur les terrasses. Avec une théière bien pleine.

Spider pense à ses matinées parisiennes, parfois si froides qu'il devait faire chauffer de la glace pour son café du matin. Et parfois paradisiaques, quand le soleil étincelait sur les coupoles et la masse froide et blanche du Sacré-Cœur. Sans doute devrait-il parler à Amasha de cette famille qui se déplaçait si vite à l'autre bout de la Virgule.

— J'étais mariée, dit-elle, dans un souffle à peine audible.

— Tu l'aimais ?

— Je le croyais, oui. Je le croyais.

Splendour apparaît, l'index timidement fourré dans sa bouche, et tire sur la jupe de Spider.

— Spider, j'ai envie de faire caca.

Amasha et Spider soupirent de concert. Les récipients de Hugo doivent être rapportés à la Hutte ; peu de choses sont plus désagréables que de devoir trimballer ses excréments dans un désert brûlant. Les membres de la famille ont presque tous réussi à dompter leurs intestins pour n'avoir à se soulager qu'une fois de retour d'expédition. Manifestement, ce n'est pas le cas de Splendour.

Amasha prend la petite fille par la main et se penche pour lui parler.

— Splendour, tu dois apprendre à utiliser les récipients qui sont dehors, comme tout le monde. Nous sommes de la même famille, il n'y a pas de honte à avoir. Et nous n'aimons pas laisser de traces.

Splendour baisse la tête, boudeuse. Elle déteste se soulager dans les récipients. Elle préférerait se retirer dans un endroit discret puis rapporter à Hugo ses excréments enveloppées dans une feuille avec un peu de sable.

— Une vraie starlette, se moque gentiment Amasha. Un jour, il va vraiment falloir que tu te débarrasses de ces petites manies.

— Spider, viens avec moi.

— Ma chérie, c'est à moi de t'accompagner. C'est plus convenable.

— Non, Spider.

Amasha lève les yeux au ciel.

— Ha'shem, bénis cette enfant et guéris-la de sa vanité. Et n'oubliez pas de tout enterrer, hein ?

Spider emporte sa pelle ; Splendour hoche la tête et trotte, docile, dans la direction qu'il lui indique. Ils descendent la colline ; s'ils continuaient à marcher, ils finiraient par arriver à Dubai. Dans son pull trop grand et ses sandales, la petite se fraie un chemin entre les bancs de sable et les bâtiments en ruine, tandis que Spider la suit à un mètre de distance : elle a besoin de lui, mais tient à son intimité.

C'est une drôle de créature, Splendour. Elle adore les étoiles et la lune, et, bien qu'elle sache vaguement comment s'organise l'univers céleste, elle croit profondément à l'astrologie, à l'importance des cycles et des phases de la lune ; elle a la tête farcie de mythes et de légendes.

— Spider, reste ici.

Elle penche la tête au coin d'une allée qui se faufile entre deux bâtisses et pointe un index comminatoire vers les pieds de son compagnon : elle a trouvé un endroit où elle se sent en sécurité.

— Tu bouges pas, hein ?

Le sourire aux lèvres, il lui adresse un salut militaire et se détourne.

— Commence par faire le trou ! lui crie-t-il par-dessus son épaule. Et quand tu auras fini, rebouche-le soigneusement. Tu as entendu, Splendour ? insiste-il après un silence. Il faut creuser un trou.

Il reste debout, les bras croisés, à inspecter l'horizon du regard. Et si les gens qu'il a vus avaient organisé une exploration factice ? C'est l'un des trucs dont les familles du Cirque sont coutumières : inventer de fausses pistes pour berner les autres. Elles ont toutes le même but : survivre. Lorsqu'elles se croient proches du Sarkpont, elles ne reculent devant rien pour dissimuler leurs véritables déplacements.

Un hurlement retentit derrière lui. Il se retourne vers la ruelle. Splendour court dans sa direction en remontant son jodhpur, blême de peur.

— Spider, viens vite ! Viens vite !

12

La mère de McKenzie est forcée d'annuler son cours de yoga pour venir la chercher dans le bureau du conseiller d'éducation et l'emmener chez la psy.

— Ça, profère-t-elle d'une voix tendue tandis qu'elles traversent Washington en voiture, c'est la situation la plus humiliante que j'ai vécue depuis…

Elle s'interrompt, ferme la bouche et enclenche le clignotant avec une vigueur inhabituelle.

— Depuis quand ? demande McKenzie. Depuis Sciencexpo ?

Sa mère inspire bruyamment.

— McKenzie, Joe Marino est peut-être le roi des abrutis, mais ce n'est pas à toi de faire la police. Papa et moi allons devoir remuer ciel et terre pour que le proviseur revienne sur ton exclusion.

— Joe Marino est un sale connard et un raciste.

— Je m'en fiche ! explose soudain sa mère en tapant sur le volant. Je m'en fiche. Tu n'as pas à te comporter de cette manière. Compris ?

McKenzie ne répond pas. Elle regarde les maisons et les arbres défiler par la fenêtre. Sa mère déteste conduire dans Washington et le fait qu'elle ait pris la voiture pour aller chez la psy, dont le cabinet est dans le quartier de Georgetown, témoigne de son inquiétude. McKenzie, elle, a déjà un diagnostic à l'esprit, ou plutôt deux, deux explications possibles à ses hallucinations et à ses pertes de contrôle, et elles sont aussi déplaisantes l'une que l'autre.

Le cabinet du Dr Maria Shreve se trouve au premier étage d'une étroite maison mitoyenne de Georgetown, non loin du café de Grace Street. *Quel contraste avec Fairfax !* se dit McKenzie, dont l'esprit est traversé par cette pensée : ce rendez-vous va coûter une fortune à ses parents. Dans le vestibule, il y a d'immenses peintures à l'huile représentant des arums. Les murs sont d'un blanc immaculé, le parquet couvert de tapis rouge sombre qui semblent venir de pays opulents. L'hôtesse d'accueil parle avec un fort accent new-yorkais ; son jean souligne la finesse de ses jambes.

La psychiatre n'est pas aussi chic, avec son torse large dont saillent des seins rectangulaires en équilibre instable. Elle porte un foulard en soie imprimée ; ses mèches brunes ne cessent de se coincer dans les charnières de ses lunettes à monture rouge.

— C'est très bien de vous voir toutes les deux, leur dit-elle en les faisant entrer dans son cabinet, dont les hautes fenêtres donnent sur le Potomac.

Un parfum d'encens flotte dans la pièce ; une jolie boîte de Kleenex est posée sur le bureau en verre, lui-même coincé entre deux fauteuils.

— Asseyez-vous, dit le Dr Shreve à McKenzie et sa mère. Nous avons deux heures devant nous. Je me suis dit que j'allais commencer par une discussion à trois. Après quoi, Selena, je vous demanderai de sortir, pour pouvoir m'entretenir en tête à tête avec McKenzie.

— Aucun problème, dit la mère de Mckenzie avant de s'asseoir.

Après un moment d'hésitation, McKenzie ôte son écharpe et l'imite. *Drôle d'endroit*, songe-t-elle, *avec ses tableaux aux fleurs jaunes et bleu vif.* Le Dr Shreve sourit, s'installe en face des Strathie et croise les jambes. Ses chevilles et ses mollets sont moulés dans d'épais collants rouges et ses chaussures sont si étroites qu'elles semblent avoir été greffées sur ses pieds. Elle a sur son bureau un bloc-notes et un stylo laqué rouge avec lequel elle se met à jouer.

— Parfois, dit-elle en souriant, je trouve assez utile de dire à mes patients ce que je sais déjà, pour qu'ils puissent y ajouter ce qui leur semble important. Et donc… j'ai appris ce qui s'était passé aujourd'hui au lycée. J'ai discuté avec ton proviseur, McKenzie, et avant tout je veux te dire que rien de ce dont nous allons parler ici ne reviendra jamais à ses oreilles. Jamais. D'accord ? Je ne lui relaterai que tes progrès et ta capacité à revenir à Harbinson.

— Il pense la réintégrer ? demande la mère de McKenzie.

— Je vais y venir. Le proviseur a l'esprit très ouvert, je suis heureuse de pouvoir le dire. Certes, il va y avoir quelques obstacles – c'est l'écueil des procédures –, mais j'ai l'impression qu'il a tout à fait conscience de certaines circonstances atténuantes. Il sait que ta « victime » s'est elle-même rendue coupable de sérieux manquements ces derniers mois, voire ces dernières années. Apparemment, il y aurait un groupe WhatsApp auquel le proviseur aurait maintenant accès.

— Il est au courant ? demande McKenzie.

— Oui. D'après ce qu'il m'a dit, une élève de première lui a montré le groupe cet après-midi. Ce qui ne veut pas dire que j'approuve ton comportement. Mais le garçon auquel tu t'es attaquée a déjà fait l'objet de procédures disciplinaires. Et toi, tu es de toute évidence une lycéenne modèle.

— Jusqu'à aujourd'hui, intervient Selena. Des A partout. Et je peux vous assurer qu'elle ne tient pas ça de moi.

— Alors, de mon point de vue, poursuit le Dr Shreve en se tournant vers McKenzie, si tu veux travailler avec moi et si tu tiens vraiment à réintégrer Harbinson, ça me paraît possible. La première étape, c'est de comprendre ce qui t'arrive. D'accord ?

Elle ouvre son bloc-notes, griffonne dedans quelques lignes et souligne une phrase.

— Selena, vous m'avez dit qu'avant de commencer à parler toutes les trois vous aviez quelque chose à faire savoir à McKenzie, pour qu'elle ait un aperçu plus précis de la situation. Je ne me trompe pas ?

McKenzie lance un regard à sa mère, qui fixe ses paumes, un frémissement sur les lèvres, puis hoche la tête.

— Oui, je… J'aimerais bien. Je voudrais dissiper quelques doutes.

McKenzie dévisage sa mère. Les pensées se bousculent. Que va-t-elle leur révéler ? Que McKenzie est une enfant adoptée ? Que son père travaille vraiment pour la CIA et qu'elle en a été affectée d'une manière ou d'une autre ?

— Ça a commencé quand tu n'avais pas encore 1 an. D'une certaine manière, nous avons compris que tu étais différente.

— Vous m'avez adoptée ? C'est pour ça que les garçons passent leur temps à me harceler ?

— Chérie, répond Selena avec un sourire attristé. Non, tu es notre fille biologique, y compris pour tes cheveux roux. Regarde mes yeux, mes pommettes : tu as les mêmes. Non, c'est que tu as toujours été… déconcertante. Nous n'en avons jamais parlé parce qu'en grandissant tu as changé, mais…

Sa mère s'interrompt, s'efforçant de recouvrer son calme. Elle déglutit avant de poursuivre à voix basse, choisissant ses mots avec soin :

— Quand tu étais petite, nous étions très inquiets. Tu n'as pas prononcé un mot pendant les vingt-quatre premiers mois de ta vie. En revanche, tu débordais de rage. Une rage physique. Un jour, tu as jeté une chaise contre une porte, avec une telle force que tu l'as fendue. Tu te rends compte ?

— Un excès de fougue ? demande le Dr Shreve.

— Ce n'était pas de la fougue, c'était… Pour mieux comprendre, pensez à ce qui a eu lieu aujourd'hui. C'est de cette rage-là que McKenzie bouillait quand elle était enfant. Impossible de se douter que tu allais devenir une grosse tête, Kenz. Au contraire, nous attendions plutôt qu'une infirmière ou un ami bien intentionné nous conseille de consulter un pédiatre pour te faire passer des tests. Mais, juste au moment où nous avons enfin été prêts à prendre les choses en main, il y a eu le Nevada.

— C'est-à-dire ?

— Nous y sommes allés pour voir des amis de ton père. Les Peterson.

— Près du lac Tahoe ? C'est chez eux que vous avez pris cette photo avec Luke, Tatum et moi ?

— Exactement. Les Peterson travaillaient pour la FEMA, l'Agence fédérale de gestion des crises ; ils étaient partis quelques mois en mission là-bas. Mais ils n'avaient pas d'enfants et quand nous débarquions chez eux en tribu, c'était assez curieux. Un soir que les garçons étaient allés faire du go-kart dans le jardin et que ton père et moi étions avec les Peterson, absorbés dans la conversation et la préparation du dîner, nous nous sommes rendu compte que tu n'étais plus dans la maison.

Sa mère arbore une expression craintive, comme si elle avait du mal à parler de cet incident. McKenzie détourne le regard pour fixer les chevilles moulées de Nylon rouge du Dr Shreve.

— C'était une journée étouffante, plus de 35 °C. Nancy se faisait du souci pour son gâteau au chocolat : avec cette chaleur, le glaçage allait couler ; j'étais dans la cuisine, la spatule à la main, pour l'aider à limiter les dégâts. Après quoi je suis sortie sur la terrasse. Papa était près du barbecue avec M. Peterson. Il me tournait le dos et buvait une bière. Ils faisaient griller des steaks et des saucisses. Et tu n'étais pas avec eux. Les garçons étaient dans le fond du jardin. Ils avaient emprunté un blouson en cuir blanc et un mégaphone. Bon Dieu, ils beuglaient comme des fous, mais tu n'étais pas non plus avec eux.

— Et donc là tu vas m'apprendre que j'ai été enlevée par des extraterrestres, c'est ça ?

— Puisque tu en parles, répond sa mère sur un ton plus léger, nous n'étions pas si loin de la zone 51… Il faut être ouvert à toutes les explications.

McKenzie voudrait sourire mais n'y parvient pas. Le Dr Shreve émet un rire bref avant d'imposer à ses lèvres une expression neutre.

— Plus sérieusement, Selena. Que s'est-il passé ce jour-là ?

— Eh bien, il y avait des marches qui conduisaient directement de la terrasse au désert, où le soir on pouvait croiser des chacals, des serpents à sonnette et Dieu sait quelles autres bestioles. Ma fille portait un legging rose fuchsia, un gilet Hello Kitty et une visière rose bonbon : elle était facile à repérer. On a tout laissé en plan et on a cherché partout. Les Peterson avaient une piscine : je m'y suis précipitée. McKenzie n'était pas dedans. Seules des frites en mousse flottaient à la surface du bassin. J'ai poursuivi au pas de course, en criant son nom ; je suis remontée jusqu'à la grange des Peterson, je l'ai contournée et c'est là que je l'ai vue.

Selena s'interrompt, arrache un Kleenex à la boîte et le roule en une boule minuscule puis secoue lentement la tête, comme s'il lui fallait extraire les mots un à un de ses souvenirs.

La psychiatre lui adresse un sourire compatissant.

— C'est bon, Selena, ne vous forcez pas. Laissez votre esprit retrouver le fil du récit. Tranquillement, en douceur. D'accord ? Vous contournez la grange. Vous vous rappelez ce que vous ressentiez alors ?

— Oui, Seigneur… J'étais morte de peur !

— Mais vous avez vu McKenzie.

— Oui. Elle était étendue… Sur le ventre. J'ai pensé un instant qu'elle était morte. J'ai hurlé, je me suis précipitée vers elle. Elle était… C'est difficile à expliquer. À demi enfouie dans le sable, comme si elle avait voulu creuser un tunnel.

— Creuser un tunnel ? répète McKenzie. Qu'est-ce que tu veux dire ?

— Je ne sais pas. J'avais l'impression que quelqu'un t'avait enfoncé le visage dans le sable… C'était tellement bizarre ! Je l'ai prise dans mes bras, elle s'est retournée et elle m'a dévisagée comme si elle ne m'avait jamais vue. Elle était… Tu respirais, apparemment tu étais consciente, mais tu n'étais pas dans ton état normal. Tu m'as repoussée et tu t'es retournée vers le sable. Tu y as plongé les mains comme si c'était la chose la plus fascinante, la plus drôle du monde. Comme si le sable dansait sous tes yeux, ajoute-t-elle en reniflant et en levant les yeux vers le Dr Shreve. Comme si le sable lui racontait une légende, une histoire de fou. Oui. S'il fallait que je décrive ma fille ce jour-là, je dirais… Je dirais qu'elle essayait… d'*écouter*. D'écouter le sable, si ça peut avoir un sens.

— Ne vous excusez pas, Selena. Vous nous racontez cela comme vous l'avez vécu. C'est extrêmement utile, en ce qui me concerne, et j'espère que ça le sera aussi pour McKenzie. Et ensuite ? Que s'est-il passé ?

La mère de McKenzie inspire profondément et se vide les poumons en un énorme soupir.

— Pas grand-chose, en fait. J'ai dû dire quelque chose comme « Il faut que tu te lèves, maintenant, ma chérie. C'est sale, le sable ». Mais tu ne m'as pas écoutée. Tu n'as pas bronché, tu n'as pas tourné la tête, rien. C'était comme si je n'avais pas été là. Je vous le jure, j'avais l'impression que quelque chose lui parlait, caché dans le sable. Ça m'a terrifiée à tel point que j'ai élevé la voix. « Allez, McKenzie. Maintenant, tu te lèves. » Et là, comme si le charme avait été rompu, elle s'est couchée sur le dos, elle a tendu ses petits bras et elle m'a regardée avec le plus grand sérieux. Elle a pleuré puis elle a dit « Ma ! », très fort. Et ça a dû me faire plaisir de l'entendre dire quelque chose tout à coup, et de me rendre compte que son premier mot était « Ma ». Je l'ai aidée à se relever. Ton père et les Peterson nous avaient rejointes. J'étais encore un peu sous le choc. Je suis allée vers eux et je les ai noyés sous un flot de paroles : tu avais enfin dit ton premier mot ! Et j'ai fait la maligne avec ton père, puisque ce premier mot c'était « Ma »... *Et cætera.*

— Une expérience traumatisante pour vous, Selena ?

— Absolument. Nancy – Mme Peterson – avait été infirmière ; elle se demandait si McKenzie n'avait pas eu une sorte de crise d'épilepsie. On a consulté un médecin et quand on est rentrés en Virginie on a fait faire tous les examens, toutes les analyses possibles. Il n'y avait strictement rien d'anormal. Et le plus étrange, c'est que McKenzie, qui n'avait pas prononcé un mot avant le Nevada, s'est mise à dire des choses inquiétantes...

— Inquiétantes ? l'interrompt la psychiatre.

— Pas dans le sens effrayantes. Plutôt dans le sens vraiment trop mûres pour son âge. Un jour, elle devait avoir 2 ans et demi, je lui avais fait des petits gâteaux et elle m'a dit : « J'apprécie énormément, maman. » Vous voyez la scène ? Elle n'avait même pas 3 ans.

— Elle s'est révélée être une jeune femme extrêmement brillante.

— Seigneur, oui ! Et elle n'arrêtait pas de parler de sable. Elle était obsédée par le sable. Elle me posait des questions sur les déserts, leur apparition, combien de temps on pouvait y survivre, est-ce qu'il y avait de l'eau… Elle n'a pas tardé à se servir d'Internet et la première chose qu'elle a faite c'est de télécharger toutes ces photos du désert. On a laissé faire, on a décidé de ne pas y prêter attention et…

Selena ne finit pas sa phrase.

— Voilà. C'est ça, je crois, qu'il fallait que je vous dise.

Dans le cabinet, le silence semble durer des heures. McKenzie sent peser sur elle le regard de la psychiatre, qui guette sa réaction. Elle se frotte le nez et détourne les yeux vers la fenêtre. Le ciel est sombre ; bientôt il neigera, elle le sait.

— McKenzie, finit par dire le Dr Shreve. Veux-tu poser des questions à ta mère ?

— Peut-être.

— N'hésite pas.

— Donc on était dans le Nevada, maman ?

— Mmh, oui.

— Est-ce qu'on est allés à Phoenix ?

— Oui. Enfin je crois qu'on a dû y passer. Mais pas lors de ce voyage.

— Tu te souviens d'avoir vu un orage assez étrange, comme celui de mon affiche ?

Sa mère gonfle les joues, secoue la tête.

— Non, pas du tout. Je n'ai pas la moindre idée de ce qui peut te faire aimer tant cette photo. Vraiment.

— Donc, on est juste passés par Phoenix ? Rien de plus ?

— Non, rien de plus.

— Papa n'a jamais travaillé là-bas ?

— Non. Pourquoi ?

McKenzie hausse les épaules et se cale contre le dossier du fauteuil, les bras croisés.

— Dans vingt minutes environ, il va neiger. Et comme tu détestes rouler sous la neige, c'est peut-être le moment de me laisser en tête à tête avec le Dr Shreve ?

La maison est en retrait par rapport à la rue, sans clôture ni jardin. Les murs sont peints en bleu ; il y a des mots en arabe au-dessus du linteau de la porte, devant laquelle s'est installée une bande de chats, dont les oreilles et les narines sont agitées de frémissements nerveux. Tous regardent patiemment vers l'intérieur de la bâtisse. Lorsque Spider s'approche, Splendour sur les talons, les chats lèvent les yeux.

— C'est dans cette maison, gémit Splendour en se cramponnant à la jambe de Spider. Là-dedans.

Ils se trouvent dans le quartier que Forlani et lui ont exploré. Il se souvient de cette maison bleue, qu'ils ont sommairement inspectée. Il leur a suffi, comme pour la plupart des constructions de cette rue, d'un seul coup d'œil à l'intérieur pour comprendre qu'elle n'avait pas la forme qu'il fallait pour le Sarkpont, et qu'elle était beaucoup trop petite pour contenir une *piscina*.

Il ne se rappelle pas qu'ils aient levé les yeux vers le plafond.

— Fichez le camp, dit-il aux chats, qu'il est prêt à chasser à coups de pied. Vous me gênez.

Les félins clignent des yeux sans hostilité et, dans un mouvement synchronisé, le groupe se fend pour laisser passer Spider, qui les considère avec méfiance en se dirigeant vers la porte blanche suspendue à des gonds rouillés.

Il fait halte un instant, puis penche la tête et franchit le seuil pour pénétrer dans une longue pièce rectangulaire, pourvue d'un *mardanah*, un espace réservé aux hommes, près de l'entrée et d'une cuisine américaine à l'autre extrémité. La lumière provient d'une fenêtre aux barreaux oxydés donnant sur la cuisine ; une Blanche-Neige en plastique, aux couleurs pâlies, trône sur l'appui de fenêtre, un petit bouquet à la main. Les quelques meubles – canapé et fauteuils – sont tout aussi décrépits, éventrés par leurs propres ressorts. La veille, Spider s'est contenté d'un bref regard et n'a pas remarqué ce qui aujourd'hui lui semble terriblement évident : l'étrangeté de la lumière, modifiée par ce qui est pendu au-dessus de sa tête.

Il lève lentement les yeux vers le plafond, haut, beaucoup plus haut que la plupart des plafonds de Mithi. On a drapé les poutres nues des restes d'une quinzaine d'êtres humains, intégralement vidés de leurs parties molles, comme les cadavres que les Djinnis laissent derrière eux. On dirait des carcasses de boucher.

— Tu as vu ? l'interroge Splendour depuis la rue.

— Oui.

En équilibre sur les poutres, les bras ballants d'un côté et les jambes de l'autre, les corps sont dans des états variés de momification. Il pense aux Dulyeowos avant de se rendre compte que les corps ne sont pas tous arrivés en même temps. Ils ont été ajoutés un à un, collection patiemment rassemblée au cours des mois, voire des années. La peau de certains est devenue un cuir impeccable et soyeux, brun. D'autres exhibent des traces de décomposition, des traînées de moisissure verte. Seuls les visages, tournés vers le sol, attestent du caractère humain de ces restes.

Dans un coin de la pièce, un chat étique cesse de mâchonner ce qu'il a dans la gueule et considère Spider d'un œil méfiant, avant de pousser un miaulement funèbre. La bestiole ronge un bout de peau. Les félins, qui meurent de faim, vivent de ces déchets. Raison pour laquelle ils les ont mordus hier, Cairo et lui.

— Sors d'ici ! gronde-t-il. Ouste !

Surpris, le chat file dans la rue.

Spider inspire profondément pour apaiser les battements de son cœur. Il a déjà vu de ces piloris. De même que tous les adultes de la famille, quoiqu'ils les aient cachés aux enfants. Dans d'autres villes, les méthodes de présentation diffèrent : parfois les corps sont empilés, parfois enterrés, parfois ils restent debout. À Abu Dhabi, ces peaux vides semblaient même sur le point de venir à sa rencontre, vision traumatisante. En revanche, ce que tous ces charniers ont en commun, c'est le message. Et effectivement : alors qu'il s'est détourné des corps, il déchiffre les deux phrases écrites sur le mur à l'aide d'une substance brune :

POUR VIOLATION DE DOMICILE
ET POUR INCESTE

Il fixe ces quelques mots, les narines dilatées. Ces gens ont été tués par les Djinnis, c'est évident. Mais qui a écrit ces avertissements ? Les Djinnis ne savent pas écrire. Ce vieil homme desséché, barbu, la peau comme passée au brou de noix, quel crime a-t-il commis ? Cette femme aux longs cheveux roussis par la sécheresse et la décomposition et dont les bras pendent de chaque côté de la tête comme si elle cherchait à atteindre le sol, a-t-elle été simplement surprise hors de sa Hutte par une nuit grise ?

Splendour apparaît, timide, dans l'encadrement de la porte et se précipite vers Spider, qui l'enlace pour la consoler et la serre contre lui tout en faisant en sorte qu'elle échappe au spectacle.

— Ne t'en fais pas, il n'y a pas de quoi avoir peur. Ce sont… des marionnettes, en fait. Elles ne peuvent rien te faire de mal. Tu te souviens combien Mardy aime faire peur aux enfants ?

— Ouais.

La petite reste cramponnée à ses jambes et, tandis qu'il se dirige vers l'extérieur, elle se retourne pour contempler les corps avec épouvante.

— Mais on dirait des gens !

— Non, ce ne sont pas des gens, d'accord ?

Ils regagnent la rue, où les chats, qui n'ont toujours pas rompu leur cercle révérencieux, s'arc-boutent légèrement sur leurs pattes arrière, comme si l'audace des humains les stupéfiait. Spider ne leur accorde aucune attention et s'accroupit face à Splendour pour la regarder droit dans les yeux.

— Je vais t'expliquer… Tu te rappelles quand Madeira apporte les épis de maïs ? Et qu'on les sort de leur enveloppe ?

— Ouais.

— On jette ce qui n'a pas d'importance, donc l'enveloppe, parce que ce qui compte c'est ce qu'il y a dedans, tu vois ?

Il plaque sa paume contre son torse, même s'il trouve ce geste ridicule. Il n'a pas vraiment pris le temps de réfléchir à l'analogie maladroite qu'il lui propose.

— Ce qui est important, c'est ce qu'il y a dedans. L'extérieur, ce n'est qu'une enveloppe. Nos corps, c'est comme… comme des combinaisons spatiales. Quand nous mourons, nous n'en avons plus besoin.

Splendour garde le silence un instant, le regard allant de la porte à Spider.

— Mais alors, où est le reste ? Tout ce que les gens avaient d'important à l'intérieur ?

Spider soupire. Elle a le génie des questions délicates, cette petite. Il s'accorde un moment de réflexion.

— Comme je te l'ai dit, ce ne sont que des marionnettes. Et je crois que tu sais où va ce qui est à l'intérieur, ce qui est le plus important.

La fillette semble enfin se résigner. Elle se frotte les yeux de ses poings, récupère la pelle qu'elle avait plantée dans le sable et s'éloigne, les épaules voûtées. Une fois qu'elle a disparu à l'angle de la bâtisse, à la recherche d'un endroit plus convenable pour faire ce qu'elle a à faire, Spider retourne dans la maison pour contempler le plafond, ses guirlandes de peaux humaines, et le message inscrit sur le mur.

POUR VIOLATION DE DOMICILE
ET POUR INCESTE

Avant de repartir, il ramasse une pierre et la lance sur l'avertissement. Le caillou ébrèche le mur et trace une ligne blanche en travers des lettres brunes. Cet accès de désobéissance le soulage.

13

Sa mère s'éclipse. Une fois la porte refermée, le Dr Shreve vient s'asseoir face à McKenzie et croise les jambes.

— Elle ne t'entendra pas depuis la salle d'attente, ne t'en fais pas. C'est à ton tour de me dire comment tu vas.

— À l'instant ? Atrocement mal. Furieuse de ne pas m'être contrôlée avec Joe Marino, mais surtout désespérée de ne plus avoir d'avenir. J'avais tellement envie d'intégrer CalTech ! Je peux faire une croix dessus. Je n'irai jamais.

— Jamais, c'est un mot complexe. Parfois, je me demande pourquoi nous l'utilisons.

McKenzie lève les yeux. La psychiatre l'observe, un vague sourire sur les lèvres.

— Dis-moi : te souviens-tu de ce qui s'est passé dans le Nevada ?

— Pas du tout, répond McKenzie en haussant les épaules. Le seul truc, c'est qu'il y a du sable dans mes rêves. Beaucoup de sable.

— Comment sais-tu que c'est du sable ?

— À cause de la sensation.

— Décris-la.

— J'ai l'impression d'avoir quelque chose de râpeux sur la peau.

— J'imagine la sensation, mais comment sais-tu que c'est du sable, et non pas du grain, par exemple ?

— À l'aspect. Et à l'odeur.

— L'odeur ?

— Oui. Il y a toujours cette odeur de sel et de rouille. Elle me suit partout. Parfois, j'ai l'impression qu'elle va m'étouffer.

— Et pourquoi le ferait-elle ?

— Parce que je ne suis pas chez moi ici.

Le Dr Shreve tourne légèrement la tête.

— Tu peux m'en dire un peu plus ? Sur cette idée que tu n'es pas chez toi ?

— C'est ma famille. Elle me déteste, je crois.

— Ça doit être terrible pour toi.

— Ça vient surtout de mes frères. Je pense qu'ils ne m'aiment pas, et même que mon existence les indiffère complètement.

— Ils t'ont accompagnée à l'expo ?

— Oui, mais seulement parce que les parents les ont forcés. Donc eux aussi m'ont vue en pleine hallucination. Ça a été diffusé en direct sur Facebook. Tout le monde a été témoin de ce truc. C'est gravé dans le marbre.

— Il est intéressant, McKenzie, ce mot que tu as utilisé, « hallucination ». Tu peux m'expliquer ce que tu veux dire par là ?

Suit un long silence. Dehors, les premiers flocons de neige tombent, comme dans un rêve. La boîte de Kleenex semble inviter aux larmes comme si pleurer était acceptable, voire désirable.

— McKenzie ?

— Oui. Oui. Je veux dire, désolée. Pour moi, ce n'était pas une hallucination. C'était plutôt quelque chose de très réel. Mais je suis bien consciente que ce n'est pas possible, je le sais très bien. Et donc, puisque le lézard n'existait pas, je sais que c'était une hallucination. Mais ce n'est pas tout. Il s'est passé d'autres choses. Je pense que j'ai peut-être été adoptée.

La psychiatre dévisage McKenzie.

— Ce n'est pas le cas. J'en ai les preuves.

— Mais j'ai l'impression d'appartenir à une autre famille, et à un autre endroit. Qui n'ont rien à voir.

McKenzie se mord les lèvres et regarde par la fenêtre. Elle aime la façon dont la neige envahit doucement la rue ; les immeubles ont beau être serrés les uns contre les autres, elle parvient à s'inviter entre eux.

— J'adore mes parents. J'adore aussi mes frères, même s'ils sont pénibles. Mais franchement ! Ce n'est pas pour m'apitoyer sur mon sort, mais la Virginie n'est pas faite pour moi. Impossible. Moi, je devrais vivre là où il y a des grands espaces. De l'air chaud.

La psychiatre ne répond pas tout de suite, apparemment aux prises avec une équation des plus complexes.

— McKenzie, finit-elle par demander, as-tu des symptômes physiques ? Mal de tête, nausées ?

— Pas vraiment des maux de tête, non. Mais j'ai soif en permanence.

Le Dr Shreve écrit quelques mots. Son rouge à lèvres s'est desséché et sa bouche n'est plus soulignée que par un double trait cramoisi.

— L'assurance santé de ton père va prendre en charge toute une batterie d'examens. On va ainsi pouvoir éliminer certains facteurs.

— Genre tumeur cérébrale ?

La psychiatre ne répond pas. Elle complète ses notes. McKenzie se coince les mains entre les genoux et baisse les yeux vers les chevilles du Dr Shreve, épaisses, déformées par l'arthrite. Pourquoi lui semblent-elles familières ? Les tapis du cabinet sont ornés de poissons stylisés jaune et turquoise, mais ce sont les chevilles du Dr Shreve qui la fascinent.

— Tu as d'autres choses à me raconter ? demande la psychiatre en fermant son bloc-notes et en souriant à McKenzie.

— Comme quoi, par exemple ?

— Tu pourrais me parler de tes amis. Tu as beaucoup d'amis au lycée ?

— Vu que je suis une *nerd*, je n'ai pas vraiment d'amis, à part India. C'est à peu près tout.

— India Jespersen ?

— Vous connaissez son nom de famille ?

— Il me semble que c'est elle qui a parlé du groupe WhatsApp à ton proviseur. Des petits amis ?

— Non. C'est clair que je ne suis pas sortable. Ou en tout cas, pas facilement.

— Qui dit ça ?

— Les mecs de mon âge.

— Et tu les crois ?

— J'ai un certain nombre de données empiriques qui tendent à étayer ces assertions.

Le Dr Shreve se gratte pensivement la joue.

— Tu prends plaisir à boire de l'alcool, McKenzie ?

— Pas du tout. Ni alcool ni drogues. Ça n'a rien à voir avec mes problèmes, je peux vous le garantir. Je suis une digne représentante de la génération Z. Comme zéro défonce.

— J'ai déjà entendu dire ça.

Le docteur penche la tête sur le côté.

— Cette absence d'amis, ça te met en colère ?

— Oui. Mais pas au point de me faire péter un câble. À part l'épisode Joe Marino, je n'ai aucune envie de faire mal à qui que ce soit. Ni de m'en prendre à moi-même.

— On dirait que tu sais à l'avance ce que je vais te demander, constate la psychiatre avec un sourire.

— J'ai fait quelques recherches.

— Tu es visiblement très réfléchie, consciente des choses, puissamment motivée ; rien d'étonnant à ce que tu aies quelques coups d'avance sur moi, reprend le Dr Shreve en enveloppant McKenzie d'un regard attentif. Je me dis que tu penses peut-être déjà savoir de quoi tu souffres et que tu n'attends qu'une chose de moi : la confirmation de ton diagnostic.

McKenzie inspire très longuement, très lentement par le nez.

— Oui, on peut dire ça comme ça.

— Mais tu sais très bien que pour le moment je ne peux rien affirmer. Pas avant d'avoir les résultats de tes scanners et IRM.

— On a donc le choix entre une schizophrénie précoce, avec hallucinations visuelles, et une tumeur au cerveau, c'est ça ? L'un dans l'autre, ça réduit à néant mes chances d'intégrer CalTech.

Soupir de la psychiatre, qui se cale dans son fauteuil.

— On va peut-être attendre les résultats des examens et reprendre la conversation à ce moment-là ?

Sur le chemin du retour, Tita Lily est assise sur un rouleau de soie turquoise déniché dans une maison de Mithi. En temps normal, elle blaguerait avec les autres, leur parlerait des robes et des chemises qu'elle espère confectionner. « J'étais la plus belle allumeuse de Boogie Street, marmonnerait-elle en rejetant fièrement sa chevelure en arrière, le rouleau à la main. Au tango des culs en feu, votre serviteuse dansait entre les pets enflammés. Vous y croyez, à ça ? La boogie girl de Boogie Street : j'avais le monde à mes pieds. » Elle tendrait un coin du lé de soie à Cairo et lui susurrerait : « On va te faire une belle chemise avec ça, tu sais ? Pour les grandes occasions. »

Aujourd'hui, cependant, elle est pensive, taciturne sous son splendide couvre-chef, le regard fixé sur l'horizon. Forlani ne cesse de lui effleurer le pied, de lui demander si ça va, tandis que Spider la surveille. Il faut absolument prendre soin d'elle.

Les enfants marchent près de Tita Lily ; Mahmoud s'est armé d'un bâton pour éloigner de lui les récipients de Hugo, attachés au bât de Chamelle et qui tintent avec vigueur à chaque pas. Splendour a perdu de sa vivacité ; la poussière qui lui couvre le visage est sillonnée de larmes.

Le vent est idéal : juste ce qu'il faut pour brasser l'air, pas assez violent pour que le sable cingle les corps trop exposés des marcheurs. Les chats de Mithi se rassemblent au bord de la route et regardent s'éloigner les Sensitive comme pour s'assurer de la réalité de ce départ.

Une pensée obsède Spider depuis le matin : la famille qu'il a vue filer à l'horizon, en direction du Sarkpont. Et s'il y avait en cet endroit de la Chicane une faille que les Sensitive n'auraient pas trouvée, mais qui permettrait d'accéder au Sarkpont ? Lorsqu'ils font halte pour déjeuner, Spider reste debout un long moment à scruter l'horizon.

Forlani et Elk aident Tita Lily à descendre de Chamelle et l'installent sur le sable, entre deux coussins.

— Elle n'a pas bonne mine du tout, chuchote Forlani à l'oreille de Spider.

— On ne peut pas se permettre de la perdre, tu le sais.

Après s'être restaurés, ils sont sur le point de reprendre la route lorsque Elk se fige soudain, le regard au loin.

— Amasha, marmonne-t-il, tu peux…

— Oui, répond-elle d'une voix distante en se tournant vers le désert, extatique. Je peux.

Tous les autres s'interrompent dans leurs préparatifs. Ils savent ce qui se passe : Amasha et Elk ont entendu l'appel que seuls les Futatsus perçoivent. En général, il survient pendant les nuits blanches. Tous deux se lèvent en silence et quittent le camp sur la pointe des pieds. Ils ne disent jamais où ils vont, ni ce qui les convoque. Lorsque la chose se produit en plein jour, les autres membres de la famille, sidérés par cette étrange réaction, les contemplent avec une crainte mêlée de vénération tandis qu'ils se dirigent lentement vers leurs lointaines visions hypnotiques.

Les Futatsus errent dans les dunes, les épaules droites, en direction d'un point qu'ils sont seuls à voir. Ils ne sont bientôt plus que des silhouettes minuscules à l'horizon, avant de disparaître tout à fait.

Cairo soupire en sortant son petit hélicoptère de sa poche.

— On s'ennuie, chuchote-t-il à Splendour.

Ce qui lui vaut une taloche sur la nuque, infligée par Madeira.

— Aïe !

— Respecte un peu les gens, Cairo. Ils prennent des risques, tu sais. Et sans eux nous ne saurions pas ce que pensent les Éclaireurs.

— De toute façon, gémit Cairo en se massant le cou, on ne le sait jamais. Ils ne nous disent jamais rien. Et à chaque fois on doit rester à les attendre pendant des heures.

— Des heures ? N'importe quoi. Maintenant, ferme ton clapet, d'accord ?

Cairo s'éloigne, boudeur, et s'assoit dos à la famille, les bras rageusement croisés. Mahmoud décide de l'ignorer et s'aventure seul dans le désert, les yeux fixés sur la ville lointaine. Splendour, elle, s'installe tout contre Spider, la tête sur son genou. Elle berce dans ses bras la petite poupée de chiffon que lui a confectionnée Tita Lily, puis la manipule comme une marionnette.

— Spider, c'est quoi l'inkeste ?

Il baisse les yeux sur la petite fille, qui le regarde d'un air songeur.

— Le quoi ?

— L'ink… L'inkeste. Ce qui était écrit dans la maison.

— Ah, ça.

L'inceste est le fantôme qui circule dans cette famille qui n'en a pas toujours été une. À Paris, Spider changeait constamment de petite amie. Elles arrivaient et repartaient avec une égale facilité.

— Ce n'est qu'un mot. Ne t'en fais pas.

Splendour continue à faire danser sa poupée dans les airs, lui reprochant de marcher sans élégance et lui annonçant pour le dîner des légumes qu'elle sera obligée de manger.

Spider soupire en ébouriffant les cheveux de la petite.

— C'est bien, continue à l'éduquer. Elle ne va pas tarder à t'obéir.

Le soleil dépasse son zénith ; une petite troupe de lézards apparaît dans la direction de Dubai, s'arrête pour observer un instant les humains avant de repartir au trot. Assis en tailleur dans le sable, Hugo et Noor évoquent leurs séjours dans cette ville : Hugo en voyage d'affaires, Noor en vacances avec les siens.

— Tu as raison, je crois, dit le premier. C'est bien Dubai. Et si tel est le cas, pense à toutes ces piscines, à ces fontaines…

— Et à ces parcs aquatiques ! Si ce n'est pas là que se trouve notre *piscina* au coin d'un quadrilatère, alors…

— Alors on sera bien dans la merde, complète Hugo. Parce que ailleurs…

Les deux hommes se mettent à dessiner dans le sable ce qu'ils se rappellent du plan de Dubai. Leur excitation est palpable. Ils se lèvent, pointent l'index vers tel ou tel détail, tout sourires dans le jour éclatant. Madeira ronfle et Forlani est assis près de Tita Lily, dont il tient la main. Elle est couchée sur le dos, le chapeau dissimulant son visage blême.

Après ce qui semble une éternité, et tandis que le soleil commence à descendre vers l'horizon, les Futatsus surgissent des dunes lointaines. Spider se relève et les regarde approcher. Il aimerait comprendre, à leur expression, ce qui s'est passé, ce qu'ils ont vu ou entendu. D'ordinaire, ils reviennent maussades, distants : aujourd'hui, cependant, il y a dans leur attitude un entrain que tous remarquent immédiatement. Ils ne disent mot, certes, mais c'est avec un air joyeux qu'Elk aide Madeira à remballer les provisions ; Amasha, quant à elle, rayonne secrètement. Elle accepte la gourde qu'on lui tend avec un sourire timide et boit une longue gorgée d'eau. Comblée. Dans la brise, ses écharpes de soie bleu et argent flottent comme des oiseaux autour de son visage.

Ils font se lever les enfants, réveillent Tita Lily et l'aident à remonter sur Chamelle, dans la douleur et les grimaces. Puis ils se remettent en route.

Plus tard dans l'après-midi, alors que leur Hutte devient à l'horizon de plus en plus haute, de plus en plus visible, Amasha rejoint Spider et lui lance des regards lourds de sens, qu'elle accompagne de sourires intrigants. Il presse le pas ; lorsqu'elle l'imite pour rester à sa hauteur, il arrache son keffieh.

En dépit de son doux sourire, le visage d'Amasha demeure énigmatique.

— Ça s'est bien passé ?

L'expression se fait plus complaisante, le regard est toujours fuyant.

— À ton avis ?

— Lorsque je t'observe, j'ai l'impression que oui.

Ils poursuivent un instant en silence, Amasha fredonnant tout bas.

— Tu peux en parler ?

Elle hausse les sourcils, comme pour lui faire comprendre qu'il a franchi une limite. Mais c'est avec un certain amusement qu'elle le regarde enfin.

— Les nouvelles sont bonnes. Elk a vu Knut ; ils sont en contact. Knut répond.

Spider ayant fait très brièvement halte, Chamelle manque de lui heurter l'épaule. Il se reprend, se remet immédiatement en route.

— C'est la première fois !

— Je sais, rayonne Amasha. Regarde Elk. Tu as remarqué combien son pas est plus énergique ?

— Oui, oui, bien sûr. Difficile de ne pas voir son sourire béat Je-suis-au-Walhalla. Des indications sur la direction à prendre ?

— Pas encore. Mais cela ne tardera peut-être plus.

Suit un silence d'une bonne dizaine de minutes. Le sable dans le godillot gauche de Spider lui racle la peau, ce dont il se fiche, vu cette excellente nouvelle.

— Amasha, tu sais pourquoi Splendour est perturbée ? Elle est entrée par hasard dans une cachette. Pleine de corps, pas autant que les deux ou trois dernières fois, mais assez pour lui faire peur. L'œuvre des Djinnis…

Il se retourne vers la petite fille qui, les doigts dans la bouche, contemple d'un œil précautionneux les dunes dans toute leur étendue, comme si elle les découvrait.

— Quoi qu'il en soit, chuchote Spider, je lui ai menti, je lui ai dit que c'étaient des marionnettes. Mais elle commence à comprendre ce qui se passe pendant les nuits grises et ça lui donne des idées ; elle pose de plus en plus de questions sur le Sarkpont, sur ce que nous ferons si nous le trouvons et…, s'interrompt-il, évitant soigneusement de croiser le regard d'Amasha. Et si nous ne le trouvons pas.

— Tu lui as répondu ?

— Non. Tu sais bien que c'est impossible. Et je ne saurais pas.

Il raffermit son étreinte sur la longe de Chamelle. La durée qui leur est accordée pour dénicher le Sarkpont à chaque regyre peut être illimitée, le regyre ne prenant fin que lorsqu'un autre groupe parvient au but.

— Il ne reste plus beaucoup de temps. Les Djinnis rôdent déjà aux environs, comme ils l'ont fait avec cette autre famille.

Une bourrasque fait se raidir Chamelle, qui cligne des yeux. Tita Lily se redresse sur la selle, portant un pan du keffieh à ses lèvres et tournant le dos au vent.

Ils arrivent à la Hutte bien avant le coucher du soleil. Une vision si réconfortante avec ses fleurs pastel visibles à bonne distance.

Ils l'ont trouvée le sixième jour. Certes, les parois extérieures étaient cabossées, rouillées ; mais pour des gens qui se sentaient abandonnés par la justice et par le sort, quelle chance ! Lorsqu'ils ont osé poser le pied dans l'enceinte de la tour, en passant par le portail nord, ils ont constaté que les précédents occupants avaient laissé des fragments de vie, des objets qu'ils n'avaient pas pu emporter. Les immenses garde-manger qui pendaient comme des mamelles aux parois intérieures étaient loin d'être vides – des dattes, des pots de miel. Des draps séchaient dans la tour d'observation ; il y avait aussi des jouets d'enfant.

Hugo s'est alors révélé le plus réaliste de tous. Sous le potager aux récoltes moribondes, il a découvert les vestiges d'un système d'irrigation, sans doute mis au point par un ancien habitant. Dehors, des poules grattaient le sable à la recherche de grains de maïs. Et lorsque, quelques minutes après l'arrivée de la famille, un troupeau de kangourous efflanqués et galeux est apparu à la porte de la tour – s'attendaient-ils à être nourris ? –, Madeira a frappé le sol du pied. Il y avait assez de ressources aux alentours pour obtenir de bonnes récoltes et élever des bêtes. La Hutte, en bref, constituait un refuge idéal.

Ils ont renforcé les parois extérieures de la tour contre les éléments et les envahisseurs, murant tous les points d'accès à l'enceinte à l'exception du portail nord, qui pouvait être cadenassé. Il ne reste qu'un énorme trou, qu'ils surnomment l'Œil puisqu'il est ovale et frangé de pointes métalliques rouillées évoquant des cils. Lorsqu'il passe par l'Œil, le soleil éclaire un endroit bien précis à l'intérieur de l'enceinte. C'est grâce à lui que la ferme prospère, que poussent les graines et les boutures qu'ont trouvées Forlani et Madeira dans les villes, que les animaux grandissent dans les enclos confectionnés par Spider le long des parois de métal. Les kangourous émaciés ont engraissé, se sont reproduits ; la famille a aussi maintenant 10 moutons, tous récupérés lors de leurs diverses explorations.

Quoi d'étonnant à ce que personne ne veuille partir ? songe Spider avec lassitude. *Abandonner la Hutte, c'est se couper un bras.*

14

Comme d'habitude, son père se lève à 6 heures. Il reste des siècles sous la douche tandis que la télé beugle dans la chambre des parents. Dans la sienne, McKenzie est couchée sur le dos, dans son lit, raide comme la justice, attentive à tous les bruits que produit la maison qui sort lentement du sommeil. Les garçons sont debout à 6 h 30 ; elle les entend qui descendent prendre leur petit déjeuner en grommelant des grossièretés. Elle n'a pas partagé un repas avec eux depuis son renvoi temporaire de Harbinson. Personne n'a fait de commentaire.

Blasée, elle consulte son téléphone : toujours des montagnes de tweets, des blagues sournoises sur les lézards et la thermorégulation ; des dunes en forme de pénis qui hantent encore régulièrement sa page. @NewtinSeattle a laissé un nouveau commentaire sous l'un de ses posts Instagram.

Moi aussi, j'ai vu le lézard.

Elle fronce les sourcils. Ce type s'est déjà manifesté le jour de Sciencexpo. Avant de supprimer ce qu'il a écrit, elle décide d'aller voir son compte et ouvre de grands yeux : sur la bannière de son profil, un désert à la géométrie fractale, et le soleil qui se couche derrière un cactus sous des cieux d'un rose criard. « Artiste du désert enfermé dans le corps d'un concepteur de logiciels de Seattle. »

Une petite pointe de curiosité s'insinue dans le cœur de McKenzie. La représentation du désert la travaille et semble l'attirer à elle par un fil invisible. Mais que signifie cette bannière pour ce @NewtinSeattle ? Et pourquoi se surnomme-t-il « Artiste du désert » ? Est-ce une tactique de drague ? Elle presse le bouton « S'abonner », non sans hésiter. « Demande envoyée », annonce l'écran. Avant même qu'elle ait pu revenir sur la page précédente, la requête est acceptée. Elle fixe le téléphone des yeux : il l'attendait.

Elle visite rapidement la page de @NewtinSeattle. Aucune photo de lui, uniquement des images et des cartes du désert. Extraordinaires, ces cartes. Elle n'a jamais rien vu de tel. Plus une foule d'illustrations magnifiques représentant des milieux désertiques, parfois légendées. Dunes. Bassins salifères. Le même motif revient dans toutes les cartes : une fourche aux nombreuses dents, couchée sur le côté.

Un commentaire apparaît sur l'écran. @NewtinSeattle

Contacte-moi. Par DM, le + vite possible.

McKenzie s'interroge, puis éteint le téléphone.

Les garçons partent pour l'université. Elle s'habille méthodiquement, en essayant de ne pas penser à ce qui va suivre. Elle enfile un jean, un gros pull à col roulé sur lequel elle peut encore passer une veste. Elle prend son portable, sa carte bancaire et une liasse de billets ; c'est ce qu'elle met de côté depuis des années. Comme une hors-la-loi.

Elle descend sur la pointe des pieds. Tatum ne s'est jamais méfié de sa sœur au point de cacher les clés de sa voiture : il les laisse dans sa chambre, accrochées près d'une casquette de routier brodée d'un slogan parodique. McKenzie les empoche, remonte discrètement dans sa chambre et s'assoit sur le lit, les bras croisés sur la poitrine, puis se balance d'avant en arrière, le cœur battant.

Elle a son permis, même si ses parents détestent la savoir au volant, et ça ne va pas s'arranger, maintenant qu'elle est une tarée certifiée. De temps à autre, ils la laissent conduire le Duster de son père, le plus maniable des véhicules de la maison. « Franchement, répète chaque fois sa mère, si tu dois avoir un accident, ce sera toujours mieux qu'avec les autres voitures, qui sont plus petites. » McKenzie n'a jamais conduit la vieille Subaru de Tatum.

À 7 h 15, son père descend d'un pas retentissant dans la cuisine en sifflotant. McKenzie s'avance vers le palier, l'œil sur le couloir désert. Un peu de patience. Quelques minutes plus tard, elle entend le couvercle de la poubelle – son père jette le café moulu, comme tous les matins. Peu après, en costume cravate pour le bureau, les cheveux encore humides, il se dirige vers le vestibule, le nez sur son téléphone. La peau de son crâne brille, rose, sous ses cheveux poivre et sel.

La porte d'entrée claque. McKenzie descend au rez-de-chaussée, se poste près du battant de verre.

Le Duster est dans l'allée, son père au volant ; le moteur ronfle et le pot d'échappement dégage une fumée blanche qui contraste avec le bleu du ciel. Son père regarde de nouveau son téléphone avant de l'enfermer dans la boîte à gants. Puis il enclenche la marche arrière.

C'est maintenant ou jamais. McKenzie s'accroupit près de la porte, se force à rester immobile un bref instant, attendant que le Duster passe en marche avant et s'engage sur la chaussée.

Sans perdre une seconde, elle se rue dans l'allée, s'installe dans la Subaru, dont les portes n'étaient pas verrouillées. L'habitacle sent le chewing-gum et la transpiration ; le sac dans lequel Tatum entrepose ses affaires de lacrosse. McKenzie démarre, les mains tremblantes. Le Duster n'est plus visible ; elle conduit vite et s'en tient aux allées dégagées par le chasse-neige. Il n'y a pas tant de neige que ça, de toute façon, mais les parents leur ont tellement répété qu'il était dangereux de rouler sur la neige ou le verglas... La Subaru terrifie McKenzie avec son volant trop mince et les soubresauts que lui arrache le moindre nid-de-poule. Elle poursuit résolument sa route, ses lunettes de soleil sur le nez : elles lui donnent l'impression de savoir ce qu'elle fait.

Au détour d'un virage, elle aperçoit le Duster à l'arrêt devant un croisement, le clignotant gauche allumé. Elle ralentit jusqu'à ce qu'il tourne. Sans doute son père écoute-t-il la radio ou est-il perdu dans ses pensées : apparemment, il ne regarde jamais dans son rétroviseur. Il n'est pas difficile de le suivre, même à distance : dans le flot de véhicules gris et blancs, sa carrosserie bronze se remarque tout de suite.

Il n'y a pas de GPS dans la Subaru, mais McKenzie a installé son téléphone dans la coque que Tatum a fixée au tableau de bord. D'après l'appli de navigation, c'est en passant par la I66 qu'on arrive le plus vite en ville. Bien sûr, songe-t-elle : tous les soirs, leur père les fait périr d'ennui avec ses histoires de circulation sur la I66, où les automobilistes qui se rendent au travail font monter n'importe qui juste pour pouvoir rouler sur la voie réservée au covoiturage et ralentissent le trafic. Comme il se doit, le Duster prend la direction de la I66, qu'il atteint vingt minutes plus tard, McKenzie à ses trousses, noyée dans la cohue sous le soleil bas des matins d'automne.

Lorsqu'ils arrivent sur le Capital Beltway, McKenzie comprend qu'India ne s'est pas trompée. Au lieu de rester sur la voie, ce qui le conduirait dans le centre de Washington, à Foggy Bottom, où se trouve le département d'État, son père emprunte le périphérique, direction nord, vers Tysons. Le Duster se retrouve bientôt sur George Washington Parkway. Le Potomac coule à droite de la chaussée, gris et lent. Lorsque son père allume son clignotant droit au niveau du panneau indiquant GEORGE BUSH CENTER FOR INTELLIGENCE – le siège de la CIA –, le doute n'est plus permis.

Le Duster bifurque tandis que McKenzie reste sur George Washington Parkway, le cœur battant comme un tocsin dans sa poitrine. Au passage, elle aperçoit une allée sous les arbres, un portail jaune. Il s'ouvre sur le passage du Duster, qui se dirige vers la guérite.

L'effarement de McKenzie est tel qu'elle en oublie presque sa propre audace : elle circule en pleine ville, seule au volant. Au feu suivant, elle tourne à droite et revient lentement sur Dolley Maddison Boulevard.

Dans son dos, le soleil transforme le rétroviseur en rayon laser.

Son père est censé être directeur des ressources humaines – comme M. Peterson, son ami du Nevada. Il embauche les gens et les met à la porte. C'est en tout cas ce qu'il raconte depuis toujours. Que va-t-il donc faire à la CIA, dans ce cas ?

À Tysons, McKenzie s'arrête dans un drive-in Starbucks. En attendant son tour, elle consulte les réseaux sociaux. Quelques invitations, comme d'habitude : apparemment, la voilà doublement célèbre. Pour l'incident de Sciencexpo, et pour la correction infligée à Joe Marino. @NewtinSeattle lui a envoyé deux nouveaux messages, le premier en majuscules :

NE M'IGNORE PAS, IL FAUT QU'ON SE PARLE.

Le second, plus calme, est rédigé en minuscules.

Désolé – je n'ai aucune envie de te harceler mais je t'en supplie, réponds-moi. Je sais ce que tu as vu parce que je l'ai vu moi aussi. Ce truc, ça nous dépasse. Tu as entendu parler de la résonance limbique ?

La résonance limbique ? Elle cherche immédiatement sur Google.

« Chaque individu peut, par le biais de la résonance limbique, rendue possible par des interactions chimiques du système limbique, partager des informations relatives aux émotions ressenties. »

Cette assertion est accompagnée d'une illustration évoquant celles des tarots : une femme, par le truchement d'un fluide matérialisé qui lui sort du front, entre en communication avec un homme. McKenzie est une scientifique : aucune théorie new age ne trouve grâce à ses yeux. Elle est beaucoup trop cartésienne pour cela. Elle hésite, se mordille la lèvre, finit par appuyer sur le bouton « Se désabonner » du compte de @NewtinSeattle, avant d'envoyer un texto à sa mère.

Maman, ce matin je me sentais pas très bien. Du coup je suis restée couchée mais je voudrais du paracétamol. Je peux prendre la Subaru ? Je serai prudente juré.

La réponse arrive alors que McKenzie récupère son café.

Il n'y en a pas à la maison ?

J'ai regardé.
Et je voulais aussi m'acheter des fruits. Je peux ?

OK, mais pas un mot à Tatum. Heureusement tu es assurée. Tu y avais pensé ? Quand tu rentres, préviens-moi par WhatsApp.

Une minute plus tard, sa mère renvoie ceci, accompagné d'un emoji inquiet :

Ma chérie, n'oublie pas que je me fais du souci pour toi.

Merci maman. Mais pourquoi m'avoir menti
toutes ces années sur papa ?

Puis elle se ravise et efface la seconde phrase avant d'écrire à India.

Il faut qu'on parle.
Passe à la maison après les cours.

India arrive à 14 h 30, tout droit de l'arrêt de bus. Elle est emmitouflée des pieds à la tête : bonnet, écharpe et gants en laine, la panoplie complète. La mère de McKenzie filme ses exercices au sous-sol. McKenzie ferme la porte d'entrée et prélève deux Coca dans le stock du réfrigérateur.

— Du Coca ? s'étonne India.

— Ouais. Ma mère gagne sa vie en apprenant aux autres comment la vivre de manière plus saine, mais à la maison elle ne tient pas le même discours. Il y a plein de sucre et d'additifs pourris chez nous : dans une lunchbox, ça la fout mal.

India s'installe et retire ses gants.

— Pourtant, elle n'a pas l'air de manger plus de trois feuilles de kale par jour, ta mère. Putain, tu me manques grave ! J'ai personne à qui parler au lycée.

— Tu me manques aussi.

— Elle était comment, la psy ? Du genre à se pencher vers toi pour savoir comment tu vas ? Ou à te toucher le genou pour compatir ? Il y a des Kleenex sur son bureau ?

— Carrément ! Il y a toujours des Kleenex sur son bureau.

— Elle t'a dit quoi, du coup ? demande India en décapsulant la cannette.

McKenzie laisse échapper un long soupir. Elle a de nouveau soif, comme si tous les fluides que contient son corps s'écoulaient par une bonde invisible.

— Elle n'a aucune idée de ce qui cloche. Ils ont fait des tonnes d'examens. J'en saurai plus dans la semaine. Il faudra peut-être que j'aille à l'hosto. A priori, soit c'est la schizophrénie, et j'aurai un traitement, soit c'est une tumeur. Je suis morte de trouille, ajoute-t-elle en dévisageant son amie avec insistance. Mais s'ils arrivent à traiter le machin, je pourrai revenir en cours.

— T'as envie de revenir dans ce trou à rats ?

McKenzie hausse les épaules. Elle boit une gorgée de Coca, détache quelques raisins de la grappe posée dans le compotier et regarde par la fenêtre. Le voisin aspire les feuilles de son jardin.

— J'ai suivi la voiture de mon père. Tu avais raison.

La bouche d'India s'entrouvre.

— Putain ! La CIA ? murmure-t-elle.

— Ouais… Et ça me…

McKenzie secoue la tête.

— Putain, ça me retourne tellement que je ne sais plus du tout où j'en suis.

— Je sais, je sais. Attends. J'ai eu le temps de lire des tas de trucs, tu vois, des trucs sur les hallucinations et toutes ces conneries. J'ai lu aussi des trucs sur les tumeurs et des trucs sur la schizo.

— Les mêmes trucs que moi, j'imagine.

— Ouais, probablement. Mais tu as vu ce qu'ils racontent sur l'amnésie traumatique ?

— L'amnésie quoi ?

India se passe la langue sur les lèvres avant de lancer un regard vers la porte de la cuisine, comme si elle craignait d'être entendue par la mère de son amie, ou que les collègues de M. Strathie aient posé des micros dans la maison. Elle s'approche de McKenzie et lui souffle à l'oreille :

— Tu te souviens de ce que je disais sur ton père ? Ce qu'il faut, c'est essayer de savoir s'il a fait quelque chose dans son boulot qui puisse causer ces hallucinations. Réfléchis. Il t'a déjà parlé du désert ? Il n'est pas allé dans des endroits hyper chauds au cours de ses voyages d'affaires, en Afrique ou je ne sais où ?

— En Afrique, je ne crois pas. La plupart du temps c'est plutôt l'Europe. Une fois, il a dû se rendre en Indonésie… Enfin, c'est ce qu'il dit. Et puis en famille on a dû visiter une partie du sud-ouest des États-Unis, et je n'arrive pas à me débarrasser de l'idée qu'on est allés à Phoenix et qu'il s'est passé quelque chose de super louche là-bas. Depuis que je suis toute petite, j'ai ce souvenir d'un orage au-dessus de Phoenix, comme ça, sans raison. Ma mère prétend qu'on n'y a jamais mis les pieds.

— Bon, profère India avec une nuance de triomphe. Eh bien, c'est peut-être de ça qu'il faut parler à la psy.

Aujourd'hui, les Sensitive ont le rare privilège de pouvoir jouir de deux heures de soleil avant la nuit. La lumière se répand selon un angle qu'il ne leur est pas souvent donné de voir. Elle se déverse dans l'enceinte de la tour par l'Œil rouillé et les baigne de sa chaleur. Forlani et Amasha aident Tita Lily à monter l'échelle pendant que les enfants sont chargés du ménage. Hugo transporte les récipients jusqu'aux citernes de son dispositif de fertilisation et Elk, accroupi dans un coin, récure et aiguise ses ustensiles de cuisine.

Spider détache de la selle de Chamelle le bât, les paravents en peau de kangourou et le réchaud de camping, puis prend soin de l'animal ; il fait sa toilette et inspecte ses sabots sans jamais perdre patience. À l'âge de Chamelle, on ne boit et ne mange parfois que sous la contrainte. Une fois ces soins terminés, il grimpe dans la Hutte.

Un souvenir lui trotte dans la tête, celui du jour où ils ont perdu Nergüi. Ils étaient tous deux au pied de la tour, à aiguiser des flèches et des épées. Lorsque Spider est remonté dans l'habitacle, Nergüi s'est attardé. « Je remonterai plus tard. »

Ce soir-là, Noor devait fermer les portes. Oui, c'était Noor. Au coucher du soleil, lorsqu'ils se sont retrouvés dans la Hutte, il a fallu un certain temps aux Futatsus pour comprendre que Nergüi manquait à l'appel.

— Où est-il ? ont-ils demandé. Bon sang, où est-il ?

Le soleil était presque passé sous l'horizon. C'est alors qu'ils ont entendu les coups sur la porte.

— Putain ! a rugi Spider en sortant sur le balcon. Putain !

Noor se tenait au milieu de la pièce à vivre, les bras en croix.

— C'est moi qui ai fermé. Je pensais qu'on était tous rentrés.

Mais Noor n'est pas aussi innocent que cela, Spider en est persuadé. Aux coups sur les plaques de métal se sont ajoutés les hurlements – les hurlements de Nergüi enfermé à l'extérieur. Spider s'est rué sur l'échelle. C'est alors que des cris ont retenti à l'étage. Le soleil s'était couché ; Spider a entendu les jacassements des Djinnis. Puis les coups se sont interrompus.

— Spider, non ! hurlait Hugo. Ne prends pas de risques ! Ça n'en vaut pas la peine !

Spider a hésité. Il était furieux contre Noor. Et puis, lorsque les Djinnis se sont mis à tambouriner sur les barrières du bas de la tour, il a compris qu'il fallait remonter.

Il est entré dans la cuisine, s'est dirigé vers la fenêtre. Le corps de Nergüi a été projeté si haut que Spider l'a vu passer. Il était mort, pas de doute là-dessus. L'âme de Spider a sombré en des profondeurs jusqu'alors inconnues. Une rage incandescente s'en est emparée et l'a carbonisée. Mais comment mettre Noor en accusation, lui reprocher quoi que ce soit ? Amasha en aurait voulu à Spider. La famille devait rester unie.

Il a bu un verre ou deux de l'alcool d'Elk, l'a supplié de lui donner un peu de ganja, est allé se coucher en songeant à la manière dont il pourrait se venger de Noor. En le faisant tomber de la Hutte ?

Le lendemain, le cadavre de Nergüi gisait sur le sable, devant la tour, la peau vidée de toute chair. Les Sensitive ont pleuré, se sont consolés en pensant qu'il reviendrait peut-être… quand ils auraient trouvé le Sarkpont, qui sait ? Ils ont promis de le garder dans leurs prières. Pas un seul membre de la famille n'a tourné la tête vers Noor. Pas un seul. Et le regard de ce dernier ne s'est pas brouillé. Il s'est fixé, altier, sur l'horizon. Comme si Noor se sentait innocent.

La famille n'a pas voulu que les enfants voient le corps. Ce matin-là, l'itinéraire a été modifié afin de ne pas exposer les petits à ce spectacle. Lorsque tous sont rentrés, deux jours plus tard, la dépouille avait disparu, sans doute enfouie sous les sables.

— Il est où, Nergüi ? a demandé Splendour. Il est parti ?

— Oui, il est allé faire un tour. Il ne rentrera peut-être pas, a répondu Amasha.

Après cet incident, Spider est devenu un peu fou. Il sait qu'il ne doit pas attaquer Noor de front mais le surveille constamment, le file au besoin. Si Nergüi a péri de cette façon, cela peut arriver à tout le monde. La nuit, Spider rêve qu'il lutte contre Noor. Il se réveille, en nage, furieux, prêt à traverser le couloir pour tirer le jeune homme du lit et le massacrer à coups de poing. C'est à sa portée. Spider a la force de deux Noor.

Il n'est cependant jamais passé à l'action. La famille poursuit sa mission, cherchant sans relâche le Sarkpont. Elle vit dans la crainte permanente des Djinnis, des crimes atroces qu'ils commettent en un éclair : projeter un cadavre dans les airs si haut qu'il pourrait s'empaler au sommet de la Hutte, par exemple.

Spider est grand, il a des jambes longues, puissantes ; il lui faut quand même près de deux minutes pour escalader l'échelle, pour peu qu'il sache les Djinnis à l'approche. Aux autres – en particulier Forlani, avec ses os brisés –, il faut cinq minutes ou davantage. Si quelqu'un s'introduisait par surprise dans la tour alors qu'ils sont encore en bas, dans l'enceinte, comment pourraient-ils remonter dans l'habitacle ? Comment Spider et les autres hommes pourraient-ils aider les plus faibles ? Sans Nergüi, c'est presque impossible. Et cela tenaille Spider.

Les enfants prennent leur douche et traînent dans la salle commune, dégoulinants. Les cristaux de sel que Forlani force tous les membres de la famille à avaler sont disposés dans des pots le long du couloir. Spider prend le sien avec ce qui reste d'eau dans sa gourde. Mahmoud a dû se frotter à une plante urticante dans les jardins de Mithi, car il a les cuisses et le torse couverts de plaques rouges. Assis sur un banc, la mine triste, les jambes tendues, il se soumet à l'examen de Forlani et d'Amasha, qui débattent de l'onguent à lui appliquer.

Spider se rend dans la salle de douche, suspend sa veste à un portemanteau, se débarrasse de ses godillots et de sa ceinture d'outils, ôte méthodiquement toutes les armes sanglées à ses jambes. Il verse sa ration quotidienne d'eau dans le réservoir, enlève ensuite sa robe et son short puis se campe sous le pommeau, les mains plaquées au mur, la tête baissée ; le liquide ruisselle sur sa peau.

Un précédent occupant de la Hutte s'est donné la peine autrefois de dessiner des cartes dans la salle de douche : le mur est couvert de traits qui semblent constituer les plans de diverses villes. Les Sensitive ont déjà reconnu l'une d'entre elles, l'étrange Casablanca, avec ses ruelles tortueuses et ses souks. Les autres plans, innombrables, sont trop abîmés pour qu'on puisse les identifier – ou alors ils correspondent à des villes qu'ils n'ont pas encore explorées.

Spider repense à la famille qu'il a vue courir à l'horizon. Le souvenir de l'urgence qui semblait la motiver le submerge comme une vague. Il se savonne rapidement, se rince, se sèche en hâte, enfile un short et une robe propres, remet ses godillots, revient dans la salle commune.

Il se dirige vers le balcon où Yma dort lorsqu'elle est là – elle y a laissé son sextant et son oreiller –, et referme le volet derrière lui. Il essuie les lunettes de ses jumelles, les braque sur l'extérieur. Tout d'abord, à moins de 500 mètres, les rivages de la Virgule, immense mer vide qui s'étend à perte de vue. Cette étrange voisine change tout le temps de consistance. Parfois blanche, elle réfléchit la lumière ; on peut alors marcher dessus. À d'autres moments, elle vire à l'orange vif, comme le sucre caramélisé ou le pain tigré ; il suffit d'y poser le pied pour s'enfoncer dans le sel. Son nom de Virgule lui vient de la manière dont elle tranche sur le désert, comme un coup d'épée. Personne n'ose la traverser ; elle est trop dangereuse, minée de trous et de cadavres d'animaux.

Spider repasse le chiffon sur les verres des jumelles et les règle sur l'horizon lointain. Il y a une autre ville là-bas aussi ; il l'effleure du regard, et poursuit son exploration. Loin vers l'ouest se dresse une petite éminence qu'ils ont toujours prise pour une autre Hutte. *Combien de temps pour y parvenir ?* se demande-t-il. *Moins d'une journée ?*

— Spider ?

Il sursaute. Forlani a surgi dans son dos, une main sur le volet.

— Bon sang, ne te faufile pas comme ça derrière moi sans prévenir ! Tiens, viens.

Du bras, il attrape le garçon, qui avance d'un pas hésitant et se blottit contre lui, las.

— Forlani, petit frère, murmure Spider en frottant affectueusement de ses phalanges le crâne si fragile et si noueux. Détends-toi, d'accord ? Qu'est-ce qui se passe ? Ça va, toi ?

— Non. J'arrête pas de penser aux Dulyeowos.

— Comme nous tous.

Forlani hoche la tête. Ses mains sont crispées, ses articulations gonflées. En les observant, Spider regrette, l'espace d'une seconde, de ne pas mieux comprendre les souffrances des autres membres de la famille.

— Tu regardais quoi ?

Forlani le transperce de ces yeux défiants d'un brun sombre dont Spider n'arrive jamais à se dépêtrer.

— Je sais que ce n'est pas l'endroit où on a retrouvé Nergüi, poursuit-il. Alors ? Quoi donc ?

— Tu vas penser que je suis *fou**. Que j'ai pété un câble.

— J'espère bien ! Je serais déçu si ce n'était pas le cas.

Spider soupire.

— Ce matin, j'ai vu une famille là-bas, qui marchait à toute allure. Comme si elle avait trouvé le…

Il s'interrompt, incapable de se forcer à prononcer le mot « Sarkpont ».

— … comme s'ils avaient le feu au cul. J'en ai parlé à Noor, mais lui ne l'a pas vue.

Forlani ne réagit pas. Pas même un ricanement. Il soutient le regard de Spider un bon moment avant de se tourner, pensif, vers le désert. Ses yeux se portent au-delà de la Virgule, s'envolent vers l'endroit où se trouve, ils le savent, la Chicane. Puis il se dirige vers une grosse malle entreposée à l'autre extrémité de la pièce. C'est là que les Sensitive rangent leurs cartes. Il revient vers le balcon en boitillant, l'immense rouleau coincé sous son bras maigre.

— Il faut qu'on vérifie avec la carte. Il y a peut-être une erreur.

Ce n'est pas la première fois que Spider a l'occasion d'étudier cette carte, dessinée par Knut voilà des mois, après une réunion où chacun a fait part de ce qu'il avait compris du Cirque. Elle s'appelle désormais « Carte de la découverte du Cirque selon Knut » et fait office de bible, de texte sacré auquel ils ne cessent depuis de se référer.

Forlani l'étale sur le balcon avec l'aide de Spider. Ils s'accroupissent pour la consulter ensemble.

— Tiens, là, dit Forlani en passant son index difforme sur la frontière nord. Tu ne crois pas qu'il pourrait y avoir un problème à cet endroit ?

Spider, à genoux, plaque les mains sur la carte et en scrute les contours. La famille a passé presque une journée à tester la Chicane, cette frontière invisible, la palpant, la longeant sur des centaines de mètres, abasourdie par sa ruse. Certains s'en écartaient, d'autres s'y adossaient ; d'autres encore n'hésitaient pas à se coucher à ses pieds pour l'étudier, tenter de déterminer la nature de ses composants magiques. Aucun d'eux cependant n'a jamais compris comment on pouvait, à la fin du Cirque, avoir malgré tout l'impression de faire face à un désert infini. Excédé, Mahmoud a jeté son petit hélico flambant neuf sur la Chicane : le jouet a rebondi.

La famille a cheminé le long de cette curieuse barrière, qui lui a semblé sans fin. Plus tard, lorsqu'elle a commencé à se risquer dans de timides expéditions de quarante-huit heures, elle s'est heurtée à d'autres sections de la Chicane, à l'est notamment. Il est alors devenu évident que cette frontière n'était pas rectiligne. C'est à partir de ces observations que Knut a dessiné sa carte.

— On n'a pas exploré ce segment, dit Forlani. C'est ma faute. Je vous ai ralentis.

Son index se pose sur une section qu'ils ne connaissent pas. Il y a une ville là-bas, Spider le sait. Sous certaines lumières, elle semble mouchetée de vert, comme si l'herbe y poussait en abondance. Elle paraît aussi protégée par des portes colossales surmontées de ce qui ressemble à un immense fer de lance. Mais les jumelles des Sensitive ne sont pas assez puissantes. Les phénomènes météorologiques qui surviennent au-dessus de la ville verte leur semblent incroyablement changeants : orages titanesques, nuages tourbillonnants gros comme des cathédrales, des champignons géants.

Pour s'y rendre, il faudrait traverser la Virgule et sa fragile croûte de sel. Mais jamais ils ne pourront effectuer l'aller-retour en quarante-huit heures.

Spider et Forlani lèvent en même temps les yeux et regardent par-dessus le balcon. Le soleil se couche ; commence une nouvelle nuit grise. L'horizon sombre dans les ténèbres ; les Futatsus ne vont pas tarder à fermer tous les volets. Il ne reste à Spider et Forlani que quelques minutes pour contempler les lumières qui scintillent dans la ville lointaine aux contours désormais si familiers, si titanesques, une tache d'encre sur l'horizon.

Elk fait son entrée dans la cuisine, derrière eux. Il a noué sur ses épaules une couverture de la plate-forme de repos. Ses cheveux gris, d'ordinaire rassemblés en catogan sur la nuque, flottent sur ses omoplates. Il ouvre la bonbonne de méthane, allume les brûleurs, met à chauffer sur l'un d'entre eux une casserole d'eau et extrait d'un sac quelques mesures de farine de maïs. Madeira lui apporte six ananas bien mûrs découverts à Mithi et Elk les découpe puis les dispose sur un grand plat, pendant que dans la pièce commune Noor met le couvert, avec des couteaux et fourchettes grossièrement taillés.

Après s'être essuyé les mains sur son tablier, Elk s'approche du balcon et, la tête penchée sur le côté, dévisage Spider.

— Qu'est-ce qui se passe ? Et pourquoi ces messes basses ?

— J'ai vu des gens ce matin, tout près de la ville qui se trouve près de la Chicane. Ils avaient l'air très excités. Comme s'ils savaient que le Sarkpont était à portée de main.

Elk se rembrunit.

— Spider, mon fils, je vais te faire gagner un temps précieux : la réponse à ta question est non.

— Mais je ne t'ai rien demandé.

— Tu n'en avais pas besoin. Je ne peux pas imposer aux gamins ce voyage vers le nord sur un simple coup de tête. Personne n'a jamais traversé la Virgule ; et, si nous voulons la contourner pour en explorer l'autre côté, ça nous prendra bien plus de vingt-quatre heures. Nous irons à Dubai, oui. Parce que ce n'est pas une ville imaginaire. Mais il est hors de question que nous recommencions à traîner près de la Chicane.

Soupir de Spider. Il peut argumenter avec Amasha, mais avec Elk c'est une autre histoire. Il est pourtant si chaleureux et si placide. Cela dit, personne n'a jamais eu l'idée de tester les limites de sa patience. D'ailleurs, qui s'y risquerait ? S'il se mettait en colère, il aurait tout de l'ogre avec sa voix de basse, son torse ample et ses biceps aussi durs que des jarrets de porc.

— J'ai vu des gens là-bas, marmonne Spider.

— Tu es bien le seul. Tu les as vus, toi, Noor ?

Noor baisse la tête et se pose l'index sur le nez, gêné.

— Pas vraiment.

Il ne peut pas croiser le regard de Spider ; ce dernier le surveille en permanence.

— En revanche, j'ai vu Dubai.

— On peut peut-être s'installer là-bas, médite Elk en se grattant tranquillement la joue. Il y a sûrement de quoi. Vous savez, on ne va pas pouvoir rester longtemps ici. Demain on ira à Dubai. Pour le Sarkpont, évidemment, mais aussi pour repérer les lieux et, qui sait, nous trouver une nouvelle Hutte.

15

— L'amnésie traumatique ?

Cette idée fait sursauter le Dr Shreve, qui ôte ses lunettes et se penche vers McKenzie. Ses yeux sont très gris, très brillants.

— C'est bien le terme que tu as employé ?

— Je me suis demandé si ces hallucinations n'étaient pas liées à un événement qui se serait produit dans mon enfance. Il est possible que j'aie subi un traumatisme quand j'étais petite. Et ces souvenirs douloureux se mettent peut-être tout juste à remonter à la surface, comme un…

— Je sais ce qu'on entend par « amnésie traumatique », McKenzie. On en parlait beaucoup dans les années 1990. C'est un concept qui n'a plus vraiment cours dans le domaine de la santé mentale.

Le Dr Shreve porte une robe en coton bleu foncé, un pull à col roulé marron, un foulard cramoisi orné d'épaisses broderies et des bottines bordées de fausse fourrure rouge. Elle a dû consulter le bulletin météo. La neige tombe au-dehors, étouffant les bruits de la rue. La mère de McKenzie attend à l'étage inférieur, à la réception. L'appréhension que lui causent les examens de sa fille, dont elle n'a pas encore les résultats, est sans doute redoublée par la perspective de devoir rentrer à la maison sous une énième tempête de neige.

— J'ai l'impression d'avoir été autrefois, je ne sais pas quand, à Phoenix en Arizona. Et qu'il m'est arrivé quelque chose là-bas.

— McKenzie…

La psychiatre noue son foulard brodé, l'ajuste sur sa poitrine, en chasse quelques invisibles boules de peluche.

— Nous en avons déjà discuté avec ta mère. Maintenant, c'est peut-être à toi de lui poser directement des questions à ce sujet, non ? Mais la priorité, ce sont tes examens. C'est de ça, il me semble, que nous devons parler. Ta mère m'a dit que tu voulais que je te fasse part directement des résultats. Après cela, apparemment, tes parents pourront prendre connaissance de mon diagnostic.

— C'est bien ça.

— Je vais donc t'expliquer tout cela, poursuit la psychiatre en fouillant dans ses papiers. Tes IRM et tes analyses de sang sont parfaitement normales.

— Ah bon ?

— Tes symptômes n'ont pas de cause physiologique.

McKenzie digère l'information en silence.

Le Dr Shreve pousse la liasse de résultats vers le bord du bureau.

— Effectivement, tu ne te drogues pas. Tu n'as pas non plus de diabète, une possibilité qui m'avait effleurée. C'est une bonne et une mauvaise nouvelle, car il ne nous reste plus qu'une explication.

— La schizophrénie.

— C'est un terme qui englobe des tas de choses, McKenzie. Maintenant, il va falloir essayer de comprendre si tes symptômes peuvent vraiment nous orienter vers un diagnostic incluant la schizophrénie.

— Sauf que mes hallucinations sont aussi olfactives : je sens l'odeur des choses que je crois voir. Je peux même les toucher. Est-ce que ce n'est pas plutôt un signe à mettre en relation avec l'épilepsie ?

— Il n'y a rien dans tes résultats qui puisse évoquer l'épilepsie.

— J'ai lu les classifications du DSM-5 ; les hallucinations olfactives sont extrêmement rares dans les cas de schizophrénie précoce.

La neige tombe toujours au-dehors, calme et silencieuse. Elle tombe parfois dans les déserts ; la température nocturne le permet. Mais l'air est trop sec pour que ce soit fréquent.

— McKenzie, je comprends ton angoisse.

— Vous croyez ?

— En tant que médecin, sache que je suis tenue de m'occuper de tous mes patients avec la même attention. Mais je prends ton cas très à cœur, et trouver les bonnes réponses à ce dont tu souffres est d'une importance capitale pour moi.

— Vous pensez donc qu'il n'est pas utile de parler d'amnésie traumatique ?

— Non, McKenzie, non. Ce serait se raccrocher aux branches.

— Ça expliquerait pourtant les quelques bizarreries de mon cas.

— Je suis navrée, McKenzie. Je sais à quel point ce doit être difficile pour toi. Mais tu n'es pas seule dans cette épreuve. Ce diagnostic est extrêmement pénible ; personne ne s'attend que tu l'acceptes du jour au lendemain.

Le Dr Shreve rajuste ses lunettes, se penche sur son ordinateur portable et fait défiler dessus d'interminables listes.

— Bien sûr, si tu as l'impression qu'il te faut tout de même explorer cette idée d'amnésie traumatique, il y a encore quelques psychiatres qui prennent la chose au sérieux. Ce n'est pas mon cas, je suis navrée de te l'apprendre. Et, pour venir en aide du mieux que je le peux à tes parents, c'est une option que je déconseille absolument : si tu t'engageais sur cette voie, je ne serais plus en mesure de te suivre. Ce qui est regrettable, car j'ai une relation de travail très ouverte, très agréable avec le proviseur de ton lycée.

— Et du coup, que conseillez-vous ?

— Un médicament qui s'appelle le Seroquel. C'est une molécule très utilisée, un antipsychotique de deuxième génération qui a fait l'objet de nombreux tests cliniques. On le trouve en générique dans les pharmacies à un prix tout à fait abordable. Il est très efficace également comme anxiolytique : il sera donc non seulement utile pour traiter les hallucinations, mais aussi pour atténuer les angoisses que risque d'entraîner cette modification portant sur ta vie quotidienne comme sur tes projets.

McKenzie glisse ses mains sous ses aisselles et lève les yeux vers la fenêtre, derrière laquelle les flocons blancs dansent et flottent. *Une modification portant sur tes projets*. Est-ce donc ainsi que l'on parlera désormais du séisme qui vient de foutre sa vie en l'air ? Une putain de « modification de ses projets » ?

Elle s'est renseignée sur le Seroquel, qu'on appelle aussi quétiapine. Elle sait que cette molécule inhibe la transmission de la dopamine au niveau cérébral. Tout ce qu'elle a lu l'a conduite à cette conclusion : certes, les hallucinations disparaîtront, mais au prix de la confusion mentale, de la somnolence et de la démotivation. Elle grossira. Elle aura parfois du mal à s'exprimer. Sans parler du désormais inaccessible CalTech, elle pourrait même avoir du mal à être acceptée dans une des universités de Virginie, qu'elle n'a pourtant jamais considérées que comme des pis-aller.

Les larmes lui montent aux yeux. Elle les essuie d'un revers de la manche, ignorant les Kleenex du bureau. Personne ne doit la voir pleurer. Elle n'a pas de tumeur au cerveau, elle ne va pas mourir. Tout juste affronter une « modification de ses projets ».

Le désert est plongé dans la nuit. Noor a laissé des flèches à l'entrée et s'est couché sous la table de la salle commune, avec un oreiller emprunté à la plate-forme de repos et une mince couverture. Il ne s'est ni déshabillé ni déchaussé, constate Spider.

Amasha ne varie jamais sur ce point : Spider doit pouvoir à tout moment avoir accès à ses outils. « Tu ne comprends donc pas, l'a-t-il un jour entendue siffler férocement à Elk, qu'il est aussi sauvage, aussi dangereux qu'un scorpion ? Pourtant respecte-le, et il fera montre de ses talents. Un jour, il nous le prouvera : il accomplira quelque chose qui assurera notre salut. »

Un scorpion, songe Spider avec lassitude en disposant sur ses genoux les ressorts, les rouages et les joints toriques qu'il s'évertue à vouloir assembler.

Il ne se sent guère semblable au scorpion. Et, si l'écran qu'il a confectionné pour Chamelle semble être efficace, il n'a toujours pas réussi à fabriquer d'horloge.

Il n'est pas aussi fatigué qu'il le devrait. La pensée des Djinnis rôdant dans la nuit joue sur ses nerfs. Il pense à Nergüi, à la manière dont ils se sont emparés de lui, à ce qu'il restait de son corps. Puis il vérifie sa panoplie : ses flèches et ses lances, rangées au bon endroit. Il ne sera pas pris au dépourvu en cas de malheur. Pour le moment, il a besoin de distractions.

Il n'allume pas la grande lampe à méthane – une aversion absurde, car il est arrivé aux Sensitive de laisser des lumières allumées et même des fenêtres ouvertes pendant les nuits grises. Il préfère travailler à la chandelle, assis en tailleur, courbé sur son mécanisme.

La famille a recours à un système rudimentaire de mesure du temps : elle compte les battements de cœur. Hugo prétend que le découpage en minutes et en secondes vient de ce que le cœur humain bat en moyenne 60 fois par minute. La famille a comparé sur cette base le pouls de chacun. Hugo et les enfants ont les plus rapides, à 90 battements par minute : lorsqu'on leur parle de deux minutes, ils comptent jusqu'à 180. Madeira et Spider sont les plus lents : 60 battements, soit 120 pour les deux mêmes minutes. Le reste de la famille se trouve entre ces deux extrêmes.

La famille a besoin d'une horloge. Le ressort qu'a forgé Spider en torturant de son marteau une fine lame de métal ne parvient pas à conserver sa tension, en dépit de tous ses efforts. C'est le talon d'Achille de son mécanisme. Il le pose sur le bout de son index et le contemple. Il ne sait pas comment le modifier.

Par la fenêtre, il voit les étoiles tracer leur froide route dans la voûte céleste. Il replace le ressort dans son rouleau de toile, qu'il replie et range dans sa boîte, puis croise les bras et baisse la tête, songeant à Tita Lily : avec Nergüi, ça fera deux personnes en moins.

Enfin il s'endort. Et ce n'est pas son horloge interne qui le réveille, mais un bruit. Un gémissement lointain, légèrement syncopé, comme si on tapait en rythme sur un objet, loin, au-delà des dunes. Spider ouvre les yeux, fixe le plafond quelques minutes puis se redresse et se dirige à quatre pattes, précautionneusement, vers l'endroit où il a entreposé ses armes. La langue entre les lèvres, il décroche l'arc du mur et, machinalement, passe l'index sur l'encoche pour en vérifier la solidité.

Son arc en main, il monte à la tourelle, aussi silencieusement que possible, fait le tour de la pièce, les yeux rivés sur le désert. Au sol, pas une ombre, pas une silhouette. Il s'appuie contre le polymère et scrute l'horizon dans la direction d'où paraît venir le bruit. Pendant quelques secondes, il aperçoit un tremblement au bas du ciel, assombri, lui semble-t-il, par des formes humaines dont les jambes seraient interminables, comme si elles évoluaient sur des échasses.

Une flamme s'élève, éphémère ; le groupe se défait, se reforme, tournoie puis disparaît, ne laissant qu'un vague nuage de sable.

— Spider.

Noor s'est réveillé ; il a sorti la tête de dessous la table.

— Tu vois quelque chose ?

Spider secoue la tête, l'index sur les lèvres, puis se laisse glisser, souple, le long de l'échelle. Il avance vers la vitre, devant le balcon sud, le sang lui battant dans les tempes. Le bruit enfle. Noor s'approche de lui en silence et s'immobilise devant la fenêtre, le regard braqué sur la nuit, sans dire un mot. Spider recule un peu – il sait de quoi cet homme est capable.

— Tu crois qu'ils sont partis ? siffle Noor.

Ils attendent. Les yeux de Noor luisent dans la pénombre, aussi épouvantés que fascinés. Il s'empare d'une lance et revient vers Spider.

Soudain, plus un son dans le désert, hormis le claquement des ailes d'un vautour, haut dans le ciel. Spider compte les battements de son cœur : 200, 300. Il tend la main vers la poignée de la fenêtre lorsqu'un grand souffle se fait entendre, une tempête sonore. Le sol tremble ; Spider lève son arc, y loge une flèche et se plaque contre la vitre pour mieux voir.

Le sable tourbillonne, forme dans les airs une longue ligne retraçant la progression des Djinnis. Elle est presque immédiate : ils se meuvent cent fois plus vite au moins que les humains. Les remous du sable les masquent entièrement. Spider retient son souffle tandis que le tourbillon parvient au pied de la Hutte. Combien sont-ils ? Il ne le voit pas. La seconde d'après, l'un d'eux se jette contre les flancs de la tour et la structure frémit.

— Combien ? chuchote Noor.

— Je ne sais pas. Trois, quatre, peut-être ?

Les Djinnis piétinent les sables. Leurs jacassements s'élèvent entre les parois, qui les réverbèrent. Ils sont trop près du pied de la tour pour que Spider puisse vraiment les voir. L'un d'eux saute à nouveau. Cette fois, au lieu de retomber, il se cramponne quelques secondes au métal avant de se laisser glisser à terre.

Spider a la vision fugitive d'un petit visage poupin et pâle sous un crâne immense. Il entend un miaulement ténu, suivi bientôt du brouhaha saccadé de leurs conversations.

Il tourne la poignée de la fenêtre, ouvre le battant d'un coup de pied.

— Mais t'es malade ! gronde Noor. Putain, c'est du suicide !

Spider se redresse. Sur le balcon, où Noor ne peut le rejoindre, il tire sur la corde de son arc, contracte les muscles de ses épaules, l'œil rivé sur la tête de la flèche. Il attend qu'une silhouette se détache. Les créatures poussent un long cri funèbre et se retournent, prêtes, peut-être, à lever le camp. La flèche part en même temps qu'elles. Spider l'entend siffler dans l'obscurité. Quelques secondes plus tard, il a l'impression de la voir filer vers la Virgule, fichée peut-être dans l'une des créatures, qui bientôt ont disparu. Ne restent plus que les volutes de sable et les traces de l'escarmouche, silencieuses et sombres au clair de lune.

— Tu en as touché un ? demande Noor en scrutant les ténèbres.

— Je crois. Dans le dos.

— Ça ne l'a pas gêné, on dirait.

— En effet.

Spider suspend l'arc à son crochet, ferme la fenêtre et la verrouille. Il reste quelques secondes les paumes sur la vitre, à écouter les battements trop rapides de son cœur. Elk et les autres apparaissent dans le couloir, blêmes, épouvantés.

— Que s'est-il passé ? hoquette Elk.

— Ce n'est pas l'odeur de notre sang qui les a attirés, cette fois. Hein, Noor ?

— Non, concède ce dernier, accablé. En effet. Ils seraient venus de toute façon.

Sur le chemin du retour, une nouvelle tempête gronde. Les itinéraires passant par les pharmacies les moins chères sont enneigés. McKenzie et sa mère vont donc chercher le Seroquel au centre commercial le plus proche et rentrent directement à la maison. India vient après les cours et aborde la question sur le ton de la plaisanterie. Elle veut voir les pilules : où est la rouge, où est la bleue ? Comme Alice au pays des merveilles, McKenzie va-t-elle se mettre à grandir, crever le plafond ?

Les frères de McKenzie ne sont pas là. Sa mère prépare pour les filles du porc effiloché de chez Trader Joe, leur propose en dessert son gâteau maison au citron avec glaçage à l'orange. Puis elle lit à voix haute, de la première à la dernière, toutes les contre-indications mentionnées dans la notice du Seroquel, ce qui fait glousser India. Afin de ne pas éclater de rire, cette dernière baisse la tête et se concentre sur la table.

Après dîner, les filles montent dans la chambre de McKenzie avec les pilules. India est surexcitée. Twitter aussi : les élèves de Harbinson ont décidé de faire pression sur le proviseur et ses adjoints pour obtenir une fermeture en raison de la neige. #fermerFairfax est d'abord en tendance locale puis ne tarde pas à gagner tout le pays. Ça tweete dans l'Iowa, dans l'État de Washington :

Jamais mis les pieds en Virginie mais compatis à votre douleur, les gars. #fermerFairfax !!!

McKenzie ouvre la boîte et sort la plaquette.

— Autant en finir tout de suite, dit-elle.

— Oui, c'est le mieux. Je t'empêcherai de sauter par la fenêtre, promis. Je reste avec toi.

McKenzie extrait le comprimé de l'opercule, l'avale du premier coup et s'assoit, les jambes tremblantes, sur le lit. Elle s'attend à une réaction instantanée, qui ne vient pas.

— Tu n'as pas grandi d'un centimètre, annonce India, solennelle. Et tu n'as pas quitté notre dimension. Tu crois que c'est un placebo ?

McKenzie soupire et s'affale de tout son long sur le lit, les mains derrière la tête. Elle regarde la neige tomber. Au-dehors, le chasse-neige remonte la rue en crissant, ses gyrophares lançant des éclairs entre les flocons. Ce qui vient du ciel, songe-t-elle, et ce qu'offre la nature – la neige, la pluie, les éternels nuages, la végétation – ne cessera jamais de la fasciner. Jamais.

— Tu vois, la psy, je n'arrête pas de lui poser des questions sur Phoenix, sur cette image que j'ai, et elle n'arrête pas de me répondre que ça n'a pas d'importance. Pourtant, vu ce que je sais maintenant sur mon père… je pense tout le temps qu'il a dû se passer un truc au Nevada quand j'étais petite. Quand j'ai eu ce qu'ils appellent cette crise d'épilepsie.

— Quel genre de truc ?

— Pfff. Je sais pas trop. Mais on n'était pas très loin de Phoenix, en fait.

— Le Nevada et Phoenix, c'est quand même pas la porte à côté.

— T'as raison.

McKenzie bâille.

— Mais bon… Les Peterson bossaient pour le gouvernement, eux aussi.

— Comment ça ?

— Ressources humaines, à la FEMA, je crois.

India pousse un sifflement.

— La FEMA ? C'est la branche militaire de l'EPA, l'Agence de protection de l'environnement, non ?

— Mais non, rien à voir. C'est l'Agence fédérale de gestion des crises. Tu sais, celle qui s'est bien plantée à l'époque de l'ouragan Katrina.

— Des fois, Kenz, on se demande ce que tu lis. T'as jamais vu *L'Amérique assiégée* sur Vimeo ?

India se lève et se dirige vers le bureau.

— C'est dingue, c'est encore moi qui vais devoir t'éclairer. Regarde.

Elle ouvre l'ordinateur de McKenzie et tape « FEMA CONSPIRATION » dans la barre du navigateur. Dans la seconde, elle obtient des centaines de milliers de résultats. McKenzie se lève à son tour et se penche sur l'écran. Les liens défilent, avec des métatags du type Camps d'internement… Loi martiale… Abolition de la Constitution.

— Ça traîne depuis des années, explique India. L'idée, c'est que le vrai boulot secret de la FEMA, ce n'est pas de gérer les catastrophes mais de les créer.

— Créer des catastrophes naturelles ? Tu fais ça comment, toi ? Un ouragan, ça se fabrique pas.

— La spécialiste météo, c'est toi. Je suis certaine qu'il y a un moyen. Tu peux bien fabriquer des nuages, non ? L'idée, donc, c'est que ces catastrophes ne sont que des galops d'essai, qui préparent le gouvernement à prendre le pouvoir grâce à l'armée et à coller tous les indésirables dans des camps de concentration. Pour les rééduquer politiquement. Les remettre dans le droit chemin. Les camps sont déjà construits. Mais ils sont cachés, ou maquillés, en quelque sorte. Comme celui-là.

Elle clique sur une photo représentant une rangée de cabanes.

— Sur Google Earth, on dirait une gare Amtrak. Mais quand tu vas à l'intérieur c'est une espèce de camp.

— Et tu crois ce genre de truc, toi ?

Sans répondre, India clique sur Google Maps.

— Il habitait où, dans le Nevada, le copain de ton père ?

— Près du lac Tahoe. Et avant que tu regardes sur Google, oui, c'est près de la zone 51. Enfin, pas très loin.

— C'est ce que je constate.

India a cliqué sur la version satellite et se penche vers l'écran, pensive, le menton sur la main.

— Pas loin du tout, même. Apparemment, ils font des expériences bizarres sur les gens détenus dans ces camps.

— Quel genre ?

— Je ne sais pas trop. Ils s'introduisent dans leur cerveau, ils leur font faire des expériences vraiment louches, peut-être avec des drogues hallucinogènes… Qui sait ? Genre pour savoir comment ils s'en sortiraient en cas de grosse catastrophe climatique, je dirais.

McKenzie regarde le désert filer sous le curseur, qu'India déplace de la zone 51 au lac Tahoe. Les pentes sévères des montagnes parsemées d'arbres rabougris, les longues étendues de sable dont certaines sont zébrées de pistes. Et des taches lumineuses, qui la font se rapprocher de l'écran, soudain envahie par une singulière impression de déjà-vu.

— Arrête une seconde, India. C'est quoi, ces taches blanches ?

India zoome. Des noms apparaissent sur le paysage.

— Des lacs ? On ne dirait pas, pourtant.

— Non, murmure McKenzie, pensive. L'eau s'est évaporée. Il n'est resté que le sel, qui reflète le soleil.

Ces taches argentées la fascinent. En a-t-elle rêvé un jour, parmi cent autres rêves absurdes ?

— Qu'est-ce que tu sais sur ces lacs, McKenzie ? Tu peux m'en parler ?

— Putain, répond-elle en se frottant la tempe. J'ai un gros coup de barre, là.

— Super, ricane India. Ça y est ? C'est le moment où tu vas te liquéfier ?

McKenzie s'étend sur le lit, cligne des yeux, mais ses paupières sont trop lourdes.

— Donc c'est l'effet que ça fait ? bafouille-t-elle.

India répond quelque chose comme : « Ça doit être ça, oui… »

Mais McKenzie est déjà trop engagée sur la pente du sommeil pour l'entendre. Lorsqu'elle se réveille, elle a l'impression d'avoir dormi dix minutes. Le soleil, pourtant, est déjà au-dessus des arbres. Elle se frotte les yeux, se retourne dans son lit, tend la main vers son téléphone. Il est 9 heures. Elle est en pyjama. Elle se souvient vaguement de l'avoir enfilé avec l'aide d'India. Sa mère a laissé un petit mot sur la table de chevet.

Chérie, quand tu te réveilleras, envoie-moi un texto pour me rassurer.

Le petit déj est servi dans la cuisine. Ne te force à rien, n'oublie pas de prendre ton médicament.

Je t'aime.

Maman

P.-S. : Je t'ai pris le pouls au moins trois fois cette nuit. ☺

McKenzie la rassure par SMS. Son père lui a également envoyé quelques messages – il l'aime lui aussi – ; de même qu'India, toute contente parce qu'il n'y a pas cours aujourd'hui, du coup peut-elle passer pour discuter et manger des brownies ? Et, bien sûr, l'habituelle avalanche de demandes en amitié. Elle débloque presque machinalement @NewtinSeattle. L'écran déborde aussitôt. Tous ces messages… Ils lui donnent une vague nausée. Elle rebloque le compte, se force à sortir du lit, à se traîner dans la douche, où elle avale le deuxième comprimé avec des litres d'eau.

Elle se lève, enfile deux sweat-shirts et ses Fugg, les fausses Ugg dans lesquelles toutes les filles du lycée se pavanent, s'empare d'une couverture et va dans la véranda pour siroter du jus de fruits et grignoter des biscuits, les genoux sous le menton. L'hiver est arrivé tellement vite ! Noël est encore loin, mais il n'y a plus un bruit dans le lotissement, étouffé sous la neige et sillonné de congères trompeusement lisses qui dissimulent des anfractuosités et des ravines auxquelles McKenzie préfère ne pas penser.

Elle est sur le point de s'assoupir quand India arrive. Sa présence lui insuffle quelque chose qui ressemble à la vie : son amie s'emploie à piller la réserve de brownies de la cuisine, puis la force à regarder de vieux Disney.

Les heures se fondent en une journée complète. Les garçons finissent par rentrer à la maison, furieux parce que la fac n'a pas fermé pour intempéries, contrairement aux autres établissements scolaires. La neige retarde leur père plus encore que d'habitude. Lorsqu'il arrive, une vague pensée traverse l'esprit de McKenzie : « Ils allaient bien, les barbouzes, aujourd'hui ? » Ce qui la fait bien rire, mais elle ne pipe pas mot, et avant même d'avoir compris ce qui se passe, la voilà de retour au lit. Puis c'est de nouveau le matin, India revient, folle de joie parce que le lycée n'a toujours pas rouvert – merci la neige ! Elles n'ont qu'à regarder une saison complète de *Gossip Girl* et se faire des cookies ! India a une recette basses calories démente, elles pourront en manger autant qu'elles veulent, *no problem*. Un matin, McKenzie se réveille, entend ses frères dans la cuisine et comprend que le week-end est déjà fini : elle n'a pas travaillé, elle n'a pensé à rien, elle n'a fait pratiquement que dormir.

C'est donc ça, la vie qui l'attend ? Vraiment ?

— Essaie le truc jusqu'à ce que tu revoies la psy, lui conseille India. Et pose-lui la question. Parce que, quand même, t'as l'air complètement à côté de tes pompes.

— À ce point ?

— Ouais. T'as les cheveux sales, t'as une tache de brownie sur ton tee-shirt, et t'as même pas changé de culotte. Ta mère t'a rien dit ?

McKenzie se douche et se change dans une sorte de brume. Le café la ragaillardit un peu. Elle regarde son téléphone. Toujours ces trolls, même si le torrent s'est tari : elle n'a plus que des gens qui ont regardé Sciencexpo sur YouTube. Elle débloque @NewtinSeattle. Difficile de ne pas accorder d'attention au titre du message qui apparaît sur son écran.

Un lézard à cornes !

Elle contemple les mots, effarée. M. Blonde était un lézard à cornes.

La bouche sèche, elle ouvre le message.

Ce que tu as vu, c'est un lézard à cornes.
On les appelle aussi lézards cornus ou iguanes à cornes. Ils ont une énorme collerette. Regarde sur Google, tu verras. Ton lézard a patienté, le temps de s'habituer à la lumière. Puis il t'a donné l'impression qu'il faisait des pompes. Tu as raison, c'est de la thermorégulation. Je le sais, j'en vois tous les jours, de ces foutus trucs. J'en ai un dans mon appartement, bien vivant. Et tu es la seule personne qui puisse me croire sur ce point.

— Kenz ?

Elle sursaute. India la dévisage avec insistance.

— Kenz, putain, il se passe quoi ?

McKenzie ferme la bouche, secoue la tête.

— Ça va ?

Elle pose sa tasse à café et se coince les mains entre les genoux pour les empêcher de trembler.

— Oui, je crois. Dis-moi… Je pourrais avoir un autre expresso ? J'ai l'impression que ça m'a fait du bien.

India partie, elle tape un texto en toute hâte.

Mais vous êtes qui, vous ?

Pas de réponse. Il dort peut-être encore, s'il habite à Seattle. Puis l'icône clignote. Le message qu'il envoie est si long qu'il a dû le rédiger à l'avance. McKenzie s'assoit en tailleur sur la couverture pour le lire.

Je m'appelle « Newt » Herrera. C'est un surnom que je me suis donné, je ne sais pas vraiment pourquoi, mais il faut dire qu'il y a plein de choses que je ne comprends pas chez moi. Ça te parle ? Mon vrai nom est Gaston Herrera, je suis né à Córdoba, en Argentine, où mon père était ingénieur des travaux publics. À un moment, il a travaillé pour le gouvernement, et je le soupçonne d'avoir utilisé ses fonctions pour obtenir divers contrats. En 2007, il participait à la construction d'un gazoduc entre l'Argentine et la Bolivie quand notre vie de famille a changé du jour au lendemain. Mes parents ont décidé de quitter Córdoba. Ils ont acheté une maison isolée dans le piémont de Mendoza, pas loin de la frontière avec le Chili. Et tout à coup mon père a eu besoin de faire sortir d'Argentine de grandes quantités d'argent. Ce qu'il a pu accomplir en nous envoyant étudier à l'étranger mes frères et moi. Mes frères sont allés en Europe, et moi, un ami de la famille m'a permis de m'installer aux États-Unis. J'ai étudié à l'université de Washington, et c'est là que j'ai changé de prénom. J'ai toujours préféré Newt à Gaston… J'ai fait des études d'informatique, ce qui m'a permis de décrocher un boulot dans une start-up. La première année, à Seattle, je recevais tout le temps des visites de la famille de ma mère : ses sœurs, ses cousines. Sous leurs vêtements, elles avaient toujours des cargaisons d'argent, qu'elles mettaient à ma disposition (j'ai du mal à croire qu'elles ne prélevaient pas d'abord leur commission, pour le service !). Les instructions de mon père étaient claires : je devais investir dans l'immobilier ou dans les nouvelles technologies, ce qui a été le cas. J'ai donc la chance d'être financièrement à l'aise. Et, avant que tu te poses des questions, mieux vaut que je le précise : je suis gay. Ceci n'est donc pas une tentative de drague, promis juré.

McKenzie relit le message avec soin, se demandant quel lien elle peut bien avoir avec ce type qui vient d'Amérique latine et qui vit maintenant à Seattle. Córdoba se situe au nord-ouest de l'Argentine. Elle fait une recherche sur Google Maps : c'est une ville sans caractère, entourée de zones industrielles laissant peu à peu la place à un patchwork de champs verts et marron. Puis elle fait glisser la carte et traverse lentement l'Argentine jusqu'aux contreforts solitaires des Andes, autour de Mendoza, où vivent à présent les parents de Newt, à la recherche d'une particularité, d'un indice qu'elle ne trouve pas dans ces immenses étendues vertes et ces montagnes.

En 2009, ces transactions ont pris fin. Mes parents ont continué à m'écrire, mais ils ne sont pas revenus. Lorsque je leur ai rendu visite à Mendoza, ils avaient radicalement changé. Ma mère avait terriblement maigri et mon père était devenu une sorte d'ermite. Ma mère m'a expliqué qu'il refusait désormais de passer la nuit dans la maison. Il dormait dans sa voiture, avec plusieurs couvertures, même s'il gelait. Comme s'il se sentait prisonnier de la maison. Juste après mon arrivée, en pleine nuit, je suis entré dans le salon et j'ai vu mes parents endormis par terre, blottis l'un contre l'autre. Si étrange que puisse paraître cette vision, j'ai été content de savoir qu'en dépit des circonstances ils avaient encore de la tendresse l'un pour l'autre. Et puis j'ai entendu du bruit sur le palier. Ma mère, ma vraie mère, me dévisageait du haut de l'escalier, se demandant sans doute ce qui avait pu me réveiller en pleine nuit. Mon père, lui, était dans sa voiture. Quant à mes parents enlacés par terre, c'était une hallucination.

Une fine transpiration perle sur le visage de McKenzie, qui poursuit sa lecture.

McKenzie, je suis concepteur de logiciels, sauf que non : je suis plus que ça, et tu es la première personne qui me donne l'impression de pouvoir m'aider à comprendre ce qui m'échappe depuis des années. Je suis une cheville ronde dans un trou carré. La conception de logiciels, ça ne me passionne que si je peux l'utiliser à des fins artistiques. Jusque-là, je n'ai pas réussi à trouver de travail dans le développement d'applis. Je conçois des logiciels de vente... Ça me rend fou. Va voir mon compte Insta. Tu comprendras de quelle nature sont mes passions. Et pour quelle raison j'en suis venu à te suivre grâce à ton hashtag #revesdudesert. C'est après ça que j'ai regardé ton fil d'actualité sur Facebook. Et ce que j'ai vu m'a sidéré.

TON LÉZARD, MCKENZIE, JE L'AI VU. Je sais que tu ne vas pas me croire, et moi-même j'ai du mal à me l'expliquer, puisque je suis le seul à part toi à l'avoir effectivement vu. MAIS JE DIS LA VÉRITÉ ! Je te supplie de me croire.

McKenzie cherche « Herrera Córdoba » sur Google, trouve sans difficulté le père de Newt, ingénieur, constructeur d'un gazoduc comme l'affirme son fils ; il n'y a aucune référence le concernant après 2009. Puis elle cherche « Newt Herrera » et « Gaston Herrera », ce qui la conduit à une société de conception de logiciels de Seattle et à une photo de Newt, en tee-shirt de surfeur, le visage grave et le regard tourné vers l'objectif.

Elle inspire brutalement. Elle l'a déjà vu. Cette peau brune, ce nez aquilin… Elle le connaît.

16

L'aube éclate, rapide, exigeante ; le soleil blanc est aussi féroce qu'un diamant taillé. Une heure après son lever, il grille le métal de la Hutte et fait jaillir la transpiration sur le dos de Spider. Le petit déjeuner fini, la salle commune se vide. Ne reste que Forlani, le visage défait dans l'ombre immense du fruit du regyre. Les volets des balcons sont ouverts. Amasha a étendu des draps pour les faire sécher, les maintenant sur les rambardes avec des pinces à linge.

— Quoi ?

Forlani hausse les épaules. Il a posé sur la table un flacon transparent.

— C'est Tita Lily. Ça m'ennuie vraiment qu'elle nous accompagne aujourd'hui. Je n'en suis pas complètement sûr, mais il se peut qu'elle ait une septicémie. Un empoisonnement du sang. Elle ne peut pas venir. Et il faut que je lui fasse absorber ça.

— Elle peut le boire ?

— Je ne peux pas prendre ce risque. Il nous faut une seringue en bonne et due forme.

— Des seringues, si on en cherche vraiment, on en trouvera. Le tout est de savoir dans quel état.

— Vu l'urgence, tout m'ira, répond Forlani en se mordillant le pouce. Il faut que j'arrive à faire un trou dans l'une de ses veines. C'est l'essentiel.

La famille décide de partir en laissant Tita Lily aux bons soins de Forlani, qui prend trois fois la température de la malade et lui propose un masque en satin blanc pour ses yeux. Elle n'a pas bonne mine, c'est le moins qu'on puisse dire. Sa respiration est saccadée, son teint cireux. Le cœur de Spider se serre un peu plus.

Le groupe se met en route. Spider et Noor ont trouvé un prétexte pour partir un peu plus tard : ils ont besoin d'un peu de temps loin des gosses, pour inspecter les dégâts qu'ont pu causer les Djinnis la veille au soir. Il n'y a pas un brin de vent aujourd'hui. Lorsque Spider descend le long de la paroi de la tour, il est saisi par une terrible certitude : on sent encore l'odeur des Djinnis, collée au métal. Et puis il sait où se retenir si jamais il prenait à Noor la fantaisie de détacher la corde. Il ne sera pas pris au dépourvu.

— Noor, s'écrie-t-il, tu peux me redescendre des clous ? Ceux qu'on a trouvés à Casablanca ? Ils sont dans la caisse du bas.

— Mais tu as déjà des rivets, non ? Ça ne suffit pas ?

— Non, il m'en faut des plus gros. Quinze centimètres au moins.

Au balcon, 20 mètres au-dessus de Spider, Noor ne pose pas davantage de questions et remonte le panier avant de se mettre en quête de gros clous, laissant Spider dans son harnais, accroché à la rambarde, s'absorber dans la contemplation de la paroi. Qu'est-ce qui le dérange tant chez Noor ? Est-ce parce qu'il l'a visé de sa flèche comme s'il s'imaginait le tenir en joue pour le restant de ses jours ? Ou parce qu'il a fermé la porte au nez de Nergüi par une autre terrible nuit ? Un jour, Noor le paiera. Spider en est certain.

En soupirant, il se tourne vers le ciel d'un bleu éclatant, les dunes à l'horizon desquelles les Djinnis sont apparus la nuit dernière, les traces des pas de la famille en partance vers l'est, simples pointillés dans le sable à présent. Puis il pivote de nouveau et passe la main sur la paroi de la tour.

Un Djinni est resté suspendu à cet endroit plus d'une seconde. La rainure qu'il a creusée dans le métal mène à un trou de 2 centimètres de diamètre, par lequel Spider aperçoit les filets de polyéthylène qui recouvrent les plantations de Madeira. Avec quelques rivets et de la résine époxy, il n'aura aucun mal à recouvrir l'orifice d'une plaque métallique ; et il fera de même de l'autre côté. Mais avant ces travaux il lui faut vérifier un détail.

— Tiens ! crie Noor en faisant descendre le panier des deux mains. Tu l'as ?

Dès que Noor se retire du balcon, Spider fouille dans le panier et en sort un clou qu'il pose sur l'éraflure. Non, ça ne va pas. Il lui faut au moins huit tentatives avant de trouver celui, épais et court, dont la taille est adéquate.

C'est un clou à tête large, comme ceux qu'on utilise pour les parquets, et les fers des chevaux, peut-être. Spider le pose sur le manche de sa scie et le plie en deux d'un coup de maillet. Le voilà maintenant en possession d'une griffe épaisse et courte, qu'il examine un instant à la lumière du jour avant de l'insérer dans le trou. Elle s'y niche parfaitement.

— Hé, l'appelle Noor, anxieux, de l'autre côté de la paroi.

Il n'a pas du tout l'air à son aise, perché à cette hauteur.

— Qu'est-ce que je fais ?

— On va installer une plaque de chaque côté. Je pousserai les boulons du mien et tu serreras les écrous aussi fort que tu peux du tien. Et vice versa.

L'opération prend un certain temps. Les deux plaques de métal sont d'abord soigneusement rivetées sur le flanc de la Hutte, puis traitées à l'époxy. Ensuite, les deux hommes se douchent et se changent avant d'attacher quelques poches à eau sur le bât de Chamelle, que Spider détache et conduit vers le portail. Tandis que Noor le referme, Spider s'accorde quelques secondes pour examiner le sable. Trop sec, trop poudreux aujourd'hui, il n'a gardé aucune trace de l'attaque nocturne.

— Tu vois quelque chose ?

— Rien.

Il s'attarde encore, se demandant à quoi ressemble ce qu'il pourrait trouver – une empreinte humaine ou une trace à la forme inconnue ? Mais sa quête est vaine. Ils prennent la direction de l'est et s'abstiennent de se retourner sur la Hutte.

— Tu sens ce que je sens ? demande Noor tandis qu'ils approchent de Dubai.

— Oui. Ça fait bien une demi-heure.

— Tu penses que ça vient d'où ?

— De la ville ? répond Spider, dubitatif.

— Tu as déjà senti une ville puer à ce point ? Dubai, c'est un endroit propre, mec. Plus propre que Paris, plus propre que New York, soupire Noor. Autrefois, il y avait des lacs magnifiques à Dubai, des fontaines où l'eau dansait au rythme de la musique. J'étais là, au milieu de la ville, et je les admirais au soleil couchant.

Ils continuent leur progression, sidérés par l'immensité de la cité. Des immeubles scintillants se dressent au-dessus de la dune la plus haute qu'ils aient jamais vue : une colossale accumulation de sable à la mesure de la ville. Elle monte jusqu'aux hanches des gratte-ciel, toute hérissée de tours en spirales et de bâtiments aux formes singulières. C'est le Burj al-Arab qui les accueille le premier. Quoique abandonné, il domine le désert comme un navire toutes voiles dehors, proue tendue vers le paysage squelettique. Si le sable l'ensevelit jusqu'à la taille, sa majesté reste intacte.

Noor est troublé : la ville est tellement brûlée, desséchée, qu'il peine à la reconnaître. Chaque fenêtre s'ouvre sur l'éphémère vision d'une vie jadis luxueuse : miroirs fumés, rideaux en soie rongés par le soleil, onyx sculpté et ornements de marbre. Les balcons se parent de lustres ternis par le vent, de meubles dorés à l'or fin. Un appartement offre aux regards une fontaine sans eau où des nymphes inclinent leurs amphores vides.

Spider et Noor escaladent la dune, impitoyablement escarpée, se couvrant le visage de leur keffieh à cause de l'odeur. Ils font halte de temps à autre pour boire, chacun leur tour. Un javelot planté dans le sable signale le passage de Hugo ; quelques mètres plus loin, c'est celui de Madeira. Les habitudes ont la peau dure, même dans les villes nouvelles. Les traces se prolongent, toujours plus haut, vers le titanesque gratte-ciel : Spider n'a jamais rien vu de tel.

— Ah, soupire Noor en s'épongeant le visage, les yeux fixés vers ce Léviathan. Nous y voilà. La plus haute tour de Dubai. Le Burj Khalifa. Dans mon souvenir, il était encore plus grand.

Noor tape du pied sur le sable.

— Il faut dire qu'il y a bien 80 ou 90 étages là-dessous.

À côté de la tour, qui cache le soleil et rafraîchit l'air, Spider se sent tout petit. Ils s'approchent des fenêtres de ce qui est maintenant le rez-de-chaussée. Les vitres cassées ont laissé entrer le sable, qui recouvre le sol et les quelques vestiges d'un mobilier luxueux. De l'autre côté du gratte-ciel, le soleil couchant s'introduit peut-être dans les lieux par un couloir lointain.

Assise sur le sable à l'intérieur, près de la fenêtre la plus proche, une mince et sombre silhouette couronnée d'un nuage de fumée de cigare se devine.

— Madeira ?

Elle lève les yeux vers ses compagnons. Renfrognée, les mains sur les chevilles, elle a le regard chargé d'orage. Elle retire son cigare d'entre ses lèvres, et claque la langue de dépit.

— *Ça va**, mon ami ? Tu es venu fêter ça ?

— Fêter quoi ?

— Le déménagement dans notre nouvelle Hutte. Notre nouveau berceau, répond-elle en tendant un index rageur vers le plafond. À ce qu'il paraît. Ils ont décidé qu'on allait s'installer ici même, à Dubai. Mais quant à savoir comment on va y trimballer Tita Lily… ça, c'est une autre paire de manches.

Spider crache dans ses mains, toilette aussi improvisée que partielle. Exténué par le désert, il offre sans doute un spectacle répugnant. Il passe par la fenêtre et s'assoit près de Madeira, qu'il enlace doucement. Dans ce genre d'occasion, elle ne rechigne pas. C'est tout juste si ses narines frémissent, comme celles d'un pur-sang. Pour que Spider n'oublie pas qu'elle a sa volonté propre.

— On en a parlé, dit-il. Je sais que c'est difficile, mais aucune règle ne nous empêche de nous installer dans une ville. Tu te souviens de la Hutte à Mithi ?

— Ouais, bien sûr. Tu te souviens de ce qui est arrivé aux gens de la Hutte à Mithi ?

— Ce qui est en train de nous arriver, peut-être ?

Sans répondre, elle tourne son beau visage aux traits sculptés vers la brise, vers leur Hutte distante.

— Madeira, reprend-il, tout ce que tu as fait là-bas peut sans doute être transporté ici, si le lieu convient.

Il se frotte de nouveau les joues.

— Mais cette odeur infecte… Tu sais ce que c'est ?

— Elk et Hugo pensent que ça vient des animaux dans les aquariums. Il y en a absolument partout. Ils sont tous morts. Et ils puent.

Noor les rejoint et regarde autour de lui. Ses yeux se posent un instant sur Spider et Madeira, puis traversent la pièce. Spider pivote dans la même direction, se rend compte qu'ils ne sont pas seuls. Hugo est là depuis le début ; le dos tourné, les bras croisés, il contemple un tableau au-dessus d'un canapé – une Bédouine emmitouflée dans un grand manteau gonflé par le vent.

— Hé, l'appelle Noor.

Hugo ne se retourne pas. Avec sa chemise Oxford d'un bleu délavé, son veston de lin blanc cassé, il a toujours donné l'impression d'être de ceux qui aiment à parcourir sur une barque les calmes rivières d'Angleterre, se penchant juste à temps pour passer sous les saules. Pas grand-chose à voir avec le Monsieur pipi du Cirque qui dort à même le sable avec d'autres humains dégoulinants de sueur.

— Hugo ?

L'Anglais se contente de tourner la tête, altier. Puis il toise les nouveaux venus des pieds à la tête. Vaincu, mais déterminé à conserver sa dignité.

— Vous trouverez un refuge au cent neuvième étage, c'est-à-dire 30 étages plus haut. Le sable s'est emparé du reste. Vous comprendrez, j'espère, que je ne vous suive pas ?

Spider se relève, lisse sa robe de ses paumes, puis pose la main sur le crâne de Madeira. La chaleur que ses cheveux dégagent est colossale – il y a dans cette cocotte-minute qui lui tient lieu de tête une telle pression !

— Je peux te confier Chamelle ?

Elle rejette la tête en arrière, lui lance un regard et respire bruyamment par les narines.

— Bien sûr. J'aime à penser que j'aurai encore un rôle à jouer dans le monde nouveau que nous allons créer.

Il lui masse doucement le cuir chevelu, le plus fraternellement possible – ils sont de la même famille, n'est-ce pas ? –, y dépose un baiser. Puis il sort par la fenêtre et se dirige vers Chamelle.

— Allez, ma fille. Viens. Tu ne ressembles à rien, on dirait que tu sors du lit ! Il faut que tu boives et que tu manges, ma belle. Je reviendrai te voir.

Il la conduit près de la fenêtre et passe la longe par l'ouverture afin que Madeira puisse s'en saisir.

Il décroche les poches à eau du bât et les dépose à l'intérieur.

— Tu la fais boire, hein ? Tu y penses ?

Madeira se lève, heureuse d'avoir quelque chose à faire.

— Sans faute, Spider, t'inquiète pas.

McKenzie ne peut pas expliquer Newt Herrera à India. D'une part, elle n'y comprend rien elle-même. D'autre part, elle sait comment réagira son amie : « C'est un pervers, un troll, un enfoiré ! T'as retenu ne serait-ce qu'une ligne des trucs qu'on nous a raconté sur Internet au bahut ? Non ? Même pas ? Ce mec, c'est tout ce qu'il faut éviter sur les réseaux. »

Jour après jour, McKenzie se retrouve donc en tête à tête avec les pensées que lui inspire Newt Herrera, tandis qu'au-dehors l'hiver se fait de plus en plus glacial, de plus en plus mordant. Elle ne ferme pas les fenêtres : il lui faut du froid et de l'air pour rester éveillée. Les murailles blanches entre les maisons s'allongent et s'épaississent à tel point qu'il est impossible de se rappeler à quoi ressemblent les jardins. La rambarde de la terrasse est couronnée de 10 centimètres de neige ; les plantes jumelles en pot qui flanquent la porte du pavillon du voisin ont été emballées de plastique bleu en guise de protection contre le gel.

L'histoire de Newt Herrera tient debout. Il semble bien être celui qu'il prétend. Pourtant, si elle conçoit qu'on puisse communiquer de façon non verbale avec les gens, elle ne voit pas comment ça pourrait être le cas avec quelqu'un qu'elle n'a jamais rencontré. À moins, bien sûr, qu'ils ne se connaissent. Il lui est familier. Se peut-il que Newt ait lui aussi été exposé aux problématiques du travail de son père ?

La fermeture pour intempéries se prolonge pendant une semaine entière. India vient tous les jours à la maison. Les parents ont revu le proviseur de Harbinson. Encore une séance chez le Dr Shreve, un entretien avec le proviseur, et McKenzie réintégrera les salles de cours.

— C'est un miracle, dit sa mère. Tu n'as strictement rien manqué ! Cinq jours de neige ! Vous allez devoir tout rattraper à la fin du semestre, j'imagine.

La veille de l'entretien, McKenzie émerge de sa sieste de l'après-midi avec la chair de poule. Elle cligne des yeux, écoute les bruits de la maison en prenant soin de respirer lentement, régulièrement. La journée suit son cours : la vieille chaudière se remet en marche, les écureuils trottent dans les arbres et, avec un bruit étouffé devenu familier, des glands s'écrasent dans la neige qui recouvre le toit. Par la fenêtre, McKenzie aperçoit une femme qui la dévisage, perchée dans un arbre tout proche.

Elle fait un bond dans son lit. La femme est vêtue d'un sari écarlate et a les yeux sombres. Elle cligne des paupières sous la neige.

— Mais…, bafouille McKenzie. Qui êtes-vous ? Je vous en prie, partez !

Elle se frotte les yeux, les rouvre. La femme n'a pas bougé : elle l'observe avec un sourire perplexe.

— C'est bien toi, dit-elle. Tu as communiqué avec Newt, si je ne m'abuse.

— Fichez le camp ou j'appelle mes parents !

— Il faut parler du désert à Newt. De la Hutte.

— Quoi ? Mais qui êtes-vous ?

McKenzie se rue vers la porte et s'apprête à l'ouvrir, mais quelque chose la retient. Elle s'immobilise, pétrifiée comme un épouvantail, une main sur le visage, l'autre tendue vers le battant. Doit-elle aller chercher de l'aide ou revenir vers la fenêtre ? Le sang lui martèle les tempes, épais sous son crâne.

— Maman ! hurle-t-elle. MAMAN !

— Kenz ? répond sa mère deux étages plus bas. Ça va ?

McKenzie déglutit, s'humecte les lèvres. Puis, sans oser reprendre son souffle, elle revient à reculons dans sa chambre, se penche vers le lit et regarde par la fenêtre.

Il n'y a plus personne dans l'arbre.

— Kenz ? Tout va bien ? demande à nouveau sa mère depuis la cuisine.

McKenzie respire profondément, six fois, à partir du diaphragme.

— Enfin, Kenz, bon sang !

— C'est rien, maman. Je… euh… Je voulais savoir ce qu'on mangeait ce soir.

— Et c'est pour ça que tu hurles comme une folle ? s'indigne sa mère.

— Désolée, maman. La prochaine fois je t'enverrai un texto.

Une porte claque. Sa mère est furax. McKenzie s'assoit sur le lit, les jambes tremblantes, et plonge la main sous l'oreiller à la recherche de son téléphone. Sur l'écran, un message de Newt.

Ça vient de se reproduire. J'ai encore vu un fantôme.

Elle grimace, puis enfile une robe de chambre, des pantoufles, et se hisse sur le toit, en dépit de la neige. Elle lance FaceTime et l'appelle, les doigts tremblants. L'écran reste noir un instant ; elle n'y voit que son propre visage, dans un des coins. Puis l'icône clignote et l'écran s'illumine, aveuglant. À Seattle, il est 13 heures, et la première chose qu'elle voit est un glorieux soleil orangé à travers une fenêtre ouverte. La pièce est blanche, presque sans meubles. Newt a le teint couleur café, les cheveux extraordinairement noirs et frisés.

Il n'a rien de commun avec l'idée qu'elle s'était faite de lui, grave, intense. Ses traits sont mobiles, délicats, ses yeux brun clair sont doux.

— McKenzie ? C'est toi ? dit-il d'une voix aiguë avec une pointe d'accent sud-américain. C'est toi ?

Elle a mis le doigt sur la caméra du téléphone.

— Quel fantôme, Newt ? Tu as vu quoi ?

— Un type, par la fenêtre, répond Newt avec précipitation, comme s'il sentait qu'elle peut raccrocher d'un moment à l'autre. À l'instant. Un vieux type, avec les cheveux gris, assis dans un arbre.

— Non, non ! le supplie-t-elle. Non… Merde, comment as-tu pu…

— Il m'a dit qu'il savait que nous étions en contact. Qu'il fallait qu'on se rencontre. Il m'a demandé de te parler du désert, de la Hutte. Je ne sais même pas ce que ça veut dire. Il a dit que toi tu saurais.

— Non, ce n'est pas vrai ! Tu ne peux pas me raconter une chose pareille…

— McKenzie, je ne te dis que la vérité… Je suis incapable de te l'expliquer, mais ce qui est certain c'est que ça nous dépasse tous les deux…

Elle se mord les phalanges, le souffle court.

— McKenzie ? Est-ce que je peux te voir ?

Elle s'essuie le nez dans sa manche, tremblante, et ôte son doigt de l'objectif, puis braque la caméra sur son propre visage, même si elle a les yeux bouffis, même si elle se sent sale, fripée d'avoir trop dormi. Elle se blottit contre la cheminée, comme si se recroqueviller pouvait la protéger de ce qu'elle ne parvient pas à comprendre.

Newt scrute l'objectif. De près, on voit les paillettes d'ambre qui constellent ses yeux.

— Tu es où ? Sur un toit ?

— Oui, on peut dire ça.

— Et il neige.

Le visage de Newt s'illumine alors du sourire le plus naturel, le plus avenant qu'elle ait jamais vu. Un sourire d'été, chaleureux, plein de soleil et de grands espaces.

— Ici, il fait beau. Je suis dans mon bureau.

Elle hoche la tête et respire longuement pour se calmer.

— Je te connais, souffle-t-elle une fois qu'elle a repris le contrôle de sa voix. Je t'ai déjà vu.

— Oui, moi aussi je te connais.

Son sourire affable s'efface. Il opine, le regard grave, presque triste, comme en proie à un trouble profond.

— Dès que je t'ai vue sur le direct de Sciencexpo, j'ai compris que je te connaissais déjà. Attends, tu restes en ligne ? Je vais sortir. Je ne peux pas faire ça ici.

— Bien sûr.

Elle patiente, le temps qu'il descende les marches ensoleillées d'un immense immeuble de bureaux. Il se déplace avec grâce, une élégance naturelle. Il porte un tee-shirt noir barré d'un slogan qu'elle ne comprend pas : « *Le hit mondial des modems : bi-bip-bip-sssssshrshrsh-tchack-tchak-tchak.* »

Elle relâche un peu la pression, se penche vers le téléphone, qu'elle a posé sur ses genoux pour pouvoir mieux observer Newt. Ses gestes sont si fluides, si beaux.

— Quand je te dis que nous nous sommes déjà rencontrés, tu me crois, hein ? demande-t-il.

— Je ne sais pas quoi penser. Et je ne sais pas quoi faire.

— Ce n'est pas grave. Moi je sais. Plus besoin d'y réfléchir.

Il s'immobilise devant un passage pour piétons, regarde autour de lui.

— Il faut juste que je trouve un endroit tranquille pour te parler. Ça ne t'ennuie pas d'attendre un peu ?

Il marche encore pendant quelques minutes. Elle voit le trottoir, les pieds des passants : des Skechers, des Nike, et même des sandales. Il fait tellement bon à Seattle ! Pour une ville de l'extrême nord-ouest du pays, elle ne s'y attendait pas. On est en automne et ils sont tous en tongs ! Elle en a presque le goût du soleil dans la bouche, comme un sorbet qui lui fond sur la langue.

Lorsque Newt s'arrête pour reprendre la conversation, il se trouve dans un jardin éclatant de couleurs – des couleurs de pierres précieuses. D'immenses baguettes du bleu le plus profond, des boules turquoise grosses comme des citrouilles. Il faut quelques secondes à McKenzie pour comprendre que ce sont des sculptures de verre.

— Tu aimes ?

Il s'est assis sur un banc, sous un arbre de verre qui, comme une anémone de mer, darde vers lui ses tentacules rouges et orange.

— Ce sont des œuvres de Chihuly, un sculpteur de verre. Son jardin est mon endroit préféré à Seattle. Ce bleu… un bleu berbère, est le plus pur de la Création ! Si mes parents n'avaient pas été si vieux jeu, je me serais teint les cheveux de cette couleur.

— Tu connais les Berbères ? Je pensais être la seule intello d'Amérique à m'y intéresser.

— Je te l'ai dit, McKenzie. On ne s'est jamais rencontrés, on n'a pas de passé commun et pourtant…

Il hausse les épaules, laisse la phrase en suspens comme pour dire : « Mystère. »

— Une pensée m'obsède, McKenzie : mon corps est bien dans cette ville, ici, mais mon vrai moi est ailleurs. Dans un tout autre lieu.

— Un endroit qui ressemble à ce que tu postes sur Insta ?

— Oui. Il y a cette forme qui me hante. Depuis que je suis petit. On la retrouve dans certains de mes dessins. Je suis incapable de l'expliquer. J'ai commencé à la dessiner à 10 ans. Et pendant des mois je n'ai pas arrêté, jusqu'à ce que mon père me l'interdise. Cette obsession, ça rendait mes parents fous.

— Oui, je l'ai vue dans tes dessins, cette forme. Moi aussi je suis hantée par une image. C'est une tempête. Je ne sais pas d'où elle vient. Et ça rend mes parents tout aussi dingues.

Ils se dévisagent en silence pendant un long moment. La neige tombe de plus en plus dru. Le lampadaire du garage s'allume ; sa lueur sourde, spectrale, illumine les flocons tourbillonnants.

— Tout ce que je sais, reprend Newt d'une voix douce, c'est que tu es la clé de ce mystère, d'une manière ou d'une autre.

Il s'interrompt, la scrute. Puis colle le téléphone à son visage et poursuit, plus bas, presque confidentiellement :

— Quand tu t'endors, tu sens une odeur de rouille, non ? Et tu as tout le temps soif ?

Elle opine en silence.

— Tu vois du sable partout, même là où il n'y en a pas ? Tu voudrais vivre dans un désert, mais tu ne sais pas pourquoi ?

Une larme se forme, coule sur la joue droite de McKenzie, jusqu'à ses lèvres.

— Tu pleures, McKenzie, parce que tu ressens tout ce que je ressens depuis que j'ai entendu ton nom, depuis que j'ai vu tes posts Instagram. La seule explication qui me vienne, c'est celle dont je t'ai parlé dans mes messages. La résonance limbique.

Elle secoue vigoureusement la tête et ravale ses larmes.

— Non.

— Pourquoi non ? Quoi d'autre, alors ?

— Je me suis renseignée. Dans certaines situations, la résonance limbique n'est pas impossible. Mais dans notre cas c'est autre chose : elle ne peut pas se produire quand les personnes ne se sont jamais rencontrées. Désolée, poursuit-elle après un silence.

Je suis une scientifique, une cartésienne. J'aurais dû te prévenir. Mais j'ai une autre hypothèse.

— Laquelle ?

— Je ne veux pas en parler tout de suite. C'est trop tôt. Je ne te fais pas encore assez confiance.

Il ne répond pas. Un nuage traverse le ciel de Seattle et embrume les reflets des sculptures du jardin. Newt pose l'index sur ses lèvres et baisse les yeux comme s'il examinait le sol.

— Il faudrait qu'on puisse se rencontrer, murmure-t-il. Sur les réseaux, notre conversation peut être enregistrée.

— Se rencontrer ? Mais je ne peux pas, je…

— Mais si, tu pourras. Il faut qu'on se voie et tu le sais. Tu sais que c'est nécessaire.

Il lève les yeux vers l'objectif, le regard acéré.

— Si ce n'est pas toi qui fais le voyage, c'est moi qui viendrai te chercher.

Affolée, McKenzie appuie sur le bouton rouge et se plaque contre la cheminée, si brusquement que son crâne heurte la brique. Elle retourne le téléphone contre ses genoux, respire lentement pendant quelques minutes pour recouvrer son calme.

Si quelque chose l'affole à cet instant, ce n'est pas l'idée de voir apparaître sur le seuil cet inconnu venu d'Argentine. Non, ce qui la terrifie au plus profond d'elle-même, c'est de sentir à quel point elle a envie de le rencontrer.

17

Se frayant un passage entre les vestiges d'une opulence révolue, Spider et Noor traversent l'appartement, où règne une chaleur étouffante. Les murs sont tendus de soie imprimée d'un délicat motif de feuilles de bambou, et les meubles sculptés dans un teck impeccablement poli. Il n'est pas difficile d'imaginer les bouteilles de champagne ouvertes dans ces salons, les cigares fumés, les femmes, les courses de chameaux.

Ils parviennent à une porte entrouverte sur un grand atrium aux parois de marbre. À leur gauche, toute une série d'ascenseurs ; devant eux deux autres portes menant à des appartements privés ; à leur droite un escalier jonché de sable et de détritus. Et un distributeur de friandises encore en état de marche. Spider casse la vitre, et pendant quelques minutes ils se gavent de Snickers et de Kit Kat.

Une fois rassasié, Spider enfourne le reste du butin dans son sac et rejette la tête en arrière, expirant brusquement. *Le sucre est une drogue*, se dit-il. Son cœur, qui n'y est pas habitué, est certainement monté à 200 battements par minute.

Noor lèche l'intérieur d'un emballage avec l'application et la révérence généralement réservées à la manne divine. Des voix retentissent dans leur dos. Amasha et Elk sortent à l'instant de l'appartement où ils ont laissé Madeira et Hugo. Amasha transpire tellement que son sari lui colle à la peau. Des taches sombres et peu gracieuses soulignent ses seins et son entrejambe, ce qui ne l'empêche pas de leur adresser un sourire rayonnant.

— Que se passe-t-il ?

— Oh, presque rien, dit-elle d'un ton léger, même si l'étincelle de satisfaction et de ravissement qui luit dans son regard la contredit. On a discuté.

Noor et Spider ouvrent de grands yeux.

— Ils ont trouvé quelque chose ? demande Spider.

— Oui, je crois. Il faut simplement qu'on décrypte. Et, s'il vous plaît, tous les deux, pas un mot aux enfants. Pas encore.

Elle soupire, lève les yeux vers l'escalier.

— Espérons que Tita Lily puisse tenir le coup. Il faut trouver des seringues. Il doit bien y avoir un cabinet médical dans cet immeuble.

Spider emboîte le pas aux Futatsus dans l'escalier, comptant les étages franchis, passant la tête dans tous les appartements pour dénicher le graal. Sans succès. Le cent sixième étage ne ressemble pas aux autres. D'immenses écrans surplombent les ascenseurs, devant lesquels se dresse un bureau couvert d'une armada de téléphones et d'ordinateurs. Une seule porte à cet étage et, lorsque Spider frappe sur le battant, il perçoit le son mat du blindage.

Mahmoud ouvre cette porte aussi épaisse qu'une encyclopédie. Elle donne sur un vestibule dallé de marbre, pourvu d'un ascenseur privé. Le salon attenant est gigantesque, des canapés s'y étendent en une vaste courbe le long de murs sombres, des panneaux en bois de rose fissurés par la chaleur. Près des fenêtres, une série de petits tabourets ronds permet de jouir de la vue. Le dîner est déjà servi : sur des bouts de papier graisseux, du fromage et de la viande fumée prêts à griller sur le feu qu'un membre de la famille a allumé au centre de la pièce grâce à des planches arrachées aux murs.

Cairo, Mahmoud et Splendour sont assis par terre, ils sirotent du maté dans des tasses dorées à l'or fin.

— Tenez, les gamins. Des friandises.

Spider leur tend quelques barres chocolatées. Ils s'en emparent avec de grands sourires, non sans lancer des regards inquiets à Amasha, qui secoue l'index.

— Ne vous gavez pas, les enfants. Ne vous gavez pas.

Les fenêtres sont toutes intactes. Elk se dirige vers l'extrémité du salon, lequel se situe sans doute à une trentaine de mètres de l'axe central de la tour. Il reste un instant immobile près de la fenêtre, plongé dans la contemplation du coucher du soleil. C'est la première fois que Spider voit la partie du Cirque qui s'étend au-delà de Dubai. Et, lorsqu'il comprend ce que signifie cette vision, il en est sidéré.

— Ce qu'on voit là… c'est bien ce que je pense ? demande-t-il en se débarrassant de son sac avant de rejoindre Elk. Et ça a toujours été là ?

— On dirait que Dubai avait réussi à nous cacher ses secrets, répond Elk avec un mélange de sérieux et d'amusement.

Spider plaque ses mains et son nez sur la vitre. L'immense ombre du Burj s'allonge en contrebas sur la ville, et sa pointe s'enfonce dans le désert. Au-delà, c'est une zone inconnue qui s'offre à leurs regards. Un vaste paysage de cités lointaines, de dunes et de montagnes. Le soleil plonge lentement derrière les sommets.

Le reste de la famille les rejoint. À une vingtaine de clics, une agglomération s'étale comme un foulard brodé sur une colline. Les derniers rayons du soleil s'enchâssent dans ses créneaux ; elle semble prise d'un long frémissement.

— Je connais cette ville, murmure Noor. C'est Astana. Vous voyez les coupoles dorées des mosquées ? demande-t-il en secouant la tête, pénétré d'admiration. Elle était si belle, si riche.

Tous plissent les yeux ou sortent leurs jumelles pour voir le soleil rayonner sur les courbes vermeilles. À l'horizon, derrière, se dressent d'immenses grues.

— Astana ?

— Oui, au Kazakhstan. Mon père y était allé négocier un traité commercial. Une affaire de pétrole, il me semble.

Amasha redescend soudain sur terre.

— D'ici, on peut aller et revenir de ces villes en deux jours, tu crois ?

— Sans difficulté, répond Noor. À quelle distance se trouvent-elles ? Trente ou quarante clics ? On pourrait en explorer plus d'une. Surtout si la météo se montre clémente. Les vents favorables, tout ça.

Spider s'attarde un moment près de la fenêtre. Puis il se sert quelques tranches d'ananas et une tasse de maté, qui l'accompagne dans sa visite de l'appartement. Il traverse une cuisine grande comme un court de tennis, de laquelle un escalier en colimaçon conduit vers un second étage. Au-delà de la cuisine se trouve une chambre qui s'ouvre dans la façade avant du Burj. Spider regarde par la baie. En contrebas, la ville s'étend en rangées interminables de gratte-ciel scintillants et tordus ; on dirait des doigts dépassant du sable. Au pied de l'immense dune, il distingue le rivage d'où saillent les vestiges de formes étranges. Plus loin se situe ce qu'il appelle à présent la ville de la Chicane.

Leur aubaine du jour signifie-t-elle qu'il doive renoncer à son rêve de visiter ces lieux ? Les villes de l'est sont trop attirantes pour qu'il puisse convaincre les autres d'une exploration vers le nord. Il sort ses jumelles et les règle sur la Chicane. Examinée sous cet angle, elle n'a plus exactement le même aspect : il aperçoit le flanc d'une montagne plus verte, plus luxuriante que ce qu'il a vu de la Hutte. Devant ce relief se dresse le monticule qu'il a déjà repéré.

En faisant le point dessus, il se rend immédiatement compte qu'il s'agit d'une tour, semblable en tout point à la leur. De hauteur identique, peut-être. Mais elle est cerclée d'une sorte d'anneau… formé de… quoi donc ? Des silhouettes ? Non, impossible. Elles sont absolument immobiles. On dirait qu'elles prient.

— Regarde-moi ça, dit Elk, qui vient de le rejoindre dans la chambre.

Il se campe près du lit, qui trône sur une estrade.

— T'as déjà vu un truc pareil, toi ?

Il tourne le dos au lit avant de s'y laisser tomber. Le matelas, encore ferme, le fait rebondir une ou deux fois. Étendu de tout son long, il lève les yeux vers le plafond.

— Merde ! Le vieux fermier ! En personne ! C'est lui ?

Spider constate à son tour que le plafond est carrelé de miroirs. Fasciné par son reflet, Elk s'étonne de voir l'étranger qu'il est devenu à ses propres yeux après quelques mois dans le Cirque.

— Ce n'est pas vraiment le souvenir que j'en avais…

Il s'adresse des grimaces, sourit exagérément, fronce les sourcils. Puis il agite les bras comme un oiseau qui essaie de prendre son envol. Enfin, lassé du spectacle qu'il s'offre à lui-même, il soupire et caresse la courtepointe de satin bleu.

— Ils ont dû bien s'amuser ici, hein ?

— Oui, dit Spider, absent. J'imagine.

Elk semble soudain pensif.

— Tu sais, des fois, ça me plombe. Ma femme me manque. On n'était pas des âmes sœurs, je m'en rends compte maintenant. Mais quand même. Le contact d'une femme… C'est ce qu'il y a de mieux. Et moi, avec les femmes, il me faut de la matière. Les filles maigres comme des bâtons de *biltong*, merci bien. Pour moi, une femme, ça doit être bien en chair et solidement charpenté.

Il dessine une paire de seins dans les airs.

— Moi, vieux, j'avais besoin de savoir qui j'avais sur moi ou dessous. Une vraie femme, pas un gamin de 13 ans.

L'esprit de Spider s'égare immédiatement vers l'historique de ses propres conquêtes. À Paris, son physique avantageux lui en avait valu des dizaines. Une pêche en eaux vierges. Il suffisait de poser les paniers pour voir les poissons sauter dedans. Ce souvenir l'attriste jusqu'à la douleur.

Il lève les yeux vers le miroir et y voit son reflet. Il est plus mince et plus musclé qu'à Paris. Et ce visage de lutteur…

— Amasha ! s'écrie Elk en se plaquant les mains sur le visage. C'est une beauté. Une beauté comme je les aime. Regarde-la ne serait-ce qu'une seconde. Une seconde. Cette femme, elle a tout ce qu'il faut. Je lui donne 11 sur 10. Mais les règles ici… Elles sont différentes. Nous sommes tous au courant. Bon, et si tu venais dîner ?

Spider obtempère. Il range ses jumelles et rejoint les autres dans le grand salon, pour manger et boire. Le soleil couchant s'étale sans fin sur les nouvelles montagnes. Il voudrait aimer ce nouveau lieu. L'apprécier à sa juste mesure. C'est un endroit qui fait sens. Mais quelque chose… Quelque chose cloche.

Hugo et Madeira finissent par faire leur apparition. Madeira s'assoit sans rien dire, tripotant le contenu de son assiette tandis que Hugo reste debout à faire les cent pas en se grattant le cuir chevelu.

— Bon, déclare-t-il. Si vous êtes vraiment décidés, il va falloir qu'on trouve de l'eau.

Tous les regards se dirigent vers lui.

— De l'eau ?

— C'est ce qui compte le plus.

— N'est-il pas plus important de s'assurer que la tour n'a pas… Hmm, des vulnérabilités ? demande Spider, qui use de mots soigneusement choisis en présence des enfants.

— Elle est solide, rétorque Madeira. Regarde les fenêtres. Pas une fissure.

Spider se lève, pose les mains puis son front sur le verre. Les rayons du soleil font ressortir l'épaisseur de la vitre. À l'angle supérieur se dessine une brèche en étoile qui n'affecte que la surface extérieure.

— C'est une vitre pare-balles, murmure-t-il. Il doit y avoir six ou sept couches de verre.

— Pare-balles ? À cette hauteur ?

— Les cheiks se baladaient tous en hélico, dit Noor en se dirigeant vers la fenêtre, qu'il effleure de la paume. Même s'ils n'étaient pas fichus de les piloter comme il faut. Vous n'imaginez pas à quel point c'était banal. Mon père pouvait reconnaître le verre pare-balles à 2 kilomètres. C'est le genre de truc qu'on apprend dans le corps diplomatique.

Spider s'éloigne pour éviter les regards curieux. Il sort de sa ceinture le crochet qu'il a fabriqué avec un clou. Le dos tourné, il gratte la surface du verre à l'aide de cette griffe. Le métal y laisse une marque, mais Spider a beau s'acharner, le verre ne se fend pas.

— Tu fais quoi, Spider ? demande Splendour. T'as quoi dans la main ?

Il range immédiatement le crochet dans sa ceinture, se retourne et sourit à la gamine.

— Ce verre, il est dur comme de la pierre. Parfait.

— Bon, écoutez-moi, dit Elk, qui prend instantanément le contrôle des opérations. Il va falloir inspecter les deux étages du dessus et du dessous, notamment les fenêtres, mais aussi les cages d'ascenseur. La porte est blindée, les fenêtres sont pare-balles, mais ça ne veut rien dire. Donc, les enfants, vous restez ici et vous faites votre toilette, d'accord ? Et vous installez les lits. Les grands vont vérifier si l'endroit résiste aux tempêtes.

— Aux tempêtes ? demande Cairo, soupçonneux. En quoi ça a de l'importance ?

— Si on veut emménager ici pour de bon, il ne faut pas que le vent et la pluie puissent entrer.

— Et c'est tout ce que vous allez vérifier ?

— Bien sûr. Mais dis donc, petit, qu'est-ce que c'est que cet interrogatoire ?

Les adultes se partagent les tâches. Noor et Spider partent vérifier la cage d'ascenseur.

— Quel cauchemar, ce môme, dit Noor.

— Il n'est pas le seul. Splendour s'y met aussi. Ils commencent à comprendre certaines choses. Ils ont vu le trou dans la Hutte, ce matin. J'en mettrais ma main au feu.

— Les gosses sont toujours plus curieux qu'il ne le faudrait pour leur bien.

Spider introduit un ciseau entre les portes de l'ascenseur ; à eux deux ils parviennent à les ouvrir, et découvrent non pas la cabine d'acier poli qu'ils espéraient, mais les câbles noirs et graisseux du mécanisme. Ils se penchent vers l'intérieur de la cage. Gouffre obscur, insondable, qui dégage une odeur envahissante.

Spider se couvre le visage.

— Pouah ! Ligne directe vers l'enfer ! Et les autres qui sont persuadés que ce sont les poissons morts dans les aquariums…

Il allume la petite lampe que lui a prêtée Elk, bien moins puissante que celle qu'il a laissée à la Hutte. Elle n'éclaire les flancs de la cage que sur quelques mètres. Au-dessus de sa tête, il aperçoit les cylindres hydrauliques et un cube de métal enchâssé dans le béton, qui contient le moteur de l'ascenseur. Il fait tourner le rayon de la lampe d'un geste précautionneux.

Noor s'empare à son tour de la torche et procède à une inspection similaire.

— Bon. Mais en dessous ? Je n'y vois rien du tout.

Spider se penche, examine les parois de la cage. Sous les câbles, il découvre une poutre, qui soutient le cadre le long duquel se déplace la cabine. Il l'empoigne, la secoue – elle ne bouge pas. Quelques centimètres plus bas, il y en a une autre d'égale dimension. Elle supportera son poids, même s'il lui faut s'accroupir.

— Qu'est-ce que tu fous ? s'affole Noor en voyant son compagnon s'asseoir au bord du gouffre. T'es cinglé ?

— Non, non. Je veux voir si la poulie résiste.

— Putain de merde !

Noor se passe la main sur le visage, les yeux au ciel.

— T'inquiète !

Spider se laisse descendre jusqu'à la poulie. Il sait qu'il va devoir se cramponner. Il ne se fie pas à Noor. La cage est répugnante, noire de cambouis et de crasse ; il s'en dégage une puanteur à vous donner la nausée. Il tire sur la poulie, qui ne bouge pas. Il y a sûrement des contrepoids là-dedans. Même s'il n'a pas tiré fort, le câble devrait coulisser.

— Qu'est-ce qui se passe ?

— C'est coincé, je pense. La rouille, sans doute. La graisse a dû sécher.

Il regarde sous ses pieds. La cabine est peut-être au rez-de-chaussée, à cent et quelques étages en contrebas, enfouie dans le sable. Il s'extrait de la cage d'ascenseur, s'éponge le visage. Il est en nage.

— Il y a sûrement un local technique quelque part.

— Le Burj a été construit en plusieurs sections, comme une pièce montée. Il se peut qu'il y ait un peu plus bas des locaux par lesquels on puisse accéder aux cages.

Ils prennent l'escalier. Amasha et Madeira inspectent les plafonds et les murs des appartements du dessous.

— Tout va bien, annonce Amasha. Les plafonds sont en béton. Avec des poutres en acier.

Spider suit Noor dans l'escalier. Aucun des deux ne lâche la rampe : le sable s'est introduit dans le bâtiment de capricieuse manière. Certains étages en sont exempts ; d'autres en sont envahis, à tel point qu'on y a l'impression de marcher dans le désert. Par les fenêtres de quelques appartements, ils voient le ciel s'assombrir puis parviennent à la partie complètement ensablée du Burj. Rien n'est plus visible à travers les vitres de cette forme creuse.

— Il me semble que ça pue de plus en plus.

— Comme tu dis…

— Il faudra qu'on comprenne pourquoi avant d'emménager. Il n'y a pas à dire, c'est vraiment charmant ici.

Noor se déplace plus lentement à présent, éclairant le moindre recoin, la moindre fente avant de mettre un pied devant l'autre. Soudain, l'aspect des paliers change. Noor braque la lampe sur les murs, humides et lépreux. Les étages supérieurs devaient avoir la forme d'un trèfle, trois ailes s'ouvrant autour d'un palier central. Deux des lobes du trèfle se sont allongés et comprennent à présent quatre portes.

— Qu'est-ce que tu en penses ? demande Noor, la lampe dirigée vers l'une des portes, bardée d'un panneau signalant diverses interdictions en anglais et en arabe.

Spider pousse le battant, qui s'ouvre sans difficulté. Un néon s'allume automatiquement au plafond, à leur grande surprise. Dans le Cirque, la lumière électrique est aléatoire et peu fréquente.

Ils se trouvent à présent dans des locaux techniques. D'énormes conduits d'air couverts de zinc guipé courent sur le plafond ; des tuyaux serpentent le long des planchers. Sur les murs, des rangées de leviers noirs et rouges. Les voyants sont tous éteints. Il y a une porte dans le mur qui longe les cages des ascenseurs. Spider la pousse du pied ; elle s'ouvre elle aussi en grinçant.

— Ça va ? demande Noor d'une voix pâteuse. Qu'est-ce qu'il y a là-dedans ?

Spider lui emprunte la torche.

— Une cage de sécurité et plusieurs ascenseurs. Six… Non, huit, en fait.

Noor le rejoint, examine les lieux. Au niveau où ils se trouvent, les ascenseurs se déplacent dans un espace commun ; à l'étage du dessous et à celui du dessus, ils sont séparés par des parois d'acier. Le rayon de la lampe torche éclaire une cabine en contrebas, deux au-dessus, et tout un enchevêtrement de contrepoids et de pistons. Cinq des cages semblent vides : Spider n'y voit que ténèbres. Ni début ni fin.

— Cette odeur, marmonne Noor. J'ai l'impression que ça vient de là-dessous.

Ils restent un instant sans parler. Spider s'est adossé au mur. Il sait de quoi Noor est capable et finit pourtant par se risquer sur l'une des poutres de la cage, non sans s'être assuré que son compagnon ne pourra pas le pousser dans le vide.

— Merde ! Je t'avais pas interdit de refaire ce genre d'acrobatie ?

— Tsss.

De son nouveau perchoir, Spider parvient à diriger la lampe torche vers le fond de la cage. Même si le rayon est faible, il lui semble voir une forme lumineuse. Il se penche un peu plus en avant et entend quelque chose qui vient d'en bas, une sorte de ronflement, de reniflement, peut-être ?

— C'est quoi ?

— Aucune idée.

Spider s'extrait de la cage, reste un instant sur le bord, le regard rivé sur les ténèbres puantes. Il n'aime pas cet endroit. Vraiment pas. Il braque la lampe torche sur les autres cages, se demandant laquelle remonte vers leur appartement, et constate que quatre d'entre elles sont légèrement plus étroites.

— Ça correspond peut-être aux ascenseurs privés. Ils sont plus petits. Par rapport à la configuration des lieux, où est l'appart, à ton avis ?

— Par là, je pense, répond Noor, en désignant les deux cages les plus proches du centre du gratte-ciel.

Il leur suffit d'une rapide inspection pour constater que les cabines de ces deux cages se trouvent quatre ou cinq étages plus haut.

— Super, marmonne Spider. C'est bon, ça. Notre ascenseur aurait pu être bloqué au rez-de-chaussée. Tu vois le boulot que ça nous aurait donné ? Il aurait mieux valu qu'il soit au niveau de l'appart, bien sûr. Mais là où il est, ça doit être possible de l'actionner.

— T’as essayé, je te signale.

— Ouais. C’est juste le contrepoids qui ne répond pas. On a une échelle de corde à la Hutte et de la graisse à essieux de bonne qualité : tu te souviens du tracteur, à Casablanca ? Quand on reviendra ici, je graisserai le machin et on pourra récupérer la cabine. Sans problème.

Silence du côté de Noor, qui essaie peut-être de se représenter la distance qui les sépare encore du bas du gratte-ciel enseveli. Il y renonce, apparemment, et crache dans l’une des cages vides en guise de défi.

— Pas très convaincant, tout ça. On remonte.

Elk et Hugo ont exploré l’appartement du dessus : là aussi, les fenêtres sont pare-balles, impeccables ; en revanche, il y a une vitre cassée dans le logement du dessous. Qui dispose quand même de verre triple ou quadruple épaisseur, mais pas aussi solide qu’aux étages supérieurs. D’après eux, on devrait pouvoir utiliser le maillage acier des murs de la cuisine pour renforcer les fenêtres. C’est sans doute inutile, mais ça rassurera la famille.

Les regards se dirigent tous vers Spider. Il rejette la tête en arrière, respire à deux ou trois reprises par le nez, bruyamment.

— Oui, finit-il par dire après avoir mûrement réfléchi les termes de sa réponse. J’ai proposé que nous déménagions dans une nouvelle Hutte parce que c’est, à mes yeux, la seule manière de poursuivre nos recherches. La question est de savoir si cet appartement convient à nos attentes.

Son regard s’enfuit vers les étoiles qui brillent au-dessus des montagnes à l’est. Il se rappelle le ronflement entendu dans les profondeurs du Burj.

— En ce qui me concerne, je ne sais pas.

— Ah, ricane Cairo, qui a du mal à dissimuler son ironie. Tout ça parce qu'on est loin de la Chicane. Tout le monde le sait, c'est là que tu voulais aller.

Elk s'éloigne un instant, revient avec un télescope déniché Dieu sait où et se penche sur le viseur. Spider doute cependant qu'il puisse y voir grand-chose : c'est sûrement un simple accessoire de théâtre. Mais tous les membres de la famille regardent Elk tandis qu'il parcourt l'horizon nocturne et les villes inconnues.

— Cette nuit, nous allons former des équipes, annonce-t-il. Nous chercherons le Sarkpont et nous chercherons des points d'eau. Nous ne dormirons pas. Nous explorerons jusqu'au matin. Et si nous trouvons des seringues…

Son auditoire, exténué, s'est réparti sur les canapés devant les baies vitrées. Amasha pense sans cesse à Tita Lily et à Forlani. L'idée de devoir passer du temps dans les gratte-ciel, à farfouiller entre les cadavres abandonnés de la vieille Dubai la démoralise. Elle se tait, cependant. Et tous se lèvent, débarrassent leur couvert, ramassent leurs sacs à dos.

Elk et Spider font désormais équipe. Spider a récupéré quelques accessoires utiles dans le paquetage de Chamelle. Ils remplissent leurs gourdes et s'enfoncent dans la nuit. Des lumières clignotent çà et là ; au quatrième étage d'un petit immeuble flamboie une cuisine toute de chrome et de verre. Si une femme élégamment vêtue y entrait, un verre de vin dans une main et un plateau de petits fours dans l'autre, ils n'en seraient pas étonnés.

Ils arpentent les rues sans but réel, pénètrent dans tous les édifices accessibles, cherchent les piscines, les fontaines, toutes ces mécaniques aquatiques qui, selon Noor et Hugo, font de Dubai un lieu si extraordinaire. Mais tout ici est sec, plus sec, à ce qu'il leur semble, que dans toutes les villes explorées jusqu'alors.

Ils entrent dans un bâtiment qui, de loin, ressemblait à une carapace de tatou, immense et dorée. C'est une station de métro, avec des armées d'ascenseurs et d'escalators qui se croisent en tous sens ; de grandes lampes pendent aux plafonds comme des stalactites poudrées de sable. Pas même un cactus en ces lieux, et cet air fétide qui dessèche la gorge de Spider… Il s'abstient pourtant d'en faire la remarque à Elk, qui ne cesse d'attirer son attention sur les montagnes, à l'est de Dubai, comme s'il voulait convaincre son compagnon qu'en s'installant dans cette ville les Sensitive s'ouvriraient de nouvelles perspectives dans le Cirque.

Ils franchissent les tourniquets rouillés d'un parc aquatique abandonné, bassins à sec. Les vitres en sont blanchies et sales. Au-dessus du parc s'élève une tour à gradins, confectionnée avec des blocs de fibre de verre, et qui ressemble à un temple aztèque. Le tout est recouvert d'un réseau envahissant de tuyaux blancs et craquelés. Spider éventre l'un d'eux d'un coup de pied ; le plexiglas est terni, rongé par les tempêtes de sable, et il perçoit une odeur de décomposition. Lorsqu'il braque le rayon de sa torche sur les décombres, il les aperçoit qui finissent de pourrir : les requins, les dauphins, les murènes aux mâchoires doubles, leurs dentures semblables à des scies, les os et les arêtes saillantes au milieu des chairs liquides, serrés les uns contre les autres dans la fournaise qui les putréfie en un immense ragoût.

Spider s'éponge le front avec le coin de sa jupe, avant de se redresser de toute sa hauteur pour contempler la ville. Est-ce vraiment cette ménagerie qui empuantit les lieux avec une telle persistance ?

— Ce n'est pas l'odeur que j'ai sentie dans la cage de l'ascenseur.

— Ces hôtels chics, ils ont des aquariums dans tous les coins. Dans l'entrée, dans les restaurants.

Spider médite en silence la réponse d'Elk. Puis il reprend son sac à dos.

Il explore les infirmeries de tous les hôtels et n'y trouve rien, hormis, dans l'une d'elles, inexplicablement, une télévision allumée. Elle diffuse en boucle une vidéo d'un homme qui fait tournoyer le gland de son fez en rythme sur une mélodie jouée au hajhouj. Spider se penche derrière le poste et le débranche. Hilare, Elk imite l'artiste, secouant sa tête chenue en tous sens, l'air réjoui.

— Tu sais, déclare-t-il plus tard à Spider tout en se grattant pensivement le cuir chevelu, c'est un vrai labyrinthe, cette ville. Jamais on ne pourra y trouver le Sarkpont. Aussi, en tant que Futatsu, je te donne l'ordre de foutre le camp.

— Foutre le camp où ?

— Allons, mon garçon, s'esclaffe Elk. Là où tu meurs d'envie d'aller.

18

Ce soir-là, McKenzie ne prend pas son médicament. Après l'avoir réduit en poudre, elle le jette dans les toilettes puis reste réveillée une bonne partie de la nuit, à consulter le compte Instagram de Newt. En regardant ses images, elle repense à cette impression qu'il a de ne pas être à sa place dans son corps. À l'étrange forme qui le hante et ressemble à une fourche de diable couchée sur le côté. Cette hantise, cet effroi, c'est ce qu'elle ressent elle-même devant la photographie de la microrafale au-dessus de Phoenix.

Le lendemain, sa mère, lèvres pincées, l'emmène en ville pour le rendez-vous avec le proviseur. Le lycée n'a toujours pas rouvert ; quelle curieuse sensation lui procurent les couloirs vides, caverneux, sans leurs centaines d'élèves pour les arpenter ! Il y a une vague odeur de nourriture brûlée dans l'air.

— Ce que j'attends de toi, c'est un engagement ferme, dit le proviseur.

Il a les dents très blanches – des implants –, et ses gencives rétractées laissent voir leurs pivots d'argent sombre. Sa tignasse blonde n'a pas l'air vraie ; elle pourrait glisser à tout moment et révéler une tête chauve.

— L'engagement que, même si on te pousse à bout, tu ne feras pas justice par toi-même.

— Je vous le promets, monsieur.

— Et comment ça se passe, avec ton traitement ?

— Je… Euh, bafouille-t-elle en songeant à la poudre jetée dans les toilettes. Ça m'endort un peu, par moments. Mais ça a l'air de marcher.

Il rapproche sa chaise.

— Je dois m'entretenir avec la personne qui te suit plus tard dans l'après-midi. Elle me dira ce qu'elle pense de la manière dont tu progresses. Nous sommes certains qu'elle nous confirmera que tu es prête à reprendre les cours.

— C'est une bonne psychiatre, dit la mère de McKenzie avec un sourire. Excellente, même. Une collègue de mon mari, de très haut niveau dans son domaine.

— Parfait. Je suis ravi de l'apprendre. Tout cela me paraît solide. Eh bien… À demain, McKenzie ?

Elle ne répond pas. Elle a les yeux rivés sur sa mère. Que vient-elle de dire ? Que le Dr Shreve est une collègue de son père ? Tiré des brumes du Seroquel, son esprit fonctionne à toute vitesse. Une collègue de son père, ça veut dire la CIA. Le Dr Shreve fait peut-être partie de la machination.

— McKenzie ?

Elle sursaute, se ressaisit.

— Oui, monsieur, répond-elle, la tête en feu. Oui, bien sûr, vous pouvez compter sur moi.

— J'en suis ravi, jeune demoiselle. Et si tu as la moindre envie de discuter après ton retour, n'hésite surtout pas à prendre rendez-vous avec moi.

McKenzie sort du bureau du proviseur avec le sentiment d'avoir poussé un rocher au sommet d'une montagne. Il leur reste deux heures avant de se rendre à Washington, et elle prévient sa mère qu'elle va courir autour de Burke Lake, un lac artificiel qui attire tous les cadres en mal de jogging – et toutes les Coréennes du quartier, avec leur visière blanche anti-UV.

Il est midi. Le ciel est couvert et, dans la terne lumière du jour, les plaques de neige sale semblent flotter entre les arbres à quelques dizaines de centimètres du sol, inquiétantes comme des nuages de nuit. McKenzie trouve un petit banc sur un promontoire qui surplombe le lac. La surface est en partie gelée, et sous ses pieds des stalactites pendent à des racines dénudées. On dirait la cage thoracique blanche et scintillante d'une créature morte.

Elle téléphone à Newt, les doigts engourdis par le froid. Il répond immédiatement.

— McKenzie. McKenzie, dit-il d'une voix haletante, comme si elle venait de le sauver de la noyade ou d'une mort imminente. J'avais peur que tu n'appelles plus.

— Newt. Mon Dieu, Newt. Tu m'as manqué.

— Toi aussi. Où es-tu ?

— Dehors, près d'un lac. Il fait froid, mais… Newt, il faut qu'on se voie. Je crois qu'il faut qu'on se parle en personne. Mais comment ? Tu ne peux pas venir ici. Mes parents… Ils trouveraient ça choquant, à cause de la différence d'âge. Et puis il y a le lycée, et où est-ce qu'on pourrait…

— McKenzie, pas de panique. Rassure-toi, je ne vais pas débarquer en Virginie.

Un silence.

— Tu ne viendras pas ?

— Non, calme-toi. Je comprends. Tu ressens ça comme une menace, je comprends. Vraiment.

— Oh.

Elle devrait se sentir soulagée, mais n'éprouve qu'une curieuse déception.

— Bon, d'accord.

La glace dessine un patchwork sur le lac. Par endroits, elle est couverte de givre gris ; ailleurs elle est d'une transparence ténébreuse et mortelle qui réfléchit le ciel de plomb. Il va y avoir de nouveau du blizzard. McKenzie n'est pas sûre de pouvoir le supporter.

— Newt, je dois te parler d'un truc. Je sais que tu vas rire, mais j'ai fait des recherches sur les liens entre la CIA et la FEMA.

— Pardon ?

McKenzie, certaine qu'il va se moquer d'elle, lui parle timidement des théories du complot, des camps de la FEMA, des lacs salés aux flots d'argent dans le désert du Nevada, des expériences conduites sur des cobayes humains.

— Et même si je sais que c'est du grand n'importe quoi, je me demande quand même si je n'ai pas été exposée à quelque chose de bizarre quand j'étais petite. Tu comprends, mon père travaille pour… disons pour les services secrets, et j'ai l'impression que ça joue un rôle dans tout ça. Tu jetteras un œil à ces théories sur la CIA et la FEMA ? Tu me le promets ? Je parle de vrais camps d'internement, hein. Et contrairement à ce qu'on peut croire, je ne porte pas de casque en papier alu, et encore une fois je sais que c'est des conneries, je vérifie toujours sur Snopes.

Mais voilà : quoi qu'il se passe, j'ai l'impression que c'est lié à ces trucs.

La voix de Newt résonne, calme et basse, dans le téléphone.

— J'entends ce que tu me dis. Et je ne crois pas que tu sois folle. C'est une explication possible.

— En plus, si on y pense, c'est assez louche ce qui est arrivé à ton père, non ?

— Carrément, oui ! Écoute, McKenzie, il va falloir qu'on se creuse la cervelle. Moi non plus, je ne sais pas ce qui nous arrive, mais il faut qu'on soit efficaces. De mon côté, je vais réfléchir en ingénieur. Traduire tout ça en algorithmes. Pour toi, ce sera encore plus facile : fais ce qui s'impose naturellement à toi ; tes raisonnements sont toujours scientifiques. Il y a forcément une logique dans ce chaos.

Elle a les mains glacées et les orteils sans doute rouges de froid – c'est l'impression qu'ils lui donnent en tout cas. Mais s'entendre dire que ses raisonnements sont scientifiques, qu'elle n'a pas à se forcer pour penser de cette manière lui donne chaud au cœur. Elle se redresse, attentive, l'œil vif, le cerveau bruissant.

— Si on se rencontre, reprend-elle, ça doit être dans un endroit qui a du sens. Tu ne crois pas… Tu ne t'es pas dit, comme moi ces derniers jours, que le lieu que nous voyons en rêve ou dans nos hallucinations existe vraiment ? On ne trouve de lézards à cornes que dans les États du Sud-Ouest. Tu ne crois pas qu'on ne peut l'avoir vu que là où il existe ?

— Non, je n'avais pas pensé à ça.

— Newt, tu as déjà mis les pieds à Phoenix ?

— Phoenix, dans l'Arizona ? Non. Ni même dans la région.

— Et dans le Nevada ?

— Non, mais j'ai vu des tas de photos aériennes. J'ai étudié les traces dans le sable, les routes des installations militaires. Pour y retrouver la forme dont je rêvais tout le temps.

Newt s'interrompt, pensif. Le signal téléphonique perd un instant de sa puissance ; sur l'autre rive du lac cristallin, un oiseau crie.

— Bon, reprend-il. Voilà ce qu'on va faire. Prenons vingt-quatre heures pour y réfléchir et régler les détails. Après quoi, on se rejoint. Dans un endroit qui a du sens, comme tu disais.

— Mais j'irai comment ?

— Tu as ton permis, non ?

McKenzie se mordille le pouce. Elle a survécu à un aller-retour entre la maison et Washington D. C. avec la Subaru de Tatum, non ? Elle doit pouvoir franchir les frontières de l'État en voiture. Elle a de quoi payer l'essence, avec tout ce que lui ont versé les élèves dont elle a écrit les dissertations. Mais ça va prendre des jours, cette affaire. Une éternité !

Un vol de bernaches surgit des arbres, épaisse flèche qui laisse dans les cieux un sillage criard. Leur *V* immense se reflète dans les eaux du lac puis se brouille au-dessus de la glace.

La glace, le sel : même combat, songe McKenzie. *Les choses ne s'y reflètent pas bien.*

— D'accord, dit-elle en se levant. D'accord. On se donne vingt-quatre heures et on s'en reparle.

La lune est presque pleine et le désert est nimbé d'une étrange lueur bleue. Il est rare que les nuits blanches soient aussi belles et limpides. Leur famille n'est sans doute pas la seule à explorer le Cirque.

Cette luminosité n'a pas que des avantages pour Spider. S'il progresse plus facilement, il est également exposé à tous les regards. Il file comme une flèche, s'éloigne de l'hôtel en forme de voile – il ne rebrousse même pas chemin pour détacher Chamelle, toujours attachée à la fenêtre ouverte du Burj. Pendant la première demi-heure, il s'interdit de se retourner. Il a les yeux rivés sur son objectif, s'attendant cependant à entendre dans son dos résonner son nom.

Au loin, la ville de la Chicane scintille. Les dunes et les montagnes qui l'entourent ont l'air aussi réelles que les cités visitées jusqu'alors. Cette obsession soudaine le frappe : c'est de la Hutte qu'il est en quête.

Personne ne sait vraiment comment les Huttes sont apparues dans le Cirque. Étaient-elles déjà installées à sa création, ont-elles été construites au fil des ans par les autres familles ? Ce qui est remarquable, ce sont leurs points communs. Elles sont toutes organisées de façon plus ou moins identique : les pièces à vivre sont en hauteur, les murs ne peuvent en être escaladés, elles n'ont qu'un seul accès. La Hutte qu'il a repérée – elle se trouve à moins de 2 kilomètres à présent – est peut-être un aussi bon choix que Dubai. Il y a forcément de l'eau à proximité et elle est située suffisamment au nord pour offrir le même point de vue que les gratte-ciel sur les cités au-delà de Dubai.

Sans Chamelle ni Elk, Spider se sent seul. Ses muscles frémissent encore de l'apport de sucre fourni par les distributeurs du Burj. Il a plus soif que d'habitude. Il a déjà fini l'eau d'Elk, et garde sa propre ration pour le chemin du retour. Sa semelle droite, qu'il pensait avoir soigneusement recousue, s'est à nouveau partiellement détachée ; à chaque pas, elle bâille et le sable entre dans son godillot.

À 1 kilomètre de sa destination, il fait halte et sort ses jumelles.

Étrange et troublante vision que cette Hutte-là, plus grande que la leur, qui porte des inscriptions barbouillées en blanc sur ses flancs. Les silhouettes qu'il a vues de Dubai ressemblent à des adorateurs encerclant la tour, dos au désert, d'une totale immobilité dans le clair de lune. *Des druides*, songe-t-il, *accomplissant un rite religieux ?* Il se rend compte, après un examen prolongé aux jumelles, qu'il s'agit sûrement de statues.

Ou bien… Il règle les optiques sur la silhouette la plus proche. Elle a en effet la taille d'un homme, mais la forme ne correspond pas. Serait-ce un cactus ? Non, c'est une colonne de cristaux. Une rose des sables : c'est ce que Mardy lui a demandé de trouver. Spider braque les jumelles vers la tour. Ces inscriptions blanches, constate-t-il avec épouvante, forment en fait une tête de mort surmontant deux tibias croisés et, un peu partout, on peut lire « VERBOTEN, NE PAS APPROCHER ». Le clair de lune s'insinue dans les déchirures du métal. L'évidence s'impose à lui, le frappe sourdement au ventre : la Hutte est en ruine. Inhabitable, complètement inutile.

Si Chamelle était là, elle compatirait à son désespoir, le caresserait de son museau. Il ôte le bouchon de sa poche à eau, en avale le contenu en une gorgée et se dirige d'un pas accablé vers la Hutte, la gourde vide à la main.

Il passe devant les roses des sables et frissonne, saisi par un curieux malaise face à ces piliers semblables à des orantes. Comme s'il avait franchi une limite, comme s'il était désormais surveillé. Plus d'une fois, il leur lance un regard par-dessus son épaule, s'attendant presque à ce qu'elles bougent lorsqu'il a le dos tourné.

La tour est colossale et lui cache une bonne partie de la voûte céleste. Vue de près, sa ruine est plus complète encore. De ses parois pendent des lambeaux de bâches, comme si ses habitants avaient voulu les colmater. Il y règne une odeur de mort et d'échec.

Il s'arrête devant l'une des fentes dans la palissade et allume sa lampe, pour mieux voir ce que contient l'enceinte. Si les habitants ne se sont jamais essayés à l'agriculture, à ce qu'il voit, ils ont capturé et élevé des animaux, dont les restes jonchent le sol. Certains squelettes sont encore attachés par la patte à leur cage. Les bêtes sont mortes de soif ou de faim. La plupart des familles ont assez d'humanité pour les libérer quand elles partent.

Au centre de l'enceinte, une échelle conduit à l'habitacle. Rouillée, visiblement fragile, et privée des 20 derniers barreaux qui la reliaient au sol, comme si une main géante les avait écrasés de son index. Spider a rassemblé sur une ceinture en cuir accrochée à son sac les quelques accessoires qu'il a récupérés dans les hôtels visités avec Elk. Il étale son butin à ses pieds, écarte presque tous les outils et garde la corde. Puis il décroche les bâches qui pendent aux parois extérieures. Certaines semblent être en toile de parachute, d'une qualité telle que le désert ne les a pas détériorées. Il tire dessus : la toile se détache avec un crissement sec. Il y en a des mètres.

Le choc glucidique s'est dissipé, chassé par une fatigue sourde. Spider trouve malgré tout la force de lancer la corde vers les barreaux intacts. Il parvient au bout de cinq essais à la coincer, teste la solidité de son attache en s'y suspendant de tout son poids. L'échelle grince, fait pleuvoir une averse de flocons de rouille sur la tête de Spider, mais ne cède pas.

Lorsqu'il s'est hissé tant bien que mal jusqu'au premier échelon, Spider grimpe vers l'habitacle. L'entrée est plus petite que celle de leur Hutte, le plafond est plus bas. Il pointe le rayon de sa torche sur les murs, encrassés de brun. Quelqu'un a laissé sur le plancher un tas de haillons sales. Il fait froid, plus froid qu'au-dehors.

— Salut, appelle Spider. Il y a quelqu'un ?

Il attend. Pas un bruit en retour. Ni murmure ni craquement. Il est seul. Lentement, combinant à la lumière de sa torche celle de la lune, il avance dans les couloirs, pousse des portes, inspecte des pièces. La Hutte a beau être plus grande que celle des Sensitive, elle n'est pas aussi bien organisée. Les espaces semblent avoir été improvisés.

Dans la salle de bains, il y a des miroirs fêlés accrochés au-dessus des conduites d'eau, de vieilles brosses, des flacons renfermant des pigments disposés sur une table basse en bois brut. Dans la cuisine, des bouteilles entassées sur le carrelage. Spider pose le nez sur l'un des goulots, perçoit l'odeur âcre de l'alcool. Madeira a réussi à faire fermenter des dattes, obtenant ainsi une sorte de gin dont la famille se régale de temps à autre. Mais jamais ils n'ont bu de telles quantités. Les habitants de cette Hutte devaient être tout le temps ivres. Les murs vibrent encore de leur désespoir.

Il pousse les bouteilles du pied, s'avance sur un petit balcon. À sa droite, le paysage, partiellement dissimulé par la courbe immense de la tour, est celui de la lointaine Dubai, qui illumine la nuit cristalline. À sa gauche, vers les confins du nord, s'étend la ville de la Chicane. Elle s'offre à la vue sous un angle subtilement différent. Il la scrute aux jumelles.

Pas un mouvement dans ses rues, pas de silhouettes arpentant le sable. Il ne voit que des lumières qui clignotent à certaines fenêtres, mais aussi ce qu'il pense être des bâtisses rouges, couleur d'adobe, constructions trapues aux angles tranchants, précis, et de l'herbe qui remonte jusque vers les contreforts des montagnes. Les chaussées sont larges, les routes semblent être goudronnées : c'est donc une ville opulente. De là où il se trouve, la forme qui surmonte les portes de la ville et qu'il a prise jusque-là pour une sorte de fer de lance ressemble plutôt à un animal chevauchant les battants – un animal mesurant plus de 30 mètres de haut.

Spider soupire et range ses jumelles dans sa ceinture. Il emprunte à nouveau le couloir central, bifurque vers un autre passage pour compléter sa visite de la Hutte. Les portes donnant dessus, qu'elles soient ouvertes ou fermées, sont pourvues de cadenas rouillés.

Pourquoi ce détail l'attriste-t-il à ce point ? se demande-t-il en examinant l'un d'eux, accessoire inconnu chez les Sensitive. Ils dorment la plupart du temps ensemble, et n'ont jamais eu à verrouiller leurs portes. Pas même celles des douches. Quel besoin auraient-ils de se créer des barrières ? Vivre sans confiance ? Jamais.

Il pousse l'un des battants, passe la tête dans l'embrasure. C'est une chambre. Dans un coin, un tas de draps sales. Il flotte là une odeur salée – une odeur de sexe, peut-être. Et d'autre chose. Cinq ou six bouteilles jonchent le sol.

Nouvelle chambre, spectacle presque similaire. Draps en tas, pipes en verre, seringues. Le tout crasseux, puant. Il s'apprête à repartir lorsqu'il se rappelle les mots de Forlani, qui serait prêt à introduire ses antibiotiques dans les veines de Tita Lily par tous les moyens.

Spider inspecte le plancher à la lampe torche. Y distingue ce qui ressemble à des sous-vêtements et, pire que tout, de la merde humaine. Comment peut-on se laisser aller à ce point ? Et la drogue… Où se sont-ils procuré ces substances ? Disposaient-ils d'un chimiste ingénieux ? Parfois, il suffit d'un Walter White et d'un Jesse Pinkman, comme dans *Breaking Bad*.

Il enfile des gants, se fraie un chemin entre les immondices. À 1 mètre à peine des précieuses seringues, le plancher cède sous ses pieds.

Sa chute est si rapide qu'il s'affale vers le mur, la jambe droite prise dans le trou dont les bords acérés lui déchirent la chair. Il atterrit sur les mains et prend conscience de l'état de décomposition des planches. Sa jambe est plus ou moins coincée ; il la sent frotter contre le bois hérissé d'échardes tandis qu'il se retourne d'une torsion du buste.

Il lui reste juste assez de forces pour se précipiter à quatre pattes vers la porte sur le plancher qui cède.

Il s'empare de la poignée, se relève. Mais son soulagement est de courte durée ; la porte, rongée par la rouille, se détache partiellement de ses gonds ; le voilà suspendu à la poignée, dans le vide, sous le ventre de la Hutte illuminée par le clair de lune.

Spider est stupéfait. Jamais il ne s'est trompé sur la résistance de quelque matériau que ce soit. C'était son grand talent, à Paris. Il savait exactement où il pouvait poser le pied. En contrebas, le sol est à 15 bons mètres. À trois pas de lui, une poutre inclinée. Mais s'il essaie de s'y cramponner il risque de se déchirer la chair des avant-bras sur le rebord du trou. Les seringues sont juste au-dessus de sa tête.

— *Merde**, murmure-t-il en fermant les yeux. Putain de bordel de merde !

19

— Alors, jeune demoiselle ?

Le Dr Shreve accueille McKenzie avec un sourire jovial pour son premier rendez-vous d'évaluation du traitement, commencé depuis deux semaines.

— Tu as bonne mine. L'orange te va très bien. C'est un choix…

— … courageux ?

— J'allais dire « osé », répond Maria Shreve, rayonnante. Le terme « courageux » laisse penser qu'il s'agit d'une erreur, tu ne trouves pas ?

— Je ne sais pas vraiment.

La psychiatre s'installe à son aise, les jambes croisées, tire sa jupe en laine sur ses mollets épais. Il ne neige plus mais les températures ne dépassent toujours pas le zéro à Washington.

— Et si nous parlions de l'effet que ça nous fait, ces deux semaines de quétiapine et de Seroquel ? Tu n'as pas appelé au cabinet pour signaler des effets indésirables. Est-ce parce qu'il n'y en a pas eu ?

— Je me sens…

McKenzie commence par croiser les bras puis se détend.

— J'aurais du mal à l'expliquer. Je me sens calme.
— Calme ? Très bonne nouvelle. Des nausées ?
— Non.
— Des palpitations ?
— Non.
— Constipation ? Vomissements ?
McKenzie secoue la tête.
— Tu dors bien ?
— Comme un bébé.
— Et ce pour quoi tu consultais, ces hallucinations… ?
McKenzie baisse les yeux, réfléchit à la question. Elle aimerait relever le menton, transpercer le Dr Shreve du regard et lui dire : « Vous jouez à quoi, docteur ? D'ailleurs en êtes-vous vraiment un, vous qui bossez pour la CIA ? Et si c'est bien le cas, n'êtes-vous pas un de ces psys qui testent la résistance mentale des candidats qui souhaitent intégrer l'agence ? C'est comme ça que vous avez rencontré mon père ? Dites-moi : j'ai l'impression qu'il a fait un truc horrible dans le désert et que ma mère et vous l'aidez à garder ce secret-là bien enfoui, de la manière la plus convaincante possible, non ? »
Son téléphone bourdonne discrètement dans la poche de son jean.
— McKenzie ?
— Oh, désolée. Je n'ai pas entendu la question.
— Ces hallucinations… ?
— C'est fini, répond McKenzie. C'est de l'histoire ancienne.
— Ah, c'est un magnifique résultat. N'est-ce pas ?
— Le meilleur possible.
— Et tu ne te sens pas trop perturbée ?

— Un peu embrumée, mais ça va.

— Bon, alors, McKenzie. Sur une échelle de 1 à 10, quelle note donnerais-tu au Seroquel ?

— Neuf, dit-elle en regardant la psychiatre droit dans les yeux. Neuf, ou peut-être même dix. Ça tient presque du miracle.

— Eh bien, je vais pouvoir appeler ton proviseur pour lui apprendre cette bonne nouvelle.

McKenzie ébauche un sourire suave. Elle sait quelle sonnerie provoque la vibration qui lui caresse la cuisse. C'est un appel de Newt. Il a des choses à lui dire.

Spider est cramponné à la porte et les muscles de ses bras hurlent, transpercés par une giclée d'acide lactique. Il trépigne dans les airs, essaie de rebondir sur les poutres de la Hutte. Et la chair de ses bras heurte avec violence le bord déchiqueté du plancher. Il va tenir. Il est hors de question qu'il lâche.

Il serre les dents tant la douleur est intense, réitère la manœuvre. Cette fois, il prend plus d'élan. Ça va peut-être marcher. Un troisième coup de pied, une autre confrontation entre ses biceps et le métal déchiqueté : là, c'est de l'autre côté du gouffre qu'il a failli atterrir. Nouvel essai, nouveau coup de poignard et torture infinie.

Tandis qu'il se balance dans le vide obscur, il se sert de ses abdominaux pour soulever les genoux. À l'extrémité de l'arc de cercle que décrit son corps supplicié, il propulse ses pieds vers le plancher. Récompense sonore : le tintement argent des seringues qui roulent sur le métal et tombent sur le sable, à 15 mètres sous la Hutte. Allez, encore une tentative : il parvient à se balancer avec plus d'énergie, à tel point que la douleur manque le faire s'évanouir. C'est alors que lui revient un vieux truc de la Légion étrangère : quand il avait mal, quand il avait peur, quand il avait honte de ce que ses hommes avaient pu commettre dans les villages, il renversait la tête en arrière et levait les yeux au ciel. Pour une raison inexplicable, cela a toujours mis fin à ses défaillances.

Faites que ces seringues ne se soient pas cassées. Je vous en prie.

Après ce bref intermède, il pivote, reprend de l'élan grâce à une violente torsion du corps, percute de ses jambes une des poutres du plancher de la Hutte et s'y arrime. Il peut alors lever le pied jusqu'à ladite poutre et faire suivre lentement son autre jambe. Le voilà collé au plancher, ou ce qu'il en reste, telle une grenouille.

Spider, encore un effort. Il compte jusqu'à trois, inspire de toutes ses forces et lâche la poignée de la porte. L'idée est de se redresser immédiatement, de manière à enlacer la poutre. N'en ayant plus la force, il retombe en arrière. Le voilà maintenant suspendu par les genoux, la tête en bas, comme un acrobate.

Il reste dans cette position quelques minutes, à contempler le ciel inversé et le ventre de la Hutte, le clair de lune qui traverse la fenêtre et le plancher. Ses genoux sont en compote ; le sang lui emplit le crâne et le cou, qu'il semble faire gonfler. Spider rassemble ses dernières forces pour un relevé de buste, comme à la Légion : mais celui-ci est vital.

Qu'il est lent, qu'il est douloureux, ce relevé ! Mais Spider parvient enfin à passer le bras par-dessus la poutre. Il reste un long moment accroché à elle sans bouger, haletant, si déshydraté que sa langue colle, épaissie, à son palais, et que ses lèvres se fendent.

Enfin, quand il a repris quelques forces, il entreprend sans difficulté la descente le long du pilier. Il se laisse tomber sur le sol sablonneux, dans l'ombre lunaire de la Hutte, fouille le sable à la recherche des seringues. Elles sont toutes intactes, sauf une.

Enfin. Enfin ! Ils vont peut-être pouvoir sauver Tita Lily. Ou peut-être pas. Si elle a déjà succombé… Si tel est le cas, d'après ce qu'a dit Mardy, la famille ne pourra alors plus se permettre de perdre un seul autre membre.

Il récupère tous les morceaux de toile de parachute, en fait un baluchon qu'il traîne dans le sable. Il déchire ensuite un morceau de sa robe, laquelle a souffert de ses aventures dans la Hutte, et casse un petit bout de la statue la plus proche. Ce fragment de rose des sables est pour Mardy.

Et maintenant, pour le meilleur et pour le pire, il compte retrouver sa famille.

Il est 6 h 30 lorsque McKenzie descend d'un pas somnolent dans la cuisine. Les garçons et son père sont déjà partis. Il n'y a plus que sa mère. En pantalon de yoga et tee-shirt rose, elle confectionne un smoothie pour McKenzie, la brosse à dents dans la bouche.

— Ma puce, ton bus passe dans vingt minutes et tu n'es même pas habillée.

— Je sais. Mais il faut que je te parle.

Selena Strathie s'interrompt et dévisage longuement sa fille d'un air inquiet.

— Me parler ? Et de quoi ? Tu ne te sens pas bien ?

— Si, ça va. Mais j'ai des questions à te poser.

— Très bien, mais tu crois que c'est le moment ?

— Je n'en ai pas pour longtemps.

Sa mère sort sa brosse à dents de sa bouche, se penche sur l'évier et crache son dentifrice, avant de s'essuyer les lèvres avec un morceau de Sopalin. Les mains sur les hanches, elle toise sa fille.

— Bon, vas-y, parle-moi, ma chérie. Mais pas plus de cinq minutes. Après, tu files te préparer. Tu as entendu ce qu'a dit le proviseur. Il ne te donnera pas une seconde chance, ma belle. Qu'est-ce que tu veux savoir ?

— Je veux que tu me parles du Nevada.

— Du Nevada ?

Sa mère fronce les sourcils. Sa lèvre inférieure est soulignée d'un trait blanchâtre de dentifrice.

— On n'avait pas réglé cette affaire dans le cabinet du Dr Shreve ?

— Pas vraiment. Pour commencer, qu'est-ce qu'on faisait dans le Nevada ?

— On rendait visite aux Peterson. Des amis de ton père. Pourquoi ?

— Comment se connaissent-ils, papa et eux ?

— Aucun souvenir. Écoute, ma puce, je suis désolée, mais je suis perdue, là. Tu n'as pas encore pris ton petit déj et nous sommes là à discuter des Peterson ? Tu vas être en retard.

— Pas si tu me réponds.

Selena inspire sèchement, plisse légèrement les yeux et considère sa fille non sans méfiance.

— Tu n'as pas oublié ton Seroquel, ce matin ?

— Mais non. Ce ne sont pas des hallucinations, maman. Réponds-moi juste sur un point : comment papa et M. Peterson se sont rencontrés ?

— Par leur travail, je pense.
— Leur travail au département d'État ?
— Oui, j'imagine.
— Sauf que papa ne travaille pas vraiment au département d'État, si ?
— Pardon ?
— Je répète : « Sauf que papa ne travaille pas vraiment au département d'État, si ? » Ce qui est un euphémisme pour dire qu'il a un employeur un peu plus… secret.
Le silence s'installe dans la cuisine. Puis la mère de McKenzie se courbe légèrement, comme si ses vertèbres venaient de céder, signe qu'elle ne livrera pas bataille. Elle porte une main à son front.
— Ce n'est pas le genre de conversation qu'on devrait avoir à 6 h 30 du matin, le jour où tu reprends les cours.
— Alors quand l'aura-t-on, maman ? Quand te décideras-tu à me dire la vérité ?
— La vérité, nous te l'avons déjà dite, jeune fille. Je ne vois pas pourquoi tu insistes. Maintenant…
Sa mère inspire à plusieurs reprises et, comme si elle recouvrait son assurance – posture qui emplit McKenzie de colère, pour le subtil message qu'elle induit : « Ma fille, tu as réussi à me faire craquer, avec les exigences dont tu m'as toujours accablée » –, elle se redresse de toute sa hauteur. D'un ton plus ferme, elle reprend :
— J'ai un cours dans une demi-heure à Burke. Tu comprendras donc que je ne puisse pas rester là à bavarder avec toi. Sans parler du bus qui est censé te prendre d'ici, oh… treize minutes ? Excuse-moi.

Elle repousse doucement sa fille et sort de la cuisine, la tête haute. Martèlement saccadé de ses pas dans l'entrée, porte qui claque, crissement des pneus dans le gravier de l'allée tandis qu'elle fait démarrer la Jetta en marche arrière.

McKenzie enregistre tout cela. Elle n'a pas besoin d'en entendre plus.

Elle se rue dans sa chambre, s'habille en hâte, fourre quelques affaires dans son sac à dos, sans oublier Doudou Lapin, puis redescend en vitesse et quitte la maison. Il est 6 h 30 sur la côte Est, quatre heures de moins à Seattle. Elle tape un rapide message sur son téléphone à l'intention de @NewtinSeattle puis fait signe à India, qui attend à l'arrêt de bus.

— Ah, ma poule ! Retour au bahut !

— Eh oui, reine d'un jour, répond McKenzie avec un clin d'œil.

— Aaaah, roucoule India. Je t'adore. Je serai ton ombre aujourd'hui, je te quitterai pas d'une semelle. T'inquiète.

Il n'y a pas eu de nouvelles chutes de neige ; les chaussées sont dégagées. Le bus arrive au lycée avec quelques minutes d'avance et McKenzie en profite pour discuter discrètement avec Mme Spiliotopolous, qui n'est pas du tout convaincue, au premier abord, par sa proposition. Sans parler des conséquences morales et juridiques. Mais, après avoir lancé des regards soupçonneux alentour, craignant les oreilles indiscrètes, celle-ci finit par concéder :

— Je vais réfléchir.

— Je vous en supplie…

— Je vais réfléchir, je t'ai dit.

India la presse de questions dans la salle des casiers.

— Dis donc, tu n'en décroches pas une aujourd'hui, McKenzie Strathie. Tu n'es plus celle que tu étais !

McKenzie se tourne vers elle.

— India ? chuchote-t-elle en scrutant le visage de son amie. Tu pourrais me rendre un service ?

— Mais bien sûr. Aujourd'hui, je suis ton esclave.

— J'ai besoin de quelqu'un en qui j'aie confiance. Absolument confiance.

India se rembrunit.

— Qu'est-ce qui se passe ? T'as un problème ?

— Je ne sais pas. Je t'expliquerai plus tard, mais pour le moment j'ai juste besoin d'un service. Sans explications.

India se mord les lèvres et inspecte le couloir d'un regard hésitant. Dans moins de cinq minutes, la sonnerie indiquera le début des premiers cours de la journée. Personne ne s'intéresse à ces deux élèves en pleine conversation près des casiers. India s'avance en baissant la tête.

— Bon, vas-y. Qu'est-ce que tu veux ? souffle-t-elle si bas que McKenzie est la seule à l'entendre.

— Je vais dire à ma mère que je passe la nuit chez toi. Elle ne posera pas de questions, je pense. Mais si jamais… Tu me couvriras ?

— Tu vas où ?

— Sans explications, j'ai dit.

— Bon, d'accord, d'accord. Je te couvre. Mais si elle demande à ma mère ?

— Je n'aurai plus d'alibi. Mais elle ne le fera pas. Et demain matin, à l'appel, tu peux dire que j'ai dû aller aux toilettes ? Ils finiront par comprendre que je ne suis pas là, mais ça me laissera un peu de temps.

— Parfait. Alors c'est la grande aventure ? Dément !

— Oui, j'espère. Autre chose : à la fin du cours de latin, tu pourras prendre mon manuel et le remettre dans mon casier ? Tu connais le code. Je t'enverrai un texto pour te dire où je suis et ce que je fais.

— D'accord, d'accord… Mais si tu dois rencontrer quelqu'un, tu ne crois pas qu'il vaudrait mieux que je sois au courant ? Au cas où tu ne rentrerais pas ? Imagine, on te kidnappe, et paf, le lendemain, tu te tapes un syndrome de Stockholm, tu te radicalises, et on te retrouve une Kalach à la main en train de combattre pour l'État islamique ou les suprémacistes blancs…

McKenzie se mord la lèvre inférieure.

— Non, finit-elle par répondre après un long silence. Tu n'as pas besoin d'être au courant. Je serai en lieu sûr.

Elle espère ne pas se tromper.

20

À Harbinson, la journée commence par le cours de latin, ce qui est une chance pour McKenzie, la professeure ayant depuis longtemps renoncé à enseigner en option la langue de Cicéron à des élèves aux acquis trop hétérogènes. Elle se contente de passer une vidéo en classe, qu'ils regardent pendant qu'elle prépare un autre cours ou corrige des copies. Elle va bientôt quitter le lycée, dit la rumeur, et se fiche désormais de sa réputation, ce qui convient parfaitement à McKenzie.

Laquelle se fait inscrire présente, rejoint son pupitre et ouvre son manuel, le regard sur la pendule. Elle laisse passer cinq minutes pile. Si, après réflexion, Mme Spiliotopolous refuse de l'aider, elle devra consacrer ses 200 derniers dollars à un Uber. Ou bien voler la Subaru de Tatum, ce qui vendra la mèche à compter du moment où l'un des membres de sa famille rentrera à la maison le soir. Cette option-là réduirait à néant ses quelques longueurs d'avance.

Pourvu que Mme Spiliotopolous dise oui ! Pourvu qu'elle accepte !

McKenzie se lève, les jambes en coton, et demande à la prof l'autorisation d'aller aux toilettes. Elle laisse son manuel sur sa table, empoigne son sac à dos et se dirige vers la porte. Elle a juste le temps de voir India articuler quelques mots : « Putain, tu fais attention, hein ? » Et la voilà partie, tête baissée, marchant à grands pas dans le couloir.

Il est si tôt que la plupart des conseillers et des enseignants sont en classe ou dans leur bureau, et personne n'a encore organisé de patrouilles dans les couloirs à la recherche d'éventuels retardataires. Elle se dirige droit vers la porte de service.

Il fait un froid glacial dehors. Le vent s'est levé ; les dernières feuilles d'automne s'amassent dans le parking des troisième année, plaquées sur les trop précoces congères. Les 40 bus du lycée sont tous garés devant leur arrêt. Face au vent, McKenzie cherche du regard le n° 72, qui se trouve en général au bout de la rangée. En s'approchant, elle constate qu'il manque à l'appel.

Mme Spiliotopolous a réfléchi. Et décidé qu'elle ne l'aiderait pas. Le cœur de McKenzie se serre, ses plans tournent à la catastrophe. C'est l'appel qu'elle a reçu pendant son rendez-vous avec le Dr Shreve qui a fini de la convaincre. Newt avait le souffle court.

« McKenzie, tu avais raison. À un point inimaginable. La réponse se trouve dans l'endroit dont tu m'as parlé. Phoenix. La ville a été construite selon un plan qui suit celui des canaux creusés jadis par la tribu des Hohokam. Et tu sais à quoi ressemblent ces plans ? »

Elle a tout de suite compris. Et, lorsqu'elle a tapé « Phoenix » dans Google Maps, ses intuitions se sont confirmées : les canaux de la ville forment le motif qui obsède Newt depuis des années.

Un mécanisme s'est mis en marche, les pièces du puzzle s'assemblent. Enfin.

Elle sort son téléphone de sa poche, les mains tremblantes de froid. Il lui faut prendre une décision. Là, maintenant. Prendre un Uber à 200 dollars ou voler la Subaru de Tatum ?

— Salut, Bonnie Parker.

McKenzie sursaute, se retourne. Trois mètres plus loin, entre deux bus, le moteur allumé, un 4 × 4 qu'elle n'avait pas remarqué. Au volant, Mme Spiliotopolous a le regard grave, braqué sur elle.

— Plus tu restes plantée là, plus tu risques de te faire repérer.

McKenzie se précipite sur la portière côté passager, monte à bord. Le chauffage est à fond, les haut-parleurs hurlent un concerto pour piano.

— N'oublie pas la ceinture, ajoute Mme Spiliotopolous en quittant le parking.

McKenzie a du mal à le croire. Personne ne les arrête. Elle se retourne sur le portail, qui déjà se referme derrière elles. Pas de gyrophare bleu, pas d'agent de sécurité, pas de prof sortant en courant du lycée en agitant les bras, bouche bée.

— Je sais, dit Mme Spiliotopolous d'un air ironique. Zéro surveillance. Ce qui facilite grandement les choses aux criminels.

— Je ne suis pas une criminelle, bafouille McKenzie, le souffle court. Je vous le jure.

— Je sais. Mais je suis peut-être en train de te livrer à des personnes dont les intentions sont moins pures. J'ai l'impression de te conduire vers l'inconnu.

— L'aéroport de Baltimore, ce n'est pas franchement l'inconnu.

— Tu vois très bien ce que je veux dire.

— Je ne veux pas vous causer d'ennuis, madame S. Vraiment pas. Mais je ne peux pas faire autrement.

Pensive, Mme Spiliotopolous ne répond pas tout de suite. En virtuose du volant, elle s'insère dans la circulation, changeant sans cesse de voie avec une aisance dont ni le père ni la mère de McKenzie ne sont capables.

— Je ne vous causerai pas d'ennuis, répète McKenzie en serrant son sac à dos contre elle. Je vous suis incroyablement reconnaissante, vous savez. Je vous rembourserai l'essence.

— Hors de question.

Mme Spiliotopolous met son clignotant à droite et s'engage sur l'autoroute, où la circulation est fluide. Le soleil matinal étincelle sur les pare-brise.

— Tu ne me dois rien, McKenzie. Tu m'as déjà donné beaucoup.

— Comment ça ?

Mme Spiliotopolous sourit. Elle a de beaux yeux, ce que McKenzie remarque pour la première fois. Et son teint est limpide, sa peau lisse.

— Tous les jours, tu prends mon bus. Toi, l'élève la plus brillante de ce lycée. Et qu'est-ce que je vois tous les jours ? De la tristesse. Depuis des années, je vois une enfant perdue. Jusqu'à ce matin. Quand tu es montée dans le bus ce matin, quand j'ai vu ton visage… Je n'ai pas besoin d'une autre récompense. Je ne sais pas ce que tu t'apprêtes à faire, McKenzie Strathie, génie des nuages, je ne sais pas quels sont tes plans, mais je sais que c'est ce qu'il te faut.

Vidé, abattu, Spider traîne à bout de bras sa toile de parachute. Le soleil se lève alors qu'il est encore à plus de quatre clics de Dubai. Ses rayons se faufilent entre les gratte-ciel ; Spider rabat sa visière sur son visage et baisse la tête.

Trois kilomètres plus loin, il perçoit du coin de l'œil une ombre qui file au-dessus des sables, à sa gauche.

Une vision si rapide qu'il aurait pu la manquer ; et quelle forme a-t-elle exactement ? A-t-il vu… des ailes ? Oui, il en est certain. Il renverse la tête, scrute le ciel, le cœur battant plus vite. La lumière est si forte, elle tombe à un angle si aveuglant qu'il ne voit rien. Il balaie l'horizon à l'aide de ses jumelles, se passe la langue sur les lèvres, attend qu'une autre forme se matérialise à son côté – en vain.

Tu es le jouet de ton imagination, s'admoneste-t-il en reprenant sa route. *Tu en as trop fait, et tu hallucines. Plus jamais de chocolat, Spider !*

En s'approchant de Dubai, il voit la famille au complet descendre de la dune et venir à sa rencontre. Chamelle a été sellée ; elle est conduite par Hugo mais c'est Amasha qui a pris la tête de cette procession.

Spider s'immobilise. Il n'est plus en état de lutter. Il supportera tout ce qu'Amasha lui jettera à la tête, acceptera le mépris souverain de Noor, la jubilation mauvaise de Cairo. Il laisse tomber la toile de parachute. Il ne fera pas un pas de plus.

La famille n'est plus très loin à présent. Chamelle est si chargée ! Accrochés à son bât, les fragments d'un banc trouvé dans un hôtel ; entre ses bosses, des rideaux bleu et or arrachés aux fenêtres des chambres. Il distingue leurs visages maintenant, et voit bien que celui d'Amasha n'est pas rembruni. Elle lui tend une poche à eau, visiblement horrifiée par ses blessures.

— Oh, *ladeela*, nous étions morts d'inquiétude. Cher garçon !

Elle lui fourre la gourde dans les mains et le serre dans ses bras avant même qu'il puisse répondre.

— Tu nous as tant manqué. Sans toi, nous n'étions plus une famille.

La chevelure d'Amasha lui est si familière avec ses vagues effluves de cannelle, et le souvenir des cadenas sur les portes des chambres est si puissant que Spider se sent sur le point de s'effondrer. Il a beau faire deux têtes de plus qu'elle, il se blottit quelques secondes contre sa poitrine, vaincu.

Elle écoute son cœur battre un bref instant. Puis lève les yeux vers lui, perspicace.

— Tu as trouvé quelque chose. Quoi donc ?

— Des seringues. Usagées, mais il y en a beaucoup.

— On les stérilisera, dit Amasha. Fais voir.

Spider les sort de son sac à dos. Tous se massent autour de la Futatsu, qui les examine à la lumière du jour.

— D'où viennent-elles ?

— D'une Hutte. Je ne sais pas à quoi elles ont servi. Peut-être à injecter une substance qui donne du plaisir.

Elle sourit et son visage s'illumine, comme si tous ses soucis avaient été balayés.

— Il faut que je les rapporte vite à la Hutte, pour Forlani et Tita Lily. On peut emprunter Chamelle ?

Spider est trop épuisé pour courir avec eux. Lorsque Amasha a fini d'examiner ses blessures, Spider l'aide à monter sur le bât de Chamelle et explique à Noor le maniement de sa longe.

— Il faut que tu fasses ce claquement de gorge, comme ça, dit-il en joignant le son à la parole. Elle t'obéira.

Noor et Amasha prennent le chemin du retour, quoique Chamelle se montre réticente et lance des regards fulminants à Spider.

— Maintenant, il faut que tu t'hydrates, dit Elk en lui tendant la gourde.

Spider hoche la tête, boit goulûment. Il laisse Madeira panser les écorchures de ses bras, accepte la cuillerée d'huile qu'elle approche de ses lèvres. Il mâchonne avec précaution les quelques dattes que lui donne Elk.

— Vous avez trouvé quelque chose ?

— Pas encore, répond Hugo, qui semble épuisé, la chemise tachée, auréolée de transpiration. Nous allons rentrer pour la nuit grise et revenir demain dès l'aube.

Tandis qu'ils se remettent en marche, Splendour se joint à Spider et s'agrippe au bas de sa jupe. Elle est intarissable sur les distributeurs.

— On va revenir à Dubai et construire notre nouvelle Hutte là-bas, et comme ça on pourra manger des barres chocolatées quand on voudra, et après on trouvera le Sarkpont, hein ? Et Mardy nous donnera des sodas, avec son tablier, hein, Spider ?

— Si tu le dis, c'est que c'est vrai.

Elle pousse un cri de joie, rebrousse chemin en courant, prend Cairo dans ses bras, lui plante un baiser sur la joue et le bouscule joyeusement.

— Hé ! les gronde Madeira. Vous vous calmez, les petits. Vous vous calmez.

Splendour est sur le point d'obtempérer lorsqu'elle se fige. Son regard est rivé sur l'horizon ; sa bouche s'agrandit en un ovale stupéfait.

Spider fait volte-face, voit ce qu'elle a vu. Au sud, le paysage s'est assombri. Mais ces nuages n'en sont sans doute pas. Ils grouillent comme un colossal essaim – un million de fourmis ; un seul mouvement.

Les épaules de Spider s'affaissent. Il n'a donc pas rêvé l'oiseau dans les dunes. Ce devait être un membre de l'avant-garde, un héraut de la nuée à venir.

Il se redresse. Se dirige rapidement vers Elk, lui pose discrètement la main sur le bras. Surpris par ce contact et par l'expression de Spider, Elk cesse de sourire.

— Quoi ?

Spider, d'un geste du menton, lui indique le sud.

Le colosse suit son regard et son visage se décompose. Les enfants déjà se sont mis à gémir.

— Non, chuchote Elk, non, par pitié.

Mais que répondre à cela ?

Le regyre est fini. Une autre famille a trouvé le Sarkpont.

De l'avion, McKenzie voir surgir les montagnes de Phoenix. Leur silhouette si nette dans le soleil de midi apaise une part d'elle qu'elle ne parvient pas à localiser, comme si cette vision ouvrait dans son esprit des chemins fermés jusqu'alors. Au moment de débarquer, elle reste un instant en haut de la passerelle du 737, le soleil caressant son visage et les passagers s'impatientant derrière elle. Phoenix s'étend au loin. Elle aperçoit les sommets, quelques nuages blancs et l'immense terminal, verre et acier. L'air épais et rêche la pénètre, fait naître en elle le sentiment que la maison n'est pas loin, qu'elle va la retrouver bientôt dans le désert de l'Arizona.

Elle finit par descendre, bousculée par les passagers pressés. Le tarmac est brûlant. Elle l'arpente en silence, sac au dos, les yeux levés vers le ciel si bleu, si haut, strié par les traînées de condensation. La brise ténue, presque imperceptible, son odeur de sable et de sécheresse font naître en elle excitation et crainte.

Après que Mme Spiliotopolous l'a déposée à l'aéroport de Baltimore, personne n'a fait mine de l'arrêter, ni même de lui demander où elle allait. Elle a 17 ans : elle n'a eu besoin pour embarquer et débarquer que de montrer son permis de conduire et le QR code de son billet d'avion. Incroyable. Plus incroyable encore : à Phoenix, six heures après sa sortie du lycée, Newt et India sont les seules personnes qui aient cherché à la contacter. Le message de cette dernière est sobre :

Personne n'a encore posé de questions. Je fais profil bas. Meurs d'envie de savoir ce que tout ça cache.

Réponse anxieuse de McKenzie :

Je rencontre qqn que je ne connais pas.
Un Argentin. Newt Herrera. Il vit à Seattle.
Tu n'en parles à personne, sauf si je ne reviens pas.

Mais elle se ravise et efface tout.

Bien arrivée. Te dirai tout. Patience.
T'embrasse fort.

Le message de Newt date d'il y a trois heures :

Je viens d'atterrir. T'attends aux Arrivées, premier étage, café Cactus, en face du Starbucks.

Un café ? Elle se voit tomber de haut, pendant quelques secondes. Elle avait imaginé quelque chose de différent, de plus singulier. Elle s'arrête dans la zone de retrait des bagages, prend le temps de se changer. Adieu, les dépouilles de l'hiver virginien, polaire et sweat-shirt. Une fois en tee-shirt, elle remplace ses Fugg par les sandales qu'elle a fourrées au fond de son sac. Le cœur battant, elle range ses affaires et se dirige vers les escalators.

Ils la conduisent en face du Starbucks, dont l'enseigne lumineuse surplombe l'allée. Il y a une dizaine de types en tenue de sport debout près du comptoir, attendant leur café ; plus loin, suspendue aux solives du plafond, une pancarte se balance au-dessus d'une vitrine. Le mot « CACTUS » y est écrit en lettres roses et vert olive.

Les sportifs la suivent du regard, s'arrêtant sur ses jambes, ce dont elle n'a pas l'habitude. McKenzie longe le Starbucks et se dirige droit vers le café. Il jure un peu dans cette galerie, avec son unique porte. Les cafés d'aéroport sont toujours ouverts aux quatre vents. Dans la vitrine, des sculptures en fibre de verre peinte, violettes, vertes ou jaunes, s'offrent aux regards. Chacune représente un fruit.

Elle pousse la porte d'une main hésitante. Les murs sont en brique, le plancher en bois recyclé, le plafond en adobe. Il n'y a personne à part la serveuse, une jeune femme en tee-shirt rose qui ne lève pas les yeux du comptoir : elle vide les réservoirs à café des machines à expresso. Et, tout contre une sculpture en fibre de verre cramoisie qui représente une fleur du désert, Newt.

Il ne l'a pas entendue arriver. Lui tournant le dos aux trois quarts, il regarde une photo sur l'écran de son téléphone. Il est plus grand et plus mince qu'elle ne l'imaginait. Il porte un jean moulant noir, des Dr Martens motif zèbre, une veste en velours vert olive et un chapeau de paille orné d'un ruban blanc et noir. Elle distingue les os sous la chair de son visage aux traits fins – une œuvre d'art. Et, sous le bord du chapeau, quelques boucles sombres qui lui évoquent soudain la poussière nacrée sur les ailes des papillons.

Elle pose son sac à dos par terre, se rend compte que ses genoux sont en coton, qu'elle ne sait plus comment rester debout, ni où. Newt paraît alors prendre conscience de sa présence. Il lève légèrement les yeux et se raidit. Avec une lenteur qui la met à la torture, et comme s'il craignait de ne plus se mouvoir correctement, il se retourne vers elle.

Aucun des deux ne parle. Ils échangent un regard qui semble durer des heures. La serveuse continue de manipuler ses tasses et ses briques de lait, les haut-parleurs déversent leur lot d'informations sur les vols et les portes d'embarquement, mais ce n'est plus qu'une mer de sons dont aucune vague n'effleure le losange d'air qui s'est formé entre eux.

C'est Newt qui fait le premier pas. Il glisse son téléphone dans sa poche et se campe face à McKenzie. Il est plus grand qu'elle et se penche un peu pour la scruter longuement. Ce qu'elle n'aurait supporté de personne d'autre : elle serait partie en courant. Avec lui, la chose semble tout à fait naturelle. Elle le dévisage également, remarquant sans même s'en apercevoir la moindre anfractuosité, la moindre courbe de son visage ; la manière dont la peau recouvre les os, les sourcils, l'ambre brun de ses iris, le soupçon léger de barbe.

Il lui prend la main, la garde dans la sienne. Elle presse doucement ses doigts. Il expire, enfin, comme si elle avait répondu à une question essentielle. Puis il la serre dans ses bras.

Elle pose la tête contre le torse de Newt et écoute battre son cœur : un rythme lent, naturel, le même son que le sien. Les mains de McKenzie se rejoignent dans le dos de Newt. Elle sent sous la veste en velours les muscles, les os fins.

Ils n'échangent pas un mot, restent l'un contre l'autre sans éprouver le besoin de parler, perdus dans leur espace. Et cela dure si longtemps qu'il faut une question de la serveuse, qui s'éclaircit la gorge avant de leur demander, du comptoir, s'ils veulent quelque chose, pour briser leur étreinte.

21

Il n'est pas nécessaire de courir, mais personne ne veut se retrouver en plein désert lorsque le regyre prend fin. La famille avance dans les sables d'un pas chancelant et maladroit. Les dos sont voûtés. Personne ne dit mot. Les enfants pleurent en silence ; les femmes trébuchent et ne prennent plus soin de leurs affaires, qu'elles laissent traîner sur le sable ou même tomber, qu'elles abandonnent sur le chemin.

Dans le ciel, les nuées d'oiseaux obscurcissent le soleil. Des ombres chaotiques survolent les dunes. Le vent se lève et les sables commencent à chanter, notes basses, mugissantes, un son que Spider a entendu hors du Cirque, dans ses expéditions en Afrique du Nord, avec la Légion étrangère. C'est une vibration profonde, universelle, lui a-t-on dit, le « Ohm » des moines thaïlandais, le bourdon des imams.

Dans le Cirque, le vacarme est effroyable. Le son résonne dans le désert, semble transpercer les organes – cœur, foie, poumons. Spider reste à la hauteur de ses compagnons, et revient sans cesse en pensée à la famille qu'il a vue se hâter près de la Chicane : est-ce celle-là qui a trouvé le Sarkpont ? Le souvenir en est si vif : une floraison rouge sang dans son cerveau.

Parvenus à la tour, ils grimpent l'échelle et viennent s'effondrer, frémissants et en larmes, dans la salle commune. Forlani et Noor, qui font bouillir de l'eau dans la cuisine pour les seringues, s'aventurent sur le seuil, les yeux écarquillés. Au bruit des oiseaux dans le ciel, à la vue du visage de leurs compagnons, ils comprennent, et leur bouche s'affaisse.

— Oh, merde, merde !

— Nous avons échoué aujourd'hui… Une fois de plus. Commence un nouveau regyre, un nouveau regyre qui est pratiquement notre…

La voix d'Amasha chevrote légèrement. Elle est peut-être sur le point de prononcer le mot que personne ne veut entendre, mais se ravise au dernier moment et paraît reprendre confiance.

— Un nouveau regyre. Ha'shem, nous te prions de penser à nous et aussi à Tita Lily, qui est blessée… Épargne-la, s'il te plaît.

Ils restent tous assis en silence un moment, les mains jointes, tandis que les nuées d'oiseaux assaillent, bruyantes, les parois de la Hutte. Mais dans la cuisine la casserole tressaute avec tant d'ardeur que Forlani lâche ses voisins pour retourner s'en occuper. Spider lui emboîte le pas et regarde les seringues danser dans l'eau en ébullition.

— Comment tu peux être certain que ça va marcher ?

— Ça va marcher. On n'a pas le choix.

Spider accompagne Forlani jusqu'à la cellule où repose Tita Lily. La fenêtre est grande ouverte et la petite pièce, qui donne au sud, est la plus fraîche de la Hutte. L'air vient des hauteurs qui environnent

Mithi, ce qui n'empêche pas Tita Lily d'être en nage et d'avoir les joues boursouflées, rouge tomate. Sa respiration est rapide.

— Cette infection… Ça s'est déclenché ce matin, marmonne Forlani en déposant son unique flacon d'antibiotiques dans un bol, où il rejoint seringues et linges bouillis. Depuis que vous êtes rentrés, son état a empiré. Je ne sais pas si je vais pouvoir la sauver.

Spider s'assoit au bout du lit et sourit à la malade.

— On t'a abandonnée un bon bout de temps, dit-il en lui prenant la main.

— Oh, pas de problème, susurre-t-elle. Je me suis chanté des tas de choses. Une vieille rengaine qui s'appelle « Mindanao » – on braillait ça dans les quartiers misérables de Manille quand j'étais enfant. Tu veux que je te la chante ?

— Mais oui. Quand on t'aura fait ta piqûre.

Tita Lily soulève sa chemise de nuit et leur montre son bas-ventre. Les écorchures causées par sa chute dans les cactus ont disparu, remplacées par une plaque ocre rouge qui lui brûle le flanc. Au milieu bée une cavité noirâtre autour de laquelle le pus s'est accumulé.

Forlani ferme les yeux quelques secondes, puis sélectionne une des seringues et perce l'opercule en caoutchouc du flacon, avant de pomper le liquide translucide.

— Bien, bien. Maintenant, on va remonter cette manche. Voilà… Un peu plus ?

La main de Forlani tremble. Spider est peut-être le seul à s'en rendre compte, mais l'homme-médecine a peur. La transpiration perle sur sa lèvre supérieure. Le tremblement disparaît lorsqu'il palpe le bras de

Tita Lily. Après avoir profondément inspiré, il soulève le biceps et enfonce l'aiguille.

Tita Lily pousse un petit cri, mais Spider, qui a posé les mains sur ses épaules, les lui masse doucement. *Elle brûle plus que le plus assoiffé des déserts*, se dit-il tandis que Forlani, d'une pression du piston, introduit le liquide dans sa veine. Il se peut qu'elle n'y survive pas – Forlani d'ailleurs ne sait pas si le médicament convient. Puis le jeune homme s'écarte, fébrile, tremblant. Ses yeux sont ronds comme des lunes, sa respiration saccadée.

— Voilà, murmure Spider à l'oreille de Tita Lily. Pour le moment, c'est fini.

— Je veux du bourbon, je veux du tubâ. Spider, s'il te plaît !

Elle tend la main vers lui pour toucher son visage. Elle est en plein délire, c'est évident.

— Trouve-moi quelque chose à boire.

— Avec les antibiotiques ? Tu es sûre que ça ne va pas te faire gerber ?

Il la regarde. Elle a le souffle court.

— OK, je demanderai à Elk. Si tu veux bien, on va rester tranquilles un moment.

Il lui sourit et entend en même temps la respiration de Forlani, guère moins saccadée : le garçon craint les résultats de l'injection. Mais Tita Lily ne lâche pas l'affaire ; elle parle, elle parle en caressant le visage de Spider.

— Mon beau Spider, juste un petit verre.

Elle a toujours flirté avec lui. Elle sait que c'est sans conséquence. C'est sa manière de fonctionner, rien de plus.

— Un petit verre.

— Attends qu'on ait retiré cette épine de cactus.

Forlani se passe la langue sur les lèvres. Il tire un rouleau de gaze de sa ceinture et s'installe au chevet de sa patiente.

— Il faut qu'on fasse sortir cette épine.

Spider respire par la bouche tout le temps que Forlani presse sur la chair qui entoure l'écharde. Le silence s'installe ; Tita Lily ferme les yeux très fort et Spider lui serre la main. Forlani marmonne quelque chose, applique ses doigts à un autre endroit, presse de nouveau, n'obtenant rien de plus qu'un liquide transparent. Il trouve un autre point d'attaque, appuie.

— S'il te plaît, geint Tita Lily.

Au même moment, une fine giclée de pus jaune jaillit. Forlani plisse les yeux, continue à presser. Le flot grossit, s'épaissit. L'odeur est épouvantable, mais Spider ne bronche pas afin de ne pas vexer Tita Lily. Enfin, c'est une masse dense et noire qui émerge de la chair et retombe sur la peau enflammée.

— Oh, par tous les saints ! marmonne-t-elle. Que je sois bénie pour la douleur endurée, que je sois bénie !

— C'est fini, dit Forlani en nettoyant la plaie. Tu as été héroïque.

Puis il sort de son sac un petit pot de pommade grise qu'il applique sur la blessure avec une spatule en bois.

— Va lui chercher quelque chose à boire, maintenant, dit Spider en indiquant la porte d'un geste du menton.

Dès que Forlani a le dos tourné, Spider se penche vers Tita Lily.

— Je suis répugnante, gémit-elle. Ignoble, répugnante. Tu as vu ce qui est sorti de moi ?

— Ce n'est pas ta faute. Tu es tombée sur un cactus.

— Mais cette puanteur, Spider. Regarde-moi ! Mes jambes… Mes jambes sont répugnantes. Et sous mes bras, et sur mon torse. Ça pique déjà. Je ne peux pas rester comme ça, Spider. Ce n'est pas possible.

Et c'est ainsi que Spider se retrouve dans la cuisine à faire chauffer la ration d'eau de Tita Lily pour la rapporter ensuite dans sa chambre, avec du savon et un rasoir.

— Voilà, dit-il. Je vais soulever le drap. Ça te va ?

Il joint le geste à la parole, révélant les jambes minces et musclées de Tita Lily. Elles sont couvertes d'une fine pellicule de transpiration. Les poils sont presque invisibles aux yeux de Spider, mais il sait à quel point la chose est importante pour elle. Il fait mousser le savon et l'étale sur ses jambes avant d'y appliquer avec soin la lame du rasoir.

— Ça ne te fait pas mal ?

— Non.

Elle se laisse retomber en arrière, les bras au-dessus de la tête.

Sa peau est tellement brûlante. Il doute qu'elle passe la nuit. Une fois les jambes rasées, il passe aux aisselles, puis au torse. Lorsqu'il a fini, elle lui agrippe le poignet.

— Quoi ?

— Spider, dis-moi la vérité. Dis-moi, tu te sens chez toi ici ?

Il la dévisage. Ses yeux sont brun foncé, très rapprochés. Une petite croûte de mascara s'est formée au coin de ses paupières ; ses lèvres portent encore quelques traces de rouge. Son haleine est aigre, fétide.

— Je veux dire, je crois qu'ils se sont trompés.

— Trompés ?

— Oui. Pourquoi me sélectionner moi, qui suis quand même une délinquante ? Je veux dire, oui, j'ai bien essayé d'aider des filles de rue, à Manille, mais de là à me prendre pour mère Teresa… Et puis avant cela, j'en ai fait, des saloperies !

Elle enveloppe Spider du regard, et c'est comme si elle lisait en lui.

— Et tu sais quoi ? Quand je te vois, je sais que toi aussi tu as fait un truc dont tu n'es pas fier.

Spider ne la quitte pas des yeux. La mousse à raser sèche sur ses mains. Il revoit l'aquarium, le ronflement de la lampe à gaz, le tremblement des parois de verre. Il est sur le point de répondre lorsque Elk apparaît sur le seuil de la chambre, un verre de liquide doré à la main.

— J'ai entendu dire qu'une belle femme avait soif, dit-il en couvant Tita Lily du regard, feignant de ne pas voir que la vie lentement la quitte. Voici une tisane qui te fera dormir. Qualité supérieure. Et qui te fera faire de beaux rêves !

Newt a loué une énorme Audi Q5 blanche, intérieur cuir, pourvue d'un système audio Bose. Il pose le sac à dos de McKenzie sur le siège arrière et lui ouvre la porte. Ses mouvements sont fluides : un gaucho dansant le tango, les épaules droites, parfaitement maître de lui-même, bougeant à peine la tête.

Nerveuse, McKenzie ne cesse de croiser et décroiser les jambes tandis qu'ils traversent Phoenix à l'heure de pointe. Le soleil étincelle sur les immeubles et les pare-brise. Sur le volant, les mains de Newt sont brunes, ses ongles pâles, impeccables. Elle est trop mal à l'aise pour demander où ils vont passer la nuit. Lorsqu'ils arrivent à l'hôtel, elle se sent aussitôt miteuse, pas à sa place. L'établissement se trouve dans le quartier de Dove Valley, avec vue sur les terrains de golf : pelouses d'un vert brillant enchâssées dans le flanc blond des montagnes.

— Ne t'inquiète pas, la rassure Newt. Je me fais du mauvais sang pour bien des choses, mais pour l'argent jamais. Mon père était généreux. Et du coup, je peux l'être aussi. Je vais payer les chambres. Et je te rembourserai ton billet d'avion.

La réception est dallée de marbre. Il y a une fontaine, un café décoré au néon. Leurs chambres sont au dernier étage, reliées par un balcon. Newt porte le sac de McKenzie.

— Je suis juste à côté, dit-il. Tu vois ? Accorde-toi un peu de temps pour ranger tes affaires. Je reviens dans vingt minutes.

Il disparaît. Seule dans la pièce, McKenzie ne sait pas quoi faire. Elle n'a jamais dormi que dans des motels. Rien qui ressemble à cet endroit. Tout est si vaste, si étincelant : elle a peur de toucher le moindre napperon. Elle fait le tour de la chambre d'un pas hésitant, lançant aux meubles des regards méfiants comme si un groom allait surgir et la réprimander : « Madame, merci de ne pas tirer les rideaux de cette manière. Ils sont exclusivement réservés à nos clients privilégiés… »

Par la fenêtre, elle aperçoit les voiturettes du terrain de golf et leur auvent rayé framboise et pistache. L'immense club se situe entre la pièce montée et le ranch, avec sa véranda blanche et ses étages en gradins. McKenzie se sent minuscule, comme si sa seule présence ne suffisait pas à remplir la chambre. Son sac à dos semble ridiculement petit. Doudou Lapin fait vraiment son âge et la brosse à dents se recroqueville, timide, honteuse de sa banalité, sous les spots du lavabo en marbre de la salle de bains.

McKenzie a également au creux du ventre une sensation qu'elle a du mal à identifier. L'excitation, peut-être, ou ce sentiment qui s'empare d'elle quand elle boit deux flat white à la suite chez Starbucks, une vibration dans les hautes fréquences qui n'est pas désagréable mais la met légèrement mal à l'aise.

Elle branche son téléphone. India lui a envoyé un message.

> Je suis dans ma chambre depuis la fin des cours, à peine vu la génitrice. Elle n'a rien dit. Je crois que c'est bon pour toi. Demain je fais quoi ? Sérieux, donne des nouvelles.

McKenzie lui répond.

> Suis en pleine forme. Te dirai tout au téléphone.

India réagit dans la seconde.

> TRKL (ce qui signifie « trop cool » en langage India)
> Sans déc, les 2 heures de math : MORTEL sans toi McKenzie, sérieux. MORTEL sans ta tchatche. Putains d'équations du 2e degré. Si l'idée me vient un jour de prendre maths en major tu me tues, OK ?

OK. Une préférence pour la méthode ?

La réponse met du temps à venir.

Indolore et rapide, stp, et sans rapport avec Justin Bieber.

Quand toute cette histoire sera finie, peut-être, oui, peut-être que McKenzie sera la plus cool : la fille qui a laissé tomber le lycée pour se tirer dans l'Arizona.

Vingt minutes plus tard, quand elle a installé Doudou Lapin au creux de l'oreiller, pris une douche et choisi un tee-shirt et un jean propres dans le maigre stock de vêtements d'été qu'elle a sélectionnés à la va-vite le matin même, on frappe à la porte du balcon. C'est Newt. Elle lui ouvre, jette un œil dehors et se sent soudain gênée : et si quelqu'un les remarquait ? Newt n'attend pas qu'elle le prie d'entrer. Son porte-documents en cuir sous le bras, il se dirige droit vers le canapé qui jouxte la baie vitrée.

— Regarde.

Il étale sur la moquette toute une série de photos et de dessins du désert qu'elle a déjà vus sur son compte Instagram. Aujourd'hui, cependant, il les lui montre dans un certain ordre.

— Celui-ci, c'est le premier, lui explique-t-il. Je l'ai dessiné quand j'avais 13 ans.

— C'est superbe.

— Mmm, pas vraiment. C'est surtout le reflet exact de l'hallucination que j'avais eue la veille. Ça te dit quelque chose ?

Le dessin représente un désert : des dunes, des arbres de Josué et des villes à l'horizon. Une immense structure, une sorte de pylône, silhouette familière avec ses longs piliers qui se découpent, dégingandés et sévères, sur le ciel d'un bleu pur. McKenzie l'effleure du doigt, pensive.

— J'ai déjà rêvé de ça.

— Moi aussi. C'est une esquisse préparatoire pour une peinture que j'ai faite pour ma mère. Je la lui avais offerte dans l'espoir qu'elle puisse convaincre mon père de me laisser faire des études d'art.

Il lui montre une deuxième œuvre : une peinture à l'acrylique, éclaboussures roses et jaune citron.

— Des dunes, sourit McKenzie. Ça, c'est une dune parabolique ; ça, ce sont des siouf. Et il y a aussi une dune en étoile. Elles se forment lorsque le vent change fréquemment de direction.

— Je savais que tu les reconnaîtrais. Si mes parents avaient pu les regarder du même œil… Ma mère a fait semblant de trouver ça magnifique et mon père a menacé de brûler le tableau. Je n'ai pas osé lui dire que je rêvais de pouvoir dresser des cartes du désert. À cette époque, je voulais devenir cartographe.

— Vraiment ?

— Tu imagines la réaction de mes parents ? reprend-il avec un sourire triste. Leur seule concession, ça a été un cours d'architecture religieuse. Pour me garder dans la foi. Dans le droit chemin. Ça les rendait heureux. Je connais mes nefs, mes *piscinas*, mes *tholoi* et mes basiliques par cœur. Quand j'ai obtenu ce boulot à Seattle, ils étaient fous de joie. Moi, un peu moins, ajoute-t-il en haussant les épaules. Le fait est que mon entreprise a créé un service de conception d'applis cartographiques. Qui sait ? Je vais peut-être pouvoir me raccrocher à ça. Tiens, ça, c'est un plan de Phoenix que j'ai fait ce matin, à l'aéroport de Seattle.

Elle s'agenouille sur la moquette pour l'étudier. Il l'a dessiné à la plume sur un papier aquarelle épais et rugueux. C'est rare, maintenant, se dit-elle, de voir des œuvres dessinées à la main. Le plan est beau, plein de détails qui lui sont familiers. Elle pourrait courir entre ces canaux et ces arroyos sans jamais trébucher.

— J'ai une drôle de sensation, dit-elle. Depuis mon arrivée à Phoenix. Une sensation qui me prend ici.

Elle pose la main sur son ventre.

— J'ai l'impression que je dois accomplir quelque chose. En général, quand ça me prend, c'est que j'ai oublié un livre à la maison, ou mes clés… Ou que j'ai fait un truc idiot dont je ne me souviens pas bien. C'est aussi la sensation que j'ai juste avant la tempête. Ma peau se hérisse.

— Il faut dire que nous sommes à deux doigts de… quelque chose, répond Newt, tout sourire.

— Mais nous n'avons pas beaucoup de temps, dit-elle en lui retournant son sourire. Demain matin, au plus tard, le lycée signalera à mes parents que je manque à l'appel.

— À quelle heure ?

— 9 heures, méridien de New York.

— Il sera 5 heures du matin ici. Tu as raison : pas de temps à perdre.

Il se redresse et regroupe ses dessins.

— On y va.

Après le regyre, il faut remettre à jour les cartes, réparer et ravauder. Les Sensitive n'ont pas le droit de s'éloigner de la Hutte au-delà d'un rayon de 2 kilomètres. De nouvelles familles font aussi connaissance avec le Cirque. Les Éclaireurs reviennent de leur mission. Les familles qui n'ont pas trouvé le Sarkpont après 12 regyres sont détruites.

Elk et Amasha sont incapables d'expliquer ce qui arrive à ces malheureux. C'est une tâche impossible.

En général, les Sensitive vont se coucher, accablés par les larmes, la défaite, l'alcool ou la ganja. Ils ne se réveillent que tard le lendemain matin, reprennent lentement conscience des heures après l'aube tranquille. Peut-être est-ce pour cette raison que Spider jouit, chose absurde, du sommeil le plus profond qui lui ait été accordé depuis des semaines. L'exténuante exploration de la Hutte à la tête de mort y est sans doute pour quelque chose. Il est couché, nu, sous la fenêtre grande ouverte de la Hutte, et dort pendant des heures, de la nuit au grand soleil.

Dans ses rêves, il reçoit la visite d'une femme qui lui montre son corps d'une blancheur de lait, ses seins rose pâle durcis par le désir. *C'est Yma*, pense-t-il.

Il se réveille en plein orgasme. Baise, baise, baise. Le sang lui court d'une tempe à l'autre. Honte et désir, honte et désir. Il contemple le plafond un long moment puis se plaque les mains sur les yeux. Honte et désir : ces deux-là peuvent-ils jamais se séparer ? Est-ce la conversation avec Elk, la nuit précédente, à Dubai, qui l'a excité ? – le « contact d'une femme » ? Autre chose ?

Il finit par se lever, prend une douche. Il reste immobile de longues minutes, les yeux fixés sur la curieuse carte dessinée sur le mur, le trident à l'horizontale. C'est l'une des villes qu'ils n'ont pas visitées, qu'ils ne visiteront peut-être jamais. Une fois habillé, il se rend dans la chambre de Tita Lily.

— Comment vas-tu ?

Elle est couchée sur le dos, vêtue d'une robe de chambre blanche. Son visage est toujours aussi rouge. Le cœur de Spider se serre.

— Forlani m'a fait une autre piqûre.

— Ça va aller, ment Spider tout en pensant que si la fièvre n'est pas tombée elle n'a plus que quelques heures à vivre. Tu vas bientôt te remettre.

Il se rend ensuite dans la pièce commune, sans se départir de son inquiétude. Le petit déjeuner est fini ; Elk a laissé du fromage et des fruits pour les retardataires. Spider prend un croûton de pain, y introduit un dé de fromage de brebis et mâchonne pensivement ce sandwich improvisé en regardant la sculpture du regyre. Quelqu'un a refermé le onzième quartier. Il n'en reste plus qu'un.

Il sort sur le balcon. Hier soir, les dunes étaient jonchées d'oiseaux morts – tous ceux qui s'étaient jetés sur la Hutte dans leur folie collective. Ce matin, plus une carcasse : c'est toujours le cas au début de cette période. Comme si une main géante avait fait le ménage dans le désert.

Les membres de la famille se sont répartis au pied de la tour. Les enfants, assis en tailleur, aident Amasha à ravauder des sacs de couchage. Madeira creuse la terre sous ses tunnels en polyéthylène ; Noor inspecte les moutons, se demandant peut-être lequel sera bientôt mis à mort. Quelqu'un a disposé les rideaux de soie de Dubai sur le sable, qu'ils éclairent d'un bleu aquatique. Hugo a déterré un de ses récipients et l'examine, réfléchissant sans doute à la façon dont il va le transporter.

Dubai. C'est donc là qu'ils vont s'installer. Spider lève la tête et ferme les yeux. Le vent caresse son visage. Il reste dans cette position de longues minutes, songeant à l'odeur qui infeste cette ville. Aux formes indistinctes entrevues dans la cage d'ascenseur. Il pense à Chamelle, vaisseau du désert.

Le vaisseau du désert.

Il rouvre les yeux, fixe le lac salé, la Virgule.

J'ai compris, se dit-il. *Je sais quoi faire.*

22

McKenzie et Newt s'aventurent en ville à bord de l'Audi. L'habitacle sent les oranges et la crème solaire ; les sièges peuvent se régler à l'aide d'une pléthore de petits boutons ; le tableau de bord, entièrement informatisé, reproduit fidèlement leur itinéraire, leur indiquant les restaurants et commerces alentour, l'heure du coucher du soleil, le temps qu'il fait, et tout le reste. C'est Newt qui conduit : McKenzie craint sa propre maladresse. Avec elle, pas de doute, ils finiront dans un arroyo. Il suit le réseau des canaux, parfois à l'air libre, parfois souterrains. Il y en a partout dans Phoenix. Ils sont souvent en mauvais état, infestés de mauvaises herbes, et leurs berges sont envahies de sable et de papiers gras. En d'autres endroits, ils ont été restaurés. Des immeubles d'habitations se reflètent dans leurs eaux silencieuses. Çà et là une cascade dont les flots bouillonnent de part et d'autre d'une plate-forme d'observation, des balcons dont les lueurs éthérées illuminent le crépuscule naissant.

Il y a des siècles, les Hohokam ont prospéré dans cet endroit, grâce au système d'irrigation conçu par leurs talentueux ingénieurs. Ils cultivaient les courges, le maïs, le coton. Ils ont abandonné les lieux il y a cinq siècles. La ville nouvelle qui, des années plus tard, s'est érigée sur leurs cendres a été nommée Phoenix, comme l'oiseau légendaire. Une célébration du renouveau.

Le Phoenix que McKenzie a sous les yeux est paisible, dépourvu de la moindre agressivité : les maisons en adobe, les avenues sans fin, si longues qu'elles semblent connectées au ciel, défilent sous ses yeux, imprimant sur sa rétine une brume d'images. Ici, les passants marchent plus tranquillement, sans la vélocité affairée, la raideur saccadée des juristes et des officiers supérieurs de Washington. Personne à Phoenix ne porte les tailleurs soigneusement boutonnés, les collants couleur chair des stagiaires et des chargées de cours qu'on croise à D. C. Les femmes préfèrent les robes en coton aux teintes de glace italienne – pêche et fraise. Ou des shorts, des baskets, des tee-shirts jaunes avec des motifs à paillettes, y compris les plus âgées. Les hommes ont les cheveux parfois longs, coiffés de casquettes de base-ball ou de bandanas.

— On va se faire remarquer, dit McKenzie. Deux jeunes gens dans un hôtel quatre étoiles avec une voiture de luxe… Ceux qui nous cherchent nous trouveront sans mal.

— Je ne vois pas qui pourrait nous chercher.

Elle se mord pensivement l'ongle du pouce. Dehors défilent les caroubiers chétifs, les mesquites et d'immenses palmiers. Les trams, élégants, électriques, couverts de publicités. Les boutiques de joaillerie amérindienne aux murs peints en rouge grès. Et le reflet de leur Audi, fantomatique, le long des vitrines des concessionnaires automobiles.

— Mais comme tu le disais, on est à deux doigts de quelque chose de considérable, reprend McKenzie. Je me suis davantage renseignée sur la FEMA, sur ces camps dont il est question sur le Net.

— Moi aussi, j'ai regardé. Apparemment, ils ne se trouveraient pas dans la ville même, mais au sud, vers la frontière mexicaine.

— J'ai aussi vu qu'il y avait un bureau de la FEMA ici, mais d'après ce que révèle Google Earth, il ne cache rien de louche. Il est à la caserne centrale. C'est parfaitement clair sur l'image satellite, pas de brouillage.

McKenzie tend son téléphone à Newt, qui y jette un œil.

— Mais ce qui nous intéresse, ce sont les camps eux-mêmes, non ?

— Oui. J'y travaille, répond-elle en reposant le smartphone sur ses genoux. Mais pour cela il faudrait que je puisse observer la ville de loin. Telle qu'elle apparaît sur la photographie de l'orage.

— Il commence à faire nuit. On essaie demain ?

— Bien sûr. De ton côté, tu reconnais quelque chose ?

Le visage de Newt se plisse sous l'effet de la frustration.

— J'ai le sentiment que les canaux sont importants. Ils me hantent depuis longtemps. Mais pour le moment rien ne vient.

McKenzie s'abstient de préciser qu'il en va de même pour elle, que rien, rien dans cette ville placide n'éveille de souvenir dans son esprit, en dépit de la vibration qui anime les profondeurs de son être. Les canaux continuent de défiler sur leur route et, chaque fois qu'ils s'arrêtent pour les scruter, rien ne retient leur regard que leur visage brouillé dans le reflet de la vitre, sur fond d'étoiles blanches et floues dans la voûte céleste.

En traversant l'Alhambra, au nord du centre-ville, ils parviennent enfin dans un quartier qui semble n'être qu'un immense labyrinthe de maisons de plain-pied, dominé çà et là par une église, un hôtel de 10 étages.

— Regarde, souffle Newt en ralentissant.

McKenzie, qui surveillait leur progression sur son téléphone, lève la tête. La ville a changé. De minuscules lampes à huile scintillent aux fenêtres. Devant certains perrons, des jeunes femmes accroupies tracent des motifs complexes sur le sol. Une boutique, bijoux d'or et d'argent en vitrine, regorge de clientes en saris multicolores. McKenzie se penche vers le pare-brise et contemple les lumières, qui illuminent à présent toutes les fenêtres, tous les porches. De toutes petites empreintes de pieds nus dessinées à la poudre vermillon ornent les murs de plusieurs maisons.

— Ça t'évoque quelque chose ? demande Newt.

— Oui, j'ai déjà vu ça. Mais je ne sais pas où. Et toi ?

— Oui, moi aussi. Ça ne m'est pas complètement étranger. C'est indien, non ? Une fête hindoue ?

Un peu plus loin, une longue cohorte de voitures s'engage lentement sur une allée, entre les battants d'un portail de fonte ouvragée, en direction d'un immense parking. En son centre trône un grand immeuble clair flanqué de deux shikharas, presque phosphorescents dans la nuit tombante, et ponctué de mille petites lumières blanches.

— C'est Diwali, dit McKenzie, les yeux fixés sur son téléphone. Le premier jour de la fête de Diwali. Ils disent que ça s'appelle… Dhanteras ? Je ne sais pas comment ça se prononce. On est censé dessiner ces jolis motifs pour Lakshmi, déesse de la richesse et de la prospérité. C'est aussi pour cela que les femmes achètent des bijoux.

Elle ferme les yeux et se presse les paupières.

— Ça va, McKenzie ?

Elle hoche la tête sans rouvrir les yeux.

— Je ne pourrais pas l'expliquer, mais tout ça m'est familier. Les pétales, les saris, les bijoux, les empreintes de pied.

Ils garent l'Audi dans le parking et suivent les foules qui s'engouffrent dans le bâtiment. Deux ou trois membres de la congrégation leur lancent des regards intrigués ; McKenzie est la seule personne à avoir la peau claire ; la plupart cependant sont affables. Des jeunes filles, tourbillons rouge et or, courent en petites bandes, gloussent, accrochent des guirlandes de fleurs aux autos. Dans le grand édifice, les sols sont de marbre poli, les portes de verre et d'acier, dans un style contemporain ; si les plafonds sont ignifugés et dûment pourvus de ventilateurs, tout disparaît sous les fleurs orange, jaunes, roses. Les statues du dieu-éléphant abondent ; devant elles sont posés des vases et des pots en or. Le parfum de l'encens et de la coriandre donne bientôt à McKenzie l'impression d'avoir les tempes prises dans un étau ; la sensation s'intensifie au creux de son estomac – l'excitation, la panique causées par la certitude d'être emportée par le courant d'une certaine histoire du monde. À tel point qu'elle a du mal à maîtriser ses pas.

Newt lui prend la main pour la retenir. Ils entrent dans la salle principale, font halte pour contempler le spectacle qu'elle offre.

Partout, des gens assis en tailleur sur des tapis, distribuant des pétales de fleurs ou priant les yeux fermés, les mains jointes. Des psalmodies. Des femmes qui broient des épices et les disposent devant une idole à quatre têtes tenant à la main un bouquet de verdure. Partout, de petites lampes à huile en argile allumées.

— Est-ce que ça te rappelle quoi que ce soit ? chuchote Newt, penché vers McKenzie.

Elle fronce les sourcils, lève les yeux vers le haut plafond, les murs richement carrelés.

— L'endroit, non. Mais ces guirlandes, ces statues, ces fleurs, oui. J'ai déjà assisté à cette fête. L'éléphant s'appelle Ganesh, mais où est-ce que je l'ai appris ? Aucune idée.

— C'est pareil pour moi, murmure Newt, songeur. C'est Ganesh, tu as raison, et la déesse se nomme Lakshmi. Et même si je ne sais pas d'où je tire ces infos, je suis certain que celui-ci est Yama, le dieu de la mort.

Ils contemplent un instant en silence la statue de Yama, dieu au visage bleu. Des fidèles ont empilé des pièces d'or à ses pieds. Son regard est presque humain ; intense aussi, comme s'il les avait remarqués tous les deux au milieu de la congrégation, eux les intrus.

— Et maintenant, souffle Newt, on fait quoi ?

— On continue.

Ils s'éloignent d'un pas rapide, silencieux, résistant à la tentation de se retourner sur Yama. Ils longent la grande salle, débouchent sur un vestibule, parviennent dans une autre pièce. Des tables y sont installées, couvertes d'ustensiles en métal : théières, chaînes. Ils passent devant des salles de prière dédiées à des dieux précis, des affiches promotionnelles, des femmes qui tendent des assiettes pleines.

La visite du temple cependant ne leur dévoile aucun mystère. Déçus, ils reviennent s'asseoir dans la voiture, regardent le bâtiment à travers le pare-brise, et le ciel au-dessus, si sombre.

— Tu t'es déjà intéressé à l'hindouisme ? demande-t-elle à Newt.

— Tu plaisantes ? Mes parents auraient pris ça pour le plus affreux des sacrilèges. Et toi ?

— Non. Mes grands-parents maternels étaient chinois ; ils n'avaient pas vraiment de religion, vu ce qu'était la Chine à leur époque. Du côté de mon père, c'est plus traditionnel. Pour autant, ils ne vont pas souvent à l'église. Contrairement à pas mal de mes amis.

— Il y a des cours d'histoire des religions dans ton lycée ?

— Je te le jure, Newt, je n'ai même jamais su dans quel pays l'hindouisme a vu le jour.

— En Inde. Il y a des déserts en Inde.

— D'accord. Mais comment se fait-il que nous connaissions ces dieux ? C'est super flippant, non ?

Elle repense à la femme qu'elle a vue dans l'arbre, à son sari tourbillonnant, à la manière dont elle clignait des yeux sous la neige.

— J'ai connu autre chose, Newt. Et toi aussi.

— Oui. Et c'est là que je t'ai croisée.

— Mes parents me jurent que je ne suis pas une enfant adoptée.

— Pareil pour moi. Alors que je ne leur ressemble même pas !

Elle secoue la tête, se mord la lèvre et regarde par la vitre tandis que Newt met le contact.

Le reste de la soirée, ils errent à bord de l'Audi dans l'entrelacs interminable et régulier des rues de Phoenix. Newt s'arrête de temps en temps pour descendre de voiture et scruter le canal aux eaux noires, poinçonnées par le reflet des étoiles. McKenzie fait défiler sur son téléphone des images des déserts indiens. Qui donc lui a parlé de Ganesh ? Un nom lui vient. Anna. Mais elle le chasse de son esprit. Elle ne connaît pas de Anna.

À 1 heure du matin, heure de Phoenix, elle succombe enfin à la fatigue. Elle laisse tomber son smartphone sur ses genoux, sa tête s'affaisse contre la vitre.

— Bon, allez, dit Newt en rebroussant chemin. On rentre à l'hôtel. Tu as besoin de dormir. On recommencera demain matin.

— Dès que possible. Je n'ai pas beaucoup de temps. Je voudrais voir la ville d'en haut, depuis les collines, comme sur la photo dont je t'ai parlé.

— On fera ça à la première heure, promis.

Ils achètent des chips et des gâteaux secs à la boutique de l'hôtel, récupèrent un paquet que Newt s'est fait envoyer et remontent dans la chambre de McKenzie. Elle prend une douche et s'installe sur son lit en grignotant des biscuits pendant que Newt, assis sur le canapé, ouvre son colis.

— Dingue ! Qu'est-ce que c'est ?

— Un drone Phantom. Un petit avion que tu peux piloter à distance. Il m'a coûté 5 000 dollars, mais avec ça on pourra prendre des photos et des vidéos d'endroits où on ne peut pas se rendre nous-mêmes.

— Sérieux ?

— Et comment. Demain, il nous sera bien utile pour regarder les installations de la FEMA.

— Tu veux faire voler ce machin au-dessus de la FEMA ?

— Pourquoi pas ?

Il soulève l'appareil. Le drone ressemble à un hélicoptère miniature à quatre hélices. Il est blanc, avec des voyants rouges.

— Mon petit quadricoptère. Tu en penses quoi ?

— J'ai peur, avoue-t-elle avec un soupir. Très, très peur.

Le lendemain matin, dans la salle commune, ils séparent leurs affaires en deux tas, sur les rideaux de soie de Dubai. Sur l'un, l'indispensable. Sur l'autre, le superfétatoire, ce que l'on peut laisser dans la Hutte. C'est sur ce tas qu'atterrissent les bijoux et les saris d'Amasha, ainsi que les premières cartes de Knut et la vaisselle chic d'Elk. Cairo et Mahmoud ne pourront emporter qu'un seul petit jouet chacun ; Splendour pourra garder sa poupée de chiffon.

La sculpture du regyre a fait l'objet d'un débat acharné. Elle symbolise toutes les luttes de la famille et les accompagne depuis toujours. Mais elle est lourde et n'a aucune fonction pratique. Ils n'ont plus besoin de compter les regyres, sachant fort bien que celui qui vient est le dernier. La sculpture se retrouve donc sur la pile de ce qui est superflu.

La bonne nouvelle, c'est que Tita Lily a meilleure mine, en dépit des murmures inquiets de Forlani.

— Elle n'est pas à l'abri d'une rechute.

Pensée qui ne laisse aucun répit à Spider : Nergüi disparu, et celle-là dont la vie ne tient qu'à un fil.

La malade est assise dans son lit, Hugo et Forlani la soutiennent. La perspective du déménagement l'épouvante.

— Comment je vais transporter toutes ces fringues ? C'est de la folie, déclare-t-elle. Santa Ninjo n'avait pas prévu que je doive me coltiner tout ce merdier.

— Tu voyageras sur Chamelle, la rassurent-ils.

Elle se laisse retomber sur l'oreiller, son regard errant fixé sur le plafond.

Spider descend dans l'enceinte de la tour, y déambule un long moment, inspecte les cages des animaux, les casiers à outils. Chamelle somnole dans la chaleur de midi, mais ses bosses sont dures comme le roc et elle a mangé tout le mimosa de son filet.

— Ma vieille, tu vas avoir beaucoup à faire, lui murmure-t-il en s'accroupissant pour lui frotter le toupet. On va te gaver comme une princesse et tout se passera bien.

Il ne lève même pas les yeux vers le trou dans la paroi de la tour. Il attendra que le reste de la famille rentre déjeuner pour aller voir. Pour l'heure, il inspecte les casiers demeurés soigneusement clos pendant le dernier regyre. C'est là qu'il a entreposé tout ce qu'il a récupéré au fil des expéditions des mois écoulés et qu'il ne peut pas ranger dans la Hutte.

Au moment du repas, quand Elk mugit ses instructions de la cuisine, Noor et Spider profitent de l'occasion pour installer une échelle. Spider y grimpe, des ciseaux et une lampe à souder coincés dans sa ceinture.

— Tu vois quelque chose ? demande Noor, plus bas sur l'échelle. Ça a tenu ?

Spider glisse un ciseau sous la plaque métallique, si brûlante que sa peau se met à cloquer à son seul contact. Si les Djinnis ont compris qu'ils pouvaient fendre le métal en frappant deux fois au même endroit, ils ne tarderont pas à revenir.

— Oui, ça a tenu.

Il redescend à terre, s'essuie les mains. La réparation de la paroi interne a également résisté.

— Mais ça n'a pas l'air très solide, dit Spider en considérant leur travail.

— Je sais. Plus vite on aura déménagé, mieux ça vaudra.

Après déjeuner, Spider empaquette tous les corps gras sur lesquels il peut mettre la main. Cela lui sera utile pour l'ascenseur de Dubai. Il prépare aussi quelques longueurs de corde et une roue qu'il pourra peut-être utiliser pour soulever la cabine – un palan rudimentaire. Il veut à tout prix la faire remonter, obturer la cage de manière permanente.

Puis il dispose la toile de parachute de la Hutte à la tête de mort en un tas beige sale sur le sable. Au sommet se balance le squelette de métal d'un banc récupéré dans un hôtel de Dubai. Il contemple longuement la courbe subtile du dossier et ses pensées se mettent à dériver.

Il est interrompu par des éclats de voix et des cris d'enfants venus de l'intérieur de la Hutte. Il se relève à temps pour voir Elk et Amasha émerger en silence de la brume du sud, blottis l'un contre l'autre. Tous s'interrompent dans leurs tâches et descendent au portail pour les accueillir.

Spider les regarde monter à l'échelle. Il laisse passer quelques minutes avant de les suivre jusque dans la salle commune. Assis à table, ils ne disent mot. Chacun dispose d'un immense bol d'eau. Sur un plateau, des tranches de viande de kangourou, des épis de maïs déjà entamés. Ils mangent, épuisés.

Amasha s'essuie enfin la bouche et les mains à l'aide d'un bout de tissu. Puis elle porte le bol à ses lèvres, avale une gorgée d'eau, le repose.

— Spider, tu auras beau nous dévisager comme si tu ne nous avais jamais vus, ce n'est pas ce qui les fera venir plus vite. Tranquillise-toi. Nous les avons contactés.

— Et ?

— Ils savent qu'il est temps de rentrer.

Elle secoue la tête.

— Alors arrête de nous regarder comme ça.

Cette nuit-là, Spider ne parvient pas à se défaire de la démangeaison que lui donne le spectacle des sables infinis. Il ne va pas dormir dans son habitacle habituel, lui préférant l'endroit depuis lequel Yma regardait toujours les étoiles. Il range son sextant, son télescope, se confectionne un lit avec quelques coussins. Noor suit son exemple et se couche 1 ou 2 mètres plus loin. Ils ont passé un certain temps à aiguiser des têtes de flèche, des épées ; Noor les a cachées sous la table, pour que les enfants ne puissent pas les voir.

Les autres, rassemblés sur la plate-forme de repos, se préparent eux aussi à dormir. Hugo se marmonne des poèmes vieux de quelques siècles, Cairo et Mahmoud se disputent à voix basse à propos de leurs jouets, Forlani gémit en essayant de trouver la meilleure position pour son corps supplicié. Spider s'est couché sur le flanc et contemple pensivement le désert envahi par l'obscurité. La Virgule luit, bleue, sous le clair de lune, ses immenses écailles de sel scintillant comme de la glace.

Glace, songe Spider, somnolent. Concernant la glace, n'y a-t-il pas quelque chose qu'il devrait se rappeler ? C'est important. Et le vent. Le vent aussi.

Un bruit, soudain.

Il se redresse sur les coudes, cligne des paupières. Noor, réveillé, le dévisage de sa couche.

— Tu as entendu la même chose que moi ? lui demande-t-il tout bas.

Spider a dû s'assoupir un moment, car les étoiles ont poursuivi leur course ; le reste de la famille ronfle à souhait. Il s'extrait précautionneusement de son sac de couchage et s'approche de la fenêtre.

— N'ouvre pas, chuchote Noor, juste derrière lui.

— Ne t'inquiète pas. Va me chercher un arc.

Pendant que Noor part en quête d'armes sur la pointe des pieds, prenant soin de ne pas réveiller les autres, Spider installe le télescope d'Yma devant la vitre et scrute le désert. Entre la Hutte et la Virgule, un grand nuage de sable s'est levé. Des formes blanches s'y contorsionnent en tous sens, comme si elles dansaient. De temps à autre, une silhouette surgit de la confusion pour s'y replonger si rapidement qu'elle ne laisse qu'un flou blanc. Il faut à Spider un certain temps pour se rendre compte que ce sont des êtres humains qui cherchent à s'enfuir.

Noor rapporte les arcs. Spider choisit une flèche, engage l'empeigne dans l'encoche et la pointe sur la poignée.

— Putain, n'ouvre surtout pas la fenêtre, gronde de nouveau Noor, qui a lui aussi armé sa flèche.

— Je ne suis pas sourd, Noor.

Les deux hommes restent côte à côte, leur haleine épaisse et nocturne embrumant la vitre. Ils n'échangent pas un mot tandis que la tornade de sable se déplace le long de la Virgule. Spider ne peut pas chasser de son esprit ces quelques minutes à Mithi, le jour où Noor l'a tenu en joue. Plaisanterie ou menace réelle ? Lui revient aussi l'attitude de Noor après la mort de Nergüi, sa morosité, ses silences.

— Je crois qu'ils veulent nous impressionner, dit Spider. Puisque nous sommes les prochains sur leur liste.

Ils ne bronchent pas, tous les muscles en alerte. Le tourbillon de sable ne laisse dans son sillage que destruction. Du sang, et des cadavres vidés de toute substance étalés sur le sol.

— Mais pourquoi ne mangent-ils pas la peau ? murmure Noor.

— Je ne sais pas. Il faudra faire attention aux petits, demain, hein ? Et trouver le moyen de ne pas leur infliger ça.

Avec une extrême lenteur, comme pour les titiller peut-être, les Djinnis font dériver leur vortex cruel le long du rivage de la Virgule. Près d'une heure se passe avant qu'ils ne fassent halte. Spider espère pouvoir en distinguer un debout dans les sables, mais la tempête ne s'apaise jamais assez longuement. Il parvient tout juste à apercevoir trois créatures, hautes et spectrales, pourvues de grosses têtes. Aussitôt, elles bifurquent vers le sud à la vitesse de l'éclair.

Spider et Noor ont à peine le temps de se précipiter de l'autre côté de la tour de garde : les créatures disparaissent à l'horizon, au-delà des arbres de Josué. Ils peuvent toujours attendre : ne s'offriront à leur regard que les minces nuages qui flottent devant la lune. Sans dire un mot, les deux hommes retournent se coucher.

Spider ne trouve pas tout de suite le sommeil. Il tend l'oreille, pense à la démonstration de force des Djinnis, à Noor. Pas un bruit. Il finit par s'assoupir.

McKenzie rouvre les yeux à la fin d'une expiration paniquée. Il lui faut une minute ou deux pour comprendre où elle se trouve : dans une chambre du Valley View Hotel plongée dans la nuit. À sa droite, la baie panoramique donne sur le terrain de golf, les étoiles claires et fixes. Il y a quelqu'un dans son lit. Elle ne se redresse pas, ne hurle pas, préférant rester aussi immobile et silencieuse que possible en attendant que son cœur veuille bien s'apaiser.

Le corps est chaud, couché sur le côté, collé au sien. Elle pense d'abord que Newt s'est faufilé sous les couvertures. Puis elle remarque la douceur de la peau, les courbes tièdes, les cheveux longs, noirs, qui lui chatouillent le nez.

C'est sa mère.

McKenzie retient son souffle, prenant lentement conscience de l'étrangeté malsaine de la situation. Sa mère l'a retrouvée, s'est introduite dans sa chambre et dort à côté d'elle, en attendant son réveil.

— Maman, siffle-t-elle. Maman. Mais qu'est-ce que… ?

La mère de McKenzie remue, à peine réveillée. Elle lève le bras et le laisse retomber sur son front d'un geste las.

— McKenzie ?

— Comment as-tu fait pour savoir où j'étais ?

— Ça n'a pas été une mince affaire, répond sa mère sur un ton rêveur. On t'a cherchée pendant des siècles. Et chaque fois qu'on pensait avoir mis la main sur toi, hop, tu disparaissais.

— Ça n'a pas de sens, maman.

— Désolée, je sais.

Sa mère s'interrompt. Son souffle est régulier.

— Mais là, maintenant, c'est important. Il faut que tu rentres. Je vais t'appeler et tu vas rentrer.

— Quoi ? Mais qu'est-ce que tu racontes, maman ? Tu me fais peur, tu sais ?

— Ne crains rien. Tu n'es pas en danger.

Sa mère dégage une vague odeur de noix de coco et de feu de bois. Elle pivote sur le côté. Elle a les yeux bordés de khôl de la femme dans l'arbre.

— Tu n'es pas du tout en danger, mais nous approchons de la fin.

McKenzie se redresse, le cœur battant trop fort.

— C'est n'importe quoi ! Je vous en supplie, qui êtes-vous ? Je deviens folle.

— Non, répond la femme sur un ton apaisant. C'est exactement l'inverse. Tu es plus saine d'esprit que jamais.

Elle s'écarte de McKenzie en roulant sur elle-même, poursuit ce manège jusqu'au bord du lit et tombe sans un bruit. Et lorsque McKenzie se penche, il n'y a plus personne.

McKenzie se rue vers la baie, ferme les rideaux, allume tous les interrupteurs et la chambre s'illumine. Elle est vide. Les jambes tremblantes, le dos au mur, elle s'assoit, étreint ses mollets nus et plante les dents dans la peau de ses genoux. C'est épuisant – épuisant et absurde. Elle veut retrouver sa vie d'avant, la routine : ses frères qui pètent et rotent dans leur chambre, sa mère qui fait ses exercices de yoga sur la véranda, dans la chaleur des matins d'été, l'immense Velux au-dessus de son lit, et même les starlettes de pacotille du lycée et leurs sourires narquois.

Elle se relève, encore flageolante, consulte le téléphone posé sur la table de chevet. Il est 5 heures du matin et India lui a envoyé un message.

Dans le bus. L'alerte n'est toujours pas donnée.
Mme S. est un ange : elle n'a pas dit un mot.
Premier appel dans 1/2 heure. J'essaierai de te couvrir mais sans garantie.

Le message date d'une heure. Ses parents – ses vrais parents – ne savent toujours pas qu'elle a disparu. Ils la croient dans le bus avec India. D'un index hésitant, McKenzie est sur le point d'appuyer sur l'icône « Appel » lorsqu'elle entend du bruit sur le balcon, des coups répétés sur la vitre.

— McKenzie ? C'est moi. Ouvre.

Elle se dirige pieds nus vers la baie, écarte légèrement les rideaux. C'est Newt, torse nu, en short, sa chevelure noire en bataille et l'œil hagard. Elle fait coulisser la porte ; il se rue dans la chambre ; dans son sillage, une bouffée d'air tiède et nocturne leur apporte comme un rappel du désert.

— Bon sang ! souffle Newt en se glissant sous les couvertures, les serrant contre lui comme s'il avait froid. Je ne fermerai plus jamais l'œil de ma vie.

— Tu as fait un rêve étrange ? Tu as vu un fantôme ?

Les mâchoires serrées, Newt enveloppe McKenzie d'un regard grave.

— Il t'est arrivé la même chose ?

— Oui.

— À toi aussi, ils ont dit que c'était bientôt fini ?

— Oui.

— Je veux chasser tout ça de mon esprit, dit-il, saisi d'un long frisson. Me l'extraire du crâne.

Il pose l'index sur sa tempe et appuie fort.

— Putain, j'en peux plus ! Je suis concepteur de logiciels, bordel. Peintre. Qu'est-ce qu'ils me veulent ? À quoi je pourrais leur servir ?

McKenzie traverse la chambre, se blottit contre lui sur le lit. Newt l'enlace et elle pose la tête sur son torse.

— Je sais, je sais, soupire-t-il. Et toi tu n'es qu'une petite lycéenne de Virginie. Toi non plus, tu n'as rien demandé.

Elle garde le silence, se contente de se serrer un peu plus fort contre lui. Ils restent l'un contre l'autre un long, très long moment, tandis que les étoiles pâlissent et que le soleil émerge lentement du mont McDowell. Lorsque ses rayons atteignent le plafond de la chambre, Newt se redresse.

— Bon. On ne va pas rester ici à pleurer sur notre sort. Il faut qu'on continue à chercher.

23

Tandis que le soleil s'élève dans le ciel, Newt passe une demi-heure sur le balcon à se familiariser avec le drone, étrange oiseau trapu qui évolue dans l'air limpide du matin. Mais la bête n'a pas de cardan, et il n'est pas facile de la stabiliser à la bonne distance pour faire des vidéos et des photos.

McKenzie s'est installée à côté de lui sur la chaise longue, le téléphone de Newt sur le genou droit. Chaque fois que le drone s'élève dans les airs, elle peut voir ses images sur l'écran : vertes pelouses du golf, hôtel aux murs blancs, et eux deux sur le balcon, le regard levé vers l'appareil, la chevelure de McKenzie flambant au soleil, orange vif.

Elle a posé sur son genou gauche son propre smartphone. Entre les vols, lorsque Newt peaufine ses réglages, elle se replonge dans les théories conspirationnistes concernant la FEMA, traque sur Google Earth les sites des camps supposés. Les rangées de containers livrés par camions, les champs protégés par des barbelés, les lieux que les complotistes décrivent comme des zones de massacre, avec leurs fosses destinées aux cadavres des opposants politiques, leurs piles de cercueils. Tous les camps identifiés en Arizona, remarque-t-elle, ont servi jadis aux prisonniers de la Seconde Guerre mondiale.

— Tu sais combien de prisonniers de guerre ont été enfermés ici, dans l'Arizona ? demande-t-elle à Newt, le téléphone sous les yeux.

— Aucune idée. Je te rappelle que je ne suis pas né aux États-Unis.

— Rassure-toi, je n'ai pas le souvenir d'avoir appris ce genre de chose au collège non plus. Mais il y avait beaucoup de camps de prisonniers dans le coin. D'ailleurs…

Elle se redresse, écarquille les yeux.

— Il y en avait même un en ville.

— Pardon ?

— Oui, appelle-moi Sherlock Holmes, Howard Stark ou Super-Détective.

Newt en délaisse provisoirement le drone.

— L'endroit s'appelle maintenant Papago Park. La plupart des prisonniers étaient allemands. Et ils se sont évadés en masse. Ils avaient creusé des souterrains… D'ailleurs, j'ai lu autre chose sur des souterrains à Phoenix, ajoute-t-elle après un silence. Qu'est-ce que c'était, déjà ?

— Aucune idée.

— Il y en a quelque part en tout cas, mais je ne sais plus où j'ai vu ça, reprend-elle, prise de frissons. Je hais les souterrains, Newt. De tout mon cœur. C'est ma kryptonite, les endroits clos.

— Comment s'appelle le parc ? Papaya ?

— Papago. Les prisonniers allemands ont creusé dans l'argile, qui était encore humide ; ils se sont évadés, et… Oh, regarde-moi ça, Newt, ajoute-t-elle en lui tendant le smartphone. C'est maintenant une installation militaire qui accueille le DEMA.

— Le DEMA ? Comme FEMA, mais avec un *D* ?

— Le Département fédéral de gestion des crises. Mais pas de lien apparent avec la FEMA. C'est juste un acronyme un peu bizarre, qui n'est utilisé que dans l'Arizona.

Soucieux, Newt lui prend le smartphone des mains, fait défiler quelques photos et secoue la tête.

— Ça m'a l'air assez louche. On va mettre ça au progr…

La sonnerie du téléphone de McKenzie l'interrompt. Un nom clignote sur l'écran. India.

— Putain, marmonne-t-elle en récupérant l'appareil. L'alerte a dû être donnée.

Elle s'apprête à répondre lorsqu'elle reçoit un double appel : le lycée. Suivi d'un troisième presque immédiatement : sa mère.

— Mets-le sur silencieux, conseille Newt à McKenzie.

Elle s'exécute avant de glisser le portable dans sa poche et d'enfiler ses sandales.

— On y go ?

— Et comment.

À la boutique de l'hôtel, ils achètent des bubble tea, du jus d'orange, une tortilla à la farine de maïs et de quinoa fourrée au yaourt grec et à la papaye. La tortilla déborde de partout et McKenzie passe vingt minutes à nettoyer l'Audi de location après leur petit déjeuner improvisé. Son téléphone se remplit d'appels manqués et de SMS.

Ils se dirigent vers Anthem et Cave Creek, où la terre est riche, l'air frais et chargé de chlorophylle.

— Ces montagnes, elles te disent quelque chose ?
McKenzie se retourne vers la ville, à présent à bonne distance, en repensant à l'affiche de sa chambre.
— Je ne sais pas trop. Peut-être.
Dans la poche de son jean, son portable émet soudain une série de sons stridents. Elle l'en sort immédiatement : c'est la première fois qu'il se manifeste de cette manière. « Alerte iPhone », proclame l'écran. McKenzie appuie sur « OK ». L'alarme s'éteint, et aussitôt apparaît un iMessage.

McKenzie, que fais-tu dans l'Arizona ? Nous savons où tu es.

Elle l'efface d'un index tremblant, repensant à son père, aux bureaux de la CIA.
— Ma mère sait que je suis ici. Elle a envoyé une alerte iPhone. Qu'est-ce que c'est que ce truc ?
— Merde, marmonne Newt. Tu sais que tu peux désactiver la fonction ? Elle permet de géolocaliser les iPhone.
— Hein ?
— Oui. Désactive-la.

Prise de panique, McKenzie fait défiler ses réglages. C'est la première fois qu'on lui fait le coup. Elle s'en veut d'avoir été aussi bête. Tellement bête que même ses parents semblent se débrouiller mieux qu'elle avec les nouvelles technologies. Cela dit, son père est certainement moins naïf sur la question qu'il ne le prétend.

Nouveau message de sa mère :

Ma chérie, India nous a rassurés sur ton compte, mais il faut que tu rentres à la maison. Nous allons prévenir la police.

— Newt, je ne trouve pas comment désactiver ce truc… Ils vont appeler les flics. Je ne sais pas quoi faire.

Le village qu'ils traversent a pour nom Carefree, « insouciant ». Newt gare l'Audi près d'un petit centre commercial. Le seul magasin ouvert vend du café et des fruits.

— J'ai mal au crâne. Il me faut du paracétamol. Passe-moi ton téléphone.

Il désactive en quelques clics la fonction « Alerte », efface les messages, puis disparaît dans la boutique et revient les bras chargés de sacs : paracétamol, grenades et dattes fraîches, citrus, yaourts et miel.

— Tu remarqueras au passage le nom prophétique de ce village, dit-il avec ironie en avalant deux comprimés.

Elle regarde le vaste cadran solaire au nom du bled, au centre de la galerie marchande. Un soleil en fonte.

— On peut toujours espérer.

Ils reprennent la route. Le jour se lève, aveuglant, à l'est. Les lunettes de Newt ne suffisent pas, se plaint-il, et il ne cesse d'ajuster le pare-soleil de l'Audi, de plisser les yeux dans la lumière en secouant la tête comme s'il en souffrait. Il gare l'énorme voiture blanche en face d'un promontoire, ils sortent tous les deux, puis traversent la chaussée à double voie pour contempler Phoenix qui s'étale à leurs pieds dans l'éclat du matin.

— Ça te va mieux comme ça ?

McKenzie opine, penche la tête à droite, puis à gauche, cherchant à reproduire la perspective de son affiche.

— Je crois, oui. J'ai l'impression de tout retrouver, sauf…

— Quoi ?

— Je ne sais pas. On dirait qu'il manque quelque chose. Comme un…

Elle joint les mains pour former une pyramide devant le paysage, pivote sur ses talons afin de lui trouver la place qui pourrait être la sienne.

— Il devrait y avoir un grand immeuble quelque part. Là, sur le devant.

— Il est sur ton affiche ?

Elle ne répond pas immédiatement. Non, rien de tel sur le poster ; elle raconte n'importe quoi. Elle baisse les bras.

— Tu vois les installations de la FEMA d'ici ? demande-t-elle.

— Je vois l'endroit où elles devraient se trouver.

— Tu peux le faire survoler par le drone ?

— Non. On est trop loin, il faudrait qu'on se rapproche.

— Bon. Dans ce cas, d'abord la FEMA, ensuite le Papago Park ?

— Pas de problème.

Newt ôte ses lunettes de soleil et grimace : toujours trop de lumière.

— Je sens monter le pire mal de tête de ma vie. Mangeons un truc avant d'y aller.

McKenzie sort les sacs et étale les provisions sur le capot de l'Audi. Elle picore quelques dattes, des morceaux de mangue, et regarde Newt manger. Il lambine, se force à avaler. Il a beau rajuster ses lunettes de soleil, la lumière semble vraiment le gêner.

Avant leur départ, elle traverse de nouveau la chaussée, embrasse Phoenix du regard. Son téléphone est resté dans la voiture. Il faudra bien qu'elle le rallume, qu'elle se confronte à la réalité. Combien de temps a-t-elle encore ? À quelles pressions ses parents vont-ils soumettre India ? Son cœur se glace à cette idée : c'est son amie qui va payer le prix fort dans cette histoire.

— Il est temps de rentrer, maintenant, dit une voix de l'autre côté de la route. Le moment est venu.

Elle se retourne, interloquée. Ce n'est pas Newt qui a parlé, et pourtant il n'y a qu'une voiture sur le parking, la leur. Elle ne le voit pas, mais ce ne peut être que lui qui a prononcé ces mots.

— Allez, répète la voix. Il faut rentrer.

Elle traverse la chaussée, en transe, entend klaxonner une auto, gémir des freins, et se tourne juste à temps pour voir un pick-up blanc franchir le virage à toute allure. Elle recule in extremis, trébuche et s'étale de tout son long dans le gravier du bas-côté. Le camion fait une embardée, dérape légèrement puis recouvre son équilibre et, après un bref ralentissement, poursuit sur sa lancée ; la vitre côté conducteur se baisse suffisamment pour laisser passer un bras blanc et gras, au majeur rageusement levé.

Abasourdie, McKenzie reste assise au bord de la route, les jambes égratignées, les coudes écorchés, les yeux écarquillés. C'est vrai, ce que dit India : elle ne perçoit pas les dangers de la circulation. Elle n'a même pas vu venir le camion. De l'autre côté des voies, Newt, dos à l'Audi, semble pétrifié, paralysé par l'effroi.

— Merde, mais qu'est-ce que tu… ?

Il la rejoint au pas de course.

— Putain, McKenzie, qu'est-ce qui s'est passé ? Ça va ?

Elle hoche la tête, engourdie.

— J'ai cru que tu m'avais appelée, gémit-elle. J'ai cru que tu m'avais appelée.

Elle se penche, crache dans les graviers, un goût de sel dans la bouche. Elle veut rentrer chez elle. Elle voudrait que Phoenix disparaisse de la surface de la Terre, que sa vie retrouve sa banalité.

— J'aimerais tellement être comme les autres filles de ma classe, souffle-t-elle à Newt. J'aimerais tellement que le calme revienne dans ma tête !

— On en est tous là, sister. Allez, debout, camarade ! On a quelques visites à faire.

Le lendemain, Spider est concentré. Il sait ce qu'il a à faire. Il a stocké dans les casiers sous la cage de Chamelle des plaques de tôle ondulée qu'il sort et fixe sur les barreaux à l'aide de vis et d'écrous.

Dans l'appentis secret ainsi constitué, il démonte patiemment les deux pièces de fonte ouvragée qui recevaient jadis les planches d'un banc d'hôtel. Posées sur une surface plane comme celle de la cage, elles révèlent une courbe subtile qui plonge Spider dans le ravissement. Il l'étudie, la mesure, la dessine dans le sable à l'aide d'un bout de bois. Il sort ensuite des casiers quelques-unes de ses trouvailles, trie ses morceaux de corde, ses écrous, ses vieilles planches.

Il travaille toute la journée tandis que le soleil poursuit sa course au-dessus de la Hutte. C'est seulement lorsque Noor, solennel, apparaît devant la cage que Spider se résigne à ranger son matériel.

— Les petits sont là-haut, dit Noor. C'est le moment ?

Spider hoche la tête et s'essuie les mains dans un chiffon. Ils se dirigent sans un mot vers le désert, munis chacun d'un râteau et d'une pelle. Mais, en approchant de la Virgule, ils ne trouvent presque plus trace des massacres de la nuit passée. Ils restent là un certain temps à labourer le sable de leurs talons. Il y a bien quelques traînées de sang coagulé, mais pas de cadavres. Comme si le vent avait enseveli les violences sous une couche de sable pour mieux nier leur existence.

— Et pourtant, dit Noor, c'est arrivé.

— Ça, c'est sûr, opine Spider.

Ils recouvrent le sang à coups de pied pour que les enfants ne voient rien.

Bien plus tard, Spider détache Chamelle et, de quelques clappements de fond de gorge, la persuade de s'aventurer dans le désert brûlant. Docile, elle marche derrière lui tandis qu'il pense à la glace, à la manière dont souffle le vent. Il regarde le ciel en plissant les paupières face à l'œil impitoyable du soleil.

Au bout de 1 kilomètre, ils parviennent à la Virgule. Les contours du lac salé sont imprécis, morcelés, confus. Ils apparaissent progressivement au marcheur, qui ne voit d'abord dans le sable qu'un diamant de sel enchâssé, solitaire ; 1 mètre ou 2 plus loin, une nouvelle écaille, éclatante de blancheur ; puis, au bout de quelques minutes de marche, bien d'autres ; alors commence le lac, à la surface duquel le soleil cligne, oblique, aveuglant. En d'autres lieux, la berge est aussi abrupte que le bord d'un trottoir new-yorkais. Un pas, et l'on plonge dans des kilomètres carrés de sel.

Bientôt le sable se creuse en gémissant sous les pieds de Spider, qui ne peut alors plus marcher ailleurs que sur la fragile croûte du lac. Sous le soleil ardent, il glisse les mains dans les poches de sa veste en cuir et le vent soulève un instant sa jupe, pour s'évanouir aussitôt, la Virgule redevenant silencieuse.

— On dirait de la glace, dit Spider. Aujourd'hui, ça a vraiment l'air d'un lac de glace.

Depuis que Spider observe la Virgule, elle a coutume de changer de couleur. Ce matin, il a constaté qu'elle s'était assombrie en son centre, comme percée par des cercles de sable. C'est le problème de la Virgule, sa fondamentale inconstance. Solide en certains endroits, et soudain dangereuse en d'autres, impraticable. Parfois, ces changements se produisent dans l'heure.

Il se hisse avec prudence sur l'écaille de sel la plus proche, laquelle résiste. Il s'accroupit, effleure le sel, pensif, abasourdi par sa résistance et sa transparence. Lorsque l'eau s'est évaporée, la croûte est restée à sa place. Il s'est formé un vide d'au moins 50 centimètres entre la surface de sel et l'ancien fond. Sous l'écaille transparaît le sable, sur lequel s'étendent les vestiges d'un cactus mort.

Puis il se rend compte que non, c'est la peau d'un homme qu'il regarde, étalée sous ses pieds. Comme si un humain avait été complètement écorché et sa peau soigneusement disposée sur le sable.

L'un de ceux d'hier soir. L'une des victimes disparues.

24

Pour éponger le sang qui coule de ses coudes, McKenzie utilise les serviettes en papier de leur petit déjeuner. Ils redescendent par l'Interstate 17 jusqu'au centre-ville, où l'Audi blanche se fond dans la circulation dense des heures de pointe. Ils passent devant le temple Bharatiya Ekta, dont les lumières sont encore allumées. Dans l'intense clarté du jour, elles perdent de leur force. Ils poursuivent leur chemin.

Le téléphone de McKenzie est si sollicité qu'il en est brûlant. Elle a 43 notifications, réparties sur toutes les applis possibles. Facebook, Snapchat, et un paquet de messages audio. Ceux d'India ne sont qu'excuses et désolation.

J'ai détourné les soupçons aussi longtemps
que j'ai pu. J'ai fait de mon mieux.

Les parents, quant à eux, passent par toutes les émotions : colère d'abord, puis injonctions doucereuses, puis désespoir de plus en plus profond. Dans son message le plus récent, sa mère sanglote : « India nous dit que tu vas bien mais elle refuse de nous avouer ce que tu fais à Phoenix. Je t'en supplie, ma chérie : quels que soient nos torts dans cette affaire, nous sommes navrés. Tu nous manques tellement. »

Tatum s'est même fendu d'un message sur Snapchat.

Petite sœur, rassure-moi sur ton sort. Je t'aime. T

Elle glisse le smartphone dans la poche de son short. Il fait chaud maintenant, plus de 30 °C si l'on en croit le tableau de bord de l'Audi. Elle se passe la langue sur les lèvres et lance un regard à Newt. Le front perlé de transpiration, il paraît souffrant et sa voix chevrote. McKenzie se sent peu à peu submergée par de vagues craintes et une profonde fatigue. À chaque fast-food, à chaque atelier de réparation automobile, à chaque église mormone qui défile elle est prise de vertige – que de futilité ! Les centres commerciaux, les magasins d'art amérindien, les belles villas d'Arcadia, les orangers, les palmiers.

— Ça ressemble bien à des bureaux, déclare-t-elle tandis qu'ils arrivent devant la FEMA, dans la 22e Rue.

— Ce qui ne nous empêchera pas d'y aller, répond Newt.

— Mais tu ne comptes pas utiliser le drone ?

— Seulement si nous ne pouvons rien voir.

Il ralentit et elle se penche pour mieux observer les lieux. Tout autour, une clôture de sécurité qui ne cache rien de ce qu'elle protège : au premier plan, un parking pour les véhicules d'intervention. Il y a deux ou trois immeubles de bureaux, murs en adobe, toits géométriques bordés de rouge. L'ensemble est dominé par une tour de guet, façade pâle, fenêtres sombres.

Au-delà, un terrain jonché de voitures couchées sur le flanc. Un bus dont les vitres ont volé en éclats.

— Terrain d'entraînement, souffle Newt, qui longe lentement le trottoir, les yeux rivés sur la chaussée, feignant d'ignorer l'agent de sécurité posté devant la guérite. Rien d'étonnant pour une caserne de ce genre. Tu vois autre chose ?

McKenzie essaie de tout embrasser du regard, mais rien n'a changé par rapport à ce qu'elle a vu sur Google Earth.

— Non, dit-elle tandis que Newt effectue un demi-tour pour entamer une seconde boucle. Rien, vraiment rien.

Il poursuit sur quelques centaines de mètres, puis se gare le long du trottoir et plaque les mains sur son visage.

— Putain ! gémit-il. Mais merde, qu'est-ce que j'ai ? Ce n'est pas du tout le moment de tomber malade ! Merci, mon pote, ajoute-t-il en levant une main vers le ciel. Super timing !

— Tu as mangé un truc qui ne passe pas ?

— Je sais pas.

Elle effleure timidement son cou. Sa peau est brûlante et elle se rend compte que son tee-shirt est constellé de traces de sueur. Des plaques rouges lui marbrent le visage, et certaines sont même d'un écarlate rageur.

— Tu es brûlant de fièvre. Il faut que tu t'allonges.

— Tu vas pouvoir conduire ?

— Je sais pas trop. Je ne suis pas très douée sur la route. J'ai du mal à me concentrer…

— À qui le dis-tu. Bon, n'y pense pas. Contente-toi d'agir.

Ils échangent leurs sièges. Elle tripote les boutons jusqu'à trouver comment régler le sien. Il attrape un sweat-shirt sur la banquette arrière et l'étale sur son visage.

— J'ai l'impression que c'est encore pire en plein soleil.

— Détends-toi, essaie de dormir.

Elle entre l'adresse du Papago Park dans le système de navigation et démarre. Dans ce véhicule, tout lui semble si grand, si loin qu'aucune de ses manœuvres ne paraît vraiment reliée à ce qui se passe sur la route. Pourtant, après s'être prudemment glissée dans la circulation, McKenzie décide, après 1 ou 2 kilomètres, que l'Audi est plus facile à conduire que la Subaru de Tatum ou le Duster de son père. Les boulevards de Phoenix sont plus larges que les vieilles routes de campagne du comté de Fairfax ou que les autoroutes effrénées desservant Washington. Les automobilistes sont plus respectueux, moins rapides ; elle croise des hordes de SUV tous conduits par de petits hommes rabougris ou des femmes en tenue de golf. Ou des entrepreneurs latinos au volant de pick-up Chevy blanc. Ici, aucun chauffeur Uber ne fait régner la terreur en slalomant entre les voies.

Elle se concentre de son mieux, tâche de ne pas regarder le ciel et fixe les yeux sur la chaussée. À en croire le GPS, ils sont à mi-chemin de Papago Park lorsqu'elle prend conscience d'une présence derrière elle. En réglant le rétroviseur, elle aperçoit une Mercedes noire. Le conducteur, d'apparence latino, porte des lunettes de soleil. Il la suit.

Elle s'arrête au feu suivant, rouge. La Mercedes s'engage sur la voie de droite, derrière quatre autres

SUV. Lorsque le feu repasse au vert, McKenzie constate que, au lieu de tourner à droite, la Mercedes se déporte sur la voie centrale, à quatre ou cinq véhicules de l'Audi.

Elle toussote.

— Quoi ? demande Newt. Il se passe quelque chose ?

— J'ai l'impression qu'on nous suit.

— Qui ça ?

— Je ne sais pas. Un type dans une Mercedes.

— Prends à droite.

Elle allume son clignotant, s'exécute. La Mercedes semble hésiter et laisse passer deux voitures avant d'imiter l'Audi. McKenzie sent la transpiration lui inonder les aisselles.

— Il est toujours à nos basques.

— Répète la manœuvre.

Au feu d'après, elle ne peut pas tourner à droite ; au suivant, elle effectue son virage au dernier moment.

— Alors ?

Elle lance un regard dans le rétroviseur.

— La même chose que moi.

— Encore à droite. Tu reviens à ton point de départ.

McKenzie s'exécute et débouche sur l'immense avenue où la Mercedes a commencé son manège. Cette fois, la voiture noire continue tout droit.

— Bordel !

McKenzie inspire profondément ; elle tremble.

— Je ne le vois plus.

— Parfait, tu t'es bien démerdée. Continue.

— Tu crois que c'est mes parents ?

— Mais non. J'ai désactivé la fonction.

— Ce type nous suivait, Newt.

— Ou peut-être qu'il était perdu, et que ton imagination a fait le reste.

Papago Park se trouve à l'extrémité est de la ville, où les espaces verts sont plus vastes. L'autoroute s'élève lentement vers les montagnes rouges. La base militaire est située de l'autre côté des voies. McKenzie la regarde aussi longtemps qu'elle le peut, avec son monument de marbre blanc proclamant son appartenance à la garde nationale de l'Arizona et les drapeaux sur les mâts qui surplombent la guérite de plain-pied où veillent les sentinelles.

Elle ne peut que dépasser la base, continuer jusqu'à une immense et vorace étendue désertique, parsemée de rochers rouges et de cactus, avant d'avoir la possibilité de faire demi-tour. Elle peut alors observer le périmètre à loisir : la clôture qui contourne les rochers couleur brique, les bâtiments de la base, les lacets tracés par les routes sur les flancs des montagnes. Les endroits floutés sur Google Earth se situent plus loin.

— Tu nous trouves un coin d'où je pourrai faire voler le drone ?

— Hein ? Mais tu n'es pas en état !

Newt lève une main lasse.

— Hey, sister, on n'a plus des masses de temps. À l'heure où je te parle, j'ai déjà du mal à fonctionner.

L'extrémité du terrain militaire n'est plus qu'à une trentaine de mètres. McKenzie tourne. Le grillage est doublé à cet endroit d'une bâche opaque, sans doute parce qu'il jouxte des propriétés privées. Au-delà de la clôture, des centaines de véhicules, des parkings immenses remplis de camions, de bulldozers et de jeeps beiges, de vagues immeubles et des tas de pierres rouges, comme si la base avait été construite pour épouser la forme de ces collines.

— Bizarre, dit-elle. C'est plutôt accidenté ici, je me demande pourquoi ils ont choisi ce coin.

Newt parvient à s'agenouiller puis à se retourner. Mais le mouvement est trop brusque. Agrippé au dossier, il baisse la tête et éructe à plusieurs reprises, comme s'il allait vomir.

— Newt !

Il inspire profondément et s'assoit.

— T'inquiète, hoquette-t-il. Je ne vais pas te gerber dessus, j'ai ma dignité, quand même. Je te jure, ça va aller.

— T'as vraiment dû manger un sale truc.

— Peut-être.

Une fois la nausée surmontée, Newt sort le drone de sa boîte et le manipule. Il ruisselle de sueur et ne tente même plus de s'en cacher.

— Arrête-toi, n'importe où. Il faut qu'on s'occupe de ça maintenant.

Elle s'engage à droite sur une petite voie transversale, East Oak Street, et longe la palissade jusqu'à la zone est du camp, au pied des montagnes, qui les dissimuleront peut-être. Elle gare l'Audi dans l'allée d'une villa de plain-pied de style espagnol : toit de tuiles orange, façade protégée par une rangée d'acacias. La maison semble inoccupée. Lorsque McKenzie inspecte la rue, elle ne voit aucun autre véhicule. Seulement deux ou trois ouvriers qui discutent en marchant. Quelques secondes durant, elle éprouve une relative sensation de sécurité. Mais elle ne recouvre pas son calme pour autant.

— Tu es sûr de toi ? Franchement…

— Sûr et certain. Mais nous n'avons pas beaucoup de temps. Elle est où, exactement, cette zone floutée ?

— Là-bas. Tu vois les deux petites collines ?

— Ouais.

— Sur Google, on ne voit rien entre ces deux points.

— Bien.

Newt lance son téléphone à McKenzie.

— Le code, c'est 2-0-1-7-1-8. Puis tu lances l'appli.

Elle allume le smartphone et sort de l'Audi sans couper le contact. Tout s'enchaîne à une telle vitesse qu'elle ne parvient plus à suivre. À peine a-t-elle ouvert l'appli que le drone quitte le toit de la voiture pour flotter presque sans bruit, juste un faible bourdonnement, comme un papillon géant. Il traverse la rue, prend de l'altitude au-dessus de la palissade. Sur l'écran, McKenzie reconnaît le gravier rouge de la chaussée, la clôture, les bulldozers, les jeeps.

— Fais voir.

Elle incline le téléphone vers Newt qui, la langue entre les dents, penché à la portière, actionne la manette de contrôle, les yeux rivés sur le petit écran.

— Un peu plus à droite, dit McKenzie. Recule vers ce point.

Le drone poursuit son survol. Les images qu'il leur fait parvenir sont incroyables : la base militaire dans son entier, le marquage des routes, les bâtiments, les véhicules. Une rangée d'hélicoptères, et toujours aucune réaction. Au bout d'un certain temps, pourtant, un son retentit. Un bourdonnement grave émanant des profondeurs de la base, une alarme qui résonne comme un klaxon.

— Ça y est, ils l'ont détecté, dit Newt sans lâcher l'écran des yeux, la manette en main. Mais pas la peine de flipper. Ils ne nous ont pas encore localisés. Je me rapproche ?

— Oui. Ces deux collines. C'est juste là.

Sur le téléphone est apparue l'image tremblante de deux reliefs rouges entre lesquels serpente une route. Il y a aussi une sorte de parapet.

— Tu peux voler plus bas, Newt ?

— Oui, mais dans ce cas, adieu le drone.

— Il faut que je voie ça de plus près.

— Comme tu veux.

L'appareil descend et l'image devient plus nette sur l'écran. Une falaise ; une allée grillagée conduisant à ce qui semble être une porte enchâssée dans le roc. Une dizaine de soldats armés de Barrett M82, au garde-à-vous. McKenzie en est certaine, la porte ouvre sur un souterrain. Puis vers le désert, et l'endroit où les expériences sont menées.

La base s'anime. Des gens sortent des bâtiments et se mettent à courir. L'écran montre les soldats le visage levé : ils ont vu le drone. Les sirènes braillent à présent ; une boule de panique se loge dans la gorge de McKenzie.

— On ne peut pas faire ça, on ne peut…

Sous ses yeux vient d'apparaître un militaire levant son arme vers le drone. Elle voit très distinctement la lueur qui passe dans son regard au moment où il tire. Puis l'écran de contrôle de l'appareil semble exploser avec un terrifiant grésillement. Newt lâche la télécommande et se penche en avant. *Il est touché*, songe McKenzie.

Pensée absurde. Ce n'est pas exactement le cas : il vomit sur l'asphalte en tremblant de tout son corps, se tordant comme un serpent.

25

Spider a besoin de toute sa concentration pour achever son œuvre. L'après-midi n'est pas fini lorsqu'il soulève l'objet et l'inspecte à la lumière du jour. C'est une maquette, un minuscule bateau à voile pourvu d'espars, d'une voile en toile de parachute et, en guise de quille, de deux plaques de métal poli en forme de patins, reliées par une traverse en bois. La chose est rudimentaire, grossièrement exécutée, mais elle lui permettra de tester son hypothèse.

— Hé, *Marcheur des sables*, murmure-t-il. Bienvenue au Cirque, *Marcheur des sables*. Bonne chance pour le fardeau qui est le tien.

Il attache le petit voilier à la selle de Chamelle et la fait pivoter, afin que personne ne puisse voir ce qu'elle transporte. Il resserre les courroies, enroule la longe de la bête autour de sa main et lui donne une petite tape sur le postérieur pour la faire se lever. Elle obtempère, lente et gauche. Puis Spider la conduit vers l'entrée de la tour, guettant les regards qui pourraient le suivre.

Il se dirige avec l'animal vers le lac, lui parle avec douceur. Le soleil est bas à l'horizon lorsque Spider s'accroupit près des immenses écailles de sel de la Virgule pour examiner à nouveau son étrange créature de bois et de fer.

Le petit navire est gréé en carré. Spider ne sait pas faire autrement. Il aurait pu élaborer un gréement aurique, mais n'en connaît pas assez bien les particularités aérodynamiques ; il faudra se contenter de cette embarcation sans grâce. Après avoir vérifié la solidité du mât, des espars qu'il a taillés dans les planches d'un parquet en pin d'Abu Dhabi, il attache la voile aux rides de hauban à l'aide d'un nœud d'écoute renforcé par un petit caillou.

Satisfait de son ouvrage, il pose le bateau sur le sel blanc. Il ne fait guère plus de 30 centimètres de haut, ce *Marcheur des sables*, et la manière dont il réagira est propre à sa taille ; mais les proportions sont correctes, se dit Spider. Ce qu'il veut savoir, c'est si le bâtiment miniature peut voguer sans chavirer ni s'encalminer. Ce résultat le comblerait.

Il recule lentement et attend, accroupi, les mains sur les chevilles, le regard rivé sur la petite voile. Plus un bruit pour l'heure, plus un mouvement dans le désert, mais, lorsque le soleil commence à décliner, il n'est pas rare qu'une brise se lève. C'est exactement ce qui se produit, dix minutes à peine après son arrivée. Une odeur de pourriture lui caresse alors les narines, accompagnée par le plus ténu des souffles. Le navire avance par saccades de quelques centimètres, comme un animal vivant, prenant Spider par surprise tant le mouvement est rapide.

Après quoi le *Marcheur* s'arrête. Suivent une ou deux secondes de sidération, puis la poupe se trémousse comme un pur-sang avant le départ de la course. Au moment où Spider s'attend à le voir basculer cul par-dessus tête, le navire prend son élan et file droit sous ses yeux en une trajectoire régulière et continue.

— *Merde, merde* !* s'écrie Spider, extatique, tout en se levant pour voir l'embarcation s'éloigner sur le lac.

Le bateau avance à une telle allure que Spider doit sortir ses jumelles afin de ne pas perdre sa trace et de le voir naviguer joyeusement, le soleil se reflétant sur la petite pointe d'aluminium qui couronne son mât.

— T'as vu, Chamelle ? T'as vu comme il file ? Oh bon sang, sacré petit *Marcheur des sables* !

L'embarcation vogue si bien qu'elle finit par disparaître à l'horizon. Spider range ses jumelles, soucieux. C'est idiot, il a oublié de noter le poids et les dimensions du *Marcheur*, qui résultaient, bien sûr, de calculs purement intuitifs. Et maintenant, le navire est hors d'atteinte. Il lance un regard navré à Chamelle.

— Mais que je suis con !

Chamelle ploie le cou, balance la tête de droite à gauche et pousse de doux gémissements. Ils scrutent tous deux la Virgule silencieuse et, plus loin, les lumières qui s'allument dans la ville de la Chicane. Soudain, vers la gauche, à des centaines de mètres, le *Marcheur des sables* réapparaît. Le vent sans doute a tourné, car le petit navire se dirige à présent vers le sud, vers eux, pigeon voyageur qui rentre à la maison. Spider reprend ses jumelles pour le voir revenir.

À une trentaine de mètres du but, le *Marcheur* gîte légèrement et vire sur le côté, déséquilibré. Puis s'élève dans les airs, au-dessus des écailles de sel. Sa poupe se cabre et penche ; la quille rudimentaire se retourne deux fois et le navire s'écrase, sens dessus dessous, le mât brisé.

Spider abandonne ses jumelles, un vague sourire aux lèvres. Doit-il se désespérer de cet accident ou se satisfaire de la distance parcourue par le bateau ? Il n'en attendait pas tant. Il fourre les optiques dans sa ceinture et essuie le sable qui lui crible le visage avec un pan de sa jupe. Et maintenant ? Le navire est toujours hors de portée. Impossible d'aller l'examiner, de saisir la raison de son accident.

C'est alors que Chamelle – a-t-elle lu dans ses pensées ? – s'aventure, placide, à la surface du lac de sel. Spider se fige. Les écailles vont à coup sûr céder sous son poids.

— Hé, ma belle, non ! Stop !

Elle n'obéit pas, poursuivant sa lente et sereine progression, nullement troublée par les craintes de Spider. La croûte tient bon. Aucune fissure de mauvais augure. On dirait que Chamelle a marché toute sa vie sur des écailles de sel. Lorsqu'elle parvient à côté du petit navire, elle se retourne et, du bout du nez, se met à le pousser. Par à-coups erratiques, elle le propulse sur la surface blanche, vers Spider.

— Mais tu vaux tous les chiens de la Terre !

Il se risque à son tour sur le lac de sel pour la rejoindre. Ses premiers pas sont hésitants, mais la croûte semble vraiment solide. Peut-être a-t-il toujours surestimé la fragilité de la Virgule. Il retrouve Chamelle à mi-chemin et ramasse les morceaux du *Marcheur* pour les examiner. Le crépuscule approche, il fait trop sombre pour y comprendre grand-chose. Ce qui est certain, en revanche, c'est que les dommages sont irréparables. Spider noue ce qui reste de son bateau dans un carré de tissu qu'il attache au bât de Chamelle, et tous deux rebroussent chemin. Sous leurs poids réunis, les écailles ont tenu bon, ne se sont même pas fissurées. Ce qui rend Spider songeur sur le chemin du retour. Lorsqu'il arrive devant la Hutte et aperçoit Amasha à l'entrée, il a déjà pris sa décision.

— Où étais-tu passé ? lui demande-t-elle en le considérant avec gravité, négligemment adossée au chambranle.

— Oh, je regardais la Virgule, c'est tout.

Il fait passer Chamelle devant elle et pénètre dans l'enceinte de la tour, plongée dans la pénombre.

— Quand nous irons à Dubai, dit-il en tournant la tête vers Amasha, tout en brossant la toison de Chamelle, qu'il a réinstallée dans sa cage, nous laisserons Chamelle ici. Les enfants peuvent marcher ; ça vaut aussi pour Forlani. Nous ne l'utiliserons que pour porter Tita Lily.

Il attend une réponse, un ironique « Mais bien sûr », signe qu'Amasha sait exactement ce que Spider fomente et qu'elle lit dans ses pensées. Mais elle reste silencieuse. Il se tourne à nouveau : elle est là, les bras croisés, présence minuscule, négligeable à l'ombre de la tour immense.

Elle soutient son regard quelques secondes puis, sans sortir de son mutisme, laisse retomber ses mains le long de ses cuisses, secoue la tête et se dirige lentement vers l'échelle de la Hutte.

McKenzie n'a jamais réagi si vite. Elle aide Newt à s'installer sur le siège passager et démarre pied au plancher. L'Audi s'élance avec un crissement de pneus et une odeur de caoutchouc brûlé dans East Oak Street, bifurque à gauche, dans la 60e Rue Nord, dépasse en trombe toute une rangée de pavillons prétentieux avec cactus ornementaux et portails surdimensionnés.

Newt a le teint gris, les traits creusés, son tee-shirt est couvert de vomissures.

— On fait quoi maintenant ? hurle McKenzie. On a laissé la télécommande du drone dans la rue. On fait quoi ?

— Calme-toi. Ce n'est pas la fin du monde. Nous sommes des amateurs, on dira que c'était juste un défi. Si les flics nous arrêtent. Ce qui est peu probable.

Elle se penche vers lui. Il a incliné son dossier, a les mains plaquées sur le visage.

— Il faudrait que tu voies un médecin, non ?

— Non. Mais tu peux me redonner du paracétamol ? J'ai dû vomir la première dose.

Elle ne s'arrête pas immédiatement, garde les yeux fixés sur le rétroviseur, de peur d'être suivie – ce n'est pas le cas. Ils se rapprochent du centre-ville : davantage de maisons, plutôt basses, des jardins encombrés par des épaves de voiture, des palmiers. Elle finit, lorsque son cœur recouvre un rythme plus lent, par se garer sur le parking d'un Home Depot.

— Tiens.

Elle tend à Newt un comprimé de paracétamol et une bouteille d'eau. Il parvient tant bien que mal à se relever, le temps qu'il faut pour avaler le médicament. Puis il se laisse retomber, la tête enfouie dans son sweat-shirt, qu'il presse sur son visage. Le regard de McKenzie se pose sur ses coudes levés.

— Newt, montre-moi tes bras.

— Hein ?

Elle les palpe ; la peau est brûlante et parsemée de petites plaques saillantes.

— Tu as été vacciné contre la méningite, quand tu étais petit ?

— Quoi ? Non, je ne pense pas.

Elle inspire profondément, retient sa respiration, finit par exhaler.

— Tu as une assurance santé ?

— Bien sûr. Dans mon portefeuille.

— Où ? Dans ta poche ?

Elle glisse la main sous son dos en nage pour extraire le portefeuille de la poche de son jean. Carte d'identité, permis de conduire, quelques cartes de crédit, et un rectangle en plastique rouge et blanc. L'assurance santé, au nom de Gaston Herrera.

— Désolée, Newt. Mais il faut que tu voies quelqu'un. Ton assurance, elle marche partout ?

— C'est la meilleure.

— OK.

Fébrile, elle lance une recherche sur son smartphone. Les urgences les plus proches sont au HonorHealth Hospital de Scottsdale, à cinq minutes en voiture.

— Si les flics nous arrêtent, il faudra dire que je te conduis en urgence à l'hosto, compris ? Rien à voir avec l'histoire de la base. Tu t'en souviendras ?

— Putain, parvient à marmonner Newt. Putain.

Elle n'a aucun mal à trouver l'hôpital. La chaussée est large, et c'est l'immeuble le plus imposant de la rue. Le bâtiment central, flanqué de deux annexes, reflète de ses courbes de verre le ciel bleu, les nuages. L'esprit de McKenzie s'égare une seconde – vraiment pas plus, juste assez cependant pour que l'Audi heurte le rebord du trottoir avec un raclement métallique et sourd.

— S'il te plaît, bousille pas la bagnole, c'est de la location, gémit Newt.

McKenzie se gare près de l'entrée des urgences et aide Newt à marcher jusqu'à l'accueil. Il frissonne, a du mal à tenir debout. Derrière le comptoir, la réceptionniste fronce les sourcils et recule de quelques centimètres sur son siège de bureau. Si McKenzie doutait encore de la gravité de la situation, le souci qu'exprime le visage de l'employée suffirait à lui en faire prendre conscience.

— Bon, il va falloir une chaise roulante.

La femme appuie sur un bouton, marmonne ce qui doit être une demande codée.

— Vous avez une assurance ? Et faites-le asseoir. Vite.

McKenzie pose la carte sur le comptoir avant de guider Newt vers un fauteuil.

— Ça va bien se passer, lui souffle-t-elle à l'oreille en lui caressant les cheveux.

Son tee-shirt est trempé ; les rougeurs ont gagné le reste de son corps, marée ardente, écarlate.

— Ils vont te tirer d'affaire.

— Je te laisse tomber, pardon.

— Mais non. Tu as pu capter des images incroyables sur ton téléphone. On va te mettre sous antibiotiques et tout va s'arranger.

L'attente ne dure guère plus de trois minutes, mais dans ce laps de temps Newt vomit à nouveau. Ce n'est plus qu'un pathétique filet de bile marron, que McKenzie récupère dans le bassin que lui a donné la réceptionniste. L'équipe de triage arrive enfin, installe Newt sur un fauteuil roulant et repart vers les urgences. McKenzie suit le mouvement. L'infirmière en chef s'appelle Rose ; elle parle avec un accent vietnamien, comme bon nombre des parents des amis de McKenzie.

— *Cam o'n ban*, risque timidement la jeune fille tandis que Rose pousse le fauteuil dans le couloir, la main sur l'épaule de Newt.

L'infirmière se retourne, sourit à McKenzie.

— Vous parlez vietnamien ?

— Non, mais j'ai plein d'amis qui le pratiquent.

Soudain les larmes lui montent aux yeux, venues de nulle part. Elle se sent épuisée.

— Vous prendrez bien soin de lui, hein ? Je n'ai que lui au monde.

— Vous êtes de la famille ?

McKenzie hésite avant de hocher la tête. Rose se penche vers Newt.

— Gaston, mon ami, cette jeune fille est une parente ? McKenzie ?

Il opine.

— Ça vous ira si je discute avec elle du protocole de soins ?

— Absolument. Parfait.

Rose le fait entrer dans un box. Une autre infirmière, qui porte sur son pantalon un tablier rose impeccablement repassé, tire le rideau avec un sourire.

— Vous voulez bien attendre ? s'enquiert Rose. Il y a un distributeur dans le couloir. Je viendrai vous donner des nouvelles.

Avant qu'elle puisse s'éloigner, Newt s'empare de la main de McKenzie, la plaque sur sa joue brûlante.

— Ne m'attends pas, McKenzie. Cherche. Au bon endroit. Compris ?

McKenzie patiente un quart d'heure dans le couloir avant que Rose ne réapparaisse et ne s'assoie près d'elle en lui prenant la main.

— C'est le meilleur urgentiste du service qui s'occupe de Gaston. Nous explorons la piste de la méningite mais tant que nous n'avons pas tous les résultats d'examen rien n'est certain. Pour le moment, vous n'en parlez à personne, d'accord ?

— Et ensuite ? Qu'allez-vous faire ?

Le sourire de Rose est frangé de doute, cela crève les yeux.

— Ça va s'arranger. Un peu de repos, le bon traitement, il va guérir. Vous voulez bien me donner votre numéro de téléphone, au cas où vous souhaiteriez prendre l'air, aller manger un bout ? Vous paraissez très fatiguée, vous savez.

Cherche. Au bon endroit...

Ces mots ne quittent pas McKenzie de l'après-midi, la hantent où qu'elle aille. Dans le parking, elle rallume son téléphone. Encore des appels, des textos, des Snapchat. Elle tape « souterrains Phoenix » dans la barre de recherche de Google.

La réception 4G n'est pas fameuse. Les résultats mettent un certain temps à s'afficher. Le premier la conduit vers un article consacré à l'université. McKenzie parcourt la page en se mordant nerveusement l'intérieur des joues. La veille au soir, elle l'a déjà consultée. Les détails lui reviennent : il y a des souterrains sous tout le campus, destinés à son entretien. Les étudiants leur ont trouvé un autre usage :

ils y organisent des concerts. Le son y résonne d'une manière qui leur plaît.

Elle avale une gorgée d'eau, rejette ses cheveux en arrière, se regarde quelques secondes dans le petit miroir du pare-soleil. Rose n'a pas tort : elle est décomposée, a les yeux rouges, la joue marquée du souvenir de sa rencontre avec le camion sur la route de montagne – une traînée de sang semblable à un tatouage tribal, striée par des filets de transpiration. Elle se lèche la paume, efface la marque. Puis, feignant de remettre de l'ordre dans sa chevelure, elle se sert du miroir pour surveiller le parking.

Rien qui sorte de l'ordinaire. Des voitures à l'arrêt, certaines pourvues de pare-soleil décoratifs. Bob l'éponge sur l'un ; sur un autre, en robe bleue, Elsa, l'héroïne de *La Reine des neiges*, le bras passé autour du cou d'Olaf. Un couple âgé près de l'entrée de l'hôpital, la femme aidant son mari à manier son déambulateur.

— Bonne chance, Newt, murmure-t-elle devant le mur aveugle de l'hôpital. Bonne chance.

Elle reprend le volant, cette fois en direction de l'université, qui n'est pas loin de l'hôpital, sans cesser de penser à cette porte dans la falaise à Papago Park, et aux soldats qui en surveillaient l'accès. Ils étaient particulièrement nombreux. Pourquoi ? Donnait-elle accès à un souterrain ? Pendant la Seconde Guerre mondiale, les prisonniers de guerre avaient creusé des tunnels pour s'évader. Mais ces Allemands n'étaient pas préparés à affronter les ciels immenses, l'atmosphère desséchée de l'Arizona. Une fois dans le désert, ils n'avaient pas tenu longtemps. La plupart avaient rebroussé chemin dans ces mêmes tunnels, pour goûter de nouveau à l'eau et à l'ombre.

Il n'y a pas grand-chose à ce sujet sur la Toile. Impossible de savoir où débouchaient les tunnels en question. Pourtant, le fait que le sous-sol de l'université soit parcouru lui aussi de souterrains a certainement du sens, raisonne McKenzie en se rongeant l'ongle du pouce tout en entrant dans le campus au volant de l'Audi. Où conduisent-ils, ces souterrains ? Rejoignent-ils ceux de Papago Park ?

Plus d'une fois elle s'imagine qu'on la suit. L'instant d'après, elle dévisage le conducteur de la Jeep Cherokee qui patiente au feu à côté d'elle ; l'homme a rajusté ses lunettes de soleil quand elle s'est tournée vers lui. Et ces deux femmes d'affaires d'âge mûr dans leur Prius noire : elles jurent dans le décor, et lorsque McKenzie ralentit jusqu'à rouler au pas, elles n'essaient même pas de la doubler.

Elle longe l'Arizona Science Center, sa haute muraille rouge adobe, son vestibule de verre et d'acier, ses passerelles et ses parois curieusement taillées, son montage bariolé de planètes et de mains, les cellules exhibées sur ses édifices aux murs aveugles et blancs. Quand elle a répertorié les universités, elle a longuement étudié les filières de l'ASU. Il y a un programme en hydrologie et en sciences du climat de renommée mondiale, et la fac figure sur sa liste des alternatives à CalTech. Mais tout ça, c'était avant : avant qu'elle perde la tête en public, avant qu'elle abandonne le domicile familial, fugue et commette tous les délits possibles à l'autre bout désertique du pays.

Elle finit par trouver un endroit où se garer, même si, dans ce parking universitaire, l'Audi détonne : trop voyante, trop imposante. Il faut bien en sortir, pourtant, ce qui la met mal à l'aise. Le goudron chauffe sous la fine semelle de ses sandales. Elle fourre son smartphone dans la poche arrière de son short, embrasse du regard les alentours. Derrière elle, un immense immeuble, massif, en forme d'enclume et strié de zigzags blancs écrase l'horizon. C'est plein nord, lui suggère sa boussole interne, près de la Salt River. Elle, elle veut s'enfoncer dans les profondeurs du campus.

Elle part donc dans le sens inverse, en empruntant East University Drive. À sa droite, la Desert Financial Arena et ses allures de vaisseau spatial. Elle longe des dispensaires de « Soins d'urgence », des boutiques de manucure, un théâtre, puis s'engage à gauche vers le cœur du campus : larges avenues, parkings à vélos, pelouses jaunies et hauts palmiers. Les étudiants portent tous des shorts et des gilets. Certains arborent des casquettes et des tee-shirts de l'équipe des Sun Devil. McKenzie s'attire un certain nombre de regards, mais, lorsqu'elle les retourne, il y a quelque chose dans ses yeux que les garçons ne peuvent soutenir. Ce n'est pas le moment de lui conter fleurette.

Les bâtiments sont presque tous jaune sable et rouge adobe. Elle traverse un parvis immense et solennel : en son centre, une fontaine flanquée de piliers de grès rouge. Elle bifurque vers Tyler Mall, envahi de cyclistes et de véhicules de maintenance, tous électriques. Il y a là un kiosque, bardé de tracts annonçant des conférences, des concerts, proposant des logements étudiants. Elle s'y attarde un instant pour étudier les programmes : « Dieu et le cosmos » ; « Qu'est-ce que le racisme : le chrétien répond, l'athée commente » ; « Festival des droits humains au cinéma » ; « Future Sun Devil Days ». Un tract indé en noir et blanc où figure un masque flottant au-dessus de Phoenix annonce : *Clusterfest. Explorez l'undergound d'ASU !* Elle le détache pour le lire à son aise.

— Tu devrais essayer, dit une voix à côté d'elle.

Elle se retourne sur un grand type noir. Avec ses mocassins et sa chemise à fleurs près du corps, il est nettement plus élégant que les autres étudiants.

— Ça va t'ouvrir l'esprit, ajoute-t-il avec un large sourire.

Elle l'observe un moment. Sa posture est décontractée ; il a les mains glissées dans son jean slim taille basse.

— Tu crois ?

— Mais oui.

Il jubile.

— Regarde celui-là : *Punk dystopique pour millenials dégénérés*. Génial !

— Mais pourquoi tout ce foin autour de l'underground d'ASU ?

— Ils trouvent peut-être ça hyper subversif ? Je ne sais pas.

Il frappe le sol du talon.

— Ils sont sous terre. Au-dessous de nous. Comme des rats.

— Mais ces souterrains, ils vont où ?

Le jeune homme fronce les sourcils et son regard se fait plus attentif.

— Tu ne sais pas ? Mais tu sors d'où ?

— De Virginie.

— De Virginie ?

Il éclate d'un long rire insouciant comme si elle venait de lui dire « De la Lune ».

— Et qu'est-ce que tu viens faire ici, dans ce cas ? On est à des millions de kilomètres de chez toi, non ?

— Des millions, non, 2 000 ou 3 000 tout au plus. Je suis venue pour…

Elle hésite à poursuivre.

— Tu es venue pour… ? insiste-t-il. Pour quoi faire ?

Elle secoue la tête. Ce type… si élégant, avec ses boutons de manchette en nacre. Une copie conforme des stars de campus des années 1970. Il jure dans le décor. Vraiment pas à sa place ici.

— Tu disais ? poursuit l'étudiant. Qu'est-ce que tu viens faire chez nous, donc ?

Elle marmonne une vague réponse, tourne les talons et s'éloigne au pas de course. Dans la direction, espère-t-elle, du parking. Elle sent que le garçon est derrière elle et la suit encore ; elle accélère, prend de l'avance ; peine perdue, il est toujours dans son sillage, le sourire aux lèvres, les mains dans les poches. Elle part en petites foulées, disparaît à la première intersection. Devant elle, l'avenue circulaire du campus. Son smartphone vibre contre sa cuisse.

Le feu est rouge pour les piétons. Il lui faut patienter. Elle sort le téléphone de sa poche et regarde l'écran, s'attendant à voir apparaître « Maman », « India » ou « Lycée ». Mais c'est un numéro local.

— Allô ?

— McKenzie, c'est Rose, du HonorHealth Hospital. Vous vous souvenez de moi ?

— Oui, bien sûr.

Elle jette un regard par-dessus son épaule. L'étudiant est là, entre deux bâtiments. Il sourit comme s'il hésitait encore à se lancer à sa poursuite.

— Vous avez des nouvelles ?

Le silence à l'autre bout du fil donne une brève nausée à McKenzie.

— Rose ?

— McKenzie, pouvez-vous revenir à l'hôpital ?

Sa gorge se dessèche.

— Comment va-t-il ?

— Nous en parlerons quand vous serez là.

— Vous ne voulez pas me dire comment il va ?

— McKenzie, je crois qu'il faut que vous reveniez nous voir au plus vite. Cela vous est-il possible ? Sans prendre de risques inutiles ?

McKenzie baisse la tête. L'étudiant ne l'a pas quittée des yeux. Et son smartphone regorge de messages. Le feu passe au vert pour les piétons.

— Oui, bien sûr, répond-elle avant de raccrocher.

La bouche sèche, elle reste immobile un moment devant le passage pour piétons, à respirer par le nez. *Rose s'exprime de façon si soignée*, se dit-elle. Et l'étudiant en chemise à fleurs, à quelques dizaines de mètres, semble décidé à la prendre en chasse. Mais où finit donc par conduire la folie ? se demande McKenzie. Vous fait-elle pénétrer dans un tunnel de plus en plus étroit dont vous ne parviendrez jamais à vous extirper, ou vous entraîne-t-elle dans une série d'aventures en des lieux qui vous semblent inconnus ?

Alors que le feu va repasser au rouge, elle s'avance sur la chaussée, le cœur battant avec violence. Elle sort de sa poche les clés de l'Audi, sent la fatigue lui tirailler les os, se figure l'oxygène arrivant trop poussivement à ses muscles, l'accumulation d'acide lactique qui la tire par le bas, toujours par le bas. Que va-t-elle trouver si elle se rend à l'hôpital ?

— McKenzie, il faut rentrer, maintenant, articule une voix près d'elle.

Elle fait brièvement halte, regarde par-dessus son épaule.

— McKenzie ! McKenzie ! Rentre à la maison. Rentre, maintenant !

La voix est proche, si proche. Mais il n'y a personne à côté d'elle.

Elle reste immobile au beau milieu de la chaussée lorsqu'une énorme GMC Sierra pourvue d'un pare-chocs chromé lui fonce dessus, à 60 kilomètres-heure puisque le feu est vert ; le conducteur ne s'attendait sans doute pas à ce qu'une jeune femme fasse le pied de grue en pleine rue. Elle est immédiatement propulsée dans les airs.

Elle vole sur 1 ou 2 mètres, les idées soudain lentes et claires. Newt à l'hôpital, la peau marbrée de rouge. La première année d'école primaire, sa rencontre avec India, les citrouilles qu'elles évidaient pour faire des visages, les rires interminables – elle avait toujours l'impression qu'elle allait se faire pipi dessus. Les forêts de Virginie, océans d'arbres, les aigles qui tournoyaient au-dessus des routes grises, les centres commerciaux et les églises coréennes, les banlieues, le Dr Shreve dans son bureau, qui la scrutait en murmurant : « Parle comme tu le sens. » Son père et sa mère, Tatum et Luke.

C'est sa tête qui heurte en premier le lampadaire. Son cou se brise, son crâne est enfoncé. L'impact est si violent que ses bras se tendent, se croisent derrière sa nuque ; ses épaules se déboîtent, les os de ses poignets n'y résistent pas. Une douleur immense fleurit dans son ventre. Elle revoit l'affiche dans sa chambre en Virginie, se souvient d'un petit hamster que la famille avait adopté et que son père gardait souvent dans sa poche de poitrine.

Ses côtes se cassent, lui percent la rate, le foie, les poumons. Les pensées lui viennent de plus en plus lentement, embrassant toute son enfance ; le moindre trajet en bus pour l'école, le moindre examen, le moindre regard de Joe Marino, le moindre ricanement des filles du club de théâtre, les super milkshakes au Silver Diner, les maquettes des dunes dans leurs aquariums.

Les artères reliées à son cœur se déchirent, son smartphone jaillit de sa poche, l'écran chargé de messages.

McKenzie, s'il te plaît, appelle, je t'en supplie, je t'en conjure, appelle appelle appelle !

Mais McKenzie est propulsée à toute allure vers l'endroit d'où l'on ne revient pas. Une brève douleur, puis son corps se liquéfie. Elle sent ses jambes heurter le goudron, sa tête basculer en arrière dans un bruit sourd.

Avant même qu'elle puisse prendre la mesure de ses blessures, comprendre pourquoi le froid l'a envahie, McKenzie Strathie meurt.

SECONDE PARTIE

LE *MARCHEUR DES SABLES*

LE METSE'HAF

Eti Metse'haf
Kniga von patefactio, chapitre 18, verset 2

(Le Livre d'Ymå)

2. Ainsi advient-il que son être corporel se détache d'Ymå sans plus de poids qu'une semence que le vent emporte.
3. Ainsi est-elle conduite à connaître le feu en elle et comprend-elle qu'il ne peut s'éteindre. Une âme qui jamais ne ploie sous le soleil ardent, ne se dessèche dans le vent, ne se noie dans les flots, ne périt par la faim dans les temps de famine...

26

Spider est assis en tailleur dans le sable ; le dos voûté, il travaille à son projet secret. Avec la grosse aiguille volée dans la collection de Tita Lily et le boyau de kangourou emprunté au stock que Madeira accumule depuis des mois, il assemble les pans de la toile de parachute à la tête de mort. Il va traverser la Virgule, advienne que pourra ! Il faut qu'il s'approche de cette ville sur la Chicane.

Il a choisi de construire une sorte de tube, même s'il n'en maîtrise pas les principes aérodynamiques ; il suivra son instinct, comme il l'a toujours fait depuis l'époque où il survivait à Paris en réparant les montres dans les rues. Chaque fois qu'un membre de la famille apparaît, il fourre son matériel dans un grand sac : on ne sait jamais, quelqu'un pourrait l'épier par-dessus la barricade qu'il s'est fabriquée pour se protéger des regards.

Il est presque midi ; à peine est-il sorti de son abri pour nourrir Chamelle qu'il entend crier à l'autre bout de l'enceinte de la tour. Madeira s'élance vers le portail. Il sait ce que cela signifie : les Futatsus sont de retour. Il se hâte de tout ranger dans les casiers, apaise la bête d'une caresse, se débarrasse du sable qui crible ses jambes nues, ses mains, et rejoint Madeira d'un pas vif.

Les autres sont déjà là, le regard braqué sur le désert. Il se tient à l'arrière du groupe, qu'il domine d'une tête, les yeux écarquillés, le cœur battant. Aujourd'hui, seul Elk est revenu, et cela veut dire qu'il y a du nouveau.

Elk est encore à 10 mètres lorsqu'il les hèle d'une voix forte :

— Noor, Spider, et toi, Madeira, apportez de l'eau et des couvertures. Forlani, tu restes ici et tu prépares des lits.

Cela fait quelques jours que les couvertures sont prêtes : il leur faut à peine cinq minutes pour rassembler tout ce dont ils ont besoin. Trois couvertures chacun, surmontées de calebasses pleines et de provisions. Elk a mis de côté pour cette occasion un bocal d'oranges confites. Mets précieux : il n'en reste plus que deux ou trois sur le stock qu'il a confectionné avec des fruits ramassés dans la ville qui, à leurs yeux, ressemblait à Palm Springs. C'est le fruit préféré d'Yma. Knut aura droit à des morceaux d'ananas et à des dattes.

Spider, Madeira et Noor s'élancent sous le soleil brûlant dans le sillage d'Elk, qui a rebroussé chemin sans même s'approcher de la Hutte.

— Il a besoin de trois personnes, halète Madeira, son cigare à l'oreille sous son crâne à demi rasé et ses mèches hirsutes. Ce qui veut dire qu'ils sont tous les deux rentrés.

Ils ont déjà dû franchir plus de 1 kilomètre lorsqu'ils aperçoivent une silhouette recroquevillée dans un air si chaud qu'il tremble. Elk se dirige droit vers elle. Les trois autres lui emboîtent le pas, identifiant bientôt Amasha accroupie dans le désert ; le vent lui plaque son sari sur le corps.

Près d'elle dans la dune, face contre sable, gisent les deux Éclaireurs, silencieux, inertes comme des cadavres. Ils sont tous les deux nus et leur peau est nimbée d'une lueur irréelle, une aura moite qui ne surprend pas Spider : étant le plus costaud de la famille, il a plusieurs fois aidé au retour des Éclaireurs et a déjà vu ces peaux marbrées de taches inquiétantes, cette apparence entre vie et mort. Ce n'est d'ailleurs pas seulement une apparence.

La tête d'Yma est tournée vers les nouveaux arrivants ; sa longue et lisse chevelure abricot flambe sur ses épaules blanches.

— Attendez, dit Spider à ses deux compagnons. Attendez.

Ils font halte et le dévisagent, l'air interrogateur.

— Madeira, dit-il, apporte-leur d'abord des couvertures. On te rejoint dès que tu auras fini.

Elle hoche la tête et se dirige seule vers Amasha, qui lui prend les couvertures des bras pour en couvrir les Éclaireurs avec soin. À genoux, Madeira essaie de faire boire Yma qui, à peine consciente, ne peut encore rien avaler. Elk chuchote à l'oreille de Knut, dont les cheveux d'un bleu vif scintillent dans la lumière du jour.

Spider dévisse le bouchon de la calebasse et s'avance à son tour vers ses acolytes : autour d'eux, le sable a été piétiné et souillé d'étrange manière. Souvent, lorsqu'ils reviennent, les Éclaireurs laissent des traces ressemblant à celles des familles dont s'emparent les

Djinnis, comme si leur retour à la vie d'après était aussi violent, aussi désordonné qu'une mort.

Amasha et Madeira maintiennent Yma, encore inconsciente, en position assise pour tenter de la stimuler. Accroupi près de Knut, dont il tient la tête, Elk continue de lui parler à l'oreille, très doucement. Noor et Spider l'aident à emmitoufler l'Éclaireur dans son lot de couvertures, car il s'est mis à frissonner. À genoux, Spider prend la main du jeune homme, la serre entre les siennes afin d'y insuffler quelque chaleur.

C'est toujours le moment le plus difficile pour les Éclaireurs. Les frissons, la douleur, la vertigineuse perte de repères. Les autres Sensitive ne seront pas trop de cinq pour les aider à surmonter cette épreuve, à revenir en ce lieu auxquels ils appartiennent.

Iiiiiima Iiiiima Iiiiima.

Yma émerge. Elle a la bouche sèche ; sa tête, lourde, penche vers l'avant et sous ses yeux le sable se rapproche à toute vitesse. Elle entend des voix qu'elle connaît.

Elle comprend qu'on la transporte, pense qu'il y a deux femmes et un homme. Elle sent la chaleur qu'ils dégagent ; elle sent le contact de leur corps, de leurs muscles, leur puissance. Une équipe de secouristes ? Mais ce n'est pas sur l'asphalte qu'ils se déplacent, ce n'est pas dans un couloir d'hôpital. Ils avancent sur le sable. Dans l'air flotte l'odeur amère de la rouille. Un vague souvenir qu'elle ne parvient pas vraiment à saisir…

À sa droite l'homme est immense. Un ours. Un nom lui revient – Elk. Mais elle est trop épuisée, trop sonnée pour se rappeler sa signification. Où sont passées les voitures ? Et son téléphone ? Et Newt ?

Ymaymaymaymayma, bat son cœur. *Tu t'appelles Yma Fitzroy-Hughes.*

Ils poursuivent leur progression. Rapide – ils sont pressés, elle le sent bien. Elle ferme les yeux, les rouvre : c'est encore le sable qu'elle voit. Puis devant elle un godillot d'homme entre dans son champ de vision, en sort, y revient, en ressort, y revient, en ressort.

Un gros godillot d'homme, modèle désert. Une chaussette kaki. Surmontée d'un mollet musclé, bronzé. Spider ?

Ton nom, c'est Yma Fitzroy-Hughes.

Son esprit se trémousse, un ver de terre. *Yma Fitzroy-Hughes ? Vraiment ? Mais oui... Bien sûr. Ou alors ?* Elle rêve, oui, c'est ça, elle ne s'est pas encore réveillée. À l'hôpital ? Elle ouvre la bouche, voudrait parler, crier ; elle n'a pas assez de forces.

Yma, tu es rentrée, enfin. Quelle joie !

Lentement, elle retrouve la mémoire. Elle se remémore le désert. Elle a le temps de le reconnaître, de penser *Elk, Amasha, c'est bien ça, je suis rentrée...* avant de sombrer à nouveau dans l'inconscience.

Les autres membres de la famille attendent à la Hutte, rassemblés près du portail, impatients : les enfants et Forlani sur ses béquilles, son visage désarticulé fendu par un sourire à la fois timide et plein d'espoir.

— Comment vont-ils ?

Spider conduit le cortège ; il aide Amasha et Noor à porter Knut, encore inconscient.

— Après ce qu'ils ont subi, ni plus ni moins mal que nous, répond-il.

Dans l'enceinte de la tour, mieux protégée du soleil, ils déposent Knut sur le sable. Madeira et Elk font de même avec Yma et la famille se groupe autour des revenants, les mains tendues, hésitantes, presque avides, pour les toucher.

— De quoi sont-ils morts ? veut savoir Forlani.

— Knut, de la méningite. Yma a été renversée par une voiture.

— Décès rapide ?

— Instantané.

— Alors il lui faudra plus de temps.

Forlani plaque la main sur le front d'Yma, ferme les yeux et dresse la liste de ses maux. Elle respire par à-coups, haletante, mais sa peau n'a plus ces marbrures bleuâtres et ses globes oculaires frémissent déjà sous ses paupières. La couverture l'enveloppe des épaules aux genoux. Spider contemple sa peau, si nette, si blanche, si claire, comme si ses veines et ses muscles avaient été piégés dans le lait et s'y étaient figés.

Forlani se relève avec difficulté pour ausculter Knut, qui montre, lui aussi, des signes de retour à la conscience. L'index sur le poignet de l'Éclaireur, l'homme-médecine hoche la tête, pensif.

— Ils avaient quel âge ?

— Hmmm, marmonne Elk en se massant le front d'un geste las. Elle 17 et lui dix de plus.

— Bien, opine Forlani. L'ajustement ne sera pas trop important. Tout ce qu'il leur faut, maintenant, c'est du repos, de l'hydratation ; comme d'habitude. Transportez-les dans leur chambre. On les met sous surveillance pour la nuit.

Il y a à la Hutte un dispositif destiné à hisser les personnes qui ne peuvent emprunter l'échelle ; parfois, au retour d'une exploration, Forlani y a recours. C'est une balancelle que l'on peut raccorder à un treuil pour faciliter la manœuvre. Comme toujours à la manivelle, Noor et Spider font monter Yma d'abord, puis Knut. Les Éclaireurs sont accueillis par Madeira et Elk, qui les portent jusqu'à leurs habitacles respectifs. Amasha et Forlani leur serviront de gardes-malades.

Après ce remue-ménage, la Hutte est envahie par un étrange silence. Noor repart dans le désert pour s'exercer au tir à l'arc tandis que les enfants, engourdis de fatigue, jouent dans la pièce commune. Elk s'est retiré dans la cuisine et Tita Lily n'a toujours pas quitté sa chambre. Allongée, immobile sur sa couchette, elle fixe le plafond.

Soudain gêné, Spider redescend l'échelle. Hugo est dehors, lui aussi. Chamelle ronfle au soleil ; accroupie devant les sillons de son potager, Madeira prend des notes tout en tirant énergiquement sur son cigare.

Spider a la bougeotte. Il se retire dans sa cachette, derrière la cage de Chamelle, où personne ne peut le voir, soulève sa jupe et plonge la main dans son caleçon, dont il sort son pénis déjà turgescent. Appuyé d'une main à la paroi métallique de la tour, il se branle de l'autre, efficace et rapide, jusqu'à jouir.

Après quoi il s'assoit dans le sable, le menton sur les genoux, et se pose des questions sur bien des choses. Des questions sur l'inceste, sur l'amour, sur le loup qui, enfermé dans son corps, ouvre parfois la gueule et lance un regard au-dehors.

27

La nuit est longue. Lorsque l'aube arrive, elle est agile, silencieuse, grimpe et rampe sur le flanc de la tour, se fraie peu à peu un chemin au sein de la Hutte, les doigts cramponnés au métal. Yma est étendue sur sa couchette dans un demi-sommeil fébrile et tourne sans cesse la tête ; ses narines tressautent. L'air est brûlant, salé. Pas une once d'humidité.

Phoenix, se dit-elle. Ces sensations différentes, c'est parce qu'elle est à Phoenix. Mais ses tempes battent comme des tambours, elle est en nage et sous ses membres le matelas lui donne une curieuse impression. Elle ouvre les yeux sur un plafond de noyer poli. Tout lui revient en un éclair.

Elle n'est pas McKenzie Strathie.

Elle s'appelle Yma. Le premier mot qu'elle a prononcé devant Selena Strathie, c'était « Yma ». Son propre nom, en fait. Et Selena a compris « Ma », maman.

Elle regarde fixement le plafond, cligne des yeux en dépit de la douleur qui bourdonne dans son corps avec régularité.

C'est son vrai plafond. Sa vraie couchette. C'est sa vraie maison. McKenzie est morte sur une chaussée de Phoenix et son âme est revenue vivre parmi sa famille d'âmes, les Sensitive. McKenzie Strathie a entièrement disparu. Il n'y a jamais eu de complot fomenté par la CIA, la FEMA n'a aucun camp secret, le père de McKenzie n'est coupable de rien. Elle n'a rêvé que du Cirque, ces limbes étranges au-delà de la mort.

Elle respire dans la douleur, lentement, faisant jaillir sous son crâne à chaque souffle de nouvelles étincelles de souffrance. Ses épaules et sa poitrine l'écartèlent atrocement : ce sont les fantômes des blessures mortelles qu'elle a subies au campus et qui s'attarderont dans ses chairs un jour ou deux, le temps qu'elle s'habitue à son retour. On a tourné sa couchette pour qu'elle puisse dormir la tête près de la fenêtre ; on a ouvert les volets pour qu'elle puisse voir le ciel. Les siens, songe-t-elle, brumeuse, savent toujours ce dont elle a besoin.

Un léger bruit dans l'habitacle. Lorsque Yma baisse les yeux, elle aperçoit une chevelure blonde qu'elle connaît bien, un bras menu et bronzé.

— Splendour ? murmure-t-elle.

La petite fille ne réagit pas, continue de respirer avec régularité. Couchée sur l'épaisse couverture, en chien de fusil, sa position préférée pour dormir, Splendour a sur les lèvres un sourire mi-candide, mi-rusé, comme si elle avait défié les règles des Futatsus pour rejoindre Yma, s'assurer que sa grande sœur est bien rentrée, qu'elle va bien. Les autres ne sont sans doute pas loin ; ils se déplacent sur la pointe des pieds dans les couloirs de la Hutte pour lui laisser le temps de se remettre. Amasha, Elk, Hugo. Forlani, Madeira, Tita Lily, Cairo, Mahmoud et Spider. C'est sûrement les pieds de Spider qu'elle a vus la veille dans le désert ; il marchait devant elle. Ses mollets hâlés, saillants. Et Noor. Noor ne doit pas être loin lui non plus.

Tous ont vécu leur vie et aucun d'entre eux ne comprend ce qui les a conduits ici. Amasha du Sri Lanka, Splendour de Stockholm, Spider de Paris, Noor de Jaisalmer. Quelle qu'ait été leur foi, qu'ils aient cru ou pas en une vie après la mort, ils se sont tous retrouvés ici, avec d'autres dont ils savent d'instinct qu'ils sont de leur famille.

Un long frisson s'empare d'elle et elle se recroqueville sous les couvertures. Sur sa peau se révèle la texture familière de la chemise de nuit en coton dont on l'a revêtue ; lorsqu'elle frotte ses pieds l'un contre l'autre, elle se rend compte qu'elle porte d'épaisses chaussettes en poil de bête. Sans doute des attentions de Tita Lily et d'Amasha pour atténuer les spasmes. *Amasha.* Sa mère du Cirque, tellement plus proche que Selena Strathie. Amasha, la plus affectueuse des mères. La femme dans l'arbre.

— Yma ?

Elle lève les yeux. Assise bien droite, Splendour l'observe ; et son visage grave revêt soudain une expression ébahie.

— Yma.

Splendour se jette sur elle, s'enfouit sous la couverture pour la serrer dans ses bras. Ni la transpiration ni l'odeur n'ont l'air de la gêner. Tout ce qu'elle veut, c'est embrasser Yma.

— Tu es de retour ! Pour de bon !

Yma ferme les yeux et étreint la petite en dépit de ses douleurs.

— Bien sûr quc jc suis rentrée, chuchote-t-elle. Tu pensais vraiment que je ne reviendrais pas te voir ? Quelle idée absurde !

Splendour la serre encore plus fort tandis qu'Yma respire le parfum de ses cheveux. Elle sent le black-out revenir, l'épuisement, l'envie de dormir, mais ça va à présent. Elle est rentrée, en dépit de tout ; oui, elle est rentrée.

Splendour la quitte en milieu de matinée et Yma passe le reste de sa transition à dormir tant bien que mal, seule, bougeant et se retournant sans cesse sur la couchette basse, oscillant entre tremblements et accès de transpiration. Il y a une carafe d'eau à côté du lit et des oranges confites dans un bocal en grès ; elle sait qu'elle devra en manger quand les frissons s'apaiseront. Elle se réveille enfin dans l'après-midi et constate qu'elle a moins mal, ne sue plus. Elle se redresse avec précaution : les vertiges ont disparu. Les douleurs fantômes se sont également atténuées. Elle va peut-être pouvoir se lever, aller dans la salle de douche, s'assurer que sa cachette n'a pas été découverte.

Elle grignote avec prudence quelques morceaux d'orange, attend que le sucre fasse son effet dans son organisme. Le soleil est déjà sur le déclin. Dans le Cirque, le temps passe différemment : les jours y sont des années sur Terre. Certains Éclaireurs renaissent au XXe siècle, d'autres au XXIe ; nul ne sait où et quand ils atterriront sur cette planète, dans quel pays, en quelle année : la seule constante, c'est qu'ils meurent toujours et reviennent dans le Cirque.

Rien n'a changé dans l'habitacle d'Yma. Les dessins que Knut lui a faits de nuages, de navires aux voiles déployées. L'un d'eux représente la nuée en forme de champignon d'une microrafale, si familière.

Elle fixe l'esquisse, les yeux secs. Knut a réalisé ce croquis un soir grâce à des pigments obtenus en broyant des coquillages : il représente l'une des nombreuses microrafales qu'elle a pu voir dans le Cirque, le plus souvent vers le nord et la Chicane. Knut l'a dessiné sur la demande de la famille, qui voulait inciter Yma à rester dans son habitacle. Ils comprenaient qu'elle ne veuille pas dormir avec eux : mais qu'elle couche au moins dans un lit et pas sur le ciment inconfortable et froid du balcon.

Le dessin ressemble trait pour trait à l'affiche que McKenzie Strathie avait dans sa chambre. Comment a-t-elle pu ne pas comprendre la signification de cette image ? Elle en a si souvent rêvé, et jamais elle ne s'est rappelé ce plafond pourtant familier ? Allons bon.

Un coup léger à la porte et la tête d'Amasha apparaît dans l'embrasure, son visage doux, ses grands yeux bruns.

— Ma belle enfant.

Yma essaie de se lever mais constate qu'elle est encore trop faible. Elle retombe en arrière, secoue la tête.

Amasha entre, s'assoit sur le lit, étreint de ses doigts couleur de noix de coco la main d'Yma. Elle est ronde et douce, une miche de pain.

— Ma belle enfant, ma belle enfant. Tu es rentrée. Comment te sens-tu ? Ça fait encore mal ?

— Un peu. Plus que les deux fois précédentes.

— C'est parce que la mort a été rapide. Essaie de ne pas trop bouger. Mieux vaut rester tranquille ; tu t'es cassé des côtes.

— Amasha, on ne l'a toujours pas trouvé ? Et nous sommes dans le dernier regyre ?

— Chut, Yma. Chut. N'y pense pas pour le moment.

— Mais j'ai raison, n'est-ce pas ? Nous n'avons pas résolu l'énigme, nous n'avons pas trouvé le Sarkpont ?

— En effet. Sauf que Knut et toi êtes allés plus loin que tous les autres.

Amasha la serre contre elle, pose un baiser sur sa chevelure.

— C'est la première fois que des Éclaireurs arrivent à se rencontrer sur Terre. Et c'est Knut et toi qui y êtes parvenus. Vous nous avez fourni de très nombreux indices. Tu es notre étoile, Yma.

Effectivement, les Éclaireurs se croisent en permanence sur Terre ; il arrive qu'ils empruntent la même rue, le même train, mais sans jamais se rendre compte qu'ils se sont presque frôlés. Lorsqu'ils se retrouvent, l'émotion qui s'empare d'eux est la plus bouleversante qui soit. Et c'est ce qu'Yma a ressenti devant Newt Herrera.

— Mais comment ai-je pu oublier d'où je venais ? Comment ai-je pu oublier ce que j'étais allée faire sur Terre ?

Amasha recule, sans lâcher la main d'Yma, et écarte une mèche folle du visage de la jeune femme.

— Tu as été si courageuse ! Ces deux frères, et cette espèce de psychiatre… !

— Le Dr Shreve. Tu l'as vue ?

— Trente secondes. Et j'ai vu aussi ce que tu pensais d'elle. Alors celle-là, avec sa manucure et ses pulls, quelle abrutie !

— Et, euh…

Yma cligne des yeux et sa voix, soudain ténue, se charge de crainte.

— Tu as vu comment j'ai traité Joe Marino ?

Un léger sourire flotte sur les lèvres d'Amasha.

— Certaines personnes n'ont que ce qu'elles méritent, Yma. Tout ce qu'Elk et moi avons entendu nous a emplis de fierté. Tu ne t'es jamais laissé impressionner par leurs bêtises.

Amasha tend la main vers le bocal d'oranges confites et encourage Yma à en manger. L'afflux de glucose redonne des forces à la jeune femme, qui rejette sa chevelure en arrière et tire sur sa chemise de nuit pour avoir l'air plus présentable.

— Et Knut ? Comment va-t-il ?

— Mieux que toi. Il dort encore. C'est une nouvelle journée pour vous deux. Tout le monde meurt d'envie de vous revoir. Mahmoud a des boutons ; je crains que les mains de Forlani ne guérissent jamais ; et Tita Lily a traversé une très mauvaise passe, et ce grâce à Cairo… À part ça, tout va bien. Surtout depuis votre retour.

— Il est arrivé quelque chose. Nous avons trouvé quelque chose, Knut et moi. Un truc important.

Amasha hoche la tête.

— Important ?

— Oui.

— Tu peux nous en parler une fois que nous serons à table pour dîner tous ensemble.

Yma ferme les yeux et se concentre, les paupières serrées, pour empêcher sa tête de tourner.

— Amasha, dit-elle, il faut que je prenne une douche.

— Je vais t'apporter une cuvette, ne bouge pas.

— Non, j'ai besoin de me lever, d'aller dans la salle de bains.

— Forlani va piquer une crise. Il faut que tu te reposes.

— Mais je vais bien, Amasha.

Yma soulève les couvertures et parvient à s'asseoir sur le bord du lit. Paniquée, Amasha l'étreint pour la contraindre à rester où elle est.

— Mais tu es folle, ma fille ? Tu vas te blesser. Je t'en supplie, ne bouge pas.

Yma essaie de se lever malgré tout, mais une douleur lui perce le flanc et lui soulève l'estomac. La chambre danse devant ses yeux.

— Recouche-toi, ma fille, recouche-toi. Je te l'ai dit, je vais t'apporter une bassine et te faire une toilette de chat.

Mais ce n'est pas ce qu'Yma veut. Ce qu'elle veut, c'est ce qui se trouve dans la salle de douche. Elle se recroqueville sur le côté, le souffle court, haletant.

— Tu vois ? Tu n'es pas encore en état. Tu comprends ?

— Oui, murmure-t-elle d'une voix tremblante tandis que l'habitacle tangue et oscille devant ses yeux. Je comprends.

Le déjeuner est un véritable charivari, où chacun se nourrit comme il peut. Amasha tond la chevelure de Madeira au pied de la tour, et le sable est jonché de longues mèches noires. Forlani est dans la ferme avec ses bocaux d'apothicaire et Tita Lily a élu résidence dans un coin de la salle commune. Vêtue d'un immense peignoir à froufrous, elle fume. La douleur creuse encore son visage mais sa peau a retrouvé une teinte plus saine.

Spider ne se joint pas aux autres. Il emporte dans son nouvel appentis, près de la cage de Chamelle, son burrito de farine de maïs fourré au fromage de chèvre et le mange en travaillant. Bien au chaud dans sa poche, une double équerre et deux courbes françaises que Knut a sculptées dans un os de kangourou il y a quelques regyres. La température étant étrangement fraîche, il s'inquiète, soudain : et si les Éclaireurs ne se réchauffaient pas assez vite ?

Personne, songe-t-il le nez sur son ouvrage, *personne ne peut comprendre cet état de chose.* Il pense à tous ceux qui n'ont pas été choisis pour cette vie après la mort : tous ces gens qui vivent leur vie sans jamais se douter une seconde que leur horizon est borné, sans savoir à quel point l'univers réel, lui, est au contraire sans limites, n'offrant à la majorité de l'espèce humaine qu'une infime portion de ses possibilités.

Avant d'avoir été choisi pour le Cirque, Spider vivait à Paris, non loin du boulevard de Beauséjour, au début du XXe siècle. À 10 ans, parce qu'il n'avait pas le choix, il a appris seul les bases de la mécanique et de la construction. Il a été rétameur, a gagné sa vie en réparant des objets, en les améliorant. Le fonctionnement des objets l'emplissait d'une insatiable curiosité, lui qui n'était guère allé à l'école. Ces aptitudes lui sont revenues dans le Cirque. Il n'y a pas grand-chose qu'il ne puisse retaper, pour peu qu'il dispose de l'équipement nécessaire.

Chamelle se tient à 1 ou 2 mètres de lui, le menton levé, clignant des paupières pour chasser les grains de sable collés à ses cils. Le regard perdu dans le lointain, elle ne semble pas s'intéresser à ce que fabrique Spider.

Ainsi passe la journée, au lendemain du retour des Éclaireurs. Tandis qu'Yma dort, revivant par intermittence en rêve sa vie en Virginie, Knut, lui, gît silencieux et solide comme un roc dans son habitacle, quelques portes plus loin, pendant qu'Elk cuisine à l'étage supérieur, dans la salle commune.

Spider finit par remonter dans la Hutte, araignée oscillant sur l'échelle. Il n'y a pas un bruit dans les couloirs : dans un coin, Elk et Amasha discutent ; ils paraissent tendus et tristes. Voici venu le moment du choix des nouveaux Éclaireurs.

Spider se douche, se rhabille, l'humeur sombre. Ses yeux le grattent. Il a passé toute la journée sous le soleil : peut-être est-ce en partie la raison de sa fatigue, de sa mélancolie. Son inquiétude lui fait l'effet d'un caillou bouillant qui serait coincé dans sa gorge. Les enfants épuisés sont assis pieds nus, emmitouflés dans leurs couvertures ; ils ne cessent de bâiller, hirsutes. Cairo, les genoux serrés contre la poitrine, berce son petit hélicoptère. Mahmoud, boudeur, a les jambes tendues.

Madeira intercepte Spider sur le seuil de la cuisine. De la poche de sa salopette dépassent un sécateur et des pelotes de ficelle.

— Ça va être mon tour, dit-elle. Tu vas voir. C'est bête, au moment où on a le plus besoin de mes services… Parce qu'il va falloir la monter, cette nouvelle ferme !

— Non, c'est à moi d'y aller.

— Je ne crois pas, répond-elle avant de fermer les yeux. Prends-moi dans tes bras avant que je parte.

Spider obtempère, maladroit : comment l'étreindre, elle qui est si petite, si frêle ? Il a peur de briser ses os, aussi fins, aussi légers que ceux d'une antilope. Il a dans les narines l'odeur de son coûteux cigare.

— Tu vas me promettre un truc, saleté, siffle-t-elle.

— Te promettre quoi ?

— De prendre soin des moutons. Et des kangourous. Surtout Jack. Tu vois lequel c'est ?

— Oui.

— Quand ils sont arrivés, il était dans un sale état ! Pire que tous les autres. Si maigre qu'on lui voyait les vertèbres sous la peau. Un squelette.

Elle tend un bras tellement mince qu'il ressemble à une sculpture.

— Moi, déjà, je ne suis pas grosse : lui, c'était pire. Il avait dû rester attaché des mois et il avait un abcès sur la patte postérieure, il a fallu toute la pharmacie de Forlani pour le guérir.

Elle soupire lourdement.

— Spider, je ne suis pas sentimentale, crois-moi. Vraiment pas. Je suis une fille de la terre ; au Ghana, j'ai vu de ces choses… Mais ce pauvre Jack… Il a besoin qu'on le chouchoute. Tu me le promets ? Et s'il faut en arriver là, tu le libères, même s'il vaut mieux, je pense, que tu lui tranches la gorge. Il est vieux, trop vieux, il ne tiendra pas seul dans le désert. Si tu le tues, fais vite. En lui racontant de jolies choses, si tu peux. Tu me le jures ?

Le sang bat aux tempes de Spider ; ses muscles lui font mal. À tous les regyres, il faut en repasser par ces craintes des Éclaireurs. Ils redoutent ce qui changera en leur absence.

— Madeira, je te le promets. Je te le jure, répond-il en lui baisant la main.

28

Lorsque Yma se réveille, elle comprend, à voir la lumière qui filtre par la fenêtre, qu'elle a dormi presque vingt-quatre heures. Au moins a-t-elle de nouveau les idées claires. Elle mange des dattes et des quartiers d'orange qu'Elk a laissés près de la couchette puis s'assoit, non sans hésitation. La tête lui tourne un peu, mais elle a moins mal. Dès qu'elle se force à respirer avec lenteur, les vertiges disparaissent.

Elle se lève, les jambes tremblantes, certes, mais vigoureuses, ce qui l'étonne. Le silence règne dans la Hutte – les enfants jouent dehors, elle les entend. Elle a l'impression d'agir en cachette ; pourtant, après ce qu'elle vient de subir, rien de plus naturel que d'avoir envie d'une douche, tout de même, non ? Elle s'emmitoufle avec soin dans sa couverture et descend le chétif escalier en colimaçon sur la pointe des pieds. Puis elle traverse le couloir aux parois si lisses qu'il ressemble à l'intérieur d'une noix polie avec patience.

La salle de bains des femmes est en tout point conforme à ses souvenirs. Elle se trouve au nord de la Hutte, en léger décalage par rapport à l'Œil rouillé qui perce la tour. La paroi externe est constituée du même polymère transparent que la tourelle, si bien que les usagères de ces lieux ont droit à une vue panoramique sur le désert. C'est là que les femmes de la famille conservent tous leurs produits de toilette. Yma lance un regard à la porte avant de glisser la main dans un casier. Ses affaires n'ont pas changé de place : un loufa confectionné à l'aide de plantes du désert et un savon orange et vert, don de Madeira, qui les fabrique à la ferme.

Yma inspecte le loufa à la surface desséchée, presque friable. Une minuscule nuée de poussière s'en dégage, flottant lentement vers le sol. Yma y insère doucement le pouce et l'index et tâtonne un instant avant de trouver ce qu'elle cherche.

Deux cristaux d'une trouble clarté, mi-gris, mi-transparents, tous deux de la taille d'une noisette.

Elle ferme les yeux, respire par le nez sans céder à la tentation de s'asseoir, le corps tremblant de soulagement. Elle se passe la langue sur les lèvres, réfléchit à toute vitesse, découd sur 1 centimètre à peine l'ourlet de sa couverture – c'est Tita Lily qui l'a confectionnée et ses points sont si soigneux, si petits qu'on dirait un travail d'elfe – et glisse les pierres dans le tunnel de laine. Trop volumineuses, elles font sauter quelques points supplémentaires. Yma se hâte ensuite de replier la couverture et de la ranger sur une étagère, face au désert. Elle pourra la surveiller si l'une de ses compagnes la rejoint dans la salle de bains.

Hugo lui a laissé une ration d'eau exceptionnelle : pour les Éclaireurs de retour, le double de la normale, soit deux seaux pleins qu'elle vide dans le réservoir. L'effort lui fait encore mal aux bras. Il lui faut se reposer un instant avant de se redresser sous le pommeau.

Elle se douche longuement. Son corps lui est plus familier qu'aux regyres précédents. McKenzie Strathie est morte à 17 ans ; Yma en a 20 : la différence est subtile entre leurs deux organismes. La dernière fois, elle était née dans un village de Corée, où elle avait vécu jusqu'à 50 ans, sans enfant, sans mari, et sans aucune conscience de sa destinée. Lorsqu'elle était revenue dans son jeune corps, énergique et sain, le choc avait été brutal.

L'espace d'un bref et douloureux instant, elle regrette la vie qu'elle a eue en tant que McKenzie Strathie et tout ce qu'elle a laissé sur Terre : le lycée, son père, sa mère, CalTech, et même ses frères. India, surtout – India lui manquera plus que tout le reste. Tous semblent si lointains maintenant, si petits. Si pitoyables. Elle se souvient du jour où elle a quitté les Sensitive, des derniers moments dans la Hutte, sa main dans celle de Knut, les paroles de celui-ci : « Nous nous retrouverons. C'est sûr et certain. » Puis le vide, après lequel elle a été McKenzie Strathie, avec en elle, rêveur et vague, le flottant souvenir du Cirque jusqu'au moment où elle s'est réveillée dans le désert, dans les bras de Madeira et d'Elk.

Elle ferme le robinet de la douche. La chaleur du jour est restée emprisonnée dans les étages supérieurs de la Hutte ; il lui suffit de se tenir debout près de la fenêtre ouverte, la serviette sur les épaules, pour sécher. Elle s'enduit le corps et les cheveux d'huile et rapporte sa couverture dans son petit habitacle.

Le matelas de son lit de camp n'est pas épais. Tita Lily ou Amasha voudront sûrement l'aérer après ces longues heures de sommeil ; il faut cacher les cristaux ailleurs. Les parois de l'habitacle sont crénelées comme des coquilles de noix. Yma monte sur le lit et explore le mur jusqu'à trouver une anfractuosité de la bonne taille. Cachette parfaite, tant qu'elle dormira ici.

Elle glisse ses cristaux dans la fente, plaque la main sur l'orifice en murmurant : « Restez bien cachés, restez bien cachés ! » Puis elle descend. Ses vêtements attendent sagement sur leur tringle, propres et ravaudés. Tita Lily en a certainement pris soin pendant qu'Yma était sur Terre. Elle choisit une salopette kaki, un maillot de corps blanc et des chaussures blanches qu'elle n'a jamais vues. Si Elk récupère tout ce qui se mange au cours de leurs explorations, Tita Lily, elle, récolte les habits. Sans doute est-ce son cadeau de bienvenue.

Les chaussures vont parfaitement à Yma. Elle se fait une queue-de-cheval, se dirige vers la porte puis, la main sur la poignée, s'accorde un moment de réflexion. Revenir chez soi, c'est toujours une fête : celle-ci cependant est teintée d'un subtil regret. Car la famille a perdu un nouveau regyre. Et c'est le dernier qu'elle connaîtra jamais.

La salle commune est pleine de lumières et de bruits, la table octogonale chargée de bougies et de mets agencés autour d'un bouquet de fleurs étranges que Madeira cultive dans sa ferme sous la Hutte. Les Sensitive s'affairent dans un joyeux brouhaha, apportant les plats de la cuisine. Un cuisseau entier de kangourou, du mouton, des épis de maïs, des burgers au fromage de brebis fondu. Un bang et quelques feuilles de ganja, du vin aussi – du vin de datte servi dans une dame-jeanne géante, que Knut a récupérée autrefois à Ghat. Les petits ne cessent de faire la navette entre les fourneaux et la salle commune, hilares. Leur excitation est palpable, impatiente, effervescente : ils vont enfin voir de leurs yeux les Éclaireurs de retour d'un monde désormais interdit à la famille.

Un regret auquel Spider n'a pas consacré la moindre minute de son temps au Cirque. Il se souvient parfaitement du lupanar parisien qui l'a vu naître, du secret qu'il cache avec tant de soin. La mère de Spider se prostituait dans les *maisons closes** du 16e arrondissement ; elle n'avait pu garder son enfant qu'en faisant croire à la mère maquerelle qu'il s'agissait d'une fille, et donc, à terme, d'une future gagneuse.

Songeant que nul n'interférerait avec Spider avant qu'il soit assez fort et assez homme pour vivre sa vie, elle l'habillait en fille et choyait l'enfant à la longue tignasse blonde et bouclée. La mère maquerelle l'appelait « Mon ange » et lui pinçait les joues. « Fais tourner ta jupe », lui disait-elle. Pendant ce temps, il apprenait à escalader les murs, à courir sur les toits. Lorsqu'il avait eu 9 ans et que la patronne avait décidé que cette jolie gamine blonde était bonne pour le service, Spider avait embrassé sa mère pour la dernière fois, ouvert la fenêtre et filé sur les toits sans plus de cérémonie. Adieu le bordel, bonjour les mansardes, les cheminées et les gouttières de zinc. Une gamine qui exhibait au monde ses jupons vaporeux.

Knut surgit, vêtu d'une tunique vert citron. Pendant un instant, il n'y a que lui dans le couloir, le visage las, le regard encore abasourdi. Spider s'essuie les mains sur sa robe et s'approche de lui.

— Mon pote, dit-il, sourire aux lèvres. Mon pote.

— Putain, frère. Qu'est-ce que c'est bon de te revoir !

Ils s'étreignent en riant. Le lien qui unit Spider et Knut est l'un des plus intimes du Cirque. Leur âge, leur force physique les ont conduits à entreprendre de nombreuses tâches ensemble. Ils ont eu le temps de se parler.

— C'est dingue ce que tu m'as manqué. Incroyable. Recule, que je te voie mieux.

Spider tient à bout de bras son ami et scrute attentivement son visage. Knut est un grand artiste, un grand dessinateur. Sa crête bleu vif est un peu penchée, mélancolique, mais rien de ce qu'il a subi sur Terre n'a altéré sa musculature. Il est toujours aussi affûté, aussi sec, aussi beau.

— Comment ça va, vieux ?

— Secoué, pour ne rien te cacher, mais ça pourrait être pire.

Avant le Cirque, Knut vivait à Rio de Janeiro. Il se demande encore, bon Dieu, pourquoi il a été choisi plutôt que toutes les âmes méritantes qui auraient pu l'être. Il a déjà été Éclaireur trois fois, mais cette fonction semble l'affecter plus que les autres.

— Elk et Amasha m'ont rendu malade. Ils m'ont fait choper une méningite, figure-toi ! J'en ai bavé, mais ça m'a laissé le temps de réfléchir à ce qui m'arrivait. Tu connais le truc.

Oui, Spider « connaît le truc ». Quand vous mourez dans un accident, vous mettez beaucoup plus de temps à vous remettre qu'en cas de maladie : l'affaiblissement progressif désintègre la psyché et lui laisse le temps de comprendre son sort.

— On est partis combien de temps ? Ça vous a paru long ? s'enquiert Knut.

— À peine trois semaines. Un poil plus long que la dernière fois même si, pour être honnête, ça m'a paru durer des siècles. Tu viens t'asseoir avec nous ?

— Ouais, bien sûr. Je veux dire, je…

Knut embrasse du regard la famille, les places déjà prises. Noor et Madeira installés en tête de table, dans des fauteuils à dossier haut fabriqués avec les sièges d'un vieux tracteur. À l'autre bout, face à eux, deux autres grands fauteuils, où Yma et lui, les Éclaireurs de retour, vont bientôt s'installer.

— Oh, murmure-t-il tandis que ses traits s'affaissent. Madeira. Noor.

Ces deux-là lui décochent des sourires contraints, sérieux et dignes dans leurs fauteuils. Leurs verres sont déjà pleins du vin couleur d'ambre qu'Elk réserve à ces occasions. Madeira a droit à un cigare et à une petite pipe à ganja, sur laquelle elle a déjà tiré.

— Ça ira, grommelle-t-elle en haussant les épaules avec orgueil. On est prêts.

— Mais ce n'est peut-être pas la peine d'y aller. Nous avons du nouveau. Cette fois, je suis certain que nous n'aurons pas besoin d'Éclaireurs.

Amasha s'éclaircit la voix, ce qui n'échappe pas à Spider, puis lance un regard à Elk, lequel se trouve dans la cuisine, en tablier, à remuer le contenu bouillonnant de l'une de ses casseroles. Comme prévenu par télépathie, il s'interrompt dans sa tâche et apparaît à l'entrée du salon, armé d'une louche qui goutte sur le plancher. Le regard de Spider se pose sur son visage, puis sur celui d'Amasha. C'est peut-être de cela qu'ils ont discuté plus tôt.

— Du nouveau ? demande Spider.

— Eh bien, cette fois, j'étais gay, répond Knut ; il y a des trucs qui ne changent pas, j'ai l'impression.

L'histoire de Knut avant le Cirque n'est pas exempte de tristesse. Dans la première vie qu'il a vécue avant d'être transporté ici, il avait un amant, un Madrilène qui s'était révélé un drogué et un sale type : il volait Knut et couchait avec tous ses amis.

— Mais, avant que je m'installe à Seattle, personne n'était au courant. J'étais également un artiste caché ; ce sont des trucs qui vous poursuivent partout, non ? Impossible d'en parler à mes parents, qui étaient super cathos ; ils voulaient que je gagne ma vie ; l'art, pas question. Mais... En fin de compte, c'est bien qu'ils aient été aussi bigots.

— Pourquoi ?

— Cela m'a appris des tas de trucs. Et notamment le sens de *piscina*.

Réponse qui plonge l'assistance dans un silence stupéfait.

— On se disait tous plus ou moins que ça devait être une piscine, non ? Pourtant, tu te souviens sûrement, Tita, que ce mot, *piscina*, t'évoquait autre chose. Le fait est que ça peut aussi désigner une vasque dans une église catholique, là où les gens prennent un peu d'eau bénite, une sorte de lavabo ou de récipient où le prêtre nettoie les ustensiles de la communion. J'ai étudié l'architecture religieuse : c'est une chose qui me revenait tout le temps. Enfin qui revenait à Newt. Ce mot, *piscina*. Il n'arrivait pas... Je veux dire, je n'arrivais pas à comprendre cette obsession. Quoi qu'il en soit, ça signifie que nous devrions nous mettre en quête d'une église catholique. Et d'un rectangle à l'intérieur de cette église.

— Les temples hindous ont des *padas*, des mandalas, mais pas de rectangles, murmure Amasha.

— Ne le prends pas mal, Amasha : dans cette vie, j'avais les œillères de mes parents, catholiques jusqu'au bout des ongles. Il se peut que le plus beau lieu de culte du monde soit hindou ou musulman : avec eux, je n'ai jamais eu le loisir d'y réfléchir.

— Et je crois bien, dit Spider d'une voix douce, que la clé de toute cette affaire réside dans la manière dont les croyances se mélangent.

Tous les regards se tournent vers lui. Pourtant nul ne le questionne, nul ne le contredit.

— Oh, c'est une idée comme ça, ajoute-t-il en haussant les épaules.

— En l'occurrence, je suis sûr que nous devons chercher une église catholique. J'en mettrais ma main au feu. Et c'est un indice, ça, pas vrai ? conclut Knut.

Yma remonte le couloir menant à la salle commune, vérifie l'état de sa queue-de-cheval, se frotte les yeux histoire de les garder bien ouverts, de se donner l'air vif, alerte. Elle s'arrête sur le seuil, hésite : n'y aurait-il pas une dispute en cours autour de la table ?

Spider et Knut se tiennent debout l'un près de l'autre. Spider n'a pas changé : ses choix vestimentaires – blouson de cuir, jupe en dentelle rapiécée – lui permettent toujours d'exhiber généreusement ses bras et ses jambes, ainsi qu'une portion non négligeable de son torse. Il a visiblement passé la journée dans le désert, si l'on en juge par la quantité de sable et de cambouis qu'a rapportée sa chevelure blonde. Le tout dégage une sensualité qui n'est pas exempte de péril, et cela fait peur à Yma.

Il lève sur elle ses yeux bleu acier, la dévisage avant de détourner le regard, comme s'il venait d'apercevoir un détail troublant. Ce comportement n'est pas nouveau : il lui témoigne depuis toujours un mépris qui confine à la haine. Nergüi n'est plus là. Cela, elle ne l'a toujours pas assimilé.

Les conversations s'arrêtent. Son arrivée ne passe pas inaperçue.

— Eh, dit Spider, content de te revoir.

Il lui serre la main puis lui tourne le dos, laissant Knut seul face à la nouvelle venue. Knut la considère avec un demi-sourire. Il porte une tunique verte et ses cheveux sont d'un bleu aveuglant. Il a l'air bien plus jeune que Newt.

— Oh, Knut. Comment ai-je pu ne pas te reconnaître ?

— Approche, lui répond-il, ouvrant les bras.

Ils s'étreignent. Elle se blottit contre son torse, entend les sourds battements de son cœur.

— Finalement, tu as retrouvé tes cheveux bleus. Bleus comme ces fleurs de verre.

— Tu vas bien ? murmure-t-il d'une voix étouffée par la chevelure d'Yma.

— Je n'arrive pas à comprendre comment j'ai pu ne pas te reconnaître.

— Mais tu m'as reconnu. Nous nous sommes débrouillés comme des chefs.

Elle ferme les yeux, s'efforce de sourire.

C'est alors qu'Elk, qui apporte de la cuisine un énorme pain de maïs fumant, constate sa présence.

Une vague de tendresse et de ravissement envahit son visage. Il pose le plat, ouvre grands les bras.

— Ma fille !

Yma se laisse étreindre dans ses bras immenses : *Oh, son odeur, fumée, herbes boisées !* C'est un colosse, Elk. Une tête et demie de plus qu'elle, deux fois plus épais.

Hugo patiente derrière lui. Apparemment ravi, il serre Yma à son tour.

— Bien joué ! Avoir réussi à retrouver Knut sur Terre, c'est sidérant. Vraiment sidérant.

— C'est lui qui m'a retrouvée !

— Oui, mais tu sais… Vous avez assuré, tous les deux.

Forlani, le suivant dans la file, attend, les traits contractés par un gauche plaisir. Yma s'éloigne enfin de Hugo, enlace le jeune homme et pose un baiser sur son front. Il éclate de rire et serre la taille de la revenante dans ses bras maigres et tordus.

— Tu m'as tellement manqué, tu ne sauras jamais à quel point !

— Yma ! Yma ! Yma !

Les trois enfants trépignent autour d'elle.

Cairo lui étreint les jambes, se frotte le visage contre ses genoux.

— Yma, tu m'as manqué, tu m'as vraiment manqué !

Elle sourit, la paume plaquée sur le cœur. C'est si bon d'être rentrée à la maison. Mais, lorsqu'elle regarde la table, les amoncellements de plats, le vin, ce qu'elle voit plus clairement que le reste, ce sont les trois personnes qui ne se sont pas levées pour venir à sa rencontre.

D'abord Tita Lily, le visage blême. Yma se dirige vers elle, lui pose les mains sur les épaules. Tita Lily glisse ses doigts sous les siens et Yma lui embrasse les cheveux.

— Mon agneau, j'ai été malade.

— Tu vas mieux ?

— Oui, tout doucement. J'avais des épines de cactus dans le ventre. Et un empoisonnement du sang.

— Mais ça va ?

— Je vais.

Puis Noor et Madeira, installés dans les fauteuils qui désignent les Éclaireurs à venir. Noor adresse à Yma un sourire serein. Sa chevelure brille, sa peau semble rayonner. Il y a dans son regard une lueur qui dit à Yma qu'il n'hésiterait pas à défier les règles – une lueur ténue… Il ne se lève pas, se contente de hocher la tête. Elle lui sourit, remarquant ce faisant de quelle manière sa lèvre frotte contre ses dents. Elle s'en veut.

Madeira recule son fauteuil, qui gémit. Son visage exprime une joie lugubre. Ses cheveux bruns sont coupés à ras sur une bonne moitié de son crâne. Elle porte son accoutrement de fermière : chemise à carreaux, gilet de cuir muni d'une dizaine de poches où elle range ses outils. Elle a fourré ses gants de jardinage dans la ceinture de son pantalon en coton, bien qu'il s'agisse d'un dîner de fête. Elle serre Yma contre elle. Elle sent le lait de brebis et la sauge de son potager.

— Alors, cette ferme ?

— Oh, je joue encore aux Frankenstein agronomes, histoire que les kangourous s'accouplent plus souvent. Tu me connais : je ne changerai pas.

Lorsque Yma a salué tout le monde, Noor se lève enfin, l'embrasse cérémonieusement sur la joue et la conduit à sa place.

— Je suis content de te revoir parmi nous.

Il se rassoit aussitôt, ne lui laissant que le frisson suscité par l'éphémère contact de sa peau : sel, joue rude et vaguement râpeuse. Il porte un pantalon en coton et un tee-shirt d'un blanc aveuglant sur sa peau brune. Évitant son regard, Yma prend rapidement place près de Knut, comme prévu.

— Citrouille rôtie et steak en plat de résistance, proclame Elk en frappant des mains. Tout le monde s'assoit !

Les convives finissent de s'attabler ; Amasha lève les bras, les tend vers Knut et Yma, roi et reine de la fête.

— Merci, Ha'shem, de nous les avoir ramenés. Merci de ta munificence.

— Amen, murmurent les Sensitive, avant d'applaudir, comme si leurs Éclaireurs venaient de donner un sublime concert au Carnegie Hall.

Yma et Knut sourient et remercient l'assemblée. Puis le repas commence. Ils mangent lentement, donnant à leur corps le temps de se réhabituer à l'air, à la nourriture. Les premières bouchées sont salées, amères aux papilles d'Yma encore pleines du souvenir fantôme des mets de la Terre. L'alimentation du Cirque pourtant ne tarde pas à redevenir familière, réconfortante, comme tous les bons repas de famille qu'elle se remémore. De temps en temps, elle sent peser sur elle le regard de Spider, qu'elle préfère ignorer. Ce soir, elle ne veut pas avoir peur.

À mi-repas, alors que les enfants s'assoupissent sur leur assiette, Yma pose la main sur celle d'Amasha.

— Tu sais, lui murmure-t-elle, je ne crois pas qu'il faille que les Éclaireurs repartent.

— Ce n'est pas moi qu'il faut convaincre, répond Amasha, les yeux fixés sur les ongles clairs d'Yma. Parles-en à Elk.

— J'en discutais justement avec lui, opine Knut.

— Tu lui as parlé de Phoenix ? demande Yma.

— Phoenix ? s'exclame Elk en levant les yeux. Comme l'oiseau légendaire ?

— Il y a une ville qui porte ce nom, dit Knut.

— Oui. Aux États-Unis, dans l'Arizona.

— Quand j'étais sur Terre, dit Knut avec lenteur, j'avais ce souvenir d'un schéma. Je n'ai jamais compris d'où il venait. Mais il est dessiné ici, dans cette Hutte. Sur le mur de la salle de douche des hommes. C'est une des familles d'avant qui l'y a laissé. Il représente les canaux des Hohokam à Phoenix.

Tous le dévisagent, les yeux ronds.

— C'est ça que nous avons découvert, dit Yma. Si nous trouvons Phoenix, peut-être que le Sarkpont y sera. Peut-être.

Un long silence retombe, qu'Amasha rompt en toussotant. Elle pose sa cuillère, s'essuie soigneusement la bouche, puis elle se tourne vers Elk.

Qui hausse les épaules.

— Ah, Amasha, tu sais vraiment y faire. Il suffit d'un de tes regards et je décrocherais la lune.

Noor esquisse un sourire, même s'il s'efforce de dissimuler ses sentiments. Madeira tire un peu plus fort sur la pipe – hors de question de gâcher une occasion de se faire plaisir.

— Et Dubai, alors ? reprend Elk.

— Dubai, approuve Amasha. Nous allons quitter cette Hutte. Nous avons fini d'explorer ce coin. Il nous faut déménager.

— Déménager ?

Yma lance un bref regard à Knut.

— Où allons-nous ?

Amasha leur parle de Dubai, de l'appartement. Spider, soucieux, ferme les yeux et s'enfonce le pouce et l'index sur les paupières en secouant la tête.

— Qu'y a-t-il ? lui souffle Yma.

Il hausse les épaules.

— Il faut partir, bien sûr, mais je ne crois pas que Dubai soit le bon endroit.

— Arrête les messes basses ! lance Elk. Dans les villes des alentours, on trouvera peut-être Phoenix.

Le soleil se couche de l'autre côté des parois rouillées de la tour. Forlani distribue des tranches de pain sur lesquelles il étale de petites sphères de ghi. Hugo raconte une histoire à propos d'un banquier qu'il a connu dans le temps. Un jour, l'homme est tombé par la fenêtre d'un immeuble de Kuala Lumpur ; trois étages plus bas, il a fracassé un toit de verre et atterri en plein dîner dans une salle à manger, dos sur la table. Il était si saoul, ses muscles si détendus qu'il s'en est tiré avec de simples égratignures. Il s'est ensuite lié d'une profonde amitié avec les gens dont il avait pulvérisé les assiettes et les chandeliers.

— Tu te souvenais de quoi que ce soit quand nous étions vivants ? chuchote Yma à Knut. À propos de tout ça ?

Il se penche pour lui répondre :

— De bribes, la plupart du temps. J'ai reconnu Amasha et Elk parce que j'avais rêvé d'eux dans ma chambre. Et toi ?

— Les microrafales.

Elle ferme les yeux, peinant à trouver les mots qui conviennent.

— Je les ai vues ici. C'est… C'est incroyable. Mais je ne me souvenais pas de grand-chose.

— Moi non plus. C'est assez difficile à expliquer, mais sur Terre j'avais l'impression de m'éloigner, en grandissant, de celui que j'étais réellement. Apparemment, quand ma petite sœur est née – j'avais 4 ou 5 ans –, ma mère m'a trouvé dans sa chambre, devant le berceau, à regarder le bébé. Et j'ai collé la frousse de sa vie à la pauvre femme parce que, quand elle m'a demandé ce que je faisais là, je l'ai regardée droit dans les yeux et j'ai répondu : « Je demande à bébé de me rappeler à quoi ressemble Dieu, parce que moi, je commence à l'oublier. »

Yma retrouve sa couchette. C'est peut-être la dernière nuit qu'elle y passera avant que la claustrophobie ne s'empare à nouveau d'elle. Elle reste allongée dans le noir, la tête penchée sur le côté, le menton levé, pour contempler la nuit. Elle se rappelle ces journées interminables au lycée, les moqueries, les insultes des bandes de filles, les ricanements de ses frères. Le fait d'avoir oublié les cieux d'ici, les déferlements incessants de la douleur. Les tempêtes qui grondent dans le lointain, les éclairs qui enflamment les dunes, les arbres rabougris.

Tout en s'endormant, elle contemple les étoiles qui traversent doucement le ciel au-dessus de la ville de la Chicane, ses lumières qui s'éteignent avec lenteur tandis qu'elle s'abîme dans les ténèbres. Yma rêve de microrafales et de canaux dessinant des schémas complexes à la surface du désert. Il faut qu'ils aillent à Phoenix, elle le sait.

Lorsqu'elle se réveille, le soleil est déjà haut dans le ciel ; par-delà la Virgule asséchée, la ville de la Chicane est perdue dans les brumes. Yma cligne plusieurs fois des yeux. Pas un bruit dans la Hutte : elle est sans doute la dernière à sortir du sommeil. Quand elle tend l'oreille, elle entend tout juste des voix au-dehors, des bruits industrieux.

Elle se redresse, se penche pour regarder par la fenêtre. Les lointains gratte-ciel de Dubai étincellent dans la lumière. Puis elle se met debout sur le matelas et glisse la main dans la fente aux cristaux. Ils sont bien là, minuscules, réconfortants. Elle les adore et les déteste avec la même intensité.

— Yma. Yma ?

La voix de Splendour s'élève en contrebas. Excitée, affolée.

— Yma, descends ! Viens vite !

Elle enfile rapidement un short kaki, une chemise et des méduses. C'est du grand cadenas de la Hutte que Splendour l'appelle.

— Yma ! Vite !

Parvenue là-bas, elle se glisse dans le sas, au-dessus de l'échelle. Que Splendour a déjà gravie jusqu'à mi-chemin.

— Yma ! Viens, crie la fillette en lui faisant signe de la main.

— Splendour ! Tu n'as pas le droit de monter toute seule. Où est Amasha ?

— Mais viens, répond la gamine qui rebrousse aussitôt chemin. Vite !

Yma baisse la tête. Le reste de la famille s'est regroupé près de l'enceinte de la tour, à l'extrémité ouest. Dos à la Hutte, ils sont tournés vers le désert. Elle pivote, pose les pieds sur le premier échelon, attend que le vertige s'empare d'elle. Il y a longtemps qu'elle n'a pas descendu l'échelle de la Hutte – les quelques marches qui conduisaient au toit des Strathie n'ont pas grand-chose à voir avec cette géante. Il lui faut quelques secondes pour recouvrer ses esprits, périlleusement suspendue au-dessus du vide.

Elle poursuit sa descente plus lentement, se concentre sur chaque pas. En contrebas, le paysage lui est familier : les enclos des animaux, la cage de Chamelle, la ferme de Madeira, dont les tunnels de plastique ont été enlevés par endroits pour faciliter l'accès aux récoltes. Il reste encore deux rangées de citrouilles, replètes, éclatantes, dont les drageons et les tendrons se tortillent comme des antennes. Il pousse parfois de ces mutantes disproportionnées qui n'ont ni goût ni qualité nutritive.

Ah, et cette nouvelle réparation dans la paroi de la tour ! Un gigantesque carré de métal y a été riveté, un détail qui lui glace les sangs. Elle le scrute avec méfiance. Fin de partie ?

Splendour a rejoint les autres au pied de la tour ; tous semblent absorbés par ce qui se passe dans le désert. Yma enfin met pied à terre et s'élance vers ses compagnons, qui lui tournent toujours le dos, regroupés derrière Spider, debout devant un volet ouvert. Les manches de son blouson sont remontées ; il porte ses jumelles au cou et a les mains plaquées sur la paroi de telle sorte que tous ses muscles saillent. Noor, de l'autre côté de l'ouverture, ne dit mot. Intense.

— Mais qu'est-ce que c'est ? murmure Yma. Qu'est-ce que c'est ?

Forlani a grimpé, pareil à un jeune singe, sur le montant du volet. Il se retourne vers Yma et, de sa main libre, la tire par l'épaulette de sa chemise.

— Tu vois ?

Coincée entre Elk et Madeira, Yma se hausse sur la pointe des pieds et comprend enfin la cause de leur fascination.

— Mais qui sont ces gens ?

À deux clics environ de la Hutte, une famille traverse le désert sans vergogne. Le cortège est de bonne taille : les nouveaux venus, sans doute, se déplacent avec leurs possessions, leurs troupeaux – sans jumelles, c'est difficile à dire. Et il y a dans cette longue file un élément plus gros, apparemment, un objet sphérique qui semble, à en juger par ses proportions, de la taille d'une petite maison. L'impression générale est celle d'une cohorte de fourmis transportant vers la fourmilière une coquille de noix.

— Mais que font-ils à marcher comme ça dans le désert ? C'est contraire aux règles ! chuchote Knut à l'intention d'Amasha.

— Ce sont des novices, répond-elle, pensive. Ils viennent d'arriver ; ils prennent encore leurs marques.

— Des novices, tu crois ? Je veux dire… Il faut une sacrée paire de couilles !

— Ils sont forts. Ils n'ont pas froid aux yeux. Ce n'est pas si surprenant. Visiblement, ils n'ont pas tardé à se sentir chez eux.

Les Sensitive méditent un instant ce constat. Une famille assez sûre d'elle pour traverser le Cirque en propriétaire ! Yma se sent défaillir. Les Sensitive, eux, sont arrivés en visiteurs furtifs, humbles, terrifiés. À quel espoir peuvent-ils se raccrocher s'il leur faut, lors du dernier regyre, affronter de tels matamores ?

La mélodie d'un rire résonne dans le désert. Et des notes de musique, plutôt graves. Il vient à Yma le mot « harmonica », sans qu'elle sache pourquoi. Une famille qui joue de la musique ? Et qui porte des vêtements que le soleil fait scintiller ?

D'un geste las, Spider tend les jumelles à Forlani, lequel se penche vers l'extérieur et règle d'une main la molette. Il se raidit immédiatement.

— Ils viennent vers nous.

Spider lui arrache les jumelles des mains pour les porter à ses yeux.

— Spider ?

— Ne bouge pas.

Spider plisse les paupières derrière les oculaires. Mais nul besoin de jumelles pour constater que Forlani dit vrai. Le cortège a changé de forme et affecte désormais celle d'une flèche dont la pointe est tournée vers la Hutte. Le gigantesque objet – il est clair à présent qu'il s'agit sans doute d'une créature vivante et non pas d'une remorque ou d'une charrette – avance d'un pas traînant en queue de procession ; sa masse bientôt domine celle des humains qui l'accompagnent. On ne voit plus qu'elle, énorme et sombre, qui se détache sur le ciel matinal.

Les Sensitive la regardent approcher en silence. Elle est de plus en plus grande et Yma sent tous ses compagnons se recroqueviller légèrement devant ce Léviathan.

— Qu'est-ce qu'ils veulent ? siffle Cairo, agrippé au genou d'Elk. Ils viennent nous voir ? Ils cherchent une Hutte ?

— Oh, le trouillard ! se moque Mahmoud. Le trouillard de Tripoli !

— Ferme ta bouche. Je ne suis pas un trouillard.

Splendour éclate en sanglots.

— Ils ne peuvent pas nous prendre notre Hutte. C'est la nôtre !

— Chut, souffle Amasha. Je te le promets, ils ne l'auront pas. Pour le moment, nous ne savons pas si c'est ce qu'ils veulent.

Amasha attire les enfants à elle et lance un regard interrogateur à Elk, en quête de conseils. Mais il est trop occupé à scruter le désert pour lui prêter attention. C'est Spider, en fin de compte, qui passe à l'action. Il repousse les autres d'un coup de coude pour se ménager un espace. Puis il pose la main sur le rebord de l'ouverture, écarte les jambes et, d'une simple poussée des bras, saute dans l'embrasure. Il y reste perché un instant puis atterrit sur le sable.

— Qu'est-ce que tu fous ? demande Noor.

Spider se redresse puis se dirige vers le cortège. Nonchalant, arpentant calmement le désert de ses longues jambes, comme s'il allait boire un verre avec un ami. La main d'Yma se crispe sur le bras de Forlani, qui la recouvre de sa paume en un geste rassurant.

Les nouveaux venus se rapprochent et rien ne semble ralentir leur progression. Spider est tout aussi déterminé. Il est déjà à plus de 1 000 mètres de la tour. Jusqu'où ira-t-il ? Il fait halte : et, bien qu'il ne soit, à cette distance, qu'une minuscule silhouette, Yma distingue ses jambes musclées, bien campées dans le sable, le léger mouvement qui anime sa jupe tout contre ses cuisses. Avec une extrême lenteur, il ouvre les bras, les lève : le voilà maintenant en croix dans le désert.

Un geste tellement désespéré, songe Yma, *tellement absurde. Ça n'a pas de sens !*

Pourtant, ça marche. L'autre famille s'immobilise. Dans la tour, tous retiennent leur souffle. Puis la forme du cortège vacille, change. La procession pivote d'un quart de tour, se dirige plein nord, en diagonale. Ce qui lui fera éviter la Hutte.

Spider baisse les bras, tourne sur ses talons et revient lentement vers les siens.

Ils exhalent un soupir collectif. Forlani lâche la main d'Yma, qui lui adresse un petit sourire reconnaissant. L'ombre de Spider est encore longue : le soleil est loin d'être à son zénith. Lorsqu'il parvient devant la tour, Knut se penche et tend le bras pour l'aider à remonter par l'ouverture. Spider saute sur le sable avec un frisson, se retourne immédiatement vers le désert. La famille se regroupe autour de lui pour assister au spectacle. Yma sent l'odeur toute fraîche de la transpiration – il a marché si vite.

Les nouveaux arrivants vont passer suffisamment près de la tour pour qu'ils puissent les observer. La procession s'étale, lente et désordonnée. La créature géante bientôt retrouve ses vrais contours. Les yeux des Sensitive s'écarquillent.

C'est un éléphant que ces gens traînent en queue de cortège. Revêtu d'une couverture rouge et or, sur laquelle un humain est assis à califourchon.

— Oh putain ! marmonne Spider. Y a pas à dire, ils assurent. Ils assurent à mort !

— Et pourquoi ils ont un éléphant, eux, et pas nous ? s'enquiert Cairo. Comment ça se fait ?

Un instant, Yma se sent repoussée dans ses derniers retranchements. Elle sait combien de temps Spider, Madeira et Noor consacrent à la capture des animaux. Elle sait quels efforts et quelle ruse il a fallu pour attraper ne serait-ce qu'un chameau. Mais Cairo ne fait qu'exprimer ce que pensent tous les autres : comment vont-ils pouvoir affronter une famille si audacieuse, si douée qu'elle a déjà réussi à mettre la main sur un éléphant ?

— Sans éléphant, dit Cairo, furieux, en s'écartant du groupe, comment on va faire pour trouver le Sarkpont ?

29

À son retour à la Hutte, Spider est en nage, le corps endolori comme si ses muscles s'étaient subitement relâchés. Lorsque les autres reprennent leurs préparatifs pour le lendemain, il se réfugie dans son atelier éphémère et travaille en silence, collectant les éléments dont il a besoin et lançant des coups d'œil subreptices à la machine qui repose dans son casier, derrière la cage de Chamelle. Sans jamais cesser de se demander s'il parviendra à la finir.

Il n'est pas bête. Il a vu de quelle manière Yma regardait Noor, et l'indifférence de ce dernier. Et la mort de Nergüi… Ça, c'est le péché originel, la vraie raison de sa haine pour Noor. Noor qui a laissé mourir Nergüi. Noor aimé d'Yma. Nergüi, c'est la question taboue. Personne n'en parle plus… Personne ne veut dire ce qu'il pense de Noor. Spider déteste son privilège, sa solennité, ses penchants autoritaires et la façon dont il l'a, « pour rire », visé de sa flèche.

Le soir venu, Spider range soigneusement le fruit de ses efforts dans le casier. Il ne sait vraiment pas si la chose fonctionnera. Sa seule assurance, c'est la maquette qui s'est écrasée dans la Virgule. Un vrai pari sur l'inconnu.

En pleine nuit, Madeira entre dans son habitacle et s'assoit en tailleur au bout du matelas.

— Tu es ce que cette famille a de plus précieux, lui dit-elle. Les autres, tu t'en fiches. Fais ce que tu as à faire.

Lorsqu'il se réveille dans l'obscurité, elle n'est plus là. Il finit par comprendre qu'il s'agissait d'un rêve. Il se redresse, les mains sur les genoux, met de l'ordre dans ses pensées.

Il fait encore noir quand il se lève. Le silence règne dans le reste de la Hutte, au premier jour de leur dernier regyre. Il rassemble les quelques baluchons de nourriture qu'il a cachés sous son lit. Aujourd'hui, il porte sa robe la plus élimée, un blouson de cuir muni d'une capuche et sa ceinture d'outils bien garnie. Il longe la plate-forme de repos sans faire de bruit, actionne le cadenas avec le plus grand soin. Il lui semble que chacun des grincements du rouage se réverbère entre les parois. Mais personne ne le hèle, personne ne bouge dans les étages.

Les règles ne disent rien de la nuit qui précède un nouveau regyre. Nul parmi les Sensitive ne connaît les dangers que recèle alors le désert. L'instinct conseille à Spider de se tenir sur ses gardes. Il inspecte le pied de la tour à la lumière de la grande lanterne à piles. Ceux des animaux qui n'ont pas été abattus avant le déménagement dorment. Chamelle seule est réveillée. Elle suce son pain de sel. Après ses deux semaines de repos, elle a l'air vif et paraît en pleine santé.

S'il est peut-être périlleux de sortir dans la nuit, il se sent relativement en sécurité dans l'enceinte de la tour. Il travaille en silence. Il faut qu'il soit prêt avant le lever du soleil, avant qu'on puisse constater son absence. Il charge Chamelle de réserves d'eau, de sacs de provisions. Le *Marcheur des sables* et son équipement de camping tiennent dans un long sac en toile qui pèse moins de 30 kilos. La seule masse un tant soit peu saillante, c'est l'anneau en *D* qui l'attache à la selle de Chamelle. Spider a ses jumelles, un crayon et du papier : il veut noter tout ce qu'il voit, de manière à pouvoir, à son retour, convaincre le reste de la famille du caractère vital de son entreprise.

Il finit ses préparatifs, vérifie toutes les courroies et noue le licol tressé autour de ses doigts crasseux. Rien ne vaut l'instant présent.

— On y va, dit-il à Chamelle. On va tenter notre chance.

Les dix premières minutes sont cruciales. Il doit s'éloigner suffisamment de la tour pour que personne ne puisse le suivre, tout en demeurant assez près pour s'y replier en cas d'attaque surprise. Bien que le soleil ne se soit pas encore levé, le ciel est déjà clair. On y voit à plusieurs centaines de mètres. Spider avance d'un pas hésitant, Chamelle progressant, obéissante, dans son sillage.

Aucun obstacle ne s'élève sur leur route. Ils ont franchi presque 1 kilomètre lorsque les premiers rayons percent le ciel. Spider fait halte et se retourne sur l'étendue déjà parcourue. Là-bas se dresse la tour des Sensitive, immense en dépit de la distance, mais guère martiale, il faut l'avouer. Knut et lui n'ont pas consacré assez de temps à son entretien. Les gens de l'Éléphant l'ont-ils crue inoccupée ? Est-ce la raison de leur tentative ? Ou leur audace a-t-elle d'autres causes ?

Tellement ostentatoire, ce cortège ! Tellement bravache ! Celui qui ouvrait la marche était un petit gros en short rouge et chaussettes à carreaux, à la peau noire, qui n'aurait pas déparé sur un terrain de golf en Floride. Il avait l'air de danser sur le sable, comme si tout cela n'était qu'une immense blague, gambadant presque joyeusement dans les dunes. De temps en temps, il lançait en l'air ce qui devait être un bâton et, si Spider peut en croire ses yeux, égayait sa progression d'un roulé dudit bâton. Au bordel, autrefois, la mère maquerelle avait accroché sur un des murs un tableau représentant des funérailles jazz à La Nouvelle-Orléans. L'arrivée des Éléphant ressemblait vraiment à ça.

Il se retourne vers la ville au-delà de la Virgule, la ville de la Chicane, où les lumières s'éteignent les unes après les autres. S'il échoue, il va falloir qu'il s'explique en long et en large et qu'il ravale son orgueil. D'un clappement de gorge, il incite Chamelle à presser le pas. Bientôt, ils parviennent à proximité des rives de la Virgule. Cette fois, lorsqu'il regarde vers la tour, il aperçoit les membres de sa famille, points minuscules dans le sable. Ils se sont suffisamment éloignés de la Hutte pour pouvoir l'identifier grâce aux jumelles. L'un d'entre eux lève le bras pour attirer son attention. Peut-être l'appellent-ils ? Il est trop loin pour les entendre.

— Accélère, dit-il à Chamelle. On assure comme des bêtes.

Les voilà sur la première écaille du lac. Le sel semble plus friable qu'à sa précédente visite, mais il ne cède pas à leur passage. Chamelle et lui traversent une zone où l'eau salée se mêle encore au sable. Une odeur rappelant celle du poisson qui sèche sur les quais en Méditerranée flotte sur les lieux.

Puis vient le moment où le sel, ayant supporté le poids de Chamelle, émet sous le pas de Spider un long craquement. Il est temps. Il décroche le sac du bât de Chamelle et le pose à terre, tapote l'arrière-train de la bête et tend la main vers l'autre bout du lac.

— Vas-y, petite. Je te rattraperai.

Elle le contemple, lugubre, comme s'il avait émis quelque parole extraordinaire mais ne méritant tout de même pas discussion. Elle balance son long cou vers la ville de la Chicane, baisse la tête et s'éloigne de son pas chaloupé.

Spider s'attelle au montage des espars, fabriqués avec du bois massif trouvé à Abu Dhabi et dont Hugo pense que c'est du *lignum vitae*. Il coupe le boyau de kangourou qui lui sert de ficelle à coups de dents et renforce autant qu'il le peut les barrotins. Il n'a pas pu tester sa construction. Il sait simplement que la maquette a fonctionné et que cette version grandeur nature supportera son poids. Il attache le sac aux patins puis se penche, poussant le *Marcheur* sur le sel blanchi qui, sans cet artifice, ne résisterait pas.

Il assemble la voile en toile de parachute, la noue aux espars et l'ajuste afin que haut et bas soient parfaitement alignés. Le soleil matinal se reflète déjà sur la croûte de sel ; il est en nage. Lorsqu'il en a fini, Chamelle est déjà loin devant. Que fera-t-elle s'il ne la rattrape pas, s'il en est incapable ? Continuera-t-elle sa marche jusqu'à l'infini, rapetissant progressivement sous l'horizon jusqu'à ce que la perspective l'avale ?

Un hurlement sonore retentit au-dessus de sa tête. Lorsqu'il lève les yeux, il se rend compte que le vent s'est engouffré dans la voile. Le *Marcheur des sables* grince puissamment sous son capitaine ; une seconde, Spider craint de s'être trompé dans ses calculs – la voile va pencher, le projeter sur la croûte salée. Mais sous ses pieds le *Marcheur* sursaute une fois, deux fois, frissonne quelques secondes puis, dans un élan à couper le souffle, s'élance sur le sel.

Maintenant qu'Yma est rétablie, elle passe les nuits comme avant, par terre, près de la fenêtre, sous une mince couverture, le sextant dans les bras. La vue de la voûte étoilée lui permet de garder les idées claires et met fin à ses cauchemars fiévreux. Elle se réveille toujours l'esprit vif lorsque Elk allume les brûleurs à gaz de la cuisinière.

Au premier jour du nouveau regyre, elle est tirée de son sommeil par l'arôme de la friture qui émane de la cuisine, oranges et potiron. Elle offre son aide à Elk qui ne répond pas, morose.

La famille mange en silence, dos à l'aube qui filtre déjà au-dehors. Il manque quelqu'un à table : Spider. Mais personne n'en parle. Tous se sont habitués à ses caprices. Près de la chaise vide, plongé dans une profonde rêverie, Noor se nourrit avec méthode, comme si s'alimenter était une activité mesurable et quantifiable. Yma le contemple à la dérobée, autant qu'elle le peut, s'étonnant de son calme, de sa maîtrise. Elle est certaine qu'Amasha n'a parlé à personne des colères de McKenzie – c'est son grand secret. Mais elle s'imagine parfois couchée près de Noor, lui empruntant un peu de son flegme.

Après le petit déjeuner, elle retourne dans son habitacle pour se changer, enfile comme d'habitude un short, une chemise et de grosses chaussures. Elle étale sur sa peau une huile solaire haute protection. Le sourire de Tita Lily est encore empreint de lassitude ; en temps normal, c'est elle qui contrôle les applications. Yma est quatrième dans l'ordre de la blancheur (devant elle, Splendour, Elk et Hugo) : elle doit cela à son père, qui était roux et d'une pâleur tout hibernienne. Elle a appris comment éviter les nuits de souffrance après une journée au soleil. Elle boit plusieurs verres d'eau, se brosse les dents avec le mélange sable-menthol inventé par Madeira et rassemble toutes ses affaires, sans oublier les cristaux, qu'elle loge dans la couture de son soutien-gorge. Il lui paraît si étrange de ne plus avoir de téléphone à glisser dans sa poche. Ça lui manque. Comment savoir quelle heure il est, sans cela ? Eh bien, en observant les cieux et en réfléchissant un peu.

En général, elle est la première à descendre l'échelle, toujours heureuse de quitter la Hutte pour retrouver les grands espaces. Aujourd'hui, elle a été devancée – par Amasha. Dans ce bref intervalle, celle-ci a fait sa toilette et s'est changée ; elle se tient maintenant à l'entrée nord de l'enceinte, tournée vers le désert. Immobile, les mains croisées sur le ventre. Son châle lui couvre la tête et le vent fait danser son salwar kameez sur ses chevilles épaisses. Elle ressemble ainsi à une enfant de chœur pensive et réservée. Lorsque Yma la rejoint, elle ne dit mot. Yma fait une tête de plus qu'elle et doit se pencher légèrement pour voir ce qu'elle regarde.

Le soleil vient juste de se lever, projetant en éventail sur les aspérités du paysage des éclats de lumière. Sous leurs yeux s'étend la Virgule, interminable et blanche ; au loin, à une quarantaine de kilomètres peut-être, la tache indistincte de la ville de la Chicane. Mais ce n'est pas ce que fixe Amasha. La raison de son silence est bien plus proche. Sans un mot, elle tend ses jumelles à Yma, qui, les portant à ses yeux, aperçoit Spider. Il se trouve à 1 kilomètre, estime-t-elle (elle a l'œil pour les distances), au bord du lac salé. Seul – pas de Chamelle aux alentours –, en gilet, les bras nus. Il se débat avec un étrange amas de toile et de morceaux de bois.

— Qu'est-ce qu'il fait ?

— C'est son petit secret, répond sèchement Amasha. Ou ce qu'il croyait l'être. Je l'ai percé à jour depuis un bon moment.

Yma regarde. Apparemment, Spider fixe une voile sur une sorte de mât, l'étire longuement, comme s'il voulait la présenter au vent, afin qu'ils prennent le temps de faire connaissance tous les deux. Mme Voile, M. Vent. Il les encourage.

Enfant, dans sa vie d'avant le Cirque, lorsqu'elle était Yma Fitzroy-Hughes, ses parents l'avaient emmenée faire du dériveur dans l'estuaire de la Tamise. Elle descendait d'un célèbre marin : elle se devait d'apprendre quelques rudiments de navigation. Elle en a de féroces souvenirs, qui lui ont laissé un goût âcre sur la langue : embruns dans la bouche, pieds glacés dans ses chaussures de toile, et son frère emmitouflé dans un ciré beaucoup trop grand pour lui, ses jambes maigres et nues dans les bancs de vase. Les civelles rapportées à la maison dans une taie d'oreiller ensanglantée. Leur mère qui les incorpore aux œufs brouillés au bacon.

Yma cherche à se rappeler ce que son père disait du vent, mais c'est si vague ! Elle a pourtant l'impression que celui qui souffle sur la Virgule se comporte de manière inattendue ; trompeuse. Mais cela reste un sentiment inexplicable. Il vient toujours du sud, ce vent ? Non, sans doute. À cet instant précis, il semble s'engouffrer dans la voile, qu'il gonfle aussitôt ; son claquement sonore traverse le désert. Dans la seconde qui suit, Spider saute sur l'embarcation et, avant même qu'Yma puisse comprendre ce qui se passe, bondit au-dessus de la croûte salée.

Elle baisse les jumelles.

— Il veut aller dans cette ville qu'il a vue par-delà la Chicane, dit Amasha.

— Pourquoi ?

— Il pense que ce n'est pas un mirage. Il croit qu'elle existe vraiment. Il dit avoir aperçu des gens là-bas. Pour nous, ces gens-là s'étaient perdus, tout simplement, mais Spider a un autre avis sur la question. Il est obstiné, impétueux, ce garçon. Il n'a pas changé.

— Tu ne vas pas l'arrêter ?

— C'est ce que tu ferais, toi ? Tu le forcerais à nous suivre à Dubai ? Dans l'état où il est ? Phoenix fait partie des villes qui se trouvent de l'autre côté de Dubai, j'en suis certaine. Il nous faut simplement un peu de temps pour la trouver. Quand il aura compris que ses recherches ne riment à rien, il reviendra.

Yma ne répond pas. Les Sensitive peuvent parfois se disputer, diverger dans leurs opinions. Mais ils ont tous cette profonde certitude de partager quelque chose qui défie les mots. Spider, apparemment, a décidé de traverser seul la Virgule sur son engin ; ce faisant, il les a abandonnés. S'il n'avait pas pour Yma une telle détestation, elle ferait quelque chose pour le ramener à la Hutte. Mais Amasha a raison. Spider est impétueux et la colère l'abandonne rarement.

— Tu crois vraiment qu'il va revenir ?

Yma se sent curieusement navrée à l'idée que Spider puisse errer seul dans le désert.

— Mais bien sûr, mon enfant. Bien sûr. Ah, regarde comme tu es habillée ! Attends, que je reboutonne ta chemise. Tu es débraillée, ma fille.

Yma se fige, laissant sa mère du Cirque s'affairer autour d'elle, contemplant pendant ce temps le ciel, la forme lointaine de la ville sur la frontière. C'est là-bas qu'elle a vu la microrafale. Amasha refait les lacets d'Yma et essuie une tache d'huile solaire sur son nez.

— Parfait. Ma petite fille n'a pas beaucoup changé. Elle a toujours la tête dans les nuages.

Yma pose le menton sur la tête d'Amasha, les bras noués sur ses épaules. Un geste qu'elle a adopté au tout début de leur séjour dans le Cirque, une allusion tendre et moqueuse à sa petite taille, un témoignage de profonde affection. Amasha répond par un grognement aimable et pose les mains sur celles d'Yma.

Puis elles regardent Spider s'éloigner et disparaître, minuscule, à l'horizon.

30

Spider se cramponne d'une main au mât et de l'autre s'efforce de retenir le sac de toile, qui ne cesse de se rabattre sur le gréement. Le vaisseau accélère, comme s'il était aussi déterminé que son capitaine. Enfin Spider parvient à fixer le sac sous les barrotins et peut à nouveau se courber vers la quille. C'est le poids de son corps qui, exercé au bon endroit, permet au *Marcheur des sables* de poursuivre sa progression en direction de la ville de la Chicane. Le navire glisse sur le sel brun aussi facilement que sur le sel blanc ; il survole de longs fragments de croûte que le poids de Spider aurait sans nul doute fait céder. Le soleil perce la toile de minuscules taches aveuglantes ; le sel jaillit dans le sillage du *Marcheur* et Spider sent son cœur bondir, s'élever dans sa poitrine grâce à la pure joie du mouvement – la voile gonflée, le vent sur son visage.

— Oui, hurle-t-il à la brise, OUI !

À l'approche du navire, la ville – si c'est bien elle, ce qu'il choisit de croire – prend forme sur l'horizon. Elle ressemble à un long et plat rectangle ; le mégalithe qui la surmonte évoquant de plus en plus une créature bipède.

S'il te plaît, la supplie-t-il en pensée. *Ne sois pas un mirage. Existe pour de vrai !*

À 200 mètres du navire, Chamelle apparaît. Il ne voit d'abord que son immense et lourd postérieur, toujours en mouvement. Tandis que Spider approche à grand bruit, elle s'arrête, le voit filer devant elle et le suit avec flegme du regard, comme si ce spectacle n'avait rien d'extraordinaire. Lorsqu'il se retourne vers elle, elle a de nouveau baissé la tête et poursuit sa lente et stoïque marche.

— Hé, toi ! hurle-t-il. Tu pourrais avoir l'air un peu plus excitée, non ?

Le *Marcheur des sables* se met à gîter. Spider se penche, courbé, de l'autre côté de l'engin pour que le poids de son corps rétablisse la bonne trajectoire. Ils naviguent encore sur quelques centaines de mètres mais le vent, sans doute, a changé de direction, car chaque fois que Spider veut maintenir le cap vers la Chicane, le *Marcheur* ne cesse de s'incliner vers l'ouest. Les voilà bientôt qui rebroussent chemin à une allure de plus en plus vive, en dépit de tous les efforts du jeune homme.

— Et merde, merde, merde ! *Putain**, arrête de virer !

Le vent lui arrache les mots de la bouche. Le *Marcheur* tourne brutalement sur la gauche, la poupe se déportant à tribord. Spider se cramponne au hauban inférieur et le tire à tâtons, sans trop savoir ce qu'il fait. La tour de la Hutte ne cesse de grandir à l'horizon. Spider lutte avec son engin, qui gigote et tressaute sous son étreinte comme un être vivant, sinueux, puissant.

Survient dans leur confrontation un répit qui donne à Spider le sentiment d'avoir conquis son navire. Puis celui-ci soudain se fige et sa poupe se cabre, expulsant Spider, qui se recroqueville et dérape sur la croûte de sel, pour s'immobiliser 20 mètres plus loin.

Il est indemne. Mais, lorsqu'il parvient à s'accroupir, il constate que le *Marcheur* a davantage souffert. La quille s'est renversée ; la voile, arrachée, palpite un peu plus loin, à terre, comme un oiseau mourant. Les bouts de vergue sont fendus et l'un des balanciers s'est planté dans le sel craquelé.

En nage, Spider s'éponge le front et secoue la tête, accablé. *Eh bien voilà*, songe-t-il. *Ça t'apprendra.*

La quille du *Marcheur des sables* décrit un angle impossible avec la surface du sel. Impossible à réparer, impossible à sauver. Le navire est tellement fracassé qu'il ressemble au squelette desséché par l'oubli d'une mouette figée en un fatal atterrissage. À cet endroit, le sel est brun et si fragile que, à chaque tentative d'approche de Spider, il émet des craquements sonores. Qu'il cède, et le jeune homme se retrouvera 1 mètre plus bas, sur le lit sablonneux du lac.

— Et merde !

Spider recule, essuie du bord de sa robe la sueur qui lui coule dans les yeux. Et, envahi par le désespoir, regarde le *Marcheur*. Tout avait si bien commencé ! Maintenant, le voilà piégé, encroûté en plein lac, à mi-chemin de son point de départ. Tout ça n'a servi à rien ; il va falloir rentrer à la Hutte, vaincu, la queue entre les jambes. Il pense aux Éléphant. Leur assurance réveille sa peur. S'il leur a fallu si peu de temps pour capturer un tel animal, pour trouver ces étoffes, ces harnais dorés, qu'en sera-t-il du Sarkpont ? Le meneur de troupe, un Africain, peut-être, ou un Américain à en juger par son accoutrement, semblait tellement sûr de lui ! Et combien de temps la Hutte des Sensitive restera-t-elle inoccupée avant que ceux de l'Éléphant s'en emparent en toute équité ?

Chamelle approche. Depuis qu'il contemple le *Marcheur* naufragé, elle n'a cessé, impatiente, de tourner autour de Spider. À présent, le cou tendu, elle lui donne des coups de tête sur l'épaule.

— Non, dégage ! Tu mangeras plus tard.

Mais elle poursuit ses agissements derrière Spider qui, perdant l'équilibre, trébuche vers l'avant. Elle le suit, le pousse à nouveau : même résultat.

— Merde, arrête !

Elle ignore cette exhortation et continue à le pousser, l'empêchant de se redresser.

— Mais tu vas me foutre la paix, oui ou non ?

Au bout de quelques minutes de ce manège, cependant, Spider se rend compte que le sel n'a pas craqué une seule fois sous ses pas. Il a toujours atterri sur le sel blanc, plus dur, plus résistant. Ce n'est pas un hasard. Chamelle veut lui montrer comment traverser le lac. Lorsqu'il se redresse et regarde la Virgule, il aperçoit devant lui un sentier laiteux qui serpente entre les écailles brunes.

— OK, soupire-t-il en levant les mains. Je me rends. Il y a un chemin. Tu as gagné. On y va à pied.

— Il est où, Spider ? Il a fait des bêtises ?

— Hein ? Mais non ! C'est idiot ce que tu dis !

— Mais alors il est où ? Il est pas avec nous. J'aime pas marcher, moi.

— Il va falloir que tu t'habitues.

— Tu dis ça parce que tu l'aimes.

Yma regarde Mahmoud, circonspecte. Le garçon est couché ventre à terre sur le tapis bleu et or qu'ils ont étendu sur le sable.

— Bien sûr que je l'aime. Tout le monde aime Spider. Dans la famille on s'aime tous les uns les autres.

— Oui, mais…

Mahmoud hausse les épaules et tire sur les fils d'or qui forment le logo du tapis : Grosvenor House, Dubai.

— Moi, en ce moment, je l'aime pas. C'est pas facile de l'aimer, je trouve. Pourquoi il fait jamais comme les autres ?

Il n'a pas tort, songe Yma. Pendant qu'elle était sur Terre, Spider a légèrement déraillé. Qu'est-ce qui lui a pris de vouloir scinder le groupe de cette façon ? Ils se sont avérés de piètres chasseurs s'agissant du Sarkpont mais, s'il est une chose dont ils peuvent se féliciter, c'est leur aptitude à serrer les rangs. Or Spider met cela en péril. C'est peut-être pour cette raison qu'aujourd'hui Noor ne dit pas un mot, le regard fixé sur un point à quelques centimètres de son visage, comme s'il ne voulait pas s'égarer.

Yma reprend quelques noix, elle en a plein la paume, et se tortille un peu pour être plus à son aise. Les cristaux sont à l'abri : un sous chaque sein, car elle a compris rapidement que la transpiration ne les rendait pas plus ou moins actifs. La famille a franchi un tiers de la distance qui la sépare de Dubai et fait maintenant une pause. Tita Lily est épuisée et Madeira ne cesse de lui proposer des dattes et de l'eau pour la requinquer.

Pas de Chamelle aujourd'hui pour profiter de son ombre : Elk a accroché quatre draps entre deux cactus épineux pour que la famille puisse échapper au soleil. Puis il a déroulé les longues bandes de tissu dans lesquelles il conserve les dattes confites et les noix de macadamia.

Noor, mutique, mange assis dans le sable, les yeux rivés sur Dubai. Yma ne le regarde pas ; elle fait même en sorte de ne pas l'avoir dans son champ de vision. Il va falloir un certain temps pour que le fantôme de McKenzie se détache d'elle – une douleur spectrale hante encore ses côtes et elle est souvent prise d'une légère nausée. Et puis les talents de la jeune fille la poursuivent : Yma voit le Cirque sous un jour nouveau. Il lui suffit d'étudier les dunes pour comprendre le fonctionnement du vent et, bien qu'elle n'ait pas encore eu le temps d'observer avec précision de quelle façon il souffle sur le lac de sel, il y a quelque chose qui l'intrigue dans sa topographie.

— Et puis c'est sa faute si on n'a pas Chamelle aujourd'hui. Et si on n'a pas d'éléphant.

Cairo recrache un noyau de datte et se recouche sur le dos. Il lève son petit hélicoptère à bout de bras et en fait tourner les hélices, masquant par intermittence les rayons du soleil qui caressent son visage morose. Ombre, lumière, ombre, lumière.

— Cairo, tu es quand même au courant que les éléphants ça ne se trouve pas en claquant les doigts ? Qu'il n'y a pas un arbre à éléphants ? Ni même un ranch à éléphants où tu pourrais choisir celui que tu voudrais ?

— Non, mais… C'est pas ce que je veux dire. Pas du tout. C'est juste que…

Cairo ouvre et referme la bouche, impuissant.

— Les gens, là, ils avaient aussi des chameaux.

— Ah, ils sont super top, alors.

— Super top ?

— Oui, genre déments.

— Déments ?

Elle lance un regard pensif à Cairo, soupire. Oui, bien sûr, cette façon de parler n'a aucun sens dans le Cirque. C'est McKenzie Strathie qui parle par sa bouche, ou plutôt India, car McKenzie Strathie et les expressions à la mode, ça a toujours fait deux.

— Va donner un coup de main à Elk. Il a besoin de toi.

Cairo lève les yeux au ciel avant de s'exécuter, le pas traînant, la tête basse. Elk et Knut ont commencé à charger la charrette à bras qui remplacera Chamelle. Y sont empilées, entre autres, de grandes plaques d'aluminium destinées à doubler les fenêtres de l'appartement de Dubai.

Yma se redresse et se joint au petit groupe autour de la charrette, qui ressemble à celle dont elle s'est servie pour transporter ses aquariums à Sciencexpo. La vie du Cirque reflète celles qu'ils ont eues sur Terre, et inversement. C'est un étrange et terrifiant réseau croisé de rêves et d'expériences conscientes.

— Hé, regardez ! les hèle Hugo, qui s'est éloigné un moment mais revient à présent vers eux.

Il a quelque chose dans les mains.

— Il est bien gros. Ça fera un bon repas.

Les hommes s'interrompent et se tournent vers Hugo, qui tient un lézard par la queue. Le reptile se tortille, claque des mâchoires, essaie de mordre Hugo qui, chaque fois, l'en empêche d'une secousse brutale. Yma reconnaît immédiatement l'espèce : c'est un parent de M. Blonde.

— Un bon repas, répète Hugo.

Elk approche et se penche pour examiner la bestiole, lui presse le ventre, écarte la peau de son entrejambe. Yma est sur le point de le prier d'épargner le lézard quand Elk secoue la tête.

— Non, Hugo. On n'y touche pas. C'est une femelle.

— Et alors ? C'est de la viande !

— Tu m'as compris ? De la viande, on en a plein ce sac. Et si on en manque on en trouvera des tonnes dans les frigos des riches à Dubai. Relâche-la.

Hugo cligne des yeux sans comprendre.

Elk finit par se pencher vers lui, menaçant.

— Tu m'as compris, oui ou non ? J'ai dit : relâche-la.

Hugo laisse tomber l'animal d'un geste impulsif. Le lézard détale et tous se détendent un peu, encore effarés par la brusquerie d'Elk qui, tête baissée, marmonne dans sa barbe tout en décrochant les draps qui ont servi de parasol.

Rien n'a vraiment changé, songe Yma. Hugo est encore l'intrus, le privilégié, celui qui croit que tout lui est dû. Il ne parle que d'art, de littérature et d'opéra. Et la patience des Sensitive montre ses limites, tendue comme un fil télégraphique. Tous ont peur de ce qui se produira s'ils nc trouvent pas le Sarkpont dans les jours qui viennent.

Spider et Chamelle marchent depuis près de deux heures : rien de nouveau à l'horizon cependant, hormis l'étendue de sel sèche à pleurer, écailles blanches et brunes comme celles d'un titanesque lézard agonisant sous le soleil. Spider finit par s'immobiliser. Il boit un demi-litre d'eau, s'éponge le front et lance un regard soupçonneux à Chamelle.

— Toi, tu m'emmènes à la chasse à la licorne, j'ai l'impression. On va où ?

Elle baisse la tête et lui donne des coups de museau ; il lui inflige une tape sèche sur les narines pour l'en empêcher.

— Où ça, Chamelle ? On va où comme ça ?

Il écarte les bras pour englober le lac interminable. L'horizon est indistinct, noyé dans une lumière aveuglante. Chamelle soupire, lève la queue et excrète un long flot de crottin, comme pour manifester son irritation envers Spider.

— Eh bien, je te remercie. C'est toujours un plaisir.

Puis, sans hâte, il décharge l'animal de tout son paquetage, qu'il dispose sur les écailles de sel en petits tas espacés, pour en répartir le poids. Il lui ôte également la selle et le bât insérés entre ses deux bosses. Lorsque Chamelle est à cru, il lui fait signe de s'agenouiller.

— Là, Chamelle, ajoute-t-il en claquant des doigts.

Puis il l'enfourche et, une fois bien installé, émet un son de gorge pour la faire se lever. Elle hésite, de peur peut-être que leur poids à tous deux ne fasse céder la croûte.

— Ça va aller, dit-il en posant la main sur sa bosse antérieure pour la rassurer. C'est solide par là.

Elle décide enfin de se fier à lui et se relève, avec ces petits mouvements gauches qu'elle a toujours : le postérieur en l'air, puis ses longues jambes de devant bien écartées tant elle craint la chute à travers le sel. Miracle : la surface ne cède pas. C'est un risque, cependant, et Spider résiste à l'excès de confiance. De son perchoir, il embrasse l'horizon d'un regard aussi prompt que possible. Il sait qu'à tout moment les écailles peuvent céder.

Les quelques dizaines de centimètres qu'il s'est ajoutés lui offrent une vue plus dégagée. Il aperçoit tout juste la tour des Sensitive, une minuscule tache noire. À sa gauche, Dubai, si lointaine, où les autres sont partis ; la Hutte à la tête de mort n'est guère plus grosse que la leur. Il émet un clappement de gorge, tapote l'épaule droite de Chamelle pour la faire tourner vers le nord. Ses jumelles devant les yeux, il inspecte l'horizon, hérissé désormais de détails jamais vus : des dunes, des montagnes impossibles à détecter de la Hutte. Puis il l'aperçoit : la ville aux confins de la Virgule.

Elle est si vaste qu'il manque en perdre l'équilibre. Elle lui saute au visage dans ses jumelles, énorme, immédiate. Ce long rectangle qu'il a déjà vu, ce sont des remparts, d'un rouge argileux et terne. Il y distingue une ou deux portes, des ouvertures ; le soleil se réfléchit sur des panneaux. Mais c'est ce qui domine la ville qui lui coupe le souffle : une colossale sculpture, plus haute que toutes les tours du désert. Elle doit mesurer au moins 300 mètres de haut. Ce qu'elle représente lui arrache un long, un irrépressible sourire : un oiseau, gigantesque, les ailes déployées et coiffé d'une crête, un bec altier tourné sur le côté, et des serres léchées par des flammes de fer.

— Phoenix, marmonne-t-il.

La conversation de la veille au soir dans la salle commune, lorsque Yma et Knut décrivaient leur vie sur Terre, lui revient aussitôt en mémoire.

— On l'a trouvée, Yma. La ville dont tu parlais. Phoenix.

Il descend de sa monture et attelle de nouveau son chargement.

Yma et Knut ont perdu quelques-uns de leurs instincts du Cirque ; la sécheresse de l'air les épuise. Ils marchent plus lentement que les autres. Aux portes de Dubai, Yma est chancelante, a la peau blanchie de transpiration séchée, la langue poisseuse, endolorie. La puanteur de la ville lui donne la nausée.

— Laissez-leur le temps de se remettre, ordonne Noor, qui s'est immobilisé à mi-hauteur de l'immense dune dans laquelle Dubai est en partie ensevelie. Conduisez-les à l'appartement avec Tita Lily.

Ni Yma ni Knut ne protestent. Pendant que les autres partent par deux ou trois dans toutes les directions en quête du Sarkpont, Elk et Amasha font grimper aux anciens Éclaireurs la brûlante pente de sable jusqu'au plus haut des gratte-ciel, qui s'élève dans le ciel sans nuages, noir et gris, avec ses vitres crevées et des nuées de sable qui s'échappent des fenêtres. Noor décharge les écrans d'aluminium et leur emboîte le pas.

— C'est quoi, cette odeur ?

— Des créatures des mers en putréfaction, répond Elk.

— Des quoi ?

— Ne t'en fais pas. Tu vas t'habituer, affirme Elk en balayant du regard le gratte-ciel. Du cent septième étage, tu verras la ville que nous pensons être Phoenix. Enfin, quand je dis cent septième… C'était avant que le sable monte. Désormais, c'est le trentième.

Ils ont bu des litres, extraits des poches à eau qui leur servent de gourdes. Et pourtant, après avoir monté 10 étages, Yma se sent déjà défaillir. Sitôt entrée dans l'appartement, elle s'affale sur le canapé tendu de soie d'un bleu roi aussi passé que ses glands dorés. Les épaules voûtées, elle s'efforce de reprendre son souffle. Knut est dans le même état. Il leur faudra des semaines pour recouvrer leur vigueur initiale.

— Cette puanteur, ça n'aide pas beaucoup, gémit-il. Jamais senti un truc pareil.

Elk leur donne à chacun une poignée d'ananas confit et un petit cube de sel, fourni par Forlani. Ils avalent le tout avec lenteur, balayant le salon du regard, prenant note de leur nouvel environnement.

Une salle immense, des fenêtres aux vitres épaisses, intactes.

Puis Elk et Noor prennent Yma par les mains et la conduisent à la baie, suivis par Knut. Tous regardent vers l'est. Depuis qu'elle vit dans le Cirque, Yma n'est jamais montée si haut. Elle prend soin de ne pas baisser les yeux, afin de ne pas être reprise de vertiges.

— Tu vois quelque chose de familier ? s'enquiert Elk en lui tendant les jumelles. Des détails que tu pourrais identifier ?

Yma et Knut s'appuient contre les vitres et scrutent le lointain paysage. Il est déjà tard dans l'après-midi et au-delà des villes le ciel est d'un bleu si pâle qu'il paraît presque blanc. Elle n'a jamais vu le Cirque ainsi, sur des centaines de kilomètres, des milliers peut-être, une vision à couper le souffle. Et, dans quelque direction que ses yeux se portent, le ciel fourmille de formations nuageuses et de phénomènes météorologiques des plus variés. Au sud, ce sont des cumulonimbus en phase de dissipation, ce qui signifie qu'il a plu sur certaines villes ; elle voit les cirrus et les stratus en basse altitude. Et ces nuages pommelés dont, enfant, elle s'était fait toute une légende : dans un accès de colère, les déesses du ciel avaient déchiré leur voile de mariée. Pas de microrafale, mais elle distingue, tout au bout de l'horizon, ce qui pourrait bien être un haboob. Une tempête de sable.

— Il y a des montagnes, à Phoenix, dit Knut en plissant les yeux derrière les jumelles qu'Amasha lui a tendues. Et beaucoup de verdure. Des parcs partout, de l'eau. Les constructions sont plutôt basses, surtout à la périphérie.

C'est à l'aide de son télescope qu'Yma scrute l'horizon, ne négligeant aucun détail. Ça lui a tellement manqué ! Il y a au moins six villes au-delà de Dubai. Elles se trouvent à une dizaine de kilomètres les unes des autres si ses yeux ne lui mentent pas, au pied d'une chaîne de montagnes. Certes, il y a des zones vertes à flanc de colline, mais cela ne signifie pas pour autant que l'une de ces agglomérations soit Phoenix. Les lois naturelles du Cirque ne sont pas celles de la Terre.

— Yma ?

Elle se tourne vers Elk.

— Alors ? Tu reconnais quelque chose ?

— Je ne saurais pas dire. Tout ce que je sais, c'est qu'il y a parfois des microrafales au-dessus de Phoenix.

— Des microrafales ?

— Oh, ce sont… Comment t'expliquer ? C'est ce qui se produit quand les nuages d'orage se replient sur eux-mêmes, en quelque sorte.

Le regard d'Elk, injecté de sang, erre dans le lointain.

— Tu en vois là-bas ?

— Aujourd'hui, aucune. Mais j'en ai déjà vu dans le Cirque, au-delà de Dubai. Et ailleurs.

— Mais pour le moment non ? Rien qui réveille des souvenirs ?

— Rien pour le moment.

La salle, ronde, a des balcons dans toutes les directions. Yma et Knut vont d'une fenêtre à l'autre, étudiant les paysages, s'efforçant de partir à la chasse aux souvenirs. De Phoenix, elle a gardé des impressions à la fois puissantes et indistinctes. Du gratte-ciel, elle ne voit rien qu'elle puisse reconnaître, excepté les montagnes.

Yma se dirige vers la fenêtre donnant plein nord, regarde l'immense Virgule plate et blanche. Sur un mur de leur Hutte, un graffiti prétend que le lac a ainsi été baptisé par un homme qui est revenu sur Terre en France au XIXe siècle et a connu la gloire sous le nom de Balzac. Un nom que McKenzie Strathie a entendu dans ses cours de littérature. En France, sur Terre, il aurait perdu la raison – *sans doute à cause de ses vagues souvenirs et de ses liens avec le Cirque*, songe à présent Yma.

Aucune trace de Spider à cette distance, mais la Virgule est trop vaste pour qu'Yma puisse l'explorer en détail. Elle oriente son télescope vers la ville qui le fascine tant. D'ordinaire, c'est de la Hutte qu'elle la voit, plein sud. Du gratte-ciel, c'est bien différent, ce qui la surprend, même si le Cirque n'est que ruse et s'arrange toujours pour brouiller les pistes et convaincre, quel que soit l'angle. *Pourtant, ses manigances ne sont pas si parfaites*, se dit-elle, *car il y a dans ce paysage un élément qui cloche.* Elle étudie l'étendue qui sépare la Virgule de la ville. La forme des dunes lui rappelle quelque chose. Elle se sent lentement envahie par la sourde flamme de la fascination.

Elle glisse la main dans la poche de son pantalon – *Google pourra me dire* –, puis se ravise. Mais quelle idiote ! Elle n'est pas McKenzie Strathie ; la connaissance ne lui tombe pas toute cuite dans le bec ! Un luxe dont elle n'a jamais remercié personne. Elle se demande à présent si cela n'a pas diminué ses capacités. A-t-elle péché par oisiveté ? Toujours prête à répondre, l'écran du téléphone lui dictant les solutions, se substituant à sa mémoire ?

— Yma ?

Amasha s'est faufilée derrière elle, sans bruit, et regarde dans la même direction.

— Qu'est-ce que c'est ? Tu vois Spider ?

— Non. Ce que je vois, ce sont les dunes.

— Ah, les dunes. Quelle surprise pour un désert !

Yma ne réagit pas à cette remarque qui se voudrait humoristique. Elle se retourne, traverse la salle immense et décrépite pour se poster près d'une fenêtre donnant à l'est. Knut et Elk, surpris par cette volte-face déterminée, lui emboîtent le pas, ainsi qu'Amasha. Yma braque la longue-vue sur les villes lointaines.

— Qu'est-ce que c'est ? murmure Knut. Qu'est-ce que tu vois ?

— Rien. Je ne vois rien, et c'est bien ce qui m'inquiète.

— Répète voir ?

— Là-bas.

Elle abaisse la longue-vue, embrasse du regard ses trois compagnons.

— Vous voyez ces montagnes entre les deux villes ?

Ils se pressent contre les vitres et plissent les yeux pour mieux voir.

— Et alors ?

— Le vent devrait souffler dans cette zone.

— Comment peux-tu dire qu'il n'y souffle pas ?

— Il n'y a pas de dunes.

Phoenix n'est pas un mirage. C'est une réalité que son corps hurle tandis que Spider s'approche des portes de la ville par la vieille autoroute. Phoenix s'étend sous ses yeux, avec ses maisons, ses immeubles de bureaux dont les murs d'adobe rougeâtre et terne sont tangibles, bien réels, de même que l'oiseau cruel qui surveille la cité et chasse le soleil. Il leur a fallu trois heures, à Chamelle et à lui, pour traverser la dernière partie de la Virgule. Sa gorge est en feu et il ne reste plus grand-chose de son assurance, aussi mince que du papier de riz. En dépit de tout cela, il ne s'est pas trompé. La ville de Phoenix existe, tout autant que ses doigts, ses mains, ses couilles. Cette ville où

Yma et Knut se sont retrouvés sur Terre. Cette ville où ils devraient être à présent.

Il voudrait s'y ruer, passer le poing dans tous les murs, parcourir au pas de course toutes ses avenues ensablées, mais il faut rester prudent. Si le Sarkpont est caché dans Phoenix, il y a peut-être ici d'autres familles, renseignées par leurs Éclaireurs.

— Ne t'éloigne pas de moi, chuchote-t-il à l'oreille de Chamelle en lui posant la main sur le museau.

Elle ne comprend pas ces mots mais, d'instinct, ne le quitte pas d'une semelle lorsqu'il reprend sa progression vers la ville.

Ils remontent lentement l'avenue, le regard filant de tous côtés, scrutant les arbres, les immeubles, les grandes congères de sable. Ils franchissent le portail, entre des piliers où sont perchés des lions d'argile, pénètrent dans un labyrinthe de rues. Les palmiers qui, de la Virgule, ressemblaient à de squelettiques poteaux plantés devant les bâtiments, se pressent un peu partout. Le feuillage n'est plus vert qu'au sommet ; le reste est brun, desséché. Des acacias sans âge jaillissent des trottoirs défoncés ; les micocouliers prolifèrent, chargés de petites baies orange. Aucun animal ici pour les manger : ni les vautours ni les Djinnis ne se nourrissent de fruits.

Il revient sur les boulevards, plus larges. Il y a tant à voir : par où commencer la quête du Sarkpont ? Il parvient sur une immense place entourée d'immeubles. Pas de bassin dans ses angles. La plupart des fenêtres sont cassées. Un néon clignote pour signaler la présence du Silver Diner. C'est bel et bien une ville américaine, et sa conviction s'enracine : il est à Phoenix. Forcément.

Repensant à ce que Knut a dit de la *piscina*, il pousse la porte d'une église, le temple presbytérien de Salt River Canyon, à en croire le panneau, rédigé en coréen et en anglais. À l'intérieur, des rangées entières de bancs poussiéreux. Les hauts vitraux ont été éventrés par le poids du sable accumulé à l'extérieur, dont une partie gît désormais en longues traînées dans la nef. Pas un bruit dans l'église ; ni bassin ni fonts baptismaux. Spider referme la porte et poursuit son chemin.

Selon Knut, le schéma de la salle de bains est une carte des canaux construits par les Amérindiens : le précédent occupant de la Hutte qui l'a dessinée s'est-il inspiré d'un éventuel passage sur Terre ou s'est-il rendu dans la Phoenix du Cirque ? Impossible ici de se faire une idée de leur implantation ; ils sont trop longs pour le simple marcheur, et la surface sur laquelle ils sont répartis est trop vaste. Spider tente de se rappeler ce qu'Yma et Knut ont raconté de la Phoenix des États-Unis. Il y avait des montagnes, des terrains de golf. Un temple.

Quoi d'autre ?

Il ne s'en souvient pas. Il poursuit donc son exploration, dessine et prend des notes. La ville, immense, semble ne jamais finir. Il y a des terrains de golf, en effet, où la pelouse brune affecte des formes géométriques ; un groupe d'immeubles en béton et adobe ressemble à un jeu de construction ; les blocs sont raccordés les uns aux autres par des escaliers et l'ensemble est traversé par un gigantesque mur blanc. Un vestibule en verre, quatre grands panneaux bariolés détaillant le fonctionnement d'une main humaine, des rouages, des planètes.

Au sommet d'une large avenue bordée d'arbres, il s'arrête et donne un léger coup d'épaule au poitrail de Chamelle pour qu'elle l'imite. Au repos, ils contemplent la chaussée un long moment. Pas une voiture, seulement des feux de circulation à chaque carrefour, éternellement au rouge. La lumière électrique est terne au grand jour. Électricité. Il n'y en a plus dans les boutiques, où tout est éteint. Des glaciers pour la plupart, aux enseignes craquelées et déteintes. À l'autre bout de l'avenue, un immense toit incurvé signale la présence de ce qui doit être un stade. On peut y lire un nom, « DIAMONDBACKS », en lettres rouges et noires.

Ce sont pourtant les arbres qui retiennent son attention : tous du genre citrus et encore chargés de fruits.

— Viens, dit-il à Chamelle en s'approchant du spécimen le plus proche, un citronnier.

Elle s'empare, hésitante, de quelques feuilles, les mâchonne sous le regard de Spider. Madeira et Forlani le répètent assez souvent, il faut se méfier de la végétation du Cirque, quoique Chamelle mange en général tout ce qui lui passe sous le museau et rechigne rarement, même devant les épineux qui poussent dans le désert. Mais, visiblement, les agrumes de Phoenix ne sont pas vénéneux. Sur un autre arbre, Spider cueille une orange et l'examine. Elle est ronde et ferme. Il la lèche pour en tester le goût : la légère acidité du zeste lui chatouille les papilles. Il arrache d'un coup de dents un bout de peau qu'il recrache aussitôt.

Gagné ! Ce qui suinte du fruit est sucré, délicieux. Pas de doute, c'est une orange ! Il la vide de son jus puis en ronge la pulpe tout en gardant l'œil sur la chaussée. Il n'est pas rare de trouver des plantes comestibles dans le Cirque, mais les trouvailles de cette qualité y sont peu communes. Cette générosité, ce suc : il y a de l'eau dans cette ville. Sous le bitume, un système d'irrigation a sans doute pu subsister.

Spider pose sa sacoche à terre et en extrait une truelle. L'outil est solide et adapté aux surfaces les plus compactes : le joint entre le manche et la pelle a été renforcé. Il s'accroupit et commence à creuser la terre le long du trottoir. Le bruit métallique de la truelle se réverbère entre les immeubles silencieux, tandis que gargouille l'estomac de Chamelle, qui continue de mâcher, les yeux rivés sur Spider.

Il lui faut une demi-heure pour parvenir à ses fins. Ce n'est pas un canal souterrain qu'il a exhumé, mais le sommet d'une conduite de 80 centimètres de diamètre. Le plastique est percé de trous minuscules qui humidifient la terre sablonneuse.

— Putain ! s'exclame-t-il à l'intention de Chamelle. Un tuyau ?

Il l'examine, pose l'index sur l'un des orifices pour stopper l'afflux d'eau puis libère le jet minuscule. Après s'être essuyé les mains, il s'assoit, lève les yeux vers Chamelle.

— Comment ils s'appelaient, déjà ? Les Hohokos ? Et Knut, il disait quoi ? Je n'arrive plus à me souvenir du mot qu'il…

Chamelle l'ignore superbement et continue à mâcher, la tête levée vers les nuages, les bâtiments. Elle se fiche parfaitement de sa trouvaille. C'est un rappel de la condition de Spider : dans la famille, il est le crétin inculte, celui qui n'a jamais ouvert un livre, celui qui oublie toujours le nom des choses.

Il se relève en soupirant.

— Allez, on y va, Chamelle. Fini de grignoter. On a du boulot.

Il lui fait descendre l'avenue, s'arrêtant de temps à autre pour dresser l'oreille, s'attendant soit au tintement du verre, qui indiquerait la présence d'un autre être humain et d'un regard posé sur lui, soit au bruissement excitant d'une eau qui goutte ou ruisselle.

Au bout du boulevard se dresse, en face du stade, un grand immeuble à la façade ornée de panneaux turquoise et bronze et aux nombreux balcons. Toutes les fenêtres des étages inférieurs sont cassées, ce qui est la règle au Cirque. Il ne se rappelle pas une seule construction moderne dont les joints aient résisté à la sécheresse, dont les vitres ne se soient pas détachées des cadres. Mais, dans les hauteurs – le bâtiment compte une quinzaine d'étages –, le soleil se reflète bel et bien sur des surfaces intactes.

Un bruit résonne à l'intérieur de l'immeuble. Une vibration rythmique qu'il commence à percevoir lorsqu'il attache Chamelle à un lourd banc en aluminium scellé dans le parvis et surmonté d'un panneau indiquant « SOMMET À COPPER SQUARE ».

Spider pénètre d'un pas prudent dans l'édifice. Le vestibule recèle la collection de détritus coutumière à presque tout édifice moderne du Cirque : sable, cactus et brassées d'hilaria. Et aussi ces parois de brique ou de marbre ternies par les intempéries. Deux ascenseurs, le premier portes ouvertes sur une cabine immobile, inutile ; l'autre ne montrant que les parois nues de la cage.

Le vacarme est plus fort à présent : un bruit caverneux, syncopé, qui semble venir du cœur même de l'immeuble. Spider s'avance vers la cage et lève les yeux : à quel étage se trouve la cabine ? Comment les autres se débrouillent-ils avec l'ascenseur du Burj Khalifa ? Son inspection n'ayant pas porté ses fruits, il explore le rez-de-chaussée, finit par trouver les locaux techniques. Ils sont vides, à l'exception d'un immense évier et de trois seaux en fer-blanc pourvus chacun d'une serpillière. Spider tourne l'énorme robinet et manque de reculer d'un bond lorsque le tuyau tressaute et gargouille avant d'émettre un long filet d'eau limpide.

— Puuuutain ! souffle-t-il. De l'eau courante !

Il se frotte les yeux. Un mirage ? Puis il avance timidement la main sous le jet et la flaire pensivement. L'eau, froide, n'a pas d'odeur. Il s'en humecte délicatement le poignet. Le liquide coule sur sa peau, sans susciter de réaction cutanée. Forlani, il le sait, piquerait une crise s'il le voyait faire : mais Spider pose à présent une goutte au creux de sa lèvre. Pas d'irritation, pas de brûlure. Il remplit un seau qu'il porte jusqu'au parvis pour le poser devant Chamelle.

Elle en avale le contenu presque d'une seule gorgée, sans hésiter, et sans y mettre les formes. Il la contemple fasciné puis, secoué d'un rire imbécile, retourne dans les locaux techniques. Les deux mains sous le robinet, il boit, longuement. Puis, tête baissée, il s'installe sous le jet et reste dessous un long moment, comme un chien, à trembler de plaisir sous l'eau qui dégouline le long de son corps.

Les meilleures choses ayant une fin, il finit par apporter trois seaux pleins à Chamelle. Encore ruisselant – il lui semble avoir reçu une nouvelle peau –, il se décide à explorer l'escalier. Les boiseries ont mal vieilli dans l'air sec du désert. Les panneaux se décollent, exhibant le squelette de l'architecture. Les marches, elles, ont tenu le coup, compactes et fermes sous ses pas. Il monte lentement. L'air est plus humide et plus froid qu'il ne s'y attendait.

Au dernier étage, les portes sont blindées, comme si les appartements avaient été conçus pour des oligarques paranoïaques. Le battant est pourvu d'un levier grossier et d'un cadenas, lequel est ouvert, paraissant inviter à la visite.

Spider pénètre dans un grand vestibule aux fenêtres intactes. À l'autre extrémité, une autre porte. La première se referme derrière lui avec fracas. Lorsqu'il se retourne, surpris par le bruit, il constate que le battant est pourvu d'une barre de sécurité suspendue à un anneau vissé dans la paroi. Elle pend pour l'heure à son support mais, lorsqu'il la relève et l'ajuste, il se rend compte qu'elle est d'une terrifiante solidité. *Pour un immeuble de ce type, c'est excessif – et curieux*, songe-t-il. Du reste le dispositif lui paraît, à l'examen, maladroitement fixé. Du travail d'amateur, exécuté avec des outils sans doute grossiers. Le cadenas extérieur est tout aussi rudimentaire.

Ce qui signifie qu'ils ont été installés par une autre famille. Il n'est pas le premier à avoir gravi ces marches.

Il retourne dans le vestibule, les yeux rivés sur l'autre porte. Elle est entrouverte et la lumière du jour filtre par l'entrebâillement, illuminant la moquette. Il s'avance sur la pointe des pieds et se fige sur le seuil, le cœur battant sourdement.

Il entre enfin, non sans hésitation. Le loft est à couper le souffle avec ses volumes immenses et ses baies panoramiques. Le Cirque s'offre tout entier à son regard : la ville, le désert, le ciel. Et, détail remarquable, aucune des vitres n'est brisée. Il s'approche à pas lents de l'une d'elles, touche le verre. Dans le soleil déclinant, il distingue les couches multiples, comme à Dubai.

Il pose le front sur la vitre et scrute le paysage. L'effroyable phénix veille toujours sur les portes de la ville ; au-delà, le désert, la Hutte à la tête de mort, puis les tours hirsutes de Dubai, minuscules mais bien visibles dans le lointain ; le soleil se réfléchit sur les gratte-ciel. La main en visière, il baisse les yeux. Chamelle est invisible à cette distance, mais il distingue parfaitement l'avenue qui les a conduits jusqu'ici et sa double bordure d'arbres en pleine santé.

En suivant la ligne verte que forme leur feuillage, il constate bientôt qu'elle pivote à 45 degrés et poursuit sa progression en formant d'autres lignes, vertes et brumeuses. Celles-ci suivent les tuyaux d'irrigation, en croisent d'autres et rayonnent ainsi dans toute la ville. *Mais, le plus important*, se dit Spider, le cœur battant de nouveau plus fort, *c'est qu'elles correspondent au dessin de la salle de bains. Oui, c'est là. C'est bien là.*

Il se retourne vers l'immense cuisine américaine, laquelle a sans doute hébergé des dégustations de gin artisanal, des apéritifs avec tapas et tequila, des soirées où la cocaïne s'étalait sur des miroirs noirs. D'autres occupants y ont allumé des feux de camp et fait cuire de la viande : la moquette est brûlée et couverte par endroits de graisse solidifiée. Une porte donne sur un nouveau couloir, lequel ramène sur le palier. Toutes ces portes sont pourvues de barres de sécurité, plus solides les unes que les autres.

Une poupée en plastique gît sur la moquette, sa chevelure de nylon grêlée de sable. Spider la contemple un moment puis se plaque la main sur le torse et inspire profondément, surpris par la violence de ses émotions. Une autre famille a vécu ici. Elle est partie, semble-t-il, en catastrophe. A-t-elle pu trouver le Sarkpont ? Il y a de l'espoir dans ces lieux : la sensation d'un commencement et d'un avenir.

Il se rend compte pour la première fois que la vibration entendue dès le parvis est ici plus sonore, comme si le mécanisme qui la provoque était installé à l'étage. Il déambule dans l'appartement, faisant déguerpir lézards et blattes. À chaque porte, il s'attend à voir des fenêtres éventrées, des rideaux déchirés flottant dans le vent, des tas de sable sur les lits et les canapés. Pourtant le logement est intact. Les couleurs ont pâli sous le soleil impitoyable, bien sûr, mais le luxueux loft semble avoir été entretenu. Il y a même des cannettes de Sprite light dans le réfrigérateur.

Le voilà devant l'ascenseur – privé, comme à Dubai. Les portes sont entrouvertes, ce qui lui permet de constater que la cabine est coincée juste sous l'étage. On ne voit que son toit. *Parfait*, se dit-il après un bref examen. *Le toit de la cabine est plus robuste que la dalle qui sépare les niveaux ; il sera difficile de l'éventrer.* D'ailleurs, la rouille et les traînées de sable donnent à penser que l'ascenseur n'a pas bougé depuis très longtemps, et que tel sera également le cas pour les siècles à venir. Spider hume l'air. Il s'est souvent demandé si les Djinnis avaient une odeur, si l'on pouvait flairer leur approche. Mais ici l'air est inodore, contrairement à Dubai. Il y flotte seulement le fumet salé du désert et l'effluve de graisse rance du sol de la cuisine.

Hésitant à altérer ce fragile équilibre, Spider retourne sans bruit dans l'espace principal du loft. Une baie vitrée donne sur un immense balcon dont il fait coulisser les portes avec précaution. Le dispositif tient bon, et Spider se retrouve au grand air, sur une terrasse d'au moins 300 mètres carrés, pourvue d'une mini-piscine vide, dans la bonde de laquelle a poussé un palmier rabougri, et du mobilier de rotin qui va avec, entassé dans un coin. La terrasse se poursuit le long de la façade pour déboucher, côté ouest, sur une autre piscine, plus grande, tout aussi vide, aux carreaux de céramique turquoise fendillés.

Les montagnes sont étonnamment proches. Il faut un certain temps à Spider pour comprendre que ce sont celles qu'il voit tous les matins depuis la Hutte. De Phoenix, elles paraissent d'une certaine manière plus vertes, plus plates. Il tourne la tête à gauche, puis à droite, perplexe, se demandant s'il ne voit pas le Cirque depuis l'autre côté de la Chicane, s'il n'est pas passé par l'une de ces étroites ouvertures qui débouchent sur des régions qui lui étaient jusqu'ici entièrement cachées.

Il se penche sur la rambarde pour examiner la façade. Difficile à dire, mais les fenêtres des quatre étages inférieurs semblent également intactes. S'il en croit son expérience, les Djinnis sont incapables d'escalader des parois de verre et d'acier. Cet appartement au dernier étage est un lieu sûr. Dans la mini-piscine, près de la chambre principale, l'échelle, détachée de la paroi, gît rouillée sur le carrelage bleu.

Il s'en sert pour grimper au sommet de l'immeuble, avec prudence, se demandant à chaque échelon si le métal oxydé ne va pas céder sous son poids. Mais le voilà parvenu sans accident sur le toit chauffé à blanc, hérissé d'antennes et de climatiseurs rouillés. Ignorant les avertissements et les pictogrammes des panneaux, hommes tombant dans le vide, il s'approche du bord et fait le tour les yeux baissés.

Le soleil couchant allume dans tout le désert des feux roses. Le chemin de sel blanc qui lui a permis de traverser la Virgule avec Chamelle a pratiquement disparu en quelques heures. Spider pivote lentement, jusqu'au sud-ouest. Dubai s'élève à l'horizon, pointue, pareille à un dragon noir aux écailles scintillantes. L'angle de vue est tel qu'il ne peut estimer les distances : Dubai est-elle plus éloignée de la ville à l'oiseau que la Hutte ? Quoi qu'il en soit, il est presque certain qu'en retraversant la Virgule il pourra, grâce à Chamelle, rejoindre les autres au Burj Khalifa.

Il lui suffira de sept heures, calcule-t-il, une marche qu'il effectuera en grande partie de nuit pour arriver avant l'aube. La famille pense peut-être avoir trouvé de l'eau et un refuge à Dubai. Peu importe : il doit la convaincre de renoncer à ce projet pour l'accompagner à Phoenix.

Car les pièces s'assemblent peu à peu.

31

— À quoi tu penses ?

Knut lance un regard en douce à Yma.

Ils sont tous deux au pied du Burj, à l'est de Dubai, à l'endroit où la grande dune redescend vers le désert. De ce côté du gratte-ciel se dressent une dizaine d'immeubles en ruine, le long de ce qui a dû être une avenue. Puis quelques containers de cargo qui rouillent au soleil. À 500 mètres environ, la dune se désagrège et rejoint le désert ; la chaussée, goudronnée, impeccable, émerge des sables, serpentant vers l'horizon.

L'ambiance n'est pas sereine dans leur nouveau refuge. Elk et Noor sont parvenus à barricader les fenêtres des étages inférieurs mais, même à deux – à quatre, en fait, avec l'aide de Knut et de Hugo –, ils n'ont pas pu déplacer la cabine d'ascenseur, restée bloquée quatre étages en contrebas. Il va falloir trouver un autre moyen de sécuriser l'appartement. Ce soir, ils n'ont parlé que de ça. Et de l'eau.

C'est Yma qui a proposé d'aller explorer les dunes à l'est de la ville, avec Knut. Elle brûlait d'étudier de près ce qui, pour elle, est une anomalie du désert.

Avant leur départ, Amasha a insisté pour qu'elle boive du maté et mange de l'ananas confit. L'effet a été instantané : Yma se sent requinquée, pleine d'énergie, de vie, les sens en éveil. Elle pourrait entendre un lézard à 1 kilomètre, se dit-elle, et sentir les fleurs de cactus éclore sur le bord de la route. Alors pourquoi nul vent ne vient-il lui caresser le visage ?

Elle se passe la main sur les joues, déconcertée.

— Allons-y, dit-elle à Knut.

Derrière eux, le soleil s'approche de l'horizon et leurs ombres sont curieusement pâlies : de monstrueux bonshommes bâtons, longues jambes et tête en cône. Ils se déplacent au bas des immeubles, contournant les blocs d'obscurité, revenant à la chaleur du crépuscule pour aussitôt la quitter, comme si le soleil clignotait dans le ciel. Bientôt les voilà sur la route, dont le goudron est brûlant sous leurs pieds. Le soleil enfin se couche et l'air se rafraîchit subitement.

— Les sorties de nuit, marmonne Knut en se frottant les bras, je ne m'y suis jamais fait. Il y a toujours une drôle d'ambiance.

Ils marchent en silence, en lançant des regards au désert violet, de part et d'autre de la route. Les seuls bruits sont ceux de leurs pas sur l'asphalte et le léger bruissement d'ailes d'un vautour qui vole dans le ciel, au-dessus de leurs têtes. Les ombres de la lune ont remplacé celles du soleil et frémissent à leurs pieds, bleues.

— Tu en as déjà rêvé ? demande Knut à voix basse sans regarder Yma.

— Des Djinnis, tu veux dire ?

Certains dans la famille pensent que leur nom ne doit pas être prononcé, qu'il porte malheur. Knut, qui est de ceux-là, grimace.

— C'est curieux, non, dit-il en désignant d'un geste le désert qui s'obscurcit. Parler d'eux comme ça… Tu n'as pas l'impression qu'ils pourraient nous retomber dessus ?

— Si le fait de ne jamais prononcer leur nom était le meilleur moyen d'éviter les ennuis, ça se saurait, répond Yma. Regarde où nous en sommes. Plus qu'un regyre et nous voilà avec une autre famille qui a déjà un éléphant et trois chameaux.

— Pfff. Pas la peine d'y mettre les formes, sister. Dis-le franchement.

Elle essaie de sourire, sans grand résultat. Ils poursuivent leur chemin une vingtaine de minutes. À cet endroit, l'asphalte est curieusement rongé par les intempéries et le sable. Knut n'aime pas ça. Il ralentit et creuse le sol du bout du pied, à la recherche peut-être d'un indice sur la disparition de la route, qui réapparaît quelques mètres plus loin. Il se passe la langue sur les lèvres et se retourne pour embrasser Dubai d'un regard nostalgique.

Cette fois, Yma ne se moque pas de lui. Elle pense à leur Hutte, aux quelques lignes griffonnées d'une écriture tremblante sur le mur de la salle de bains. Un autre message, rédigé par un précédent locataire.

Dieu tu connaîtras, et cependant les Anges chutent si vite que ce n'est point à l'homme ni à la bête de comprendre leur vraie nature.

Personne dans la famille ne sait vraiment ce que ça veut dire. Tita Lily pense qu'il est question des Djinnis, qui seraient donc des anges déchus, ce qui les rend d'autant plus dangereux. Pour Amasha, la signification est tout autre : ils pourraient regarder les dieux en face, mais jamais les Djinnis.

— Allez, Knut, le réprimande gentiment Yma. On n'a pas le temps.

Elle se retourne et poursuit sa route. À peine a-t-elle fait 10 pas qu'elle heurte quelque chose de doux, un vrai édredon. Le choc est si inattendu qu'elle bascule en arrière et se retrouve les quatre fers en l'air.

— Yma ?

Elle cligne des yeux, interdite.

— Qu'est-ce qu'il y a ?

Elle secoue la tête, se redresse et se lève en un instant, d'une poussée des bras. Elle donne un coup de pied devant elle. Le pied rebondit.

— La Chicane. C'est la Chicane !

— La Chicane à cet endroit ?

Knut s'approche et tend la main, précautionneusement. Lorsque ses doigts se posent sur le mur, il frémit.

— Super, murmure-t-il avec une vague crainte.

Il plaque la paume sur l'obstacle, le palpe sur quelques dizaines de centimètres.

— Tu as raison. C'est une frontière.

Yma se tourne vers Dubai. Les immeubles se découpent en ombres chinoises sur le ciel vespéral. Il ne reste plus qu'une seule lumière, dans les étages supérieurs du Burj. Knut et elle ne se sont pas éloignés de plus de 3 kilomètres. Les villes qu'ils devraient explorer sont encore bien loin.

Elle se redresse puis se frotte les mains pour en chasser le sable et tâter, au côté de Knut, cette miraculeuse illusion qu'est la Chicane. Sous ses paumes, la frontière invisible est tiède.

Le parfum des cactus qui bordent la route devant eux – et qui n'existent pas – est une autre et puissante illusion. Mais elle n'est pas totalement aboutie. Là-bas, là où les villes lointaines se détachent fièrement sur le ciel bleu foncé, une vaste échancrure creuse les montagnes. Il devrait y avoir une série de dunes au bas de la pente, devant ce col. Des dunes en croissant. Yma observe les environs. Pas l'ombre d'une dune.

Le jour commence à pointer quand Yma et Knut reviennent à Dubai. La famille n'a pas logé dans l'appartement des hauteurs, trop étouffant. Elle a dressé un campement de fortune au rez-de-chaussée, ou ce qui en tient maintenant lieu, devant les vitrines béantes d'un restaurant. Les Sensitive se sont rassemblés autour d'un petit feu de camp. Les enfants somnolent sur un canapé que les adultes ont extrait du gratte-ciel.

Yma laisse tomber son sac à dos et s'assoit sur le sable, se creusant les joues des deux mains.

— Je suis navrée de vous apprendre qu'on se heurte à la Chicane là-bas. Impossible d'aller dans ces villes. On a vu les montagnes, on a pu faire 2 kilomètres dans chaque direction… Mais une chose est claire : ces villes sont des mirages. Des illusions.

Suit un long silence pendant lequel Yma sent les cerveaux travailler, fébriles, s'efforcer d'intégrer cette information. Amasha et Elk arborent un air grave ; difficile cependant de savoir ce qu'ils pensent.

— J'aurais préféré vous tenir un autre discours, murmure-t-elle. Mais telle est la situation.

Les Futatsus échangent un regard. À la lueur du feu de camp, le visage d'Elk semble affaissé, abattu. Il observe les enfants puis les adultes, comme si le fardeau que la famille fait peser sur ses épaules était d'un poids considérable.

Et c'est Cairo qui les fait sursauter, tous, en annonçant :

— De toute façon, il n'y a pas d'eau ici.

— Qu'est-ce que tu veux dire ?

Tous les regards se sont tournés vers lui.

— Ici, ils font de l'eau douce avec de l'eau de mer. C'est Hugo qui l'a dit. Et l'endroit où ils transforment l'eau n'est pas dans la ville.

— Ce n'est pas tout à fait exact, grommelle l'intéressé.

Sa chemise blanche a viré à l'ocre sous l'effet de la transpiration et des efforts. Son visage est encore sale, résultat d'une toilette négligente.

— Il reste des endroits qu'on n'a pas explorés.

Yma dévisage Hugo, perplexe. Bien sûr, sur Terre, Dubai dépend des usines de désalinisation pour son alimentation en eau, elle sait cela depuis toujours.

— Pas d'eau, donc ?

— Ce n'est pas impossible, reconnaît-il.

— On fait quoi, dans ce cas ?

Elk s'éclaircit la voix.

— Je suis désolé, moi aussi, dit-il en se grattant le menton. Nous n'avons pas pu sécuriser l'appartement comme nous le voulions. Il va falloir revenir à la Hutte.

— Mais, Yma ? intervient Splendour, le visage contracté, des larmes jaillissant de ses paupières.

Et les Éléphant ? Ils nous ont peut-être volé notre Hutte ?

— Allons, allons, répond Yma en se faufilant à quatre pattes vers la petite fille, qu'elle prend dans ses bras. Mais non, mais non. Ça n'arrivera pas. Hein ?

Par-dessus la tête de la fillette, elle interroge du regard les Futatsus.

— Ça ne peut pas arriver, hein ? répète-t-elle sur un ton lourd de sens.

— Bien sûr que non, dit Elk en se relevant.

Il s'approche du canapé et tend son énorme paluche à Splendour.

— Hé, poucette, dit-il, tu veux jouer au Bras de l'arbre ?

Splendour sèche brièvement ses larmes. Le Bras de l'arbre, c'est la spécialité d'Elk pour égayer les soirées. Il se campe sur ses deux jambes et tend l'avant-bras, que Splendour agrippe pour s'y balancer : il prouve ainsi sa solidité de vieux chêne. La petite peut y passer le temps qu'elle veut, il ne flanche jamais, c'est le but du jeu.

— Vas-y, murmure Yma, insistante. Il n'y arrivera pas, il va se fatiguer, je te le parie.

La fillette renifle, timide, se lève et s'approche d'Elk. Puis elle se cramponne à son puissant avant-bras et s'y suspend comme un singe. Il se met en marche, fait le tour du campement tandis qu'elle se balance en riant, ses petites jambes gigotant dans les airs. Ne voulant pas être en reste, Cairo et Mahmoud se joignent à la partie.

Yma se tourne alors vers les adultes, qui la considèrent tous avec gravité, comme s'ils voulaient entendre de sa bouche la marche à suivre.

— Alors ? Demain soir, c'est une nuit grise. Nous avons une vingtaine d'heures à peine devant nous. Il faut bouger.

— Attends, chuchote Knut, inquiet. Et si Spider ne revenait pas directement à la Hutte ? S'il décidait de nous rejoindre ici ?

— Dans ce cas, s'interpose Amasha, il comprendra que nous sommes retournés là-bas.

— Il n'aura pas le temps de nous y retrouver avant la nuit grise. Non, il faut nous séparer en deux groupes. Il y aura ceux qui rentreront à la Hutte avec les enfants et ceux qui iront à sa rencontre, sur la Virgule.

— C'est trop risqué, répond Amasha en secouant la tête. On ne peut pas marcher sur la Virgule. Sa surface change constamment.

— Bon sang, alors comment il a fait, lui ? rétorque Knut.

Amasha se redresse un instant sur les genoux, puis se rassoit après avoir fait passer ses mollets bruns et doux de l'autre côté de son corps.

— Spider est un champion de la discrétion, explique-t-elle. D'aucuns pourraient même le juger sournois. Il a construit un bateau qui vogue sur le sable et le sel. Mais nous, nous n'en sommes pas capables. Je vous interdis donc formellement d'essayer de traverser la Virgule. Compris ?

Knut soutient un bref instant son regard. Ses iris fulminent imperceptiblement. Le temps est-il venu pour l'un d'entre eux de remettre en cause l'autorité des Futatsus ? se demande Yma. Mais Knut finit par lâcher un long soupir, puis baisse la tête et presse ses paupières du bout des doigts, comme pour apaiser une douleur.

— D'accord, répond-il en se levant. Mais nous lui laisserons des provisions ici au cas où. Et nous allons fabriquer une pancarte, quelque chose qu'il puisse voir. Hugo, Noor… ?

— Mais avec quoi ?

— Il faut que ce soit blanc et lumineux. Il me semble avoir vu des carreaux réfléchissants, quelque part.

— Enfer et damnation ! articule Hugo d'une voix lasse. À tous les coups, il va falloir chercher sous les requins en décomposition.

Yma regarde les trois hommes s'éloigner vers la zone des anciens parcs aquatiques.

— Bon, dit Amasha en joignant les mains. Les enfants, c'est le moment de partir. On va y arriver, on va y arriver.

— Mais je veux me recoucher !

— Pas question. La route est longue, alors on ne traîne pas !

Yma se lève à son tour pour aider les Futatsus à préparer les paquetages. À trois, ils chargent la charrette à bras et sont sur le point de finir quand Forlani apparaît derrière la vitrine brisée du restaurant.

Muet, presque figé, il tient l'énorme lampe dont Spider se sert pour inspecter l'enceinte de la tour après les nuits grises.

Yma lance un regard en direction des enfants, qui se disputent pour savoir qui voyagera sur la charrette, puis elle s'approche de la vitrine d'un pas prudent. La pénombre règne dans le restaurant. Il y avait autrefois des aquariums enchâssés dans les murs afin que les clients puissent y admirer la vie marine sous les tropiques. Ne restent plus que des cuves ensablées, des pompes à l'arrêt et des grottes en fibre de verre où jadis, peut-être, se lovaient les murènes.

— Forlani ? Tu fais une de ces têtes !

Le jeune homme jette un coup d'œil au reste de la famille avant de faire un pas vers Yma.

— Spider m'avait demandé de regarder dans les cages d'ascenseur.

— Et alors ?

— Tu ferais mieux de venir voir.

32

À 40 kilomètres de là, dans une ville qui, miraculeusement pourvue d'électricité, peut éclairer son chemin, Spider finit par trouver la source du bruit qui fait vibrer l'immeuble de Copper Square. Le bourdonnement vient de ce qui ressemble, de l'extérieur, à un placard à balais, et qui s'est révélé être une salle des machines.

Il la contemple un bon moment. Les rouages en mouvement, les longs tuyaux disparaissant sous ses pieds. Il n'y a pas un centimètre entre ces machines et les parois de béton de l'édifice. Aucun Djinni ne pourrait s'y faufiler.

Spider referme la porte et s'assoit au pied du mur, les mains sur les genoux, pour réfléchir à tout ce qu'il a vu : aucune trace récente d'une autre famille. Pas d'empreintes, pas de détritus. Et aucun picotement annonciateur d'une éventuelle proximité du Sarkpont. Pas de rectangles avec des *piscinas* dans le coin nord-ouest. L'immeuble, avec son dédale d'escaliers et d'échelles montant vers les étages supérieurs, a plutôt la forme d'un carré dont un côté serait biseauté.

Et les piscines ne se trouvent pas au bon endroit. Il n'a toujours pas trouvé le Sarkpont.

Ce n'est pas grave. Il y a de l'eau dans l'appartement, des robinets qui fonctionnent ici et, au rez-de-chaussée, une mystérieuse source d'électricité et ses dépendances. La famille pourrait très bien s'y installer.

Il redescend sur le parvis, où il partage avec Chamelle un frugal dîner de dattes et de pain semoule. Il remplit les poches à eau, s'assure que le chargement est bien attaché au bât et caresse le museau de l'animal.

— Comment tu te sens ? On y va ?

Il rajuste quelques courroies, enfile son sac à dos. Deux clappements de gorge, et Chamelle se met en route.

Ils repartent par les avenues empruntées plus tôt. Le silence règne, et pendant de longues minutes ils avancent sans crainte. Il n'y a plus que la douceur de leurs pas, les craquements légers du sable, les empreintes qu'ils y laissent. Ils repassent devant l'immense place, avec son église coréenne et le « SILVER DINER » en néon qui continue à clignoter. Ils franchissent la porte à l'oiseau et se dirigent vers la Virgule – vers Dubai, vers la famille.

Ils progressent sans difficulté. Chamelle avance sereinement, la tête penchée, comme si elle connaissait le chemin par cœur et n'avait pas besoin d'être pleinement alerte ; Spider la suit, se fiant à son assurance. Mais, à 2 kilomètres de Phoenix, un craquement se propage sous ses pieds. Il se baisse à temps pour voir les fissures courir sur le sel, se multiplier en bifurcations fractales, comme la foudre. Le bruit fait sursauter Chamelle, qui recule. Ses sabots sont massifs, épais ; ils répartissent harmonieusement son poids. Il n'y a aucun risque qu'elle puisse crever la croûte. Mais le corps de Spider, lui, constitue une masse compacte, verticale, qui presse sur deux points au lieu de quatre : il n'a pas l'ombre d'une chance.

Nouveau craquement : le sel explose en une myriade de cristaux et Spider tombe.

Prise de panique, Chamelle s'écarte dans un sursaut. Spider lâche sa longe et la laisse danser sur le sel tandis qu'il reprend son équilibre. Il n'a chuté que d'une cinquantaine de centimètres, mais il lui faut un moment pour se redresser.

Le cratère mesure plus de 1 mètre carré. La croûte en est certainement plus mince que les écailles qui bordent le lac. Spider lève les genoux pour dégager ses pieds et, pataugeant, les bras levés, se dirige vers le bord du trou. La couche de sel ne fait guère plus de 2 centimètres d'épaisseur : il est surpris d'avoir même pu y marcher si longtemps. Les paumes à plat, il en teste la résistance en pressant de plus en plus fort. La plaque cède presque instantanément. Une écaille de la taille d'un pneu se détache et s'émiette sur ses jambes nues.

— *Merde. Merde**.

Il s'éponge le front et contemple le lac, les yeux plissés dans la lumière du jour finissant. La croûte de sel ne peut pas s'être fragilisée sur l'ensemble de la Virgule, tout de même ! Il n'est pas gâté par le sort, c'est un fait, mais à ce point ? Il faut qu'il retrouve les écailles blanches. Il ne va pas barboter dans le sel à hauteur de cuisse jusqu'à Dubai.

— Chamelle !

Elle s'immobilise sur-le-champ. Puis, d'un pas hésitant, la tête baissée, elle se remet à marcher. D'instinct, elle reste à l'écart du cratère, qu'elle sait dangereux : l'expérience de sa longue lignée s'est inscrite dans ses gènes. Mais elle s'approche suffisamment pour que Spider puisse agripper sa longe, qu'il enroule autour de son poignet avant de fouiller dans sa ceinture d'outils à la recherche d'un poinçon. Il sélectionne une écaille de sel à portée de main, lève l'instrument et le laisse retomber dans la croûte, qui se désagrège immédiatement.

— Putain !

Une nouvelle tentative donne un résultat similaire. Bientôt, Spider a creusé dans le sel un demi-cercle de 3 mètres de large.

Il est sur le point de changer de méthode lorsque le poinçon échoue à percer la couche qu'il a attaquée. D'abord surpris, il la teste. Elle supporte sans céder la pression de ses deux mains. Il se hisse prudemment dessus. À plat ventre sur le sel, il en constate la solidité. C'est tout juste si quelques particules se détachent sur le bord.

Lentement, très lentement, il tend les bras aussi loin qu'il le peut sur la croûte. Un clappement de fond de gorge et Chamelle reprend sa progression. La longe se tend, et Spider bouge à son tour, traîneau humain glissant sur le sel, bringuebalant sur quelques mètres.

— Stop !

Chamelle obtempère. Il lève les genoux, se redresse. Époussette ses cuisses, sa robe. Le trou est à bonne distance derrière lui. Un examen plus attentif lui montre clairement, en dépit de la pénombre, que la croûte du lac est brunâtre et non blanche. Il a dû marcher un moment sur ces écailles trop fragiles, car la zone sombre s'étend, au sud, sur une centaine de mètres.

Et, lorsqu'il regarde vers Dubai, il ne voit pas un centimètre carré de blanc. Rien, *nada*. À perte de vue, la Virgule est recouverte d'une croûte dangereusement friable.

Yma s'est souvent demandé comment les Djinnis étaient arrivés dans le Cirque. Mardy le leur a dit, ils sont incontrôlables. Mais pour l'heure, penchée au-dessus de la cage d'ascenseur, elle voit des choses qu'elle ne peut s'expliquer.

Sous le Burj, à une centaine d'étages en contrebas, la lumière de l'énorme lanterne que tend Forlani fait scintiller une masse liquide à l'infecte puanteur. Qu'est-ce donc ? Elle ne pourrait le dire. Sur les parois de la cage, elle aperçoit des amas blanchâtres.

— Yma ? souffle Forlani en lui tendant la main. Ne tombe pas dans les pommes.

— Non, je…

Elle déglutit, bat en retraite et reste un instant accroupie près de l'ascenseur, dos au gouffre.

— Il faut prévenir les Futatsus, reprend Forlani en lui posant la main sur l'épaule.

Ils traversent le vestibule pour retrouver le reste de la famille. Mahmoud et Cairo les dépassent en courant, encore absorbés dans l'un de leurs jeux idiots. Sans doute ont-ils oublié ce que cela a déjà coûté à Tita Lily.

— Alors ? s'enquiert Amasha, les yeux rivés sur eux.

— On ne peut pas s'installer ici, c'est sûr.

— Qu'avez-vous découvert, vous deux ?

— Fais-nous confiance, Amasha. On ne peut pas rester dans cet immeuble.

Elk fronce les sourcils. Les bras croisés, la tête penchée sur le côté, il semble sur le point de leur répondre lorsqu'un hurlement retentit dans le vestibule du Burj. Ils se ruent tous à l'intérieur. Cairo est planté devant la cage d'ascenseur, le visage ruisselant de larmes.

— Bon sang, qu'est-ce que… ?

— C'est… C'est Mahmoud ! Il est tombé.

— Hein ?

— Il est tombé…

— Tu l'as poussé ?

— Non, non ! Il faisait le fou, il…

— Putain de merde !

Forlani se penche autant qu'il le peut au-dessus du gouffre.

— Putain de merde, Mahmoud !

Yma rejoint Forlani. Le petit garçon est à 5 mètres en contrebas, cramponné comme un ouistiti à la paroi, le visage tourné vers le haut, les yeux exorbités. À côté de lui pend une masse ensanglantée. Un scalp, peau blanche, cheveux légèrement clairsemés. Ils ne peuvent pas se permettre de perdre Mahmoud. Après Nergüi, c'est impossible.

— Ne bouge pas, siffle Amasha. Reste où tu es.

Bien que pétrifié, Mahmoud semble réaliser les conséquences de son imprudence. Sa bouche se fend en un sourire inversé. Il émet un gémissement ténu.

— Qu'est-ce qu'il y a, en dessous ? geint-il. Qu'est-ce que c'est ?

Au fond du gouffre, la masse liquide semble bouger, comme si elle l'entendait.

— N'essaie pas de parler. Ne bouge pas. On va t'aider à remonter.

Forlani s'est déjà assis sur le bord de la cage. Yma lui pose la main sur l'épaule.

— Non, attends, lui dit-elle en secouant la tête. Il faut réfléchir avant d'y aller. Elk, si tu pouvais apporter tout ce qui peut tenir lieu de corde…

Les Futatsus s'éclipsent. D'un geste prudent, Yma balaie les parois de la cage du faisceau de la torche et identifie les masses blanchâtres : ce sont des restes humains aux formes indistinctes. Mahmoud a dû s'en rendre compte lui aussi. Puis elle s'avance, circonspecte, vers l'enchevêtrement de câbles et de poutres.

La panique s'empare de l'enfant qui a enfin compris l'horreur de la situation.

— Yma, YMA ! Qu'est-ce qu'il se passe ? C'est quoi cet endroit ?

— Mahmoud, par pitié, ne bouge pas. Et ne parle pas. Chut !

Mais il est trop jeune, trop saisi d'épouvante pour suivre les conseils d'Yma. Il donne un coup de pied dans un morceau de peau humaine pour l'écarter et perd l'équilibre. Atroce moment que celui où, sous les yeux d'Yma, les doigts de l'enfant lâchent soudain prise. Ils se contractent désespérément, raclent la surface poisseuse de la cage d'ascenseur. En vain. Mahmoud tombe, son petit corps rebondissant d'une paroi à l'autre comme une poupée de chiffon, sa tête heurtant le béton avec un choc sourd.

Yma est pétrifiée, la bouche ouverte sur une lamentation aiguë. Le bruit de la chute semble devoir durer toujours. Il s'achève en un clapotis ténu qui rampe jusqu'à eux.

— Non ! Non ! Non !

Elle progresse plus vite le long du câble, voudrait aller là où la lumière ne pénètre pas.

— Mahmoud ! Mahmoud ! Réponds-moi !

Une autre lueur s'allume soudain au-dessus de sa tête.

— Yma ?

C'est la voix d'Elk.

— Yma, qu'est-ce qui se passe ?

— Il est tombé ! crie-t-elle. Il a perdu connaissance. Elk, nous ne pouvons pas le perdre !

— Attends. Arrête-toi. Je vais te passer une corde.

Elle se plaque contre la paroi, les yeux fermés, paupières serrées, les dents plantées dans la lèvre inférieure. Des sons lui parviennent d'en haut : chuchotements, frottements de la corde que l'on prépare. En contrebas, c'est le silence. Ni cris ni gémissements. Elle se dit que l'enfant a été englouti dans l'infecte vase du fond du puits.

Quelque chose lui frôle la nuque. C'est la corde, manipulée par Elk.

— J'ai fait un nœud coulant. C'est du solide, Yma. Glisse-toi à l'intérieur, en commençant par les bras.

Elle s'exécute et, soudain, elle aimerait que Spider soit là, avec eux. Spider, si flegmatique, si à l'aise quand il est question de gouffres, d'escalade. Elle entend son propre souffle se réverbérer sur la paroi, en perçoit l'odeur aigre. Et le fumet de sa peur, adrénaline mélangée à la puanteur de la cage. Tout à coup, sous elle, un gémissement. Elle s'immobilise.

— Mahmoud ? Tu m'entends ?

Silence. Puis de nouveau cette plainte.

Elle lève la tête.

— Elk, elle est longue, ta corde ?

— Pas assez. On en ajoute une autre.

— Yma, pas d'imprudence, hein ? s'interpose Forlani, la voix sifflante.

— Yma, s'il te plaît ! *Pœtiyo*, ma belle enfant, s'il te plaît…

Yma teste de tout son poids la solidité de la corde. Et repense à Spider, à la manière dont il s'y prendrait. Elle inspire profondément, se détache de la paroi. La corde se tend légèrement sous ses aisselles. Les fibres se resserrent, émettent un crépitement : elles se sont ajustées à leur fardeau.

— C'est bon. On te tient. On va te faire descendre.

Yma se peuple la tête d'une image : Noor et Spider aiguisant leurs flèches, prêts à affronter ce que la nuit leur enverra. Elle serre les dents, se souvient de Joe Marino, convoque toutes ses réserves de colère et métabolise sa peur en rage.

La descente vers le fond se poursuit, et sous ses yeux défilent des collections de peaux mortes, humains qui jadis arpentaient le Cirque. Enfants, vieilles femmes, les orbites grotesques d'un crâne suspendu à deux écrous saillant de la machinerie. En contrebas, plus un bruit, hormis, peut-être, un infime clapotis.

Elle sent le nœud de la deuxième corde passer par-dessus bord. Sans doute a-t-elle franchi 80 étages lorsqu'elle atteint le fond. C'est un véritable charnier. La corde n'a pas cédé, mais à présent elle sait, plaquée contre la paroi de la cage, que Mahmoud est perdu, sans espoir de retour. Rien ni personne ne pourrait survivre à une telle chute. L'enfant s'est assommé puis il a été englouti par cette vase.

Elle détache une barre de fer tordue de la machinerie et la plonge, pour voir, dans la fange. Un mouvement agite la surface ; il lui vient un bref espoir. Mahmoud ?

— Accroche-toi, murmure-t-elle en remuant la barre. Mahmoud, accroche-toi à la barre.

De la vase émerge un long doigt pâle qui se replie à tâtons sur le fer.

Elle lâche la barre, s'écarte. Hurle.

— Remontez-moi, vite ! Vite !

La corde, avec un craquement, commence à remonter. Yma se convulse frénétiquement, les genoux serrés contre la poitrine, le plus haut possible, les mains sur la paroi. L'index langoureux replonge dans la fange, emportant avec lui la barre de métal.

Lorsqu'elle retrouve l'air libre, elle est en larmes.

— Les Djinnis. Ils sont en bas. J'en ai vu un.

Elk et Forlani la hissent hors de la cage d'ascenseur.

— Non ! Mahmoud est encore là-dedans !

— Yma, il n'est plus de ce monde. Une telle chute…

Ils s'affalent, épuisés, dans l'appartement du nouveau rez-de-chaussée, le souffle court, les yeux écarquillés.

— Il s'est sûrement noyé, marmonne Forlani d'une voix rauque. Il n'a pas pu survivre. Quand sa tête a heurté la paroi, il a dû perdre connaissance.

— Il faut partir d'ici, martèle Elk.

— Mais… Et Mahmoud ? sanglote Yma. On ne peut pas se permettre de le perdre !

Amasha lui prend la main, la secoue, force Yma à la regarder dans les yeux.

— Tu sais, rien n'est dû au hasard. Y compris ce qui vient de se passer. Et ce que cette horreur nous dit, c'est qu'il faut partir d'ici.

Yma se plaque le front sur les genoux. Ses sanglots sont si forts qu'elle peine à respirer. Elle a mal à la tête, la gorge atrocement serrée. Elle ne cesse de revoir Mahmoud passer sous ses yeux en courant. Il a suffi d'une seconde pour qu'il disparaisse. Elle aurait dû intervenir, empêcher les garçons de faire n'importe quoi.

Puis elle sent sur son épaule la main de Forlani.

— Yma, il faut partir. Nous ne sommes plus en lieu sûr ici.

Le soleil est couché depuis trois heures et Spider se demande s'il va mourir. Avancer sur la Virgule, c'est une lutte de tous les instants. Chamelle est patiente. Elle marche devant lui, lentement, trouve d'instinct le chemin le plus solide. Pas une seule fois elle n'a fendu la croûte. Spider, au contraire, la crève à chaque pas ; c'est du moins ce qu'il lui semble. Ses mollets, ses cuisses sont striés d'égratignures et de cloques ; la peau est à vif, rouge, luisante. De la viande de lapin fraîchement écorchée.

Cette fois, il reste au fond du trou, ne remonte pas à la surface salée du lac. Il ne veut plus lutter, n'en a plus la volonté. Depuis plus d'une heure, il voit à l'œil nu les gratte-ciel étincelants de Dubai. Si proches, et pourtant si lointains. Il n'y arrivera jamais. Il s'accroupit sur le sable, les mains sur la croûte de sel, à hauteur des épaules, baisse la tête et ne bouge plus. Plus du tout. Les poches à eau attachées à ses biceps sont presque vides. Chamelle a pris l'habitude de ces plongées vers le lit du lac ; assise à la surface, le postérieur tourné vers Spider, elle patiente.

— Hé, ma fille.

Elle baisse la tête, ploie son long cou pour dévisager Spider.

— Pars, ordonne-t-il. Dégage.

Long regard de Chamelle, vaguement intrigué, sans plus.

— Dégage. Fous le camp, putain !

Sa gorge sèche émet quelques clappements rauques. Il gronde et siffle.

Chamelle se contente d'un froncement arrogant des sourcils. Puis elle se tourne vers Dubai, comme si Spider n'était pas même digne de son mépris.

Il détache de la croûte des morceaux de sel qu'il lance vers elle.

— Dégage, putain ! Allez, fous le camp !

La bête tressaille lorsque les projectiles l'atteignent, se lève, vacillante.

— Allez, c'est bon !

Il se procure de nouvelles munitions.

— Retourne à Dubai, va chercher les autres.

D'un pas dansant, elle s'éloigne, hors de portée. Puis se retourne vers lui et revient, hésitante, vers le bord du trou. Spider gémit. Il secoue la tête, les mains à plat sur les cuisses. Son poignet gauche est cerclé de lacets de cuir ornés de perles. Chaque membre de la famille lui en a offert un. Les yeux fixés sur les bracelets, il songe à Phoenix. Il faut qu'ils s'y installent, il le sait. C'est leur seule chance de trouver le Sarkpont.

Un craquement au-dessus de sa tête. Il lève les yeux, morose, à regret. L'immense tête de Chamelle lui cache la lune. Elle le contemple, rêveuse, pensive comme une vieille dame. Elle s'est tant approchée du bord que le sel déjà se fendille. Le craquement la fait reculer de quelques centimètres ; mais elle ne quitte pas Spider du regard.

Il soupire. Se masse les tempes. Le matériel de camping dans son sac en Néoprène pend au bât de l'animal, à quelques centimètres de sa tête. Spider avale ses dernières réserves d'eau, mange une grappe de raisin et contemple un instant le chargement de Chamelle.

— Viens par là, toi.

Il crache les pépins du raisin, se lève et fait signe à la bête. Elle n'est pas rassurée, il le voit aux bulles humides qui se forment dans ses narines. Elle avance tout de même, le temps qu'il puisse détacher le sac. Dès qu'il y est parvenu, il la fait reculer et elle bat en retraite de 1 mètre ou 2, sans le quitter des yeux.

Que va-t-il faire de ce matériel ? Pendant quelques minutes, Spider n'en a pas la moindre idée. Il éparpille les ustensiles sur la croûte de sel, les contemple. La pioche en alu, une tente en Nylon qui sent l'huile solaire et, chose inexplicable, la mer. Une fois, il a vu Yma en ombre chinoise dans l'une de ces tentes – c'était par une nuit blanche dans le désert ; elle se déshabillait.

Une idée lui vient. Il se redresse, plein d'une énergie retrouvée, se met à déchirer la toile de tente à coups de dents. Il a emporté une grosse aiguille et du fil Nylon, pour ravauder si nécessaire la voile du *Marcheur des sables*. Sous le regard de Chamelle, il se met au travail. Quand il approche de la touche finale, il siffle pour attirer l'animal et, s'emparant de sa longe, en coud l'extrémité effilochée au bout du sac à viande qu'il vient de confectionner.

On dirait un énorme cocon, affaissé, grossièrement cousu, abandonné par un papillon insouciant. Pitoyable, certes, mais il n'a pas pu faire mieux. Sans lâcher ni la longe ni le sac, Spider s'incline, le torse à plat sur la surface de la croûte. Deux clappements de gorge plus tard, Chamelle, avançant d'un pas vif, le sort du trou. Un troisième clappement la fait ralentir. Elle se retourne, attend une nouvelle instruction. Mais Spider reste couché par terre. Bien conscient de l'indignité de sa position, il se faufile maladroitement, les pieds les premiers, dans son sac en Nylon. Il lui faut replier ses longues et musculeuses jambes contre sa poitrine pour pouvoir entrer tout entier dans le sac. Le voilà maintenant en position fœtale, les bras croisés au-dessus des genoux, les mains sur le crâne. Lequel est dans l'axe du postérieur de Chamelle, dans le sens de la marche.

Il inspire profondément. Ça va faire mal.

— C'est bon, ma fille. Emmène-nous à Dubai.

Chamelle se remet en route, progressant à un rythme régulier, comme si elle avait une vitesse idéale en tête. Au début, les chocs sont supportables. Spider se protège le visage, ignore les douleurs qui le transpercent à chaque contact de ses phalanges et de ses épaules sur le sol. Mais plus ils avancent, plus il a mal. Les dents serrées, il décide de compter à voix haute – un deux trois, trois deux un –, ça lui fera peut-être penser à autre chose. À chaque rebond, il a l'impression d'être projeté contre un mur. Sa tête, sans doute, se fendra en deux la prochaine fois qu'elle heurtera le sol.

Le sac commence à se déchirer en plusieurs points, sous l'effet de la friction. À présent ses phalanges sont en contact direct avec le sel. Son mollet se fend d'une nouvelle estafilade. Spider sent la peau se détacher ; il lève la tête et se met à hurler :

— Un deux trois, trois deux un, putain putain putain !

Il est arrivé au bout de ce qu'il peut supporter. Il a besoin d'un répit.

— Stop, Chamelle, mainte…

Il n'a pas le temps de prononcer le mot en entier. Elle est minuscule, la bosse par-dessus laquelle Chamelle l'a fait passer : mais, lorsqu'il retombe, sa tête entre en collision avec la surface dans un bruit retentissant qui le fait sombrer. Il s'évanouit avant de comprendre ce qui lui est arrivé.

33

Ils rassemblent leurs affaires, remplissent les sacs le plus vite possible, et quittent Dubai d'un pas tremblant, le visage sans expression. La peau d'Yma se couvre d'un léger voile de sueur ; son échine se hérisse lorsqu'elle pense à Mahmoud, nageant peut-être dans les ténèbres sous le désert, perdu parmi les poissons cavernicoles et aveugles. Lorsqu'il essaiera de retrouver l'air libre, sa tête frôlera l'envers de Dubai, l'envers de la Terre.

Non, se dit-elle. *N'y pense pas. Il est mort.*

Hugo, Noor et Knut les attendent au pied de la dune, épuisés, crasseux. Avant qu'elle puisse les rejoindre, Noor lui fait signe de la paume de ne pas approcher.

— Reste à distance. On n'est pas beaux à voir.

Yma ne répond pas.

— Je ne plaisante pas. Il a fallu déplacer des carcasses pour dégager les carreaux.

Les vêtements des trois hommes sont maculés d'une substance terriblement fétide. Yma se plaque la main sur la bouche et descend la dune, les pieds s'enfonçant dans le sable à chaque enjambée. En parvenant à leur hauteur, elle cherche leur regard.

Ils cessent de rire et lui emboîtent le pas.

— Quoi, Yma, qu'est-ce qu'il y a ?

Elle secoue la tête et poursuit son chemin, le menton levé face au désert. Derrière elle Amasha pleure, les bras passés autour du cou de Noor, et lui explique en quelques mots la disparition de Mahmoud. Yma s'arrête, se retourne. Knut s'apprête à remonter vers le Burj, mais Elk s'interpose avec l'agilité d'un joueur de football américain, pour entraver sa progression.

— Ça ne servira à rien, Knut. Il est parti. Vraiment parti. On ne peut plus rien faire. Il faut rentrer à la Hutte.

Devant eux, sur le flanc de la dune, à l'endroit d'où elle surplombe le plus vertigineusement le sol, à l'endroit où elles peuvent le mieux être vues se dressent ces cinq lettres : *H*U*T*T*E*. Elles ne font pas moins de 12 mètres de haut : Spider ne pourra pas les rater. Elles ont été agrémentées de tous les objets que la famille a pu extraire des ruines de Dubai. Morceaux de revêtement, draps, carreaux réfléchissants des parcs aquatiques.

Si Spider ne les voit pas, songe Yma, *il pourra toujours les sentir.*

Peu à peu, Knut se résigne. Il s'attarde, le visage enfoui dans ses mains, et secoue la tête. Les deux autres contemplent le Burj sans un mouvement.

— C'est ta faute, gémit Cairo à l'intention de Hugo. Tu nous as dit qu'il y avait une usine sous la ville. Un truc qui fabriquait de l'eau. Sauf qu'il n'y avait pas d'usine.

— Qu'est-ce que c'est que ces conneries ? rétorque Hugo.

— T'es qu'un gros tas et un sale menteur ! poursuit le petit garçon. Je te hais. Je te hais !

Ce qui réduit Hugo au silence pendant un moment. Les mains sur les hanches, il regarde le désert.

— Pourquoi toujours tout faire retomber sur moi ? C'est à cause de la vie que je menais avant de venir ici ?

Personne ne répond. Ils gardent tous la tête baissée. *Il a raison*, se dit Yma, qui n'avait jamais réfléchi à la question. Oui, Hugo était un privilégié. Mais elle aussi, dans sa vie d'avant. De même que Noor et Amasha. Alors pourquoi toujours s'en prendre à lui ?

— Cairo, dit-elle. Ici, tu dois te montrer responsable comme un adulte. Tu n'aurais pas dû encourager ces bousculades.

— Mais non ! hurle le petit garçon. Non ! Vous racontez tous n'importe quoi !

Il s'élance vers le désert, tête baissée. Et pleure, cela ne fait aucun doute.

— Laissons-le tranquille, murmure Amasha, les sourcils froncés. Il sait qu'il a mal agi. Simplement, il va lui falloir du temps pour s'en remettre.

Les membres de la famille se mettent en marche, d'un pas plus lent que d'habitude. Ils ont perdu toute énergie, toute joie. Ils savent aussi qu'ils ne peuvent plus se permettre d'autres morts. Splendour est sous le choc. Son petit visage s'est figé en un masque tragique. Cairo marche, renfrogné, à côté de la caravane, les épaules voûtées.

Lorsque 2 kilomètres les séparent de Dubai, Yma sent sa nausée faiblir, même si elle ne peut s'empêcher de regarder de temps en temps derrière elle. Forlani qui, elle le sait, la surveille du coin de l'œil, boitille d'un pas beaucoup plus vif que d'habitude. Tita Lily semble elle aussi avoir repris des forces ; elle s'est remise à marcher. Yma finit par sortir de son sac un morceau de viande de kangourou séché. Elle aime ce goût de sel et de bois. À sa droite s'étend la Virgule, brune et traîtresse.

— Il faudrait qu'il ait une voile appropriée, dit Hugo, qui avance à côté d'Yma. Sinon, il n'y arrivera pas.

— Je te demande pardon ?

Hugo considère le ciel comme s'il lui fallait réfléchir à la question.

— J'ai fait de la voile dans le temps. Et je peux te dire qu'avec une voile carrée il n'y arrivera jamais.

Détail qu'elle médite tout en marchant : Hugo semble dire que Spider devrait installer une bôme sur son navire, afin que la voile puisse pivoter lorsque le vent tourne, ce qui est la règle sur la Virgule. Elle revoit Yma Fitzroy-Hughes sur les bancs de vase à Mersea, l'eau de mer qui blanchissait et cloquait ses tendres paumes d'enfant tandis qu'elle roulait les voiles sur les cabestans rudimentaires et nouait les écoutes en 10 ou 12 demi-clés. Elle pourrait sans doute se rappeler les principes essentiels de la navigation, mais cela fait des siècles et des vies qu'elle n'y a plus pensé.

Ils ne s'arrêtent pas pour déjeuner. Personne n'a le cœur à avaler quoi que ce soit. Une heure après le zénith, la Hutte apparaît à l'horizon. Les Futatsus font halte pour l'inspecter à la longue-vue. Pendant toute la matinée, l'idée des Éléphant les a tenaillés. Ils sont trop loin encore pour voir s'il y a eu intrusion.

Puis Amasha se retourne vers la famille, une étrange expression sur le visage, tout en fixant un point au bout du cortège. Yma suit son regard et comprend ce qui a attiré son attention : les deux enfants, qui traînaient derrière les adultes, se sont figés. Ils contemplent la Virgule avec intensité. L'hélicoptère de Cairo est suspendu dans les airs – il a l'esprit ailleurs, de même que Splendour qui, les yeux écarquillés, s'est fourré le poing dans la bouche, inquiète.

— Les enfants ?

Aucun des deux ne répond. Il n'y a rien sur la Virgule, pourtant. Rien qu'Yma puisse distinguer. De nouveau, les deux femmes hèlent les petits.

— Qu'est-ce qu'il y a ?

Splendour lance un bref regard à Yma, puis revient au lac salé.

— Ça fait un bruit que j'aime pas.

— Moi non plus, acquiesce Cairo en se faufilant dans l'ombre de la jeune femme.

Yma n'entend rien. Elle se tourne vers Amasha, qui secoue la tête. Les enfants, Yma le sait, perçoivent des sons plus aigus que les adultes. Les hommes de la famille les ont rejoints et Splendour ne perd pas une seconde pour grimper le long de la jambe d'Elk et se blottir, comme un vrai ouistiti, dans le creux de ses bras.

— Qu'est-ce que c'est, ce bruit ? demande-t-il à la fillette.

— Chais pas.

Elle se plaque le visage contre le torse d'Elk, comme pour se protéger du bruit et disparaître dans ce corps immense.

— Fais-le arrêter.

Les adultes se resserrent en un groupe anxieux. En plein désert, ils sont exposés à toutes les attaques. Noor lève son arc.

Yma incline la tête et voit un vautour solitaire traverser le ciel. C'est le deuxième en vingt-quatre heures. Puis elle perçoit un mouvement aux confins de son champ de vision : quelque chose vient d'émerger de la chaleur tremblante qui nimbe la Virgule.

Elk tend Splendour à Amasha, qui la prend dans ses bras et se réfugie derrière les hommes en tirant Cairo de sa main libre. Elk, Hugo et Knut font un pas en avant en bombant le torse. Si Elk est immense et son ombre longue et large, les deux autres n'en imposent pas vraiment. Il leur manque ce quelque chose que possède Spider, ce qui l'a fait sortir de la Hutte pour faire reculer les Éléphant.

Forlani les rejoint en tremblant : non de peur, comprend Amasha, mais parce qu'il est prêt à combattre ce qui pourrait surgir.

À présent, tous entendent ce que les enfants ont perçu : un gémissement inhumain, poussé, dirait-on, par une créature qui souffre. Puis la brume se dissipe et la créature se révèle à leurs yeux.

Tous soupirent de soulagement.

C'est Chamelle, qui avance clopin-clopant vers eux. Elle traîne derrière elle un paquet poussiéreux. Ce qu'ils ont entendu, ce sont ses blatèrements paniqués.

À mesure qu'elle approche, ils se rendent compte que ce qu'elle traîne est un sac en toile, une bâche peut-être, qui contient un objet volumineux. Elle interrompt quelques secondes sa plainte, s'arrête, les jambes légèrement écartées, comme si elle était à bout de forces. Elle hume l'air, puis embrasse la famille du regard. Cligne des yeux. Une fois. Deux fois.

— Chamelle ! l'appelle Yma d'une voix tremblante. Chamelle ?

Chamelle courbe la tête et renâcle avec force. Puis elle exhale longuement – soupire, pourrait-on dire – et repart d'un pas lent vers la famille, les yeux baissés, comme si elle avait un terrible aveu à faire. Son fardeau laisse sur le sable une traînée de sang rouge sombre. Yma se couvre la bouche, incapable de comprendre ce qu'elle a sous les yeux. Le temps se fige et personne ne bronche. Puis, d'un pas silencieux, plein de respect, Forlani s'avance vers Chamelle. Il lui tend la main pour qu'elle reconnaisse son odeur. Elle s'arrête, le flaire, ne sursaute pas. Patiente, elle laisse le jeune homme la longer et s'agenouiller non sans difficulté près du sac ensanglanté.

— Non ! gémit Splendour en gigotant dans les bras d'Amasha. Non !

— Chuuuut…

— Qu'est-ce que c'est ? chuchote Cairo en tirant sur le sari de la Futatsu.

Avec une infinie lenteur, Forlani attrape le bord de la toile effrangée. Ce qu'elle contient ne bouge pas. *Un cadavre, bien sûr*, songe Yma. Un cadavre que quelqu'un leur envoie.

La toile se soulève et Yma distingue un genou nu. Saillant, la rotule pointée vers le ciel. Un genou d'être humain qu'elle reconnaît immédiatement. Spider. Elle se précipite vers Forlani, un monstrueux haut-le-cœur lui secouant la poitrine.

— Non ! Non ! s'écrie l'homme-médecine.

Trop tard. Elle est là, le souffle court, les yeux fixés sur le corps, tandis que Forlani essaie – pathétiques efforts – de dissimuler le massacre. Spider est couché sur le dos, le flanc couvert de sang. Des poignées de cheveux se sont détachées de son crâne ; sa robe est en lambeaux, révélant sa musculature puissante et le sang coagulé sur la toison de son abdomen.

34

Le *Marcheur des sables.*

Spider le voit en rêve, qui glisse à la surface de la Virgule, poussé seulement par un vent insensé ; c'est un squelette de bambou, élégant et géométrique, dont les os sont reliés par du boyau de kangourou. Il ne fait pas craquer la croûte de sel, ne s'y repose jamais assez longtemps. Il poursuit sa course bondissante, les voiles gonflées, claquant dans le vent. Puis il gîte, chavire, et le soleil clignote. Avant que le *Marcheur* retombe sur le sol, Spider se réveille haletant, aspirant tout l'air qu'il peut.

Ses paupières sont closes, mais sa conscience lentement se reconstitue. Il sent, il entend. Il transpire. Son cœur s'emballe. Il a très mal au crâne ; sa cage thoracique le fait encore plus souffrir. On le soulève, on le transporte. Le vent du désert au crépuscule lui souffle au visage. Quelqu'un – Hugo ? – crie quelque chose. Ça parle d'eau ?

L'eau, Spider en rêve. Son esprit dérive : de la chambre où sa mère lui faisait sa toilette quand il était enfant – utilisant deux bassines en porcelaine, elle le savonnait avec « Le Sapin », un savon à l'huile d'olive qu'un client avait rapporté de Marseille, pas moins – aux gourdes à deux becs de la Légion étrangère – de l'eau, ou du *pinard**, avec un peu de chance. Il revoit l'aquarium dans la mansarde et la salle de douche de la Hutte, le croquis sur le mur.

Les canaux de Phoenix : les lignes vertes, aériennes, qu'il a vues de la terrasse de l'appartement.

— Les chaneaux, bredouille-t-il, les lèvres gonflées par les ecchymoses. Feeeuniche.

— Qu'est-ce que tu nous racontes ? chuchote Forlani, anxieux. Il a parlé, non ? Vous avez entendu ? Il a dit quelque chose.

Il y a un brouhaha de voix et Spider sent son corps se poser quelque part. Où ? Il n'en a aucune idée. Puis une main sur son épaule, une voix, celle de Forlani.

— Spider ? Spider ?

Plus loin, ces éclats de voix, toujours – Hugo. Qui parle encore d'eau.

— Spider, mon pote. Ça va ? Tu nous calcules ?

Mais tout ce vacarme, cette lumière, cette douleur : c'est plus que son cerveau fiévreux ne peut en supporter. Il bat en retraite dans un monde intermédiaire, un monde de visions qui flottent à l'intérieur de ses paupières.

Sa mère lui caresse le visage.

— Tu es si beau, mon garçon, mon fils : tu vas briser des milliers de cœurs.

Une petite amie qu'il a eue pendant une mission d'Éclaireur. Il avait été regyré en Australie ; « Il faut que tu ailles chercher de l'eau pour la voiture, le radiateur est en surchauffe », lui avait-elle dit. Il était allé chercher de l'eau à la station-service dans un bidon de 5 litres ; le goudron était brûlant et il s'arrêtait tous les kilomètres pour avaler une petite gorgée, les mains poissées par l'odeur du cambouis.

Il a soif. Il a tellement soif. Il sent dans sa bouche le sang et le sable, une croûte qui craque sous la dent. Et Hugo qui continue à déblatérer – de l'eau, de l'eau ! – et les hurlements inquiets des autres ; quelqu'un le manipule ; la douleur fait exploser ses mollets, intense, trop intense… Et le voilà de retour dans l'appartement de Phoenix, dans la salle des machines, les tuyaux, l'odeur d'essence, les bidons vides partout, ces tuyaux épais comme des artères qui vivent, gargouillent et soupirent.

C'est une pompe, songe-t-il. C'est une pompe qui insuffle de l'eau dans toute la ville. Et peut-être dans tout le Cirque. Ils pourraient se baigner dans l'eau qui coule à Phoenix. Il faut qu'il leur en parle.

Et sa mère, de nouveau, qui lui pose sur le front un linge humide. Non, c'est Forlani. Ou bien ? Difficile à dire. Un peu d'eau qui lui coule entre les lèvres, une surface plus douce sous son dos, les douleurs dans ses jambes si atroces qu'il voudrait hurler, mais sa bouche ne s'ouvre pas.

Yma est dans le désert, loin de la tour des Sensitive, les yeux fixés sur la Virgule. Derrière elle, ce n'est que désordre et confusion. Hugo s'époumone ; quelqu'un lui répond sur le même ton. Pendant ce temps, Noor et Elk transportent Spider vers la Hutte, par l'échelle, et Forlani les suit, en cas de besoin. Yma, silencieuse, regarde les ombres du soir s'étendre sur le lac salé.

— Yma ?

Elle s'arrache à sa contemplation. Knut a surgi à son côté, mi-fâché, mi-perplexe. Elle cligne des yeux.

Ils ont dû marcher un bon kilomètre vers la Virgule ; elle n'a rien vu, est restée dans sa transe.

— Il va bientôt faire nuit. Il faut rentrer.

— D'accord. Mais laisse-moi deux minutes.

— Qu'est-ce que tu fais ?

— Reste où tu es.

Elle prend les jumelles fixées à son sac à dos, les braque vers la Virgule. Les cristaux de sel réfractent la lumière déclinante et la lui renvoient. Ce qui l'intéresse, ce sont les dunes, tout au bout du lac, devant la ville de la Chicane. Elle ne cesse de régler les optiques, essaie de comprendre.

— Yma, siffle Knut, nerveux, en se frottant les bras. Il faut qu'on y aille. C'est une nuit grise. Le soleil commence à se coucher. On va devoir galoper. Tu ne crois pas que la journée a été assez horrible comme ça ?

— Une seconde, Knut, pendant que je…

— Je rentre à la Hutte et toi aussi ! Si tu pouvais être un peu moins obsédée par ces trucs…

— Mais putain, Knut, cours, si tu veux ! J'arrive dans deux secondes !

Il inspire profondément, semble sur le point de lui répondre puis se ravise et part à grandes enjambées vers la tour, non sans lui lancer des regards peu amènes. Elle règle une énième fois les jumelles, scrute les dunes. Soudain, tous les poils de son corps se dressent, comme attirés par un immense aimant, au centre de la Virgule.

C'est ce qu'elle pensait. C'est exactement ce qu'elle pensait.

— Yma !

Elle se retourne. Au pied de la tour, Knut gesticule.

— Putain, bouge-toi, maintenant ! Vite !

Le soleil a touché l'horizon, demi-lune jaune et grésillante. Il reste moins de dix minutes à Yma. Elle prend conscience de son imprudence, se met à courir. Knut est au portail, fou de rage. Il l'empoigne et la traîne dans l'enceinte de la tour.

— Tu me refais ce coup-là, je te jure que je t'attends pas ! gronde-t-il.

— Je vais fermer le portail. Monte vite, toi.

Il se dirige en fulminant vers l'échelle. Sur la paroi de la tour, la lumière du soleil couchant qui passe tous les soirs par l'Œil, énorme tache rouge, a disparu. La nuit est venue et les mains d'Yma tremblent tandis qu'elle essaie de fermer la porte. C'est curieux : elle a l'impression que les cadenas ont été changés – pendant sa mission, peut-être ? Elle parvient malgré tout à les fermer et s'élance à son tour vers l'échelle. Knut est déjà en haut, dans le sas. Il l'attend, la main tendue. De l'autre côté des parois de métal résonnent des sons familiers : le brouhaha des voix, et au loin le vrombissement des dunes annonçant l'arrivée des Djinnis.

Les doigts d'Yma glissent sur les montants, ses jambes sont en coton et son corps soudain lui semble privé de forces. Le jacassement des Djinnis est de plus en plus proche : comme s'ils l'avaient sentie, comme s'ils pouvaient remonter sa piste. Cette plaque de fer sur le flanc de la tour : que se passera-t-il quand elle cédera ? Ils pourraient s'en servir pour ramper jusqu'à l'Œil et se laisser tomber dans l'enceinte. Elle n'aurait pas la moindre chance.

— Yma, concentre-toi.

— Mais c'est ce que je fais !

Elle ne voit plus que la main tendue de Knut, son unique but. Un choc soudain se réverbère entre les parois ; rassemblant ses dernières forces, elle se propulse vers son compagnon, qui la saisit par les bras et la hisse dans le sas. Ses hanches heurtent le métal, qui lui égratigne les cuisses. Sans perdre une seconde, Knut rajuste la trappe et abat l'énorme cadenas – sur les doigts d'Yma, qui les retire en criant. Elle s'affale sur le côté, le souffle court, tremblant de tous ses membres, la main gauche en étau sous son bras droit.

— Oh, putain ! putain ! halète-t-elle. Putain !

— Yma, merde ! Ma pauvre ! Oh, je suis désolé ! Ça va aller ?

Elle serre les dents, hoche la tête. Des larmes de douleur lui montent aux yeux.

— T'inquiète pas. Il faut qu'on aille parler aux autres.

Knut l'aide à se relever, un bras passé autour de sa taille. Elle garde la main sous son aisselle ; la sensation de chaleur poisseuse qui se répand sur sa tunique est sans équivoque : elle saigne. Et pourtant, se dit-elle, vaguement étonnée, elle n'a pas si mal que ça.

Ils sont tous attablés dans la grande salle, comme pour une réunion d'importance. Pas de nourriture en vue. Tous les regards se tournent vers eux. Les visages sont aiguisés par la stupeur. Serait-ce une prière pour Mahmoud ?

— Vous avez entendu le bruit ? demande Elk.

— C'est fini, maintenant, répond Knut, contre qui Yma est toujours blottie. Ils ne reviendront pas.

— Oui, marmonne Elk en pianotant sur la table, et ses yeux scrutent lentement les membres de la famille. J'imagine.

— Qu'est-ce qui se passe ici ?

Elk esquisse une moue et se tourne vers Hugo, qui secoue la tête.

— Ce n'est vraiment pas notre jour, Knut. La Hutte a été visitée. Nos réserves d'eau ont été vidées. Tout ce qu'il nous reste, c'est ce qu'il y a dans les tuyaux.

— Tu plaisantes ?

Yma s'est assise, soudain prise d'un léger vertige.

— Quelqu'un est entré pendant que nous…

... perdions Mahmoud, voudrait-elle conclure, mais les mots ne passent pas.

— Ils nous ont pris l'eau, c'est tout.

— Mais, et les cadenas du portail ?

— Il a fallu les changer. Ils les avaient bousillés, intervient Hugo. Nous n'avons pas de quoi nous doucher ce soir. Assez à boire pour aujourd'hui et demain, après-demain peut-être, mais ni douche ni cuisine.

— Ni eau pour le jardin, ajoute Madeira.

— Pourtant il faut que je fasse la toilette de Spider, objecte Forlani.

Derrière sa collection de fioles, il cligne des yeux comme une chouette, à l'autre bout de la table. Pilon et mortier en main, il écrase une substance verdâtre.

— Pour arrêter l'infection, précise-t-il. Et puis il lui faut plus à boire que nous. Il est complètement déshydraté.

— Tu auras 2 litres de plus à lui consacrer. Sois parcimonieux, répond Hugo, les mains plaquées sur les joues.

Il soupire, secoue la tête.

— Je ne sais pas quoi faire, ajoute-t-il. Vu la situation… Je ne sais absolument pas comment récupérer de l'eau. Je m'étais donné tellement de mal…

— Moi, marmonne Yma, je sais ce qu'on va faire.

Elle fixe la table. Le souffle lourd, elle lutte ; il ne faut surtout pas que la douleur la déstabilise.

— J'ai un plan. Un plan infaillible.

Un bref silence accueille cette déclaration, puis Amasha se lève avec un léger cri de surprise.

— Yma, mon enfant, tu saignes !

— Ce n'est rien.

— Je lui ai coincé la main dans le sas, intervient Knut d'une voix blanche.

— Tu as quoi ?

— On n'avait pas de temps à perdre !

Forlani s'approche d'Yma, le pas inégal, la main tendue.

— Fais voir.

— Ce n'est rien, répète-t-elle. En tout cas, c'est moins important que ce que j'ai à vous dire. Elk, tu pourrais me trouver de la farine de maïs ?

Elk file à la cuisine, mais ni Amasha ni Forlani ne se laissent intimider par Yma.

— Yma, fais voir.

— Pas question.

— Ça pisse le sang !

— Je t'ai déjà dit que je ne voulais pas. Ce n'est rien ! siffle Yma d'une voix que la colère enfle.

— Pour l'amour du Ciel, tu vas arrêter de te conduire comme une gosse de 3 ans et lui montrer cette foutue main ?

À l'autre extrémité de la table, Noor s'est dressé, furieux, comme un diable dans sa boîte.

Yma en reste bouche bée. Jamais il ne lui a parlé sur ce ton. Il la dévisage d'un œil impavide et l'intensité de son regard la dépouille de toute son excitation. Elle détourne la tête, rouge de honte. La perte de Mahmoud leur a mis les nerfs à vif. Elle aimerait poser les doigts sur un de ses cristaux, une faiblesse qu'elle ne peut s'avouer. Elle se mord les lèvres et finit, à regret, par tendre sa main aux chairs palpitantes.

Il y a bien plus de sang qu'elle ne se le figurait. Amasha sursaute, lève les yeux au ciel et court dans la buanderie chercher des serviettes pour stopper l'hémorragie. Cairo émet le bruit de gorge annonciateur d'un vomissement. Seul Forlani reste imperturbable.

— Bon, marmonne-t-il en posant l'index sur la main blessée, je vais t'examiner, si tu permets. Je sais que ça fait mal.

Amasha dispose les linges sur la table et Forlani s'assoit. Une bande de tissu lui fournit un garrot, qu'il fixe au bras d'Yma avant de comprimer la plaie. Yma est cramoisie, vexée par la remarque acerbe de Noor, horrifiée par le flot de sang qui coule par lentes saccades du bout de son doigt, gantant sa main de rouge.

— Tu avais donc le diable aux trousses pour te montrer aussi imprudente ? la réprimande Amasha. Comme si l'histoire de Spider ne suffisait pas…

— Comment va-t-il ?

— Il est hors de danger, répond Forlani en soulevant prudemment la serviette qu'il a plaquée sur la plaie d'Yma. S'il se tient un peu tranquille et suit mes consignes.

Elk revient de la cuisine avec un bol de farine de maïs et une bouteille du mesquite aigre qu'il fabrique avec les cactus du Cirque. Il en remplit une tasse, qu'il tend à Yma.

— Bois.

Elle s'exécute. Le goût la fait grimacer. Elle repose la tasse et secoue la tête.

— Maintenant, il faut que je vous montre quelque chose, dit-elle une fois que l'amertume est passée. Vous allez voir.

— Attends que j'aie fini le pansement.

— S'il te plaît… Elk, renverse la farine. Oui, là, sur la table.

Elk échange un regard hésitant avec Amasha, qui hausse les épaules et secoue la tête lorsqu'il renverse le bol sous ses yeux. Tandis que Forlani prépare un cataplasme de feuilles d'hamamélis qu'il enroule autour des doigts d'Yma, l'hémorragie s'étant calmée, la jeune femme plonge sa main libre dans la farine.

— Regardez bien.

Elle forme sur la table un petit tas qu'elle divise en deux, sculptant l'un en une longue ligne qui se tortille et l'autre en un croissant presque plat.

— Ça, dit-elle en désignant la ligne, c'est une formation linéaire. C'est ce qui arrive au sable quand le vent vient de deux directions avec une force égale. Ce que vous voyez à droite, en revanche, c'est une formation en demi-lune, qui se produit lorsque le vent ne souffle que dans une direction, et qu'il vient, en général, d'une échancrure topographique, naturelle ou artificielle. Et ce phénomène, je ne l'ai pas vu, comme je m'y attendais, dans les villes de l'est, mais dans la zone qui se trouve au nord-ouest, ici.

Elle plonge l'index dans la farine pour y faire un petit trou. C'est le modèle de dune que McKenzie Strathie voulait présenter à Sciencexpo, elle vient de s'en rendre compte.

— Ce qui signifie qu'il existe au nord du Cirque un endroit, un système qui laisse passer le vent. Aïe ! Vas-y doucement, Forlani !

Elle essaie de plier le bras mais Forlani retient sa main d'une poigne de fer et lui adresse un sourire embarrassé. Elle le regarde, les dents serrées, finir le pansement. Mais le mesquite commence à faire son effet. Elle se sent déjà légèrement ivre.

— Quoi qu'il en soit, conclut-elle, désinvolte, ça veut dire, en ce qui me concerne, que Spider a raison. Il faut que nous nous rendions dans la ville de la Chicane.

Proposition accueillie par un profond silence. Elk se gratte la nuque, indécis. Splendour esquisse une moue anxieuse tout en cherchant timidement le regard d'Amasha. Cette dernière ne dit rien, les yeux braqués sur les dunes de farine.

— On la traverse comment, la Virgule ? finit par demander Elk.

— On construit une embarcation qui glisse sur le sable, comme celle de Spider, répond Forlani.

— Certes. Mais avec quelques changements, si j'ai bien compris, Hugo ?

— Oui. Spider a fabriqué une voile carrée, qui ne peut pas suivre le vent. Ce n'est pas la bonne solution.

— Il faut construire une bôme, pour que la voile tourne.

Yma soupire, les yeux fermés. Les palpitations de sa main lui font de plus en plus mal, en dépit de l'alcool. Dès qu'elle aura une seconde d'intimité, elle se servira des cristaux.

— Il faut s'adapter au vent. On n'a pas le choix, dit-elle.

Forlani se penche et lui pose la main sur le front. Sa paume est fraîche.

— La douleur va empirer pendant un moment. Et puis ça ira mieux. Mais je vais te donner quelque chose pour dormir. On reparle de tout ça demain matin.

Ils dînent de viande et de fruits secs, épuisés, maussades. Pas un mot sur Mahmoud. Il est le spectre dont personne ne veut admettre la présence. Amasha a déjà trouvé le temps de mettre de côté ses dessins et ses jouets.

35

C'est une odeur réconfortante, un mélange de viande qui cuit et de pommade. Quelqu'un lui tapote la plante du pied droit. Des gens parlent, tout près.

Spider ouvre les yeux. Il est couché sur le canapé, sous la fenêtre de la salle commune, une couverture tirée jusqu'au menton. Dehors, il fait jour. Pourtant, à l'intérieur, les bougies sont allumées. Le repas semble aller bon train. Il cligne des paupières pour mieux voir. Yma est là, à 1 mètre. Elle lui tourne le dos. Sa longue tresse rousse lui bat les reins. Elle ne mange que d'une main – l'autre est bandée – et parle d'un ton à la fois las et vif.

Il cligne des yeux, ouvre la bouche, voudrait parler. Rien ne sort. Ses lèvres se refusent à articuler quoi que ce soit et le rêve le rattrape avant qu'il puisse attirer l'attention de ses compagnons. Il se retrouve sur la Virgule, vacillant comme un clown fou dans le vent.

Le Sarkpont ne te montrera pas Dieu, dit une voix. *Il ne te montrera pas Dieu mais il t'indiquera le chemin.*

Le soleil rebondit sur l'horizon ; le visage de Chamelle surgit tout contre le sien ; la bête l'inspecte, le flaire, cherche les signes de vie.

Une nouvelle pichenette sur la plante de son pied et Spider se détend comme un ressort, formidablement éveillé ; au fond de sa gorge, une lamentation se forme :

— Mmmphmmmph.

Au bout du canapé, le visage empli d'une intense tristesse, Cairo, un élastique à la main, inflige à Spider ces sévices en rythme.

— Petit gon, qu'est-ce…

Spider essaie de retirer son pied. Les mots qui se précipitent vers ses lèvres n'ont aucun sens.

— Pedigon, pedigon…

Cairo cesse ses attaques et regarde Spider qui aimerait parler. Mais ses lèvres ne bougent pas comme il le voudrait. Lorsqu'il se touche le visage d'une main hésitante, il comprend pourquoi. Le côté droit s'est transformé en citrouille, chair brûlante, enflée, couverte d'une croûte rigide. Puis il aperçoit tous les autres sur leurs chaises, pétrifiés par la surprise. Fourchettes suspendues dans les airs, ils l'observent.

— *Pœtiyo ?*

Amasha se lève et s'approche du canapé, dans son sari de soie orange. Elle porte des bijoux noirs ; noirs comme le bindi sur son front.

Il se laisse retomber sur les coussins, reste immobile un instant en attendant que tout reprenne sens. Son corps est intact, bien qu'endolori. Son mollet droit est en feu sous l'onguent. Il le sent ; c'est certainement l'œuvre de Forlani. La pommade est raide, craquelée. Soit de l'aloe vera qui pousse sous les tunnels de polyamide de Madeira, soit de l'hamamélis trouvé à Mithi. La main gauche de Spider, qu'il vient de lever au-dessus de sa tête pour mieux l'examiner, est enduite de la même substance. Il laisse retomber son bras et interroge Amasha du regard.

— Chamelle ? croasse-t-il.

— En pleine forme. Parfaitement satisfaite, et pas qu'un peu fière.

Amasha arrache son élastique à Cairo, qui s'apprêtait à poursuivre son manège. Puis elle attrape le poignet de Spider – *que sa paume est douce !* – et le tire gentiment à elle.

— Viens, *pœtiyo*, il faut reprendre des forces.

Elle l'aide à redresser la tête et lui fait boire du lait de brebis sucré. Mélangé au sang qu'il a avalé, cela lui donne la nausée. Il ne vomit pas. Sa bouche est à vif : un million d'aiguilles plantées dans son crâne.

— Tu as perdu une dent, claironne Cairo en la brandissant dans la lumière. Je l'ai trouvée dans le sac que traînait Chamelle.

— Cairo, l'interrompt Amasha d'un ton sans appel, va t'asseoir, vite, avant que le dos de ma main ne croise ta joue. Et donne-moi cette dent.

Boudeur, Cairo obtempère avant de réintégrer sa place à table avec désinvolture, comme si de rien n'était. Elk prend sa chaise et s'installe près du canapé. À présent, ce sont quatre paires d'yeux anxieux qui sont braquées sur le blessé, qui gémit et porte la main à son front, puis ferme les yeux. Un vertige nauséeux l'envahit. S'il perd à nouveau connaissance, il va sûrement vomir le lait qu'il a réussi à ingurgiter. Non, il faut lutter.

— Me regardez pas, marmonne-t-il.

— On va te réinstaller dans ta chambre. Mais avant cela, dis-nous ce que tu as trouvé.

Il respire lentement, par le nez.

— Spider ?

— Ouais… Phoenix. J'ai trouvé.

À son côté, quelqu'un retient son souffle. C'est Yma.

— T'es sûr ?

— Oui.

De la main, il essaie d'esquisser la forme de la statue qui garde la ville. Ses lèvres articulent un « Oiseau géant » qui sonne plutôt comme « Ojojean ».

— Oiseau quoi ?

— Phoenix. La statue. Pour la Hutte.

Murmures excités. Il entend les membres de la famille qui se lèvent, changent de place, discutent. Il ne peut pas ouvrir les yeux, de peur que le vertige ne l'entraîne à nouveau vers le fond.

— Il y a de l'eau là-bas ? demande Hugo.

Spider renverse la tête, entrouvre les paupières. Voit le pantalon en lin de Hugo, sa chemise trempée de sueur.

— J'en ai bu.

— Beaucoup d'eau ? De la verdure partout ?

— On peut se cacher aussi…

— À quoi ressemble la ville, Spider ? Donne-nous plus de détails, histoire d'être sûrs. On pourrait y aller demain.

Le silence revient tandis que Spider se creuse la cervelle. Il lui faut un peu de temps pour trouver ce qui pourrait les convaincre.

— Y a… des canaux.

Knut sifflote.

— Les canaux des Hohokam.

— Dcs arbrcs… des églises… Pas beaucoup de… grands immeubles…

Spider redescend dans la mine à souvenirs de son crâne palpitant. Tout commence à vaciller. Son cerveau nage dans une mer d'huile noire qui va bientôt l'engloutir.

— Des rues, bafouille-t-il d'une voix faible.

Il faut les convaincre, même si sa tête est en train de le lâcher. C'est crucial. Il rassemble ses dernières forces pour dénicher ce détail qui différencie Phoenix de toutes les villes qu'il connaît. Il est sur le point de sombrer quand il trouve. Son équipe de base-ball.

— Diamondback, parvient-il à articuler. Diamondback.

Dans la grande salle le brouhaha enfle et reflue, comme une tempête lointaine. Il se retrouve une seconde sur la Virgule, en compagnie d'une improbable équipe. Une fille du bordel de Paris, qui lui tend un verre d'absinthe. Une créature ténébreuse cramponnée aux pieds de la Hutte. Et Chamelle, couchée, le souffle court, sur le sable. Puis il revient à lui, subitement.

— Qu'est-ce que… Qu'est-ce qui s'est passé ici… avec l'eau ?

— On ne sait pas. Les réserves ont été vidées.

— Putain… les connards à l'Éléphant ?

— C'est possible.

— Ce bateau qui va sur le sable…, dit une voix derrière Spider.

C'est Noor, comprend-il. Il essaie de renverser la tête pour le regarder mais la douleur est trop intense et la lumière trop vive.

— Le *Marcheur des sables* ?

— Le *Marcheur des sables*, oui. Tu en as fait quoi ?

— Cassé… pas loin.

— Pas loin d'où ? De Phoenix ?

— D'ici.

— C'est vrai ?

Spider répond par un gémissement. Il est épuisé. Il n'a qu'une envie, dormir. Être débarrassé de cette douleur, ne serait-ce que quelques minutes. Il ferme les yeux, se retrouve à Paris un bref instant. Puis des mains se glissent sous lui et soulèvent la couverture sur laquelle il est couché.

Des mains fraîches sur son front. La voix douce de Knut.

— C'est moi, chuchote-t-il, tout contre le crâne de Spider. Je te raccompagnerai dans ta chambre dans un moment. Là, c'est pour que tu prennes un peu l'air.

— On va te remettre au lit, ajoute Elk.

La salle commune lui apparaît un bref instant – murs qui dansent, visage pâle des enfants, d'Yma et de Forlani qui le dévorent d'un regard inquiet.

— Je dois avoir une sale gueule, marmonne-t-il à l'intention de Knut.

— Ah, ça oui, Spider, navré ! Il va falloir attendre un peu avant de rejouer le joli cœur.

Spider esquisse un sourire, y renonce aussitôt – trop douloureux. Il lève les yeux vers le plafond tandis qu'on le reconduit dans son habitacle. Ils arrivent à la porte de sa cellule. La couchette est pourvue de draps propres, la fenêtre est ouverte sur la brise délicieusement fraîche de la nuit. Avec l'aide de Hugo et d'Elk, Knut l'aide à se coucher, lui prépare un verre d'eau, quelque chose à manger qu'il pourra avaler quand il se sentira mieux, et un saladier, s'il a envie de vomir. Ils s'affairent silencieusement, concentrés.

Puis Knut s'assoit au pied du lit. Spider a beau être dans un état second, il comprend au regard de son ami que les nouvelles ne sont pas bonnes.

— Quoi ? Pourquoi… tu fais cette tête ?

— Il s'est passé quelque chose à Dubai, répond Knut après s'être éclairci la voix. Tu avais raison. Il y a des Djinnis là-bas.

— Ça pue.

— Oui, murmure Forlani, qui vient de les rejoindre avec un sourire attristé. Ça pue, comme tu dis.

— C'est… C'est Mahmoud, reprend Knut.

— Mahmoud ?

— Il est parti. On l'a perdu à Dubai.

— Hein ? gémit Spider en essayant de se redresser.

— On a dû le laisser là-bas. Il est tombé dans la cage d'ascenseur.

— Merde ! Merde !

Spider se recouche. Il a la tête qui tourne. Il n'arrive pas à le croire. S'il avait été à Dubai avec eux, il l'aurait tiré de là. Le petit Mahmoud… Si espiègle. Et ces jouets idiots qu'il fabriquait avec Cairo. *Mais en quoi nous transforme le Cirque ? Hein, en quoi ?*

Il a soudain envie de pleurer. Ça lui serre la gorge. À quoi bon ? Il reste couché, les yeux fermés, respirant par le nez, lentement. Et lentement les autres s'en vont, pensant qu'il a recouvré son calme. Hugo est le dernier à sortir de la chambre, non sans avoir vérifié que l'eau et la nourriture étaient à portée de main.

— Eh, chuchote Spider en tendant le bras.

Ses doigts effleurent la cheville de Hugo.

— Attends.

— Qu'est-ce que tu veux ?

Spider lui tapote le mollet d'une main tremblante. Hugo s'accroupit près du lit.

— Faut que tu retrouves le *Marcheur*. Que tu le répares.

— C'est exactement ce que j'ai prévu de faire.

— Chamelle est crevée… Crevée… Prends bien soin.

— Tu peux me redire ça ?

— Prends soin de Chamelle.

Il tend l'index vers le plafond, bien droit, histoire de marquer le coup. Puis il retrousse les lèvres, afin que Hugo comprenne vraiment.

Après quoi il relâche son étreinte et se laisse retomber sur l'oreiller, les yeux fermés ; il repart en voyage – en voyage dans sa tête, tout au fond, là où il n'y a ni douleur ni lumière.

Yma ne passera pas la nuit dans son habitacle. Elle veut jouir de la compagnie des étoiles. Elle avale tout ce qu'Elk la force à manger, boit sa ration d'eau du soir puis, avec l'aide de Forlani, se couche sur le dos, la main bandée, palpitante, sur la poitrine, la tête légèrement tournée pour voir, par la fenêtre, le ciel qui se meut, silencieux, au-dessus d'elle.

— Et toi, Forlani ? demande-t-elle au garçon.

— Je resterai à ton chevet un moment puis j'irai voir Spider.

— Tu es vraiment le meilleur, tu le sais ?

— Si tu permets, je ne suis pas d'accord, rétorque-t-il avec un grand sourire. C'est toi, la meilleure.

— En dépit de mon irresponsabilité ?

— Oui, et de ton impétuosité, et de tes obsessions absurdes. Le vent et le ciel. Mais ça doit être pour ça qu'on t'aime tant. Allez, maintenant, dors.

Yma bâille. Les plantes médicinales de Forlani commencent à faire leur effet. Le brouhaha ténu des Djinnis, si familier, lui parvient de Dubai. Et, tandis que les étoiles tissent leurs figures habituelles, elle pense à Mahmoud, à l'expression de son visage avant la chute. Elle l'imagine rampant sous la surface du désert.

Et si elle se trompait ? Si les dunes qu'elle a vues au nord n'avaient aucun rapport avec le vent ? Si elles n'étaient que des mirages ?

Sa dernière pensée avant de sombrer est la suivante : mieux vaut qu'elle se soit ouvert la main gauche. Parce que demain, dès l'aube, elle se mettra au travail sur le *Marcheur des sables*.

La tisane de Forlani lui a nettoyé la tête. En dépit de sa main endolorie, en dépit des visions de Mahmoud flottant dans l'inframonde, elle dort si bien qu'elle n'est pas la première à s'éveiller le lendemain matin, à avaler son petit déjeuner et à attendre que le cadenas de la Hutte s'ouvre, pour se retrouver dans le désert avant les autres. De fait, elle se traîne dans la salle commune juste à temps pour boire une tasse de maté et manger quelques dattes avant que la table soit débarrassée.

— Vas-y doucement, murmure Knut avec un clin d'œil entendu tandis qu'elle parvient péniblement au bas de l'échelle.

Ses cheveux bleus se dressent fièrement sur son crâne, pareils à une crête de coq. Ses yeux scintillent, solaires.

— Je m'attendais à une sister pleine de fougue, ce matin. Comment te sens-tu, après ma tentative de meurtre ?

La main d'Yma est encore bandée et elle n'a pas osé soulever la gaze pour examiner les dégâts. Son poignet est rouge vif, ce qui doit être normal, songe-t-elle.

— Forlani m'a dit qu'il jetterait un œil d'ici la fin de la journée, pas avant.

— Je suis vraiment désolé, Yma.

— Ce n'est pas ta faute. C'est moi qui ai déconné. Tu as bien dormi ?

— Oui, contrairement à ce que je pensais, après ce qu'on a… Enfin, tu sais. En fait, j'ai sombré tout de suite. Une vraie poupée de chiffon. C'est d'ailleurs ce que j'ai toujours voulu être. Une petite chose affectueuse, insouciante, qu'on se passe de main en main et qu'on serre contre soi.

— Tiens donc ! Il y a des choses qui ne changent pas, hein ?

Autour des pompes à eau de Hugo, le sol a été retourné. Yma était si pressée la veille au soir qu'elle ne s'en est pas rendu compte. Et pourtant : l'intrusion est visible. Des fragments de cadenas jonchent le sable. Les tunnels de polyéthylène de Madeira ont été arrachés.

— C'est le résultat de leur visite ? demande Yma à Knut. Ils avaient besoin de tout saccager ?

— On a tous envie de trouver le Sarkpont. Le respect ne fait peut-être pas partie de leurs valeurs.

Elle lève les yeux au ciel et secoue la tête.

— Les Éléphant ?

— Il semblerait. Ils se sont servis d'outils pour couper les cadenas. Regarde ce bout de fer. Les Djinnis ne sont pas capables de faire ce genre de chose.

Yma ramasse quelques débris, passe l'index sur le métal. Ils ont dû employer une scie à métaux.

— Et combien de temps faudra-t-il aux réservoirs pour se remplir ?

— D'après Hugo, des semaines avant qu'on soit à l'aise, répond Knut en grimaçant. On ne va pas tarder à puer le vieux fromage… Bon, on a de quoi boire pour quelques jours. Trois, en fait. Maximum.

Et merde, songe-t-elle.

— Donc… c'est direction Phoenix, j'imagine ?

— Tout juste.

Ils regardent simultanément vers la ville lointaine.

— Si nous retrouvons le *Marcheur*.

Noor et Hugo les rejoignent bientôt. Noor a revêtu une chemise d'un blanc éblouissant, que le vent plaque sur son torse. Ils se dirigent tous les quatre vers la Virgule, persuadés que la quête sera rude et interminable, qu'elle se soldera peut-être par un échec. À leur grande surprise, le *Marcheur* leur apparaît moins d'une heure après le début de leurs recherches.

— Hé ! lance Knut en baissant ses jumelles, l'index pointé vers les vestiges du navire. Il est tout près ! Vous le voyez ?

Les trois hommes poussent un grand cri de joie. Quelle chance de l'avoir retrouvé si rapidement ! Ils ont peine à croire que Spider ait pu continuer si longtemps sur la Virgule. De la Hutte, quand il est parti, Amasha et Yma l'ont vu 3 ou 4 kilomètres plus loin. Il s'est ensuite évanoui dans les reflets blancs du lac. Tout ça pour revenir s'écraser si près de son point de départ… Cruelle injustice qui pourtant ne surprend pas la jeune femme. Si Spider lui avait demandé conseil, elle l'aurait aidé, elle aurait longuement réfléchi aux vents, au gréement approprié.

— Et comment le récupère-t-on ?

Noor avance sur la pointe des pieds vers le *Marcheur* naufragé qui tend ses doigts tordus et solitaires vers le ciel tel un arbre foudroyé, le squelette d'une bête énorme nettoyé par le soleil.

— On pourrait le tirer jusqu'à la Hutte. Mais il faut d'abord arriver jusque là-bas. On peut marcher sur la Virgule ?

Noor poursuit son approche prudente, pendant que les trois autres restent près du rivage, prêts à s'élancer vers lui pour l'arracher aux griffes déchiquetées du sel. Mais Noor ne tombe pas. Son pas s'affermit. Knut s'engage à son tour sur les écailles blanches.

— Ah ! Ah ! se réjouit-il en sautillant à deux ou trois reprises. Là, on est sur du dur. Restez bien sur la croûte blanche. Regardez, elle forme un chemin.

Yma et Hugo sont plus méfiants. Ils se tiennent par la main pour la suite des opérations. Curieuse sensation que celle de la paume légèrement moite de Hugo. L'idée de sa masculinité ne l'avait jamais effleurée avant ce jour, et la mollesse de son contact a quelque chose de vaguement répugnant. Les mains de Noor sont larges, calleuses, comme celles des autres. Celles de Spider, en particulier : c'est l'homme aux mains d'acier. Il pourrait escalader la paroi de la tour en dix minutes si l'envie lui en prenait, c'est certain. Quant à Elk, il a de vrais battoirs au bout des bras.

Vu de près, le *Marcheur des sables* est impressionnant. Ils contemplent tous les quatre sa voile qui claque dans le vent, ses bastagues, ses rides de hauban, ses cabestans. La coque est fendue en plus d'un endroit mais le sel ne l'a pas encore attaquée. La Virgule est perverse : ce qu'elle avale un jour tout cru – un animal, une famille entière, un navire –, elle peut le recracher les jours suivants, comme la peau expulse une écharde en se régénérant.

— Mais comment il s'est débrouillé pour travailler sans qu'on le sache ? s'interroge Knut.

— Il s'est caché derrière la cage de Chamelle, explique Hugo. On était tous préoccupés par votre retour et l'installation à Dubai. On ne l'a pas vu venir…

— Non mais quel ninja, ce mec ! s'extasie Knut. Aussi retors que discret ! Au moins, si j'ai un secret, je sais à qui aller le confier.

— Pourtant, on dirait que tu n'as plus grand-chose à nous cacher, rétorque Hugo sur un ton soudain très sec. Je te remercie encore pour les détails intimes dont tu as agrémenté le récit de ton aventure estudiantine avec le demi de mêlée. Je crois que Tita Lily t'en sera éternellement reconnaissante.

— C'est toujours moins grave que de se la boucler sur ses incartades pour mieux se faire mousser en public, répond Knut avec un sourire de mépris.

Pour mettre fin à cet échange d'amabilités, Noor s'interpose entre les deux hommes et s'agenouille près du *Marcheur* afin d'examiner l'état du bois. Lorsqu'il manipule la coque, le navire glisse sans difficulté sur le sel. Il se relève, pousse le *Marcheur* du pied. L'embarcation s'ébranle sur ses deux patins incurvés.

— Pas de problème pour le faire bouger, c'est déjà ça.

Hugo en fait le tour, pensif, s'arrêtant pour tester la solidité des fixations de la voile, ramasser les deux morceaux du mât et tenter de le reconstituer.

— Ce n'est pas grand-chose. Et la voile est intacte.

Yma respire profondément, se redresse, pose ses mains sur ses hanches et observe longuement l'horizon. La brise fait voler ses cheveux, on dirait des ailes de chaque côté de son visage. C'est un vent calme, résolu, qui ne vient pas de la Hutte. Les pièces du puzzle continuent à s'assembler : les bizarreries de la Virgule, de la traversée de Spider.

— Tu penses à quoi ? demande Hugo.

— Tu n'avais pas tort. Il faut une bôme à ce bateau. Les vents dominants, c'est de là qu'ils viennent, à droite de Phoenix. Ils se fraient peut-être un chemin par un trou dans la Chicane. Si le *Marcheur* a pu franchir cette distance avec une voile carrée, c'est uniquement parce que Spider a eu de la chance. Il a dû profiter d'un coup de vent inhabituel, qui venait du sud. Évidemment, quand le vent a tourné…

Elle tend la main vers le *Marcheur*.

— Boum ! Triste résultat.

— Tu crois qu'on peut le réparer dans la matinée ? demande Knut. Ce n'est pas si grave, non ?

Hugo plisse le front, sceptique.

— Comme Yma l'a dit, il faut une bôme pour pouvoir le faire virer de bord. Si les vents viennent de là…

— … il faudrait une voile qui puisse prendre le vent à cet angle-là, complète Yma en ouvrant les bras à 45 degrés pour appuyer sa démonstration. Tu vois, elle doit se présenter comme ça par rapport au vent, mais elle doit aussi pouvoir tourner. Quand on arrive à la fin du bord, il faut virer devant, sans quoi on finit par perdre le vent. Mais si on tire des bords…, réfléchit-elle tout haut en se mordant les lèvres, les yeux sur la croûte de sel qui s'étend à perte de vue. Si on tire des bords et qu'on reste dans le vent, il n'y a pas de raison de ne pas arriver à Phoenix.

— Oui, mais cette fois le *Marcheur* va devoir prendre plus d'un passager, intervient Knut en souriant. Et il nous faut aussi des provisions. De nous quatre, ici, tu es la plus légère.

— Tu oublies ma main, réplique Yma en la tendant devant elle comme si la douleur venait de la transpercer. Avec ça, impossible de manier ce machin.

— Pourtant, ce matin, tu t'es très bien débrouillée avec l'échelle, rétorque gentiment Knut.

— Yma, ça ne peut être que toi, conclut Noor en cueillant la jeune femme de son regard brun.

Comment lui résister ? Et c'est ainsi que ce jury éphémère et improvisé attribue à Yma le rôle le plus crucial qu'elle aura à jouer pendant son séjour au Cirque.

De retour à la Hutte, ils retrouvent Amasha dans l'un des habitacles. En larmes, elle marmonne tout bas. *Une prière pour Mahmoud, sans doute*, songe Yma, qui se prend à souhaiter de pouvoir donner voix à son propre chagrin. La salle commune a été vidée. Elk passe une partie de l'après-midi à scier la table en planches utilisables. Après tout, si Spider a raison, s'il a bien trouvé un lieu sûr à Phoenix, la table ne servira plus à rien. La famille qui leur succédera devra fabriquer la sienne. Elk a empilé les planches sur le seuil de la cuisine et tous maintenant s'affairent dans la salle devenue atelier.

Hugo s'est attribué le rôle du charpentier naval : il taille les pièces de bois pour le mât, fait tout vérifier par Yma, teste celles dont le poids et la maniabilité pourraient convenir à la bôme. Elk, infatigable, coupe et débite, prêt à répondre à toutes les demandes. Forlani et Amasha rassemblent les possessions de la famille avec l'aide des enfants. Ils ont improvisé une balance pour peser les baluchons. Une planche est posée en équilibre sur un dossier de chaise, puis les charges réparties de chaque côté. Ensuite vient le tour des humains. Elk – qui en tire une certaine fierté – est de loin le plus lourd, suivi par Hugo. Yma est la plus légère des adultes. Noor a sans doute raison : c'est à elle de jouer les passeuses, malgré sa main blessée.

Elle ne va pas se coucher immédiatement après le dîner, reste un moment à tester la bôme de la main droite, même si elle peut tout de même se servir de la gauche. Chaque fois qu'elle échoue à tirer un bord, les hommes s'approchent et vérifient la solidité du gréement. Est-ce sa faute ? Celle de sa blessure ? Ou cela a-t-il à voir avec la façon dont le bateau a été conçu ?

Au-dehors, la lune se lève. Elle la remarque du coin de l'œil tout en feignant de l'ignorer, concentrée sur ses exercices. Vient le moment où elle n'y tient plus. Elle se poste à la fenêtre, inspecte le désert du regard.

— Qu'est-ce qu'il y a ? s'enquiert Elk.

— Ils vivent sous Dubai, murmure-t-elle presque imperceptiblement. Et nous sommes dans leur point de mire.

— Oui, chuchote Forlani en opinant du chef.

— Qu'est-ce qu'on peut faire d'autre, de toute façon ? demande-t-elle en se retournant vers les hommes. Phoenix est notre dernière chance.

Après quoi ils vont se coucher. Yma est allongée dans le noir, les yeux grands ouverts bien que la nuit soit blanche. Elle pense à Mahmoud, qui flotte entre les mondes, et tend l'oreille, attentive au moindre mouvement dans les sables. Rien ne bouge. Une nouvelle nuit sans péril.

Le lendemain est tout aussi industrieux : finir de préparer les affaires, se familiariser avec la bôme, la voile, transporter le *Marcheur* jusqu'à la Virgule et tester son poids, s'assurer que la croûte de sel pourra le porter.

À la fin de la journée, Elk, Hugo et Madeira se rendent en silence dans la ferme et libèrent tous les animaux en bonne santé qu'il leur reste ; jusqu'au lendemain, ils pourront s'égailler dans l'enceinte de la tour. Lorsqu'ils partiront pour Phoenix, le portail restera ouvert et les bêtes agiront à leur guise. Une nouvelle famille en prendra peut-être soin.

Les vieilles et les malades sont tuées dans un silence lugubre, dos à la Hutte. Yma, assise en haut de l'échelle, assiste au spectacle la gorge serrée. Ils ont bien tenté de ne pas s'attacher aux animaux, mais ce n'est pas facile. Le grand kangourou que Madeira a surnommé Jack, qu'elle a aimé et protégé, auquel elle parlait si souvent, est le dernier sur la liste. Madeira le cajole, souffle quelques mots à son oreille. Les yeux de la créature ne s'écarquillent que lorsque Elk lui passe le bras sous la mâchoire et lui brise le cou d'un seul et bref élan.

Tous trois se tiennent par la main devant les dépouilles, le menton sur la poitrine, couverts de sang. *Ils prient pour l'âme des bêtes*, se dit Yma. Elk semble d'ailleurs avoir plus de considération pour les animaux que pour les humains. Il dit souvent qu'ils ne sont pas aussi cruels que les hommes, qu'ils n'attaquent que lorsqu'ils ont peur ou faim.

Yma sèche ses larmes et rentre dans la Hutte. Forlani l'attend dans la salle commune.

— Inspection finale, skipper ! annonce-t-il, solennel.

Elle lui tend la main avec un soupir. Il ôte les bandelettes sans prendre garde aux grimaces d'Yma et examine la blessure, lui demande de tourner le poignet et lui palpe délicatement les doigts.

— Ça fait mal ?

— Moins qu'hier. Qu'est-ce que tu en penses ?

— Oh, c'est mieux, beaucoup mieux. Je ne voulais pas que tu joues les capitaines, mais les autres insistent et je pense que ça ira. Essaie de ne pas te cogner par contre, ça risque de rouvrir la plaie.

— Ce qui veut dire que je n'ai plus d'excuses ?

— J'en ai bien peur.

— Il faudra donc que je me mesure au hasard ? Sacré risque. Espérons que je sois à la hauteur.

— Aucun doute là-dessus, lance Noor en levant les yeux de la machette dont il aiguise la lame à l'autre bout de la salle. Je suis sûr et certain que tu le seras.

Yma le regarde : son buste sculptural, la tête, le cou, les épaules si belles. Sa gravité. S'il savait sur son compte la moitié de ce dont Knut et Amasha sont dépositaires, il ne serait pas si confiant. Avec un sourire inquiet, elle rajuste son pansement.

36

C'est la pire de toutes les nuits. Le sommeil est pareil à une planche qui appuierait sur le crâne de Spider : il ne parvient pas à la repousser, et toujours elle le rejette vers le fond. Des fleurs de souffrance, minuscules et vénéneuses, éclosent sur ses flancs et son épine dorsale. Des membres de la famille, il s'en rend vaguement compte, entrent et le soulagent, le font changer de position, nettoient ses plaies.

D'une certaine manière, la perte de Mahmoud leur a donné un coup de fouet, et cela le surprend. Mais que dire ? Il garde donc les yeux fermés, feignant le sommeil. Il a tellement mal à la tête qu'il n'essaie pas même de communiquer avec eux. Il y a pourtant quelques petites lueurs dans ces ténèbres : il n'a pas vomi le lait de brebis qu'Elk lui a fait boire ces deux derniers jours et cela lui permet de reprendre des forces. Lorsqu'il se réveille dans l'obscurité du petit matin, il constate avec reconnaissance qu'il a faim. Il se couche sur le côté, cherche à tâtons le bol de pain et d'ananas confit, s'en fourre fébrilement des morceaux dans la bouche, boit un peu d'eau pour faire passer le tout.

Les Djinnis sont-ils en chasse cette nuit ? Sa fenêtre est ouverte ; il a cru entendre, dans les strates qui séparent les rêves, des respirations, le crissement du sable sous les pieds. Une ombre traverse l'habitacle, humaine, difforme, la tête hideusement enflée.

Il est en plein délire. Ou pas.

Il finit par se réveiller, le corps toujours endolori mais l'esprit lucide. Il fait encore nuit. À la vue des constellations, il s'en faut d'une heure avant que la famille ne sorte du sommeil. Il se lève précautionneusement et commence à rassembler son équipement. Ces gestes, pourtant infimes, le fatiguent ; il doit faire une pause après chaque préparatif. Il lui faut bien dix minutes pour s'habiller. Son pied droit est si volumineux qu'il refuse d'intégrer son godillot de cuir. Il doit s'y reprendre à deux fois, insister, comme les horribles sœurs de Cendrillon.

Sa mère, au bordel, lui racontait souvent cette histoire, et mimait invariablement la manière dont les sœurs faisaient de leur mieux pour enfiler la pantoufle de vair. Sa mère, elle, avait fait l'impossible pour préserver son fils. Depuis quelques vies, il a décidé de ne pas avoir honte de ce qu'elle a pu commettre pour le bien du petit Spider.

Il y a dans le couloir un miroir tout simple que Tita Lily a récupéré à Abu Dhabi. Il s'y contemple un moment, les jambes un peu tremblantes, stupéfié par ce qu'il voit : un étranger, aussi laid que le bossu de Notre-Dame. Un démon. Il a perdu ses cheveux par plaques entières, est si contusionné que ses yeux ne sont plus que des fentes. Son oreille droite est noire, incrustée de sang séché. Ses vêtements sont propres, jamais portés. Veste neuve, robe immaculée. Mais ce qu'elles recouvrent, il le sait, suintera bientôt sous le tissu et le souillera.

Il descend en boitillant dans la salle commune, prenant appui sur son pied gauche. Le reste de la famille est encore au lit, mais la nuit a été bien occupée. Il n'y a plus ni chaises ni table dans la grande pièce, rien qu'une immense chose, éclatante, méconnaissable.

Le *Marcheur des sables*. Son navire, son œuvre, poncée, huilée, pourvue d'une étrange et nouvelle bôme fixée au mât par du boyau de kangourou. Le bois a été blanchi à la chaux ; la voile en toile de parachute soigneusement pliée et posée au pied du bateau. Un travail de professionnel, bien plus précis que le sien. Spider reprend son souffle. Il ne veut pas se rasseoir tout de suite. Il lui faut quelque chose à manger, pour prendre des forces. Il tourne le dos au navire et, les tempes palpitantes, se dirige vers la cuisine.

Il n'y a pas grand-chose à se mettre sous la dent. Les provisions d'Elk, ses petits paquets, sa viande séchée, tout a disparu, de même que les calebasses d'eau sucrée et de lait. Il n'y a plus que des épices et des morceaux de gras de cuisson, sous la citerne pratiquement vide.

L'eau, songe-t-il.

C'était ce qu'ils avaient de plus précieux dans cette Hutte. Phoenix, au loin, dispose quant à elle de réservoirs illimités.

Les provisions sont arrimées au *Marcheur*. Des bocaux scellés, des fromages enveloppés dans du tissu et d'innombrables paquets de fruits séchés qui poissent leur papier d'emballage. Il a la tête qui tourne, les genoux qui se dérobent de fatigue. Il se couche contre le mur et mâchonne quelques dattes. Puis il ferme les yeux et s'endort immédiatement.

Lorsqu'il revient à lui, on le bouscule. Ça sent la graisse, la transpiration, il perçoit des éclats de voix. Il ouvre les yeux sur les parois de la tour, comme saisi de vertige.

— Qu'est-ce que…

— Chut.

C'est Forlani, penché sur lui, qui le transperce de son œil brun.

— Putain, tu es toujours aussi laid à voir.

— Merci…

Sa voix est encore creuse, nasale, mais sa bouche va déjà mieux. Il se plaque le menton contre le torse pour regarder vers le bas. *Tiens, Elk.* Il sent sous ses paumes la texture rêche de la civière des Éclaireurs et comprend ce qui lui arrive. Elk et Forlani lui font descendre l'échelle dans un cocon. Il tente vaguement de se débattre sous les sangles : une mouche dans une toile d'araignée.

— Arrête de bouger, siffle Elk. On va se casser la gueule si tu continues.

— On va où ? À Phoenix ?

— Oui. Et maintenant, arrête de causer.

La douleur lui fait tourner la tête, et soudain réapparaissent les tourbillons de couleurs, les rêves à demi remémorés ; puis il revient à la lucidité, d'un coup, pleine et lumineuse dans le jour aveuglant. Son corps est balancé dans tous les sens, le vent siffle dans ses oreilles. Il se ressaisit, porte la main à son crâne pour l'empêcher de bouger et se rend compte qu'on a glissé sous sa nuque un oreiller de chanvre qui le gratte. Il est couché sur la longue planche qui relie les traverses du *Marcheur des sables*. Le ciel est bleu et la voile est gonflée par le vent. Il tousse, essaie de se redresser. À son côté, le visage figé par la peur, Amasha est assise, tenant d'une main la cheville de Spider et de l'autre le grossier plat-bord du navire.

— Tout va bien ! hurle-t-elle sans quitter l'horizon des yeux. Rendors-toi !

En penchant légèrement la tête, il voit le paysage. Ce n'est que blancheur et soleil éblouissant. Ils sont sur la Virgule. Le *Marcheur* vogue à une allure vertigineuse, pourtant Chamelle n'est pas distancée ; elle trotte à une cinquantaine de mètres, tête baissée, son bât chargé de baluchons. Spider se passe la langue sur les lèvres : combien de passagers à bord ? Chose incroyable, le *Marcheur* transporte dans la joie cinq personnes : Amasha, Tita Lily et Knut, crête bleue au vent, qui porte une chemise noire à manches longues et s'est installé de l'autre côté de l'embarcation pour faire contrepoids à Spider. Et puis, à la barre, les bras nus, les jambes de sa salopette relevées sur ses chevilles fines et hâlées, Yma. Elle a le menton fièrement levé et un énorme pansement sur la main gauche, laquelle est posée sur la barre ; l'autre contrôle la bôme. Les paupières plissées, elle scrute l'horizon. Puisqu'elle ne sent pas le regard de Spider sur elle il a tout le temps, ainsi couché sur sa planche, de contempler le jeu du vent dans la lisse et rousse chevelure qui flotte dans les airs, à l'horizontale, telle la queue d'une comète.

Où est passé Noor ? se demande-t-il. *Peut-il la voir, lui aussi ?*

On lui presse le pied. Le visage face au vent, Amasha ne le regarde pas, mais ce petit geste tient de l'avertissement : mieux vaut qu'il reste tranquille. Il tourne la tête et ferme les yeux. L'oreiller est assez épais pour protéger sa tête des chocs, quoique les secousses qu'infligent les cahots à son corps soient douloureuses. Il voudrait se rendormir. Il est cette éponge qui recueille tout le sommeil de l'univers et qui en redemande.

« Ça répare », lui dit une voix venue de son passé. « Réparateur. »

Puis la douce voix de sa mère : « *Mon enfant**, tu pourrais dormir pour la France... », comme s'il était champion de cette nouvelle discipline internationale, le sommeil. Les filles du lupanar adoraient ses cheveux blonds. Elles ébouriffaient ses boucles en riant : « Dis donc, cet industriel suédois, ce Gustav Mortensen qui donne de si gros pourboires, ce ne serait pas un parent à toi ? C'est fou ce qu'il appréciait ta maman ! »

Suivent soudain une série de chocs, des échanges excités. Knut se redresse et éclate d'un rire triomphant.

— Phoenix ? essaie d'articuler Spider, mais les mots disparaissent dans le vent et l'hilarité.

Le *Marcheur des sables* s'arrête ; il comprend qu'on l'en débarque, qu'on le transporte puis le dépose sur une route au goudron brûlant ; sous lui, une couverture et l'oreiller de chanvre. Il ouvre les yeux sur la tête de Chamelle, qui le considère pensivement, un long filet de bave au museau. Il entend les doux gargouillis de son immense estomac.

Autour de lui, on parle à toute allure. Amasha est rayonnante.

— Salut à toi, héroïque enfant ! Tu avais raison.

— Je sais, répond-il en risquant un sourire douloureux.

— Si tu pouvais arrêter de te vanter… Bois plutôt ça.

Une gorgée d'eau, qui a un goût de levure tiède à force d'avoir macéré dans la poche à eau. Puis Amasha le nourrit – doigts agiles poussant des dattes entre ses dents.

— Spider, il va falloir te concentrer. Tu peux me dire où se trouve notre nouvelle maison ?

— Notre nouvelle… ?

— L'endroit où tu disais que nous pourrions nous installer.

Il tourne la langue dans sa bouche si sèche, à la recherche d'un peu d'humidité, se redresse péniblement. Tout tangue autour de lui.

— Est-ce que tu vois un stade ? Rouge ?

Des échanges animés. Puis Amasha lui attrape l'épaule.

— Oui, vu.

— Un immeuble en face, bronze et turquoise ?

— Vu également.

— Dernier étage.

— Parfait. On y va.

Knut, Yma et Amasha le soulèvent et le transportent dans la couverture. À chaque pas, leur excitation ne cesse de croître.

— Putain ! s'extasie Knut, mais c'est l'avenue des glaciers !

— Tu te souviens ? Elle n'a pas changé d'un poil.

— J'y crois pas !

— De l'eau. Il y a de l'eau, c'est sûr. Il avait raison !

Le ciel bleu se balance au-dessus de Spider ; les lampadaires et les cimes des immeubles apparaissent et disparaissent de son champ de vision. Le temps qu'ils atteignent le bâtiment bronze et turquoise, Spider s'est lassé de jouer les invalides.

— Posez-moi, les gars. Je peux marcher.

En dépit des réticences d'Amasha, ses compagnons obtempèrent. Il a du mal à tenir sur ses jambes mais il se sent mille fois mieux que ce matin. Il attend que Knut attache Chamelle dans le vestibule, lui explique en termes vagues ce qu'il faut lui donner à manger et à boire. Puis, après une longue pause, il montre l'escalier aux autres.

Ils le grimpent d'un bon pas ; lui, cramponné à la rampe, met des siècles à le gravir. Il comprend maintenant ce qu'éprouve Forlani, toujours derrière les autres, à regarder les valides faire les fanfarons en tête de cortège. Au bout d'un moment, Knut s'impatiente et hisse Spider sur ses épaules, en dépit de ses récriminations, et le porte comme un gosse jusqu'au dernier étage.

Une fois dans le gigantesque appartement avec les deux piscines et les portes renforcées, Spider est si épuisé qu'il ne discute pas lorsque Yma le conduit dans la plus grande chambre et l'aide à se coucher sur l'immense lit. Il n'y a pas de draps et la pièce sent très fort la viande rance. Mais le matelas est si doux – doux comme une longue gorgée d'eau. Il s'y enfonce et reste étendu de tout son long pendant que les autres s'affairent, testant les portes et ouvrant les fenêtres en parlant. De quoi précisément, il ne le sait pas, mais il perçoit l'admiration croissante et ses compagnons semblent d'accord sur un point : ils sont en lieu sûr ici. Et l'eau coule des robinets.

Quelqu'un passe sur le balcon ; une autre personne entre dans la chambre pour ouvrir la fenêtre.

— Merci, chuchote-t-il, sans lever la tête.

Il a l'impression que les plaies de son crâne collent à cette saleté de matelas. Un grincement discret, et le matelas en question s'affaisse légèrement. Lorsqu'il ouvre les yeux, Yma est assise près de lui, un sourire aux lèvres.

Il sourit en retour. Ce qui lui fait mal partout.

— Tu t'en es très bien sortie.

— Oui, mais on m'a pas mal aidée. Chamelle, et toi. C'est toi qui as eu l'idée du *Marcheur*. C'est tellement excitant. On peut aller n'importe où avec ça. Tu sais tout faire de tes 10 doigts, on dirait.

À sa grande surprise, Spider se sent gêné. Il regarde les doigts en question, la crasse sous ses ongles. Voit-elle ce qu'il voit ? Des mains que les années au soleil et l'ombre des souterrains parisiens ont prématurément vieillies.

— Il faut que j'y aille, déclare Yma. Les autres attendent.

— Tu veux bien m'accorder deux minutes ? J'arrive tout de suite.

— Pardon ?

— Il faut juste que je reprenne mon souffle. Je repars avec toi.

Elle soupire et secoue la tête.

— Quoi ? demande-t-il.

— Spider, s'il te plaît, si tu pouvais être un peu raisonnable, histoire de changer. Tu ne repartiras pas avec moi.

— Mais si ! rétorque-t-il avec un regard peu amène. Tu n'y arriveras pas toute seule.

— Tu crois ?

Il cligne des yeux. Il y a une infime nuance de moquerie dans ces deux mots. Il essaie de mettre le doigt dessus, quand l'expression d'Yma change soudain.

— En fait, tu sais quoi ? Tu as raison : j'ai besoin de toi, reprend-elle en se levant. Mais avant qu'on y aille, je vais te chercher à boire. Je reviens tout de suite.

Elle quitte la chambre. Il ferme les yeux, repose la tête sur le matelas et attend.

C'est un mélange d'adrénaline et de mercure mêlés au cocktail le plus généreux, le plus frais d'une journée d'été. Les terminaisons nerveuses d'Yma en sont électrisées ; les yeux écarquillés, à vif, elle frôle le ciel, les éléments. Jamais elle ne se serait crue capable de cela, et pourtant : elle sait piloter le *Marcheur des sables*. Spider pourra râler tant qu'il voudra, elle s'en fiche. Rien que d'orienter le bateau en tirant un simple bord, il y a de quoi hurler de joie. A-t-elle vraiment le droit de se sentir si libre ? Non, mais elle se l'accorde toutefois. La vitesse arrache à son corps les derniers lambeaux de McKenzie Strathie ; l'âme d'Yma revient au grand jour, agile, la respiration profonde.

Noor et Elk attendent son retour de l'autre côté de la Virgule, près du rivage, entourés de poches à eau pleines et de provisions. Forlani tient par la main les deux enfants, inquiets. Pendant que Noor et Elk fixent les paquets à la quille, Forlani aide les petits, Madeira et Hugo à s'installer. Ils se cramponnent aux grossiers plats-bords, les yeux braqués sur l'horizon.

— Yma, il va vite le bateau ? Vraiment vite ?

Tandis qu'elle achève les derniers préparatifs, vérifie la répartition des passagers, Noor lui pose la main sur le bras.

— Je t'ai vue faire, chuchote-t-il. Tu es une bonne navigatrice. Même d'une seule main.

— Merci. Ce que j'ai appris enfant me revient.

— C'est vraiment bien là-bas ? Notre nouvelle installation ?

— Il me semble. Il y a l'eau courante.

— On emporte tout ça quand même ?

D'un signe de la tête, il désigne un tas sur le sable, exposé en plein soleil. Encore des affaires à eux, des sacs, des couvertures, des outils. Quatre carcasses de kangourous emballées dans de la mousseline. Pas celle de Jack, tout de même. Madeira l'a enterré dans la matinée, avant qu'ils ne se mettent en route. C'est une sacrée cargaison.

Yma s'éponge le front. Elle sent la transpiration sécher, rigide sur sa peau.

— Je ne sais pas. Nous aurons juste le temps de trois allers-retours, aujourd'hui. Là, c'est Madeira, Hugo, Forlani et les petits. On finira avec Elk et toi. Je ne sais pas si tout ça pourra tenir avec vous.

— Tu n'as qu'à ramener Chamelle avec toi pour le troisième voyage.

— Je ne suis pas sûre, dit-elle en haussant les épaules. Elle m'a l'air patraque.

— C'est un roc. Tu as vu ce qu'elle a fait pour Spider ?

— Soit, soupire Yma, mais dans ce cas il lui faudra une réserve d'eau. Et les graines que Spider lui donne toujours.

Ils vérifient avant de partir l'équilibre de la quille. Il doit être 14 ou 15 heures, le moment le plus chaud de la journée. À la deuxième traversée, tout est simple comme bonjour. Yma est plus assurée et Forlani encore plus excité par la vitesse que les deux enfants. Il ne cesse de rejeter la tête en arrière et sourit, un peu de travers comme toujours, découvrant des dents éblouissantes. Yma le laisse barrer quelques dizaines de minutes ; après cette pause, elle lui attribue une nouvelle place, de laquelle il pourra faire pivoter la bôme tout en restant assis, ce qui évitera de déséquilibrer l'embarcation.

Amasha et Knut les accueillent au portail de Phoenix et à eux tous ils portent les provisions dans la rue. En dépit de la disparition de Mahmoud, les petits se délectent des splendeurs de la ville, qui les détournent assez longtemps de son souvenir. L'oiseau géant les remplit d'une crainte admirative ; ils sont ravis par les rues bordées d'orangers et de citronniers, les néons des marchands de glaces aux portes fermées.

— Ne réveillez pas Spider, les enfants, leur chuchote Yma devant leur immeuble. Quand il se rendra compte que j'ai piloté son navire toute seule, il va râler.

— Râler-râler-râler, se moque Splendour en se dirigeant vers l'escalier. Râler-râler-râler.

Chamelle dort, les jambes repliées sous elle. Si profondément qu'Yma doit la tirer du sommeil à l'aide d'une branche de mimosa. Elle n'aime pas l'idée de forcer l'animal à interrompre son repos, mais Spider lui a toujours dit que Chamelle est têtue comme une mule et qu'il fallait parfois la bousculer un peu.

— Allez, viens, dit Yma en tirant sur la longe de la bête. On a besoin de toi.

Chamelle finit par se relever. La mine chagrine, les paupières papillonnantes, elle n'a aucune envie de bouger. Yma l'encourage par ce petit son de gorge qu'émet Spider. Avec un bruyant soupir de résignation, l'animal se met enfin en route, traînant ses sabots sur le goudron comme s'ils étaient trop lourds pour ses jambes.

Le retour à la Hutte n'est pas agréable. Yma perçoit à sa gauche les tours scintillantes de Dubai ; elle a beau vouloir se débarrasser de ces visions, elle en est incapable. Et puis elle ne sait pas comment se faire obéir de Chamelle. Est-elle vraiment à bout de forces ou simplement têtue ? Yma finit par se dire qu'il vaut mieux éviter de la regarder. Elle borde la voile pour ralentir son allure et laisse la longe traîner derrière le navire. Tant qu'elle ne se tend pas, cela signifie que Chamelle suit le rythme.

Et c'est ce qu'elle fait, jusqu'à l'autre rive de la Virgule. Mais elle est si fatiguée qu'Elk refuse de repartir avec les provisions avant qu'elle se soit restaurée et reposée. Elle redémarre d'ailleurs d'un pas plus vif, la tête levée, comme si elle était impatiente de revoir Spider.

Le soleil se rapproche de l'horizon ; l'ombre du *Marcheur des sables* s'allonge, comme une créature qui arpenterait le lac de sel à son côté. Yma a perdu de son énergie et, tandis qu'ils approchent de Phoenix, sa main se remet à palpiter. Ce soir, songe-t-elle, elle va prendre une douche dans l'une de ces merveilleuses salles de bains et dormir sur le balcon donnant sur le désert.

Les nuages sont bas sur la ville à l'oiseau. Il ne pleuvra pas, sans doute, mais l'air se rafraîchira. Et c'est alors que, pour la punir peut-être de cette perte de concentration, le *Marcheur* regimbe violemment et plonge, proue la première, dans la croûte de sel. Un craquement sonore, le « Merde ! » retentissant d'Elk et la poupe du navire se renverse à la verticale, projetant ses passagers à la surface du lac.

Yma tend les bras et atterrit sur sa main blessée. Puis elle exécute un roulé-boulé et passe à travers la croûte. Elle chute d'une cinquantaine de centimètres et se retrouve à genoux sur le sable, abasourdie, la main brûlée par une douleur chauffée à blanc qui abolit toute autre sensation.

Elle perçoit quand même le fracas du *Marcheur des sables* qui, emporté par sa vitesse, finit par se redresser et s'éloigne en brinquebalant.

— Putain, qu'est-ce qui s'est passé ? hurle une voix. Yma ? Noor ?

Elle parvient à se lever, la main coincée entre les cuisses. Le torse d'Elk émerge de la croûte à quelques mètres. Un peu plus loin, Noor est parvenu à se hisser sur les écailles ; une estafilade sur la joue, du sel dans sa chevelure noire. Plus loin encore, sous les yeux de Chamelle qui semble trouver la chose très singulière, la proue du *Marcheur* se dresse à la verticale.

— Qu'est-ce qui s'est passé ?

— Aucune idée, grimace Yma. La croûte… Elle n'a pas changé de couleur ?

La surface du lac est jonchée de baluchons et de paquets ouverts, vêtements, céréales.

— Si, constate Noor. Elle est brune.

Yma expire longuement, secoue la tête, les yeux baissés. Il a raison. Brune. À perte de vue. La Virgule a changé de consistance. Si elle était restée vigilante au lieu de rêvasser, elle aurait remarqué ces plaques brunes et anticipé, évité l'accident et la douleur qui lui brûle la main. La plaie s'est rouverte. Elle voit le sang dégouliner sur son bras.

Elle se détourne de ses compagnons et, de sa main valide, vérifie que les cristaux sont toujours à leur place. Oui – intacts. Elle est tentée d'y avoir recours mais les deux autres la regardent. Noor, si raisonnable… Mieux vaut qu'il ne sache jamais. Oui, assurément.

— Yma ?

Elle passe la langue sur ses lèvres et pivote sur ses talons.

— Ouais. J'ai merdé.

— C'est bon, ne t'en fais pas.

Elk décide de la rejoindre en pataugeant dans la croûte, les mains levées dans la fine poussière que dégage le sel à chacun de ses pas.

— Reste où tu es, Yma. Tu pisses le sang.

Parvenu jusqu'à elle, il lui prend la main d'un geste délicat et la dresse à la verticale. Pendant ce temps, Noor a ôté sa chemise et se dirige vers eux tout en la réduisant en charpie.

— Reste tranquille, Yma. Assieds-toi. Assieds-toi.

Ce qu'elle fait, la tête soudain vide, les larmes aux yeux. Quelle idiote ! Elle n'a pas été à la hauteur, et leur gentillesse aggrave son cas. Noor a fabriqué un garrot avec un bout de sa chemise et le lui applique doucement sur le bras. Avec le reste du tissu, il renforce le pansement. Tant de sollicitude réveille en elle son amour pour lui, mêlé d'autant de détestation qu'elle déteste sa propre fragilité et la manière dont le tissu garde l'odeur de Noor.

— Moi, ça va, dit-elle en hochant la tête. Ça va. On ne peut pas en dire autant du *Marcheur* et de la Virgule. On ne va pas pouvoir continuer comme ça.

— C'est-à-dire ?

— Sur cette croûte brune. Elle est trop friable. Même pour Chamelle. Regardez-la.

La bête est plantée dans le sel, osant à peine lever les sabots, la tête tournée vers Phoenix. Puis vers ses compagnons humains.

— Le soleil va bientôt se coucher, constate Noor. Et dans le noir, ça ne sera pas commode. Phoenix n'est qu'à un clic. Nous n'avons qu'à finir à pied. Nous reviendrons demain récupérer nos affaires.

— Quoi, tu veux marcher là-dessus ?

— Oui. Je sais que ça ne tiendra pas. Mais je vais passer en premier et nous frayer un chemin.

Et c'est ainsi qu'ils reprennent la route, blessés, assoiffés, sans provisions, sans navire, le sel écorchant l'abdomen de Noor jusqu'à ce que, vaincu, il demande à Elk de prendre la relève. Les doigts d'Yma palpitent à chaque pas. Elle préfère ne pas regarder sous le pansement : ils doivent être réduits à un amas de viande tremblotante.

Lorsqu'ils arrivent enfin à Phoenix, à la nuit tombée, Yma est épuisée, Noor saigne abondamment et Chamelle peut à peine lever la tête.

— Oh, ma fille, je suis navrée.

Pendant que les autres gagnent l'appartement, Yma reste avec l'animal, dont elle fait la toilette de son mieux, d'une main. Puis elle la nourrit, lui donne à boire. Chamelle est dans un si triste état qu'elle doit s'adosser à la paroi de marbre le temps qu'Yma prenne soin d'elle ; elle se couche dès qu'elle le peut.

Yma s'assoit sur les dalles fraîches, la main sur le garrot de Chamelle. Le Cirque est sans pitié pour les humains, et c'est pire encore pour les animaux. Une vraie saloperie.

— Un jour, je ferai en sorte que ce ne soit plus aussi dur. Je te le promets, murmure Yma.

37

Spider rêve d'embruns sur un océan lointain. De voiles qu'on secoue, de drisses qui cliquettent, de quilles qui grincent. Il se réveille en sursaut, comme s'il avait été giflé par une vague : Amasha est assise à son côté sur le matelas nu, la main posée sur son front.

— Quoi ? Hein ?

— Tout va bien. Tu te sens mieux ?

Il se redresse sur les coudes. La chambre est plongée dans l'obscurité. Le clair de lune éclaire une partie de la moquette et fait scintiller la porcelaine blanche de la salle de douche.

— Où est passée Yma ? Elle devait aller me chercher à boire.

— Elle a fait deux allers-retours, mon ami, répond Amasha avec un sourire. Elle a été plus rusée que toi. Tu as dormi… des heures. La famille est ici au complet, maintenant. En sécurité. Elk et Noor sont arrivés hier soir.

— Putain, j'y crois pas !

— Hé, l'apaise-t-ellc. Tu es en sécurité, tu vas mieux. Tes plaies cicatrisent. Tout va pour le mieux.

— Sauf pour Mahmoud.

— Oui, sauf pour lui.

Spider se laisse retomber sur le matelas, le souffle court. Il n'a plus mal à la tête et ses côtes ne le font plus souffrir. Il passe une main sur sa nuque, palpe la croûte. Elle est dure, fraîche. Plus de suintement, plus de sensation de chaleur. La nuit qui vient est grise : il lui faudra consacrer un long moment à l'inspection de l'appartement et de la cage d'ascenseur.

— Madeira, Knut et moi avons exploré une bonne moitié de la ville, soupire Amasha.

— Et ?

— Pas de trace du Sarkpont, mais Knut est surexcité. Il n'arrête pas de nous dire qu'il le sent tout proche, que nous allons le trouver dans les heures qui viennent, répond-elle en serrant la main de Spider. Tu as eu raison de nous conduire ici. Bon, écoute-moi bien. Il y a à manger pour toi dans la cuisine. Nous avons l'eau courante ici, la tuyauterie fonctionne. On se croirait dans un hôtel quatre étoiles : je peux enfin faire la vaisselle sans avoir l'odeur des récipients de Hugo sous le nez. La seule mauvaise nouvelle, c'est que la dernière traversée s'est mal terminée. La Virgule a changé. En une seconde, ajoute-t-elle en claquant des doigts. Le *Marcheur* a fait naufrage et ils ont un peu trop tiré sur la corde pour ramener Chamelle. Je ne sais pas quoi dire, Spider. Je suis désolée.

— Et Chamelle ?

— Elle se repose. Yma lui a trouvé une chambre au rez-de-chaussée. Sans lumière. On l'a nourrie et elle a bu la moitié d'un lac en rentrant.

Amasha s'éclipse et referme la porte, le regard vif, comme si Phoenix lui avait permis de se ressourcer. Étonné par ce comportement, Spider fixe un instant le battant. Puis il pose les pieds à terre et constate que le sol ne danse plus sous ses yeux. Sur ses jambes les croûtes sont brunes, sèches et bien formées : fini, le désordre affolant des chairs à vif. Il plie les genoux ; le droit est encore un peu raide, là où les écorchures se plissent. Son pied est toujours enflé, mais la peau n'est ni verdâtre, ni noirâtre, ni livide : le risque d'infection est sans doute écarté. Il s'en est bien tiré, songe-t-il, non sans surprise.

Il se dirige vers la fenêtre, examine la Virgule. En effet, elle a viré pendant la nuit au brun terne – indice d'une extrême instabilité. Il serait impossible de la retraverser à l'heure qu'il est : ni avec Chamelle ni avec le *Marcheur*. Il faut donc espérer que l'appartement puisse résister à une nuit grise. Il fait de son mieux pour ne pas regarder Dubai dont les tours resplendissent, menaçantes, à l'autre bout du désert.

Il y a des taches sur son jupon. Il va clopin-clopant dans la salle de douche, actionne la bonde et remplit la vasque d'eau. Quel spectacle fascinant que toute cette eau dans le lavabo ! Il n'a pas vu ça depuis fort longtemps. Il se frotte le menton, contemple son reflet dans le miroir tavelé. Il faudrait qu'il se rase. Mais cela peut attendre.

Il nettoie avec soin le jupon, puis soulève la bonde et s'émerveille des tourbillons qui précèdent la disparition de l'eau dans le tuyau. Luxe considérable que ces petits détails. Il tend l'oreille : quel bonheur, le vrombissement du moteur dans le local technique lorsqu'il ouvre le robinet !

De la fenêtre de la chambre lui parvient le bruit d'une conversation en contrebas. Voix masculines. Vêtu d'un simple caleçon, il se rend dans la cuisine, mange les patates douces et le pain semoule qu'Amasha a laissés sur le plan de travail. Le sac où Noor range ses armes est posé dans un coin de la pièce, grand ouvert. Il y manque une ou deux épées, si l'on peut se fier à une inspection sommaire.

Il enfile son jupon encore humide et son blouson. Il se dirige vers la salle des machines, ouvre la porte et contemple un moment les entrelacs de tuyaux, suintants, gémissants, le panneau de contrôle constellé de voyants qui clignotent. Il se penche vers la plateforme, lance un regard, à travers le filet protecteur, à l'arbre que dessinent les tuyaux – à chaque intersection, les valves sont dotées d'un volant de manœuvre peint en jaune. Ces tuyaux sont aussi épais que ceux qui courent sous la ville.

Spider retrouve la famille au complet dans le vestibule, au rez-de-chaussée. Tous s'affairent déjà. L'exploration va reprendre.

— Tu es exempté, lui annonce Forlani en enfilant son sac à dos. Profite de la journée pour te reposer.

Spider ne proteste pas. Il mettra à profit ce répit pour sécuriser l'appartement et s'occuper des armes. Il cherche et trouve la pièce où est installée Chamelle – la porte est ouverte, Yma est là, assise par terre, caressant de sa main bandée le dos de la bête, qui respire avec effort, couchée sur le flanc. Lorsqu'elle aperçoit Spider, la jeune femme se lève, visiblement sur la défensive. Elle semble ne pas s'être changée depuis trois jours. Sa salopette est tachée de sang ; elle lance à Spider un regard rempli d'un abject remords.

Les lèvres de Chamelle sont sèches, noircies ; ses bosses ratatinées. On l'a lavée à grande eau et son poil est encore strié de noir.

— Qu'est-ce qui cloche ?

— Aucune idée. Je suis restée toute la nuit avec elle. Il me semble que ça va un peu mieux ce matin. On t'a dit ce qui s'était passé ?

— Avec le *Marcheur* ? Ouais, bien sûr.

Sans prendre garde à la douleur qui pointe encore sous ses nombreuses plaies, Spider s'accroupit près de Chamelle et lui pose la main sur le flanc. Elle respire difficilement. Dans ses missions d'Éclaireur sur Terre, il s'est inexplicablement amouraché d'un ou plusieurs chameaux, à la grande perplexité de ses familles humaines, et a accumulé au fil du temps une expertise poussée sur ces animaux.

— C'est la faute de tes gènes, ma fille. Le seigneur t'a accordé des estomacs en trop grand nombre.

Chamelle ouvre un œil las, constate sa présence ; Spider lui gratte le front.

— Je te le dis, c'est ça : trop d'estomacs. Tu fais de l'aérophagie. T'aurais pas mangé trop de luzerne, toi, non ? Hier, en traversant le désert ?

Chamelle lui répond d'un soupir doux et plaintif. Pourvu qu'il ait raison. Pourvu que ce ventre gonflé ne soit pas dû à la déshydratation ou à l'extrême fatigue – elle a été poussée au-delà de ses limites la veille –, mais à ce qu'elle a mangé. L'aérophagie, ce n'est pas grave ; il peut la guérir.

Une fois que les autres sont partis, il a l'heureuse surprise de trouver dans la cuisine de l'appartement un gros bidon d'huile d'olive et une seringue à sauce gisant dans un tiroir plein de toiles d'araignées.

Un ustensile ridicule, mais bien utile en l'occurrence. Spider redescend en boitillant les étages pour retrouver Chamelle dans le vestibule, le menton posé sur le sol de marbre, les yeux fermés.

— Hé, ma fille, on va te requinquer, pas vrai ? Allez, c'est parti.

Il remplit la seringue d'huile, en fait sortir une perle minuscule sur sa paume puis, s'étant rassuré sur le bon fonctionnement de l'ustensile, retrousse un coin de la lèvre caoutchouteuse de Chamelle, exposant ses immenses incisives. Sa bouche est si solide, si résistante ! Il a vu la bête manger des chaises en osier juste parce qu'elle s'ennuyait ; ou des cactus, le tout sans broncher. C'est seulement lorsqu'il essaie d'écarter sa mâchoire pour que la seringue puisse passer qu'elle réagit enfin.

— Du calme, du calme…

Elle grommelle et gigote, mais il lui immobilise la tête d'une main de fer et pousse le bec de la seringue entre ses dents ; l'huile d'olive est injectée directement dans sa gorge. Elle soulève la tête, essaie de se lever ; il craint un instant qu'elle ne lui recrache tout à la figure. Mais, d'un bras passé autour de l'encolure, il la contraint à l'immobilité jusqu'à ce que la seringue soit vide. Trop fatiguée pour continuer à se débattre, Chamelle finit par ingurgiter son litre d'huile. *Demain matin, dans le vestibule, on va nager dans la merde de chameau*, se dit Spider. Et ce ne sera pas le crottin sec dont la famille se sert de temps en temps pour les feux de camp. Ce n'est pas grave : il y a un robinet à proximité, il pourra nettoyer.

Il administre la quatrième et dernière dose, puis maintient fermée la bouche de la bête, lui massant le cou pour l'aider à avaler. Après quoi elle se passe la langue sur le museau et secoue la tête, nerveuse.

— Voilà, très bien, très bien, murmure-t-il.

Elle finit par sombrer dans un demi-sommeil, la tête posée sur les jambes nues de Spider, l'estomac grommelant doucement – un tonnerre lointain. Il se couche de tout son long sur le marbre frais et ferme les yeux. Son imagination lui joue-t-elle des tours, ou perçoit-il une odeur de poisson ? Et de varech, et d'eau salée ? Plongé dans son rêve, il se rend compte que ce n'est pas la première fois qu'il sent la mer depuis qu'il est à Phoenix. La possibilité que l'océan soit proche a déjà flotté aux confins de son esprit – la sensation que donnent le ressac lointain, le sel sur le visage.

En plein désert, n'est-ce pas complètement fou ? Il ouvre les yeux et regarde la porte. Avant la fin de la journée, il va falloir la renforcer. Chamelle mérite d'être aussi bien protégée que le reste de la famille.

38

— Elk, lui demande un peu plus tard Yma, tu penses que nous serons en sécurité dans l'appartement cette nuit ?

Il ne répond pas immédiatement, continue à marcher tout en mangeant un bout de pain. On leur a confié le secteur nord-ouest de Phoenix, une zone broussailleuse où les immeubles sont rares et les parkings envahis par les mauvaises herbes. Il porte un baluchon plein de provisions et, de temps à autre, en tire un morceau de pain semoule qu'il partage avec Yma.

Il n'a peut-être pas entendu, songe-t-elle.

— Elk ?

— Je réfléchis.

— Ça fait bien deux minutes que tu réfléchis. La réponse ne te plaît pas ?

— Ce n'est pas du tout ça, réplique-t-il sur un ton neutre. Je ne connais pas la réponse. Je ne vois pas trop quoi faire, si ce n'est attendre de voir. Le fait est que je me fie pas mal à Spider. C'est un escarmoucheur, ce garçon ; il n'est pas sot. Loin de là.

Il lui tend un nouveau morceau de pain et ils continuent leur exploration, remontant une rue bordée de commerces, la première dans ce quartier. Ils s'arrêtent devant une station-service sur le toit de laquelle trône un véhicule militaire tout-terrain, ainsi qu'un Pégase rouge. C'est le logo d'une marque d'essence dont Yma se souvient vaguement. Elle est peut-être passée par là avec Knut, mais quand ? Et où allaient-ils ? Mystère. Elk essaie d'ouvrir ; la porte de la station ne résiste pas. À voir les traces dans la poussière qui jonche le sol, ils ne sont pas les premiers visiteurs. Les réfrigérateurs sont vides ; les lumières éteintes. Sur l'étagère des confiseries, même constat.

— C'est un rectangle, réfléchit Elk à haute voix, en passant la tête dans l'embrasure d'une autre porte, derrière le comptoir. C'est un rectangle, et nous sommes dans le coin nord-ouest, mais il n'y a ni étang ni bassin.

— Il y a un évier, dit Yma. Knut a dit que le terme de *piscina* ne désigne pas que le bassin dans l'architecture chrétienne. Ça recouvre n'importe quelle source d'eau, vasque ou tuyau, qui puisse servir aux sacrements.

Elk rejette sa chevelure grise en arrière et sourit, tout en balayant la station-service du regard.

— Tu ne vas tout de même pas me dire que c'est un lieu de culte, ici !

Et, tandis que le jour s'effiloche, en marchant ils parlent de religion. Pour Yma Fitzroy-Hughes, il n'y a eu que l'Église anglicane. Quant à McKenzie Strathie, ses amis coréens faisaient des chrétiens plus pieux que les gens de sa propre famille, qui auraient voulu aller deux ou trois fois par mois à l'église mais y parvenaient rarement. McKenzie a été confirmée, elle communiait, mais sans y accorder une grande importance. Il y avait ses centres d'intérêt scientifiques d'un côté, et la religion de l'autre ; les deux ne se rencontraient jamais. Chaque fois qu'elle a cherché à réconcilier ces deux aspects, elle a échoué.

— J'ai été un de ces terribles socialistes qui combattent systématiquement les pouvoirs en place : je suis logiquement devenu Anstrêve, lui raconte Elk.

— Anstrêve ? Jamais entendu parler de ça.

— Ça ne m'étonne pas. C'est un retour au paganisme. Très populaire à l'époque où j'étais sur Terre. Tout comme Iron Maiden et les gilets de cuir.

Son cynisme fait tiquer Yma.

— Tu n'y crois plus ?

Il s'immobilise en pleine chaussée, ouvre les bras en désignant la rue, la ville, le désert tout entier.

— Comment veux-tu que je puisse encore y croire ?

— Mais nous, ce que nous croyons, c'est que nous allons finir par trouver une réponse, non ? Nous allons comprendre pourquoi les Djinnis sont ce qu'ils sont, et pourquoi nous avons été sélectionnés. Tu ne penses pas ?

Elk ne répond pas immédiatement. Puis il secoue la tête, les larmes aux yeux.

— Ma chère enfant ! Tout ce en quoi nous avons cru sur Terre, tous nos dieux, quels qu'ils soient, nous ont conduits ici. Nous ont conduits à ça. Nous avions tous le même but. Seules les routes étaient différentes.

Yma croise les bras, les mains sous ses aisselles, s'étreignant elle-même. Des chemins qui mènent tous au même endroit.

Peut-être. Peut-être qu'il a raison.

Le pansement qu'a refait Forlani hier soir est plus épais. Il lui a expliqué que l'hémorragie avait duré plus longtemps, que la plaie s'était agrandie. Il a essayé de la nettoyer mais la douleur était atroce ; Yma a dormi avec Chamelle. Elle ne voulait pas rester dans l'appartement, empêcher les autres de trouver le sommeil.

— Sans doute. Ce qui incroyable, c'est que nous croyons tous à quelque chose. Et que certains sont prêts à tuer ceux qui ne suivent pas le chemin qu'ils ont choisi. Si tant est que nous ayons vraiment le même but.

— Oh, mais c'est bien le cas, mon enfant, crois-moi. C'est bien le cas.

Ils marchent encore une bonne heure, passent devant des villas au crépi écaillé, des tours d'habitation, des magasins d'ameublement, inspectant les lieux à l'aide de leur boussole rudimentaire. Ils passent sous des feux de signalisation solitaires qui se balancent paresseusement au-dessus des chaussées en grinçant. Ils parviennent au campus et Yma s'y attarde, à la recherche de l'endroit où McKenzie Strathie est morte. Mais, dans sa perversité, le Cirque lui refuse ce plaisir. Bien que l'université ressemble à son souvenir, avec ses longues bâtisses aux murs d'adobe, ses avenues interminables, la rue en question a disparu.

Lorsque le soleil leur indique que la journée touche à sa fin, ils retournent d'un pas lent à l'appartement, recrus de fatigue, épuisés par leur quête et ses fausses pistes. Les autres sont déjà là. Des rires résonnent, venant de la terrasse sur laquelle scintille une piscine avec vue sur la ville, pleine d'une eau cristalline, bleue dans la lumière déclinante.

Yma n'en croit pas ses yeux : de l'eau, fraîche et limpide, pour clore une journée exténuante ; la famille réunie devant la baie, ébahie, et Spider sur la terrasse, sourire aux lèvres, satisfait de sa petite surprise.

— Je veux nager ! déclare Cairo en se débarrassant de son tee-shirt décoloré par le désert. Je plonge !

— Moi aussi, renchérit Splendour.

— Oh putain ! glousse Knut, en passant ses mains dans sa crête. Poussez-vous, les amis, je vais faire une bombe !

Le soleil est sur le point de se coucher, mais ils se retrouvent tous dans la piscine ; les gouttelettes jaillissent dans les dernières lueurs du soir. Hurlements de joie, rires. Il y a au milieu du bassin un palmier auquel les petits se cramponnent. En prenant soin de ne pas arracher ses pansements, Yma se débarrasse avec peine de sa salopette, qu'elle n'a pas ôtée depuis deux jours, et saute dans l'eau vêtue de son slip et d'un tee-shirt. Madeira l'imite, de même que Tita Lily, tandis que Forlani enlève son jean et, sans honte aucune, fait bouger sous l'eau ses membres fragiles et difformes.

Le sari d'Amasha épouse ses formes et Elk s'efforce de ne pas la regarder. Même Noor, qui porte sur les cloques de son abdomen un des cataplasmes de Forlani, se dépouille de son short et descend dans la piscine en boxer, de l'eau jusqu'à l'aine.

— Ah, ça, murmure-t-il en rejetant sa noire chevelure en arrière, c'est le bonheur absolu !

Et il décoche à Spider un sourire d'une éblouissante blancheur, les joues étoilées de gouttelettes.

Hugo ne se baigne pas et finit par suivre Elk dans la cuisine pendant que Spider, couché sur une chaise longue, contemple, heureux, les Sensitive. Entre eux, une minuscule absence se faufile, comme un fantôme : Mahmoud. Ils ont beau feindre la plus grande joie, ils ne peuvent effacer sa trace.

Spider finit par se lasser du spectacle. Il se lève, se penche au-dessus de la rambarde, la longe d'un pas nonchalant en s'arrêtant de temps en temps pour inspecter la façade en contrebas.

De la piscine, Yma le suit du regard. Au bout d'un moment elle sort, attrape une serviette et le rejoint.

— À quoi tu penses ?

— À rien.

Mais, scrutant le flanc de l'immeuble, elle comprend ce qui intéresse son compagnon. Comme à Dubai, les appartements des trois derniers étages sont pourvus de triple vitrage.

— Ils sont absolument incapables de monter jusque-là.

Spider fixe l'horizon. Comme s'il y avait là une source d'irritation.

— Spider ?

— Si nous nous sommes trompés, c'est cette nuit que nous le saurons. Tu as pensé à ça ?

— Je n'ai pensé qu'à ça.

Et c'est pourquoi, après un repas de pain semoule et de steaks au fromage, lorsque les enfants sont couchés dans une pièce au centre de l'appartement, loin des façades, les adultes ferment les fenêtres et se rassemblent dans le grand salon, toutes lumières éteintes. Chacun a une arme à portée de la main. Impossible de ne pas regarder par la baie vitrée la nuit vibrante, les rideaux d'étoiles déployés là-haut, au-dessus de leur tête, et leurs reflets dansant à la surface de la piscine. Quant aux bruits, les vitres sont si épaisses qu'ils ne filtrent pas dans l'appartement.

— Comment être certains qu'ils ne pourront pas escalader l'immeuble ? s'enquiert Noor en aiguisant la lame de son épée. Tu nous le garantis, Spider ?

— J'ai passé la journée à m'en assurer, répond l'intéressé en haussant les épaules. Ils ne peuvent pas monter jusqu'ici. Et même s'ils arrivaient sur la terrasse, ils ne pourraient pas casser les vitres. Le verre est renforcé, comme à Dubai. Et puis il y a déjà eu du monde ici. Ça se voit.

— Ils ne sont pas restés longtemps.

— Peut-être parce que le Sarkpont est dans la ville et que les gens ne s'y sont pas éternisés.

Le silence s'installe. Ils ont tous exploré des quartiers entiers de Phoenix, sans résultat jusqu'ici.

— D'ailleurs, euh…

Hugo, qui n'a rien dit de la soirée, se penche vers les autres.

— J'ai quelque chose à vous dire. Je peux, Knut ?

Il tend la main vers la carte que Knut a laissée à plat sur la table.

— Bien sûr.

Knut sort quelques bouts de charbon de son sac et les tend à Hugo, qui se lève et trace sous les quartiers est de la ville une longue ligne.

— Qu'est-ce que c'est ? demande Noor.

— La Chicane.

Tous les regards se tournent vers lui.

— La Chicane ! s'exclame Noor, qui s'est avancé vers la carte. Mais cela veut dire que…

D'un grand geste de la main, il indique la localisation de l'autre Chicane, tout autour de la ville.

— Non, tout ce qui se trouve de ce point, dit Hugo en montrant par la fenêtre un immeuble noir et gris de trois étages, jusqu'à une station-service à l'extrême ouest de la ville, c'est de la Chicane.

Sur la carte, aux confins de la cité, Knut a dessiné un immeuble en forme de losange. Yma regarde le plan. Dans la pénombre, elle a du mal à comprendre ce qu'elle a sous les yeux.

— Hugo, tu es en train de nous dire qu'il y aurait un tout petit trou dans la Chicane ?

— Tout juste, Yma. Un kilomètre, pas plus.

— Nous avons exploré la partie ouest, intervient Amasha, et nous sommes tombés sur la Chicane que nous avions repérée dès les deux premières semaines. C'est donc une autre frontière. Après cela, nous sommes allés sur la Virgule récupérer quelques provisions.

— Quelqu'un est allé au nord-ouest ?

— Oui, nous, dit Yma. On n'a rien vu de spécial. Pas de Chicane. Juste des rues et des constructions normales.

— Vous êtes allés jusqu'aux limites de la ville ?

— Pas tout à fait.

Nouveau silence tandis qu'ils étudient tous la carte. Spider et Noor se postent devant la baie, les yeux sur l'immeuble de bureaux et la rue qui le longe. Lorsque Yma les rejoint, elle a du mal à croire que rien de tout cela n'est réel. Les détails sont si nets, si bien rendus : la patine du temps, les vitres brisées, au loin les montagnes.

— C'est vraiment un décor ? chuchote-t-elle.

— Oui, désolé, soupire Hugo.

— Alors, poursuit Noor, c'est que la ville est une passerelle. Il doit y avoir au nord-ouest une section du Cirque qui nous est complètement inconnue. Demain, on devrait…

Avant qu'il puisse finir, Spider l'agrippe par le bras, l'écarte brutalement de la baie vitrée et le pousse vers le canapé.

— Tout le monde à terre. Elk, vite, éteins la lumière dans le couloir.

Spider empoigne son épée et se campe, accroupi, devant la fenêtre.

Et tous l'imitent aussitôt, chacun surveillant une portion de la baie panoramique, le dos tourné aux autres.

— Tu les as vus ? siffle Yma tout bas. Où ça ?

Pour la première fois de la journée, elle ne sent plus sa blessure.

— Ils viennent de quitter Dubai.

Tous respirent par à-coups, sur le qui-vive, guettant le moindre son, cherchant à le localiser. Le sang bat dans les oreilles d'Yma ; il lui faut exercer toute sa volonté pour ralentir son rythme cardiaque et pouvoir écouter à nouveau le silence.

Le temps passe. Puis viennent les cris distants, les jacassements indistincts qu'ils connaissent si bien. C'est encore loin. Le silence revient dans le salon ; les Sensitive se contentent d'échanger des regards.

Un tintement de verre brisé. Sous leurs pieds – au rez-de-chaussée, peut-être ? –, un vacarme monte le long de la cage d'ascenseur.

— Putain, saloperies, si vous touchez à Chamelle, je vous boufferai le crâne, gronde Spider.

— Chut, souffle Noor. Tendez l'oreille. Ils sont dans la cage, non ?

Ils se retournent tous vers les portes de l'ascenseur, entrouvertes sur la cabine coincée à l'étage inférieur. Ce qui n'étouffe aucun bruit : les grattements, le bavardage infernal des Djinnis, les reniflements, les tâtonnements. Comme s'ils se trouvaient juste sous la cabine, essayaient de la soulever. Le sang se glace dans les veines d'Yma, soudain baignée de transpiration. Elle ne s'est jamais abandonnée à imaginer la fin : en cet instant, pourtant, elle ne peut pas s'en empêcher. Les visions l'envahissent, la prennent à la gorge, l'empêchant presque de respirer.

— Prenons-nous par les mains, chuchote Amasha. Prenons-nous par les mains et prions.

Elle rassemble la famille en un cercle plus étroit ; chacun tend une main à son voisin et garde l'autre sur l'arme de son choix.

— Ha'shem, entonne Amasha, souviens-toi de nous. Mardy, dieux de l'Orient et de l'Occident, dieux de toutes les croyances, entendez nos voix. Souvenez-vous de nous, souvenez-vous de Mahmoud et bénissez-le…

Et chacun marmonne ce qu'il ose de la prière, la larme à l'œil, la voix étranglée. Soudain, sans plus de cérémonie, un bruit léger résonne dans la cage d'ascenseur, comme si quelque chose avait dégringolé tout du long ; suit un gémissement étouffé, puis le silence, troublé seulement par le cliquetis métallique d'un panneau au-dessus de la chaussée.

Le silence dure presque cinq minutes. Spider se lève et s'approche de la baie à pas de loup, l'épée tendue à 45 degrés. Il se plaque à la vitre puis se retourne.

— Alors ? siffle Noor.

Spider secoue la tête au bout d'un instant.

Lentement, les autres se relèvent tour à tour, haletants, puis s'agenouillent, soulagés.

— Vous croyez que les enfants ont entendu ? demande Spider.

Amasha ouvre de grands yeux de chouette.

— Tu ne penses pas que nous nous en serions rendu compte ?

Yma exhale longuement et regarde ses pieds nus – elle ne s'est pas rechaussée en sortant de la piscine. Elle est envahie par le brusque désir de prendre cette douche qu'elle s'était promise. Se mêle à cette envie un sentiment de nostalgie pour sa vie sur Terre, pour India. Elle donnerait tant pour revoir India. Elle veut redevenir McKenzie Strathie, n'avoir sur le dos que deux frères un peu cinglés.

— On s'organise comment pour la nuit ? demande Elk.

— On fait des tours de garde, répond Noor. À deux. Il y a un minuteur sur la cuisinière. Vous l'avez vu ?

— Deux heures par équipe ? enchaîne Spider. Je peux en faire un peu plus si nécessaire. J'ai passé ces trois derniers jours à dormir. Un peu d'action ne me fera pas de mal.

Une fois les paires constituées, Yma recouvre son pansement d'un sac en plastique et se dirige enfin vers la salle de douche. L'eau est tiède. Elle l'entend remonter dans la tuyauterie depuis le rez-de-chaussée. Et c'est de l'eau douce, sans un gramme de sel. Il y a du savon liquide sur l'étagère. Elle se lave les cheveux, les pieds, les aisselles, le visage dans cette eau qui coule sans jamais s'arrêter – elle ne s'est jamais sentie plus heureuse.

Puis il faut se rhabiller : pantalon de jogging, brassière de sport dans laquelle elle glisse ses deux cristaux. Elle se couche sur le lit, essaie de fermer l'œil. Dans quatre heures, elle doit monter la garde, elle a besoin de ce sommeil. Surtout après l'horrible nuit de la veille. Mais le bruit de la cage d'ascenseur l'empêche de dormir.

Knut et elle étant les seuls Éclaireurs à avoir visité Phoenix, ils ont un poids supplémentaire sur les épaules. Il y a dans la ville quelque chose qui leur donnera la clé. Quelque chose qui explique le rétrécissement de la Chicane mais qui, pour l'heure, lui échappe.

Couchée dans le noir, les yeux écarquillés, elle se repasse le film de leur visite, en commençant par l'accident, pour ensuite remonter dans le temps. La grande avenue de l'hôpital, l'université, le…

Le film s'interrompt brusquement.

Le beau gosse en chemise à fleurs des années 1970, qu'elle trouvait anachronique. Que racontait-il, déjà ? « Tu ne sais pas où vont les souterrains de l'ASU ? »

Des souterrains ? Dans son cerveau dansent les mots « souterrains de l'ASU », « Clusterfest ». Elle a horreur des souterrains, ne supporte pas d'être privée de son lien vital avec le ciel. Elle perdrait ses repères, son chemin. Elle continue à réfléchir, se couche sur le côté droit, en posant la main gauche bien à plat sur le matelas. Elle repense au temple hindou. À la conversation avec Elk sur les religions. Tout le monde cherche la même chose, mais les voies sont différentes. Où qu'ils se trouvent, les lieux de culte ont toujours un sens. Un temple hindou dans une ville chrétienne.

Bharatiya Ekta, songe-t-elle en sombrant enfin dans le sommeil. *C'est là qu'on ira demain matin.*

39

Le matin survient dans une explosion de lumière, comme si la famille venait de naître au monde. *Comment avons-nous pu tenir dans cet immeuble toute une nuit ?* se demande Spider. Et pourtant. Lorsque les rayons du soleil atteignent le plafond de sa chambre, il se lève, inspecte la porte d'entrée doublement renforcée et finit par l'ouvrir.

La cage d'escalier n'a probablement pas été visitée : rien n'a changé depuis la veille, aucun dégât, aucun débris. Il descend un étage, inspecte le dessous de la cabine, coincée entre les deux niveaux. Le métal est éraflé ; Spider sait qu'il pourrait insérer dans ces fentes le clou qu'il a fabriqué à la Hutte. Il continue jusqu'au rez-de-chaussée pour voir comment va Chamelle. Les plaies de ses jambes, en voie de cicatrisation, lui font moins mal qu'il y a deux jours. Le cadenas sur la porte de Chamelle est intact. Il passe la tête dans l'entrebâillement : elle est couchée dans un coin de la pièce, ses bosses pathétiquement effondrées, des filets de crottin écumeux disséminés sur le sol. Et son ventre tressaute et gargouille encore.

— Ça a marché ?

Elle lève vers lui un regard plus vif que la veille, grommelle et mâchonne pour retrouver un peu d'allant.

— Putain, tu m'as vraiment foutu la trouille, hier ! C'est pas permis, ça !

La famille se rassemble bientôt sur le parvis. Certains se sont emmitouflés dans leurs couvertures, d'autres tiennent à deux mains des tasses de maté fumant. Yma est jambes nues, comme si elle venait de sortir du sommeil. Noor porte à l'épaule son sac d'armes.

Sans un mot, Elk tend à Spider un sandwich, deux tranches de pain chaud fourrées d'un ragoût au fumet âcre et sucré. Spider l'avale avidement, tout en surveillant Chamelle du coin de l'œil. S'est-elle remise à manger ? Oui, victoire ! Et, lorsque le maté et la viande se propagent dans son organisme, il recouvre toute sa vigueur. Il lui tarde de passer à l'action.

— Où est-elle, cette Chicane ?

Hugo tend la main vers la chaussée.

— Tu vois ce panneau ? Regarde bien, il est un peu flou sur le côté. C'est là que ça commence.

— Très bien. Bon, qu'est-ce qu'on fait ?

— Nous n'avons pas le choix : c'est direction nord-ouest, intervient Noor. Notre objectif, c'est le temple hindou que Knut et Yma ont visité à Phoenix. Le Bharatiya Ekta.

— Pourquoi ça ?

Yma hausse les épaules.

— Quand nous étions sur Terre, ça nous a paru important. C'est peut-être vraiment le cas.

Spider avale sa bouchée.

— Ça t'ennuie de me montrer ta carte ? demande-t-il à Knut, dubitatif, le sandwich à la main.

Il médite un instant devant le plan.

Peut-être que l'horizon ne sombre pas doucement au nord, mais qu'il se replie sur lui-même, comme si, au niveau de Phoenix, le Cirque se rétrécissait en une péninsule longue de plusieurs centaines de clics et dissimulée par la Chicane. Il n'est sûr de rien mais, le maté courant dans ses veines, il sait que la seule manière d'en savoir plus est d'aller voir.

Enfin nourris et prêts pour l'exploration, munis chacun d'une ou deux armes, les Sensitive repartent à la découverte de la ville abandonnée. Dans leur dos, le soleil darde ses aiguilles entre les immeubles ; devant eux les rues, lentement, ôtent leurs vêtements de nuit. La famille traverse, dans la fraîcheur du matin, le quartier que Spider a visité seul lors de sa première expédition.

La matinée s'éternise. Ils s'arrêtent devant une église. Elk soupire, pose les montants de la charrette.

— Les amis, on fait une pause. Il faut manger.

La bâtisse est immense, les vitraux brisés, les murs noircis. Elk se penche à la porte et passe la tête dans l'embrasure.

— C'est ce qu'il nous faut.

Ils s'y introduisent les uns après les autres. Des bancs s'alignent, pourrissants, sous une voûte incroyablement haute. Le Jésus crucifié qui surplombe l'autel a perdu sa tête de plâtre. Tandis qu'Elk sert à manger, Cairo la déniche derrière un banc. Et c'est avec cet objet verdâtre et fendillé qu'il entame une partie de football, l'envoyant rouler sur les dalles de la nef.

Ce qui a le don de faire enrager Amasha.

— Dis donc, toi ! Ce n'est pourtant pas faute de t'avoir enseigné la politesse !

Elle l'attrape par le col de son blouson et lui donne une tape sur le crâne.

— Tu t'amuserais de la même manière avec la tête de Mahomet ? Je ne te conseille pas de me défier sur ce point, jeune homme.

Le garçon la fusille du regard avant de se tourner, boudeur, vers les autres adultes, en quête d'un soutien. Mais leur réprobation est unanime.

Derrière Spider, Chamelle laisse échapper un long gémissement. Il se retourne, surpris. Elle essaie de se coucher.

— Non, non, ma fille. Pas maintenant. Allez, debout.

Rien pourtant ne la détourne de son projet. Elle ploie les genoux.

— Que se passe-t-il ? s'enquiert Yma.

— Je ne sais pas, répond Spider, le bras passé autour du col de Chamelle pour la retenir. Elle est peut-être déshydratée. Tu as soif, ma fille ? Il faut dire que cette nuit tu as décroché la médaille d'or du plus gros crottin. C'est ça qui ne va pas ? Allez, on va te trouver de l'eau.

Les Sensitive vident leur gourdes pour Chamelle, qui avale le tout en une minute. Cela ne suffit pas. À une cinquantaine de mètres de l'église s'étend une longue allée de citronniers et d'orangers. C'est signe, Spider le sait depuis sa dernière visite, qu'un tuyau d'irrigation passe sous terre.

— Noor, tu vois ces arbres ? Il y a un système d'irrigation juste en dessous. Creuse, tu vas trouver de l'eau, annonce Spider en tendant une pioche à son compagnon.

Lequel s'en empare et commence à creuser, avec l'aide d'Elk. Mais, lorsque Spider, qui a réussi à relever Chamelle, la conduit vers les deux hommes, il se rend compte que la terre est sèche.

— Il faut fendre le tuyau, conseille-t-il à Noor. File-lui un bon coup de talon. Attends.

Il place la longe de Chamelle dans les mains de Noor et flanque un coup de pied à la canalisation. Le plastique se fend, mais n'en suinte qu'un infime filet d'eau. Spider l'examine puis lève les yeux vers les frondaisons luxuriantes des arbres, les feuilles fermes, vertes, luisantes.

— Bizarre.

Il reprend la longe.

— Filez-moi vos gourdes et deux ou trois sacs à dos. Je vais retourner en vitesse à l'appartement avec Chamelle, refaire nos réserves et on vous retrouve ici dans une demi-heure. On va la remettre sur pied, cette bonne fille, hein ?

Il caresse le museau de Chamelle.

— Allez, viens te faire du bien, ma grande.

Bientôt Spider, chargé de sacs et de poches à eau vides, repart de son côté tandis que la famille se divise en plusieurs groupes pour une nouvelle exploration. Spider marche d'un pas lent et régulier, sans forcer Chamelle, dont l'état l'inquiète. Plus ils avancent, plus elle rechigne, et plus le cœur de son maître se serre. Tandis qu'ils s'engagent dans l'avenue qui conduit à l'appartement, il prend conscience de la gravité de la situation.

— Ma fille.

Sur le parvis, il lui masse longuement la toison.

— Allez, ma fille. On y est presque.

Il la reconduit dans la pièce où elle a passé la nuit, pose son baquet sous le robinet, qu'il ouvre d'un coup sec. Le tuyau sursaute, crachote quelques gouttes d'eau puis s'immobilise.

Spider hausse les sourcils, s'accroupit et vérifie les joints. Non : tout est en bon état. C'est juste que l'eau n'arrive plus au robinet. Il se redresse, perplexe. Le doux vrombissement de l'immense pompe du dernier étage résonne toujours dans l'immeuble. C'est donc qu'une valve s'est bouchée. Ou peut-être une panne électrique. Ce qui expliquerait que le système d'irrigation soit provisoirement à sec.

— Bon, tu restes ici, toi, soupire-t-il. Couche-toi, si tu veux, mais on repartira dès que possible. Qu'est-ce que tu préfères ?

Elle le regarde en battant des cils, puis baisse la tête. Il dépose un baiser sur son crâne, entre ses oreilles pelées, lui caresse le cou et s'élance dans l'escalier, qu'il grimpe quatre à quatre d'un pas souple. Parvenu à l'avant-dernier étage, il ralentit d'instinct.

Il s'immobilise sur le palier et lève les yeux, envahi par la chair de poule.

Il s'est passé quelque chose. Les portes de l'ascenseur sont ouvertes.

Il déglutit silencieusement et se plaque contre le mur. Lorsqu'ils sont partis, les portes étaient fermées. Ils s'en sont assurés plusieurs fois. À présent, par-dessus les battements sonores de son cœur, il entend un bruit. Un bruit qui vient de la cabine. Un grattement sourd qui le transperce d'un frisson glacial.

40

Yma pense encore aux souterrains, à leur signification. Tandis qu'ils attendent le retour de Spider, elle passe la main sous ses seins, palpe les cristaux, nodules jumeaux, se rassure à leur contact. Elle les a découverts dans la deuxième ville qu'ils ont explorée après être sortis du café de Mardy. Ils n'étaient en quête d'un refuge que depuis quarante-huit heures et Forlani ne s'était pas encore improvisé homme-médecine. Ils s'étaient tous si facilement, si naturellement trouvé un rôle dans la famille que cela déclenchait leur hilarité, à l'époque où cette curieuse chance d'une vie après la mort les remplissait encore d'une joie vertigineuse. À l'époque où ils se caressaient le visage les uns les autres, se contemplaient dans les yeux de leurs compagnons, stupéfaits et reconnaissants d'avoir les autres pour miroir.

Mardy leur avait dit qu'ils avaient eu de la chance d'avoir été choisis. Elle avait croisé les bras sur son opulente poitrine et les avait observés avec circonspection.

— Vu la vitesse à laquelle votre espèce se reproduit, on a dû faire le tri. Il faut savoir se montrer sélectif. Ça date d'un bon siècle : une mesure de précaution, si vous voulez. Après deux guerres mondiales et quelques génocidaires fous, nous pensions que vous alliez devenir un peu plus raisonnables, que vous comprendriez le mal que vous faites à la planète qui vous a été confiée, que vous vous décideriez enfin à ne pas vous en considérer comme les seuls propriétaires…

— Sauf que…, l'avait interrompue Yma en secouant tristement la tête.

Et Mardy était partie d'un grand rire de gorge, un rire de fumeuse.

— Sauf que la nature humaine s'est manifestée sous son jour le plus effroyable. Les plus gourmands ont inventé de nouveaux engins pour parcourir le monde, sur terre et par les airs. Et puis il y a ce défaut si courant qui est le vôtre, avides et égoïstes que vous êtes : la reproduction. Faire des gosses. Des copies de vous-mêmes, aussi inconsistants, aussi narcissiques, aussi paresseux que vous. C'était votre droit, pensiez-vous. Croître et vous multiplier. Et maintenant, vous êtes bien trop nombreux pour pouvoir accéder tous au Cirque. Il faut faire de la place, il faut accélérer le passage, faute de quoi nous ne pouvons pas faire entrer de nouveaux morts. Ils sont là, avait-elle poursuivi en faisant tourner un bras au-dessus de sa tête, ils attendent le bon moment, dans une immense cabine qui tourne comme un tambour de sèche-linge, le genre de machine avec laquelle vous polluez l'air et l'eau, avec laquelle vous consommez de l'énergie sans raison, sans vous servir du soleil qu'on vous a donné. Tous les jours, il arrive ici des milliers d'âmes supplémentaires.

Et les paroles de Mardy avaient suivi Yma dans le désert. Elle avait pensé aux êtres humains, qui mangent de la viande et qui, s'ils sont menacés par un animal – requin, moustique, tigre –, le mettent promptement à mort. Réaction injuste. Et pourquoi les religions monothéistes enseignent-elles la mise à sac de la Terre ?

Avant de parvenir à Ghat, au cinquième jour, ils avaient déjà contracté quelques habitudes. Elk se préoccupait des vivres ; Yma, le soir, regardait les étoiles pour déterminer leur trajectoire ; Knut dessinait tout ce qu'il voyait. Tita Lily s'occupait déjà des vêtements et des chaussures. Noor et Spider, accroupis, fabriquaient des armes avec tout ce qui leur tombait sous la main. Forlani, lui, s'était mis à guetter les symptômes de déshydratation.

— J'aimerais bien que vous avaliez un peu de sodium, leur répétait-il tous les soirs en leur distribuant des cristaux de sel.

Il les ramassait partout sur le chemin, comme ses plantes médicinales. Plus tard, il élaborerait des onguents, des solutions d'iode – la pharmacopée complète du médecin.

— Un tout petit peu, mais c'est indispensable, parce que vous en perdez beaucoup par la transpiration. Il faut le remplacer.

Ainsi croquaient-ils ses grains de sel, si secs après avoir passé la journée dans la fournaise ; ils avalaient une bonne gorgée d'eau et certains même recrachaient le tout, tant le goût était infect.

Puis était venu ce jour, à Ghat, où Yma avait trouvé son sodium à elle. Deux cristaux, sur un rebord de fenêtre, dans une échoppe où l'on avait dû vendre autrefois des dattes et des figues – ce qu'elle avait déduit à cause de l'odeur de levure sucrée et des noyaux qui jonchaient le sol. Elle avait pris l'habitude de lécher le sel partout où elle en voyait, afin de ne pas avoir à se coucher avec sur la langue le goût du grain distribué par Forlani. Mais les cristaux de Ghat étaient sans saveur ; après les avoir de nouveau léchés, elle avait compris que ce n'était pas du sel.

Elle a gardé les deux petits cailloux ; c'est le seul secret qu'elle ait jamais eu pour la famille. Les Futatsus n'en savent toujours rien, Noor non plus. Il serait encore plus déçu que les autres.

Un bruit derrière elle la fait se retourner, et ses compagnons l'imitent. Muet, Spider les rejoint, sans Chamelle.

— Génial ! dit Knut, la mine réjouie. De l'eau, enfin ! J'ai la gorge sèche.

Mais Spider a les mains vides et son expression ne présage rien de bon.

— Oh, vieux, ça ne va pas ?

Spider s'immobilise à quelques pas, la respiration sifflante.

— Putain, il y a un problème ?

— Oui, avec l'ascenseur.

— C'est-à-dire ? demande Noor.

Tous les regards se tournent vers Spider.

Noor courbe les épaules et, d'un geste du menton, désigne l'église. Amasha vient d'en sortir avec les deux enfants, dont les visages se sont épanouis à la vue de Spider : il a dû rapporter de l'eau !

— On va commencer par faire bien attention à ce qu'on dit, compris ?

Tous regardent les petits. Yma sent des larmes de peur lui monter aux yeux. Les cristaux jumeaux sont pressés contre ses seins.

— Ensuite, on monte voir.

Knut ramasse le sac où il garde ses couteaux. Noor empoigne son épée.

Amasha, à qui la panique ambiante n'a pas échappé, fait faire demi-tour aux enfants.

— Mais que je suis bête ! J'ai complètement oublié. Je voulais vous poser une autre question.

Elle les ramène dans l'église, noyant leur étonnement sous des déclarations apaisantes.

— Ne vous inquiétez pas ! Noor va aller nous chercher à boire. Mais j'aimerais que vous me disiez…

Spider rebrousse chemin dans l'avenue et fait signe aux autres de le suivre, traversant désormais les rues avec d'infinies précautions.

— Et si c'est un Djinni ? chuchote Yma à Knut. On fait quoi ?

— Si je savais ! Une petite prière et on essaie de le choper vivant ?

Ils ralentissent le pas près de l'immeuble bronze et turquoise. Les stores sont baissés à leur étage.

— Qui est sorti en dernier ? gronde Elk.

— Moi, répond Noor en levant la main. Mais je peux t'assurer que je n'ai pas touché aux stores.

C'est Spider qui s'avance le premier le long du parvis, dos au mur. Au bout d'un instant, il leur fait signe d'approcher.

— On monte. Et on fait une pause à chaque palier. Compris ?

Ils opinent de concert et gravissent l'escalier en file indienne, en silence – comme si, songe Yma avec une touche de désespoir, cela pouvait leur être de la moindre utilité lorsque le Djinni dévalera les marches. À quoi ressemblent-elles, ces créatures ? Spider en a aperçu une, mais il ne veut rien dire : c'est du moins ce que Noor a confié à Knut. Il a simplement parlé d'un petit visage, joues grasses, peau rose, une tête de bébé blanc.

Le temps qu'ils arrivent à l'avant-dernier étage, le cœur d'Yma est sur le point d'exploser. Spider et Noor ont pris la direction du groupe, armes brandies tandis qu'ils se déploient sur le palier. Suit un long et profond silence. Puis, alors qu'Yma rejoint le reste de la famille, tenant de sa main valide un arc dont elle ne pourra sans doute même pas se servir, un rire on ne peut plus humain leur parvient des hauteurs.

Pétrifiés, ils lèvent tous les yeux vers le plafond.

— Putain, articule tout bas Knut. Putain de merde, c'était quoi, ce truc ?

Personne ne lui répond. Un nouvel éclat de rire retentit, puis des bruits de pas et des pleurs d'enfant.

Ils échangent des regards inquiets. L'appartement est occupé. Par une autre famille, s'ils se fient à ce qu'ils viennent d'entendre.

— Noor, tu avais tout fermé ?

— Fermé, verrouillé, cadenassé.

— Et merde ! grommelle Spider. Ils sont passés par la cage d'ascenseur. C'est ça que j'ai dû entendre.

— Vieux, tu n'avais pas dit que personne ne pouvait passer par là ?

— Ça valait pour les Djinnis. Ils ne peuvent pas se servir d'outils. Mais des humains ?

Avant même d'avoir compris ce qui la pousse, Yma monte l'escalier quatre à quatre. Sa peur s'est faite rage. Personne n'a le droit de leur voler leur refuge. Personne.

— Yma ? siffle Noor.

Elle n'entend pas. La fureur fuse, blanche dans son crâne. Une fois au dernier étage, elle se dirige vers la porte. Le cadenas a disparu mais, lorsqu'elle fait tourner la poignée, elle constate que la barre a été baissée de l'autre côté.

— Hé ! gronde-t-elle en frappant le battant de son poing valide. Ouvrez cette putain de porte immédiatement !

— Yma, bon sang !

Knut surgit sur le palier, les yeux écarquillés par la stupéfaction.

— Yma, c'est complètement…

— Vous savez que je suis là, hein ? poursuit-elle. Parce que vous ne dites plus rien. Vous croyez que je ne vous entends pas ? Ouvrez cette putain de porte ! Maintenant, ou je la fais sauter ! C'est notre refuge ! Nous sommes arrivés les premiers !

— Yma, tranche la voix de Noor, planté sur le palier, tout aussi abasourdi que Knut. Yma, tu es folle ?

Elle lui rend son regard, dos à la porte, et comprend ce qu'il a sous les yeux. Une femme qui ne se maîtrise plus. Elle serre les mâchoires, recouvre un semblant de maîtrise de soi et finit par lâcher la poignée. Puis elle lève les mains en l'air, comme si Noor la menaçait de son arme.

— Ils nous ont volé notre refuge, dit-elle à voix basse. C'est chez nous. C'est nous qui l'avons trouvé.

— Yma, gronde-t-il. Il y a des méthodes plus efficaces. Crois-moi.

Les autres hommes le rejoignent. À son tour, il avance vers la porte, frappe le battant, penche la tête comme pour mieux entendre.

— Il y a quelqu'un ? Répondez. Nous savons que vous êtes là.

Un vague chuchotement s'élève, puis il perçoit un pas rapide dans l'appartement.

— On peut partager, s'il le faut. C'est assez grand pour deux familles.

Pas de réponse.

— On peut partager et s'entraider. On peut échanger des choses.

Toujours rien. Les minutes passent, interminables ; perdant patience, Spider pose son épée et assène un vigoureux coup de poing à la porte.

— Vous avez coupé l'eau. Nous en avons besoin.

Il reste un moment l'oreille contre la porte, le visage fermé.

— Allez. Rouvrez au moins l'eau.

Silence.

— Je vous ai demandé de rouvrir l'eau, répète-t-il d'un ton neutre, même si un spasme infime fait trembler le coin de sa lèvre. Rouvrez l'eau.

Il attend, la respiration lente. Une minute passe encore, sans aucune réaction de l'autre côté. Spider soudain s'empare de son épée et la brandit vers la porte.

— Putain, ouvrez cette porte de merde, avant que je vous embroche tous ! C'est notre refuge, bordel ! Notre refuge !

Il remonte le couloir, martelant rageusement toutes les portes et les frappant du plat de son épée, jusqu'à ce que la lame finisse par céder.

— Putain de merde !

Il lance violemment à terre ce qu'il reste de son arme, se passe la langue sur les lèvres et attaque le battant à coups de pied, de toutes ses forces.

— Vous allez dégager de chez nous, bande de connards ?

Et de recommencer à la porte suivante.

— Sortez de là, bordel de merde !

— Spider, du calme, l'interrompt Knut en lui posant la main sur le bras.

Pendant quelques secondes, Spider le considère, fulminant, comme s'il allait le frapper. Au lieu de quoi il finit par pousser un long soupir.

— Qu'est-ce qu'on peut faire ?

— Allons voir du côté de l'ascenseur.

Spider retrouve assez de sérénité pour battre en retraite vers l'étage inférieur. Noor à son côté, il passe la tête entre les portes de l'ascenseur et inspecte le dessous de la cabine. Yma les a rejoints. La main plaquée sur le mur, elle les dévisage. Mais lorsque Noor revient sur le palier, il fait grise mine.

— C'est foutu. Ils ont remis une plaque à l'endroit qu'ils ont forcé.

Spider arpente le palier en faisant craquer ses phalanges.

— Ce sont ces connards qui ont volé l'eau de la Hutte, non ? Depuis quand est-on forcé de montrer du respect à ce genre de famille ?

— Depuis notre arrivée dans le Cirque, c'est ce qu'on fait. Ça fait partie des règles que nous nous sommes toujours données.

— Visiblement, eux les ignorent, ces règles. Alors ? On fait quoi ?

— Du calme. Il faut réfléchir avant d'agir.

Ils finissent par redescendre au rez-de-chaussée. Plus aucun des robinets ne marche. Lorsque Spider teste le système d'irrigation sous les arbres de l'avenue, il obtient le même résultat. Plus une goutte d'eau. Et aucune raison de penser que les envahisseurs vont y remédier.

Yma lève les yeux vers l'appartement, le cœur lourd. L'une des baies donnant sur la terrasse est entrouverte. Elle se figure la famille prenant ses aises dans le logement, ces vandales se laissant glisser dans la piscine. Ils mangent les provisions des Sensitive, boivent leur eau. C'est certainement contraire à toutes les règles du Cirque, cette usurpation. *Et si ce sont les Éléphant… ils ont encore onze regyres. Onze chances de trouver.*

La colère la reprend, mais elle sent sur elle le regard de Noor. Elle se détourne, se force à respirer lentement. Pense aux cristaux – impossible. Pas tout de suite. Pas maintenant. Les mains sur les hanches, elle descend du parvis. Elle veut bouger, être seule, se défouler, taper dans un mur. Le trottoir est jonché de fruits écrasés. Des citrons, des oranges. Des citrons verts qui vomissent leurs entrailles comme si on avait secoué les arbres et piétiné tout ce qui est tombé à terre. Elle s'engage dans une rue à l'angle de l'immeuble turquoise et bronze et se rend compte qu'elle n'est pas seule. À une vingtaine de mètres, attaché à un feu de signalisation, la tête curieusement dressée, un éléphant se tortille.

Elle s'immobilise, le souffle coupé. L'animal lui lance un regard las, les yeux révulsés, les oreilles battant au vent. Visiblement, il souffre. À l'approche d'Yma, il recule ses énormes pattes postérieures, comme s'il craignait qu'elle puisse le frapper.

Yma, solennelle, croise son regard. Les flancs de l'animal sont rougis, là où le fouet les a lacérés. Le sang a séché en longs ruisseaux sur ses pattes. Elle se débarrasse de son sac à dos et, en dépit de sa main blessée, escalade le feu jusqu'au portique auquel la longe de l'éléphant est fixée. Elle le détache. Le pachyderme peut enfin baisser la tête et plier le cou. Et, bien que son soulagement semble considérable, il ne cherche pas à fuir.

Les hommes de la famille, partis à la recherche d'Yma, surgissent au détour de la rue et s'immobilisent lorsqu'ils aperçoivent la bête secouant la tête en tous sens.

— Dégage, toi ! hurle Yma à l'éléphant.

Toujours juchée sur son poteau, elle lui frappe la nuque d'un coup de pied.

— Fiche le camp, putain !

L'énorme bête s'ébranle, s'arrête au bout de quelques mètres, se retourne sur la chaussée.

— Dégage ! braille Yma. Fous le camp de cette ville !

Ce n'est que lorsque l'éléphant a disparu au bout de la rue que la jeune femme descend du portique. Sa blessure lui fait à nouveau mal. *L'humanité*, songe-t-elle, amère, *qu'a-t-elle donc pour elle à part son intelligence ?* Ni compassion ni intuition. Et on va lui expliquer que ces salopards dans l'appartement ont été sélectionnés ? Quelle blague !

Des larmes lui montent aux yeux. Elle les essuie avant de se diriger vers les hommes.

— Ils ont fait la même chose avec leurs chameaux, explique Spider, les yeux brillants de haine. Exactement la même chose.

Il a récupéré Chamelle.

— Tout ce que je vous demande, c'est que la prochaine fois qu'on croise ces gens, je sois la première à leur parler. D'accord ? J'y tiens.

Knut prend la main d'Yma avec précaution avant de l'enlacer.

— Yma, allons retrouver Amasha. Il faut qu'Elk lui parle.

Ils reprennent le chemin de l'église. Amasha les attend, les yeux immenses, le regard inquiet. Les enfants sont abattus.

— Chamelle a bu toute notre eau, marmonne Cairo en donnant un coup de pied dans un caillou. J'ai soif.

— Moi aussi, renchérit Splendour. Regardez ma langue, elle est pleine de fourrure.

Elle la tire fièrement sous le nez des adultes.

— Horrible, s'accordent-ils à dire. On dirait un rat tout poilu.

Ils trouvent le temple en début de soirée. Ce sont les trois modestes dômes blancs perçant les effusions roses du ciel au soleil couchant qui les alertent. Ils leur sont apparus par-dessus une station-service et un McDo dont les arches fendues continuent de clignoter.

— C'est là ? demande Noor.

Knut et Yma opinent simultanément, extatiques. *Ah*, songe Spider, *peut-être – je dis bien peut-être – qu'ils ont enfin mis le doigt sur quelque chose.*

Car si le temple semble anodin au premier regard, force est de constater, une fois le vaste portail franchi, que ses salles dégagent une impression inhabituelle. Très inhabituelle.

Elles sont d'une propreté remarquable. Même si les mauvaises herbes poussent entre les dalles et que le sable s'accumule au pied des murs, l'escalier de marbre est immaculé ; sa rambarde d'or scintille comme si elle avait été nettoyée en prévision de leur visite. C'est la première fois qu'ils voient un lieu aussi bien entretenu dans le Cirque. Aussi préparé.

— C'est là ? demande Splendour en écho en tirant sur le bras de Spider. C'est là qu'on doit aller ? Et que je pourrai avoir ma glace au soda ?

— Ce n'est pas encore sûr.

— Mais j'ai très soif, Spider, tu sais !

— Comme je te l'ai dit, Splendour, ce n'est pas encore sûr.

Les portes de verre s'ouvrent sur le vestibule. Les autels de Ganesh et de Lakshmi brillent, intacts. Spider attache Chamelle. Pensive, la famille erre dans le temple, explorant les salles de prière, se laissant le temps de contempler les autels. Il leur faut une bonne heure pour comprendre que rien ici ne pourrait tenir lieu de Sarkpont.

Spider finit par trouver une échelle de service ; tous montent sur le toit et déambulent entre les dômes blancs, les climatiseurs, les antennes qui ne servent à rien, si ce n'est à recréer l'illusion du temple de la Terre.

La vue est panoramique. Le soleil frôle à présent l'horizon, une sphère blanche, en fusion grésillante au-delà de la ville. À cette heure du crépuscule, le désert est couvert d'ombres immenses. Le plus petit des cailloux, le plus petit accident de terrain est grossi cent fois, les cactus ont l'air de titans couchés, bras tendus dans le sable nu.

À l'ouest du temple, ils peuvent voir où finit Phoenix. Le sable ne tarde pas à recouvrir le goudron, comme à Dubai. Mais dans le lointain, longeant les confins de la ville comme un ourlet, ils aperçoivent une longue bande noire qui file presque droit vers le nord-ouest. Elle borde en effet l'ouest du désert, où Spider distingue à présent une chaîne de montagnes jamais vue et qui s'élève, accidentée, immense.

Et tout cela se trouve au-delà de la Chicane, songe-t-il, incrédule. Dire que pendant tout ce temps ils se sont réveillés dans la Hutte face à cet horizon nord sans fin, sans jamais se douter que ce n'était qu'un rideau derrière lequel se cachaient ces reliefs… et autre chose !

Autre chose qui saille de ce col au milieu des montagnes. Il nettoie les oculaires de ses jumelles avec un coin de son jupon, les porte à ses yeux puis les ajuste sur cette forme blanc et bleu. Et cette autre chose lui serre le cœur comme jamais depuis qu'il est dans le Cirque.

Les jumelles braquées dessus, il la dévore des yeux. Tout lui revient en un éclair.

L'odeur du poisson, les embruns explosant sur sa peau. Le chant lointain du muezzin appelant les croyants à la prière. Le son grave des cloches des chèvres. C'est une ville qu'il connaît depuis qu'il a dû prendre la fuite à cause de ce qui s'était passé dans un atelier sous les toits de Paris. Et qu'il a trouvé refuge dans le seul endroit qui veuille alors bien d'un adolescent sans famille, sans éducation et sans le sou. La Légion étrangère. Ah, effectivement, on en voyait du pays avec la Légion ! Mi-mercenaire, mi-soldat respectable, le légionnaire allait là où la guerre l'appelait. Et l'un de ces lieux avait pour nom Afrique du Nord. Le fin fond du Maroc, pour être plus précis. Pays de dysenterie, de fièvre jaune, de chiens enragés et de serpents qui vous tuaient au premier regard. D'insectes, aussi.

— Essaouira, murmure-t-il. Essaouira, mon cœur !

Jamais, tant qu'il aura toute sa tête, il n'oubliera Essaouira. Noor a peut-être vu son père vendre du pétrole à Astana, mais c'est à Essaouira que Spider a perdu son innocence, qu'il est devenu adulte. Essaouira !

— Spider ?

— Je savais bien que ça sentait la mer, ici, dit-il en baissant les jumelles. C'est là. C'est là qu'il faut aller.

Ils se rassemblent tous autour de lui, les yeux fixés vers la tache blanc et bleu. Knut prend ses jumelles, les règle.

— Oh putain ! La mer ! Bordel, la mer, les gars !

— La mer !

Cairo a pris Splendour par les mains et la fait danser.

— On va au bord de la mer !

— Oui, Essaouira. C'est un endroit dont je rêve.

— Un endroit dont tu rêves ? répète Amasha.

— J'y ai vécu. À 20 ans, six mois avant de mourir. J'y suis tombé malade. Gravement malade…

Il se tait un instant, se rappelle les petites fenêtres ouvertes du riad, la fièvre, les folles visions pendant qu'il délirait. Les images de la mort et du désert, d'une famille qui l'aimerait et le protégerait quoi qu'il advienne. Il se rappelle de quelle manière le vent traversait la médina, soufflant assez fort dans les allées pour ouvrir les fenêtres et faire frémir les lourds draps de soie. Il se rappelle de quelle manière, une fois guéri, au premier jour, il est monté sur le toit ; et, même s'il se trouvait à des centaines de mètres du rivage, les embruns sont venus jusqu'à lui, lui giflant le visage de leurs diamants de sel. Les souvenirs enfouis dans sa mémoire depuis des vies entières lui reviennent.

— J'ai survécu. Et je ne sais ni comment ni pourquoi, mais cette maladie m'a changé. Il y avait une raison à cela. Il y a une église catholique là-bas. Je m'en souviens.

— Une église dans une ville marocaine ? s'étonne Elk, le visage grave.

— Les Français l'ont colonisée. Il y a eu les Portugais, aussi… J'y ai prié, un jour.

Il dévisage ses compagnons les uns après les autres.

— Tout ce que nous voyons ici a sa trajectoire, son sens propre. Et la manière dont les croyances se rencontrent… Tout ça, ça fait partie de leur énigme tordue.

Knut se gratte le menton en suivant des yeux la route allant de la ville au nord du désert.

— On pourrait passer par là. Marcher sur le revêtement le plus longtemps possible. Il commence à faire noir, mais en dix minutes nous nous retrouverons sur cette route. Elle est goudronnée. Nous aurons un bon kilomètre sur le dur avant d'arriver au désert. Et ta ville, elle est à une vingtaine de clics d'ici, je dirais ? On peut l'atteindre sans problème avant la matinée et être de retour ici vers midi.

Ils se redressent, revigorés. Reprennent leurs baluchons, inspectent leurs chaussures, font la chasse aux petits cailloux, rajustent les ceintures. *Une cité merveilleuse, là-bas à l'ouest*, songent-ils. Un bain de minuit dans la mer.

Ils redescendent rapidement par l'échelle de service, excités. Repartent dans les rues. Bientôt les immeubles s'espacent, rapetissent. Les boutiques deviennent plus modestes ; tout est de plus en plus désolé. Puis, comme à Dubai, la route s'effrite peu à peu. Envahie d'abord de mauvaises herbes, puis ensablée.

À une vingtaine de mètres après la fin du tarmac, Noor s'immobilise soudain.

— Stop ! s'écrie-t-il en levant la main. On ne bouge plus.

Bousculade générale. Il leur faut un moment pour se reprendre, reculer.

Noor est immobile, en équilibre instable, le pied droit posé loin devant l'autre.

— Noor ?

De nouveau il lève la main en guise d'avertissement puis, reportant le poids de son corps sur son pied gauche, il empoigne sa cuisse droite des deux mains et soulève son pied avec difficulté. Spider entend un bruit de succion qu'il reconnaît immédiatement, puis voit Noor basculer en arrière et atterrir sur son postérieur, le pied à moitié sorti de son godillot.

— Des sables mouvants ! hurle Noor.

Les autres reculent un peu plus.

— Restez où vous êtes.

Ce n'est pas la première fois qu'ils rencontrent ce phénomène dans le Cirque. Noor se débarrasse du sable encore humide, remet son soulier, s'accroupit, les mains à plat sur le sable, puis se relève et fait quelques pas vers la droite. Spider le rejoint, tout en se tenant à bonne distance des sables mouvants.

— C'est ce qu'on a vu du toit tout à l'heure, cette bande plus sombre dans les sables. J'aurais dû m'en douter.

Le ruban enserre Phoenix, interdisant l'accès au désert à l'ouest. On peut, avec certaines précautions, traverser des sables mouvants, mais cette zone-là fait au moins 30 mètres de large. Jamais ils n'ont été confrontés à un obstacle de cette taille.

— Et merde !

Les mains croisées sur la nuque, Spider regarde le ciel s'assombrir. Essaouira, son village de pêcheurs venteux, puant et splendide. Ce soir, si la citadelle marocaine lui avait harponné le cœur et tirait sur la corde, il ne pourrait pas se sentir plus attiré.

Yma et Knut s'agenouillent près des sables mouvants, au clair de lune. Les étoiles se sont levées. Yma tend la main au-dessus des sables, étranges et tièdes, comme si elle pouvait en extraire une prédiction.

— Impossible de traverser, constate Knut. C'est fichu. Bien sûr, on pourrait fabriquer une passerelle avec ce qu'on trouvera à Phoenix. Mais ça nous prendrait des heures, des jours peut-être. Et demain c'est une nuit grise.

Yma lève les yeux vers son compagnon, qui contemple les montagnes, inquiet.

— Knut, murmure-t-elle, il y a un réseau de souterrains sous Phoenix. Pas ceux de Papago Park. Non, il y en a aussi sous l'université. Je me demande…

Oui, je me demande s'ils ne passent pas sous les sables mouvants.

— Tu ne m'as jamais parlé de ça.

— Tu es mort avant, répond-elle en se mordant les lèvres. Il faut qu'on trouve comment y accéder. *Il faut aussi que je... Tu sais. Que je me confronte à ma claustrophobie*, complète-t-elle en son for intérieur.

Pensif, Knut contemple les montagnes, les maisons d'Essaouira aux fenêtres desquelles brillent des lumières. Ce n'est plus seulement Spider qu'Essaouira fascine, c'est toute la famille. Les autres se rapprochent.

— Trois possibilités, énonce Noor. Nous n'avons plus beaucoup d'eau…

— Assez pour un ou deux jours, même par cette chaleur si nous faisons attention, précise Forlani. Le corps humain s'adapte. On pourrait soit rentrer à la Hutte, soit réussir à s'introduire dans le nouvel appartement, soit…

— Soit quoi ?

— Soit essayer d'atteindre Essaouira avant demain matin. Si ça ne marche pas, nous sommes foutus, de toute façon. Alors autant essayer de reconquérir l'appartement en rentrant.

— Attendez, intervient Yma en se levant. Si je peux vous donner mon avis… La première option ne tient pas. Le *Marcheur* est mort, vraiment hors service cette fois. Il est déjà presque ensablé. Il nous faudrait une journée entière pour le récupérer, le réparer et… vous connaissez la suite. La nuit prochaine est grise. Ça nous laisse quoi, vingt-quatre heures ?

— Et si on négociait avec les envahisseurs ? propose Amasha. Si on leur offrait notre aide ?

— On a déjà essayé, Amasha, répond Yma en inspectant ses mains. Notre seule chance, c'est Essaouira. C'est là qu'est la clé. Je ne sais pas ce que vous en pensez, vous.

Les regards sont approbateurs, ce qui vaut au reste de la famille un mince sourire de la part d'Yma.

— Bon, nous sommes d'accord. La question suivante est : comment irons-nous jusque là-bas ?

— J'ai pensé à un truc, intervient Spider en s'agenouillant, un bâton à la main pour dessiner dans le sable. Je pourrais construire un pont. J'ai repéré un immeuble avec des bardages en aluminium. Franchement, si on s'y met tous, on pourrait…

— Inutile, l'interrompt Yma. Il y a des souterrains sous Phoenix.

— Des souterrains ?

La voilà au centre de l'attention. Elle écarte les bras.

— Tout ce que nous apprenons ici et sur Terre nous sert un jour ou l'autre, pas vrai ? Quand j'étais à Phoenix, un type m'a parlé des souterrains qui partent de l'université. Ce n'est sûrement pas un hasard.

Un long silence salue ces révélations. Puis Noor se lève en soupirant.

— Parfait. Trouvons-les, ces souterrains.

41

Le soleil s'est levé sur Phoenix. La famille a passé la matinée à chercher comment accéder aux souterrains et l'après-midi est déjà bien entamé lorsque Spider retourne auprès de Chamelle. Elle est dans un triste état, la respiration lourde, les paupières encroûtées, et guère disposée à se lever. Une brève angoisse s'empare de Spider. *Elle ne résistera peut-être pas jusqu'à Essaouira.*

— Écoute, on va voir comment ça se passe, d'accord ? lui susurre-t-il en lui massant le front.

Puis il l'aide à se redresser.

— On est pareils, tous les deux : toi, t'as mauvaise mine, moi, j'ai les idées noires, dit-il en lui essuyant tendrement le museau. Allez, encore un petit effort et tu pourras trotter sur la plage.

Il la conduit sur le parvis, sans oublier de cracher au bas de l'escalier, à l'intention des Éléphant. Quoi qu'il advienne, ce seront les Sensitive qui trouveront le Sarkpont, et pas ces salopards. Oui, les Sensitive.

Chamelle emboîte docilement le pas à Spider, posant sur l'asphalte dont elle n'a guère l'habitude ses larges sabots. Les fruits des arbres de la rue ont presque tous été piétinés par l'éléphant, mais Spider déniche quelques oranges qu'il fourre dans son sac à dos, bien qu'elles soient petites et dures. Il a beau mourir de soif, il y a dans la famille des organismes plus fragiles que le sien. Ses jambes hurlent à présent de douleur ; il aurait dû se reposer aujourd'hui. Son cuir chevelu est en feu là où les cheveux, déjà, tentent de repousser. Mais la colère l'aide à tenir.

Chamelle et lui empruntent une allée qui serpente pour rejoindre l'immeuble en pierre ocre de l'université de Phoenix. Le décor n'a rien d'extraordinaire : une façade telle qu'on en voit dans les quartiers pauvres, couverte de graffitis et surplombant un trottoir jonché de papiers gras. Il entre sans crainte, entraîne Chamelle vers l'escalier et, enjôleur, s'applique à le lui faire descendre. Elle est trop faible pour accorder toute son attention aux marches, et Spider craint qu'elle ne tombe. Elle parvient cependant sans accident au sous-sol.

Ils ont déjà exploré trois bâtiments de l'université, tous plus sombres et désespérants les uns que les autres. Et puis, une heure plus tôt, ils ont enfin trouvé un couloir qui les a conduits dans un local technique. Des ampoules y éclairaient faiblement un tableau de bord, comme si l'immeuble était doté d'un générateur invisible. Ce couloir se poursuivait dans la direction d'Essaouira. Ils l'ont suivi sur plus de 500 mètres. Aucun doute : c'est bien l'entrée du souterrain qu'ils cherchent.

La lumière est à présent sourde, vaguement verdâtre, semblant émaner d'une poignée de lucioles. Et c'est dans l'antichambre malodorante du passage que le reste de la famille attend Spider et Chamelle.

Au-delà, dans l'obscurité, des lumignons verts disposés sur les parois matérialisent le chemin qu'ils vont suivre.

Amasha a ouvert la porte du vestibule, s'est emparée du poignet de Spider. Elle l'attire à elle et il franchit le seuil, traînant Chamelle à sa suite. Amasha referme la porte.

— Maintenant, mes amis, dit-elle en esquissant un geste de prière, formons un cercle.

Elle prend les deux enfants par la main et ferme les yeux. Les autres approchent d'un pas lent et forment une ronde, les paupières à demi closes. Spider se joint à eux et penche la tête.

— Ha'shem, psalmodie Amasha. Et vous, tous les autres dieux du Nord, de l'Est, de l'Ouest et du Sud, dieux des petites choses et dieux des grandes choses, dieux du tonnerre et des scorpions, bénissez-nous en ce jour et demain, nous qui sommes en quête.

— Namaste. Amen, merci…, marmonne en chœur la famille.

— Êtes-vous prêts ? demande Amasha.

Splendour, blottie contre la Futatsu, agite les mains, la mine boudeuse.

— Il y a des monstres dans les souterrains ?

— Tu plaisantes ? répond Spider. Bien sûr que non ! On y trouve que des trucs super. Des cristaux, tout ça. Et peut-être des oranges.

— Des oranges ?

— Ouais. Mais ce qu'il y a de mieux…

— Oui ?

— Le mieux, c'est qu'il y fait frais. Ça, c'est vraiment génial. On a l'impression d'être dans la brise.

Plus de soleil qui brûle, plus de lézards, plus de scorpions, et au bout du tunnel…

Il ouvre les mains comme un magicien à Las Vegas.

— Ta-dam ! La plage ! Tu vas adorer.

— Et on aura à boire ? On aura de l'eau ?

— Bien sûr.

Un timide sourire éclaire le visage de Splendour.

— Tu promets ?

— Je t'ai déjà menti, peut-être ?

La fillette lève les yeux vers Amasha, comme pour être certaine d'avoir bien entendu. Mais cette dernière pince les lèvres : il est inutile de donner de faux espoirs aux enfants.

— Il ne fallait pas boire ce soda. Qu'est-ce que je t'avais dit ?

— Quel soda ? demande Spider.

— Les petits ont trouvé une bouteille avec un vieux fond de soda à l'orange, tiède et trop sucré, répond Forlani en levant les yeux au ciel. Je leur ai déconseillé d'en boire, parce que ça ne ferait qu'aggraver la soif.

— Eh, reprend Spider en se grattant la nuque. On fait tous des bêtises. L'essentiel c'est de retenir la leçon, pas vrai ?

Cairo hausse les épaules, morose, et s'engage dans le souterrain à la suite d'Elk qui, rompant les rangs, a déjà parcouru quelques mètres d'un pas vif. Le reste de la famille suit bientôt, Splendour tirant d'une main sur le sari d'Amasha, l'autre main dans la bouche. Elle n'a pas plus envie de marcher que Chamelle, qui tente de se coucher à la moindre occasion.

L'air est curieusement doux ; il étouffe les bruits, les échos, leur donnant l'impression de marcher sur du sable plutôt que sur du béton. Au bout de 20 mètres, les voilà devant une épaisse porte d'acier dont les battants sont entrouverts. Aucun système de fermeture de leur côté, mais lorsqu'ils en franchissent le seuil, ils constatent la présence d'un énorme verrou et d'une poignée.

Sans doute une protection contre les Djinnis. Oui, c'est certainement ça. Dans la lumière verdâtre, Spider distingue les rayures creusées dans le béton par les mouvements répétés des battants. Il a une lueur d'espoir. D'autres qu'eux ont emprunté le souterrain.

Les uns après les autres, ils passent la porte ; Spider la referme et tire le verrou avec soin. Les immenses battants sont solides, inébranlables. Spider y pose les mains, puis le front.

— Porte, je te fais confiance, déclare-t-il tout bas.

Lorsqu'il reprend la longe de Chamelle, le reste de la famille a quasiment disparu dans la lueur verdâtre du souterrain. Il presse le pas, tirant derrière lui l'animal réticent. Le temps qu'il rejoigne les autres, son cœur lui semble avoir rétréci et noirci dans sa poitrine.

Forlani, qui ferme le cortège clopin-clopant, est le premier à l'entendre arriver.

— Ça va ? chuchote-t-il en se retournant.

— Ouais, répond Spider. Et toi ?

— Je ne sais pas.

— C'est-à-dire ?

Forlani hausse les épaules et désigne leurs compagnons d'un geste du menton. Ils sont tendus, raides comme s'ils étaient sur le point de se disputer. Le souterrain s'est élargi ; à cet endroit, il semble tenir plus du mausolée que du tunnel. Les Sensitive peuvent presque avancer de front. Il est probable aussi que le sol soit en légère pente, car le plafond se trouve à présent plusieurs mètres au-dessus de leurs têtes. Les voix s'y réverbèrent comme dans une cathédrale.

— Ils sont déshydratés. Salement déshydratés. Surtout les gosses.

D'ailleurs ces derniers geignent, blottis contre les Futatsus.

— J'ai soif ! J'ai très, très soif !

Elk fait halte et se retourne, le visage courroucé ; il écarte les bras pour arrêter la troupe. Il n'y a pas de nourriture à distribuer, cette fois, aussi leur demande-t-il simplement de se reposer, de prendre cinq minutes pour ne penser à rien.

Spider s'adosse au poitrail de Chamelle pour l'empêcher de se coucher, et sort de son sac les oranges. Les adultes ne peuvent se retenir de les dévorer des yeux, mais c'est aux enfants qu'il les tend. Ceux-ci s'en emparent avec avidité et en sucent la chair, dont ils ne tirent qu'une sensation d'aigreur qui les fait grimacer.

— Donnez-moi les peaux, leur dit Spider, les mains tendues.

Il les déchire en deux ou trois, les distribue aux adultes. Mais le jus qu'ils en extraient est trop acide pour les soulager et ils les jettent à terre avec solennité. Spider comprend leur déception. En quelques heures, l'eau est devenue un rêve et ils doivent fermer les yeux pour en retrouver le goût.

— Knut, combien de kilomètres déjà ? demande Noor. Tu as pu garder des repères ?

— Je dirais neuf, répond Knut en inspirant profondément.

Puis il baisse la tête et se passe la langue sur les lèvres. Il a pour mission de mesurer la distance parcourue. *Mais comment y parvenir dans de telles conditions ?* s'interroge Spider.

— À peu près, poursuit Knut. En revanche, pour ce qui est de la direction, aucune idée.

— Et si ce souterrain ne conduisait pas à Essaouira ? reprend Noor d'une voix amère. S'il continuait à descendre indéfiniment ? J'aimerais être certain qu'on va dans la bonne direction.

Tous se tournent vers Yma, qui se tient à quelques pas du groupe, les jambes curieusement écartées, comme si rester debout lui demandait un effort de concentration.

— Pardon ? s'exclame-t-elle, le regard pétillant.

— À ton avis, on va dans la bonne direction ?

— Oui, répond-elle avec un sourire optimiste, les paumes plaquées sur la paroi. Sans doute.

— « Sans doute. » Tu penses que ça suffit ?

— Bien sûr que ça suffit.

Elle secoue la tête, lance à Noor un regard encourageant.

— Mais oui. On est sur la bonne piste. Ne t'inquiète pas.

Noor reprend son sac en lâchant un soupir.

— Il n'y a qu'un moyen de le savoir.

Il a donné aux enfants un galet à sucer. Un vieux truc, qu'il a appris et pratiqué dans le désert du Thar. C'est censé atténuer la sensation de soif, ce qui n'empêche pas Splendour et Cairo de se plaindre. Ils se font réprimander par Amasha et repartent d'un pas las, vacillant, après avoir épousseté leurs vêtements.

Il faut un moment à Spider pour convaincre Chamelle de reprendre la marche ; il a quelques mètres de retard sur les autres. Yma, il s'en rend vite compte, est à la traîne. Elle souffre, c'est évident. Le manque d'eau, sans doute.

Elle avance aussi péniblement que Chamelle et Spider est envahi d'une vague de compassion pour ces deux créatures. Yma a traversé cinq fois la Virgule à la barre du *Marcheur* ; elle est blessée, épuisée. Il voudrait la prendre par les épaules, la soutenir ; elle est trop orgueilleuse pour cela, trop hostile. Si bien qu'il ralentit, adapte son allure pour rester derrière elle, tandis que le reste de la famille prend de plus en plus d'avance.

Ils marchent depuis ce qui leur semble des heures, sans échanger une parole, lorsque la longe de Chamelle se tend soudain. Spider se retourne juste à temps pour la voir poser les genoux à terre.

— Hé ! l'interpelle-t-il.

Mais avant même qu'il puisse la réprimander, il comprend.

Chamelle ne s'est couchée ni par paresse ni par obstination : elle ne peut plus avancer. Elle n'en a plus la force.

Sa tête s'affaisse sur le sol sablonneux ; elle ferme les yeux. Elle a le souffle court, le pelage feutré, dégarni. Il s'accroupit à son côté, pose la main sur son encolure, une bulle de panique gonflant dans sa poitrine.

— Allez, ma fille. On y est presque. La plage… Tu ne voudrais pas manquer ça ! Il y aura des vagues et tu pourras te baigner jusqu'aux genoux ; il y aura du vent comme tu n'en as jamais connu. Allez ! Encore un effort ! Encore un petit effort et on va y arriver.

Chamelle ne répond pas. Elle respire encore, mais ses paupières ne frémissent pas lorsque Spider lui parle. Il pose sa tête contre celle de l'animal, renifle cette odeur de craie et de sable qui lui est devenue si familière. Il devrait rester ici, se coucher près d'elle, mourir avec elle. Ce serait pas mal, non ? Pas mal du tout. Parfois, il se demande s'il flotte dans le Cirque une magie capable de ressusciter ceux qu'on a aimés.

— Spider ?

Yma l'enveloppe d'un regard vitreux, la main tendue.

— Lève-toi.

— Pourquoi ?

— Je peux le faire à ta place.

— Faire quoi ?

— Tu sais bien. Elle n'en peut plus. Les Éléphant sont certainement sur nos traces. Je pense qu'ils nous suivent. Tu sais ce qu'ils feront quand ils la trouveront.

Spider lui rend son regard, le sang cogne dans ses tempes.

— Spider, je ne te mens pas, tu le sais. Et je peux le faire à ta place. Fais-moi confiance, pour une fois. Je peux le faire.

Il secoue la tête, recule de deux pas, incrédule.

— Tu as ce qu'il faut ? demande Yma.

— Quoi ?

— Ce qu'il faut, Spider. Je t'en prie, ne me fais pas répéter.

Il comprend. Déglutit, retire son sac, y trouve un couteau qu'il tend à Yma.

Yma s'en saisit, attend qu'il le lâche. Puis elle s'accroupit près de Chamelle.

— Tu veux regarder ?

Spider penche la tête. Il pense à sa mère, au jour où il s'est enfui du bordel – il cavalait comme un petit démon. Elle a peut-être pleuré, sa mère, elle a peut-être hurlé. Spider est pourtant certain qu'elle ne l'a jamais oublié, jamais de sa vie, qu'elle l'a cherché sans relâche jusqu'à son dernier souffle.

— Oui, croasse-t-il.

Il se laisse tomber près d'elle. Prend dans ses mains la tête de Chamelle, la soutient pour qu'elle ne se fatigue pas. Lui caresse les paupières, lui gratte le front.

— Hé, ma fille, tu sais, je repensais à ces vagues.

Yma inspire, baisse la tête et presse la lame sur le cou de l'animal. L'entaille saigne un peu, moins que ce à quoi Spider s'attendait, puis le flot s'amenuise, ralentit et s'égare, comme la vie de Chamelle, dont les yeux s'ouvrent une seule fois ; elle a une seconde de confusion, comme un oiseau qui se cogne dans une vitre. Puis elle gémit et s'affaisse, et le poids de sa tête humide et chaude retombe tout entier dans les mains de Spider.

Il ne verse pas une larme. Il se baisse pour qu'Yma ne voie pas son visage, et respire profondément par le nez.

42

Yma a pu le faire, et elle peine à le croire. Chamelle gît à terre, apaisée. Elle voudrait s'agenouiller près d'elle, la bercer. Elle sait pourtant qu'à la moindre hésitation sa claustrophobie reprendra le dessus, qu'elle deviendra un fardeau pour la famille et non un atout. Elle a tenu jusqu'ici sans les cristaux. Elle aimerait que cela continue.

Elle se frotte le visage, inspire profondément. Personne n'a bu une goutte d'eau de la journée ; la déshydratation fait battre le sang à ses tempes. Elle s'éloigne de Chamelle.

— Allons-y, dit-elle sans croiser le regard de Spider. Un pied devant l'autre.

Lasse, elle se remet en marche, Spider la suivant sans un mot. Elle a envie de pleurer. Lui aussi, sans doute, mais ils se taisent tous les deux. Éclaboussée par le sang de Chamelle, les pieds en charpie, la tête encore plus endolorie, elle a plus soif que jamais.

Sur les parois, le béton a fait place à une pierre grossièrement taillée, noire et luisante comme du charbon. Le souterrain est plus large, avec de nombreux diverticules ; il flotte dans l'air comme un goût métallique, une odeur de forge. À peine ont-ils franchi 800 mètres qu'ils entendent un grincement, loin derrière. Métal contre métal, dirait-on.

— Putain, qu'est-ce que…

Yma se retourne. Spider lève la main pour l'interrompre. Le crissement se poursuit, ricochant dans le souterrain.

— C'est sans doute une scie, murmure Spider. Il y a une autre famille à la porte.

Les Éléphant. D'une certaine manière, cela la remplit de joie : elle est prête. Elle pose la main sur le couteau qu'elle a glissé dans sa ceinture. Un goût de sang lui monte dans la bouche. Bien que sa main gauche lui fasse encore mal, elle serre les dents, plante la lame dans un des tuyaux qui passe dans le souterrain. Le plomb est mou, elle parvient à en détacher un long segment.

Pas une goutte d'eau n'en sort, mais la matraque improvisée est solide ; elle saura tenir ces gens-là à distance. Yma la soupèse, se demande quelles blessures elle pourra leur infliger.

— Il faut frapper à la tempe ou à la gorge, dit Spider à voix basse, tout en prenant son arc en main. Vas-y sans crainte.

— Compte sur moi.

— Hé, appelle ensuite Spider en se redressant. Elk ? Noor ?

Il n'obtient d'abord pour seule réponse que le silence, ponctué par les gémissements de la scie à métaux. Puis, lentement, émergent de l'obscurité verdâtre les visages fantomatiques de quatre Sensitive.

— Qu'est-ce qui s'est passé ? demande Noor à la vue du sang sur Yma. Où est Chamelle ?

Spider secoue la tête.

— Oh ! s'écrie Forlani après un bref silence. Oh non, non !

Il se dirige vers Spider, qu'il étreint.

— Je suis navré, Spider.

Spider, immobile, évite les regards. Yma baisse les yeux elle aussi, envahie par la tristesse et la honte.

Un nouveau crissement résonne des profondeurs du souterrain.

— Bon sang, qu'est-ce que… ? sursaute Elk.

— Les Éléphant, répond Spider. Tita Lily, Amasha, Forlani, vous prenez les petits et vous continuez. Nous autres, on défend l'arrière-garde. Compris ?

Quelques secondes plus tard, il entend Amasha et Forlani rejoindre les enfants, les convaincre de partir en courant, en dépit de la soif. Le martèlement de leurs pas résonne de plus en plus faiblement dans le tunnel.

Les sept restants préparent leurs armes. Noor tire une flèche de son carquois ; Madeira retrousse les lèvres. Et même Hugo semble prêt à se battre ; il brandit une épée choisie dans la panoplie de Noor. Ils rebroussent chemin, s'arrêtant de temps à autre pour tendre l'oreille.

— Ils utilisent les mêmes outils que pour l'enceinte de la tour et les cadenas de l'appartement, chuchote Spider. Ce qui signifie que le souterrain va être livré aux Djinnis.

— Ils savent que nous sommes là, à ton avis ?

— Oui.

Toutes les fibres du corps d'Yma sont maintenant prêtes au combat. Elle ne se connaissait pas ce courage. C'est la colère, la rage, la peur des souterrains et la soif qui l'alimentent.

Ils ont franchi 400 mètres à peu près lorsque les crissements s'interrompent. Tous s'arrêtent, tendent l'oreille. Soit les Éléphant ont renoncé soit, ce qui est plus probable, ils ont réussi à forcer la porte.

— Rompons les rangs, suggère Yma. Continuons à avancer le long des parois.

Les autres lui obéissent sans discuter. Ils se remettent en route, furtifs, rôdant sous la protection des tuyaux, se faufilant dans les alcôves pour jeter des regards en arrière. Pour l'instant, il n'y a rien à voir. Bientôt, de nouveaux bruits résonnent : des grognements, une voix qui chuchote. *Les Éléphant sont là*, songe Yma, l'adrénaline pulsant dans ses veines. Il leur a fallu un long moment pour tuer Chamelle, mais quelques minutes ont suffi à ces gens pour livrer le souterrain aux Djinnis et se lancer à leur poursuite.

Amasha surgit alors de l'obscurité.

— Elk ! Elk ! Il y a une autre porte. Courez !

— Chut !

Les voyant tous contre le mur, Amasha fait volte-face, replonge dans la pénombre.

— C'est à 20 mètres à peine, souffle-t-elle avant de repartir en courant vers l'avant-garde de la troupe.

Noor s'élance à sa suite. Les autres restent pétrifiés, le regard braqué sur l'obscurité et l'ennemi invisible. Soudain, une flèche jaillit comme un rai de lumière dans les ténèbres. Elle siffle dans les airs et atterrit au milieu du groupe.

Suit une énorme pierre, propulsée à une telle vitesse qu'elle rebondit et se fend contre la paroi.

— Courez !

Ils s'élancent vers une immense porte qui luit devant eux dans la pénombre. Mais Hugo est immédiatement interrompu dans son élan par une autre pierre, qui l'atteint en plein dos. Il gémit, avance encore de quelques pas et s'effondre face contre terre. Spider se retourne, redresse le torse et réplique d'une flèche. Madeira s'est précipitée vers Hugo pour l'aider à se relever. Noor s'immobilise, brandit son arc, prêt à tirer. Une troisième pierre est catapultée dans le souterrain, elle retombe sans blesser quiconque.

Yma et Madeira tirent Hugo par les bras.

— Vite, relève-toi ! La porte est à deux pas !

Il finit par ouvrir les yeux, encore assommé, et roule sur le côté. Une autre flèche passe en sifflant près d'Yma, quelques secondes avant qu'elle voie émerger de la pénombre les Éléphant. Ils sont tellement nombreux ! Un mur humain, que dirige le petit Afro-Américain moustachu, bizarrement vêtu d'une redingote queue-de-pie. À son côté se dresse un homme qui doit mesurer pas loin de 2 mètres, aussi large et gras qu'un sumo. Il porte un costume cravate, comme un videur de boîte. Puis viennent une grosse femme blanche à la chevelure peroxydée, aux lèvres soulignées de rouge, un homme de petite taille – italien peut-être – et trois individus plus massifs, armés chacun d'un arc et de flèches. Derrière eux, des enfants, d'autres personnes qu'Yma ne distingue pas – mais aucun éléphant, constate-t-elle avec soulagement.

Elle serre le bout de tuyau dans sa main blessée, se préparant au combat.

— Feu ! crie le petit homme, avec un accent du Sud.

Tandis que les archers tirent chacun leur flèche, le sumo extirpe une pierre de sa ceinture et la lance avec force ; elle rate ses cibles et vient heurter la porte. Les flèches croisent celles des Sensitive sans atteindre personne. Ces derniers ont plus de chance : un type blanc, armé de la tronçonneuse qui a sans doute eu raison de la porte, vient de s'effondrer au beau milieu du souterrain.

Ses compagnons s'écartent, choqués, mais le chef, le moustachu, ne bronche pas.

— Feu ! braille-t-il de nouveau, et une ou deux flèches traversent les airs.

— Ils ne savent pas viser, marmonne Spider. Vite, courez !

Et tous détalent, se bousculant dans l'ombre. Yma et Noor traînent Hugo sous une deuxième salve de flèches, dont l'une effleure l'épaule de la jeune femme. Spider ferme la marche, avançant à reculons et tirant flèche sur flèche vers les assaillants.

Forlani et Amasha les attendent à la porte, les bras tendus, prêts à empoigner Hugo pour lui faire franchir le seuil. Yma est l'avant-dernière à passer, suivie de Spider. L'homme à la tronçonneuse est toujours à terre, gémissant, mais l'œil du moustachu brille d'une lueur féroce et résolue.

Quand Yma s'avance et attrape Spider par le bras, il bascule vers l'arrière. Il a du sang sur la jambe.

— Ça va ?

— Je suis touché mais ça va.

Il laisse tomber son arc, franchit le seuil d'un bond et tire sur les battants.

— Qu'est-ce qu'il se passe ? s'inquiète Amasha tandis que Spider met les verrous.

— Ils ont fait sauter la première porte. Maintenant, le souterrain est ouvert aux Djinnis. Et ils s'en sont pris à nous.

Ils s'écartent des battants, qu'ils ne quittent pas des yeux.

— Qu'est-ce qu'ils veulent, les gens ? chuchote Splendour.

— La même chose que nous, marmonne Yma, les tendons en feu, le cœur battant. La même chose que nous, mais il leur reste beaucoup plus de temps.

— C'est pas juste.

— En effet.

Le silence s'installe. Yma lance un regard par-dessus son épaule. Ils se trouvent à présent dans une grotte aussi vaste qu'une église. Mais le souterrain semble s'arrêter là.

— Où est la sortie ? maugrée-t-elle. Comment on sort de là ?

Les uns après les autres, ils s'arrachent à la contemplation de la porte et commencent à explorer à tâtons les murs de la grotte, en vain.

— Qu'est-ce que ça veut dire ? siffle Yma.

— Qu'on va crever comme des putains de rats ici, réplique Knut. On est coincés.

La famille se rassemble au centre de la caverne.

— Le soleil ne va pas tarder à se coucher, reprend Yma. Même dans le cas contraire, je ne vois pas ce qui pourrait les retenir de l'autre côté. Ils ont forcé la première porte ; celle-ci ne tiendra pas plus longtemps.

— Ils veulent donc laisser la voie libre aux Djinnis ? murmure Elk.

— Tu n'as pas encore compris qu'ils sont entièrement dépourvus de scrupules ?

Un vacarme retentit soudain de l'autre côté : les Éléphant frappent sur les battants.

Tous les regards convergent vers la porte dans un silence épouvanté.

Yma retrouve l'usage de la parole en premier.

— On va les faire entrer.

— Quoi ?

— On va les faire entrer, répète-t-elle, et on leur réglera leur compte ici.

— Non, pas question !

— Elle a raison, intervient Spider. Ici, nous avons nos chances.

— Putain de merde ! s'insurge Noor, menaçant. C'est une blague ?

— Non, réplique Yma. Réfléchis. Ils sont tout près. Le soleil va bientôt se coucher, ce qui signifie qu'ils vont de toute façon démolir la porte. Et il me semble qu'ils savent très bien où ils vont, ces gens-là. Ils savent où conduit le souterrain.

— Ils nous ont suivis.

— Non, ils savent, j'en suis sûre. Ils avancent d'un point à l'autre comme une nuée de sauterelles.

Yma soutient longuement le regard de Noor. Lui, pourtant si orgueilleux, finit par baisser les yeux et acquiescer.

— Elk, Amasha ?

— Tu as raison, Yma. On leur ouvre.

Nouveaux coups sur la porte, plus rapides, paniqués. Les Djinnis sont peut-être en route.

— Ouvrez-leur, profère Yma en levant son tuyau de plomb. Allez, ouvrez.

Et Spider se redresse, imité par Noor, l'arc bandé ; Elk et Hugo ont tiré leur épée, Madeira, son cigare entre les dents, brandit une machette. Forlani s'approche de l'énorme verrou, qu'il tire lentement.

— Passez-moi la tronçonneuse, siffle aussitôt Spider aux Éléphant en entrebâillant la porte. Et que ça saute.

Le battant s'écarte juste assez pour laisser passer l'outil, la poignée en avant. Non sans difficulté, Spider la récupère et s'empresse de la cacher dans un recoin de la grotte. Pendant ce temps, la pression s'accroît sur le battant et, lorsqu'il cède, c'est toute la famille Éléphant qui franchit le seuil. D'abord le petit homme et sa moustache pommadée, puis les autres, dans une bousculade généralisée. Ils se relèvent promptement et pointent leurs poignards vers les Sensitive, qui se sont regroupés en arc de cercle face à eux.

Dans le souterrain résonne déjà le jacassement des Djinnis.

— Fermez la porte, maintenant ! hurle Spider. Fermez-la !

Noor et Knut se jettent sur les battants de métal, rejoints par quelques Éléphant, et poussent de toutes leurs forces. La porte est sur le point de se fermer lorsque entre les battants apparaît un doigt blanc.

— Poussez !

Toute une main, à présent.

Spider fonce vers la porte et, lorsqu'elle se ferme enfin avec un claquement sec, ils voient la main blanche se convulser, doigts écartés. Le sang gicle du poignet et, tandis que Spider tire le verrou, la main s'affaisse. *Elle est colossale*, se dit Yma, pétrifiée. Aussi longue que l'avant-bras d'Elk, avec des doigts de 20 centimètres.

Tous s'écartent de la porte et de la main si blanche ; les Éléphant d'abord, puis les Sensitive, qui ne rompent pas leur demi-cercle et continuent de brandir leurs armes. La main, inerte, glisse lentement et finit par tomber à terre. Amputée.

Amasha s'empare des enfants, les conduit à l'écart. Mieux vaut leur épargner ce spectacle. La grotte résonne des jacassements stridents des Djinnis. Yma fixe la main, puis la porte. Comment croire à ce qu'elle voit ? Sa blessure saigne de nouveau, mais elle ne pense qu'aux Djinnis.

Pas un mot dans la grotte. Les regards ne quittent pas la porte. Les oreilles écoutent, inquiètes, les Djinnis explorer le métal. Il faut bien dix minutes aux occupants de la grotte pour se convaincre que la porte les protège vraiment.

Cela laisse le temps à Yma d'examiner plus en détail les Éléphant. La blonde provocante, aux seins bronzés qui débordent de son décolleté. Le petit Italien habillé en serveur, pantalon noir et chemise blanche. La femme au regard sombre, vêtue de noir, un fichu noué autour de ses cheveux de jais, une hache à la main. Le grand Noir armé d'une batte de base-ball. C'est aussi ce que brandit un type maigre couvert de tatouages en blouson de cuir, longue barbe grise et regard mauvais, guère plus grand que Forlani. Une femme rousse et menue, timide, est blottie derrière eux, accompagnée de trois petites filles.

Lorsque le boucan des Djinnis finit par se calmer, le chef des Éléphant se caresse la moustache.

— J'ai eu des pertes.

Avec un tel accent, il doit venir de La Nouvelle-Orléans.

— Et ça, c'est votre faute. Mon meilleur élément est resté de l'autre côté de la porte. Et mon éléphant se balade dans Phoenix.

L'homme à la tronçonneuse, en effet, n'est pas dans la grotte.

— Ne bougez pas, siffle Yma. Si vous bougez, je vous tue.

— Ah oui ?

— Oui. Je n'hésiterai pas.

— Mais il y a des règles, dit-il en se passant la langue sur les lèvres. Vous vous en souvenez certainement.

— Vous ne les avez pas respectées.

Il hausse les épaules, sourit, dévoilant une dent en or.

— Les règles, je m'en fiche. Je sais où on va.

De l'autre côté, un atroce gémissement se fait entendre, semblable à celui d'un animal qu'on étripe. La femme au foulard s'agenouille soudain, secouée de sanglots.

— Truro ! Truro !

Puis le son d'un objet humide que l'on frappe contre le battant. La femme au foulard est la seule à pleurer ; les autres sont trop médusés par ce meurtre commis à quelques mètres d'eux pour émettre le moindre souffle. Le dépeçage semble durer une éternité. Les bruits s'interrompent de temps à autre, laissant croire que c'est fini. Mais retentit alors un faible cri, un jacassement, et de nouveau le choc mou du corps de l'homme contre la porte.

Une odeur indescriptible s'insinue dans la grotte. Elle rappelle à Yma les égouts, la puanteur de l'adrénaline.

Lorsque le silence revient, le chef des Éléphant se baisse vers la femme au foulard, la force à se lever.

— Debout. Ta hache !

Elle la ramasse d'une main tremblante et la braque vers les Sensitive, comme si cela suffisait à la protéger. En guise de réplique, Elk lève son épée.

Les Éléphant, impressionnés par la carrure d'Elk et l'étincelle qui luit dans son regard, se recroquevillent légèrement.

— Pas question, tonne-t-il en baissant le menton. Vous voulez vraiment qu'on s'entre-tue dans ce trou ? Qu'on fasse le boulot des Djinnis à leur place ?

Un ange passe. Nul ne sait que répondre. Finalement, le petit homme en queue-de-pie penche la tête sur le côté, avec un sourire.

— Tiens, tiens. C'est exactement ce que je pense.

— C'est que vous n'avez pas de couilles, braille Knut. Vous savez très bien qu'on vous tuerait tous.

Le chef des Éléphant contemple ses ongles comme s'il les trouvait incroyablement beaux.

— Oh, je ne crois pas.

— Bien sûr que si. Vous êtes nuls.

— Voyons, on ne vous a pas appris la politesse ?

— Ce qu'il nous faut, dit Elk, c'est une trêve.

— Une trêve, acquiesce le petit homme. C'est tout à fait ce que je me disais.

— À une condition.

— Laquelle ?

— Au lever du soleil, vous repartirez par cette porte. Compris ?

Le petit homme hausse les épaules ; l'un de ses sourcils se fronce.

— Mmmh, par cette porte-là ?

— Vous m'avez compris. C'est ça ou la guerre.

Yma inspecte les troupes d'un bref coup d'œil. Les Sensitive ne sont pas au meilleur de leur forme. Spider saigne abondamment et Hugo ne s'est pas encore remis du caillou qu'il a reçu dans le dos. Quant à elle, elle a été touchée à l'épaule et la plaie de sa main s'est rouverte.

— Répondez-lui, gronde-t-elle en brandissant le tuyau. Demain matin, vous repartez par cette porte ou bien c'est la guerre, ici et maintenant. Répondez !

Le petit homme se caresse pensivement la moustache.

— Quelle raison aurions-nous de nous combattre ? Restons ensemble pour la nuit.

Yma passe la langue sur ses lèvres.

— Avant toute chose, donnez-nous votre eau.

Il se met alors à la jauger, les yeux plissés comme s'il avait devant lui un spécimen inhabituel, une créature venue des profondeurs de la Terre.

— Compris ? Donnez-nous votre eau. Vous nous avez volé la nôtre ; il est temps de nous la rendre.

Amasha essaie de la faire taire, ce dont Yma a vaguement conscience. Mais rien n'y fait : elle a le feu au corps.

— Putain, donnez-nous votre eau ! Ou soyez prêts à vous battre !

Le petit homme fait claquer sa langue, sans cesser de sourire.

— Ma chère, mais c'est que nous n'avons plus d'eau, ironise-t-il en imitant son accent anglais. Plus une goutte, comme vous allez le constater.

— Menteur.

Il fait la moue, il la trouve visiblement très mal élevée. Puis il lance un regard aux Éléphant. Les uns après les autres, ceux-ci débouchent et retournent leurs gourdes. Elles sont vides.

— Vous êtes partis de l'appartement sans eau ? s'étonne Hugo.

— Non, articule Yma d'une voix lente. Ces salopards ont tout bu. Tout à l'heure, de l'autre côté de la porte. Je me trompe ?

Personne ne soutient son regard, hormis le petit homme, qui retrousse les lèvres sur sa dent en or.

— Espèce de malades, siffle-t-elle. C'est bien ça, hein ? Vous avez tout bu parce que vous saviez très bien que nous n'avons pas avalé une goutte depuis vingt-quatre heures ?

— Damnation ! susurre le petit homme avec son faux accent anglais. C'est une lourde accusation, madame.

Yma prend deux grandes inspirations avant de se jeter sur lui. Elle n'est pas plus grande que lui mais il a les membres grêles, et de la bedaine ; il cède vite sous l'assaut.

— Yma, arrête !

Elle l'enfourche, le saisit à la gorge. On lui crie quelque chose, on la tire par les bras. Elle résiste, le regard plongé dans les iris bruns de l'homme. Elle ne décèle aucune peur dans ces yeux, uniquement de l'arrogance et du mépris.

— Tu vas ravaler ce sourire de merde ! gronde-t-elle. Et tu vas t'excuser !

— Oui, oui, je m'excuse, roucoule-t-il, faussement contrit.

— Putain, répète-le sans faire le malin, sinon…

Quatre paires de bras la soulèvent. Elle trépigne, donne des coups de pied à l'homme, mais avec Knut, Noor, Spider et Elk qui tentent de la retenir, elle ne résiste pas longtemps.

— Lâchez-moi !

Ils l'entraînent à l'autre bout de la grotte et, en dépit de ses efforts pour se libérer, la maintiennent à terre. Noor lui lance des regards incrédules. Puis Forlani s'accroupit à son côté.

— Tu t'es rouvert la main.

— Rien à foutre.

— Tu as tort. La nuit vient juste de commencer.

Il entreprend d'ôter les pansements, le visage tendu. Yma sent couler le sang, elle sait bien qu'elle ne peut pas se permettre, dans son état de déshydratation, la moindre hémorragie. À l'autre bout de la grotte, les Éléphant aident leur chef à se relever, époussettent ses vêtements. Il lui fait penser à un culbuto, ce genre de poupée qui se balance sur son énorme base sans jamais tomber. En dépit du lieu, en dépit de toutes les règles de morale que les Sensitive observent depuis des mois, elle a envie de le tuer. Oui, elle a une folle envie de tuer ce type.

Une pendule a été posée au centre de la grotte. Elle appartient aux Éléphant ; elle égrène les heures qui les séparent de leur libération. Les Éléphant se sont rassemblés le long du mur opposé, les uns somnolent, d'autres sont plus alertes. Le petit homme dans sa queue-de-pie de directeur de cirque est assis devant eux. Le menton appuyé sur une canne plantée dans le sol, il contemple Spider.

— Tu t'attendais pas à ça, hein ?

Spider change de position, sans répondre. L'homme veut parler de la main blanche qui gît dans un coin de la grotte, hors de la vue des enfants. C'est Spider qui l'a mise là, sans bien savoir pourquoi. Le contact en est déplaisant : peau molle et tiède, paume vaguement huileuse. Mais les doigts sont dépourvus de griffes, contrairement à ceux qui ont laissé leur marque dans la tour.

— Pas d'ongles, chuinte doucement le moustachu. C'est ce à quoi tu t'attendais ? Pas de griffes ?

Spider le dévisage et sent les larmes lui monter aux yeux. Curieux, cette incapacité du corps à retenir ses fluides, cette réaction des glandes lacrymales alors qu'il a déjà perdu tant de sang.

— Parce que tu t'attendais à ce qu'elle ait des griffes, hein ? insiste l'autre. J'ai vu les traces sur les parois de votre tour. Ils ne vous ont pas fait de cadeau.

Spider tend le bras pour que son arc repose dans une position plus stable. Son tour de garde va bientôt prendre fin. Sa concentration n'a jamais failli. À aucun moment il n'a quitté des yeux les Éléphant. Sa jambe ne saigne plus mais cette nouvelle hémorragie l'a affaibli. Il rêverait de retourner dans la Hutte et de dormir dans son habitacle.

— Au fait, vos femmes sont splendides.

Spider plisse les yeux.

— Tu m'as bien entendu. Celle dans le fond, avec ses beaux nichons… Je dirais pas non à une partie de jambes en l'air, si tu me passes l'expression.

— Tu peux rêver.

— Et celle avec les cheveux roux. Oh, là là ! Mignonne ! Très mignonne. Tu vois, chez nous, on baise tout ce qui nous fait envie. Sans problème. Et tu sais quoi ? Personne ne vient jamais nous dire que c'est mal.

— Toi, siffle Yma de l'encoignure où elle se tient, tu ne me parles pas, tu ne me regardes pas. Sinon je te tue.

— Mais bien sûr ! s'esclaffe le moustachu. C'est promis.

Spider redresse son arc, de manière à pointer sa flèche à hauteur des yeux de l'homme. Qui sourit, et hausse de nouveau les épaules, avant de siffler une petite mélodie. Spider reste muet. L'homme lui décoche un clin d'œil, comme s'il lui venait à l'esprit une bonne blague dont Spider serait la cible. Ce dernier le fusille du regard.

Il n'a pas de partenaire, apparemment, et assume seul, sans doute, la charge de Futatsu. Les autres Éléphant se taisent. La plupart dorment, maintenant. La femme au foulard sanglote encore, couchée en chien de fusil contre la paroi. Le géant est assis près d'elle, la main posée sur son épaule. Il a les yeux fermés, le menton tendu comme s'il tâchait d'écouter les bruits de la grotte, d'évaluer ses dimensions, ses dangers. Il a fallu un certain temps à Spider pour remarquer la taie laiteuse sur ses iris, pour comprendre pourquoi ses coups, quoique puissants, étaient si peu fructueux. Il est aveugle.

Le reste des Éléphant dort dans l'ombre. Non pas comme les Sensitive, en une masse tendre et chaude, mais séparément, y compris les enfants. Dans l'une des alcôves se tient la petite femme aux cheveux rouge feu ; ses yeux ont la couleur de l'or mat et ne cillent jamais. On dirait une New-Yorkaise. Elle somnole dans son coin, le dos tourné à Spider, étreignant ses genoux de ses bras minces. Pieds nus, elle porte un jean aux jambes retroussées.

— Spider ?

Il cligne des paupières, s'arrache à sa contemplation. Assis près de lui, Noor se frotte les yeux.

— C'est à mon tour ?

— Oui. Enfin, c'était il y a vingt minutes.

— Pourquoi tu ne me l'as pas dit ?

Spider considère le petit homme qui leur fait face et songe, durant une seconde : *Parce que je suis assez remonté pour tirer une flèche droit dans la tête du moustachu.* Puis il hausse les épaules et cède sa place à Noor.

Il va retrouver le reste de la famille, les enfants qui geignent, la bouche si sèche, leur peau déjà râpeuse au toucher. Les pommettes de Cairo saillent. Une pensée éphémère traverse l'esprit de Spider : *Le squelette de Mahmoud, où est-il ?*

Il se couche dans la position la moins inconfortable possible, sans lâcher son arc, en face des Éléphant. Leur chef n'a pas bougé d'un centimètre. Il ne quitte pas Spider des yeux et arbore toujours sur les lèvres un sourire narquois, intrigant.

Feignant de ne pas s'en inquiéter, Spider ferme les paupières, mais elles continuent de battre, trahissant le subterfuge. Il pense à un aquarium plein d'eau, dans un appartement parisien, il imagine l'homme à l'Éléphant dedans. Puis il se force à penser à la main, si proche de lui. À la manière dont elle s'est rétractée.

Contre toute attente, il s'endort. Son esprit erre dans le Cirque, croise des Djinnis qui soulèvent les sables. Il rêve d'Yma dirigeant le *Marcheur des sables*, de sa chevelure rousse ; une paire d'yeux dorés l'épie depuis une alcôve. Sa bouche est poisseuse, sa langue est collée à son palais.

Une main se pose sur son mollet. Il ouvre les yeux, décale sa tête. C'est Yma, couchée de tout son long sur le sol, tout près de son pied. Elle pose l'index sur ses lèvres et, de sa main libre, désigne d'un geste imperceptible l'autre côté de la grotte.

Il se retourne. Les Éléphant ont bougé. En bloc, vers la droite. Ils se trouvent désormais à 3 mètres de leur position initiale.

Spider reste immobile. Les paupières mi-closes, il scrute ses compagnons. Noor, l'arc à la main, s'est endormi, le menton sur la poitrine. De même que les autres Sensitive, épuisés par le manque d'eau et de nourriture. Les Éléphant sont disposés en arc de cercle, dos au mur, tandis que le petit moustachu, contre la paroi, fait rouler sans bruit un énorme roc.

Spider referme les yeux. Il n'a lâché ni son arc ni sa flèche ; un seul mouvement de la main et, pourvu que l'angle soit le bon, il atteindra le sumo ou le tatoué.

Il compte jusqu'à trois et décoche sa flèche en poussant un grand cri. Elle se plante dans le pied du lutteur, qu'elle cloue au sol pendant un instant. Les Sensitive se réveillent immédiatement. Noor envoie un projectile mal assuré sur le tatoué, qui s'affaisse à croupetons et brandit un couteau, retroussant les babines et feulant tel un fauve, le regard fixé sur l'ennemi.

La femme au fichu a troqué sa hache contre un arc, et sa flèche s'enfonce dans le mollet de Spider. Elle a visé la blessure initiale et ne l'a pas ratée. Il réfléchit une seconde : il sait qu'il devrait laisser la hampe en place mais c'est impossible. Il déchire le bord de sa jupe, extirpe la flèche et se bande sommairement la jambe avant de se relever.

Dans l'intervalle, Yma s'est précipitée sur la femme blonde. Celle-ci, bras tendus, lui a enfoncé dans le cou ses ongles longs comme des griffes pour la maintenir à distance. Yma lève le tuyau de plomb et l'abat sur la cuisse de la femme, qui tombe. Knut, l'épée au vent, s'est rué sur le tatoué et lui a planté sa lame dans l'épaule. L'homme bascule en arrière, comme s'il s'était préparé à l'attaque, et parvient de son couteau à écorcher le talon de Knut, qui hurle de douleur sans pour autant abandonner la partie. Du plat de son épée, il frappe l'homme à l'occiput.

Madeira part à son tour à l'assaut, machette au poing, et Spider en profite pour se faufiler jusqu'au sumo. Il lui assène un coup de coude dans le larynx et le fait chuter, tel un chêne qu'on abat. La femme au foulard prépare sa deuxième flèche mais Spider ne lui en laisse pas le temps. Il lui arrache l'arc, puis la flèche. Elle hurle, en farsi peut-être, l'aspergeant d'une cascade de postillons ; il lui plaque la main sur le visage et la fait tomber à la renverse.

Le sumo s'est redressé. Il empoigne les jambes de Spider et l'abat au sol. Une seconde plus tard, les coups de poing fusent. Spider roule sous le lutteur ; il sent l'odeur de sa transpiration et de la gomina dans ses cheveux. Il reçoit une dizaine de coups au visage ; toutes ses croûtes se remettent à saigner. Il tire sur les vêtements du lutteur, essaie de l'étrangler avec sa propre cravate ; le lutteur lui écrase son poing sur la tempe.

Pendant quelques secondes, Spider voit la paroi de la grotte trembler, s'assombrir ; puis il se retrouve à genoux, tête baissée, à cracher ses poumons. Il lève les yeux. Le sumo a un vague sourire. Il ne sait pas exactement où est Spider, dont le regard se pose sur Knut, qui hurle de douleur sous le couteau du tatoué. Hugo a été terrassé par l'arc de la femme au foulard.

Quant au petit homme, il donne des coups de pied dans le mur, comme un gosse, et essaie de se faufiler par l'orifice qu'il est parvenu à dégager.

Spider reprend son épée et l'abat sur les mollets du lutteur, là où les muscles sont le plus fermes. Le sang gicle, un hurlement de douleur se fait entendre, mais ce geste a trahi la position de Spider et le lutteur aveugle se laisse tomber sur lui de tout son poids.

Il suffit d'une poussée pour que Spider ait le souffle coupé. Il a juste le temps d'entendre Yma brailler, quelque part dans la grotte, avant de sentir ses côtes céder sous le choc. Comment respirer sous une telle masse ? Il va mourir asphyxié.

43

Enfant, en Angleterre, Yma Fitzroy-Hughes n'avait pas beaucoup de temps à consacrer aux occupations que la plupart de ses contemporaines affectionnaient, telles que lire, coudre et jouer du piano. Elle, elle naviguait, pêchait, arpentait les bancs de vase à la recherche de civelles. Et elle regardait le ciel. Sa conversation ne tournait qu'autour d'octas et de zones de haute pression ; et se pouvait-il vraiment qu'un certain type de bourrasque puisse arracher les poissons à l'océan et les faire pleuvoir sur une ville ? Elle avait punaisé sur un des murs de sa chambre une photographie, découpée dans un journal, qui représentait le plus gros grêlon du monde ; tous les jours, elle mesurait les précipitations.

Elle mourut jeune, à 24 ans, d'une blessure qu'elle s'était faite sur les bancs de vase, conséquence de sa distraction. Elle se souvient encore de ce que ses parents n'ont jamais su et du regard de sa mère, lorsque la mort est venue.

« C'est la fin, ma chérie, mais ne crains rien, avait-elle murmuré, la main sur le front de sa fille. Cette vie touche à son terme ; le Seigneur va t'emmener dans des sphères supérieures. »

La conscience de la fin. La conscience du fait que la vie ne reprendra pas, qu'elle ne fournira plus d'armes, d'autres existences, ne vous fera pas remettre les compteurs à zéro. Voilà dans quel état d'esprit Yma se trouve, juchée à califourchon sur la grosse femme blonde.

La femme au foulard a acculé Hugo dans un coin, Knut gît dans une mare de sang, sous le tatoué, qui est en train de lui découper l'oreille gauche au couteau. Le sang gicle ; Knut hurle, tout en essayant de se débarrasser de son assaillant.

Les Sensitive ne peuvent plus se permettre de perdre qui que ce soit.

Le tatoué se relève et adresse à son trophée un sourire qui découvre des dents mal rangées.

Madeira et Spider ont perdu connaissance. Noor se bat de toutes ses forces contre le petit Italien, tandis que le lutteur inflige une clé de bras à Elk.

— C'est ma famille ! hurle Yma en martelant le visage de la femme avec ses poings. Ma famille !

Au-dessous d'elle, la femme expire avec un puissant soubresaut et parvient à rouler sur le côté. Son poids suffit à déséquilibrer Yma, qui lâche le tuyau de plomb. Tandis qu'elle le cherche à tâtons, la femme se rue sur elle. Sa corpulence compense son manque d'entraînement. Yma a l'impression d'être renversée par un taureau. Elle chute lourdement, l'épaule et la main en feu tant la douleur est grande.

— Espèce de salope ! gronde Yma à la femme qui n'a pas hésité à l'enfourcher à son tour, lui écrasant les côtes sous ses genoux. Tu ne m'auras pas !

— C'est ce qu'on va voir.

La femme empeste l'alcool et le tabac ; ses yeux sont injectés de sang, comme si elle manquait de sommeil. Elle arrache le tuyau des mains d'Yma et le plaque sur sa gorge.

— Je vais te tuer.

Le tuyau lui écrase le larynx. Yma est morte maintes fois, et ce sentiment de constriction lui est familier. Elle ferme les yeux, cherche dans les profondeurs de son être la plus infime once de force ou de colère qu'elle pourrait faire prospérer.

Rien. Elle ne voit que la main de sa mère, ses yeux brun foncé et sa bouche qui articule : « Que le Seigneur te reçoive en son sein. »

Une autre mort. Plus intense, celle-ci. Plus ample. Yma tente une dernière fois de gonfler ses poumons, mais la femme est si lourde, l'angle de ses jambes l'écrase si puissamment… *Au secours, au secours, s'il vous plaît !*

Puis elle arrête de lutter.

Un craquement, et la pression disparaît. Yma ouvre les yeux, se redresse en toussant. Cairo, Forlani et Tita Lily se tiennent devant elle, chacun armé d'un tuyau de plomb, tandis que la femme blonde se tord de douleur en éructant comme une folle une suite de mots sans fin :

— Putain salope putain salope putain salope !

Yma tousse encore puis la trouve enfin, cette graine de colère. Elle enfourche à nouveau la femme, s'affale sur son bassin. De ses mains nues, elle frappe l'ample torse jusqu'à ce qu'au milieu de cette chair, les os cèdent dans un bruit mou et jouissif.

— Dégage de là, hoquette la femme en battant des bras dans tous les sens. Dégage, salope !

Yma lui flanque un coup de pied dans le ventre et la femme se recroqueville en une masse pathétique, secouée de sanglots. Forlani s'attaque aussitôt au lutteur, lui frappant l'occiput à coups de matraque. L'homme gémit sans lâcher Elk, dont la bouche commence à bleuir.

Le petit Cairo a repéré les estafilades sur les mollets du lutteur, et c'est là précisément qu'il lui administre une série de coups tranchants, nerveux. Yma se joint à lui ; l'avalanche s'intensifie. Le lutteur pousse un rugissement et bascule à la renverse, tendant les mains vers eux. Mais c'est Elk qu'il trouve, Elk qui martèle son visage sans relâche, jusqu'à ce que le sang jaillisse de sa bouche et de ses narines. Les yeux couleur de lait se révulsent dans leurs orbites.

— Spider ! hurle Elk en bondissant vers lui. Reviens, putain !

Forlani navigue entre Spider et Madeira, tous deux blessés, les secoue, essaie de les faire revenir à eux. Pendant ce temps, la cuisse droite du tatoué craque sous les coups d'Elk ; l'homme s'effondre en beuglant de douleur. Knut, libéré, se redresse, le visage convulsé par la rage. Sa tête et son cou sont ensanglantés, mais il est prêt à en découdre. Il rejoint Noor, l'aide à mettre hors de combat l'Italien, qu'ils ligotent avec les cordes de Spider. L'homme les regarde faire, comme indifférent à son propre sort. Noor lui crache à la figure, ce que l'homme accueille avec le même flegme.

Ne reste plus que l'Iranienne, aux prises avec Hugo. En fin de compte, ils n'auront qu'à faire cercle autour des combattants pour qu'elle consente à déposer les armes. Dans un dernier sursaut d'énergie, elle flanque un coup de tête à Noor, mais ce dernier s'empare immédiatement de ses bras, les lui tord dans le dos et la conduit vers le petit Italien, pour la ligoter elle aussi.

Elk essaie de sortir le chef de son trou. Il est à deux doigts de s'échapper, seulement retenu par un pan de sa redingote. Mais, avec un hurlement vengeur, Elk plonge le bras dans l'orifice et en extrait le petit homme, qu'il projette à terre avant de l'enfourcher.

— Tu n'as pas respecté notre accord. Pourquoi ?

— Pas de temps à perdre. Faut rester dans la course, répond le bonhomme en s'épongeant le front. Faut rester dedans pour gagner.

— Tes mains.

Le chef des Éléphant s'exécute avec une extrême lenteur et un air de fausse modestie, comme s'il s'attendait à ce sort, et à un baiser en prime. Elk lui noue les poignets avant de le barder de cordes tel un rôti de Noël tout sourire, le cheveu gominé.

— Bravo ! Tu m'as métamorphosé. Je suis ravissant.

Madeira s'est redressée et Forlani a réussi à retourner Spider. Il lui palpe le visage, pose l'oreille sur sa poitrine, écoute.

— Il respire ?

— Oui. Aidez-moi à le mettre debout.

Tandis qu'Elk, Noor et Hugo regroupent les Éléphant dans un coin de la grotte, près de la grande porte, Forlani et Amasha parviennent à relever Spider. Celui-ci marmonne des bribes de phrases, se frappe les joues machinalement, comme pour se réveiller. Ce n'est que lorsque Forlani lui saisit les poignets que ce manège cesse. Knut, assis par terre, a plaqué sa chemise sur la plaie béante qui s'épanouit à la place de son oreille.

— Putain de connard de mes deux ! Putain de tatoué de merde ! Regardez-moi ce débris, on dirait qu'il a 100 ans.

Les Éléphant s'agglutinent contre la paroi. Yma, furieuse, dévisage la blonde trop bronzée. Celle-ci est courbée en deux ; de douleur certainement. Seul le chef ose défier les Sensitive. Même ligoté, il ne cesse de sourire et de leur faire des clins d'œil.

— Bon, articule lentement Elk. Le trou. C'est le passage vers l'extérieur, j'imagine. Et donc tu allais t'y faufiler avant nous, hein, c'est ça ?

Le petit homme se contente de fermer les yeux très lentement, puis les rouvre, toujours affable.

— Il faut qu'un de nous y aille, dit Elk aux Sensitive.

— Ouais ! s'exclame soudain Cairo. Moi. Je peux le faire.

— Non, attends, s'interpose Amasha.

Mais Cairo s'élance déjà.

— C'est facile. Regardez !

Avant même qu'elle puisse le raisonner, Cairo a escaladé le mur et s'est engagé dans le boyau. Il s'arrête un instant et Yma ne voit plus de lui que ses plantes de pied, si menues, brun caramel. Il disparaît en un éclair.

— Non ! gémit Amasha en glissant la tête dans l'orifice. Cairo, je t'en supplie ! Reviens !

Trop tard : Cairo n'est déjà plus des leurs. Si vite après Mahmoud… La Futatsu éclate en sanglots. Elk la prend dans ses bras.

— C'est insupportable, Elk. D'abord Mahmoud, puis lui…

— Il va s'en tirer, OK ? J'en suis certain.

Knut, dégoulinant de sueur, se balance d'avant en arrière, la chemise toujours plaquée sur l'oreille.

— Une gorgée d'eau, putain, une gorgée d'eau, murmure-t-il à l'intention du chef des Éléphant. Ça, ce serait pas du luxe !

Splendour se met à pleurer au diapason des adultes, mais sans larmes : elle est trop déshydratée. À réclamer, tremblante, les bras d'Amasha, elle ressemble à une petite prisonnière de guerre.

Les uns après les autres, les membres de la famille s'assoient pour inspecter leurs blessures, rajuster leurs vêtements. Spider parvient enfin à se remettre debout, un peu vacillant. Le sang ruisselle de ses jambes.

— Qu'est-ce que vous foutez encore là ? demande-t-il aux Éléphant. On vous a assez vus.

— Attends, reprend Elk.

Spider lui montre la pendule.

— Le soleil s'est levé. C'est le matin. Ils peuvent partir. Si tant est que leur pendule soit à l'heure.

Il s'avance vers les Éléphant, les dévisage.

— C'est le cas ? Parce que, d'après elle, la nuit est finie.

— Oui, elle donne la bonne heure, répond le chef. Vous pouvez nous laisser partir.

— Yma, soupire Spider, tu veux bien ouvrir la porte ? Et vous, veillez à ce que ces salauds n'essaient pas de nous baiser une dernière fois, compris ?

Les hommes Sensitive écartent de la porte les Éléphant ; Yma manipule lentement le verrou. Elle a l'impression qu'ils sont ici depuis des siècles.

L'impression aussi de n'avoir jamais bu d'eau de sa vie – enfin pas d'eau plate, fraîche, pure. Elle a un peu dormi cette nuit et rêvé qu'elle buvait dans la piscine de la terrasse de leur appartement de Copper Square ; elle aspirait directement l'eau du bassin. Elle ne se souvient plus de la sensation que lui procurait, au cours de ses nombreuses vies, le fait d'ouvrir un robinet. Cette pensée lui donne le vertige.

Avec l'aide de Noor, elle tire les énormes battants et se tient tête baissée devant l'entrebâillement. Les hommes de la famille repoussent les Éléphant dans le souterrain, sans les regarder ni les écouter. Personne chez les Sensitive ne veut savoir ce qui est arrivé à « Truro ». Ils ont vu trop de dépouilles vidées par les Djinnis.

Pas un bruit dans le souterrain. Plus de Djinnis. Après tout, la pendule donne peut-être la bonne heure.

Yma referme les portes et pousse le verrou. Les nerfs de sa main poussent un cri de douleur ; elle se remet à saigner. Forlani, avec un murmure de réprobation, l'attire à lui ; il a commencé à sortir liniments et bocaux de son sac de ceinture lorsque le petit visage de Cairo réapparaît dans le trou.

— Hé !

Il les embrasse tous du regard, les yeux trop grands dans ce petit visage de chouette gris de fatigue.

— Cairo ! Alors ? Qu'est-ce que tu as vu ?

L'enfant cligne des paupières pendant un moment. Puis :

— Je crois qu'on y est.

Yma pose sa paume sur sa bouche. Elle a envie de pleurer, de hurler de joie. Car ils sont tous si proches de la mort, elle en est certaine. La soif… Pas d'eau depuis plus de trente-six heures : ils n'en ont plus pour longtemps, surtout les gosses.

Amasha joint les mains, extatique.

— Viens par ici, mon petit. Viens que je te prenne dans mes bras.

Cairo sort de l'orifice d'un bond, subitement transformé en un mini-Spider par la grâce de son exploration. Les adultes le font asseoir au centre de la grotte. Il tient une branche qui porte d'étranges feuilles, et la tend à Splendour.

— C'est pour tes cheveux !

— Qu'est-ce que tu as vu, Cairo ?

Il bombe le torse. C'est la première fois qu'il se sent aussi important. Un indice de l'adulte qu'il sera, en dépit de sa mine chiffonnée.

— Le souterrain est assez long et étroit… Mais au bout il y a la mer. Et une ville dans laquelle on n'est jamais allés. Le truc, c'est qu'à un moment le souterrain se retourne sur lui-même.

— Comment ça ?

— D'abord, il descend, et ensuite il repart dans l'autre sens.

Le petit garçon lève les yeux vers Elk.

— Mais je pense que tu passeras.

— Avec ma taille fine de danseur !

Elk se penche en arrière, un grand sourire aux lèvres, et se donne une tape sur le ventre.

— Mais bien sûr. Je suis une anguille, moi, une véritable anguille !

Yma reste muette. *Un long tunnel. Étroit. Et qui décrit une épingle à cheveux.*

— Je fermerai la marche, annonce-t-elle.

— Ne dis pas de bêtises.

— Mais qui d'autre, sinon ? Il faut des hommes pour l'avant-garde. Knut et Spider auront besoin d'aide. Elk aussi, dans le rétrécissement.

— Mais non, Yma ! Une anguille faite homme, je te dis.

— Bon, concède Forlani en secouant la tête. Mais laisse-moi refaire ton pansement. Qu'est-ce qui t'est arrivé à l'épaule ?

Ils prennent quelques minutes pour se préparer, réduisent leur paquetage au minimum. Elk, qui n'a presque plus rien sur lui, se défait de sa ceinture et de tout ce qui pourrait accrocher à la paroi. Noor et Hugo font rouler une grosse pierre au pied du mur, pour faire office de marchepied.

— Quand tu seras passée, dit Noor à Yma, écarte-la d'un bon coup de pied. Inutile de leur faciliter la tâche.

Noor salue ses camarades avec un brin de malice puis se faufile dans le trou, la tête la première.

— Au début, c'est très étroit, dit Cairo, mais après on peut marcher debout. Au moins jusqu'au virage.

Yma ne sait pas d'où vient sa peur des espaces clos. Est-ce à cause des longues journées qu'elle passait, enfant, dans sa chambre avec la nourrice ? Ou peut-être à cause de la glacière désaffectée au sous-sol de chez ses parents, qui avait été pourvue d'une grille mais n'en restait pas moins dangereuse ?

« Il y a des mines autour de chez nous, Yma, tu sais, lui avait dit sa mère. Quand tu te promènes la tête dans les nuages, fais quand même attention où tu mets les pieds. Ou tu te retrouveras au fond d'un trou avant même de t'en rendre compte. »

Et c'est à peu près ce qui lui était arrivé. Si l'on excepte un élément dont elle n'a jamais fait part à ses parents.

Mais c'est du passé, surtout à cet instant précis. Elle ne s'est toujours pas débarrassée de sa claustrophobie ; Noor ne doit pas se rendre compte qu'elle a peur.

Knut part devant Amasha. Forlani lui a pansé l'oreille du mieux qu'il a pu mais Knut, le visage contracté, souffre encore le martyre. Ils s'y mettent à plusieurs pour le hisser jusqu'au trou. Il s'arrête à quatre pattes sur le bord, pantelant.

— Allez, l'encourage Forlani. Tu vas y arriver. Tu vas y arriver.

Puis Amasha monte à son tour, suivie de Tita Lily, de Madeira et des deux enfants. Un peu plus tard suit l'imposant Elk : même s'il doit se contorsionner pour entrer, il est finalement avalé par les ténèbres lui aussi. Forlani et Spider se tiennent près du trou, attendent, échangent un regard, écoutent les bruits du souterrain. Spider paraît émacié, épuisé ; il a perdu beaucoup de sang. Au bout d'un long moment – durant lequel le tunnel n'a renvoyé aucun son –, Forlani hoche la tête.

— On peut y aller, tu crois ?

— Il n'y a qu'un moyen de le savoir, répond Spider en haussant les épaules.

Il grimpe sur la roche, moins vif et rapide qu'à son habitude. Parvenu à l'entrée du passage, il doit s'arrêter pour retrouver sa respiration. Forlani le rejoint bientôt.

— Donne-nous dix minutes, dit-il à Yma.

Puis il disparaît à son tour, et la voilà seule dans la grotte, encerclée de toutes ces parois noires.

La glacière. L'ombre dans la glacière. Les bancs de vase, les oiseaux qui s'en élançaient, l'odeur de sel, de poisson, d'essence.

Elle inspire à trois reprises. Elle n'y arrivera pas toute seule. Impossible.

Elle coince le tuyau en plomb dans sa ceinture et glisse sa main droite sous l'élastique de son soutien-gorge pour gratter un bout de cristal. Un petit flocon se colle à son ongle. Elle l'étudie avec soin. Si elle en absorbe trop, elle sera complètement déboussolée, risquera de faire des choses qu'elle ne maîtrise pas. Comme ouvrir la porte en riant aux Éléphant, par exemple. Elle brise le flocon, en garde un minuscule fragment qu'elle pose sur sa langue en fermant les yeux.

Il faut bien quatre ou cinq minutes pour que son cœur – ô bénédiction ! – commence enfin à ralentir, que sa vision s'éclaircisse et se fasse plus nette. Un sourire niais apparaît sur ses lèvres, comme si la grotte, soudain nappée de verre, se mettait à scintiller joliment.

Souviens-toi, Yma. Le souterrain.

Elle escalade le mur, s'arrêtant de temps à autre pour rire des images qui se forment dans sa tête. Sa main lui fait encore mal, mais elle peut voir cette douleur s'épanouir dans son corps, une fleur rouge des tropiques. Si elle est là, ce n'est pas pour rien. Même la soif a sa raison d'être : elle fait partie de l'univers intérieur d'Yma, lui rappelle quel est son but.

La voilà à l'embouchure du souterrain. Étroite. Un lambeau de la chemise d'Elk est resté accroché à la voûte. Ça aussi, ça la fait rire. Elle rampe dans le passage, qui ne tarde pas à s'élargir. Le sol est gluant, comme si un escargot géant y avait laissé son empreinte baveuse. Ça sent la terre et le poisson.

— Poisson, glousse Yma comme s'il s'agissait de la meilleure blague du monde. Poisson !

Elle poursuit d'un pas vacillant, se heurte aux parois du souterrain, se demande à quoi va ressembler le bord de mer. Pas de Mr Whippy, d'ânes qui sentent le crottin, de machines à prédire l'avenir. *Ce sera comme au paradis*, songe-t-elle. Elle boira la mer en une gorgée, navires compris.

Mais non, andouille. C'est salé, la mer.

Elle s'écarte du mur et poursuit sa marche. La voûte s'affaisse et elle est saisie de panique pendant un court instant, durant lequel son moi rationnel fait une brève apparition. Elle sourit, s'encourage à continuer, comme le reste de la troupe.

La voûte est de plus en plus basse. Bientôt, il lui faut se coucher et ramper comme une chenille. Comment Elk a-t-il pu passer ? Elle n'en a pas la moindre idée. Peut-être se trouve-t-il à quelques mètres d'elle, coincé comme un bouchon dans une bouteille. Les autres derrière lui.

Nouvelle vague de panique, qu'elle apaise aussitôt. Le boyau descend à présent ; il fait sombre ; les lumignons vert pâle ont disparu. Tout n'est que ténèbres et la pierre est rêche sous son ventre. Soudain, sa main heurte un obstacle. Elle met un moment à comprendre que c'est l'endroit où le boyau se retourne sur lui-même. C'est ce dont parlait Cairo. Une épingle à cheveux.

Elle flaire une odeur d'adrénaline, de transpiration, comme un parfum de bagarre. Elk, sans doute : il est si grand, si corpulent qu'il a dû se plier dans tous les sens pour passer. Mais elle plonge les mains droit devant, baissant le menton, tête la première pour repartir dans l'autre sens.

Et voilà qu'elle est bloquée. Elle ne peut plus bouger d'un centimètre.

Elle éclate d'abord de rire, fredonne un petit air que son père chantait toujours sur l'île de Mersea.

— « Coincé, coincé comme une bernacle, comme une belle bernacle bleue… »

Elle essaie d'avancer à coups de coude, se sert de ses orteils pour se propulser vers l'avant. Rien n'y fait.

— Réfléchis, marmonne-t-elle en léchant ses lèvres craquelées. Réfléchis un peu !

Mais son mal de crâne la reprend et ses tempes battent d'autant plus fort qu'elle a la tête en bas. Pourquoi est-elle coincée ? Pourquoi ?

C'est alors qu'elle se souvient. Le tuyau dans sa ceinture. Elle se démène pour tenter de le déloger : impossible. Elle prend appui sur la paroi pour reculer, mais le tuyau la cloue sur place. Elle est complètement bloquée.

— Comme un étron dans le siphon, blague-t-elle, comme une pierre dans le… peu importe.

Elle sourit dans le noir, essaie de ne pas penser à son crâne qui palpite, tente de retrouver les effets de la drogue – la joie, le lieu où la douleur n'est plus qu'un élément du Tout. Puis, de l'arrière du souterrain – de la grotte qu'elle vient de quitter –, lui parvient un bruit étouffé, qui lui semble familier, sans qu'elle comprenne vraiment pourquoi.

C'est que t'es shootée, shootée, ma fille !

Soudain tout s'éclaire : c'est le bruit de la famille Éléphant qui veut forcer la porte.

Son cœur se met à battre plus fort. Dans un moment de lucidité, elle réalise qu'elle est coincée à cause du tuyau. Elle a deux solutions. Primo, le déloger : impossible, car elle ne peut pas bouger les mains. Deuzio, déchirer la ceinture : difficile, celle-ci est en cuir.

Elle se remet à glousser bêtement, en pensant à l'étron dans le siphon. Puis il lui vient une idée : le tuyau est sûrement en plomb. Le plomb, c'est malléable. Elle joint les pieds, les soulève, genoux pliés ; son dos frotte contre la voûte du tunnel. Tant de sang s'est accumulé dans son crâne qu'elle croit que sa tête va exploser. Elle n'a plus de force, elle a trop saigné, elle n'a pas assez dormi, elle meurt de soif, elle n'a plus aucune énergie.

Puis les bruits reviennent, dans un martèlement rythmé. Des crissements.

Elle pousse de nouveau, bien qu'une part d'elle-même sache qu'elle n'en peut plus. Elle pense à Noor : quand se rendra-t-il compte qu'elle n'a pas suivi ? Quelqu'un viendra-t-il à son secours ? Essaiera-t-on de la tirer de là ? Mais ce sera impossible. Le boyau est trop étroit pour permettre une manœuvre à deux. Les effets de la drogue se sont estompés ; ne restent qu'une sensation d'irréalité, une légère douleur, un essoufflement.

Les bruits reprennent, et elle se souvient de la femme blonde. Du rouge à lèvres sur ses dents, de l'odeur fétide de son haleine, tabac et alcool mélangés. Soudain la ceinture de son pantalon cède, se détend une ou deux secondes, se coince de nouveau avant de se détacher pour de bon.

Yma est libre. Sans s'accorder un instant pour respirer, elle prend appui sur ses pieds pour se propulser vers l'avant, la tête dans le noir ; ses jambes s'extraient de son pantalon, qui reste dans le boyau. Elle pousse son corps dans l'épingle à cheveux et atterrit sur le ventre, pantelante. Elle n'a plus son pantalon, et plus une seule goutte du sang de Chamelle sur elle.

Le souterrain s'élargit devant elle, elle voit réapparaître les lumignons vert pâle. Quel soulagement ! Mais il lui faut d'abord remonter le boyau. Elle tend la main vers le tuyau, coincé dans une fente de la paroi. Il faudrait plusieurs hommes pour le déloger. Elle noue son pantalon autour du morceau de plomb pour lui donner plus de volume.

Ça suffira à retenir les Éléphant, songe-t-elle, avant d'esquisser un sourire idiot. Puis elle se retourne et repart vers les Sensitive, d'abord en rampant, puis à quatre pattes, puis à croupetons.

Ils approchent du but. Oui, ils approchent vraiment du but.

Une minute plus tard, Yma court, debout, les cheveux au vent.

44

La lumière change. Le vert pâle du souterrain a viré au turquoise, puis au bleu. Spider a du mal à tenir debout. Il doit s'arrêter tous les cinq ou six pas, s'adosser à la paroi pour ne pas tomber. L'air qui entre dans ses poumons n'est plus le même : il est poissonneux, chargé d'ozone. On entend les mouettes au loin.

Forlani ne l'a pas quitté ; devant eux, Spider aperçoit de temps en temps les autres, à une cinquantaine de mètres, dans le souterrain qui grimpe, grimpe, puis s'aplanit. Knut se tient la tête à deux mains, soutenu par Elk, dont le dos nu est strié de sang. Devant eux, des éclairs verts et bruns, le soleil, un nuage. Et soudain Spider parvient à l'embouchure du tunnel, à flanc de montagne. Il s'immobilise, le souffle bruyant.

— Essaouira, dit-il à Forlani. C'est Essaouira !

Le port de pêche s'étend en contrebas comme un tapis aux riches motifs. Les quilles bleues des bateaux se balancent gaiement sur la mer agitée. Le vent soulève les sables humides, les embruns. La ville est un puzzle de maisons aux murs peints, de ruelles minuscules, de terrasses aux treilles tissées de fleurs.

Le reste de la famille est plus loin, sur le chemin. Spider inspire profondément puis promène sa langue à l'intérieur de sa bouche. Il voudrait savoir ce qui la rend si poisseuse. Le sang battant à ses tempes, il inspecte le ciel limpide. Il sent la vie réintégrer ses membres, l'oxygène envahir ses cellules, clarifier ses idées, dilater ses poumons.

Yma, comme en transe, surgit à son côté. Son visage est gris, ses yeux vitreux. Elle est en slip. Elle s'arrête, embrasse la ville du regard.

— Hé, l'interpelle Forlani après l'avoir dévisagée. Ça va, Yma ? Tu fais une drôle de tête et tu es… à demi nue. Tiens, prends ma chemise.

Elle vacille légèrement, esquisse un sourire puis enfile le vêtement trop grand.

— Oui, je… Je manque d'eau, sans doute. Vous en avez vu ?

— Pas encore.

— Les Éléphant… Ils nous ont suivis. Ils ne sont pas loin.

— Les connards, siffle Spider. On aurait pu s'en douter.

Ils s'engagent d'un pas plus rapide sur le sentier de montagne, serpentant entre les oliviers, qui conduit à la ville. Essaouira ne ressemble pas aux autres cités du Cirque. Elle dégage une sensation d'étrange sérénité, comme si elle attendait la famille. Le chemin est bordé d'ajoncs rêches et de figuiers. Plus haut se dressent des arganiers, chenus comme des vieillards. Et, dans leurs branches, des chèvres de toutes les couleurs. Elles mâchent des noix d'argan et suivent Spider d'un regard indifférent.

— Où allons-nous ? demande Forlani.

Ils rattrapent le reste du groupe et, soutenu par Noor, Spider boitille jusqu'à la tête du cortège. Il pense avoir recouvré quelques forces, même s'il sait qu'il lui faut absolument boire très vite. Il n'arrive plus à se figurer ce qui se passe en lui ; ses organes se sont peut-être recroquevillés comme des poings d'enfant.

— Il va falloir presser le pas. Les Éléphant sont derrière.

— Putain, je vais les tuer ! rugit Knut, toujours fou de douleur. Je vais les tuer.

— Suivez-moi.

Tous se rangent derrière Spider, qui ne marche pas aussi vite qu'il le voudrait. Chaque pas lui coûte. Splendour ne cesse de gémir tout bas, la tête enfouie contre la cuisse d'Amasha, le pas traînant.

— S'il te plaît, j'ai soif, j'ai soif…

Bientôt les voilà parvenus devant les remparts de la ville, couleur de sable ; des arches marocaines surplombent les rues. Spider connaît la médina par cœur. Les ruelles étroites sont cernées de murs si hauts, si proches qu'ils ne laissent pas passer la lumière du soleil : on se croirait au fond des canyons. Et partout l'odeur de l'agneau grillé, les parfums de l'anis et de la cannelle brûlés. La famille dépasse un mur entier de tapis suspendus aux fenêtres – un souvenir vieux d'un siècle pour lui.

Il y a de nombreux signes de vie. Rien n'évoque l'abandon ni la ruine dans Essaouira. Pourtant, il n'y a pas âme qui vive dans les rues.

Spider suit un trajet tortueux, tourne à plusieurs reprises, débouche dans une rue plus large, bordée de petites échoppes dans les vitrines desquelles sont exposés d'énormes plateaux chargés de boules de pâte d'amande de toutes les couleurs. Puis il disparaît de nouveau dans une allée qui n'est qu'un diverticule. Une impasse. Perplexe, il ressort, les emmène dans une autre ruelle qui débouche sur une place. Des comptoirs de béton peints en blanc s'y dressent, sur lesquels sont agencés des centaines de poissons. La pêche du jour.

— Ça pue, dit Cairo en se couvrant la bouche.

Spider est au milieu de la place, entre des rangées de requins et de poulpes aux yeux exorbités. Ce marché n'existait pas quand il habitait Essaouira ; il se demande à quoi ça peut ressembler maintenant. Des cuisinières, des domestiques avec leurs paniers en train de marchander, les poissonniers qui soulèvent les ouïes des poissons – elles sont rouges, elles sont fraîches.

Dans un coin de la place se dresse une vieille pompe à eau. Il l'actionne, laisse couler les premiers litres : c'est toujours là que prolifèrent les bactéries. Puis il recule et invite les autres à boire avant lui. Enfin son tour arrive. L'eau est si suave, si fraîche – un vrai baume. Il la fait ruisseler sur son front, ses jambes.

Yma boit et ne pense qu'à cela. Puis une ombre attire son regard, aux confins de son champ de vision. Elle lève les yeux.

— Oh, murmure-t-elle. Oh !

Spider pivote. Yma tend la main vers le ciel. Tout le monde voit ce qu'elle voit : un oiseau, qui l'observe d'un des toits de la place. Puis un autre, qu'elle voit quand elle se retourne. Puis cinq ou six. Et un nouveau venu qui atterrit en battant des ailes et en piaillant.

— Non, non ! hurle Splendour. Non, ils vont se mettre tous ensemble !

Cairo commence à pleurer en silence, pitoyable. Il s'assoit sur les dalles qui sentent le poisson, les épaules secouées de sanglots. Amasha elle-même est au bord des larmes.

— Attendez, dit alors Spider.

Il est debout, immobile, et étudie les oiseaux, ses cheveux blonds scintillant au soleil.

— Ils ne sont pas si nombreux que ça. Et ils nous regardent. Qui vous dit que ce n'est pas parce que nous sommes sur le point de trouver le Sarkpont ?

Cairo reprend son souffle et lève les yeux vers Noor, intrigué. Hugo le dévisage lui aussi, bouche bée.

— Tu crois ?

— Je ne sais pas. Où est-elle, cette église ?

— Pas loin d'ici. Je ne m'y retrouve pas, les choses ont changé. Un vrai dédale. On va essayer cette rue.

Spider s'engage dans une ruelle bordée d'arcades, qui semble ne mener nulle part. Il se retourne, secoue la tête.

— Tu entends ? demande Amasha à Elk tandis qu'ils errent dans les rues.

Il fait halte, tend l'oreille. Un étrange bourdonnement monte du cœur de la médina.

— C'est ça, tu crois ? reprend-elle en se frottant les bras comme si elle avait la chair de poule.

— Peut-être, peut-être…

Ils marchent en silence, osant à peine respirer, jusqu'à parvenir dans un autre cul-de-sac. Devant eux, une porte à l'aspect banal, assez haute, en ogive. Au-dessus, une fenêtre de même style s'ouvre dans la façade. Elle a été bouchée par une plaque en aggloméré estampillée « POISSON FRAIS », recouverte d'un fin grillage. Cette fois, Spider ne rebrousse pas chemin. Il s'approche sans rien dire et pose le front sur le battant, le souffle lent. Inspirer. Expirer. Inspirer, expirer. Il a fermé les yeux.

— Alors ? demande Yma.

— C'est là qu'ils sont allés chercher l'eau qui m'a guéri. Dans une église catholique, au cœur d'une ville musulmane.

— Et c'est de là que vient ce bourdonnement, non ?

Les cieux s'assombrissent. Yma voit une nuée d'oiseaux tournoyer autour des toits, le regard brillant, dardé sur la famille. Spider actionne lentement la poignée et ouvre la porte en grand.

La nef n'est plus que décombres. Les poutres du toit jonchent le sol ; une statue dorée de la Vierge Marie gît sur le flanc, ses yeux de plâtre contemplant le carrelage et les bancs d'église. Tout est constellé de fientes de pigeon et le soleil perce la pénombre de rayons minces et tranchants. Le bourdonnement est devenu assourdissant. L'odeur de poussière disparaît sous celle de la harissa, de la menthe – et d'autre chose.

— Ça sent le fer, dit Spider en transe, sa robe tachetée du sang de Chamelle. Ça sent le fer.

Et c'est alors que Mardy leur apparaît, assise dans l'ombre, derrière une table basse à tréteaux sur laquelle sont disposées des pyramides de gâteaux secs dont les prix sont indiqués sur des étiquettes. Et de grands verres contenant du soda à la glace au chocolat ou de la citronnade.

— Quel plaisir de vous retrouver tous ! Je ne m'attendais pas à voir ma journée illuminée de cette manière. La famille du *Mimosa pudica*. La plus timide des plantes, la Sensitive. Ils sont venus me rendre visite !

Elle pose la main sur sa poitrine. Elle a revêtu aujourd'hui l'accoutrement d'une participante à un concours de pâtisserie ou à une foire agricole : cardigan rose orné de chats brodés, chemisier à col haut et jupe en drap de laine. Ses jambes épaisses sont insérées dans des bas de contention – peut-être souffre-t-elle de varices ?

— Parfois, mes Sensitive, quand je vous regardais vous démener dans le désert, j'avais plutôt envie de vous soutenir. Bien sûr, vous comprendrez que je ne puisse pas avoir de favoris. Mais je suis contente que vous ayez réussi. Eh bien ! La tête haute, mes Sensitive ! Vous ne ressemblez plus à grand-chose, il faut dire. Allez, approchez. C'est ma tournée.

Les enfants se dirigent, les yeux écarquillés, vers la table. Cairo est le plus audacieux. Il attrape un verre et le vide d'un trait, se barbouillant au passage le visage de chocolat.

— Je peux en prendre un autre ?

— Bonté divine, je pense bien, oui, après ce que tu as vécu ! Sers-toi, bois tout ton soûl. Quoique…

Elle secoue l'index, sévère.

— Tu auras envie de faire pipi, et je le saurai. Alors si tu pouvais ne pas trop boire, mon petit *Knuddelmaus*… Ah, Knut, je sais que tu as pu trouver cela fort réjouissant dans certaines de tes vies… Ici, cependant, c'est déconseillé.

Les uns après les autres, les Sensitive viennent se servir. Les adultes boivent de la citronnade : ni trop sucrée ni écœurante, elle les rafraîchit de son subtil arôme de fruit. Elle fait gémir Hugo, qui secoue la tête, tandis que Cairo, qui finit son deuxième verre, se met à pleurer.

— Allons, murmure Amasha en le serrant dans ses bras, allons, mon petit. Ce n'est pas grave.

— Je ne savais pas que ça pouvait être aussi bon !

— Je sais, mon ange, je sais.

Yma ne boit pas, trop inquiète, trop fatiguée. Elle a l'impression que quelque chose cloche. Elk se dirige, le pas lourd, vers la *piscina* de pierre, au coin de la nef. En silence, il se penche. Ce qu'il voit le surprend tellement qu'il sursaute et lâche son verre.

Il lève la main, pour que le reste de la famille ne s'approche pas.

— C'est de là que vient le bruit ? demande Yma.

— Amasha ? appelle Elk. Viens voir.

Médusée, Amasha rejoint Elk sans un mot. Elle y jette un regard et son visage, pendant quelques secondes, reflète une lueur rouge qui vient de la *piscina*. Puis elle attrape Elk par le bras, saisie peut-être d'un vertige. Elk l'enlace. Cela semble tellement naturel, comme si ces deux-là s'étaient embrassés des milliers de fois.

— Le *garbhanal*..., murmure Amasha, le visage contre le torse d'Elk.

On dirait qu'elle se baigne dans la pluie de la mousson, qu'elle danse dans sa tête.

— Nous l'avons trouvé.

— De quoi parles-tu ? demande Yma.

Elk lui sourit, et les commissures de ses lèvres sont si déshydratées, si irritées qu'elles paraissent sur le point de se fendre.

— C'est le seuil – le Sarkpont.

Le ciel s'obscurcit. Lorsque Yma lève la tête, elle voit les nuées d'oiseaux planer au-dessus des poutres, les yeux fixés sur les Sensitive. Les cristaux ne lui font plus aucun effet. Elle se sent pleine et entière, mais sa main lui fait mal.

— Yma, on l'a trouvé, alors ? demande Cairo en lui tirant sur la manche.

— Je pense.

— Et Mahmoud ? Et Nergüi ?

Yma croise le regard de Mardy.

— Peut-être, dit cette dernière à voix basse. Même si je crois que vous ne les reverrez jamais. Encore que si vous revenez, peut-être que…

Elk soupire, penche la tête, effleure fugitivement le front d'Amasha.

— Alors c'est donc ça. C'est ce qu'on fait.

— S'il vous plaît, sanglote Splendour. S'il vous plaît ! Je veux pas. Ça sent mauvais. Et Nergüi ? Et Mahmoud ? Ils sont où ?

— On va résoudre le problème, lui souffle Yma à l'oreille tout en la prenant par la main. C'est comme ça qu'on a toujours avancé : en résolvant les problèmes.

Le silence revient, troublé par le bourdonnement du puits et le vacarme des oiseaux qui se posent en caquetant, les ailes battantes, sur la toiture éventrée. Elk monte sur le rebord de la *piscina* et plonge dans l'eau, tête la première. Amasha le regarde un long moment puis fait signe aux enfants.

— Allez, venez, mes chéris, venez.

Les petits s'approchent, hésitants. Splendour n'a pas séché ses larmes. Amasha les enlace tous deux. Cairo s'écarte.

— Est-ce que ça va faire mal ?

— Pas du tout. Tu auras l'impression d'être au paradis. La tête la première, rappelle-toi. Toujours la tête la première. *Pœtiyo*, tu as déjà plongé, même si tu ne t'en souviens pas.

— Non, ça va faire mal ! glapit Splendour.

Mais Amasha les embrasse sur le front, se penche sur le puits et se laisse tomber, entraînant les enfants dans sa chute. Des cris, des bras et des jambes qui se débattent, puis un son ténu, comme une peau qui se déchire.

Et les voilà disparus. Ceux qui restent échangent des regards.

— À qui le tour ? demande Noor.

— Knut, répond Forlani.

À deux, ils conduisent le blessé jusqu'au puits. Il hume l'eau, fronce le nez.

— De toute façon, tout vaut mieux que cette atroce douleur ! s'exclame-t-il, résigné. Après tout, on s'en fout !

Sans l'aide de quiconque, il se précipite tête la première dans la *piscina*. Et de nouveau les autres entendent ce bruit étrange d'une peau qui se déchire. Et sentent cette odeur où se mêlent le fer, le sang et l'herbe.

Ils s'avancent près du puits dans un silence abasourdi. Il n'y a rien à voir qu'une surface lisse, presque viscérale, sous laquelle bougent de très vagues images ; l'odeur s'accompagne d'une lueur rougeâtre, irréelle.

Forlani se lèche les lèvres.

— S'il a pu le faire, c'est à ma portée.

Il boitille, ruisselant de transpiration, jusqu'au rebord et se laisse tomber.

Aucun corps ne remonte à la surface. C'est alors que Hugo, en silence, franchit les quelques pas qui le séparent de la *piscina* et, sans marquer d'arrêt, plonge à son tour. Tita Lily et Madeira suivent.

Yma et Noor se penchent sur le puits. La jeune femme voit des images floues se former sous l'eau, comme si les membres de la famille avaient tourné le visage vers elle. Mais est-ce vraiment leur visage ? Peut-être que non.

Une larme perle à sa paupière. Elle regarde Mardy. Puis Spider. Qui la scrute de ses yeux bleus. La scrute, oui, vraiment, l'examine. Pour se tourner ensuite vers Noor.

Elle déglutit, baisse la tête et prend les mains de Noor dans les siennes.

— Ensemble ?

Il hoche la tête.

— Ensemble.

Ils s'agenouillent au-dessus du puits, l'un en face de l'autre, échangent un long regard.

— À trois, on y va. D'accord ?

— D'accord.

— Un, deux, trois, compte Noor.

Yma se propulse du rebord et entre en collision avec Noor ; elle le sent qui l'enlace, elle sent sa main heurter quelque chose – la douleur est brève. Il n'y a plus ensuite que Noor contre elle tandis qu'ils sombrent.

Elle ne respire pas, s'attendant à revenir à la surface. Mais dans le puits le liquide est si épais qu'elle reste sur place. Elle se débat, et Noor de même à son côté. Puis elle frôle d'autres bras, d'autres jambes, la famille autour d'elle. Elle est à bout de souffle mais ne remonte toujours pas. Elle ouvre la bouche pour hurler et le liquide l'envahit, pénètre ses poumons comme une crème, sans l'étouffer, l'emplissant d'une sensation de calme que même les cristaux n'ont jamais pu lui procurer.

Elle ouvre les yeux, sidérée ; Noor lui rend son regard, tout aussi surpris. La lumière est claire et limpide dans le puits ; elle voit les autres derrière Noor, Madeira clignant des paupières de plaisir, ses nattes dansant dans le liquide, et Tita Lily dont la chevelure flotte au-dessus de sa tête comme un voile de mariée. Le sari d'Amasha tourbillonne sur ses formes et les boucles bleues de Knut lui font une couronne.

Les enfants sont immobiles, les bras en croix, les pieds tendus vers le bas de la *piscina*, contemplant, les yeux écarquillés, le liquide qui déferle sur eux comme les vagues de l'océan. Le bourdonnement est plus fort, un *Ohhhhmmmm* profond et vibrant qui plonge Amasha, les yeux fermés, dans l'extase. Le premier bruit de l'univers, c'est ainsi qu'elle l'appelle, ce son-là. Le premier bruit.

Puis cela change, souffle comme le vent. Il semble à Yma qu'ils sont encore immobiles mais qu'une brise est venue à eux, si rapide que leurs vêtements se soulèvent, leurs cheveux, leurs membres, leur visage même se mettent à vibrer ; leur peau se retourne et le son enfle.

Et à peine songe-t-elle qu'elle ne peut plus le supporter que le vent s'apaise ; c'est un battement bas, régulier, mécanique désormais, celui d'une horloge ou d'un cœur. Qui lui remplit la tête, la poitrine, les bras et les jambes, jusqu'à ne plus faire qu'un avec elle – c'est sa propre pulsation, qui la pousse toujours vers l'avant, une force de la nature.

Ne reste plus que Spider en compagnie de Mardy dans l'église où l'ombre croît. Sa ceinture à outils contient bien des choses : des poinçons, des couteaux, des cordes – et le morceau de rose des sables qu'il a gardé pour Mardy. Il attend que tous aient plongé pour le poser sur la table. Il croise les bras et la dévisage.

— La rose des sables, dit-elle gaiement, et son sourire découvre sa denture chevaline. Tu n'as pas oublié !

— Et maintenant ? Nous avons réussi ?

Elle rejette la tête en arrière, le considère, les yeux plissés.

— C'est ce que tu pensais, rat de gouttière ? C'est ce que tu t'étais figuré ? Lequel de nos Éclaireurs a été assez sot pour te donner cette impression ? Un de ces jésuites du collège de Clermont-Ferrand ?

Spider se redresse puis, les mains posées sur la table, se penche vers elle.

— Tu vas enfin me dire pourquoi nous avons été sélectionnés ? gronde-t-il. Ces gosses… Qu'est-ce qu'ils ont pu bien faire pour mériter ce sort ? Et où sont Mahmoud et Nergüi ? Est-ce qu'on pourra revoir ceux que nous avons laissés sur Terre ? J'aimerais retrouver ma mère.

Mardy contemple un certain temps ses ongles épais en fredonnant une vague mélodie, feignant de réfléchir à ce que Spider lui demande. Il aperçoit les bosses minuscules de sa peau, comme s'il y avait là-dessous quelque chose de ténébreux cherchant à remonter à la surface. Et c'est alors qu'il a une illumination. Une certitude qui sommeillait en lui depuis longtemps.

— J'ai compris. Tu ne maîtrises pas grand-chose, n'est-ce pas ? Contrairement à ce que tu souhaiterais.

— Oh, soupire-t-elle en tripotant de ses doigts boudinés les boutons de sa veste.

— Cet endroit se délite, non ? Les erreurs sont de plus en plus flagrantes. Je ne me trompe pas ? Et ça te fait peur.

Mardy se penche, le regard braqué sur la *piscina*.

— Il faut que tu y ailles, Spider. Il faut que tu y ailles.

Le cœur de Spider s'emballe. Il ne s'est pas trompé, non. Elle a autant besoin d'eux qu'ils ont besoin d'elle. Elle se lève, ouvre les bras.

— Espèce de racaille des *gouttières** ! Ce n'est pas fini. Vous devez encore faire vos preuves.

Elle se dirige vers le puits. Il se retourne, ébahi, pour la suivre du regard. Qu'a-t-elle dit ? Il a du mal à en croire ses oreilles. Elle sourit, la main tendue vers la *piscina*.

— Bien, articule-t-elle d'une voix sirupeuse, et si nous allions voir ce qui vous attend ?

À suivre.

Composition et mise en pages
FACOMPO, Lisieux

Pour plus d'information :

#lisez engagé !

www.lisez.com

Imprimé sur du papier issu de forêts gérées durablement.

Imprimé en Espagne par Liberdúplex
en avril 2023
N° d'impression : 108521

POCKET – 92, avenue de France, 75013 Paris

S31653/01